007
CARTE BLANCHE
Jeffery Deaver

007 白紙委任状

ジェフリー・ディーヴァー

池田真紀子・訳

文藝春秋

この時代にあってもなお、ヒーローの存在を信じていいのだと教えてくれた
イアン・フレミングに捧ぐ

まえがき

この作品はフィクションです。ただし、ここに登場する組織は、いくつかの例外を除き、ほとんどが実在するものです。また、諜報活動、対諜報活動、スパイの世界は、頭字語や略語で埋め尽くされています。アルファベットの海を少しでも楽に泳いでいただけるよう、巻末に略語解説集を用意しました。一助となれば幸いです。

――J・D

必要なのは新しい組織だ。圧制にあえぐ国々の国民をまとめ、希望を与え、統制し、支援するような新たな組織……そこには秘密を守る能力、狂信的なまでの情熱、多様な国籍の人々と力を合わせる協調性、盤石の政治的信頼性が必要だ。また、これは私見ではあるが、陸軍省から完全に独立した組織とすべきだろう。

——経済戦担当相ヒュー・ダルトン

(第二次世界大戦開戦時、特殊作戦執行部諜報および破壊工作グループを創設の意図を説明して)

目次

装幀・関口聖司

007　白紙委任状

主な登場人物

ジェームズ・ボンド……英国秘密機関《海外開発グループ《ODG》》のエージェント
　O課00セクション所属　暗号名007

M……ODG長官　提督

マニーペニー……Mの副官　退役海軍大尉

フィリー・メイデンストーン……MI6の情報アナリスト　ODGとの連絡調整係官

ビル・タナー……ODG幕僚主任　対インシデント20作戦を指揮

サヌ・ヒラーニ……ODGのQ課課長

パーシー・オズボーン＝スミス……秘密機関《D3》作戦実行部上級副部長

セヴェラン・ハイト……グリーンウェイ・インターナショナル社長

ジェシカ・バーンズ……グリーンウェイ・インターナショナルの宣伝顧問

ナイアル・ダン……殺し屋　暗号名「アイリッシュマン」

フェリックス・ライター……CIA上級エージェント

ベッカ・ジョルダーン……南アフリカ警察犯罪対策捜査課警部

クワレニ・ンコシ……同巡査長

グレゴリー・ラム……MI6南アフリカ潜入工作員

フェリシティ・ウィリング……国際飢餓対策機構代表

日曜日　美しく紅《あか》きドナウ

1

ベオグラードを出発したセルビア鉄道の列車は、北へ向けてひた走っていた。まもなくノヴィサド駅に到着する。デッドマンハンドルを握る運転士の胸に、いつもの高揚感が広がった。

列車はいま、一九三〇年代から六〇年代に、ギリシャ発ベオグラード経由のアールベルグ・オリエント急行が通っていたとおりのルートをたどっている。もちろん、彼が運転するアメリカ製のおんぼろディーゼル機関車が引いているのは、上流階級の人々を華やいだ雰囲気と旅の期待感に乗せて運んだ、マホガニーと真鍮《しんちゅう》でできた優雅な食堂車や特等車や寝台車ではない。機関車の後ろには、ありふれた荷が整然と積まれた堅牢性重視の貨物車が連なっているだけだ。

それでも、新しい風景が視界に広がるごとに歴史が垣間見え、そのたびに運転士の心は喜びに躍った。なかでも大河――彼の川に近づくにつれて、誇らしい気持ちは大きくふくらんだ。

とはいえ、その下には、言葉にならない不安も隠れていた。

不安の源は、石炭や屑鉄、一般商品、木材などを満載したブダペスト行きの貨車のなかの一両――到着地ハンガリーでゴムの製造に使われるというイソシアン酸メチル（ＭＩＣ）のコンテナを満載した一両だ。

薄くなりかけた頭にくたびれた制帽をのせ、染みだらけのオーバーオールを着た太り肉《じし》の運転士は、ＭＩＣがひじょうに毒性の高い化学薬品であることを知っている。出発前に、直属の上司とセルビア交通安全監督局の役人から長々と講釈を聞かされたおかげだ。一九八〇年代、インドのボパールの化学工場から薬品が漏出し、周辺の町に有毒ガスが充満して、翌日までに数千人が命を落とす事故が起きた。その薬品がＭＩＣだったという。

危険な積み荷の運搬には同意したものの、ベテラン運転士であり、また労働組合の一員でもある彼は、念のためにこう確認した。「つまり、今回のブダペスト行きにどんな危険があるということでしょう……？　その、具体的には」

上司と役人は、官僚然とした目配せを交わした。そして一瞬ためらったあと、こう答えるにとどめた。「とにかく用心してくれたまえ。それだけだ」

かなたに目を向けた。セルビア第二の都市ノヴィサドの灯が一つに溶け合おうとしている。夕闇迫る空の下には、ドナウ川が横たわっていた。歴史において、そして音楽において、その美を幾度となく称えられてきた川。ただ、現実のドナウは褐色に濁った退屈な川で、そこを行き交うのは、キャンドルの優しい明かりが恋人たちやウィーンの楽団のシルエットを幻想的に浮かび上がらせる客船ではなく、無骨なはしけやタンカーだ――少なくとも、この流域ではそうだった。しかし、これがバルカン諸国民の誉《ほま》れ、かのドナウ川であることに違いはない。この川を渡るとき、運転士の胸はいつも誇らしさで満たされた。

彼の川……

汚れてまだらになったガラス越しに目を凝らし、ゼネラル・エレクトリック社製ディーゼル機関車のヘッドライトが照らし出す線路の様子を確かめる。危険の兆候は見当たらない。

スロットルには、八段階のノッチが刻まれている。1がもっとも低速だ。この先しばらくはカーブが続く。運転士は5の位置にあったスロットルを3に動かした。走行用モーターの出力が下がり、四千馬力のエンジンのうなりが低くなる。

橋の手前の直線に入ったところでスロットルをふたたび5に戻し、ほどなく6まで上げた。エンジンの脈動が力強く速くなるとともに、背後から乾いた鋭い音が続けざまに響いてきた。貨物車の連結器が速度の急激な変化を察知し、抗議の声を上げている。これまでに幾度となく耳にしてきた、ささやかな不協和音だ。しかし、運転士の心の声は、あの音は死の薬品を積んだ三両めの貨物車から聞こえているのではないかとささやいた。あれはきっとコンテナが揺れてこすれ合う音だと。猛毒の化学薬品がいまこの瞬間にも撒き散らされようとしているのだと。

そんなことあるわけがないだろう――運転士は自分にそう言い聞かせ、速度を一定に保つことに意識を集中した。それから、汽笛をひとつ、威勢よく鳴らした。その音と一緒に不安を吹き飛ばしてやろうとでもいうように。

2

丘の頂《いただき》の茂みに、男が一人、身を伏せている。険しい表情、狩人の物腰。遠い空に悲哀を帯びた汽笛が響いた。男は音のした方角を一瞥《いちべつ》した。南から貨物列車が近づいてきている。距離からするに、いまから十分から十五分ですぐそこを通過することになりそうだ。まもなく始まるはずの、だがいざ始まれば先の展開がまるきり予測不可能な作戦に、この列車の通過が影響を及ぼすおそれはあるだろうか。

男は微妙に姿勢を変え、暗視単眼鏡を南に向けて、ディーゼル機関車とその後ろに長く連なる貨物車の列を丹念に観察した。

ふむ、どうやら彼自身にもミッションにも影響はなさそうだ。ジェームズ・ボンドはそう判断し、単眼鏡をもとどおり温泉療養ホテルのレストランに向け直すと、窓の奥に座っているターゲットを凝視した。古びた大きな建物の壁は黄色いスタッコ塗りで、そこに茶色の窓枠が並んでいる。駐車場には、たくさんのザスタバやフィアットのセダンが停まっていた。どうやらこの界隈では名の知れたレストランらしい。

日曜の午後八時四十分。空は澄み渡っていた。ノヴィサドにほど近いこのあたりでは、広大なパンノニア平原がなだらかな隆起を作っている。セルビアの人々はその景色を指して〝豊かな山並み〟と称するが、おそらくそれは観光客を呼ぶための誇張された表現だろう。スキー愛好家のボンドに言わせれば、こんなものは山のうちには入らない。せいぜいが〝丘〟だ。五月の乾いた空気はきんと冷たく、一帯は葬儀場の遺体安置所を思わせる静寂に包まれていた。

ふたたび姿勢を変える。ジェームズ・ボンド。年齢は三十代。身長百八十三センチ、体重七十八キロの恵まれた体軀。横分けにした黒髪がほんの一筋、コンマの形を描きながら片方の目の上に落ちていた。右の頰には、長さ八センチほどの傷痕が刻まれている。

今夜は服装を入念に選んだ。アメリカのミリタリーウェア最大手5・11ブランドの深緑色のジャケットに、ウォータープルーフ生地のパンツ。よく履きこまれた革のブーツは走りやすく、いざ戦闘という場面では踏ん張りがきく。

　空の色が薄れていくのと反比例するように、北の地平線は輝きを増していた。歴史あるノヴィサドの街の灯。いまは活気と魅力にあふれるその街は、暗い過去を背負っている。一九四二年ノヴィサド蜂起《ほうき》の際、ハンガリー警察は数千にのぼるノヴィサド市民を殺害し、凍《い》てついたドナウ川に死体を投棄した。その悲劇を境に、ノヴィサドは、枢軸国の支配に抵抗するパルチザンの溜まり場となった。今夜、ボンドがここにやってきたのは、種類こそ違えど、六十年前の虐殺事件に匹敵するか、それを超えるかもしれない規模の新たな悲劇を未然に防ぐためだった。

　昨日の土曜、英国諜報界に戦慄の波紋が広がった。チェルトナムの英国政府通信本部（GCHQ）が傍受し解読したある電子メールが、今週の金曜に何らかの攻撃が計画されていることを示唆していたからだ。

　ノアのオフィスで打ち合わせ。二十日金曜夜の計画を確認。当日の死傷者は数千に上る見込み。イギリスの国益にも打撃が予想される。送金については合意のとおり。

まもなく、二通めも、部分的にではあるものの、傍受された。同じ携帯電話、同じ暗号化アルゴリズムが使われていたが、宛先のアドレスは一通めとは違っていた。

　日曜二〇時、ノヴィサド郊外のレストラン・ロシュテリュで。当方、身長百八十センチ超、アイルランド訛の英語を話す。

送信者のアイルランド人――故意になのか、単なる不注意からか、ご丁寧にも自らニックネームの手がかりを与えてくれた男――は、直後に携帯電話を破壊したか、バッテリーを取り外すかしたらしい。受信先の電話も同様だった。

　緊急に召集された合同情報委員会（JIC）と有事対

応会議（ＣＯＢＲＡ）のメンバーは深夜まで議論を重ね、〝事案２０《インシデント》〟――金曜の日付を取ってそう命名された――のリスクを検討した。

　誰がどのような攻撃行為を企んでいるのか、信頼できる情報は何一つなかったが、近年、アルカーイダとその傘下組織がヨーロッパ各国で現地人を工作員として採用するようになっているという背景もあって、情報局秘密情報部（ＭＩ６）は、アフガニスタンの部族地域を作戦本部にした計画ではないかと推測した。それを受けて、在カブールのＭＩ６のエージェントに宛てて、ただちに調査を開始せよとの指令が送られた。同時に、セルビアとの関連も追跡する必要があった。というわけで、昨夜の午後十時きっかり、一連の出来事が長い触手をさらに長く伸ばして、チャリングクロス・ロード近くの高級レストランで美女と夕食をともにしていたジェームズ・ボンドにからみついた。退屈な身の上話――画家として本来ならもっと評価されていいはずなのに、いまだに低く見られているという愚痴めいた話――を延々と聞かされてうんざりし始めていたボンドの携帯電話に、次のようなメッセージが届いた。

　　ＮＩＡＣＴ、ＣＯＳに電話連絡せよ

　ナイトアクション（ＮＩＡＣＴ）アラートを受け取ったら、いついかなる状況にあっても即座に対応しなくてはならない。指示どおり幕僚主任（ＣＯＳ）に電話すると、その晩のデートは幸いにもそこで中止の憂き目に遭うこととなった。そしてまもなく、ボンドはレベル２の作戦指令を携えてセルビアへ向かっていた。その指令は、〝アイルランド人の男《アイリッシュマン》〟を特定し、追跡装置などの監視機器を仕掛けて尾行する権限をボンドに与えていた。また、尾行が不可能と判明した場合には、例外的措置として男を捕捉し、尋問のためにイギリスに連行するか、大陸側の秘密施設に移送することを許可していた。

　というわけでいま、ボンドは、春を知らせる花、白スイセンのあいだに体を伏せ、目には美しい、だが強い毒を隠し持った葉に触れぬよう用心しながら、単眼鏡を目に当てて、レストラン・ロシュテリュの表通りに面した窓を一心に見つめている。窓の向こう側にはアイリッシュマンがいた。テーブルの上のバーベキュー料理《ロシュテリュ》にはほとんど手をつけないまま、向かいの席に座った相手と話をしている。相手の身元はいまのところ不明だが、見たところスラブ系のようだ。びくついているのだろう、その男は車をどこか離れた場所に停めたうえでレストランまで歩いてきた。おかげで、車のナンバーを手がかりに身元を調べるという手は使えない。

アイルランド人の男はそこまで臆病ではなかった。いまから四十分ほど前、メルセデス・ベンツの低価格モデルで堂々とやってきた。ナンバーを照会すると、レンタカーとわかった。今日、偽名と、偽造のイギリスの運転免許証とパスポートを使って、現金払いでレンタルされていた。男の年齢はボンドと同じか少し上、身長は百八十センチを少し越えるくらいで、引き締まった体つきをしている。爪先を大きく外に向けたぎこちない歩きかたでレストランに入っていった。中途半端な長さの金色の前髪を額に下ろしている。高い頬骨と角張った顎が鋭角的な輪郭を描いていた。

この男がターゲットであると考えてまず間違いないだろう。二時間ほど前、ボンドは問題のレストランに入ってコーヒーを飲み、帰りがけに入口のドアの店内側に小さな盗聴器を貼りつけておいた。約束の時刻きっかりに現われた男は、ウェイター長に英語で話しかけた――外国人が旅先で地元の住民を相手に話すとき特有の、ゆっくり、はっきりとした口調で。三十メートル離れた場所でアプリを介して盗聴していたボンドの耳は、男のアクセントを北アイルランド中部のものと推測した。おそらくベルファストか、その周辺地域のどこかだろう。ただ、残念なことに、アイリッシュマンとスラブ人が座っているテーブルは盗聴器からかなり離れている。交わされている会話までは拾えない。

トンネルのような単眼鏡の視界のこちら側で、ボンドは敵をじっくり観察しながら、あらゆるディテールを記憶に刻みつけていった。フォートモンクトンの教官たちがよく言うように、〝些細な手がかりによって命拾いすることもあれば、些細なミスに命を奪われることもある〟からだ。アイリッシュマンの立ち居振る舞いにはいっさいの無駄がない。本当に必要最低限しか体を動かさなかった。仲間らしきスラブ人が図面を広げると、シャープペンシルの消しゴムを使って自分のほうに引き寄せた。指紋を残さないように用心しているのだろう。また、窓に背にして座り、相手と真正面から向き合って話している。ボンドの携帯電話には読唇《どくしん》アプリがインストールされているが、アイリッシュマンの体が邪魔になって、いずれの唇も読み取れなかった。ボンドが見ているあいだに、アイリッシュマンは一度だけ素早く振り返って窓の外に視線を走らせた。まるで第六感が働いたとでもいうようだった。薄い色をした瞳に、感情はなかった。そのまましばらく外の様子をうかがったあと、もとのようにテーブルに向き直ったが、そこに並んだバーベキュー料理にはまったく興味がないらしい。

会食はまもなく終わりそうだ。そのことを見て取ると、ボンドは身を低くしながら斜面を下り、まばらに立つトウヒの木やその根本を覆う茂み――ここにもやはり白いスイセンが咲いている――のあいだを縫うようにして移動した。途中で、セルビア語とフランス語と英語の三か国語で表記された、色褪《いろあ》せた看板――最初にここに来たときに見て、思わず苦笑したもの――の前を通りかかった。

スパ＆レストラン　ロシュテリュ

公認温泉療養地内につき
手術後の体力回復に効きます
重篤で慢性的な呼吸器疾患や貧血にとりわけ効果
本格派のバーあり

ボンドはレストラン入口に通じる私道の際に建つ、いまにも倒壊しそうな物置小屋を目指した。小屋は、エンジンオイルとガソリンと小便の匂いを発散している。その小屋の陰に設けた作戦本部で、二人の〝同志〟――とボンドは心のなかで呼んでいた――が待機していた。

ジェームズ・ボンドは基本的に単独行動を好む。しかし、今回の急ごしらえの作戦には、現地のエージェント二人の協力がどうしても必要だった。二人はセルビア保安情報局（ＢＩＡ）――スパイ組織は数あれど、これほど親切な名称を掲げるものはそうそうないだろう――の諜報員だが、今夜はノヴィサド市警察の制服と内務省の金色のバッジで変装している。

そろって四角い顔に円い頭をした二人は、ボンドが会ってから一度も笑顔らしきものを見せていない。つばのついた紺色の制帽の下の髪は、やはりそろってクルーカットにしてある。ウール素材の制服も同じ紺色だった。一人は四十がらみで、もう一人は二十五歳くらいだろうか。地元の制服警官という設定で変装はしているが、銃撃戦の備えは万全だった。それぞれ大型のベレッタと予備のマガジンを携帯しており、借り物のフォルクスワーゲン・ジェッタのパトロールカーのバックシートには、緑の迷彩塗装が施されたカラシニコフのマシンガン二丁、ウージー一丁、破砕性手榴弾——殺傷力の高いスイスＨＧ８５——の入ったキャンバス地のバッグが積まれている。

　ボンドが年長のエージェントに向かって指示を出そうとしたちょうどそのとき、背後からぱんという甲高い音が聞こえた。ボンドは勢いよく振り向いた。片手はすでにワルサーＰＰＳの握りのほうに動き始めていた。が、年少のセルビア人エージェントが煙草を一本取り出そうとしてパックを掌に打ちつけただけのことだった。ボンドも禁煙前は同じことをしていた覚えがある。ただ、当時からなんと気取った無意味な儀式だろうと思っていた。

　やれやれ、この若造はいったい何を考えている？

「物音を立てるんじゃない」ボンドは小さな声で冷ややかに言った。「そんなものはしまっておけ。煙草は禁止だ」

　黒っぽい瞳に当惑の色が忍びこんだ。「うちの兄貴はいつも任務中に煙草を吸ってる。セルビアじゃ、煙草を吸ってないより吸ってるほうが自然なんだ」この若造は、ここへ来る車中でもまるで子供のように兄の自慢話を続けていた。兄は悪名高きＪＳＯの上級エージェントらしい。ＪＳＯは表向き、セルビアのシークレットサービスということになっているが、実態は非合法活動専門の準軍事的特殊部隊だ。若者は、自分の兄はクロアチア、ボスニア、コソボでの戦闘のさなかに残虐行為を行なった非道な民兵組織アルカン・タイガーと戦ったのだと——誇らしげな口ぶりからするとおそらく故意に——さりげなく口をすべらせた。

「ここがベオグラードの街角なら、たしかに、煙草を吸っていようがいまいが、誰も気にしないだろう」ボンドは低い声で言った。「しかし、こいつは戦術作戦《タクティカル・オペレーション》だ。煙草はしまっておけ」

　若いエージェントはしぶしぶといった様子でボンドの言葉に従った。相棒に何か言いかけたが、寸前で考え直したらしい。ボンドがセルビアークロアチア事情に明るいことを思い出したのだろう。

　ボンドはレストランの店内をもう一度確かめた。アイリッシュマンは金属のトレーにディナール札を置いている。当然といえば当然だろう。記録の残るクレジットカードを使うわけがない。スラブ人はジャケットに袖を通そうとしていた。

「よし。行こう」ボンドは念のために手順を確認した。「パトロールカーでアイリッシュマンのベンツを追う。公道に出て一・五キロから二キロほど走ったところでサイレンを鳴らして停止させ、ノヴィサドの麻薬犯罪で使われた車両とナンバーが一致したと告げて、車から降りるよう命じ、手錠をかける。携帯電話と財布、身分証明書などをすべて出させてベンツのボンネットに並べたあと、アイリッシュマンをパトロールカーに連行し、ベンツが停まっているのとは反対向きに座らせる。

　パトロールカーでセルビア人コンビがアイリッシュマンの注意をそらしている隙に、ボンドはパトロールカーのバックシートから忍び出て、身分証明書の写真を撮り、携帯電話から抽出可能なデータを探して抜き取る。また、あればノートパソコンや荷物を調べたあと、ベンツに追跡装置を仕掛けておく。

　ボンドが作業を終えるころには、アイリッシュマンはこれはどうやら警官によるたかり行為だと気づき、それなりの額の袖の下を差し出そうとしていることだろう。そして賄賂《わいろ》と引き換えに手錠を外され、無罪放免となる。

　レストランで話をしていたスラブ人がベンツに同乗していた場合は、二人まとめてパトロールカーに誘い出す。

「九割の確率でおとなしく従うだろう」ボンドは言った。「万が一抵抗されても、絶対に殺すな。なんとしても生きたまま捕らえたい。撃つときは、利き手側の肘のあたりを狙え。肩の近くではなくて、肘だ」映画で見るのとは違って、肩を撃つと致命傷になりかねない。腹や胸を撃つのと変わらなくなる。

　アイリッシュマンがレストランから現われた。さっきと同じ、爪先が外を向いたぎこちない歩きかただ。いったん立ち止まり、周囲に視線を巡らせて様子をうかがった。来たときと違っているところはないか――そう考えているのがわかる。レストランにいたあいだに、車が増えてはいないか。増えた車に疑わしい点はないか。ややあって、危険はないと納得したらしく、もう一人の男とともにベンツに乗りこんだ。

「二人一緒だな」ボンドは言った。「手順は打ち合わせどおりで」

「了解《ダ》」

ベンツのエンジンがかかる。ヘッドライトが点灯した。

ボンドはワルサーの位置を確かめるようにD・M・ブラード社の革のパンケーキホルスターに軽く手をやったあと、パトロールカーのバックシートに乗りこんだ。足もとに空き缶が転がっている。ボンドが偵察に出ているあいだ、同志たちのどちらかがセルビア産のイエレン・ピーヴォ——〝シカ・ビール〟という意味——でお楽しみだったらしい。不注意に物音を立てたことより、この反抗的な行為のほうによけいに腹が立った。停止を命じた警官の息がビール臭かったら、アイリッシュマンは即座に不審に思うだろう。他人のエゴや欲なら場合によっては利用できる。しかし、無能さは、使い道のない許しがたい危険にすぎない。

セルビア人コンビがフロントシートに乗りこむ。低いうなりとともにエンジンが息を吹き返した。ボンドは耳に入れたSRACのイヤピースを指先で軽く叩いた。短距離エージェントコミュニケーション装置（SRAC）は、タクティカル・オペレーションの際、周囲に気づかれないよう通信するための超小型無線装置だ。「チャンネル2だ」ボンドは前の二人に念を押した。

「ダ、ダ」年長のエージェントがうんざりしたように応じ、二人はイヤピースを耳に押しこんだ。

ジェームズ・ボンドはあらためて自問した——計画に抜かりはないか。人員の手配はスピード優先にせざるをえなかったが、戦術の検討にはそれなりに時間をかけた。あらゆる可能性を考慮したつもりだ。

が——この可能性は見落としていた。

アイリッシュマンは、まず間違いなくするはずだったことをしなかった。

道路には向かわなかったのだ。

代わりに、道路に通じる私道とは正反対の方角に走りだして、駐車場からレストラン脇の芝生に出た。丈のある生け垣が邪魔をして、レストランの従業員や客からベンツは見えない。車は東に走っていく。行く手には草深い野原があった。

若いほうのエージェントが吐き捨てた。「くそ《ゴーヴノ》！　いったい何のつもりだ？」

よく見ようと、三人とも車を降りた。年長のエージェントは銃を抜いて車を追いかけようとした。

ボンドは引き止めた。「待て！　様子を見よう」

「逃げようとしてるぞ。気づかれたんだ！」

「違う――そうじゃない」アイリッシュマンの運転は、追われている人間のそれではなかった。メルセデス・ベンツは、早朝の穏やかな海を行くボートのようにゆったりと進んでいる。だいいち、東の方角にはそもそも逃げる先がなかった。ドナウ川を見下ろす崖、線路が通っている土手、それにフルシュカゴーラ国立公園の木々に覆われた丘陵が行く手をふさいでいる。

ボンドはベンツの行方を目で追った。車は線路の手前、ボンドたちのいるところから百メートルほどの地点でブレーキをかけて速度を落とすと、Uターンをし、ノーズをレストランに向けて停止した。すぐそばに鉄道会社の作業小屋とポイントがあって、主線路から分岐する線路が延びているのが見えた。ベンツの二人がそろって車を降りる。アイリッシュマンがトランクから何かを取り出した。

〝敵の目的がこちらの対応を決める〟――ゴスポートのフォートモンクトン内に設けられたスペシャリスト訓練センターの講義で、やはり繰り返し聞かされた教訓。何よりもまず相手の意図を見きわめること、それが肝心だ。

あの男の目的はいったい何だ？

ボンドはふたたび単眼鏡を取り出して暗視機能のスイッチを入れ、ピントを合わせた。スラブ人のほうは、ポイントの傍《かたわ》らの信号機のポールに取りつけられたパネルの蓋を開けて、なかの部品をいじっている。ポイントから右の方角へそれている側線はすでに廃止されているらしく、線路に錆が浮いている。単眼鏡で線路の行き先を追うと、丘のてっぺんに設けられた障壁にぶつかるようにして途切れていた。

目的は破壊工作らしい。ポイントを切り替えて貨物列車を側線に誘導し、脱線させようとしているのだろう。脱線した列車は斜面を転がって崖から落ちる。その下にあるのは、少し先でドナウ川に注いでいる支流だ。

では、貨物列車を川に落とす目的は――？

ディーゼル機関車とその後ろに連なる貨物車に単眼鏡を向けると、その疑問の答えが見つかった。先頭の二両に積まれた貨物は屑鉄だが、続く三両め、キャンバス地のシートで覆われた平台型貨物車には、《オパースノーストー危険！》とある。《危険物》と書かれた菱形のマーク——救急隊に貨物のリスクを警告する世界共通のしるし——も見えた。しかもそのマークには、三つすべてのカテゴリーについて、高い数値が示されていた。生物への悪影響、不安定性、引火性。一番下に書かれている《W》は、水と反応して危険な物質を生成するものであることを表している。あの貨物車で運ばれているものが何であれ、それは核物質に次ぐ有害なカテゴリーに属しているということだ。

ポイントまでの距離は、あと一キロと少し。貨物列車はスピードを上げながら橋の手前の勾配《こうばい》を上ろうとしている。

敵の目的がこちらの対応を決める……

この破壊工作がインシデント20とどのように関係しているかはわからない。まったくの無関係という可能性もある。しかし、あの二人組の目下のゴールは一つしか考えられなかった。それは、いまボンドが取るべき対応についても同じだ。ボンドは瞬時に考えをまとめると、同志たちに指示を出した。「あの二人が逃げようとしたら、レストラン前の私道で車を停めさせて、捕まえてくれ。ただし、いいか、殺すなよ」

ボンドは借り物のパトロールカーの運転席に飛び乗った。さっきまで偵察をしていた野原に車を向けると、クラッチを乱暴につなぎ、アクセルペダルを床まで踏みこんだ。ライトウェイト級の車は、荒っぽい扱いに対する抗議の悲鳴をエンジンとギアボックスのあたりから漏らしながらも、飛ぶように走りだした。草むらを乗り越え、若木やスイセン、セルビアじゅう至るところに茂っているラズベリーの低木を踏み倒す。イヌが驚いて一目散に逃げ、周辺の小さなコテージの窓は次々と明るくなった。たまたま庭に出ていた住人たちは、怒り顔で腕を振り回している。

ボンドはそのいずれも見ぬふりをし、目指す地点に向けて猛スピードで突き進むことだけに意識を集中した。道案内は、頼りない光源二つだけだった——頭上の半月と、天にともされたランプよりはるかに明るく、ずっと丸い、不運な貨物列車のヘッドライト。

3

死はもう避けられない。その現実が心に重くのしかかった。

ナイアル・ダンは、草むらにしゃがんでいる。線路の切り替えポイントから十メートルほどのところだ。夕暮れ時の消えゆく光越しに目を凝らし、接近してくるセルビア鉄道の貨物列車の運転台にじっと視線を注ぎながら、ふたたび考えた——なんたる悲劇か。

一つには、死は基本的に単なる無駄だからだ。ダンは、何よりも無駄を嫌う人間だった。無駄は罪と言い換えてもいい。ディーゼルエンジン、水圧ポンプ、可動橋、電気モーター、コンピューター、組み立てライン……あらゆる機械は、与えられた役割を可能なかぎり無駄なく果たすために作られている。

死とは非効率の最たるものだ。

しかし、今夜はそれを避けることはできそうにない。

南に視線をやった。列車のヘッドライトに照らされたレールが、二筋の閃光のように薄闇を切り裂いている。

周囲を見回す。ベンツは列車からは確認できないはずだ。運転台から見ても、車とはわからない角度をつけて停めてある。それは彼が今夜の青写真に書き入れた、精密な計算のうちの一つだった。ボスの言葉が耳に蘇る。

こちらはナイアル。青写真を描く天才です……

ディーゼル機関車の運転台の奥に、運転士の頭のシルエットがうっすらと見えたような気がした。

死……その想念を思考から追い出そうとした。

貨物列車は、あと四、五百メートルの距離まで近づいてきている。

アルドー・カリッチが隣に来た。

「速度は?」ダンは中年のセルビア人に尋ねた。「あれでいいのか? ずいぶんとゆっくり走っているように思えるが」

鼻にかかった粘っこい英語で、カリッチが答えた。「大丈夫。ほら、加速してる。わかるだろう? 大丈夫」クマみたいにのっそりとしたカリッチは、食いしばった歯のあいだから息を吸いこんだ。食事のあいだもずっとそわそわしていた。本人が打ち明けたところによれば、逮捕されたり解雇されたりするのが怖いからではないらしい。報酬の一万ユーロを、妻や二人の子供たちを含め、誰にも見つからずに隠しておけるかどうかを心配している。

ダンはふたたび列車を見つめた。速度、質量、傾斜を頭のなかで検討し直す。そう、あの調子なら大丈夫だろう。たとえばいま、誰かが手を振って合図したとしても、ベオグラードの運行管理者がたまたま異変に気づいて運転士に緊急連絡し、非常ブレーキをかけろと指示したとしても、列車を裏切るべく切り替えられたポイントに差しかかる前に停めるのは、物理的に不可能だ。

自分に言い聞かせた――あきらめろ、必要な死というものもある。

残り三百メートル。

九十秒後にはすべてが終わる。そのあと――

おや、あれは何だ？　近くの野原で何かが動いている。輪郭のぼんやりした物体が、でこぼこした地面の上を跳ねるようにして線路にまっすぐ向かっている。「おい、あそこのあれ。見えるか？」ダンはカリッチに尋ねた。

カリッチがあえぐように答える。「見える、見える――車だ！　いったい何事だ？」

たしかに、あれは車だ。ほのかな月明かりの下、薄い色をした小型のセダンがぼんやりと見えた。凹凸《おうとつ》を乗り越え、木々やところどころに設けられた塀を器用によけて突っ走っている。あの悪路にあの速度。よく車をコントロールできるものだ。にわかには信じがたい。

馬鹿げたゲームに興じるティーンエイジャーだろうか。無謀なスピードで野原を行く車を目で追いながら、ダンは速度を見積もり、角度を推し測った。あのまま速度を落とさずにいけば、数秒後には線路を越えることになるだろう……ただし、越えるには、飛んで越えるしかない。ここには踏切も何もないのだから。もし線路の上で立ち往生したら、ディーゼル機関車にあっけなくぺしゃんこにされるにちがいない。とはいえ、それがここでの使命を邪魔することはないはずだ。ちっぽけな車は跳ね飛ばされ、列車はそのまま死の待つ側線へと走り続けるだろう。

だから――おっと、待てよ――いったいどういうことだ？　よく見ると、小型車はパトロールカーのようだ。それなら、回転灯をつけず、サイレンも鳴らしていないのはなぜだ？　誰かが盗んで乗っているのか？　自殺でもする気か？

パトロールカーは、線路上で停まりもしなければ、線路を越えて反対側に渡ることもしなかった。丘の頂から空中に飛び出したかと思うと、叩きつけられるようにして着地し、横滑りしながら、線路のすぐ手前で停止した。

列車は五十メートルほどのところまで迫っている。パトロールカーからドライバーが飛び降りた。男だ。黒っぽい服を着た男。はっきりとは見えないが、警察官ではなさそうだ。列車を停めようとして運転士に手を振る気配もない。まっしぐらに線路に駆け寄ると、真ん中にしゃがみこんだ——時速八十キロから九十キロで突進してくる機関車のすぐ前に。

夜空を列車の警笛が切り裂き、ロックした車輪からオレンジ色の火花が散った。

まもなく男が線路から飛びのき、側溝に飛びこんだ。機関車はもうすぐ目の前まで迫っていた。

「何なんだ？」カリッチがささやくように言った。

ちょうどそのとき、ディーゼル機関車のすぐ前の線路から、黄みがかった白い光が閃いた。一瞬遅れて乾いた音が続く。その音でわかった。小型の即席爆弾か手榴弾が破裂したのだ。数秒後、同じような爆発がもう一度起きた。

パトロールカーのドライバーも、どうやら自分なりの青写真を描いていたようだ。

それがナイアル・ダンの青写真を台無しにした。

あの男は警察官ではない。ただの自殺志願者でもない。爆破工作の経験のある、どこかの組織の工作員だ。最初の爆発は、レールを枕木に固定している犬釘を吹き飛ばした。二つめは、ゆるんだレールをほんのわずかに横にずらした。そこにディーゼル機関車がさしかかれば、左の前輪が脱線する。

カリッチがセルビア語で何事かつぶやいた。ダンはそれには答えなかった。ディーゼル機関車の円盤のようなヘッドライトがぐらりと揺れ、地鳴りに似た音と耳に突き刺さるような金属音が響いた。機関車とそれに続く巨大な貨物車の列は線路を外れ、塵の雲を盛大に噴き上げながら未舗装の地面を掘るように進み、線路を支える道床の岩の表面を削っていった。

4

機関車と貨物車はすぐには停まらなかった。ジェームズ・ボンドは、少しずつ速度を落としていく列車を溝の底から見守った。列車は柔らかな土に車輪をめりこませ、レールを枕木から引きはがし、砂と塵と砂利を派手に撒き散らしている。ボンドはしばらく待ったあと、溝から這い出して状況を確認した。猛毒がドナウ川に注がれる大惨事をどうすれば防ぐことができるか、策を練る時間の余裕はほんの二、三分しかなかった。パトロールカーを線路の際で停めたあと、現地の情報部員コンビが持ってきていた手榴弾を二つバックシートから取り、線路に走ってその二つを仕掛けた。

機関車と貨物車は転覆せず、川に落ちることもなくすんだ。ボンドの計画したとおり——アイリッシュマンの目論みに反して、列車が上り勾配に差しかかる前に脱線させる——の結果だった。息を吐くような音、低いうなり、悲鳴に似た音。列車はようやく停止した。アイリッシュマンと仲間からそう遠くない位置だ。土埃と煙が立ちこめて、二人の姿を確かめることはできないが。

SRACを介して同志たちに呼びかけた。「こちらリーダー1。聞こえるか」沈黙。「おい、聞こえるか」低い声で繰り返す。「応答せよ」片手で肩をさする。空を切って飛んできた熱い破片がジャケットを刃物のように裂き、肩に傷を残していた。

ぱちぱちという雑音。それから——「列車が脱線した！」年長のエージェントの声だった。「見たか？　いまどこにいる？」

「注意して聞いてくれ」

「なあ、何が起きたんだ？」

「いいから黙って聞け！　時間がない。連中は危険物の容器を爆破するか、銃で撃って穴を開けようとするだろう。中身を撒くにはそれしか方法がない。俺はいまから連中に銃弾を浴びせて、車に追いこむ。ベンツがレストランのそばのぬかるんだあたりに戻るのを待って、タイヤを撃て。そのまま車から降ろさないようにしていてくれ」

「いますぐ倒しちまったほうが早いだろう！」

「だめだ。レストランのそばに戻るまで、絶対に手を出すんじゃない。やつらは車内では弾を防ぎきれない。つまり、降伏するしかないはずだ。わかったな？」

ＳＲＡＣの通信が途切れた。

くそ。ボンドはもうもうと立ちこめる土埃のなかを歩きだした。目指す先は、いまにも破壊されようとしている前から三番めの貨物車――危険物を積んだ車両だ。


ナイアル・ダンは、たったいま起きたことを頭のなかで整理しようとしていた。不測の事態が発生した場合、臨機応変に対応する用意はあったが、これは想定外の展開だった。未知の敵の先制攻撃を受けるなどという事態は、まるで予期していなかった。

かちかちしゅうしゅうと音を立てて煙を吐いている機関車のそばの茂みに身を隠し、用心深く周囲に視線を巡らせた。夜の闇と土埃、それに煙が視界を曇らせ、敵の姿は視認できなかった。もしかしたら、列車に轢《ひ》かれて死んだのかもしれない。逃げたのかもしれない。ダンはリュックサックを肩にかけると、機関車の反対側に回った。そこなら攻撃されても――あの男がまだ生きて近くにいるとして――脱線した貨物車が盾になる。

不思議なことに、ずっとうるさくつきまとっていた恐怖からついに解放されて、どこかほっとしたような気持ちもあった。死は回避された。覚悟はできているつもりでいた。受け入れる心の準備はあった。そう、ボスのためなら、どんなことでも受け入れられる。だが、あの謎の男が介入したおかげで、幸運にも死を回避することができた。


機関車に近づく。その巨体をほれぼれと眺めずにはいられなかった。アメリカのゼネラル・エレクトリック社製のＤａｓｈ８－４０Ｂ。セルビア鉄道の機関車らしく、古びてがたがきてはいるが、出力四千馬力を誇る名車であることには変わりがない。鋼鉄のボディ、車輪、ベント、ベアリングにバルブ、スプリング、ホースやパイプ……何もかもが素晴らしい機能美に輝いている。死を回避できて、本当に――

ふいに人影が見えて、ダンはぎくりとした。男が一人、足をふらつかせながら助けを求めている。機関車の運転士だろう。ダンはその頭に二発、撃ちこんだ。

ああ、この美しい機械を死なせることなくすませて、本当によかった。ずっと気に病んでいたのはそのことだった。機関車の脇腹に掌をすべらせた——やっと熱が下がった息子の髪をなでる父親のような手つきで。このディーゼル機関車は、二、三か月もすれば、もとどおり元気に走っていることだろう。

ナイアル・ダンはリュックサックのストラップをしっかりとかけ直し、いざ仕事に取りかかろうと、貨物車のあいだにすべりこんだ。

5

銃声が二度聞こえたが、危険物を積んだ貨物車は無事なようだ。ボンドは三十メートルほど離れた位置から、貨物車に目を光らせていた。撃たれたのは、おそらく列車の運転士と、いたとするなら、その助手だろう。

そのとき、土埃の向こうにアイリッシュマンが見えた。機関車のすぐ後ろ、Vの形を作って停まった屑鉄を積んだ貨物車二両の隙間に立っている。手には黒い拳銃を握っていた。肩にはリュックサック。ものが詰まって膨らんでいるように見える。危険物の貨物車を爆破する腹づもりでいるとしても、持ってきた爆薬をまだ仕掛けていないということだろう。

ボンドはアイリッシュマンをベンツに逃げ戻らせようと、銃の狙いを定め、二発撃った。アイリッシュマンはびくりとして身をかがめ、素早く姿を消した。

ボンドは線路の向こう側、レストランのほうに視線を向けた。ベンツが停まっている。ボンドは唇をきつく結んだ。情報部員コンビは彼の指示に従っていなかった。アイリッシュマンの仲間のスラブ系の男がナイロンの手錠をかけられて地面に転がっていた。セルビア人コンビは、物置き小屋の両側から線路の方角へ歩きだそうとしている。

無能……

ボンドは立ち上がると、身を低くして二人のほうに駆けだした。

情報部員コンビは銃を線路に向けている。アイリッシュマンが背負っていたリュックサックはいま、機関車のそばの背の高い木のあいだの地面に置かれていた。その陰に男が一人、隠れている。セルビア人コンビは中腰の姿勢で警戒しながら、そちらに近づいていこうとしていた。

リュックサックは、たしかにアイリッシュマンが背負っていたものだ。しかし、陰に見えているのはアイリッシュマンではない。十中八九、列車の運転士の死体だろう。

「行くな」ボンドはＳＲＡＣのマイクに小声でささやいた。「それは罠だ！……おい、聞こえるか？」

しかし、年長のエージェントは耳を貸さなかった。リュックサックにまた一歩近づきながら怒鳴る。「ニェ・マダーイ！　動くな！」

次の瞬間、機関車の運転台からアイリッシュマンが身を乗り出し、拳銃を連射した。頭を撃たれた年長のエージェントがその場に崩れ落ちる。

若いほうのエージェントは、地面に伏せている人影が発砲したと勘違いしたらしく、オートマチック拳銃を運転士の死体に向けて、弾が尽きるまで撃ち続けた。

ボンドは叫んだ。「危ない《オバースノースト》！」

遅かった。アイリッシュマンがふたたび運転台から乗り出し、若いエージェントの右腕の肘のあたりに弾を撃ちこんだ。エージェントは拳銃を落として悲鳴をあげ、あおむけに倒れた。

アイリッシュマンはボンドに向けて五、六発、続けざまに発砲しておいて機関車から飛び降りた。ボンドも応戦した。足と足首を狙った。だが、煙と蒸気が濃くてターゲットをよく確認できない。弾は外れた。アイリッシュマンは銃をホルスターに収め、リュックサックを肩にかけると、年少のエージェントをベンツのほうに引きずっていった。まもなく二人は見えなくなった。

ボンドはジェッタに走って戻り、運転席に飛び乗ってアクセルペダルを思いきり踏みつけた。五分後、小さな丘の頂からふたたび空へと飛び出し、レストラン・ロシュテリュの裏手の野原に横滑りしながら着地した。レストランは完全なカオスと化していた。客も従業員も、先を争って逃げようとしている。ベンツは消えていた。脱線した列車のほうをちらりと振り返ると、アイリッシュマンは年長のエージェントだけではなく、自分の仲間

――一緒に食事をしていたスラブ系の男――も殺したらしいとわかった。仲間の男は手錠をかけられ、うつぶせに転がされたまま撃たれていた。

ボンドはジェッタから降り、死体のポケットを探った。しかし、財布など身元を突き止める手がかりになりそうなものはすべて、アイリッシュマンが持ち去ったようだった。ボンドは私物のオークリーのサングラスを取り出し、レンズの汚れをきれいに拭ったあと、死体の親指と人さし指の腹をレンズに押しつけた。それからジェッタに取って返し、ベンツの追跡を開始した。道路は曲がりくねり、舗装は穴だらけだったが、メーターの針はたちまち時速百十キロまで跳ね上がった。

数分後、少し先の路肩の待避所に何か明るい色をしたものが見えて、急ブレーキを踏んだ。左右に忙しく尻を振り始めた車をかろうじて操り、焼けたタイヤから立ち上る煙に包まれながら停止した。車の鼻先からほんの二、三メートルのところに年少のセルビア人エージェントが倒れている。ボンドは車を降り、小刻みに体を震わせて泣いている若者に近づいた。右腕の銃創はかなりの重傷で、大量に失血していた。片方の靴が脱げ、足の爪が一枚はがれている。アイリッシュマンから拷問を受けたのだろう。

ボンドは折り畳みナイフを開き、切れ味鋭い刃を使って若者のシャツを細長く切り裂くと、そのウールの生地を包帯代わりにして腕の傷に巻きつけた。次に待避所の脇の草むらから木の棒を拾ってきて即席の止血帯を作り、腕に当てた。それからかがみこんで若者の顔の汗を拭ってやった。「やつはどこに行った？」

若者は苦しげな表情であえぎながら、セルボクロアチア語で何かつぶやいた。だが、ボンドが誰なのか思い出したのだろう、すぐに英語で言い直した。「兄貴に連絡を……病院に連れていってくれ。道は教えるから」

「やつはどこに行ったかと訊いている」

「俺は何もしゃべってない。あいつはしゃべらせようとしたよ。だが、あんたのことは何一つしゃべってない」

つまり、今回の作戦について、知っているかぎりのことをぶちまけたと考えて間違いないだろう。しかし、いまはそれを云々している場合ではない。「やつはどこに行った？」

「病院……頼むよ。病院に連れていってくれたら教える」

「いますぐ言え。いまここで話すか、五分以内に死ぬか。自分で選べ」ボンドは冷ややかな声でそうささやくと、右腕の圧迫帯をゆるめた。血がどっとあふれ出した。

若いエージェントは、涙を追い出そうとするようにまばたきを繰り返した。「わかったよ！　言えばいいんだろう、言えば！　E75号線の行きかたを訊かれたよ。ハイウェイ21号線から分かれる近道だ。ハンガリーに通じてる。北に行く気だ。これでいいだろう。ほら、さっさと病院に連れてってくれ！」

ボンドは圧迫帯をもとどおりに締めた。アイリッシュマンが北に向かっていないことはわかりきっている。あの男は冷酷で抜け目ない策略家だ。自分で道順を調べていないはずがない。任務に対する献身という観点からは、自分と同類だという気がする。あの男もきっと、セルビアに降り立った時点ですでに、ノヴィサド周辺の完璧な地図が頭に入っていただろう。あの男なら、唯一の幹線道路であるハイウェイ21号線を南に下るはずだ。そこからベオグラードに向かうか、近隣に用意しておいた撤退場所に引き上げるだろう。


ボンドはセルビア人エージェントのポケットを上からそっと叩いて携帯電話を見つけると、緊急電話番号一一二にかけた。女性通信員が応答したのを確かめ、若者の口のそばに電話を置いたあと、自分はジェッタに戻った。荒れた路面をできるだけ高速で飛ばすことに意識を集中した。ブレーキを踏む。ハンドルを右に、左に回す。そのダンスにしばし没頭した。

車がまた新たなカーブに差しかかった。ボンドは高速のまま突っこんでいった。車が横滑りを始め、白いセンターラインを超えた。反対車線をトラックが近づいてきていた。キリル文字のロゴが描かれた大型のトラックだ。トラックが怒ったようにクラクションを鳴らしながら急ハンドルを切る。ボンドも急ハンドルを切って本来の車線に戻り、ぎりぎりのところで衝突を免れた。そのまま何事もなかったかのように、〝ノア〟の正体と数千の人命が懸かった金曜の計画を暴く唯一の手がかりの追跡を続行した。

五分後、ハイウェイ21号線が近づいたところで、ボンドは速度を落とした。前方にオレンジ色の光が輝いていた。そこから黒煙が渦を巻きながら空に広がって、月や星を隠している。ほどなく事故現場に差しかかった。アイリッシュマンは急カーブを曲がりそこねて、雑草に覆われた広い路肩に逃れようとしたようだ。だが、それは路肩ではなかった。雑草の細い帯の向こうは、急斜面だった。ベンツはそこを転がり落ち、上下さかさになって止まっていた。エンジンから炎が噴き出している。

ボンドは道路の端に寄せて車を停めると、エンジンを切って降りた。ワルサーを抜き、周囲を警戒しながら――人影は見えない――斜面をなかば走り、なかばすべり下りるようにしてベンツに近づき、すぐそばで足を止めた。アイリッシュマンはベルトでシートに固定されたまま死んでいた。両腕は頭の上に力なく垂れている。顔や首をべったりと濡らした血が頭の先から滴《したた》って、車の天井に赤い水たまりを作っていた。

立ちこめる煙に目を細めながら、ボンドは運転席側のウィンドウを蹴破り、死体を引っ張り出そうとした。炎にのまれてしまう前に、携帯電話など死体のポケットのなかのものを集め、トランクをこじ開けて荷物やノートパソコンなどを救出するつもりだった。

さっきと同じ折り畳みナイフを開き、シートベルトを切ろうとしたとき、遠くからサイレンの音が聞こえてきた。どんどん近づいてくる。道路のほうを振り返った。消防車はまだ何キロか離れていたが、すぐに到着するだろう。急げ！　エンジンから出た火は、着々と勢いを増している。煙が目や鼻を痛めつけた。

しかし、シートベルトを切断する作業を始めたところで、ふと疑問が浮かんだ。消防隊？　こんなに早く？

おかしい。これが警察なら、まだわかる。だが、消防車が来るのは――？　ボンドは運転席の死体の血に濡れた髪をつかみ、顔をこちらに向けた。

アイリッシュマンではなかった。死体が着ているジャケットを見る。キリル文字。少し前にあやうく衝突しかけた大型トラックに描かれていたのと同じロゴだった。アイリッシュマンは大型トラックを強引に停止させ、運転手の喉を掻き切り、ベンツのシートに座らせておいて、車ごとこの崖から落とした。そのあとすぐ地元の消防局に通報したのだろう。渋滞を起こしてボンドの追跡を阻止するために。

リュックサックはもちろん、トランクに入っていたものはすべて自分で持ち去ったはずだ。しかし、いまは下になっている車の天井のバックシート側に、紙片が何枚か落ちていた。ボンドはそれを拾ってポケットに押しこんだ。それと同時に、炎が押し寄せてボンドを車から追い払った。大急ぎでジェッタに戻り、ハイウェイ21号線に向けて——近づいてくる回転灯から逃げるように——猛スピードで車を走らせた。

携帯電話を取り出す。外見はｉＰｈｏｎｅにそっくりだが、サイズは少しだけ大きく、特別仕様のカメラレンズやオーディオシステムなどを搭載していた。また、一台で複数の電話番号——たとえばエージェントの実名と偽名でそれぞれ登録した番号——を使い分けることができ、何百ものオペレーション用アプリや暗号化パッケージなどがインストールされている（Ｑ課が開発したことから、この特殊な携帯電話には、支給されたその日のうちに、ユーモアを込めて〝ｉＱＰｈｏｎｅ〟というニックネームが献上された）。

ＧＣＨＱの追跡センターに最優先で接続できるアプリを起動した。音声認識システムを使い、アイリッシュマンが運転していたトラック、黄色のザスタバ・ユーロジータの特徴をシステムに送信した。チェルトナムのコンピューターは自動的にボンドの現在地を認識し、トラックのルートを予測したうえで、衛星を使って近隣を走行している類似の車両の探索を開始する。

五分後、携帯電話が着信音を小さく鳴らした。いいぞ。ボンドはディスプレイを見た。

しかし、送られてきたのは、探索結果ではなかった。ボンドが所属する組織の幕僚主任、ビル・タナーからのメールだった。件名にはこうあった——《急速潜航》。緊急事態を意味する符牒だ。

路面と電話をせわしく交互に見ながら、メールを読んだ。

ＧＣＨＱの傍受：インシデント20作戦に参加したセルビア側エージェント一名が病院に搬送される途中で死亡した。貴君が救命を怠ったという告発あり。セルビア当局が緊急逮捕令状を発して捜索中。即座に出国せよ。

月曜日　世界で一番リッチなくず屋

6

ロンドンはチェルシーの自分のフラットで眠りについた三時間半後、午前七時に、携帯電話の目覚まし機能が電子音を響かせた。ジェームズ・ボンドはまぶたを開いた。こぢんまりとした寝室の天井が視界を真っ白に埋めた。二度まばたきをしたあと、あのアイリッシュマンと〝ノア〟という男の追跡を再開しなければという思いに尻を叩かれ、肩と頭部と膝の痛みには気づかぬふりをして、ダブルサイズのベッドから下りた。

板張りの床のあちこちに、ノヴィサドのミッションの際に着ていた衣類が散らかっている。タクティカルウェア一式をトレーニング用のリュックサックに押しこみ、床の上の残りの衣類を集めて洗濯物かごに放りこんだ。週に三回通ってきて、彼の家庭生活に秩序を取り戻してくれる家政婦メイ――ボンドは〝スコットランドの宝〟と呼んでいる――への気遣いだ。脱ぎ散らかしたものを他人に拾わせるわけにはいかない。

裸でバスルームに入り、シャワーの湯の温度を我慢の限界まで熱くしておいて、無香性の石鹼で全身をごしごし洗った。次にシャワーの温度を下げ、氷のような水をしばらく浴びた。我慢の限界に達したところでシャワーブースから出て、タオルで水気を拭った。それから昨夜の被害状況を点検した。脚にナスの色をした大きな痣《あざ》が二つ。手榴弾の破片が当たった肩には、すり傷がいくつかと大きな切り傷が一つ。どれも大したことはなさそうだ。

二枚刃のずっしりと重たい安全剃刀《かみそり》を手に、髭を当たった。剃刀の柄は、明るい色をしたバッファローの角で作られている。この逸品を愛用しているのは、いまや当たり前になったプラスチックの使い捨て剃刀よりも環境に優しいからではない。ただ単に、これを使ったほうが剃り残しが少ないからだ。加えて、使いこなすのにちょっとしたスキルが必要だという理由もある。ジェームズ・ボンドは、日常のささやかな挑戦にも楽しみを見いだす人間だ。

七時十五分には、身支度《みじたく》が整っていた。カナーリの紺のスーツ、海島綿の白シャツ、バーガンディ色のグレナディン地のネクタイ。シャツとネクタイは、ターンブル&アッサーのもの。それに黒いスリップオンの靴を合わせた。ふだんは紐靴は履かない。例外はコンバットブーツが必要なときと、紐の結びかたによって仲間のエージェントに暗黙のメッセージを伝えるときに限られる。

手首にはロレックスのオイスター・パーペチュアル。サイズ三十四ミリのスチールケース、コンプリケーションはデイト表示のみ。ボンドには、月の満ち欠けや、サウサンプトンの今日の満潮が何時何分かを知っておく必要がない。それを言ったら、必要のある人物が世の中にいったい何人いるだろう。

いつもなら、近くのポント・ストリート沿いの小さなホテルで朝食をとる。日に三度の食事のうち、一番好きなのは朝食だった。たまに、自分で作れる数少ない料理の一つを自宅で食べることもある。アイリッシュバターと卵三つを使い、ふんわりと仕上げたスクランブルエッグ。湯気の立つ凝乳《カード》にベーコンを添え、かりっとトーストした全粒粉のパンには、やはりアイリッシュバターとマーマレードをのせる。

しかし、インシデント20という緊急事態を抱えている今日は、食事をしている気持ちのゆとりも時間もなかった。そこで、ブルーマウンテンコーヒーをこれでもかと濃く淹《い》れ、磁器のマグで飲むだけにした。飲みながら、昨夜の列車脱線事故が国際ニュースとして報じられているかどうか確かめようと、ラジオ4に耳を澄ました。その話題には一言も触れられないままだった。

札入れと小銭をポケットに収める。車のキーもだ。セルビアで収集した品物の入った持ち手つきのビニール袋を提げ、イギリス国内では合法に携帯できない銃や弾を収めた鋼鉄の箱に鍵をかけて、それも持った。

かつては広い厩舎だった建物二つをつなげて改装したフラットの階段を足早に下りる。ガレージの鍵を開け、なかに入った。窮屈なガレージは、車二台と予備のタイヤ数本と工具を置いただけでもういっぱいだった。二台のうち新しいほう、ベントレー・コンチネンタルGTに乗りこむ。外装はベントレー伝統のグラニットグレー、内装は黒のなめらかな本革だ。

ツインターボを搭載したW型十二気筒エンジンが低い

うなりとともに目を覚ます。ダウンシフトパドルを指先で操作して一速に入れ、ゆっくりと通りに出た。ガレージで留守番をしているもう一台は、低馬力なうえに気むずかしい車だが、優美さではベントレーに引けを取らない。一九六〇年型のジャガーEタイプ、父の形見だ。

朝の渋滞の始まった街を北へ向けて走った。新しい週を迎え、何万ものロンドンっ子がボンドと同じようにオフィスに向かっている。ただ、出勤途中の勤め人という平凡なイメージは、ボンドの場合には表の顔にすぎない。

ボンドの雇用主にも、似たようなことが当てはまる。

三年前のある日、ジェームズ・ボンドはロンドン中心部のホワイトホールにある国防省の灰色一色の建物の、やはり灰色をしたデスクに座っていた。窓の外に広がる空は灰色ではなく、夏のよく晴れた空の下のハイランド地方の湖のように美しい青色をしていた。海軍予備軍を退役したあと、サーチ&サーチ広告会社で顧客回りをするとか、ナショナル・ウェストミンスター銀行でバランスシートをめくるといった仕事に就く気にはどうしてもなれず、フェテス・カレッジのフェンシング部で一緒だった友人に電話で相談したところ、国防省情報本部（DI）に志願してみてはとアドバイスされた。

DIでしばらく情報分析の仕事をし、おもしろみはないが有益と評された報告書をいくつか提出したあと、ボンドはチャンスがあればもっと刺激的な仕事にも挑戦してみたいと上司にそれとなく話した。

まもなく、謎めいた手紙が届いた。Eメールではなく、手書きのものだった。《パルマルのトラヴェラーズ・クラブで昼食をご一緒したく候》。

指定の日に由緒ある紳士クラブに出向くと、ダイニングルームの片隅のテーブルに案内された。向かいの席についた六十代なかばの体格のよい紳士は、〝提督〟とだけ自己紹介した。瞳の色とまったく同じ灰色のスーツを着こなしていた。たるんだ二重顎。茶色と灰色が混じった髪は、額から後ろに向けて梳《と》かしつけてあった。薄くなりかけた髪を透かして、星座のような母斑がところどころに見えた。提督はボンドをじっと見つめた。その視線は、あくまでも中立だった。威嚇するような感触も、軽蔑も、行きすぎた分析も、何一つ感じさせなかった。

ボンドはたじろぐことなく灰色の瞳を見つめ返した。戦地で人を殺し、自分も死にかけた経験を持つ男だ。誰かの視線に射貫《いぬ》かれたくらいで怖じ気づくことはない。とはいえ、相手が何を考えているのか探ろうにも、その目からは何一つ読み取れなかった。

握手は交わさなかった。

メニューがそれぞれの前に置かれた。ボンドはカレイを骨がついたまま蒸してオランデーズソースをかけ、茹でたポテトとグリルしたアスパラガスを添えた一皿を選んだ。提督は腎臓とベーコンのグリルを注文したあと、ボンドに尋ねた。「ワインは?」

「いただきます」

「では、銘柄はきみが選んでくれないか」

「ブルゴーニュが合いそうですね」ボンドは言った。「コート・ド・ボーヌはあるかな。またはシャブリ」

「アレックス・ガンバルのピュリニーはいかがでしょう?」ウェイターが提案する。

「いいね、それにしよう」

ほどなくワインのボトルが運ばれてきた。ウェイターがなめらかな手さばきでラベルを見せたあと、ボンドのグラスにほんの少量だけ注いだ。淡いバター色のワインは、土の香りを感じさせる極上品で、温度も冷たすぎずぬるすぎず、ちょうど飲みごろだった。ボンドは一口味わってからウェイターにうなずいた。二つのグラスに半分ほどワインが注がれた。

ウェイターが立ち去ると、年配の紳士がしわがれた低い声で言った。「きみは元軍人だね。私もだ。互いに世間話に興味はないだろう。今日来てもらったのは、きみのキャリアの今後について話し合うためだ」

「予想していました、サー」〝サー〟をつけるつもりなどなかったはずが、この相手に限っては、無意識のうちにつけずにはいられなかった。

「このトラヴェラーズ・クラブには、ビジネス関連の書類を広げてはならないという規則があることは、きみも知っているかもしれんな。あいにくだが、今日は規則違反を犯さねばならないようだ」年配の紳士は胸ポケットから封筒を取り出し、ボンドに手渡した。「公職守秘法に基づく誓約書のようなものでね」

「誓約書なら、もう――」

「さよう、もうサインしただろうな――国防省情報本部の誓約書に」紳士はそっけなくさえぎった。わかりきったことを繰り返されることに我慢がならないたちらしい。

「そいつはさらに厳格でね。とにかく読んでみなさい」

ボンドは書類に目を通した。たしかに厳格だった――いや、厳格などという表現では生ぬるかった。

提督が言う。「それにサインする気がないなら、先ごろの選挙の話でも、北部のマス釣りの話でも、先週、またしても苦杯を喫したラグビーのニュージーランド戦の話でもいい、世間話をしながら昼食を楽しんで、それぞれのオフィスに帰ることにしよう」提督はそう言うと、さあどうするとでもいうように、もじゃもじゃの眉を吊り上げた。

ほんの一瞬だけ迷ったあと、ボンドは署名欄にペンを走らせ、誓約書を返した。書類はふたたび提督の胸ポケットに消えた。

ワインを一口。提督が尋ねた。「特殊作戦執行部という名称に聞き覚えは？」

「もちろんあります」ボンドには尊敬する人物というものがほとんどいなかったが、数少ないなかの筆頭がウィンストン・チャーチルだ。従軍記者としてキューバやスーダンに赴いた若きチャーチルは、ゲリラ戦術の有効性を深く認識した。第二次世界大戦勃発後、チャーチルと経済戦担当相ヒュー・ダルトンは特殊作戦執行部（SOE）を創設し、ドイツ占領下の各国のレジスタンスを支援し、英国のスパイや破壊工作員をパラシュート降下で潜入させたりした。チャーチルの秘密軍隊とも呼ばれたSOEは、ナチスにはかりしれない打撃を与えることになった。

「有用な組織だったよ」提督はそう言ったあと、ぼやくような口調で続けた。「戦後に廃止されたがね。省庁間のごたごた、組織構造上の問題、MI6と国防省の内輪もめの巻き添えを食って」香り高いワインをまた一口。

食事が運ばれてきて、会話はスローダウンした。料理はすばらしく美味だった。ボンドは率直にそう感想を述べた。すると提督はしゃがれた声で応じた。「ここのシェフはわきまえているからね。有名になってアメリカのテレビ局で番組を持とうなんて妙な野心とは無縁の男だ。さて、MI5と6が創設されたいきさつは知っているかね」

「知っています、サー――いろんなところで読みましたから」

一九〇九年、ドイツ侵攻の脅威、それにドイツ人スパイがすでにイギリス国内に潜伏しているのではないかという恐怖（興味深いことに、いずれも大衆スリラー小説が植えつけた不安だった）に対抗するため、海軍省と陸軍省は秘密情報局（ＳＳＢ）を設立した。ＳＳＢはまもなく、国内治安維持を任務とする軍情報部第５課（ＭＩ５）と、国外での諜報活動を任務とする軍情報部第６課（ＭＩ６）の二つの組織に分割された。ＭＩ６は継続して機能している世界最古のスパイ組織とされている――中国はこれに異を唱えているが。

提督が続けた。「二つの組織に共通する特徴的な要素が一つある。何だと思うね？」

ボンドには想像もつかなかった。

「言い逃れの道具」老提督はひとりごとのように言った。「ＭＩ５とＭＩ６は、どちらも言い逃れの道具として創設された。王や首相、内閣、陸軍省が、自ら手を汚すことなくスパイという卑劣な活動を行ない、かつ関与を否定できるようにだ。その事情はいまも変わっていない。世間の目は、ＭＩ５やＭＩ６には厳しい。粉飾された報告書、プライバシーの侵害、政治家の内偵、違法な暗殺の噂……全国民が〝透明性〟を要求している。むろん、戦争の様相が昔とはまるきり変わったこと、もはやゲームのルールに従う敵ばかりではない現実には、誰一人、目を向ける気がないらしいがね」またワインを一口。「一部には、私たちも旧来のルールをきれいさっぱり忘れるべきだという意見もある。９・11の同時多発テロ、７・７のロンドン同時爆破テロのあとでは、そういった声が格段に強くなった」

ボンドは言った。「つまり、私の理解が正しければ、新たなＳＯＥを起《た》ち上げようと考えていらっしゃるということでしょうか。ただし、旧ＳＯＥとは違って、ＭＩ５やＭＩ６からも、国防省からも独立した新しい組織を」

提督はボンドの視線をとらえた。「きみのアフガニスタンでの軍功を詳述した報告書には目を通した。所属が海軍予備軍だったにもかかわらず、地上の前線での戦闘部隊に志願したそうだな。そうそうできることではない」冷ややかな目がボンドをじっと見つめている。「それ以外にも、後方で、むやみに公にはできないミッションを成功させたと聞いている。おかげで、放っておけばよからぬことをしでかしていたであろう連中の動きを封じることができたそうだね」

ボンドはちょうどグラスに口をつけて、シャルドネ種の最高峰ピュリニー＝モンラッシェを味わおうとしていたところだったが、ぎくりとしてグラスをテーブルに下ろした。そんなことまでどうして知っている？　いったいどこをどう調べたのだ？

低い平板な声で提督が続けた。「ナイフやスナイパーライフルの扱いに長《た》けた英雄なら、陸軍や海兵隊の特殊部隊にいくらでもいるだろう。しかし、かならずしも、そう――デリケートとでも言えばいいかな、ある種のミッションに向いているとはかぎらない。一方で、ＭＩ５やＭＩ６には……」ボンドのグラスにちらりと視線を投げる。「……コート・ド・ボーヌとコート・ド・ニュイの違いを舌で覚えていて、しかもフランス語とアラビア語の両方を遜色なく操る聡明さも備えているが、自分のであろうが他人のであろうが、血を見ただけで卒倒するような輩《やから》も少なくない」鋼の色をした瞳がボンドにまっすぐ照準を合わせた。「きみはどうやら、その両極端のいいところだけを持ち合わせた稀少な人材と見える」

提督はナイフとフォークをボーンチャイナの皿に置いた。「きみの質問だがね」

「私の……？」

「新たな特殊作戦執行部を起ち上げようとしているのかと訊いただろう。答えはイエスだ。いや、じつを言えば、すでに存在しているんだな。どうかね、そこに加わる気持ちはあるかね」

「あります」ボンドは即答した。「ただ、その前に一つうかがっておきたいことが。その新しい組織は、具体的には何をしているんでしょう？」

提督は一瞬、考えこむような表情をした。荒削りの返答に最後の磨きをかけてばりを取ろうとしているかのようだった。「我々の使命かね。単純なことだよ。王国を守ること……どのような手段を使っても守り抜くことだ」

7

流麗な姿をしたベントレーは、耳に心地よいエンジン音を響かせながら、どうしてもジグザグしたルートを取らざるをえないロンドン中心部を三十分ほど走ったあと、リージェントパーク近くにある、提督が起ち上げた組織の本部に到着しようとしていた。

ボンドの雇用主たる組織の名称は、かつての〝特殊作戦執行部〟に負けず劣らず曖昧なものだ――〝海外開発グループ〟（ＯＤＧ）。長官を務める老提督は、ＯＤＧ内では単に〝Ｍ〟と呼ばれていた。

ＯＤＧは、公にはイギリス企業の海外進出や事業拡大、海外への投資を支援する政府機関ということになっている。ＯＤＧにおけるボンドのＯＣ――表向きの肩書き――は、セキュリティ・アナリスト。世界各国に出向いて経営リスクを評価するのが職務だ。

しかし、現地に降り立った瞬間、ＯＣからＮＯＣ――政府とは無関係の民間人を装った諜報員――に変身する。エクセルで作成したスプレッドシートは荷物の底にしまい、５・11のタクティカルウェアに着替え、ニコン・バックマスターのスコープを搭載した三〇八口径のライフル銃で武装する。あるいは、サヴィル・ローの一流テイラーで仕立てたスーツに身を包み、チェチェン人の武器ディーラーとキエフの会員制クラブでポーカーをしながら、その晩のメインイベント――武器ディーラーをポーランドの秘密施設に連行する――に備えて、相手のセキュリティ態勢の詳細を見きわめる。

外務連邦省のヒエラルキーの隙間にひっそりと押しこまれたＯＤＧの本部は、デヴォンシャー・ストリートから少し奥に入った閑静な通りに面した、間口のせまい六階建てのエドワード七世時代風のビルにある。華やかさとは無縁の――そのことが体《てい》のよいカムフラージュにもなっている――弁護士事務所やＮＧＯ事務所、個人医院などが並ぶ一角が、メリルボーン・ロードの喧噪を遠ざけてくれていた。

ボンドは地下駐車場に下りるトンネルの入口に車を向けた。入口に設置された虹彩スキャナーをのぞきこむ。さらにもう一段階、人間によるセキュリティチェックも受けた。それでようやく入口をふさいでいるバリアが下りた。ボンドはベントレーを駐車場に乗り入れて空きスペースを探した。

エレベーターは、青い瞳をやはりスキャナー越しに確認したあと、ボンドを一階に運んだ。射撃練習場に隣接する武器管理オフィスに立ち寄り、鍵をかけた鋼鉄の箱を赤毛のフレディ・メンジーズに預けた。メンジーズは元ＳＡＳ伍長で、スパイ業界の射撃の名手の一人だった。ワルサーをこの男に預ければ、念入りに掃除し、油を差し、損傷がないか点検したあと、マガジンにボンドの好みの弾を補充しておいてくれる。

「三十分で返せるよ」メンジーズが言った。「彼女、いい子にしてたか、００７？」

ボンドは職業柄必要な道具の一部にそれなりの愛着を抱いてはいるが、無生物を擬人化することはなかった。それに、百歩譲ったところで、四〇口径のワルサーは、いや、それを言ったらコンパクトなワルサーＰＰＳだって、どう考えても〝彼〟と呼ぶべきだろう。「ああ、りっぱに働いてくれたよ」ボンドは無難にそう答えた。

エレベーターで、今度は四階に上った。白く塗られた味気ない廊下を左に歩く。あちこちにすり傷の残る壁のところどころにクロムウェルからヴィクトリア女王の時代にかけての絵画や戦場を描いた絵画の複製が飾られていて、殺風景な廊下にささやかな彩りを添えていた。少しでも明るい雰囲気を演出しようというのだろう、誰かが窓際に観葉植物を並べていた。ただし、すべて作り物だ。本物の植物を置けば、水やりと剪定《せんてい》といったメンテナンス作業を外注しなくてはならなくなる。

廊下を行くと、たくさんのパーティションで仕切られたオープンスペースに出る。その広い空間の奥のデスクに、若い女性が一人座っていた。一月前、初めて紹介されたとき、ボンドの頭に最初に浮かんだ言葉は〝美人〟だった。ハート形の輪郭、高い頰骨。なめらかなこめかみから肩の下まで豊かな髪が流れ落ちている、髪の色は、ロセッティが描く女性を思わせる鮮やかな赤だった。ふつうとは微妙にずれた位置にできる小さなえくぼが、たまらなく魅力的だ。光のかげんによっては金色にも見える薄茶色の瞳には、緑色も少し混じっていて、その目はいつも相手をまっすぐに見つめた。ボンドにとって、彼女の容姿は女性の理想像そのものだった――ほっそりとしてエレガントな姿。マニキュアを塗っていない爪は短めに整えられている。今日は膝丈の黒いスカートにアプリコット色のシャツという出で立ちだ。シャツの高い襟が首を隠しているが、生地は薄手で、その下に隠されたレースの存在をそれとなくほのめかしており、気品とセクシーさという、とかく矛盾しがちな要素を両立させていた。脚はカフェオレ色のストッキングに包まれている。ガーターストッキングか、それともパンティストッキングだろうか――ついそう考えずにはいられなかった。

オフィーリア・メイデンストーン、通称〝フィリー〟は、MI6所属の情報アナリストだ。ODGには連絡役として常駐している。ODGは情報収集組織ではなく、あくまでも戦闘部隊、実行部隊で、内閣や首相と同じく、〝製品〟――すなわち情報の消費者だからだ。そして情報の最大の提供元はMI6だ。

ボンドを最初に魅了したのがフィリーの美貌と裏表のない人柄だったことは否定できないが、彼の関心をいまも変わらずがっちりとつなぎとめているのは、根気強い仕事ぶりと臨機応変の才だった。乗り物好きであることも、同じくらい魅力的だった。フィリーの愛車は、歴史上もっとも美しいオートバイの一つ、BSAの一九六六年型A65スピットファイアだ。バーミンガム・スモール・アームズ（BSA）のオートバイのラインナップ中、もっとも高馬力な車種というわけではないが、真のクラシックと呼べる一台であることは間違いないし、適切なチューニングを施せば（じつにすてきなことに、フィリーは自分でチューニングまでする）、スタートラインに極太のタイヤ痕が残るほどの底なしのパワーを発揮する。本人によれば、天候にかかわらず走るのが好きだし、思い立ったらすぐに走りに出かけられるよう、中綿入りの革つなぎも持っているという。ボンドは危ういくらいタイトなつなぎを想像して、思わず眉を吊り上げた。それに気づいたフィリーの口もとに冷ややかな笑みが浮かび、ボンドはいまの表情が的を外した銃弾のごとく跳ね返って自分に命中したことを悟った。

まもなく知ったことだが、フィリーには婚約者がいた。ボンドもフィリーが指輪をしていることにはすぐに気づいたものの、なんともまぎらわしいことに、石はダイヤモンドではなく、ルビーだった。

というわけで、あえなく終止符が打たれた。

ボンドが近づいてくる気配を察したフィリーが顔を上げ、笑みを浮かべた。その笑みを見ると、ついこちらも笑顔を作りたくなる。「ジェームズ！　おはよう……どうしたのよ、人のことをじろじろ見て」

「頼みがある」

　フィリーは落ちてきた髪を耳の後ろに押しやった。「力になりたいところだけど、あいにく、ジョンからも仕事を頼まれてるの。スーダンに行っててね、ちょうどいま、銃撃戦を始めようとしてる」

　スーダンは百年以上にわたってイギリス、エジプト、近隣諸国と――それに同胞とも――戦争を続けている。紅海側に位置するいくつかの州から成る東部同盟は、共和国から分離独立して、特定の宗教を持たない穏健派の国家を成立させようとしていた。南部で起きた独立運動にまだ動揺しているハルツームの中央政府は、この新しい動きを歓迎していない。

　ボンドは言った。「知ってる。もともとは俺が行くはずだったから。ところが、代わりにベオグラードに送られた」

「ラッキーじゃない？　ベオグラードのほうが食べ物が美味しいもの」フィリーはわざとらしくまじめくさった顔を作って言った。「プラムが好きな人ならとくに」

「セルビアで集めてきたものがある。ちょっとした調査を頼みたいんだが」

「あなたの〝ちょっとした〟が本当に〝ちょっとした〟で終わったためしがあるかしらね、ジェームズ」

　そのとき、フィリーの携帯電話が鳴った。フィリーはディスプレイを確かめて眉をひそめた。電話を耳に当てながら、相手の心まで見透かすような薄茶色の目をボンドのほうに向けて、どこか愉快そうな表情で彼をじっと見つめた。それから電話に向かって言った。「わかりました」電話を切る。「あなた、上のほうの誰かに貸しがあるみたいね。または誰かを脅したか」

「俺が？　まさか、よせよ」

「アフリカの戦争は――言ってみれば――私抜きで続けてもらうしかなさそうだわ」立ち上がって別のデスクに近づく。話の様子からすると、ハルツームのバトンを同僚のＭＩ６職員に渡しているようだ。

　ボンドはデスクの手前の椅子に腰を下ろした。フィリーのスペースのどこかがいつもと違っているような気がするが、何なのかわからない。整頓しただけのことだろうか。模様替えをしたとか――このちっぽけな空間で模様替えなどというものが可能なら、だが。

　デスクに戻ってきたフィリーは、まっすぐにボンドの目を見つめた。「さてと。いまからあなた専属になったわ。で、どのミッションの調査?」

「インシデント20」

「ああ、噂のあれね。だけど、私はホットリストに載ってなかったの。まずは概要を説明してもらえる?」

ボンドと同様、フィリー・メイデンストーンも、国防身元確認庁、外務連邦省、それにロンドン警視庁(スコットランドヤード)による高度審査をクリアしている。すなわち、核兵器に関するデータのなかでも最高機密中の最高機密とされるごく一部を除き、あらゆる機密情報にアクセスする権限を与えられているということだ。ボンドは今回のミッションの概要をフィリーに説明した。〝ノア〟、〝アイリッシュマン〟、金曜日の攻撃計画、セルビアでの一部始終。フィリーは几帳面にメモを取っていた。

「きみに刑事役を演じてもらいたい。手がかりは、いまのところこれだけなんだが」ボンドはノヴィサド郊外で炎上した車から救出した紙片と、私物のサングラスが入ったビニール袋を差し出した。「大至急——超特急で身元を突き止めてもらえないか。身元だけじゃなく、どんな小さな情報でも見つかればありがたい」

フィリーは受話器を取り、証拠物件の引き取りとMI6のラボでの分析を依頼した——MI6で分析不能と判明した場合には、スコットランドヤードの特殊犯罪班の科学捜査チームに引き継いでほしい。フィリーが受話器を置く。「すぐ取りに来てくれる」次にハンドバッグから毛抜きを取り出し、二枚の紙片をそっと引き出した。一枚はケンブリッジ近くのパブのレシートだった。つい最近の日付が記されているが、残念ながら支払い方法は現金だ。

もう一枚にはこう書かれていた——《ブーツ——三月。十七。それまでに》(Boots—March. 17. No later than that)。何らかの暗号なのか。それとも、いまから二か月前の三月に、ドラッグストアチェーンのブーツに何かを引き取りに行く用事があって、忘れないようメモしておいただけのことだろうか。

「このオークリーのサングラスは?」フィリーが袋をのぞきこんで尋ねた。

「右のレンズの真ん中に指紋が付いている。アイリッシュマンの死んだ仲間のものだ。ポケットも探ったが、何も残っていなかった」

フィリーは紙片二枚のコピーを取って一組をボンドに渡し、もう一組を自分用に残したあと、オリジナルをサングラスと一緒に袋に戻した。

　ボンドはアイリッシュマンがドナウ川の水に混入させようとしていた危険物についても説明した。「あの物質の正体を突き止めてくれ。実際に流されていたら、被害規模がどの程度になってたと考えられるか、それも知っておきたいな。あいにく、俺はセルビアに嫌われちまったようでね。俺から頼んでも協力は得られそうにない」

「わかった。調べてみる」

　そのとき、今度はボンドの携帯電話が鳴った。その独特の音色はすっかり聞き慣れていたものの、ディスプレイを確かめてから電話に出た。「マニーペニー？」

　女性の低い声が応じた。「ジェームズ。お帰りなさい」

「Mか？」

「ご名答。Mがお呼びよ」

8

最上階のオフィスのドア脇に掲げられたプレートにはこうある――〝長官〟。

　ドアを開けてすぐが待合室だ。整理整頓の行き届いたデスクに三十代半ばの女性が座っている。淡いクリーム色のキャミソールの上に、ボンドの紺色のスーツとほとんど同じ色のジャケットを着ていた。凛々《りり》しい細面《ほそおもて》。F1のギアチェンジにも負けない素早さで、厳《いか》めしい表情から思いやり深い表情へと切り替える能力を備えた瞳。

「おはよう、マニーペニー」

「ジェームズ、ちょっと待っていただける？　Mはまた国防省と電話中なの」

　背筋はぴんと伸び、しぐさには無駄らしい無駄がない。髪にも一筋の乱れさえなかった。軍隊経験が永久に消えないしるしを残したのだろうか――ボンドはまたしてもそんなことを考えた。彼女は、Mのパーソナルアシスタントにという誘いを受けたのを機に、海軍を退役している。

ＯＤＧに入局した直後、ボンドは彼女のオフィスチェアに腰を下ろし、大きな笑みを浮かべて軽口を叩いた。「海軍では大尉だったんだって、マニーペニー？　俺としては、きみが上のところを想像するほうが楽しいな」ボンドの退役時の階級は中佐だった。

これに対して返ってきたのは、予想したような厳しい叱責の言葉ではなく、当たりこそ柔らかいが、痛烈な反撃だった。「私ね、これまで生きてきて一つ学んだことがあるのよ、ジェームズ。どんな地位《ポジション》も、それなりの経験を積まなければ手に入らないってこと。喜ばしいことに、経験の豊かさという点では、私なんてあなたの足もとにも及ばないと思うわ。その点には絶対の自信がある」

当意即妙の切り返し、ボンドをファーストネームで呼んだこと、そして輝くばかりの笑顔。それらが一瞬にして二人の関係を永久に定義した――マニーペニーは、ボンドに身の程をわきまえさせつつ、巧みに友情の道を開いた。その関係はいまも変わっていない。気遣いと親愛の情は存在するが、あくまでも上司のアシスタントと部下というスタンスは崩さずにいる（とはいえ、ボンドは、００《ダブルオー》セクションのエージェントたちのなかで、彼女の一番のお気に入りは自分に違いないと信じている）。

マニーペニーはボンドの全身を眺めて眉をひそめた。「何やらたいへんだったって聞いた」

「まあ、そうとも言えるかな」

Ｍのオフィスのドアのほうを振り返り、ちゃんと閉っていることを確かめてから、マニーペニーが続けた。「今回のノアの件は手強そうね、ジェームズ。いろんな情報が飛び交ってる。ゆうべ、Ｍがオフィスを出たのは九時よ。今朝は五時から出勤してる」そこでいっそう声をひそめた。「あなたのことを心配してたわよ。ゆうべ、一時的に連絡が取れなくなったことがあったでしょう。そのあいだ、しきりにあちこち電話してた」

そのとき、デスクの上の電話のランプが消えた。マニーペニーはボタンを押し、襟に着けていてもそれとはわからない小さなマイクを介してＭに伝えた。「００７が来ています」

マニーペニーがドアのほうにうなずく。ボンドがそちらに歩きだすと、ドアの上の《Do not disturb》のランプが灯った。もちろん、音など何もしないが、そのランプが灯るのを見るたび、ボンドの頭には中世の地下牢の入口が浮かぶ――かんぬきががしゃんと音を立てて外れ、扉が開いて、新たな囚人が迎え入れられる図だ。

「おはようございます」

Mは、三年前にトラヴェラーズ・クラブで初めて昼食をともにしたときから何一つ変わっていないように見える。もしかしたら、今日着ている灰色のスーツも、あの日と同じものなのかもしれない。オーク材の大きなデスクのほうに向けて二脚並んだ、実用本位の椅子の一つを手で指し示す。ボンドはそこに腰を落ち着けた。

床にはカーペットが敷き詰められ、壁は書棚で埋めつくされていた。このビルは新旧ロンドンの境目に位置し、角部屋のMのオフィスの窓からは二つのロンドンが見下ろせる。西のマリルボーン・ハイストリートに建ち並ぶ古びたビルは、ガラスと鋼鉄でできたユーストン・ロードの高層ビル群――大衆受けはよいが、審美的にはいかがなものかと思わせる外観と、人間より賢いエレベーターシステムを備えた塔――と好対照を成していた。

とはいえ、晴れた日であっても、そういった景色はぼんやりとにじんで見える。窓ガラスは耐爆防弾仕様のうえ、創意工夫に富んだ敵にリージェントパーク上空を熱気球で漂いながらのぞき見されたりすることのないよう、ミラー加工が施されているせいだ。

Mがデスク上の書類から目を上げ、ボンドをしげしげと眺めた。「診断書の必要はなさそうだな」

Mの目は何一つ見逃さない。絶対に。

「はい。かすり傷が一つ二つだけです。大きな怪我はありません」

デスクには黄色い法律用箋と、やたらにボタンが並んだオフィス用の電話機、エドワード七世時代風の真鍮のランプ、細く黒い両切りの葉巻が入ったシガーケースが置かれていた。Mは国防省への行き帰りの車中や、Pセクションのボディガード二人に付き添われてリージェントパークを散歩しながら考えをまとめたりするときだけ、葉巻をくゆらせる。Mの私生活について、ボンドは何も知らないも同然だった。知っているのは、ウィンザーの森を背負うようにして建つ摂政《せっしょう》時代風のマナーハウスに住んでいること、ブリッジと釣りを趣味にしていること、花を主題にした水彩画を描かせたら相当な達人であることくらいだった。外見と才能の両方を備え持ったアンディ・スミスという海軍伍長が運転手を務める、ぴかぴかに磨かれた十年落ちのロールスロイスを日常の足にしている。

「報告を聞こうか、007」

ボンドは考えを整理した。Mは論旨の明快ではない話や回りくどい話しかたを徹底して嫌う。〝えーと〟〝その〟などといった無意味な言葉は、言わなくてもわかることをくどくど説明するのと同じく、決して許されない。ボンドはノヴィサドでの一件を要領よく説明したあと、付け加えた。「セルビアで集めた証拠品から、手がかりが見つかるかもしれません。いまフィリーが調べてくれています。列車に積まれていた危険物に関しても調査中です」

「フィリー？」

そうだった。Mはニックネームも嫌う——自分は組織の全員からニックネームでのみ呼ばれているにもかかわらず。「オフィーリア・メイデンストーンです」ボンドは言った。「MI6の連絡調整係官の。何かわかることがあるなら、彼女がかならず突き止めてくれます」

「セルビアでは身分はどうしていた？」

「所属組織を偽りました。ベオグラードのBIA上層部には、ODGの一員だということも、ミッションの内容もきちんと話しましたが、一緒に行動したエージェント二人には、国連の平和維持組織をでっち上げて、そこに所属していると言っておきました。ただ、ノアのことや金曜の攻撃に関する情報がたまたま二人の耳に入ることもあるかと思って、その二つについては話しておきましたが。若いほうのエージェントからアイリッシュマンが何か聞き出したとしても、ミッション全体への影響はないでしょう」

「スコットランドヤードとMI5が関心を示している——ノヴィサドの貨物列車の件を考えに入れたとして、きみの意見はどうだ？ インシデント20とは、我が国で鉄道を破壊する計画だと思うかね？ セルビアは予行演習だったという可能性は？」

「私も同じ可能性を疑いました。しかし、わざわざリハーサルをするほどのことではないように思いますね。それに、アイリッシュマンの協力者が線路に細工をするのにかかった時間は三分程度でした。イギリスの鉄道システムは、セルビアの田園地帯の貨物線より複雑にできているはずです」

もじゃもじゃの眉が片方だけ持ち上がった。おそらく、ボンドの推測に異を唱えているのだろう。それでもMはこう言った。「まあ、そうだろうな。インシデント20の前座とは考えにくい」

「そんなわけで」ボンドは椅子の上で身を乗り出した。「私としては、すぐにステーションYに戻りたいのですが。ハンガリー経由で入って、アイリッシュマンを追跡し、イギリスに引き渡すための準備を整える。00セクションのエージェントを二人貸してください。やつが盗んだ大型トラックを追跡します。簡単にはいかないでしょうが――」

Mは使い古した玉座を後ろに傾け、首を振っている。

「向こうではちょっとした騒ぎになっているようだぞ、007。きみを巡ってな」

「ベオグラードがどう言っていようと、死んだ若いエージェントは――」

Mはいらだった様子で片手を振った。「わかっている、わかっているよ。責任はむ
ろん向こうにある。それについて疑う余地はわずかもない。弁明は弱さのしるしだぞ、007。どうしてこの件を弁解しようとするのか、わからんね」

「申し訳ありません」

「私が言いたいのは別の話だ。ゆうべ、チェルトナムのGCHQが、アイリッシュマンが逃走に使った大型トラックの衛星画像を入手した」

「よかった」どうやらボンドの追跡要請が実を結んだようだ。

しかしMの険しい表情は、喜ぶのはまだ早いと警告していた。「アイリッシュマンは、ノヴィサドから十五分ほど南に下った地点でトラックを停め、ヘリコプターに乗り換えた。ヘリについては、登録も機体番号も確認できていないが、GCHQにMASINTが入っている」

MASINT――計測通信情報――は、最新のハイテク情報収集法だ。マイクロ波通信や無線といった電子機器から収集された情報は、ELINTと呼ばれる。写真や衛星画像はIMINT、携帯電話や電子メールならS

IGINT、人間が集めた情報はHUMINTだ。MASINTでは、熱エネルギー、音波、気流の乱れ、プロペラやヘリのローターによる振動、ジェットエンジンや汽車や自動車の排気、加速パターンなどのデータを機器が収集し、その特徴や傾向を分析したものを表やグラフにまとめあげる。

Mが続ける。「昨夜、MI5が問題のヘリコプターと一致するMASINTを記録していた」

ちくしょうめ……MI5が見つけたということは、ヘリコプターはイギリス国内を飛んでいたということだ。すなわち、アイリッシュマン――ノアやインシデント20に結びつく唯一の手がかり――は、ジェームズ・ボンドが地球上で唯一、やつを追跡する権限を持たない地域にいることになる。

Mが付け加えた。「ヘリコプターは午前一時ごろロンドン北東部に着陸したが、その後の足取りがつかめない。MI5はそこで完全に見失ったそうだ」そこで首を振った。「まったく理解に苦しむね。この組織を創設したとき、なぜ国内での活動の範囲をこれほど制限したのか。もう少し自由を与えてくれていれば、話は簡単だったろうにな。きみがアイリッシュマンを尾行した結果、大観覧車《ロンドン・アイ》やマダム・タッソーの蠟人形館にたどりついていたら？　きみはどうすればいい？　交番にでも電話するか？　まったく、いまはグローバリゼーションの時代だぞ。インターネットにEUの時代だ。なのに、我々は自分の国で手がかりを追うことすらできないときている」

とはいえ、そのルールの根拠は明白だった。MI5は、捜査に優れた能力を発揮する。MI6は国外における情報収集活動と〝破壊活動〟――テロ組織に入りこみ、内部から偽の情報を発して組織の細胞をつぶすといった隠密行動――に特化している。さらに、ボンドが所属する海外開発グループは、それ以上の活動を行なっている。たとえば、めったにあることではないとはいえ、00セクションのエージェントに標的を与え、チャンスをうかがって国家の敵を射殺するよう命じる場合もある。しかし、イギリス国内で同じことをすれば、その行為が道徳的見地からどれだけ正当なものであろうと、また国家戦略的にいかに好都合であろうと、ブロガーや新聞記者から徹底的に叩かれることになる。

それだけではない。検察当局もまず間違いなく茶々を入れてくるだろう。

しかし、政治論はともかく、ボンドとしては、どうあってもインシデント20を追いかけたかった。ボンドの心にはすでに、アイリッシュマンに対する反感が生まれていた。言葉を慎重に選びながら、Ｍに説明した。「私はこれまでの経緯を隅々まで理解しています。アイリッシュマンとノアを見つけ、連中の計略を探り出すのに、私以上の適任者はいないと思います。このまま続けさせていただけませんか」

「私も同意見だよ、００７。現に、ぜひきみに続けてもらいたいと考えている。今朝、ＭＩ５とスコットランドヤードの特捜部と電話を介して話し合いを持った。どちらも、アドバイザーとして参加してもらうくらいならかまわないと言っている」

「アドバイザー、ですか」ボンドは苦々しげにつぶやいた。しかしそう言ってしまってから、Ｍの交渉術がなければ、その譲歩さえ引き出せなかっただろうと気づいた。

「ありがとうございます」

Ｍは感謝の言葉を振り払うように首を振った。「第3局の人間と組んでミッションを進めてくれ。オズボーン＝スミスとかいう男だ」

第3局（Ｄ３）……イギリスの諜報／警察機関は、人間に似ている。生まれ、結婚し、子孫を残し、死ぬ。それだけではなく、場合によっては――ボンドが一度、冗談で言ったように――性転換手術だって受ける。Ｄ３は最近になって誕生した子の一つだ。ＯＤＧとＭＩ６が蜘蛛の糸のように細い線でつながっているように、Ｄ３もＭＩ５とゆるやかなつながりを保っている。

言い逃れの道具――

ＭＩ５は広範な捜査権、監視権を与えられているが、逮捕権はなく、戦闘要員も擁していない。だが、Ｄ３はそのいずれも持っている。ハイテクの専門家、官僚、空軍や海兵隊の特殊部隊出身の重火器を抱えたタフガイから構成される、秘密主義、隠遁主義を貫く集団だ。つい最近、オールダム、リーズ、ロンドンの三都市でテロ組織の支部を潰した功績は、ボンドも認めるところだ。

Ｍは冷静な目でボンドを見つめている。「ミッションについて白紙委任状《カルト・ブランシュ》を与えられることに慣れているのは承知しているよ、００７。きみには一匹狼の傾向があるし、これまではそれが功を奏してきた」陰鬱な視線。

「いや、たいがいの場合はと言うべきかな。しかし、国内でのきみの権限は限られている。それも大幅に。わかるな?」

「はい」

つまり、もはや白紙委任状ではなくなったということだ。灰色委任状《カルト・グリーズ》とでも呼ぼうか——ボンドはそう考えて腹立たしくなった。

Mがまた陰気な視線をボンドに向けた。「もう一つ、厄介な問題がある。安全保障会議だ」

「安全保障会議?」

「国防省から通達があったろう。読んでいないのか」Mが苛立った様子で訊く。

国内問題に関する通達だ。ゆえに、ボンドは決まって読まない。「申し訳ありません」

Mが顎を食いしばるのがわかった。「我が国には十三の安全保障機関がある。今朝の時点では、もっと増えているかもしれんがね。MI5、MI6、SOCA、JTAC、SO13、DI……私も含め、すべての機関の長官が、今週、三日間にわたって国防省に缶詰にされる。ああ、アメリカからもCIAだの何だのの長官が来るようだな。イスラマバード、平壌《ピョンヤン》、ベネズエラ、北京、ジャカルタの情勢について、報告と情報交換が行なわれるそうだ。ハリー・ポッター眼鏡をかけた駆け出しアナリストか何かのご高説を拝聴させられたりもするかもしれないな。あのくそ迷惑なアイスランドの火山噴火はチェチェンの抵抗勢力によるテロだとか、そんな話を」溜め息。「私とは連絡がつかない時間が多くなる。インシデント20に関するODGの窓口は幕僚主任にまかせた」

「わかりました。では、幕僚主任に指示を仰ぐようにします」

「さっそく行け、007。忘れるなよ。今回はイギリス国内で動くことになる。初めて訪れた国のつもりで行動するように。わかるね? その土地の先住民には、愛想よく、如才なく接しろということだ」

9

「無惨ですよ。本当にごらんになりますか」

そう確かめた現場監督に、男は即答した。「ああ、見よう」

「わかりました。では、車でご案内します」

「ほかに誰が知ってる？」

「シフト主任と、見つけた作業員だけです」上司にちらりと目を向けたあと、監督は付け加えた。「他言はさせません。そのほうがよろしければ」

セヴェラン・ハイトは答えなかった。

どんよりと曇った空の下、二人は古めかしい本社ビルの積み下ろし場から出て、近くの駐車場まで歩いた。会社のロゴの入ったワンボックスカーに乗りこむ。緑の葉のイラストにかぶせるように、《グリーンウェイ・インターナショナル廃棄物処理再生》という会社名が書かれている。そのロゴのデザインがとくに気に入っているというわけではない。ハイトの目には、形だけ強引に時流に合わせたように見えたが、事前のフォーカスグループ調査で高い評価を得ているうえ、企業イメージも上向くと説明された（「一般受け、か」ハイトは軽蔑をそれとなく込めてそう応じたあと、しぶしぶながらそのデザインを承認した）。

ハイトは百九十センチに届くかという長身で、肩幅も広い。円柱を思わせる体に、黒いウール地であつらえたスーツを着ていた。大きな頭は、白髪が交じり始めた黒い豊かな巻き毛で覆われている。黒い顎髭にも白いものがちらほら見えた。黄ばんだ爪は、指先をはるかに越えて伸びているが、形はきれいに整えられていた。怠慢から伸びたのではなく、意図してその長さにしているのだ。

肌が青白いせいで、鼻の穴の暗さやさらに暗い瞳の色がいっそう際立って見える。細長い輪郭をした顔は、五十六歳という年齢よりも若々しい印象だった。いまでも体力には自信がある。若いころと同じ筋肉質の体をいまもきちんと保っていた。

車は会社の雑然とした敷地を走りだした。面積は百エーカーを超える。低層の建物、ごみの山、大型金属容器、上空を旋回するカモメ、煙、塵……

それに、衰亡……

荒れた道を行く車に揺られながら、ハイトの意識は一瞬、一キロほど先の建設現場に飛んだ。新しい施設はじきに完成する。敷地内にすでに建っている二つの施設とまったく同一の仕様だ。五階建ての箱のような建物。屋上からは煙突が伸び、その上の空は、昇っていく熱気のせいで、いつも波打っているように見える。施設は塵芥焼却炉と呼ばれるタイプのものだった。ハイトはそのヴィクトリア朝時代の呼び名を気に入っていた。イギリスは、世界で初めて収集ごみからエネルギーを再生した国だ。一八七〇年代、焼却の際に排出される蒸気を利用した発電所の第一号がノッティンガムに建設され、まもなく全国で数百の施設が稼働することになった。

廃棄物の処理とリサイクルを専門とするハイトの会社の敷地の真ん中で完成を待っている新しい焼却炉は、ディケンズの時代に作られた陰鬱な先祖たちと、原理のうえで特段の進化は遂げていない。例外は、排気から有害物質を取り除く浄化装置とフィルターを備えていること、リサイクル効率が向上していることくらいだった。廃棄物利用燃料を燃やして得たエネルギーは、ロンドン周辺地域の電力網に（言うまでもなく有料で）供給されている。

グリーンウェイ・インターナショナル社は、つまるところイギリスの廃棄物処理と再生利用における革新の歴史の末裔《まつえい》だ。ヘンリー四世は、ごみを回収して町や都市の通りから排除せよという法令を出し、違反者には罰金を科した。〝どぶさらい〟がテムズ川の両岸を清潔に保ち——もちろん、役場に雇われてのことではなく、集めたごみを売って収入を得ていた——〝ぼた屋〟はウール地の端布を織物工場に持ち込み、工場はそれを利用してショディと呼ばれる安価な生地を生産した。ロンドンでは、十九世紀という早い時代から、回収されたごみを将来の用途に応じて分類するために女性たちが雇われていた。ブリティッシュ・ペーパー・カンパニーは、再生紙製造専門会社として設立されている。一八九〇年のことだ。

グリーンウェイ・インターナショナル本社は、ロンドンの北およそ三十キロにある。三方をテムズ川に囲まれたアイルオヴドッグスのオフィスビル群を越え、大規模娯楽施設O2という誘惑を振り払い、カニングタウンやシルヴァータウン、ドッグランズのにぎわいも越えたさらに先だ。ロンドンからA13道路に乗り、南東に折れてテムズ川に向けて走ると、やがて道が狭くなる。人を寄せつけない、どこか不吉さを漂わせる細い通り。両側に見えるのは、低木の茂みと、死期迫る病人の肌のように青白く透き通ったひょろ長い植物だけだ。アスファルトの細い帯は、どこにもつながっていないように思えるが……しばらくして小さな丘をぐるりと回ると、じっと居座って動かない煙霧に包まれたグリーンウェイの巨大施設が行く手に現われる。

ワンボックスカーは、その廃棄物のワンダーランドの真ん中に置かれた、高さ二メートル弱、長さ六メートルほどの凹《へこ》みだらけの大型容器の傍らで停まった。容器のそばには、グリーンウェイの薄茶色のオーバーオールを着た四十代と思しき作業員が二人、落ち着かない様子で立っている。社長その人が現われたことに気づいて、二人はますます落ち着きを失った。

「いやいや、驚いたな」一人がもう一人にささやいた。

ハイトの真っ黒な瞳、濃い顎髭、雲突くような長身。そういったものも、この二人が怖じ気立つ理由だろう。それに、この黄ばんだ長い爪も。

ハイトは尋ねた。「そこか？」

作業員は無言で突っ立っている。現場監督——オーバーオールの刺繍によれば、ジャック・デニソン——が代わって答えた。「そうです」それから作業員の一人に向かって鋭い口調で言った。「おい、ミスター・ハイトをお待たせするんじゃない。社長はお忙しいんだぞ」

作業員は急ぎ足で容器に近づくと、補助のスプリングを備えてはいるものの、簡単には動かない重たい扉を苦労して引き開けた。なかには、お馴染《なじ》みの緑色のポリ袋や、分別する手間を惜しんだ人々がまぎれこませたリサイクルごみ——瓶、雑誌、新聞などが入っていた。

ほかにもう一つ、まぎれこんでいるものがある。人間の死体だ。

背丈からすると、女性か十代の少年らしい。ただ、それ以上の推測は不可能だった。どう見ても死後数か月が経過しているからだ。ハイトはかがみこむと、長い爪の先を使って死体を探った。

悦楽に浸りながら調べた結果、死体は女性のものとわかった。

剝がれかけた皮膚、その下から突き出している骨、昆虫や動物に食い荒らされた肉の残骸。ハイトの胸が高鳴る。「この件は胸にしまっておけ」作業員二人に向かって言った。

他言はさせません……

「わかりました」

「もちろんです、社長」

「向こうで待っていてもらえないか」

二人は小走りに立ち去った。ハイトがデニソンにちらりと目をやると、デニソンは、あの二人は行儀よくしているはずだと請け合うようにうなずいた。ハイトはそれをまったく疑わなかった。グリーンウェイの従業員管理は、廃棄物処理再生場というより軍隊のようだった。セキュリティは万全だ。携帯電話の持ち込みは禁止。外部への電話はすべてモニターされている。厳しい罰則もあった。ただ、その埋め合わせとして、従業員には充分すぎるくらいの給与を支払っている。経験から得た教訓の一つは、金さえきちんと払っていれば、プロの兵卒は素人に比べてはるかに忠実だということだ。そしてグリーンウェイに金がなくなるようなことはない。誰かがもう要らないと言ったものを引き取り、処分する——その汚れ仕事は金になった。これまでもそうだったし、これからも永遠にそうだろう。

一人きりになると、ハイトは死体の傍らにしゃがみこんだ。

ここで人間の遺体が見つかるのはそう珍しいことではない。グリーンウェイの建築廃材部門やリサイクル部門の作業中に、ヴィクトリア朝時代の人骨やミイラ化した死体が発見されたりする。薬物——酒であれドラッグであれ——に命を奪われたホームレスの死体がごみ集積所のポリ袋の山に無造作に投げこまれ、そのままここまで運ばれてくる例も少なくない。殺人の被害者の死体のこともある。その場合、たいがいの犯人は自分の手で運んでくるだけの礼儀をわきまえている。

ハイトは死体が見つかっても通報しない。この施設に警察を入れるのは絶対にごめんだった。

それに、こんな宝物を手放すなんて、もったいないにもほどがある。

死体に近づく。死体の朽ちかけたジーンズに膝が押し当てられた。世の中の大多数は腐臭——湿った段ボールを連想させる苦みのある臭い——に顔をしかめるだろうが、長らく廃棄物と隣り合わせで働いてきたハイトは、何とも思わなかった。自動車修理工場のメカニックがグリスの匂いを、あるいは食肉処理場の従業員が血や内臓の匂いを何とも思わないのと同じだ。

しかし現場監督のデニソンは、独特の芳香から少し距離をおいて控えている。

ハイトは黄ばんだ爪の先で毛髪のほとんどなくなった頭頂部をそっとなでた。次に顎に触れる。それから、どこよりも先に露出する指の骨をなぞった。死体の爪も長かった。といっても、死後に伸びたせいではない。死後に爪が伸びるというのは伝説だ。爪の下の肉が萎縮するために長くなったように見えるだけのことだ。

新しい友人を長いこと間近で眺めたあと、不本意ながら一歩離れた。腕時計を確かめる。ポケットからiPhoneを取り出し、死体の写真を十枚ほど撮った。

それから周囲を見回した。埋め立て場にできた、戦死した兵士の墳墓を思わせる山二つにはさまれた空白地帯を指さす。「さっきの二人に、あそこに埋めるように言ってくれ」

「わかりました」デニソンが答える。

ワンボックスカーのほうに歩きながら、ハイトは言った。「あまり深く埋めるなと伝えろ。目印も忘れずにな。あとでまた来たとき、すぐ見つけられるように」

三十分後、ハイトは自分のオフィスに戻り、三百年前の監獄のドア板に脚を取り付けたデスクの前に座って、撮影した死体の画像をスクロールしながら夢中で見入っていた。やがてようやく電話をしまうと、暗い影のような目をほかのことに向けた。片づけなくてはならない仕事は山ほどある。グリーンウェイは廃棄物の処理、埋め立て、リサイクルの分野における世界のリーダー会社の一つだ。

グリーンウェイ本社の最上階にある広々としたオフィスは薄暗い。この一八九六年築の社屋は、かつて食肉解体場だったものだ。それに手を入れて、インテリア雑誌が〝シャビーシック〟と呼ぶような内装に仕上げてある。

壁には、彼の会社が解体したビルの遺物が並んでいた。塗料が剝げた枠、そこにはめこまれたひびの入ったステンドグラス、セメントのガーゴイル、動植物、人物像、モザイク。イングランドの守護聖人、聖ジョージが竜を退治している場面を描いたものは複数あった。ジャンヌダルク像もだ。大きな浅浮き彫りのレリーフでは、白鳥に化けた最高神ゼウスが美女レダと交わっている。

秘書が書類を抱えて入ってきて、また出ていった。ハイトのサインが必要な手紙、目を通すべき報告書、承認すべきメモ、検討すべき財務諸表。グリーンウェイの財政状態はきわめて良好だった。リサイクル業界の会議で、ハイトはあるときこんな冗談を言った。〝すべての人間についてかならず当てはまること〟を、よく言われる二つ――税金を払わなくてはならない、いつか死ななければならない――に限定するのはいかがなものか。もう一つ加えるべきだろう――不要品を回収処分してもらわなくてはならない。

コンピューターが軽やかな音を鳴らした。国外の取引先から、暗号化されたメールが届いていた。明日、火曜日に予定されている重要な打ち合わせの時間と場所の確認だ。最後の一行がハイトの気持ちを高ぶらせた――《明日の死体は相当数に上りそうです。百近くになるとか。それでご満足いただければいいのですが》。

充分すぎるほど充分だ。さっき処分場で死体を見つめたとき体の奥から湧き上がった欲望が、いっそう熱く激しく燃えさかった。

人の気配がして、ハイトは顔を上げた。黒っぽいパンツスーツに黒いシャツを合わせた六十代半ばの女性が入ってきた。白い髪はキャリアウーマン風のボブカットに整えてある。ほっそりとした首には大きな一粒ダイヤモンドのプラチナネックレス。ほかにも、やはり大粒のダイヤモンドを使った手の込んだデザインのジュエリーが手首と指を飾っていた。

「校正刷りを確認した。私はいいと思うわ」ジェシカ・バーンズはアメリカ人だ。出身はボストン郊外の小さな町で、ボストンっ子特有の歯切れのよい発音がいまだ抜けきっておらず、そこがどことなく愛嬌を感じさせる。若いころは町一番の美人と評判だったらしい。そのジェシカとハイトが出会ったのは、彼女がニューヨークの高級レストランで案内係をしていたころのことだ。何年か一緒に暮らしたあと――ジェシカをそばに置いておくために――ハイトはグリーンウェイの宣伝顧問としてジェシカを雇い入れた。宣伝や公報はあまり重視していないし、関心もないも同然だったが、聞くところによれば、ジェシカの判断が功を奏してマーケティングの成果が出たことがこれまでに何度もあったという。

ハイトは彼女をじっと見つめた。今日はどこかふだんと違うような気がする。

　気がつくと、彼女の顔を観察していた。ああ、それか。ハイトの好みに合わせて――というより、彼の強要に従って――ジェシカは黒と白の服しか着ず、化粧もしない。しかし今日は、頬紅をごく淡くつけているようだ。断言はできないが、口紅も塗っているのかもしれない。それに気づいたところであからさまに顔をしかめたりはしなかったが、彼の視線の行き先を察したジェシカの物腰が微妙に変化した。呼吸のリズムも乱れた。手が頬に持ち上がりかけたが、はっとしたようにその動きを止めた。ハイトの言いたいことはしっかり伝わっている。

　ジェシカは広告を差し出した。「確認する？」

「いや、いい。文句はないとわかってるから」

「じゃあ、これで進めてもらいましょう」ジェシカはそう言って出ていった。向かった先はマーケティング部ではないはずだ。化粧室だろう。そこで顔を洗うのだ。

　ジェシカは愚かではなかった。同じ過ちは繰り返さない。

　次の瞬間、ハイトの思考からジェシカは消えていた。窓から新しい焼却炉を眺める。金曜の計画ももちろん忘れていないが、いまは明日のことで頭がいっぱいだった。

死体……百近く。

　体の内側が期待に打ち震えた。

　そのとき、インターコムから秘書の声が聞こえた。

「社長、ミスター・ダンがお見えです」

「通してくれ」

　すぐにナイアル・ダンが入ってきた。誰にも話を聞かれないよう、ドアを閉める。この扱いにくい男と知り合って九か月になるが、その間《かん》、彼の台形に近い顔に感情がわずかでも現われたことがいったい何度あっただろう。セヴェラン・ハイトは他人にほとんど興味がなく、社交辞令にも関心がない。そのハイトでさえ、このダンという男の前では身震いの出そうな不安に取り憑かれる。

「向こうで何があった？」ハイトは尋ねた。セルビアでのトラブルのあと、ダンは電話では必要最小限の会話しかしないほうがいいと言ってきていた。

　ダンは淡い青色の目をハイトに向け、いつものベルファスト訛で説明した。セルビア人の協力者カリッチと仕事に取りかかったところを数人の男たちに邪魔された

――地元の警察官に変装したセルビア保安情報局（ＢＩＡ）のエージェントが少なくとも二人、ほかに西欧人が一人。その西欧人は、セルビア人エージェントには、ヨーロッパ平和維持監視グループに所属していると話していたらしい。

　ハイトは眉間に皺を寄せた。「それは――」

「そんな組織は存在しない」ダンが穏やかな口調で言った。「おそらく民間人だろう。バックアップの人員が一人もいなかったのがその証拠だ。通信本部と連絡を取ってる様子もなかったし、救急隊の支援もなかった。あの西欧人はたぶん、ＢＩＡ幹部を買収して協力させたんだ。まあ、バルカン諸国はどこもそんなものだよ。もしかしたら、我々のライバルがちょっかいを出してきたということかもしれない」ふと思いついたかのようにこう付け加える。「ひょっとしたら、あんたのパートナーとか従業員の誰かがうっかり口を滑らせたということはないかな――今度のプロジェクトに関して」

　ダンの言うプロジェクトとは、もちろん、〝ゲヘナ計画〟のことだ。秘密が漏れないよう、万全を尽くしてきた。とはいえ、世界中の大勢の人間が関わっている。どこかから情報が漏れ、それを手に入れた犯罪組織がもっと詳しく知ろうと試みた可能性も考えられなくはない。

　ダンが先を続けた。「リスクを過小評価したくない――なかなか利口だったからな。といっても、あれは時間をかけて練られた計略ではないだろう。こっちはこのまま進めても問題はないと思うね」携帯電話を差し出す。「俺に連絡するときはこいつを使ってくれ。盗聴されにくい仕掛けをしておいた」

　ハイトは渡された電話をしげしげと眺めた。「その西欧人の顔は見たのか」

「いいや。煙が濃くてね」

「カリッチは？」

「殺した」ダンは無表情に答えた。まるで〝今日は涼しいな〟とでも言うような口調だった。

　ハイトはいま聞いた話を頭のなかで検討した。何かを分析することにかけて、ナイアル・ダンほど厳密で用心深い人間はほかにいない。この男が大丈夫だと言うなら、それを信じるだけだ。

　ダンが続ける。「このあと例の施設に行く。残りの資材さえ届ければ、数時間で完成させられるそうだ」

さっき見た女の死体――それに、北部で彼を待ち受けているものを思い出して、腹の底から炎が燃え広がった。

「私も行こう」

ダンはすぐには答えなかった。しばらくして、一本調子にこう言った。「どうかな。来るべきだと思うか？　リスクが生じるかもしれないぞ」まるでハイトの声に隠された興奮を感知したかのようだった。ダンという男は、感情に基づいた判断からよい結果は生まれないと考えているらしい。

「危険は承知のうえだ」ハイトはポケットを軽く叩いて自分の携帯電話がちゃんと入っていることを確かめ、また写真を撮るチャンスがあることを祈った。

10

Mのオフィスを出て、廊下を歩く。大きなコンピューターを前に慣れた手つきでキーボードを叩いている、粋な服装のアジア系の女性に一言あいさつをして、女性の背後のオフィスに入った。

「難役を押しつけられたそうですね」ボンドは、Mの何もないデスクとは好対照の、書類やファイルが山積みになったデスクの上にかがみこんでいる男性に声をかけた。

「まあな」幕僚主任ビル・タナーが顔を上げた。「今日から私がインシデント20の大親分というわけさ。とりあえず座れよ、ジェームズ」タナーは空いている椅子――というより、たった一つだけ空いている椅子のほうにうなずいた。このオフィスにはやたらに椅子が置いてあるが、一つ以外はすべて、ほかに行き場所のないファイルの仮住まいとして使われている。ボンドが腰を下ろすと、タナーは訊いた。「まずは肝心な話から。ゆうべのフライトはどうだった？　SAS航空は上等のワインとグルメ向きの食事を出してくれたか？」

SASの特別のはからいにより、アパッチ・ヘリコプターがドナウ川の南の野原で待っていたボンドを拾ってドイツへ運び、NATOの基地に下ろした。ドイツからは、バンの部品を満載した輸送機ハーキュリーズが最終目的地ロンドンにボンドを送り届けた。「いや、ギャレーの補充を忘れたとかで」

タナーが楽しげに笑う。元陸軍中佐、がっしりした体つき、五十代、赤ら顔。そして、まっすぐな人物だ——背筋も、人柄も、考えかたも、何もかも。今朝も〝制服〟を着ている。黒っぽいパンツと、袖をまくり上げた水色のシャツ。タナーはODGの日々の活動を監督するという激務を任されている。ふつうならユーモアのセンスなど忘れてしまうところだろうが、タナーのそれはまったく失われていなかった。ボンドがODGに入局したとき、教育係としてついたのがタナーだった。いまではODG内でもっとも親しい友人になっている。タナーは無類のゴルフ好きで、タナーとボンドは月に一、二度、時間を見つけては攻略困難とされるコース、たとえばロイヤル・サンク・ポーツやロイヤル・セント・ジョージ、遠出をしているゆとりがなければウィンザー近くのサニングデールなどに出かけて、一緒にプレーを楽しんでいる。

タナーは、言うまでもなく、インシデント20とノアの捜索のあらましは知っていたが、ボンドは最新の情報を伝えた。加えて、主戦場がイギリス国内に移ったいま、自分の権限が大幅に縮小されたことも説明した。

幕僚主任は同情するような笑い声を立てた。「灰色の委任状、か。なかなか冷静に受け止めてるようじゃないか」

「騒いでどうなるものでもありませんから」ボンドは認めた。「ところで国防省は、首謀者はアフガニスタンのテロ組織だろうという考えをまだ変えていないんでしょうか」

「そうだな、アフガニスタンのテロ組織ならまだましだろうと期待を込めて考えているといったところかな」タナーは声をひそめてそう言った。「理由はいくつかある。あえて説明しなくても、きみならぴんと来るだろう」

外交上の駆け引きだ。それしかない。

タナーはMのオフィスのほうに顎をしゃくった。「今週開かれる安全保障会議とやらを御大《おんたい》がどう見てるか、わかったか？　なんでも、強引に出席させられるらしいな」

「あの様子を見たら、解釈のしようは一つしかないでしょう」

タナーは肩を上下させて笑った。

ボンドは腕時計を確かめて立ち上がった。「おっと、D3のエージェントと顔合わせをしておかないと。オズボーン＝スミス。ご存じですか」

「ああ、パーシーか」ビル・タナーは意味ありげに眉を吊り上げて微笑んだ。「幸運を祈っておくよ、ジェームズ。それ以上は何も言わずにおくのが一番だろう」

O課は五階のほとんどを占領していた。

広々としたオープンスペースが中央にあり、エージェントのオフィスがそれを囲んでいる。真ん中にはパーソナルアシスタントなど補佐職員のデスクが並ぶ。どのドアにも瞳孔スキャナーとキーパッド式のロックが備わっているが、それさえなければ、大型スーパーマーケットの営業部と言っても通用しそうだ。真ん中あたりに無数のコンピューター用液晶モニターが集まってはいるとはいえ、テレビドラマや映画のスパイ組織につきものの巨大なモニターはどこにも見当たらない。

ボンドはその活気にあふれたスペースを足早に歩きながら、二十代半ばのブロンドの女性にうなずいた。女性はオフィスチェアに座り、整理整頓の行き届いたデスクの上にかがみこんでいた。メアリー・グッドナイトが別の部署の職員だったら、食事に誘っていただろうし、その後の展開にも期待していただろう。しかし、あいにく、別の部署の職員ではない。それどころか、朝から晩までボンドのオフィスの入口からほんの数メートルの位置に座っている、彼の人間スケジュール帳であり、アポイントなしで押しかけてきた客を容赦なく追い返す頼りになる城門でもあった。また、政府機関の職員として何より重宝なことに、文句のつけようのない頭の柔らかさをも備えていた。いまはたまたま一枚もないようだが、グッドナイトはしばしば、同僚や友人やデートの相手から、映画『タイタニック』関連のカードや小物をプレゼントされている。外見がケイト・ウィンスレットにそっくりだからだ。

「グッド・モーニング、グッドナイト」

この言葉遊びは——これ以外のバリエーションも——初めのうちこそ恋の戯れめいていたが、ずいぶん前に、親愛の情の表現に変わっていた。夫婦間の愛情に似て、もはや無意識の習慣、日常の一部になっている。

グッドナイトがボンドの今日の予定を読み上げたが、

ボンドはすべてキャンセルしてくれと頼んだ。このあとD3のエージェントがテムズハウスから打ち合わせに来ることになっているが、その後は急遽《きゅうきょ》どこかへ飛ぶことになるかもしれない。

「シグナルはどうする？　私のところで止めておく？」グッドナイトが確かめる。

ボンドは少し考えてから答えた。「いや、いまのうちに目を通しておくかな。どのみち、たまっている書類仕事は片づけておいたほうがよさそうだ。どこかに行くことになった場合、帰ってきてから一週間分の書類を読まなくちゃならないと思うと、気が重い」

グッドナイトから緑の縞が入ったトップシークレット用ファイルの束を受け取り、ドアの傍らのキーパッドに暗証番号を入力して虹彩スキャナーをのぞきこむ。ロックが解除され、ボンドは自分のオフィスに入って明かりをつけた。縦横五メートルほどのオフィスは、ロンドンの水準から言えば決してせまくはないだろうが、いくぶん殺風景ではあった。政府支給のデスクは、国防情報本部のデスクより少し大きい（色はまったく同じだ）。四本ある木の書棚には、これまでに役に立った、あるいはいつか役に立つかもしれない書物や雑誌がぎっしり並んでいる。ブルガリアで開発された最新のハッキングテクニックからタイ語の慣用句辞典、三三八口径のラプア弾のリロードの手引きまで、テーマはさまざまだ。オフィスに彩りを添える私物はほとんど置かれていない。唯一、飾っておいてもよさそうなものとして、アフガニスタンでの武勲を称えて授与されたコンスピキュアス・ギャラントリー・クロス勲章があるが、それはデスクの一番下の抽斗にしまいこまれている。メダルは喜んで受け取ったものの、ボンドにとって勇気とは、兵士の装備一式に含まれるツールの一つにすぎず、そのツールを実際に使用したことを示す機能しかない物品を壁に掛けておくのは、使用済みの暗号解読表を貼っておくのと同じく無意味なことだった。

ボンドはデスクの前の椅子に座り、〝シグナル〟――生《なま》の情報をきれいに磨いて包装した、MI6の情報分析課のレポート――に目を通す作業にとりかかった。最初の一つは、ロシア課からの情報だった。ロシア支局――〝ステーションR〟がモスクワの政府のサーバーへの侵入に成功し、機密文書を盗み出したらしい。生来、外国語習得能力に優れ、フォークモンクトンでロシア語を学んだ経験もあるボンドは、英語の要約はあっさり飛ばし、ロシア語の原文を読み始めた。

やがて、ある二つの単語が目に飛びこんできた瞬間、そのレポート全体がふいに重大な意味を帯びた。二つの単語とは、英語で言うなら〝スティール・カートリッジ〟――鋼鉄の薬莢だった。

そのフレーズはボンドの心の奥底を貫いた。潜水艦のソナーが、はるか遠くのターゲットを確実に捉えるように。

スティール・カートリッジとはどうやら、ある〝動的手段〟――〝タクティカル・オペレーション〟を指すソ連の用語――のコードネームらしい。そのミッションで〝数人の死者〟が出たようだった。

ただ、作戦の詳細について、具体的なことは何一つ書かれていない。

ボンドは椅子の背にもたれて天井を見つめた。しばらくそうしていると、開いたままのドアの向こうから女性同士の話し声が聞こえてきた。ボンドは体を起こした。フィリーがメアリー・グッドナイトとおしゃべりをしている。手にはファイルを何冊か持っていた。ボンドがうなずくと、フィリーはオフィスに入ってきて、デスクの向かい側の木の椅子に座った。

「何かわかったんだな、フィリー？」

フィリーは脚を組んで前に乗り出した。ボンドはストッキングがこすれる魅惑的な音を聞いたように思った。

「そうね、まずはあなたの写真の腕はなかなかのものだってことかしら、ジェームズ。でも、あいにく光量が足りなかった。解像度を限界まで上げてみたけど、アイリッシュマンの顔は不鮮明なままなの。それから、パブのレシートやメモには指紋は付着してなかった。見つかったのはあなたの部分指紋だけ」

つまり、あの男の正体はこのあともまだしばらく不明のままだということだ。

「代わりに、サングラスの指紋は鮮明に採れてた。現地の協力者の名前はアルドー・カリッチ。セルビア人よ。ベオグラード在住、国有鉄道の職員」フィリーはそこで焦《じ》れったそうに唇をすぼめた。あのチャーミングなえくぼが強調された。「だけど、それ以上のことを調べるには、思ってたよりちょっと時間がかかりそう。列車に積まれてた危険物も同じね。とにかくみんな口が堅いのよ。あなたの言ってたとおり。ベオグラードは協力要請に応じる気分じゃないみたいね。それから、炎上した車で見つけたっていう紙切れ。地名らしきものが書いてあった」

ボンドはフィリーがファイルから取り出したプリントアウトを見つめた。地図だった。オンライン地図検索サービスのマップクエストのユーモラスなロゴが一番上にあしらわれている。「なあ、MI6はそこまで金に困ってるのか？　俺から大蔵省に電話してやろうか？」

フィリーが低くかすれた笑い声を漏らす。「ちゃんとプロキシを使ったわよ。地球上のどこの話をしてるか、あなたにもだいたいの場所がわかりやすいようにと思っただけ」フィリーは地図の一枚を指先で叩いた。「レシートがあったわね。発行したパブはここ」ケンブリッジ郊外の高速道路を下りてすぐの場所だった。

ボンドは地図を見つめた。ここで食事をしたのはいったい誰なのだ？　アイリッシュマンか。それともノアか。ほかにもいるであろう仲間か。それとも、先週あのレンタカーを借りた、インシデント20とは無関係の人物なのだろうか。

「次はメモ。暗号みたいなことが書いてあった紙切れね」

《ブーツ——三月。十七。それまでに》。

フィリーは長いリストを取り出した。「この意味を考えられるかぎり挙げてみたの。日付、靴、地理的な場所、ドラッグストア」また唇をとがらせる。努力が実を結ばなかったことが気に入らないらしい。「残念ながら、決定的な答えは見つかってない」

ボンドは立ち上がり、書棚から英国陸地測量部発行の地図帳を何冊か抜き取った。そのうちの一冊を開き、入念に確かめながらページをめくっていく。

メアリー・グッドナイトが戸口に顔を出した。「ジェームズ。あなたに会いたいって人が下に来てる。D3の人。パーシー・オズボーン＝スミス」

フィリーはボンドの表情が一変したことに気づいたらしい。「私は失礼するわね。セルビアの件はまかせて。当局をせっついておく。根比べよ。絶対に負けないから」

「ちょっと待った、フィリー。もう一つ頼みたいことがある」ボンドはさっき読んでいた報告書を差し出した。「〝スティール・カートリッジ〟というコード名のソ連かロシアの作戦について、わかるかぎり調べてもらえないか。そこに情報がある。少しだけだが」

フィリーが報告書に目を落とす。

「悪いね、翻訳はついてないんだ。しかし、MI6にはきっと――」

「ロシア語ならわかる《ヤ・ゴヴォリュ・ポ・ラスキ》」

ボンドは弱々しく微笑んだ。「しかも俺より発音がいい」二度とこの女性を見くびってはいけないと自分に言い聞かせた。

フィリーはプリントアウトにじっくりと目を通した。

「これ、どこかのサーバーに侵入して引っ張ってきたものよね。オリジナルのデータファイルをいま誰が持ってるかわかる？」

「MI6の誰かだと思う。ステーションRからの情報だ」

「わかった、ロシア課に問い合わせてみる。ファイルのメタデータを調べるわ。この文書が作成された日時や作成した人物がわかるでしょうから。もしかしたら、ほかのソースへのクロスリファレンスも含まれてるかも」フィリーはロシアからの報告書をマニラ紙のファイルに収めると、前面に並んだチェックボックスの一つに印をつけようとペンをかまえた。「カテゴリーは？」

ボンドは一瞬迷ってから答えた。「アワー・アイズ・オンリー」

「アワー（our）？」正式な分類項目に〝他見無用（ユア・アイズ・オンリー）〟はあっても、〝アワー・アイズ・オンリー〟などというカテゴリーはない。

「そう、きみと俺」ボンドはささやくように言った。「きみと俺だけの秘密にしたい」

少しためらったあと、フィリーはファイルの一番上に優美な文字でこう書きこんだ――《閲覧可能者　SISエージェント　メイデンストーン、ODGエージェント　ジェームズ・ボンド》「プライオリティは？」

ボンドはこれには即答した。「至急で頼む」

11

ボンドはデスクに身を乗り出すようにして、政府の各種データベースを使ってリサーチをしていた。そこへ足音が近づいてきた。大きな話し声も一緒だ。

「ありがとう、ありがとう。あとは自分で行くから、あんたはもう持ち場に戻ってくれていいよ。ここまで来ればもう、カーナビなしでも目的地に着ける」

次の瞬間、サイズのぴたりと合ったストライプのスーツを着た男がボンドのオフィスに現われた。ここまで案内してきたPセクションの警備員を振り切ってきたらしい。メアリー・グッドナイトという関門もバイパスしたようだ。彼女に目もくれずにデスク脇を大股に通り過ぎていく男に気づいたグッドナイトが椅子から立ち上がり、とがめるような顔をして男を目で追っている。

男はボンドのデスクにつかつかと歩み寄ると、肉づきのよい手を差し出した。決して太ってはいないのに、どこか締まりがなく、押し出しのきかない印象だが、視線には力があり、長い腕の先の両手はやけに大きかった。相手の指の骨を折りかねない握手をするようなタイプと見える。ボンドはコンピューターのモニターを暗くして立ち上がると、力を入れにくいよう、わざと男の目の前に手を突きつけて対抗した。

ところが、予想に反して、パーシー・オズボーン＝スミスの握手はあっさりと短時間で、しかも無害なものだった。ただし、掌がじっとり湿っているのが不快だった。

「ボンドです。ジェームズ・ボンド」

ついさっきまでフィリーが座っていた椅子を勧め、この男の髪型――暗めの金髪を〝バーコード〟に梳かしつけている――や、ぽってりとした唇、ゴムを貼ったような首にだまされてはいけないと自分を戒《いまし》めた。顎が貧弱だからといって、その持ち主の精神まで弱いとはかぎらない。かのモントゴメリー元帥の経歴を眺めても、そのことは明らかだ。

「さて、と」オズボーン＝スミスが言った。「インシデント20。なかなか扇情的なコードネームだね。しかし、コードネームってのは、いったい誰がひねり出すのかな。

情報委員会か？」

ボンドはあいまいに首をかしげておいた。

オズボーン＝スミスの視線がオフィスを一周した。その目は、接近戦のトレーニングで使用したあとボンドに返された、銃口がオレンジ色のプラスティック製の銃の上で落ち着いた。「ところで、国防省とＭＩ６は、悪党どもを探して、釜にせっせと石炭をくべながらアフガンの奥地にしゅぽしゅぽ向かってるって話じゃないか。つまり、あんたと私は、セルビアの件を押しつけられて置いてけぼりを食らったみそっかすってことになる。しかし、チェスにたとえるなら、最後の最後にポーンが勝ちをふんだくるってことも珍しくないよな。だろう？」

オズボーン＝スミスはハンカチで鼻と口を軽く拭った。七十歳未満の男がハンカチで顔を拭うところを目にするのは、いったいいつ以来だろう。「あんたの噂は聞いてるよ、ボンド……いや、ジェームズ。どうだろう、初めからファーストネームで呼び合うことにしないか。私のラストネームは長ったらしくてかなわんから。まあ、文句を言っても変わるものじゃないがね。私の肩書きと一緒だ――作戦実行部上級副部長」

肩書きをさりげなく、ひけらかすつもりなら、もう少しさりげなく頼みたいな――ボンドは胸のなかでつぶやいた。

「というわけで、いまから我々はパーシーとジェームズだ。ふむ、お笑いチャリティショーあたりに出てくる漫才コンビみたいだな。まあいい、ともかくあんたの噂は聞いてるよ、ジェームズ。本人より噂が先行《プレシード》したわけだ。いや、もちろん、噂のほうが上を行《エクシード》ってると言ってるわけじゃない。少なくとも私は、あんたは評判どおりの有能なエージェントだと聞いている」

やれやれ――ボンドの忍耐は早くも限界に近づいていた。堪忍袋の緒が切れる前に、Ｄ３のエージェントの長話をさえぎり、セルビアでの事件を詳しく話した。

オズボーン＝スミスはメモを取りながら真剣に聴いていた。そのあと代わって、英仏海峡のこちら側で何があったかボンドに説明したが、有益な情報はとくになかった。ＭＩ５のＡ課――通称〝ウォッチャーズ〟の驚くべき監視スキルをもってしても、アイリッシュマンを乗せたヘリコプターが着陸したのはロンドン北部のどこかららしいということまでしか突き止められなかった。それ以降、MASINTはもちろん、問題のヘリに関する情報はまったく得られていない。

「さてと、どういう戦略でいこうか」オズボーン＝スミスはそう言ったものの、ボンドの意見を求めているわけではないらしい。ただ単に、そのあとに続く命令の前置きだったようだ。「国防省にMI6、そのほか全世界の全員がテロリストどもを探してアフガニスタンの砂漠をしゃかりきになって掘り返してるあいだに、こっちはこっちでアイリッシュマンとノアとやらを意地でも見つけてやりたいな。きれいに包装してリボンもつけて、送りつけてやろう」

「つまり、逮捕する――？」

「〝連行する〟と言ったほうが穏便かな？」

「どうでしょう、私には、もっといいアプローチがありそうに思えるのですが」ボンドは言葉を選びながら言った。

その土地の先住民には愛想よく、如才なく……

「そうか？　悠長に監視してる暇はないだろう」オズボーン＝スミスはどことなく舌足らずな発音で言った。「せいぜい尋問する時間しかない」

「数千の人命が関わるような大規模な計画が進んでいるというのが事実なら、アイリッシュマンとノアにはほかにも仲間がいるはずです。ひょっとしたら、その二人は食物連鎖の末端にすぎない可能性だってある。いまの時点で確実にわかっているのは、ノアのオフィスで打ち合わせが行なわれたということだけです。ノアが計画の首謀者であることを示す事実は一つもない。それに、アイリッシュマンは単なる殺し屋だ。海千山千のベテランなのは確かですが、基本的にはただの傭兵です。二人の正体を突き止めたあとは、ほかの疑問に答えが出るまでのあいだ、泳がせておくべきでは？」

オズボーン＝スミスは愛想よくうなずきながら聞いていた。「まあ、そうかもしれないな。しかしだ、ジェームズ。私のバックグラウンド、経歴はあんたも知ってるだろう？」笑みと媚びるような態度が一瞬で消えた。「尋問室で容疑者を料理する訓練を積んできている。たとえば北アイルランドで。ロンドンにある悪名高き〝テロリスト専用刑務所〟だ。

ベルマーシュは、ベルマーシュでも」

「そうそう、キューバでも日光浴したっけな」オズボーン＝スミスが続ける。「グアンタナモ収容所で。そうさ、どんな相手だって、この私には口を割るんだよ、ジェームズ。私と二日なり三日なり話をすれば、兄貴やら弟やらの隠れ家の住所を自発的に教えるようになる。息子のアジト。娘の隠れ場所。私が訊けば――私が優しく礼儀正しく質問すれば、相手はかならず答えてくれるんだ」

ボンドは引き下がらなかった。「しかし、ほかにも協力者がいた場合、ノアが拘束されたと知れば、金曜日の計画を前倒ししようとするかもしれませんよ。あるいは、行方をくらますかもしれない。今回このまま取り逃がしたら、いまある手がかりがみな鮮度を失ったころ、たとえば半年後や八か月後にふたたび行動を起こすかもしれません。あのアイルランド人なら、そういった不測のできごとに備えた計画を用意しているでしょう」

貧弱な鼻が、じつに遺憾だとでもいうように皺を寄せた。「まあな、ここが大陸側のどこかだったり、赤の広場だったりするなら、レッグスピンを投げようがオフブレークを投げようが、あんたの好きなようにすればいいさ。しかし、だ。ここは我々のクリケット場なんだな」

こんなふうに鞭をぴしりと鳴らされたとしても、この場合は文句は言えない。反論するだけ無駄だろう。この粋なスーツを着たゴム人形には、ちゃんと鉄でできた背骨が入っている。加えて、その気になればボンドを完全に黙らせられるだけの実権も付属していた。「もちろん、最終判断はお任せします」ボンドは如才なく言った。「では、第一段階は二人の追跡ですね。いまある手がかりをお見せしましょう」ボンドはパブのレシートと《ブーツ――三月。十七。それまでに》と書かれたメモのコピーを手渡した。

オズボーン＝スミスは眉を寄せてコピーに見入った。「あんたはどう思うね？」

「色めき立つようなことは何も」ボンドは答えた。「パブはケンブリッジ郊外にあります。メモのほうは、ちょっとした謎ですね」

「これは三月十七日ってことか？　ドラッグストアに行く日付をメモしたとか」

「そうかもしれません」ボンドは曖昧に言った。「暗号の可能性もありそうですが」フィリーから渡されたマップクエストの地図をオズボーン＝スミスのほうに押しやって続ける。「個人的には、パブのレシートは無視してよさそうに思います。とくに目を引くようなことはない――重要な施設の近くというわけでもありませんしね。M11道路から下りてすぐ、ウィンポール・ロードのそばですから」レシートのコピーに軽く触れた。「これを追いかけても、おそらく時間の無駄だろうな。ただ、念のために確認はするべきでしょう。こっちは私が引き受けますよ。ケンブリッジまでひとっ走りして、ちょっと調べてみます。ブーツのメモのほうは、そちらでお願いできませんか。MI5の暗号解読課のコンピューター分析にかけていただけるとありがたい。鍵はこのメモのほうにありそうです」

「わかった。依頼しておくよ。しかし、あんたさえかまわなければ、ジェームズ、パブの件は私が調べたほうがよさそうだな。あの辺に土地勘があるから。ケンブリッジを出てるんだ――モードリン・カレッジをね」地図とパブのレシートは、《三月》のメモとともにたちまちオズボーン＝スミスのブリーフケースに消えた。入れ違いに、別の書類が現われた。「あの女の子を呼んでもらえないか」

ボンドは片方の眉を吊り上げた。「どの〝女の子〟でしょう？」

「すぐ外にいる若いお嬢ちゃん。あれは独身だろう？」

「ああ、私のパーソナルアシスタントのことですね」ボンドはそっけなく言い、立ち上がって戸口から呼びかけた。「ミス・グッドナイト、申し訳ないがちょっと来てくれ」

グッドナイトはしかめ面で入ってきた。

「パーシーが何か頼みたいそうだ」

オズボーン＝スミスは、ボンドが彼をファーストネームで呼び、身内のグッドナイトをラストネームに敬称つきで呼んだ皮肉に気づかないまま、書類を彼女に渡した。「コピーを取ってくれ」

グッドナイトがボンドにちらりと目をやる。ボンドはうなずいた。グッドナイトは書類を受け取ってコピー機のほうに行った。オズボーン＝スミスがその後ろ姿に呼びかける。「両面コピーで頼むよ。無駄は敵の利益になる」

まもなくグッドナイトが戻ってきた。オズボーン＝スミスは原本をブリーフケースにしまい、コピーをボンドに渡した。「射撃の練習はよくするほうか？」

「そうですね、ときどきは」ボンドはそう答えた。一週間に六時間、まるで宗教儀式のように几帳面に練習していることは口に出さずにおいた。屋内練習場で拳銃、ビズリー射撃場の屋外練習場では拳銃より大型の銃の腕を磨いている。二週間に一度は、スコットランドヤードのＦＡＴＳ――高解像度コンピューター射撃訓練シミュレーション――を使ったトレーニングもしていた。ＦＡＴＳでは、背中に電極を貼りつけてトレーニングを開始する。バーチャルなテロリストに先に狙撃されると、電気ショックが走り、思わず膝をつくほどの痛みに全身を貫かれる。

「形式は整えておかないとな」オズボーン＝スミスはボンドに渡した書類を指さした。「臨時ＡＦＯの申請書類だ」

　イギリス国内では、ほんの一握りの公認拳銃所持警官《AFO》だけが銃器の携帯を許可されている。

「私の名前は使わないほうがよさそうに思いますが」ボンドは指摘した。

　オズボーン＝スミスは、そのことについてはまったく考えていなかったらしい。「おっと、そう言われればそうだな。ＮＯＣを使っとくか。ジョン・スミスでいい。必要事項を適当に埋めて、裏の質問に答えてくれ――銃器に関する保安事項やら何やらだ。減速バンプに行く手をふさがれたりしたら、大声で呼んでくれよな。すぐに駆けつける」

「このあとすぐに記入しておきますよ」

「ありがたい。これで一つ面倒が片づいた。そうだ、あとでまた情報のすりあわせをしようじゃないか――それぞれの秘密ミッションが完了したら」そう言ってブリーフケースを叩く。「よし、と。さっそくケンブリッジに行ってみよう」

　オズボーン＝スミスはくるりと向きを変えると、来たときと同じように騒がしく去っていった。

「〝いけ好かない男〟って、きっと、ああいう人のことを言うのね」グッドナイトが小声でささやいた。

　ボンドは小さく笑った。それから椅子の背にかけてあったジャケットを着ると、英国陸地測量部発行の地図帳を拾い上げた。「下の武器管理オフィスで銃を回収して、そのまま三、四時間、外出する」

「ＡＦＯの申請書はどうする気、ジェームズ？」

「ああ、これか」ボンドは申請書を取ると、等幅に細長く裂き、しおり代わりにして地図帳の数か所にはさんだ。

「わざわざうちのポストイットを無駄遣いすることはない。敵の利益になるからね」

12

一時間半後、ジェームズ・ボンドは愛車ベントレー・コンチネンタルＧＴに乗り、灰色の流れ星のように北に向かっていた。

パーシー・オズボーン＝スミスをまんまと欺いたことを思い返す。ケンブリッジのパブのレシートは手がかりとしてはあまり期待できないと考えたことは事実だ。もちろん、インシデント20の関係者がそのパブで食事をした可能性は否定できない。レシートに記された金額は、二人または三人分の夕食代だろう。しかし、日付は一週間以上前だ。パブの従業員が、アイリッシュマンの人相特徴に一致する客とその連れのことを記憶しているとは考えにくい。さらに、アイリッシュマンがおそろしく頭の切れる人物であることは、昨日の一件から明らかだった。同じ店でたびたび食事や買い物をしないよう、日ごろから気を遣っていることだろう。レシートを発行したパブの常連ではないはずだ。

とはいえ、ケンブリッジの手がかりをまったく調べないというわけにはいかない。同時に、オズボーン＝スミスの関心をよそへそらしておくことも同じくらい重要だった。アイリッシュマンやノアが逮捕され、ベルマーシュ刑務所に放りこまれるような事態はどうあっても回避しなくてはならない。麻薬の密売人や、たまたま大量の肥料を買いこんだイスラム教徒とはわけが違うのだ。インシデント20の全貌を暴くためには、二人を泳がせておく必要がある。

そこでポーカーの豊富な経験を活かして、はったりをかけた。パブの手がかりについて長々と説明し、ウィンポール・ロードからほど近いことをさりげなく伝えた。たいがいの人々にとって、その情報はとくに意味を持たないだろう。だがボンドは、オズボーン＝スミスなら、ポートンダウンに関連する政府の秘密施設（ウィルトシャーにある国防省生物化学兵器研究センター）が、偶然にもウィンポール・ロード沿いにあることを知っているだろうと推測した。厳密には同じ通り沿いでもケンブリッジの町のこちら側とあちら側、距離にして十キロ以上離れているとはいえ、その二つを結びつけるヒントさえやれば、オズボーン＝スミスは魚の頭を発見した海鳥のように急降下して手がかりをさらっていくに違いないとボンドは考えた。

その結果、暗号めいたメモと格闘するという、一見無益な仕事のほうをボンドが引き受けることになった。

《ブーツ——三月。十七。それまでに》（Boots—March. 17. No later than that）。

暗号は解読できた——おそらく。

メモの意味についてフィリーがリストアップした可能性は、ほとんどが全国のあらゆる町に支店を持つドラッグストアチェーンのブーツに関係していた。ほかには、靴のブーツや三月十七日に起きた出来事などが並んでいた。

ボンドの関心を惹きつけたのは、リストの最後のほうにあった項目だった。フィリーはBootsとMarchが〝—〟で結ばれていることを指摘し、さらにロンドンから車で二時間ほどのところにあるマーチという町のすぐ近くをブーツ・ロードが走っていることを突き止めていた。また、Marchと17のあいだにピリオドがあることにも注目していた。〝それまでに〟という期限を示すフレーズを考慮に入れると、17というのは三月ではなく、五月の十七日——つまり明日だと考えられるのではないか。

頭のいい女性だ——ボンドは驚嘆した。そしてオズボーン＝スミスをオフィスで待っているあいだに、ゴールデン・ワイヤー——データベースの相互参照を目的に、イギリスのすべての大規模情報機関を光ファイバーで結んだセキュアネットワーク——にアクセスし、マーチという町とブーツ・ロードについて調べてみた。

その結果、興味深い事実が判明した。ブーツ・ロードの旧陸軍基地近くに多数の大型トラックが出入りするため、迂回措置が予定されているという交通情報。大規模工事に関する予告。十七日の深夜零時までに工事が終わらない場合は罰金を科すという文言も見つかった。ボンドは、これこそアイリッシュマンとノアにつながる有力な手がかりになりそうだと直感した。

スパイという職業では、そういった直感を黙殺するのは危険な判断だ。

というわけでいま、ボンドは車の運転という愉しみを満喫しつつ、マーチに向かっている。

運転の愉しみとはもちろん、スピードを出すことだ。

しかしもちろん、自制心を働かせる必要はある。ここはピレネー山脈を貫くN260号線ではないし、湖水地方の人里離れた山道でもない。高速道路から一般の幹線道路へ、ふたたび高速道路へと気まぐれにアイデンティティを変えるA1道路の北行き車線だ。それでも、スピードメーターの針は少なからぬ時間、〝160〟にぴたりと張りついていたし、のろのろと走る馬の運搬トラックやフォード・モンデオに行く手をふさがれるたび、ボンドはシルクの上を滑るようになめらかに、しかもミリ秒単位で素早く反応するクイックシフトのレバーを操って加速し、邪魔ものを追い越した。基本的に右車線を走っていたが、幾度か路肩にはみ出しながら違法な追い越しをして、その後ろめたい興奮を味わったりした。カーブで路面が外側に傾いているようなところでは、車を故意にドリフトさせてスリルを楽しんだりもした。

警察は問題ではない。イギリス国内でODGに与えられている権限は限られているが――なんといっても白紙委任状じゃなく〝灰色委任状〟だからな、とボンドはひとり皮肉をつぶやいた――O課のエージェントが国内のどこかへ即座に移動する必要が生じる場面も少なくない。今日もあらかじめこの車のナンバーでNDR――不検挙申請――を提出しておいた。カメラも、スピードガン片手に取り締り中の警察官も、ボンドのスピード違反は見て見ぬふりをするはずだ。

ベントレー・コンチネンタルGTクーペ……市販車のなかでは世界一美しくて速いとボンドが信じている車。

昔からベントレーは憧れだった。ボンドの父親は、古い新聞の切り抜きを何百枚と持っていた。創業者ベントレー兄弟、一九二〇年代から三〇年代にかけ、ル・マン24時間レースでブガッティなど並み居るライバルを大きく引き離して優勝した数々の名車。ボンド自身、二〇〇三年にル・マンに復帰したベントレーのスピード8が七十三年ぶりにチェッカーフラッグを受ける瞬間をレース場で見届けた。威風堂々たるスタイリングでありながら、不埒《ふらち》なほどに速く、しかも扱いやすいベントレーをいつかは自分のものにしたい――ずっとそう夢見ていた。フラットの一階のガレージに置かれているジャガーEタイプは父親が遺したものだが、ベントレーは、言ってみれば間接的な遺産だった。何年か前、ボンドは両親の生命保険金の残りをはたいて一台めのベントレー・コンチネンタルGTを購入した。その後、少し前に新型に買い換えた。

A1道路から一般道に下り、フェンズ地方のかつては沼だったという土地を横切ってマーチに向かう。この地域のことはほとんど知らない。学生たちがマーチからケンブリッジまでひたすら歩く《マーチ》〝マーチ・マーチ・マーチ〟という毎年恒例のイベント――もちろん三月《マーチ》に開催される――のことは、むろん、耳にしたことがある。また、マーチはホワイトムーア刑務所の所在地だ。聖ウェンドレダ教会という観光スポットもあるらしい。この教会については、〝壮麗〟という観光案内所の説明を信じるのみだ。ボンドはもう何年も偵察以外の目的で教会に足を踏み入れたことがない。

前方に旧陸軍基地がぼんやりと見えてきた。その敷地沿いに大きな弧を描いて裏手に回る。有刺鉄線のフェンスが侵入を阻み、無断立入禁止の立て札があちこちで目を光らせていた。理由はすぐにわかった。基地は目下、取り壊し中なのだ。〝大規模工事〟とはおそらくこのことを指しているのだろう。六棟はすでに解体が完了していた。残りは一棟。三階建ての古びた赤煉瓦の建物だ。色褪せた看板はこう告げている――《病院》。

大型トラックが何台か見えた。ほかにも、ブルドーザーなどの重機がぽつりぽつりと置いてある。病院から百メートルほど離れた丘にはトレーラーハウスが並んでいた。おそらく工事用の臨時事務所だろう。一番大きなトレーラーハウスのそばに黒い自動車が一台停まっているが、周囲に人の姿はない。ボンドは首をかしげた。今日は月曜だ。祝日というわけでもない。

ベントレーを小さな林に乗り入れて隠す。車から下りて周辺をざっと見回した。入り組んだ水路、ジャガイモやサトウダイコンの畑、雑木林。5・11のタクティカルウェアに着替えた。ジャケットの肩には手榴弾の破片がかすめた痕が残っている。彼をこの町に導いたメモを炎上する車から救出したときに染みついた、燻《いぶ》したような匂いもそのままだ。着替えがすむと、街用の靴を脱ぎ、ショート丈のコンバットブーツに履き替えた。

ワルサーと予備の弾倉二本をキャンバスウェブのユーティリティベルトに留めた。

減速バンプに行く手をふさがれたりしたら、大声で呼んでくれよな。

サイレンサー、懐中電灯、工具セット、折り畳みナイフもポケットに入れた。

そこでいったん身動きを止め、タクティカル・オペレーションの開始前にかならずすることをした——もう一つの世界への移動だ。心の表面に小波《さざなみ》一つ立たない世界。彼の存在を敵に知らせかねないありとあらゆるディテールに意識が研ぎ澄まされる世界。地面に落ちた小枝——踏みつければ音を立てる。茂み——スナイパーライフルの銃口を隠しているかもしれない。ワイヤ、センサー、カメラ……

そして、命を奪う心支度を整えた。そうするしかないとなれば、迅速に手際よく相手を殺す。それも、もう一つの世界の一部だった。

ボンドはふだん以上に慎重になっていた。この任務には疑問が多すぎるせいだ。

敵の目的がこちらの対応を決める。

ノアの目的はいったい何だ？

いや、それ以前に、ノアとはいったい誰なのだ？

木々のあいだをすり抜け、もう芽を出している気の早いサトウダイコンの畑の片隅をかすめるように進んだ。熟した芳香を放っている小さな沼を迂回し、棘《とげ》に注意を払いながらブラックベリーの茂みをやり過ごして、病院の建物にじりじりと近づいていく。まもなく、有刺鉄線と立入禁止の札に行く手をふさがれた。工事会社はイースタン・デモリション・アンド・スクラップというらしい。聞いたことのない名前だ。しかし、どこかでこの会社のトラックとすれ違ったのだろうか、独特の緑色と黄色のカラーリングになんとなく見覚えがあるような気がする。

建物の前の雑草だらけの空きスペースや裏手の練兵場に視線を走らせ、誰もいないことを確かめてから、ワイヤカッターで有刺鉄線を一本ずつ切断していった。インシデント20の秘密の打ち合わせにこの廃病院を使っているのだとしたら、なかなか利口な思いつきと言えそうだ。

この建物はまもなく取り壊される。つまり、ここを使った痕跡もきれいに消えてなくなる。

近くに作業員はいないが、黒い車が停まっていることを考えると、建物のなかに誰かがいる可能性もある。ボンドは裏口など、人目につきにくい出入口がないか、探索を始めた。五分後、一つ見つかった――地面が三メートルほどの深さにえぐられている。搬出入用のトンネルが陥没した跡のようだ。くぼみの底に下り、懐中電灯で内部を照らした。トンネルは五十メートルほど先で病院の地下につながっていた。

トンネルを歩きだす。壁や天井の古ぼけた煉瓦にはひびが入っている。地面に落ちて割れている煉瓦も二つ三つ見えた。床には幅のせまいレールが敷かれていた。錆びて、ところどころ泥に埋もれている。

暗いトンネルを半分ほど奥へ進んだところで、砂利と湿った土が頭上からぱらぱらと降ってきた。顔を上げると、二メートルほど上にある天井が卵の殻のようにひび割れていた。両手を一つ打ち合わせただけで、天井ごと落ちてきそうだ。

ここでは生き埋めになりたくないな――ふとそんなことを思った。

それから、自分に向かって皮肉に訊き返した――おいおい、生き埋めになってもかまわない場所が、どこかほかにあるとでも？

「すばらしい」セヴェラン・ハイトはナイアル・ダンに言った。

二人は、マーチ郊外に建つ暗く陰鬱な陸軍病院から百メートルほど離れた場所に設置された、ハイトの仮事務所にいる。ゲヘナ・チームは明日までにかならず仕事を終えなければならない。そこでハイトとダンは今朝、病院の解体作業を一時中断し、作業員には現場に立ち入らないよう申し渡した。ハイトの会社の従業員の大部分は、ゲヘナ計画について何も知らない。解体作業とゲヘナ計画がかち合いかねない場面では、細心の注意を払う必要があった。

「私もいいと思ったよ」ダンがいつもの平板な口調で言った。この男は、称賛であれ、批判であれ、中立的な意見であれ、とにかく何を言われようと、感情の入らないその口調で応じた。

ダンが手配した資材を使って製作された装置は、三十分ほど前に届いた。これから金曜までは、この近所のアジトに隠しておくことになっている。

少し前、ハイトは取り壊し予定の最後の一棟――築八十年超の病院――を見て回った。

ビルの解体は、グリーンウェイ・インターナショナルのドル箱事業だった。グリーンウェイは、必要のなくなったものを金を遣って壊そうとする人々から利益を得ると同時に、瓦礫《がれき》の山からほかの人々が必要とするもの、たとえば木材や鋼材、ワイヤ、アルミニウムや銅のパイプ――美しい銅、廃品回収業者の夢――を選り分けて取り出すことからも利益を得ている。しかしハイトが解体事業に関心を持つのは、実入りがいいからではない。ハイトは恍惚とした目で古い建物をつくづく眺めた。自分を待ち受ける運命に気づいていない動物に向けて死の弾丸を放とうとしているハンターのような目で。

ここに入院していた患者たちのことも、想像せずにはいられなかった。死んだ者。死にゆく者。

朽ちかけた廊下やカビの生えた病室を見て回りながら、年老いた貴婦人のような建物の写真を何十枚と撮り、死と衰亡のイメージを集めた。とくに時間をかけたのは、遺体安置所や解剖室だ。ハイトの写真コレクションには、死体だけでなく、ロンドン近郊の古い建物を撮影したものも含まれていた。かなりの枚数に上る。なかには芸術的な写真もあった。ノーサンバーランドテラス、北環状線沿いのパーマーズグリーンといった古い街並み、カニングタウンのボウクリークに並んでいたプーラ・フーズのオイルタンク、ウリッジのゴシック様式のロイヤル・アーセナルやロイヤル・ラボラトリー。なかでもグリニッジのロヴェルズワーフで撮った写真は、世に言う〝積極的ネグレクト〟がどのような結果をもたらすかを端的に示していて、見るたびに興奮をかきたてられる。

ナイアル・ダンは携帯電話を耳に当て、少し前に出発した大型トラックの運転手に装置の隠しかたを説明している。ダンの性格にも、あの恐るべき武器の性質にも釣り合った、きわめて詳細な指示だった。

ダンといると、なんとなく落ち着かない気持ちにさせられる。それでもハイトは、このアイルランド人の男と知り合えたことを幸運だと思っていた。ダンがいなければ、ゲヘナ計画はこれほど短期間のうちに、しかも安全に進行してはいなかっただろう。ハイトはナイアル・ダンを〝あらゆる可能性を考慮できる男〟と呼んでいる。実際、そのとおりの人物だった。だから、不気味な沈黙にも、冷ややかな凝視にも耐えられる。そう、ロボットの部品をいいかげんに組み合わせたかのような、感情とは無縁のナイアル・ダンという男そのものをどうにか我慢しようという気になる。ハイトとダンは、強力なコンビだった。ものを創り出すことが本分であるエンジニアと、破壊することに情熱を傾ける廃品回収業者という、皮肉な組み合わせではあるが。

人間とはじつに奇妙なものだ。確実に言えるのは、いつかかならず死ぬということだけ。しかも、死んで初めて他者を裏切らない存在になる——ハイトはそんなことを考えたものの、すぐにその考えを追い払った。

ダンが通話を終えると同時に、ノックの音が響いてドアが開いた。マーチまでの運転手も務めたグリーンウェイの警備員エリック・ヤンセンが、不安げな顔で立っていた。

「ミスター・ハイト、ミスター・ダン。病院に侵入者です」

「何だと？」ハイトは叫び、馬を思わせる大きな顔をヤンセンのほうに向けた。

「トンネルからもぐりこみました」

ダンが矢継《やつ》ぎ早《ばや》に質問を発した。侵入者は一人か。外部と通信していたか。していたなら、傍受できたか。車を近くに停めているのか。周辺を見慣れない車が走っていたようなことはないか。その男は銃を持っているのか。

それに対する答えは、侵入者は単独で行動しており、スコットランドヤードやＭＩ５の職員ではなさそうだということを示していた。

「写真は？　ないなら、そいつの顔をはっきり見たか？」ダンが訊く。

「いいえ」

ハイトは長く伸ばした爪同士をはじいた。かちかちと音が鳴る。「セルビアの諜報員と一緒にいたという男かな。昨夜の」ダンに訊く。「民間組織の人間らしいという男」

「ありえない話じゃない。しかし、どうやってここまで追ってこられたのかが、大いに疑問だ」ダンはトレーラーハウスの泥の跳ねた窓から外に視線を向けたが、その目は病院の建物を見つめているわけではなさそうだ。きっと頭のなかで青写真を描いているところなのだろう。あるいは、こういった事態を予測してあらかじめ用意していた青写真を、最後にもう一度点検しているだけのことかもしれない。ダンは長いこと身動き一つせずにいた。やがて銃を抜くと、ついてこいとヤンセンに合図し、トレーラーハウスを出ていった。

13

カビ、腐敗、薬品、油、燃料。臭いは強烈だった。ボンドは咳きこんでしまわないよう懸命にこらえ、瞬《まばた》きを繰り返して涙を目から追い出した。もう一つ、この臭いは――煙か？

病院の地下には窓が一つもない。明かりらしい明かりは、さっき下りた穴からぼんやりと射しこむ光だけだ。懐中電灯のスイッチを入れた。すぐそこに、物資や患者を運んできた小型の機関車が向きを変えるためのターンテーブルがある。

ワルサーを手に、周辺を探索した。話し声や足音がしないか、弾が薬室に送りこまれる音や安全装置が外される音が聞こえないか、耳を澄ます。しかし、どうやら誰もいないようだった。

トンネルには南の端から入った。ターンテーブルをあとにしてさらに北へ進んだところで、ボンドは思わず小さな笑い声を漏らした――《遺体安置所》と書いた札が下がっていた。

窓のない大きな部屋が三つあった。つい最近、誰かが使ったらしい。床には塵一つなく、新品の安手の作業台がところせましと並んでいた。煙の発生源は、三つの部屋のうちの一つなのかもしれない。電気コードが何本も壁や床にダクトテープで固定されている。おそらくは照明や、ここで使われていた工具に電力を供給していたのだろう。配線がショートして煙が上がったということか。

安置所からさらに奥へ進むと、広々とした空間に出た。右手に両開きのドアがある。その向こうは練兵場だ。羽目板の隙間から光が射しこんでいる――万が一の場合は、ここを破って脱出できそうだ。ボンドは扉の位置、それに銃弾に追われながら逃げるような場面で盾として使えそうな柱の位置を記憶に刻みつけた。

茶や黒の染みがついた、古めかしいスチールのテーブルが床にボルト留めされている。それぞれに独立した排水口があった。言うまでもなく、検死台だ。

ボンドは建物の北に向かってさらに歩を進めた。北側には窓に鉄格子のはまった小さな部屋が並んでいる。掲げられた札が、鉄格子の理由を説明していた——《精神病棟》。

一階に通じるドアを見つけてノブを回してみたが、鍵がかかっていた。ターンテーブルの手前の三つの部屋まで戻った。丹念に探して、ようやく煙の出所《でどころ》がわかった。一室の床の片隅に、仮ごしらえの炉床がある。くるりと丸まった大きな灰が残っていた。何か書いてあるようだ。灰はもろかった。一つをつまみ上げたとたん、指のあいだでほろりと崩れた。

あわてるな——自分を叱りつける。

壁を伝う電気コードを留めている銀色のダクトテープを何枚か剝がし取り、折り畳みナイフで十センチほどの長さに切り分けた。それを灰色と黒の灰にそっと押し当て、ポケットにしまってから、探索を再開した。次の部屋に入ったとたん、銀色の小さな光がきらめいた。急ぎ足でそちらに近づく。床に金属の細かな破片が落ちていた。これもダクトテープを使って集め、ポケットにしまった。

次の瞬間、ボンドはその場に凍りついた。建物が小刻みに震え始めている。まもなく揺れがいっそう大きくなった。近くからディーゼルエンジンの乾いたうなりが聞こえていた。解体現場が無人だったわけはそれだ。作業員は昼食に出かけていたのだろう。そしていま戻ってきた。いったん外に出なくては、地上にも上の階に行くこともできない。だが、外に出れば、間違いなく姿を見られてしまうだろう。のんびりしてはいられない。

トンネル伝いに外に出るつもりで、ターンテーブルのある部屋に戻った。

そして、あやうく頭をかち割られるところだったのを、数デシベルの差に救われた。

襲いかかってきた男の姿はまったく見えなかった。息遣いも、その男が振り下ろした物体が空を切る音も聞こえなかった。しかし、ディーゼルエンジンの音がほんのわずかに小さくなったことには気づいた。男の着衣が吸音材の役割を果たしたのだ。

ボンドはとっさに一歩飛びのいた。すぐ目の前を鉄パイプが横切ろうとするのが見えた。

左手で鉄パイプをがっちりとつかむ。襲ってきた男がバランスを崩してよろめいた。鉄パイプを放せば何でもないことなのに、驚いたせいか、握り締めたままでいる。安物の黒いスーツに白いシャツという服装の若い金髪の男だった。おそらく警備員の制服だ。ネクタイはしていない。格闘に備えて外しておいたのだろう。驚きに目を見開いた男がふたたびよろめき、今度は本当に転びかけたが、ぎりぎりのところで素早く体勢を立て直すと、ぎこちない動きでボンドに突進してきた。円筒形の部屋の汚れた床に、二人一緒に投げ出された。顔がちらりと見えたが、あのアイルランド人ではなかった。

ボンドは跳ね起き、拳を固めて前に踏み出した。が、それはフェイントだった。本当の狙いは、パンチを繰り出すと見せかけて、筋肉の塊のような男を後退させることだった。狙いは当たった。男とのあいだに距離ができた瞬間、ボンドは銃を抜いた。ただし、発砲はしなかった。この男は生かしておく必要がある。

四〇口径の銃を向けられた男は身動きを止めた。ただ、手だけはジャケットの内側に向かいかけていた。

「やめておいたほうが身のためだぞ」ボンドは冷ややかに言った。「床にうつぶせになれ。両手を真横に広げろ」

男の額に脂汗が浮かぶ。あいかわらず身動きはせずにいるが、手は銃の握りの近くでまだ迷っている。銃はグロックだった。男の携帯電話が小さな音で鳴りだした。男がジャケットのポケットにちらりと目をやった。

「さっさと床に伏せろ!」

男が銃を抜いたら、急所を外して撃つつもりだった。だが、展開によっては殺さなくてはならないかもしれない。

電話が鳴りやんだ。

「早く!」ボンドは銃口を少し下げて、男の右腕、肘の近くに狙いを定めた。

金髪の男は命令に従うそぶりを見せた。肩ががくりと落ちる。薄暗いなかでも、恐怖と不安を浮かべた目がいっそう大きく見開かれるのがわかった。

しかし、その瞬間、建物のすぐそばをブルドーザーが通過したのだろう、震動で崩れた煉瓦や土が天井から雨のように降り注いだ。大きな石の塊がボンドにぶつかった。ボンドは顔をしかめ、目に塵が入らないよう瞬きをしながら後ろに下がった。金髪の男がもっとプロだったら――あるいはもう少し冷静だったら――この隙に銃を抜いてボンドを撃っていただろう。だが、男はそうする代わりにくるりと向きを変えると、トンネルを走りだした。

ボンドは得意のスタンスを取った。フェンシングの選手のように左の爪先を前に向け、右足は九十度の角度をつけて後ろに引く。その姿勢で両手で銃を構え、引き金を絞った。弾丸は男のふくらはぎにめりこんだ。トンネルの出口まで十メートルほどを残して、男は悲鳴をあげながら前のめりに倒れた。

ボンドは男のあとを追って走りだした。そのとき、震動が一気に激しくなり、乾いたうなり音も大きくなって、壁からまた煉瓦が落ちてきた。天井からは漆喰と塵が滝のように降ってくる。クリケットの球ほどの大きさのコンクリートの塊がボンドの肩の傷に命中した。突然の激痛に思わずうめき声が漏れた。

それでも速度を落とすことなくトンネルを走り続けた。金髪の男は、日光が射しこんでいる亀裂を目指して地面を這っている。

ブルドーザーはちょうど真上に来ているようだった。何も考えずに走れ――ボンドは自分を急《せ》き立てた。この建物はいままさに取り壊されようとしている。負傷した男に近づくにつれ、ディーゼルエンジンのうなりが大きく聞こえてきた。またしても煉瓦がばらばらと床に落ちた。

ここでは生き埋めになりたくない……

銃創を負った男まであと十メートル。止血の処置をして、トンネルから運び出し、安全な場所に移動する――そして訊くべきことを訊く。

ところが、耳をつんざくような音が轟いたかと思うと、トンネルの先に見えていた春の穏やかな陽射しがふいに闇に覆われた。入れ違いに、まばゆく輝く白い目が二つ、塵の雲の向こうから現われた。目は一瞬動きを止めたが、まもなく微妙に向きを変え、真正面からボンドと向き合った。その動きはまるで、獲物を見つけたライオンのようだった。大きな咳のような音とともに、ブルドーザーは脇目もふらずに前進を始めた。押された泥や石が波のように盛り上がる。

ボンドは銃を向けたが、標的がない。ブルドーザーはブレードを高く上げて、運転台を守っている。そのまま土や煉瓦や瓦礫を押しのけながら、一直線に向かってきていた。

「止まれ！」負傷した男が叫ぶ。だが、ブルドーザーはかまわず前進を続けた。運転手から男は見えていない。もし見えているのだとすれば、男が死ぬことになろうが、まったく意に介していない。

悲鳴が響き渡ると同時に、ボンドに殴りかかった男は石と土でできた毛布の下に消えた。一瞬ののち、ブルドーザーは男が埋まっている場所を何事もなかったように乗り越えた。

まもなく、盛り上がった瓦礫にさえぎられてヘッドライトの光が見えなくなり、トンネルは真っ暗になった。ボンドは懐中電灯をつけ、ターンテーブルのある部屋まで駆け戻った。しかし、部屋を横切って建物の入口に飛びこもうとしたとき、追いついてきた土や煉瓦に足首をつかまれ、前方に投げ出された。瓦礫は足首の高さまでせり上がっていた。すぐにふくらはぎも埋まった。

次の瞬間、膝から下がまったく動かせなくなった。

背後のブルドーザーが止まる気配はない。泥まじりの瓦礫をぐいぐいと部屋に押しこんでくる。ボンドは腰まで埋まっていた。あと三十秒もすれば、頭のてっぺんまで埋もれてしまうだろう。

しかし、瓦礫の山が重すぎたか、ブレードが建物の基礎に引っかかるかしたらしい。押し寄せてきていた土の波がぴたりと動きを止めた。運転手とブルドーザーがもがいているいまがチャンスだ。ボンドは土の山から身をよじって抜け出し、部屋を出て病院本体に飛びこんだ。目がちくちくし、肺が猛烈に痛んだ。口のなかに入りこんだ塵や小石を吐き捨て、懐中電灯を背後に向ける。トンネルは完全にふさがっていた。

さきほど灰や金属片を拾い集めた、窓のない部屋が三つ並んだ場所へと急ぐ。さらに奥に進み、検死室のドアの傍らでいったん足を止めた。彼らはボンドを罠に追いこむために、練兵場に面した出口を封じただろうか。それとも、アイリッシュマンがほかの警備員を率いて検死室で待ち伏せしているだろうか。ボンドは銃にねじこみ式のサイレンサーを取り付けた。

何度か深呼吸を繰り返し、一つ間をおいて覚悟を整えた。素早くドアを押し開けると同時に、腰を落として防御射撃姿勢を取った。左手に持った懐中電灯を前に向け、その上に銃を握った右手を置く。

広々とした検死室は無人だった。ただし、さっき偵察したときは羽目板の隙間から太陽の光が射しこんでいたあの両開きのドアは、いまは封じられている。すぐ外側に土の大きな山ができていた。さっきのブルドーザーが盛ったのだろう。

閉じこめられた……

ボンドは地下室の北側へと走った。小さな部屋が並んでいたところ——精神病棟だ。事務室と思しき一番大きな部屋にはドアがあったが、頑丈な錠がついている。ボンドは斜めの位置から銃を構え、錠前のメタルプレートに四発、次に蝶番を狙って四発、音もなく弾を撃ちこんだ。

が、ドアはびくともしなかった。鉛の弾は、たとえ半被甲弾であろうと、鋼鉄相手ではさすがに歯が立たない。

ボンドはマガジンを入れ替え、使用済みのものを習慣のとおり左のポケットにしまった。

鉄格子のはまった窓を見やりながら考えを巡らせていると、ふいに大きな声が聞こえた。ボンドは驚いて飛び上がった。

「お知らせします！　オプヘレット！　グロズバ！　ネベスペイ！」

銃を構えながら勢いよく振り返り、的を探す。

だが、声の主は、壁に取りつけられたスピーカーだった。

「お知らせします！　オプヘレット！　グロズバ！　ネベスペイ！　三分前の警告です！」録音された声だ。最後の一文がオランダ語、ポーランド語、ウクライナ語でも繰り返された。

警告？

「大至急、屋外へ退避してください！　屋内は危険です！　爆破のカウントダウンが開始されています！」

ボンドは懐中電灯の光を室内に巡らせた。

壁のコード！　あれは工具に電源を供給するためのものではない。爆薬装置に接続されているのだ。これまで気づかなかったのは、爆薬は天井の高いところ、鋼鉄の梁にテープで留められていたからだった。解体のために、このビル全体に爆破装置が仕掛けられている。

三分……

懐中電灯の光が数十個の爆薬の包みを照らし出した。それだけあれば、ボンドを囲む石の壁は一瞬にして塵の雲に変わり、ボンドは蒸気のようにこの世から消えるだろう。しかし、脱出口はすべてふさがれている。心拍数が一気に跳ね上がった。額に汗が噴き出す。ボンドは懐中電灯と銃をポケットにしまい、窓の格子をつかんで力いっぱい揺すってみた。格子は動かない。

ガラスに映るぼんやりとした陽射しを頼りに、室内を見回し、手近な梁に上った。爆薬の包みを引きはがして、また床に下りる。匂いからすると、コンポジション爆薬だ。ナイフを使って大きく一塊えぐり取ると、ドアノブと錠回りに貼りつけた。これで錠前は吹き飛ぶだろうが、自分は被害をこうむらずにすむだろう。

急げ！

ボンドは六メートルほど離れた位置まで下がると、銃の狙いを定め、引き金を絞った。弾は爆薬の真ん中に当たった。

しかし、恐れていたとおり、何も起きなかった——人の命を奪いかねない黄みがかった灰色のプラスチックの塊は、ぽとりと冴えない音を立てて床に落ちただけだった。コンポジション爆薬は雷管がなければ破裂しない。物理的な衝撃では、たとえ秒速六百メートルで進む弾丸がぶつかる衝撃であっても、破裂しないのだ。ボンドはそのことを知ってはいたが、この爆薬が例外であることを期待していた。

二分前を警告するアナウンスの声が室内に反響する。ボンドは天井を見上げた。さっき爆薬をはがしたところから、電気雷管がだらしなくぶら下がっている。しかし、雷管を発火させるには電流が必要だ。

電気……

スピーカーは？　無理だ。雷管を発火させるには電圧が低すぎる。懐中電灯の電池も同じだ。

ふたたびアナウンス。今度は一分前の警告だ。

ボンドは両手の汗を拭い、ワルサーのスライドを動かして弾を一つ抜き取った。ナイフで鉛の弾丸をこじって外す。残った薬莢をなかの火薬ごと爆薬の塊にめりこませ、さっきと同じように錠回りに貼りつけた。

後ろに下がり、薬莢の尻の小さな円盤に慎重に狙いを定め、一発だけ撃った。弾は薬莢の雷管に当たり、雷管が火薬を発火させ、それがさらに爆薬を発火させた。大きな炎が閃いて、錠前が粉々に吹き飛んだ。

ボンドも爆風をまともに食らって床に投げ出された。木っ端が降り注ぎ、煙に包まれた。すぐには身動きができなかった。まもなくどうにかこうにか立ち上がると、よろめきながらドアのほうに向かった。ドアは開いてはいるが、途中で何かに引っかかって止まっている。隙間は二十センチほどしかない。ノブをつかみ、全体重をかけて重厚なドアをじりじりと押し開けていった。

「お知らせします！　オプヘレット！　グロズバ！　ネベスペイ！」

14

トレーラーハウスでは、セヴェラン・ハイトとナイアル・ダンが並んで立ち、緊張と期待のなか、旧陸軍病院を見つめていた。ビルの爆破解体を見物するのは、誰にとっても――感情をシフトするギアが故障しているようなダンにも――心躍る経験だ。

携帯電話で呼び出しても応答がなく、さらに病院のなかから銃声が聞こえた時点で、警備員のエリック・ヤンセンはおそらく死んでいるとダンは言った。そして出口をすべてふさいで回ったあと、不器用な動物のような走りかたでトレーラーハウスに駆け戻ってきた。そしてハイトに、建物を爆破すると告げた。爆破は本来は明日の予定だったが、前倒しにしていけない理由はない。

ダンはコンピューター制御された爆破システムを起動し、二つ並んだ赤いボタンを同時に押した。プログラムが定められた手順を開始した。保険契約は、爆破前に百八十秒間、作業員の九十パーセントが理解できる言語で、建物のどこにいても聞き取れるよう、警告のアナウンスを流すことを求めている。少し手間はかかるとはいえ、その安全のための自動制御を解除することもできるが、侵入者は、トンネルで生き埋めになるのは免れていたとしても、安置所に閉じこめられているだろう。脱出を試みたところで、まず無理だ。

そして明日や明後日、行方不明者を探して誰かがここまで来たとしても、ハイトはこう答えることができる――〝もちろん、探してはみますが……え？　なかに入りこんでいたかもしれない？　いや、うちは万全の措置を取ってましたから。フェンスを巡らせて、看板を立てて。それに、警告のアナウンスはどこにいても聞こえるはずだ。たいへん残念です――しかし、当社に落ち度があるとは思えません〟

「十五秒前」ダンが言った。

静寂のなか、ハイトは唇だけを動かしてカウントダウンした。

壁のタイマーが0を表示した。コンピューターがプログラムどおりのシグナルを起爆装置に送り出す。

爆破の閃光はすぐには見えなかった。最初に破裂するのは、建物内部の下層階に仕掛けられた、主要な構造梁を破壊するための爆薬だからだ。しかし数秒後には、パパラッチが有名人に群がってフラッシュをたいているかのように無数の光が瞬き、次にお祝いのクラッカーに似た甲高い破裂音がいくつも響いて、最後に地鳴りを思わせる重低音が伝わってきた。建物が身震いをしたように見えた。次の瞬間、ひざまずいて処刑人の剣の下に首を差し出すかのように、病院はゆっくりと崩れ落ち、塵と煙の渦が勢いよく噴き出した。

さらに数秒たったころ、ダンが言った。「周辺の住民にもいまの音が聞こえただろう。私たちは消えたほうがいい」

しかしハイトは、瓦礫の山に魅了されていた。数秒前の、色褪せてもなお優美だった姿とは大違いだ。ついさっきまで存在していたものが、一瞬にして無に変わった。

「セヴェラン」ダンが促す。

ハイトは性的な興奮すら覚えていた。ジェシカ・バーンズのことを思う。白い髪、青白くてざらついた肌。彼女はゲヘナ計画のことを知らない。だから今日も連れてこなかった。しかし、連れてくればよかったと後悔した。それでも、あとでオフィスで落ち合い、そのあと一緒に家に帰ることになっている。

胃が軽やかなステップを踏んだ。朝、グリーンウェイの敷地で見つかった死体の記憶が蘇って、興奮にさらに燃料を注ぐ。それに明日への期待もふくらんだ。

死体……百近くの死体……

「わかった。行こう」セヴェラン・ハイトはブリーフケースを拾い上げて外に出た。だが、すぐにはアウディA8に乗りこもうとしなかった。もう一度だけ振り返り、破壊された建物の上空を漂う塵と煙をじっと見つめた。爆薬は万全にセットされていたようだ。あとで忘れずに作業員に礼を言っておこう。爆破解体は芸術だ。建物を吹き飛ばそうとしてはいけない。爆薬は、建物を支えているものを壊すだけだ。その先は自然に——この場合は重力にまかせればいい。

ああ、それはまるでハイト自身の地上における役割のメタファーではないか。

15

サトウダイコンの畑の上を、正午過ぎの陽射しと影の縞模様が通り過ぎていく。

ジェームズ・ボンドは、積もった雪の上に天使の形を作ろうと倒れこんだまま家に帰りたくなくなった子供のように、手足を広げて仰向けに横たわっていた。そうやって、ほんの何分か前までは古い陸軍病院だったもの、あやうくその下に生き埋めにされるところだった瓦礫から三十メートルほど離れた、緑色の葉の浅い海に沈んでいる。プラスチック爆弾の衝撃波のせいで、聴覚が完全に——一時的に、であればいいが——失われていた。メインの爆薬が炸裂して背後で建物が崩れ始めたとき、閃光と破片の猛攻に備えて目は閉じたが、あいにく両手は、耳を覆う以外のこと、精神病棟の意固地なドアを押すのに忙しかった。

ほんの少しだけ頭を持ち上げて——五月のサトウダイコン畑は、身を隠す場所としてはかなりお粗末だった——危険の兆候を探した。

どうやら安全なようだ。黒幕が誰だったにしろ——アイリッシュマンか、ノアか、それともほかの協力者か——ボンドを探してはいない。おそらく、あの瓦礫の下で死んだものと思っているのだろう。

肺に忍びこんだ塵や、化学物質を含んだ苦い煙を追い出そうと、大きく息を吐いた。それから立ち上がって、ふらつく足で畑から出た。

車に戻り、倒れこむようにして運転席に座った。バックシートから水のボトルを取って何口か飲んだあと、社外に身を乗り出して、残った水で目を洗った。

大排気量のエンジンをかける。聴覚が戻って、沸き立つようなエキゾーストノートがちゃんと聞こえることに安堵した。来たときとは別のルートでマーチの市街地を出た。解体現場の関係者と行き合わないよう、まずは東に走り、しばらく行ったところでUターンして、あらためて西に向かった。まもなく、ボンドの車はA1道路を快調に飛ばしていた。旧陸軍病院で集めた灰に、インシデント20に関するどんな謎めいたメッセージが隠されているのか。ロンドンに帰ったらさっそく解読だ。


午後四時前、ボンドはODGが入ったビルの地下駐車場に車を乗り入れた。

さっとシャワーを浴びたかったが、そんな時間はないと考え直した。手と顔を洗い、落ちてきた煉瓦が残した小さな切り傷に絆創膏を貼ったあと、急いでフィリーのところに行った。ダクトテープを差し出す。「分析を頼みたいんだが」

「いやだ、ジェームズ。いったいどうしたの？」驚いたような声だった。ダメージの大部分はパンツやジャケットが代理で食らってくれていたが、美しい紫色をした痣がいくつか、早くも花開き始めていた。

「ちょっとブルドーザーと喧嘩をしてね。C4だかセムテックスだかとも闘うはめになった。しかし、俺のことは心配いらない。イースタン・デモリション・アンド・スクラップという会社の情報をかき集めてもらえないか。マーチ郊外の旧陸軍基地の所有者も知りたい。国防省かな。それとも、民間に払い下げたのかな」

「すぐ調べてみる」

ボンドが自分のオフィスに戻ってデスクの椅子に腰を下ろすなり、メアリー・グッドナイトがインターコムを鳴らした。「ジェームズ。例のお方から二番に電話」その口ぶりを聞いただけで、〝例のお方〟が誰だか察しがついた。

ボンドは二番のボタンを押した。「パーシー？」

当たりだけは柔らかなあの声。「やあ、ジェームズか？　いまケンブリッジから戻るところだ。あんたと私でちょいとおしゃべりしておいたほうがいいだろうと思ってね。パズルのピースは一つでも見つかったか？」

〝あんたと私で〟(you and me)……ケンブリッジ卒にしては残念な文法だ。「そちらの遠足の成果は？」

「ケンブリッジに行って、そこらを嗅ぎ回ってみた。ポートンダウンの連中がちょっとした施設を持ってるらしいな。偶然見つけたよ。幸運な偶然だ」

　ボンドは内心でにやりとした。「へえ、それは興味深いな。生物化学兵器とノアまたはインシデント20に関係はありそうですか」

「まだわからない。監視カメラと入館者名簿を確認したんだがね、これはという情報はなかった。いま、うちのアシスタントがせっせと調べを進めてる」

「パブはどうでした？」

「カレーはまあ美味《うま》かったよ。ウェイトレスは、パイを注文した男も、ランチセットを注文した男も覚えてなかった。まあ、日がたってるからね。覚えてるほうが奇跡だ。そうだろう？　で、そっちはどうだった？　ドラッグストアと、要警戒の日から二日も遅れた日付（カエサルが占い師の予言どおりに暗殺されたことから、三月十五日は凶事を警戒すべき日とされている）が書かれた謎のメモから、何かわかったかね？」

　この質問に対する答えはあらかじめ用意してあった。

「一か八か賭けてみました。マーチのブーツ・ロードに行ってみたんですよ。旧陸軍基地がありました」

　一瞬の間。「なるほど」D3のエージェントは笑った。ただし、その笑い声は少しも愉快そうではなかった。

「なるほど、そうか。今朝の打ち合わせのときは、きみは手がかりの解釈を誤ってたというわけだ。あの数字――〝17〟は、ひょっとして、明日を指してるとか？」

　ふむ。このオズボーン＝スミスという男は、いけ好かない人間ではあるが、頭は切れるらしい。「ええ、そうかもしれません。行ってみたら、問題の基地は取り壊しの最中でした」ボンドはのらりくらりと続けた。「ただ、答えより疑問が増えただけでしたよ。いま、ラボで分析してもらってます。いくつか小さな発見がありましてね。報告書が出たら、お送りします」

「頼む。こっちはいま、イスラムつながりの可能性を端から当たってる。アフガニスタン関連、要注意のＳＩＧＩＮＴ、まあ、お決まりのもろもろだな。しばらくかかりきりになりそうだ」

いいぞ、いいぞ。作戦実行部上級副部長ミスター・パーシー・オズボーン＝スミスの扱いかたとして、それ以上のものはない。

ほかのことで忙しくさせておくのが一番だ……

オズボーン＝スミスとの電話を終えると、ビル・タナーに電話をかけてマーチでの一件を報告した。病院でボンドを襲撃した男に関しては、目下は何もせずにおくことで意見が一致した。あの男の素性を探ろうとすれば、逆にボンドの正体が暴かれかねない。

受話器を置いたとたん、メアリー・グッドナイトが戸口に顔を出した。「電話中にフィリーから連絡があった。何か発見があったみたいよ。来てもらえるように頼んでおいたわ」グッドナイトは暗い顔をしてボンドのオフィスの暗い窓に視線を移した。「それにしても気の毒よね。ほら、フィリーの話」

「え？　何のことかな」

「あら、聞いてない？　結婚、破談になったんですって。つい二、三日前ティムから切り出されたとか。日取りまで決まってたのに。結婚前のパーティも計画ずみだったし。週末に女の子だけでスペインに行くことになってたのよ。私も参加するはずだった」

ふう、ずいぶんと観察眼が鋭いじゃないか、え？――ボンドは自分を嘲った。四階のフィリーのデスクから消えていたのはそれだ。婚約者の写真が一枚もなくなっていた。きっと婚約指輪も薬指から消えているだろう。

「しかし、いったいどうして？」ボンドは訊いた。

「こういうことって、原因は一つじゃなかったりするものじゃない？　このところあまりうまくいってなかったみたいね。喧嘩が絶えなかったって。フィリーがスピードを出し過ぎるとか、仕事、仕事で会う時間がないとか、そういうのが気に入らなかったらしいの。ティムの実家で親戚の集まりがあったのに、フィリーが急に欠席したとか。そんなところに、ティムにシンガポールだかマレーシアだかへの転勤話が持ち上がって、ティムは行くことにした。三年もつきあってたのに」

「そうか、それはたしかに残念だ」

ボンドがそう応じたとき、噂話は唐突に中断された。ドラマの主人公がやってきたからだ。

奇妙な沈黙に迎えられたことに気づかない様子で戸口のグッドナイトに笑顔を向けながらオフィスに入ってく

ると、フィリーは無造作に椅子に腰を下ろした。魅惑的な顔はいつもより鋭さを増したように見え、薄茶色の瞳は、見間違いようのない足跡を見つけた狩人のそれのように熱を帯びて輝いていた。そのせいか、ふだん以上に美しい。女の子だけでスペインに出かけて結婚前のパーティ？　いやいや、目の前のこの女とはとても結びつかない。フィリーがスーパーマーケットのウェイトローズのレジ袋を両手に提げて歩いているところ、ティムという夫や、たとえば、そう、マチルダとアーチーといった名前の子供たちのために栄養たっぷりの夕食を作っているところも、やはり想像できない。

よせよ、そのくらいにしておけ！　ボンドは自分を叱りつけ、フィリーの話に集中した。「ラボの鑑定で、灰になった紙切れの一つは読み取れた。《ゲヘナ計画》。その下に、《五月二十日金曜日》」

「ゲヘナ？　聞いたことがあるな。でも、どこでだったか思い出せない」

「聖書に出てくる言葉よ。これについてはもう少し調べさせて。まだ〝ゲヘナ計画〟をキーワードにして、情報機関の統合データベースと犯罪記録のデータベースを検索しただけなのよ。ちなみに、何もヒットしなかった」

「もう一つは？」

「ダメージがひどかったの。ラボで読み取れたのは、〝条件〟と〝五百万ポンド〟だけ。あとは解読不能。スコットランドヤードの特殊犯罪班に分析を依頼したそうよ。極秘扱いで。夕方までには結果がわかるはず」

「〝条件（term）〟……契約の条件かな。計画されてるのがテロ行為なのかどうかまだわからないが、それと引き換えに五百万ポンドの報酬を支払うとか、着手金として渡すとか。ノアの動機は金ということだな。政治思想やイデオロギーではなく」

フィリーがうなずく。「それから、セルビアの件ね。ハンガリーの伝手《つて》も役に立たなかった。ベオグラードはよほどあなたに腹を立ててるみたいよ、ジェームズ。でも、ＯＤＧのＩ課から新しい肩書きをもらったの――ＥＵ交通安全調査局長」

「初めて聞く組織だな」

「私のでっち上げだもの。自慢じゃないけど、スイス・フランス語のアクセントの真似は得意なのよ。セルビアはＥＵによく思われたくて一所懸命でしょ？　問題の列車に積まれてた危険物が何だったのか、いまごろ躍起になって調べてるはず。カリッチという人物についてもね」

　フィリー。なんと貴重な人材であることか。

「それから、イースタン・デモリションって会社の件。本社はスラウにある。マーチの旧陸軍基地解体工事を落札してる」

「公開有限会社？」

「非公開有限会社。グリーンウェイ・インターナショナルっていう企業の百パーセント子会社。ちなみにこっちも非公開有限会社ね。六か国で事業を展開してるかなりの大企業よ。株主は一人だけ。セヴェラン・ハイトって人物」

「それが本名なのか？」

　フィリーは笑った。「私も同じことを思った。この人の親は何を考えてこんな奇妙な名前をつけたんだろうって。でも、どうやら自分で改名した結果みたい。二十代のころに手続きをしてる」

「本来の名前は？」

「マーテン・ホルト」

「ホルトからハイト、か」ボンドは考えを巡らせた。「姓のほうは、変える意味がよくわからないし、とりわけ珍しい名前でもないな。しかし、マーテンからセヴェラン――？　いったいなんだってそんな変わった名前を選んだんだろう？」

　フィリーは肩をすくめた。「グリーンウェイは廃棄物回収とリサイクルの分野では相当な大手なの。あなたもたぶん、グリーンウェイの回収車を見かけたことがあると思う。とくに意識したことがないというだけで。この会社のことも調べてみたけど、ほとんど何もわからなかったわ。株式を公開してないし、ハイトはマスコミを避けてるようなの。ちなみに、『タイムズ』紙はハイトに〝世界一リッチなくず屋〟ってニックネームをつけてた。『ガーディアン』紙も何年か前にかなり好意的な人物評を載せてるけど、ハイト本人のコメントはどれも当たり障りのないものばかり。私が調べたところでは、オランダ生まれのようね。しばらくは二重国籍だったみたいだけど、いまはイギリスの国籍しか持ってない」

　フィリーのボディランゲージや瞳に浮かんだハンターの輝きは、この話にはまだ先があると告げていた。

「それから——？」ボンドはそう促した。

フィリーがいたずらっぽく微笑む。「ハイトはいったん社会に出たあと、ブリストル大に入学してるの。成績はなかなかよかったみたいよ。でね、ネットを検索したら、その大学時代の逸話がいくつか見つかった」ハイトはボート部に所属し、主将として何度も競技会に出場している。「ハイトは競技に出るだけじゃなく、ボートを自分で作ってたらしいわ。それで、ニックネームがついた」

「そのニックネームというのは？」ボンドはそう尋ねたものの、答えはすでに察しがついていた。

「ノア」

16

時刻は五時三十分だった。必要な情報がフィリーに届くまで、あと二、三時間はかかるだろう。そこでボンドはあとで夕食を一緒に取ろうと提案した。

フィリーは快い返事を残して自分のデスクに戻っていった。ボンドはM宛てのメールをしたため、CCにビル・タナーのアドレスを入れると、暗号化して送った。〝ノア〟とはセヴェラン・ハイトであるらしいことを説明し、ハイトの略歴を添え、今日のマーチでの一件の詳細も加えた。また、ハイトはインシデント20を〝ゲヘナ計画〟と称していること、このあとさらに情報が集まるはずだということも書いた。

まもなく、短い返信が届いた。

007——

作戦を進めてくれ。くれぐれも、国内機関との関係を良好に保つこと。

M

灰色委任状……

ボンドはオフィスを出てエレベーターで三階に下り、家電量販店よりたくさんのコンピューターが並んだ大きな部屋に入った。大勢の男女がコンピューターのモニターか、あるいは大学の化学研究室でもなければお目にかかれないようなワークステーションの前で仕事に精を出している。ボンドは一番奥に設けられた小さなオフィスにまっすぐ歩いていき、ガラス張りの壁をこつこつと叩いた。

ＯＤＧのＱ課長サヌ・ヒラーニは、四十がらみの細身の男だ。肌は浅黒く、豊かな黒髪に縁取られた顔は、ボリウッドでも充分通用しそうなくらい整っていた。クリケットでは辣腕《らつわん》投手として名を知られており、イギリスとアメリカの複数の一流大学で化学、電子工学、情報科学の学位を取得している（アメリカに行ってもあらゆる分野で成功を収めたが、クリケットを〝ヤンキー〟に広めることにだけは失敗した。ヤンキーはクリケットという球技のいわく言いがたい魅力を理解できず、国際マッチではティータイムやランチタイムまで試合時間に含まれる長丁場につきあう根気も持ち合わせていない）。

Ｑ課はＯＤＧの技術支援部門で、ヒラーニはスパイ御用達の新奇な小道具《ガジェット》の開発全般を監督している。Ｑ課やＣＩＡの科学技術本部に所属する科学の天才たちの仕事は、革新的なハードウェアやソフトウェアを編み出すことだ。ミニチュアカメラ、一見そうとは見えない武器や隠し場所、通信装置、監視装置など。ヒラーニの〝新作〟もそういった一つだ――ハエの死骸に埋めこまれた超高感度全方向性マイク（「盗聴器《バグ》入りハエ《バグ》か」ボンドはにやりとして言った。するとヒラーニは、そのジョークを言うのはこれで十八人めだ、ちなみにハエは半翅目《バグ》ではないと応酬した）。

ＯＤＧは、作戦を実行しなくては存在する意味がない。それゆえ、充分な数の単眼鏡や双眼鏡、変装用具、通信装置、特殊な武器、監視対策機器などをすぐに使える状態に整備して用意しておくことも、ヒラーニの仕事のなかで大きな比重を占めている。そういった意味では、ヒラーニは、蔵書が適切に貸し出され、期限までに返却されているか確認を怠らない図書館司書のような存在でもある。

しかしヒラーニのずば抜けた才能がもっとも有用に発揮されるのは、ゼロから、あるいは現にある材料を使って、新しい何かを作り出す場面で発揮される。ＯＤＧは、ヒラーニによる数十の発明の特許保持者でもあった。ボンドにしても、ほかのＯ課のエージェントにしても、出先で困った事態に直面したら、朝でも夜でも関係なく、とにかくヒラーニに電話を一本かければいい。ヒラーニなら、かならず解決策をひねり出す。ヒラーニや部下たちがオフィスで何かを作り、外務連邦省の外交用郵袋《ゆうたい》に放りこんで、翌朝便で現地のエージェントに届ける場合もある。しかし、その時間のゆとりがない場面のほうが圧倒的に多い。そういったときは、世界中に散らばっている手練の協力者がヒラーニの指示をあおぎながら製作するか、現地で手に入るものを探したり改良したりしてエージェントに渡す。

「ジェームズ」二人は握手を交わした。「インシデント20を押しつけられたんだって？」

「まあね」

座ろうとして、デスクの上の本に目が吸い寄せられた——『チャールズ・フレイザー＝スミスの秘密の戦争』。スパイのガジェットの歴史をたどったその書物は、ボンドの愛読書の一つでもあった。

「深刻な事態か」

「かなり」ボンドは簡潔に答えた。今回の任務に就いてからまだ四十八時間も経過していないのに、すでに二度も死にかけたことは話さなかった。

ＩＢＭの初期のコンピューターとインドのクリケットチームの写真を背に座って、ヒラーニが訊いた。「で、何が要る？」

すぐそこでコンピューターのモニターに見入っているＱ課の若い女性職員の耳に届かないよう、ボンドは声をひそめた。「二人で扱える盗聴キットの品揃えは？　コンピューターや電話は無理そうだが、オフィスか車、自宅になら仕掛けるチャンスがあるかもしれない。使い捨てがいいな。おそらく回収はできないから」

「やっぱりか……」ヒラーニのきらめく瞳が曇った。「何か問題でも、サヌ？」

「あらかじめ打ち明けておくよ、ジェームズ。ついさっき、上のほうの階から電話があった」

「ビル・タナーか」

「いや。もっと上の階」

Ｍか。まいったな。電話の内容は聞くまでもなく見当がついた。

ヒラーニが続ける。「Ｏ課の誰かから盗聴キットについて問い合わせがあったら、すぐに知らせろとの仰《おお》せだ。小さな偶然だね」

「ああ、ちっぽけな」ボンドは苦々しげに返した。

「というわけで」ヒラーニは控えめな笑みを浮かべた。

「O課の誰かから盗聴キットについて問い合わせがあったとすぐに知らせるべきかな？」

「いや、いますぐじゃなくてもよさそうな気がする」

「そうか、だったら後回しにするか」ヒラーニの目はいつものきらめきを取り戻した。「お気に召しそうなものをいろいろ取りそろえてる」まるで車のセールスマンのようだった。「まずはワイヤレス給電のマイク。何かの電源コードの近くにあれば作動する。バッテリーは要らない。半径十五メートル以内の会話を拾える。レベル自動調整機能がついてるから、音声が歪む心配もなし。ああ、そうだ、二ポンド硬貨も評判がいいぞ。イングランド銀行創設三百年記念として一九九四年に発行された硬貨だ。なかなかのレア物だから、ターゲットはおそらく拾って幸運のお守りとしてポケットにでも入れておくだろうが、売る気になるほどのレア物じゃない。バッテリーは四か月もつ」

ボンドは溜め息をついた。どうやら彼が使ってはいけないらしい盗聴キットは、どちらも憎らしいほど使い道に合致していた。ボンドは礼を言い、また連絡すると言ってヒラーニのオフィスを出た。自分のオフィスに戻ると、メアリー・グッドナイトがまだデスクにいた。このあと頼みたい仕事はとくにない。「もう帰っていいよ。楽しい夜を《グッド・イヴニング》、グッドナイト」

グッドナイトはボンドのできたばかりの傷にちらりと目をやったものの、世話を焼こうと試みるのはやめたらしい。過去の経験から、どうせボンドに逃げられるとわかっているからだろう。「その傷、ちゃんと手当してね、ジェームズ」そうひとこと言うにとどめ、帰り支度を始めた。

椅子に腰を落ち着けるなり、自分の汗臭さをふいに痛烈に意識した。爪の先には煉瓦のくずが赤茶色の三日月を作っている。フラットに帰ってシャワーを浴びたい。今夜の最初の一杯をやりたい。しかし、その前に片づけておかなくてはならないことがあった。

コンピューターのモニターのほうを向き、ゴールデン・ワイヤの一般情報データベースにアクセスして、セヴェラン・ハイトの会社と自宅の住所を調べた。興味深いことに、自宅はカニングタウンというロンドン東部の低所得者の多い地域にあった。グリーンウェイの本社はレインナム近くのテムズ川沿い、ワイルドライフ環境保護公園のすぐ隣のようだ。

ハイトの自宅とグリーンウェイ本社の衛星写真地図に目をこらす。とにかくハイトを監視しないことには何も始まらない。合法にやるなら、オズボーン＝スミスとMI5A課の監視班の協力を仰《あお》ぐしかなかった。しかし、ハイトの正体を知ったら、オズボーン＝スミスは即座にハイトとアイリッシュマンをまとめて〝連行〟しようとするだろう。ボンドはリスクを再検討した。その二人が身柄を拘束されたと知ったら、残った共謀者は大量殺戮計画を日を早めて実行しようとするだろうか。それともとりあえず死んだふりを決めこんで、一月《ひとつき》後、あるいは一年後にふいに息を吹き返すだろうか。

悪は不屈の忍耐力を備えている。過去の経験は、ボンドにそう教えていた。

監視を始めるか。やめておくか。

迷った。だがまもなく、ためらいがちに手を伸ばすと、受話器を持ち上げた。

17

午後六時三十分、ボンドはフラットに帰り、ベントレーをバックでガレージに入れて、レーシンググリーンのジャガーの隣に停めた。階段で二階に上がり、玄関の鍵を開け、セキュリティシステムをオフにしたあと、もう一つのセキュリティシステム――コマ撮りの監視ビデオ――をチェックして、家政婦のメイ以外、誰も家に入っていないことを確かめた（メイに来てもらうことを決めたとき、いくぶん気まずい思いを感じながら、彼が勤めている政府機関では監視カメラの設置が必須とされていることを告げた。自分が留守にしているときは、メイが仕事をしているあいだもカメラを作動させていなくてはならない。「あなたはお国のために働いてらっしゃるんですから、かまいませんよ。私にも愛国心はありますからね」誠実な女性はそう答え、小さく〝サー〟と言い添えた。メイが敬意を込めて〝サー〟と呼ぶ相手は、ボンド一人だけだ)。

　留守電を確認する。メッセージは一件だけだった。メイフェアに住んでいる友人のフーアド・カラーズの伝言だ。ヨルダン人のカラーズは、世知に長けた、何につけてもスケールの大きな人物で、ありとあらゆるものを商売にしている。なかでも得意としているのは乗り物だ。自動車、飛行機、それにボンドがこれまでに目にしたなかでもっとも美しいヨット。カラーズとボンドはともに、バークレースクウェアにあるコモドアというカジノクラブのメンバーだった。

　ロンドンの大多数のカジノクラブでは、五百ポンドの入会金を支払えば、二十四時間後には会員証を手にできる。しかしコモドアの入会審査は厳格だった。しかるべき時間をかけて念入りな身辺調査を行なったうえで、ようやく入会を認める。さらに、正式なメンバーとして迎え入れられたあとも、ドレスコードをはじめとした数多くの規則を厳密に守らなくてはならないし、テーブルでは申し分のないマナーを求められる。ただ、コモドアには、充実したワインセラーを併設したすばらしいレストランがあった。

　カラーズの用件は、今夜そのレストランで食事をしないかという誘いだった。「ちょっと困ったことになっていてね、ジェームズ。サントロペから来た美女を二人、押しつけられてしまったんだな。こんなことになった経緯は、留守電のメッセージに残すのが微妙にはばかられる話だし、だいいち長すぎる。とはいえ、私一人の魅力では、とても二人には行き渡りそうにない。どうだろう、力を貸してもらえないか」

　口もとをゆるめながら、ボンドはカラーズに折り返しの電話をかけて先約があることを伝え、別の日に会う約束をした。

　それから、いつもどおりの手順でシャワーを浴びた。まずは煮えてしまいそうなほど熱い湯を浴び、次は氷のように冷たい水を浴びて、タオルでさっと水気を拭う。頬や顎を指でなぞってみて、一日に二度、髭を剃るのはよくないという長年の思い込みを捨てることにした。それから、自分を叱りつけた――よせよ、いったい何を期待してる?　たしかに、フィリー・メイデンストーンは美人で頭の回転が早くて、しかも極上のオートバイをかっ飛ばす女だ。しかし、同僚だぞ。それだけのことじゃないか。

だが、振り払っても振り払っても、黒革のレーシングスーツがしつこく脳裏に浮かんできた。

　タオル地のローブ姿でキッチンに寄り、ベーシル・ヘイデンのバーボンをツーフィンガー分グラスに注ぎ、角氷を一つだけ落とした。スパイシーでナッティな風味を楽しみながら、半分を飲んだ。一番美味いのは、その日最初の一杯と決まっている。今夜のような一杯は、なかでも格別だ。敵地で苦しい闘いを切り抜けたあと、そして美しい女と食事をする前……

　そこで自分の思考にふたたび急ブレーキをかけた。やめろよ、いいかげんにしろ。

　古い革張りの椅子に腰を下ろす。リビングルームに調度品はほとんど置いていない。数少ない品物は両親が使っていたものばかりだ。死後に受け継ぎ、ケントのおばの家の近くの倉庫に預けてあったのをここに引き取った。自分で買い足したものもいくつかある。ランプ、デスクと椅子。ボーズのサウンドシステムも自分で選んだものだが、耳を傾ける機会はあまりない。

　マントルピースには、銀の額縁に入った両親や祖父母の写真が並んでいる。父方の祖父母はスコットランド人、母方はスイス人だ。おばのシャーミアンと若いころのボンドを撮った写真も何枚かある。ケントでおばと暮らしていた当時のものだ。壁にも写真が並んでいた。フリーランスのフォトジャーナリストだった母の作品だ。ほとんどは白黒で、被写体はさまざまだった。政治集会、労働組合のイベント、スポーツの大会、異国の雄大な風景。

　マントルピースの真ん中にはもう一つ、奇妙な装飾品《オブジェダール》が鎮座している。銃弾だ。それは、ＯＤＧのＯ課００《ダブルオー》セクションのエージェントという仕事とは無関係なもの、ボンドの人生のなかのまったく別の時期、別の場所からやってきたものだった。ボンドは暖炉に近づき、硬質な金属の小さな塊を掌に載せて軽く転がしてみたあと、マントルピースのもとの位置に返し、革張りの椅子に戻った。

　フィリーとの交際――ではなく、エージェント・メイデンストーンとの関係は純粋に同僚としてのものにとどめようと自分に言い聞かせながらも、やはり彼女を異性として意識せずにはいられなかった。

　いまは婚約者のいない異性として。

フィリーに対して感じているのは、肉体的な欲望だけではないことは正直に認めなくてはならないだろう。そうそうあることではないにしろ、ほかの女性についてこれまでに何度か自分に尋ねたことのある質問をふたたび自分に向けた――彼女とのあいだに、一時的なものではない何かが生まれるような可能性はあるだろうか。

ボンドの恋愛事情には、平均的な男性のそれよりも困難が多かった。決まったパートナーを持ちにくい背景には、出張が多く、仕事の負荷が高く、しかも常日頃から危険と隣り合わせでいるといった事情が影響している。しかし、もっとずっと根本的な問題は、素性を明かしにくいということだった。それに、00セクションでの任務を具体的に話したら、女性によっては、いや、たいがいの女性は好感を抱かない。場合によっては嫌悪さえするる。

しかし、行きずりの恋以上に発展した女性にかぎっては、そういった事情のたとえ一部であれ、いつかは打ち明けなければならないだろう。身近な相手に長いあいだ隠しごとを続けるのは不可能に近い。人間は、私たちが考えている以上に賢く、観察眼が鋭いものだ。恋人のあいだで、人物の根本に関わる秘密が隠され続けることがあるとすれば、それは相手が秘密を秘密のまま放置することを選択した場合だけだろう。

国防省では、言い逃れは便利な道具かもしれないが、恋人とのあいだでは障壁にしかならない。

ところが、フィリー・メイデンストーンが相手なら、その問題は最初から存在しない。夕食のテーブル越しに、あるいは乱れたシーツをはさんで、本当の職業をおそるおそる明かす必要は初めからないのだ。フィリーはボンドの経歴や組織内での立場を知っている――まるで自分のことのようによく知っている。

しかも、今夜は自分のフラットに近いレストランを指定した。

その事実には、どんなメッセージが隠されているのだろう。

ジェームズ・ボンドは腕時計を確かめた。そろそろ身支度をして、暗号を解きに出かけたほうがよさそうだ。

18

　八時十五分、ブルームズベリーのレストラン、アントワーヌの前でタクシーを降りたボンドは、店を一目見るなりフィリーの選択に満足した。込み合った騒がしいレストランやバーは我慢ならない。たとえ一流とされる店であろうと、騒音レベルが忍耐の限界を越えた瞬間、迷わず席を立つ。ボンドに言わせれば、そのような〝居酒屋の高級版〟でしかない店は、胃袋《ガストロ》を満足させる場所ではなく、ぞっとする《ガーストリー》ような場所だ。

　しかし、ここアントワーヌは静かで、照明も明るすぎず暗すぎず、落ち着いた雰囲気だ。奥の棚に並ぶワインの品揃えも豊富で、壁には控えめな色調の十九世紀の肖像画が飾られていた。ボンドはワインの棚に近い小さなブース席を希望した。柔らかな革を張った椅子にいつものように入口に向かって腰を下ろし、店内を観察した。客の大方は、ビジネスマンや近隣の住人と見えた。

「お飲み物はいかがいたしましょうか」ウェイターが声をかけた。三十代後半の快活な男だった。頭をきれいに剃り上げ、両耳にピアスをしている。

　カクテルを頼むことにした。「クラウンロイヤルのダブル。ロックで頼む。そこにトリプルセックをハーフメジャーにビターズを二ダッシュ加える。最後にオレンジピールをツイストして添えてくれ」

「かしこまりました。珍しいカクテルですね」

「オールドファッションドのアレンジなんだ。実を言うと、俺が考えた」

「名前は？」

「まだない」ボンドは答えた。「いま、ぴったりの名前を探してるところでね」

　まもなく運ばれてきたカクテルを一口試す。注文どおりの完璧な出来だった。ウェイターにもそう伝えた。グラスをテーブルに置いたとき、フィリーが入ってきた。にこやかな笑みを浮かべている。ボンドに気づいたとたん、足取りが軽くなったように見えた。

　タイトな黒いジーンズに茶のレザージャケット、その下に、ボンドのジャガーと同じ深緑色のタイトなセーター。

　ボンドは立ち上がって迎えようとしかけたが、フィリーは正面ではなく、隣に座った。ブリーフケースを提げている。

「調子はどう？」フィリーが言う。

　心のどこかでは、そのような何気ない挨拶ではなく、もっと親密な何かを期待していた。が、すぐに自分をたしなめた――どうしてそんな妙な期待をする？

　フィリーはジャケットを脱ぐか脱がないかのうちにウェイターの視線をとらえた。ウェイターが親しげに微笑む。「オフィーリア。いらっしゃい」

「こんばんは、アーロン。モーゼル・リースリングをグラスでお願い」

「すぐにお持ちします」

　ワインが運ばれてくると、ボンドは食事の注文は少し待ってくれとアーロンに伝えた。二人はグラスを互いのほうに傾けただけで、合わせはしなかった。

「まずは」ボンドはフィリーのほうにほんの少し体をずらして言った。「ハイトだな。ハイトのことから教えてくれ」

「スコットランドヤードの特殊犯罪班、ＭＩ６、インターポール、アメリカの全国犯罪情報センターにＣＩＡ、それとオランダの総合情報保安局に照会した。ＭＩ５にもそれとなく探りを入れてみた」ボンドとオズボーン＝スミスのあいだに微妙な対立関係があることを察しているらしい。「犯罪歴なし。要注意人物リストにも載ってない。どちらかといえば、労働党よりは保守党支持。でも、政治にはあまり関心がないみたいね。どこの教会の信者でもない。社員は大事にしてるようよ――ストライキなんかは一度も起きてないから。税務局や労働衛生安全局との関係も良好。どこにでもいる裕福な企業家のようね。とても裕福な、かしら。社会に出てからずっと、廃棄物回収リサイクル業界で仕事をしてる」

　世界一リッチなくず屋……

「五十六歳、結婚は一度もしていない。オランダ人の両親は二人とも亡くなってる。父親はちょっとした資産家で、仕事でしじゅう旅行をしてたようね。ハイトはアムステルダムで生まれて、十二歳のとき、母親と一緒にイギリスに移住した。母親が精神を病んで、ハイトの世話はおもにオランダから一緒に来た家政婦がしてたらしいわ。父親はその後、無一文同然になって、それきり行方知れず。給料が支払われなくなったものだから、家政婦は社会福祉局に連絡したあと、やっぱりそれきり行方知れず。八年も世話をした子供を置いていきなり消えちゃったってこと」フィリーは同情するように首を振った。

「ハイトが十四歳のときの話」

フィリーの説明はさらに続いた。「十五歳でごみ収集の仕事に就いた。そのあとどこで何をしてたかはわからない。次に記録があるのは、二十代になってから。リサイクルの時流に乗って、グリーンウェイ・インターナショナルを起ち上げた」

「元手はどこから？　父親の遺産がいくらかなりともあったとか？」

「いいえ。それに関してはちょっとした謎。社会に出たときは文無しだったはずだから。でも、何年か後には大卒の学歴を手に入れてた。専攻は古代史と考古学」

「グリーンウェイについては？」

「一般ごみの処理、回収、建設廃材の撤去、スクラップの回収、ビルの解体、リサイクル、文書のシュレッダー処理、危険物の再生利用と処理。業務内容はそんなところ。プレスリリースによれば、今後、十以上の国に進出して、ごみ処理場やリサイクルセンターを建設する計画がある」

ボンドはグリーンウェイのロゴを見て眉をひそめた。横にして置いた緑色の短剣に見えなくもない。

「それ、ナイフじゃないのよ」フィリーが笑った。「私も同じことを思ったけど。木の葉なんですって。地球温暖化に環境汚染、エネルギー問題。その三つが環境保護運動の最新トレンドよね。でもいま、地球に優しい廃棄物処理再生が一躍最先端に躍り出ようとしてる。グリーンウェイはその分野のトップランナー企業の一つ」

「セルビアに関連は？」

「子会社を介して、ベオグラードの小さな会社の株式を何割か保有してる。でも、グリーンウェイや子会社の従業員もそうだけど、ベオグラードの会社にも、犯罪歴のある人物は見つからない」

「何を企んでるのか、やはりわからないな」ボンドは言った。「政治には関心がない。テロを首謀する動機もなさそうだ。今度の金曜日に計画されてる攻撃がテロなのか何なのか、まだわからないが、別の人間に雇われて、その手配を整えてるだけといったふうにも見える。ただし、金に困ってのこととも思えない」カクテルのグラスを傾ける。「まあいい、メイデンストーン刑事、次は証拠に関する説明を聞こうか。マーチで採取した灰――MI6の分析で、《ゲヘナ計画》《五月二十日金曜日》のみ解読できた文書の切れ端だ。スコットランドヤードの科学捜査チームは何か新しい発見をしたか？」

フィリーが声をひそめた。ボンドはその声を聞き取ろうと、いっそう顔を近づけた。甘いふわりとした香りが嗅覚をくすぐる。フィリーのカシミアのセーターの柔らかな感触が手の甲をかすめた。「新しい発見、あったわよ。内容はこう――《コースを確認。爆風範囲は最低で三十メートル必要。時刻は十時三十分が最適》」

「つまり、何らかの爆破装置だということだな。金曜の十時半。おそらく午後十時半だろう。最初に傍受されたメールに金曜夜という文言があったから。〝コース〟は――運搬ルートか飛行機の経路か」

「でね」フィリーが先を続ける。「あなたが拾った金属片。あれはチタン合金を薄く延ばしたものだった。特殊な合金で、ラボの誰も見たことがないそうよ。削りかすらしいって。ここ一日か二日のあいだに機械で削られたもの」

すると、ハイトの協力者は、病院の地下で金属を加工していたということだろうか。その合金で武器を作ったとか？

「あの基地の所有者はいまも国防省のままだけど、三年前からまったく使われた形跡がない」

フィリーがワインのグラスを傾ける。ボンドの目は、その信じがたいほど美しい横顔の輪郭をなぞった。額を始点に、下は胸まで。

「セルビア当局に関しては、情報を提供しないと、ディナールを廃止してユーロを押しつけるって脅してやるつもりでいたの。でも、ちゃんと調べてくれてた。アイリッシュマンの仲間、アルドー・カリッチは、セルビア鉄道の貨物管理責任者だったそうよ」

「どの列車に危険物が積まれているか、正確に知っていたというわけか」

「そう」フィリーはそこで眉間に皺を寄せた。「それに関してだけどね、ジェームズ。奇妙なことがあるのよ。積まれてたのは超のつく危険物だった。MIC――イソシアン酸メチル。ほら、インドのボパールで数千人の死者を出した事故があったでしょう。あのとき流出した化学薬品」

「ほんとか？」

「ところがね、問題の列車に積まれてた貨物の目録によれば」フィリーは英語に訳されたリストを見せた。「MICのコンテナはどれも、銃で撃ってもかすり傷一つつかないような材質でできてる。飛行機から落としても割れないくらい頑丈なの」

確かに奇妙だ。「つまり、列車を脱線させたところで、中身が漏れ出すことはない」

「そう、まずありえない。それにもう一つ。貨物車に積まれてたMICは、たったの三百キロ分。もちろん、だからって危険じゃないってことにはならないわよ。だけど、ボパールの事故で流失したのは四万二千キロだった。たとえコンテナの一部が割れたとしても、被害はごくわずかですんだはず」

では、アイリッシュマンはほかの何を狙ったのだ？

ボンドはリストに目を走らせた。MICを除けば、積み荷は無害なものばかりだった。ボイラー、自動車部品、エンジンオイル、屑鉄、鉄柱や木柱といった建設資材……武器や不安定な物質、MIC以外の化学薬品などは一つも見当たらない。

ひょっとしたら、あの一件は、列車の運転士か、レストランのある丘の下のほうに住む誰かの殺害を狙った、おそろしく回りくどい計画だったのだろうか。アイリッシュマンは、殺人事件を事故に見せかけようとしていたということか？　ノアの目的がわからないことには、効果的な対応の取りようがない。ボンドとしては、今日の夕方、気が進まないながらも開始した監視から、何らかの成果が得られることを願うしかなかった。「〝ゲヘナ〟について、あれから何かわかったか？」

「ちくしょう《ヘル》」

「え？」

フィリーがおかしそうに笑った。「ゲヘナというのは、ユダヤ教とキリスト教に共通する地獄《ヘル》の概念の由来。語源はヘブライ語のゲーヒンノーム。ヒンノムの谷という意味ね。その昔、谷はごみの焼却場だった、岩の隙間から噴き出す天然ガスが永遠に炎を燃やし続けてたって説があるの。聖書では、ゲヘナは罪人や異教徒を罰する場所とされてる。最近の文献でゲヘナに言及してるものは一つだけ――百五十年前を最近と呼べるなら、だけど。ラドヤード・キプリングの詩よ」フィリーはその詩を暗唱した。「〝ゲヘナに下るときも　王座に昇るときも／一人で行く者が誰よりも速い〟」

なかなかいい。ボンドは心のなかで暗唱してみた。

フィリーが続ける。「さて、最後は、もう一つの任務の報告ね。〝スティール・カートリッジ〟」

どうどう、落ち着け――ボンドは自分に言い聞かせ、何食わぬ顔で片方の眉を持ち上げ、先を促した。

「ゲヘナ計画とスティール・カートリッジの関連は見つからなかった」

「それはわかってる。俺もその二つが関係してるとは思ってない。これはまた別の話なんだ――ODGに入局する前の」

薄茶色の瞳がボンドの表情を探っている。ほんの一瞬、右頬の傷痕の上で止まったのがわかった。「国防省情報本部にいたのよね？　その前は、海軍予備軍の一員としてアフガニスタンにいた」

「そうだ」

「アフガニスタン……ソ連も進出してたことがある。イギリス軍やアメリカ軍がパーティに顔を出すより前に。スティール・カートリッジは、あなたのアフガニスタンでの任務と関係があることなの？」

「そうだな、その可能性も大いに考えられる。はっきりとは言えないが」

どうやら答えたくないらしいと察したのだろう。フィリーは話を先に進めた。「うちのステーションRがハッキングしたオリジナルのデータファイルを手に入れて、メタデータをのぞいてみた。で、そこにあった別のソースを確かめたら、スティール・カートリッジというのは、上層部がじきじきに命令を出してた目標殺害作戦《ターゲット・キリング》のコード名らしいことまではわかった。〝数人の死者〟という表現は、それを指してるってことね。ただ、KGB時代の作戦なのか、SVRに組織替えしてからのものなのか、それはわからない。つまり、年代はまだ特定できないってこと」

悪名高きソ連国家保安委員会（KGB）は、一九九一年のソ連崩壊後、国内治安維持を担当するロシア連邦保安庁（FSB）と、対外諜報を担当するロシア対外情報庁（ＳＶＲ）に分割再編された。スパイ業界ウォッチャーのあいだでは、看板を掛け替えただけのことだという見方が多数を占めている。

ボンドはしばし考えこんだ。「ターゲット・キリングか」

「そう。うちの工作員――ＭＩ６のエージェントが何らかの形で関わってたみたい。でも、それが誰だったのか、どういう立場で関わってたのかは、よくわからないの。ロシアの暗殺者を追跡してたのかもしれない。転向させて二重スパイにしようとしてたとか。でも、逆に、そのエージェントがターゲットだった可能性もあるわけよね。すぐにもっと情報が入ると思う――情報の水路は開けておいたから」

気づくと、額に皺を寄せてテーブルクロスをぼんやりと見つめていた。ボンドはフィリーに微笑んでみせた。

「参考になったよ、フィリー。ありがとう」

携帯電話を取り出し、メールアプリを開いて、いま聞いた話の要点を打ちこんでいった。セヴェラン・ハイト、インシデント20、グリーンウェイ・インターナショナル。ただし、スティール・カートリッジの情報は省いた。書き上がったメッセージをＭとビル・タナーに送信する。

「これでよし、と。さて、燃料補給の時間だ。今日もよく働いたからね。まずはワインから決めようか。赤？それとも白？」

「私はルールに縛られない女なの」フィリーはその言葉をしばらく宙ぶらりんにした――まるでボンドの反応を試すかのように。それから説明を加えた。「カレイみたいな淡泊な魚には、濃厚な赤を合わせる――マルゴーかサンジュリアンあたりかしら。そして、血も滴るステーキには、ピノ・グリかアルバリーニョ」そこでふと口調を和らげた。「要するにこういうことよ、ジェームズ。あなたが飲みたいものがいいわ」パンをちぎってバターを塗り、いかにも美味しそうに食べた。それからメニューを取った。クリスマスの朝、どのプレゼントから開けようかと迷っている子供のような真剣な顔が、ボンドの心をくすぐった。

まもなくウェイターのアーロンが近づいてきた。フィリーがボンドに言う。「先に頼んで。私はあと七秒かかる」

「前菜はパテにしよう。メインはカレイのグリル」

フィリーが選んだのは、ロケットとパルメザンチーズと洋梨のサラダ、それにインゲン豆と新じゃがを添えたオマール海老のボイルだった。

　ボンドはカリフォルニア州ナパ産のアンオークド・シャルドネを選んだ。

「すてき」フィリーが言う。「アメリカのシャルドネって、ブルゴーニュのものの次に美味よね。でも、オーク樽を使わずに熟成させようなんて、ほんと、大胆な発想だと思う」

　ボンドもまったく同意見だった。

　ワインが、次に料理が運ばれてきた。料理も極上だった。ボンドはフィリーの選択に称賛の言葉を贈った。

　くつろいだ会話が続いた。フィリーはボンドのロンドンでの生活ぶりや最近の旅行について、また育った土地について尋ねた。ボンドは条件反射的に、すでに公にされている情報だけを選んで答えた。両親の死、おばのシャーミアンとケント州の田舎町ペットボトムで過ごした子供時代、ほんの短いあいだだけイートン・カレッジに在籍していたこと、そのあと父親の母校でもあるエディンバラのフェテス・カレッジに転入したこと。

「ああ、聞いたことがあるわ。イートン・カレッジでちょっとしたトラブルを起こしたって話でしょ。メイドが関係してる話よね？」フィリーはその言葉もまたしばらく宙ぶらりんにした。それからにやりとした。「それが表向きの説——ちょっぴりスキャンダラスなほう。でも、もう一つ別の噂も聞いたわ。あなたは相手の女の子の名誉を守ろうとしただけだって」

「それについては口にチャックをしておくよ」ボンドは微笑んだ。「公職《オフィシャル》守秘法を盾にさせてもらう——非公式《アンオフィシャル》に」

「もし、二つめの噂がほんとなら、ずいぶんと若いころから騎士道を実践してたのね」

「たぶん、トールキンの『サー・ガウェインと緑の騎士』を読んだ直後だったからじゃないかな」ボンドは応じた。どうやらフィリーは彼の経歴についても調査の腕前を発揮したらしい。

　今度はボンドがフィリーの子供時代について尋ねた。デヴォン州で育ち、ケンブリッジシャー州の寄宿学校で学んだという。その寄宿学校時代には、人権団体のボランティアとして名を馳せたらしい。その後、ロンドン大学経済政治学部で法律を学んだ。旅行好きらしく、これまでに行った土地の話をあれこれ話して聞かせた。だが、一番生き生きとした表情を見せたのは、ＢＳＡのオートバイと、もう一つの趣味、スキーの話をしているときだった。

スキーか——ボンドは心のなかでつぶやいた。また一つ、共通点が見つかった。

二人の目が合った。そのまま五秒は見つめ合ったままでいた。

お馴染みの、全身を電流が走り抜けるような感覚。膝と膝がほんの一瞬だけ触れ合った。半分は偶然、半分はわざと。フィリーが赤い髪を片手でかきあげた。

それから、まぶたを閉じ、指の先でそっとなでた。そしてまた目を開き、ボンドを見やると、ささやくように言った。「正直に認める。今夜は誘ってもらって本当にうれしかった。食事のことよ。こんなときだから……」

その先を続けられないのか、あるいは続けたくないのか、そこで言葉が途切れた。瞳は楽しげにきらめいている。

「このままお開きにするのは何だかさみしいわね。だって、まだ十時半だもの」

ボンドは身を乗り出した。腕と腕が軽く触れた。今度はどちらも後退しなかった。

フィリーが言う。「食後の一杯を飲みたい気分。でも、このお店に食後酒はあるのかしら」口ではそう言ったが、実際にはこう伝えようとしているのだ——通りのすぐ先の彼女のアパートには、ポートワインやブランディがあると。ソファと音楽もあると。

そしておそらく、その先にも何か待っていると。

暗号……

ボンドはこう応じようとしかけた。「俺ももう少し飲みたい気分だな。ただし、どこかに場所を移して」

だがそのとき、あるものがボンドの目をとらえた。とても些細なもの。もう少しで見逃していたであろうもの。

フィリーの右の人差し指と親指が、左の薬指をそっとなでていた。旅行から帰ったばかりで肌はほんのり小麦色に焼けているのに、薬指の付け根にはかすかに青白い細い帯が一周している。ティムから贈られた深紅の婚約指輪が陽射しをさえぎった跡。しかし、その指輪はいまはない。

フィリーの緑色と黄金色にきらめく瞳は、あいかわらずボンドの目をまっすぐに見つめている。顔に浮かんだ笑みもそのままだ。そう、精算をすませ、店を出て、フィリーに腕を取られるまま、彼女のフラットに行くこともできる。ウィットに富んだやりとりがさらに続くだろう。愛を交わす行為は、きっと情熱的なものになるに違いない――そのことは、彼女の瞳のきらめきや声の響きからわかる。料理を口に運ぶ勢いからも、今夜の装いとその着こなしからも、わかる。あの笑い声からも。

だが、もう一つ、わかったことがある。そうするのは間違いだということだ。今夜はだめだ。婚約指輪を外して返したとき、彼女は心の一部も一緒に返したのだ。とはいえ、衝撃からの回復途上にさしかかっていることは確かだろう。ピークディストリクトの無舗装の道路をBSAのオートバイの尻を振りながら猛スピードでかっ飛ばす女が、そう長く落ちこんだままでいるとは思えない。

それでも、いまは待つべきだ。

フィリー・メイデンストーンが本当に彼の人生に迎え入れられるべき女であるなら、一月《ひとつき》後であろうと、二月《ふたつき》後であろうと、それは変わっていないはずだ。

ボンドは言った。「メニューの食後酒のページに、ちょっとよさそうなアルマニャックがあったような気がする。せっかくだから試してみたいな」

フィリーの表情がたちまち和らいだのを見て、ボンドは自分の判断は正しかったと確信した。彼女のなかで、安堵と感謝が失望にまさったのだ――ほんの鼻の差であれ。フィリーはボンドの腕に手を置いてそっと力を込めた。それから、ゆったりと座り直した。「私の分も選んでもらえない、ジェームズ？　あなたが選ぶものなら、きっと私も好きだと思うから」

火曜日　砂漠の死

19

ジェームズ・ボンドはぎくりとして目を開いた。夢を見ていたことは覚えているが、内容は思い出せない。それでも、夢のせいだろう、全身が汗みずくだった。心臓は激しく打っている。ほどなく、電話のやかましい着信音が意識に入りこんできて、鼓動はいっそう加速した。

　ベッドサイドの時計は午前五時一分と告げている。携帯電話を取り、瞬きをして眠気を追い払いながらディスプレイを確かめた。ああ、来たか。ありがたい。

　ボンドは《通話》ボタンを押した。「ボンジュール・モナミ」

「ボンジュール！」低くしゃがれた声が応じた。「この電話、スクランブルはかかってるんだろうな」

「ウィ。もちろんかかってる」

「やれやれ、盗聴防止機能が開発される前、俺たちはどうやって仕事をしてたんだっけな」レネ・マティスが冗談めかして言った。この電話はおそらく、パリの二十区のブールヴァール・モルティエに面したオフィスからかけているのだろう。

「盗聴防止機能開発前の時代なんてものはもはや存在しないさ、レネ。あったのは、タッチスクリーンおよびアプリ前の時代だけだよ」

「そいつは言えてるな、ジェームズ。ずいぶん冴えてるじゃないか。哲学者みたい《コム・アン・フィロソフ》だぞ。この朝早いのに」

　三十五歳のマティスは、フランスの情報機関、対外治安総局（DGSE）に属するエージェントだ。ボンドとは、ODGとDGSEの合同作戦を通じてたびたび仕事をしていた。最近では、アルカーイダなど、ヨーロッパから北アフリカにかけての犯罪組織を一掃する作戦で力を合わせた。そればかりではない。二人で相当量のリレやルイ・ロデレールを消費したし、ブカレストやチュニス、エーゲ海に臨む自由と美の街バーリといった街で……そう、刺激的な夜をともに楽しむ友人でもある。

　昨日の夕刻にボンドが電話をかけてセヴェラン・ハイトの監視を依頼した相手は、オズボーン＝スミスではなく、レネ・マティスだ。その決断はできることなら避けたいものではあったが、今回は第3局（D3）のみならず身内のMの裏をもかくという、政治的リスクの大きな手段をあえて採るしかないと覚悟を決めてのことだった。とはいえ、ハイトは是が非でも監視しなくてはならない。イギリス当局が多大な関心を寄せていることを、ハイトとアイリッシュマンに勘づかれたくなかった。

言うまでもなく、通信の傍受などを専門とする諜報部局はフランスのDGSEにもある。イギリスの政府通信本部（GCHQ）やアメリカの国家安全保障局（NSA）をはじめ、豊富な予算を与えられた諜報機関と、その点では変わらない。そしてDGSEは、イギリスも含めた他国の市民の会話や電子メールを絶えず盗み聞きし、また盗み読みしている（現在では同盟国であるとはいえ、フランスとイギリスのあいだには、ちょっとした対立の歴史が存在することは周知のとおりだ）。

そこでボンドは、レネ・マティスに協力を要請した。フランスの重力傾度安定方式スパイ人工衛星に搭載された直径百メートルのアンテナがロンドンからはるか空の高みへと吸い上げたELINTやSIGINTを監視し、関連するキーワードを探してくれと頼んでおいた。

マティスが電話の向こうで言った。「ちょっとした情報を手に入れた」

「着替えたほうがよさそうだ。スピーカーモードに切り替える」ボンドはボタンを押してベッドから飛び出した。

「つまり、このあと俺が言うことは、隣で寝てる赤毛の美人さんにも聞こえるってことだな？」

ボンドは含み笑いをした。マティスが冗談の種にわざわざ赤毛を選ぶという偶然がおかしかったからではない。昨夜、帰途につく前、フィリーを自宅まで送っていった別れ際、頰と頰を寄せた瞬間の記憶がふと蘇ったからだ。あのとき、燃えるような赤い色をしたフィリーの髪が、彼の肩に優しく触れた。

「〝セヴェラン・ハイト〟またはニックネームの〝ノア〟というタグがついたSIGINTを探してみた。ほかに、グリーンウェイ・インターナショナル、ゲヘナ計画、セルビア鉄道の脱線事故、今週金曜に発生が憂慮されている出来事、それにアイルランド風の氏名らしきものが含まれた情報も探した。しかし、じつに奇妙な話だと言わざるをえないね、ジェームズ。アンテナはロンドン東部のグリーンウェイ本社にまっすぐ向いてたはずなのに、あの施設から発せられたＳＩＧＩＮＴはゼロ。きれいに何もなかった。携帯電話の社内使用を禁止してるとしか考えられない。なかなか興味深いだろう？」

なるほど、それはたしかに興味深い――ボンドは手早く服に袖を通しながら考えた。

「それでもまあ、いくつか情報を拾えたよ。ハイトはいま自宅にいるが、今日の昼までに出国する予定でいる。おそらく朝早いうちだろうと思う。行き先は、残念ながらわからない。ただし、飛行機に乗るのは確実だな。空港とパスポートに言及した情報が一件ずつ引っかかってるから。自家用ジェットを使うらしい。社内の誰かがパイロットと直接話してた。あいにく、空港を特定する手がかりはなくてね。ロンドンに複数の空港があるのは俺も知ってる。いまもちゃんと射程圏内に収めてあるから……おっと、監視のターゲットとしてだよ、ミサイルのターゲットとしてじゃなくてな！」

これにはボンドも笑わずにはいられなかった。

「ただな、ジェームズ。ゲヘナ計画とやらについては、何の情報もなかった。代わりに、少しばかり不穏な情報が手に入った。いまから十五分前、ロンドン郊外のグリーンウェイから西へ十五キロほど離れた住所にかかった電話を傍受した」

「おそらくハイトの自宅だな」

マティスが続ける。「男の声だった。〝セヴェラン、私です〟。訛の強い英語だったが、うちのアルゴリズムでは、どこの訛かまでは分析できなかった。簡単な挨拶のやりとりがあって、男がこう言った。〝今夜七時で確認が取れた。死者の数は九十には届きそうですよ。遅くとも六時四十五分までには現地に行きたい〟」

ハイトは大量殺人計画に関与しているか、自ら手を下す心づもりでいるということか。「ターゲットは誰だ？殺害の動機は？」

「わからないよ、ジェームズ。あんたのミスター・ハイトの反応は、これまた気味が悪かったな。まるでチョコレートをもらった子供《アナンファン》みたいな声でこう言ったんだ。〝うれしいな、待ち遠しいよ！　ありがとう、ありがとう〟」陰鬱な調子でマティスは続けた。「人が殺されるって聞いて、あんなうれしそうな声を出す人間は初めてだ。しかし、薄気味悪いのはそれだけじゃない。ハイトはそのあとこう訊いたんだ。〝死体にはどのくらい近づけるって？〟」

「ほんとか」

「ほんとさ。すると相手は、すぐ目の前まで近づけると答えた。その返事を聞いて、ハイトはますますうれしそうにした。そこで電話が切れたきり、二度と通話はない」

「午後七時。イギリス国内ではないどこか。ほかには？」

「悪いな、それだけだ」

「ありがとう。恩に着るよ。さっそく狩りに出よう」

「うちの衛星をもうしばらくそっちに向けておきたいところなんだが、いまの時点でもう、上のほうがやかましく言い始めてる——ロンドンなんて取るに足らない小都市の何をそんなに気にしてるのかってさ」

「次に会うときドンペリニヨンは俺のおごりだ、レネ」

「楽しみにしておくよ。オールヴォワール」

「近いうちにまたな。メルシー・ボークー」

海軍予備軍の中佐として、またODGのエージェントとして、これまでにも凶悪な人間を相手にしてきた——反乱兵、テロリスト、精神を病んだ犯罪者。そんなものを渡したら本当に活用しかねない狂気に取り憑かれた輩に、核に関する機密を売るような不道徳な裏切り者。だが、その経験を総動員して考えてみても、このハイトという男が何を企んでいるのか、皆目見当がつかない。

目的……対処。

しかし、ハイトの邪悪なゴールが不明なままでも、ボンドがいますぐ取れる対処は、少なくとも一つある。

十分後、ボンドはポケットから車のキーを引っ張り出しながら階段を駆け下りていた。セヴェラン・ハイトの自宅の番地を調べる必要はなかった。昨夜のうちに頭に叩きこんである。

20

MI5と北アイルランド省、それにその二つに関連する情報機関の本部が入っているテムズハウスは、MI6の本部——偶然にも、テムズ川をはさんだすぐ目の前、サウスバンクにある——と比較すると、いくぶん見劣りがした。ＭＩ６の本部は、リドリー・スコット監督の映画から未来の集落を拝借してきたような個性的な建物だ（古代バビロニアの階段状のピラミッド形をした神殿ジッグラトを連想させるため、〝バビロン・アポン・テムズ〟と呼ぶ人々もいる。もう少し意地の悪いニックネームに、〝レゴランド〟というのもある）。

しかし、建築物としては印象が薄いとしても、近づきがたい威風という意味では、テムズハウスのほうがずっと上かもしれない。築九十年の一枚岩を思わせる灰色の石造りの建物は、これがソ連や東ドイツの警察本部だとしたら、連行されてきたとたん、何も訊かれていないうちからあることないことしゃべりだしてしまいそうなくらいの威圧感を放っていた。とはいえ、テムズハウスの外周に印象的な彫刻が点在しているおかげで（一例を挙げれば、チャールズ・サージェント・ジャガー作『ブリタニア』と『聖ジョージ』）、何日かに一度、テムズハウスを近隣の国立美術館テート・ブリテンと勘違いした、アーカンソー州や東京からの観光客が正面玄関にぶらぶら歩いて近づいてくることがある。

その窓のないテムズハウスの奥の奥に、Ｄ３のオフィスがあった。Ｄ３は——関係を否定できるよう——スペースや備品（ＭＩ５ほど充実した設備を持つ組織はほかにない）をＭＩ５から正式に賃借し、別組織という体裁を整えていた。

そのＤ３の中心に、広々とした作戦司令室がある。緑色の壁にはすり傷が目立ち、家具類はあちこちに凹みがあって、カーペットには許容範囲を超えた数の靴のかかとに虐待された痕跡が残っていた。どちらを向いても、政府が押しつけてくる注意喚起のポスター——不審な荷物、消防演習、健康組合や労働組合問題に関するもの——と目が合うことになる。大部分は、暇を持て余した官僚が来て貼っていったものだ。

状況を見て必要ならゴーグルを着けましょう

しかしここに並んだコンピューターはじつに勤勉で、

数十も並んだ大型液晶モニターは明るく輝いている。作戦実行部上級副部長パーシー・オズボーン＝スミスは、一番大きくて明るいモニターの前に、腕を組んで立っていた。茶色のジャケットに、いまひとつ色の合っていないパンツという出で立ちの——午前四時に起床して、午前四時五分には身支度を調えていた——オズボーン＝スミスの前には、二人の若者が座っている。副部長付アシスタントと、ぼさぼさの髪をしたコンピューター技術者だ。二人とも、キーボードの上にかがみこむようにしていた。

オズボーン＝スミスは身を乗り出してボタンを押した。チキンカレーを食べただけの無駄足に終わった（ついでに、刺激物を摂取したせいで、昨夜は寝つけずに困った）ケンブリッジ行き〝遠足〟のあと、ある場所に監視班を張りつけておいた。その監視班が録音に成功した音声を聞き直す。監視の対象は、インシデント20の容疑者ではない。じつに配慮の行き届いたことに、容疑者の身元に関する情報は、オズボーン＝スミスには誰からも伝えられていないからだ。それでも、彼の監視班の努力は実を結んだ。MI5には知らせないまま、名なしの悪党の集合体の一人——外務連邦省海外開発グループO課00《ダブルオー》セクションの若造、ジェームズ・ボンドのオフィスや自宅の窓ガラスに小型マイクを貼りつけた成果が、この音声だ。

おかげで、オズボーン＝スミスは、セヴェラン・ハイトのことを知っている。その男が〝ノア〟で、グリーンウェイ・インターナショナルという会社の社長であることも知っている。ジェームズ・ボンドは、ブーツという通り——ドラッグストアではなく、通りの名だ——でいくつか重要な発見があったことを、オズボーン＝スミスにはわざと話さずにいたらしい。

「クソ野郎め」オズボーン＝スミスのアシスタント、茶色のモップみたいな見苦しい頭をした痩せた若者が毒づいた。「ボンドのやつ、人の命をゲームの駒か何かだと思ってる」

「まあ、落ち着け」オズボーン＝スミスはなだめるように言った。この部下のことを陰では〝副部長《デピュティ》の副官《デピュティ》〟と呼んでいた。

「でも、そうでしょう。正真正銘のクソ野郎ですよ」

オズボーン＝スミスは、内心では、フランスの情報機関に協力要請したボンドの判断に感服していた。その判断がなければ、ハイトが今日の午前中に出国しようとしていることも、今夜、九十人以上を殺害しようと企んでいることも――少なくともその現場に立ち合おうとしていることも、わからずじまいになっただろう。その新情報は、セヴェラン・〝ノア〟・ハイトを捕らえ、ベルマーシュ刑務所、あるいは刑務所よりもよほどもてなしの悪いD3の尋問室に放りこんで、血の一滴も出なくなるまで搾り上げてやろうというオズボーン＝スミスの決意をいっそう強固なものにした。

オズボーン＝スミスはデピュティ・デピュティに言った。「ハイトを徹底的に調べろ。善行も悪事も残らず知りたい。どんな薬を常用してるのか。購読してる新聞は『インディペンデント』か、それとも『デイリー・スポーツ』か。好きなサッカーチームはアーセナルなのかチェルシーなのか。食べ物の好み、どんな映画を見ると怖くて夜中に小便に行けなくなるのか、どんな映画なら号泣するのか。誰と遊びでつきあってるのか、誰に遊ばれてるのか。その相手とはどの程度の仲なのか。いまのうちに逮捕チームを招集しておけ。そうだ、ボンドから銃の臨時携帯許可申請書は届いたか？　まだだったろう？」

「ええ、まだです」

その瞬間、オズボーン＝スミスの怒りは沸点に達した。

「空飛ぶ目はいまどこだ？」コンピューターゲームで遊んでいるだけのように見えなくもない若いコンピューター技術者に訊く。

ハイトの目的地を突き止めるもっとも楽な方法はすでに試した。ボンドが協力要請したパリの情報部員《エビション》は、ハイトがプライベートジェットを使おうとしていることまでは突き止めている。そこで民間航空管理局の記録を当たり、セヴェラン・ハイト、グリーンウェイまたは子会社の名義で登録されている飛行機を探したのだ。しかし、一機も見つからなかった。こうなったら、使い古された手法――のぞき見をするしかないだろう。三百万ポンドをかけた人工衛星を〝使い古された手法〟と呼んでいいものならば。

「あと少し、あと少しです」コンピューター技術者が時間稼ぎのようにつぶやく。やがて――「〝ビッグバード〟の画像が入りました」

オズボーン＝スミスはモニターをにらみつけた。上空三千メートルからの眺めは、驚くほど鮮明だ。しばし画像を見つめたあと、オズボーン＝スミスは言った。「おい、これがハイトの自宅だってのは間違いないのか？会社の敷地の隅っこを映してるわけじゃないだろうな」

「間違いありません。自宅の俯瞰《ふかん》画像です」

その家は、カニングタウンの一ブロック全体を占領していた。当然のことながら、周囲の公営住宅やおんぼろアパート群からは、鋭く輝く有刺鉄線を張り巡らせた高い塀で隔離されてる。敷地内には、よく手入れされた庭園があり、五月の花が咲き乱れていた。一世紀くらい前には小さな倉庫か工場だったのだろう。そこをつい最近になって修繕したようだ。離れが四棟と独立したガレージが密集して建っているのが確認できる。

いったいどういうことだ？――オズボーン＝スミスは首を傾げた。裕福な企業家がわざわざカニングタウンを選んで住む理由はいったい何だろう？　カニングタウンは貧しく、住民の人種もさまざまで、暴力犯罪や組織犯罪の多発地域でもある一方、地元に強い愛着を持つ住人や、選挙民のためならどんな労力をもいとわない政治活動家が多い場所でもあった。その結果、オリンピックを控えての建設事業とは無関係に、大規模な再開発が進行している。オズボーン＝スミスの父親は、いまから何十年も前、カニングタウンの伝説的なパブに出演したポリスやジェフ・ベック、デペッシュ・モードを見たと言っていた。

「ハイトはなんだってこんな地域に住んでるんだ？」誰にともなくそうつぶやいた。

そのとき、アシスタントが大きな声をあげた。「たったいま、ボンドがフラットを車で出たという報告が入りました。東に向かっているそうです。ただ、うちの尾行はまかれたようですね。やつの運転の腕前はミハイル・シューマッハ級だとか」

「行き先は一つしかない」オズボーン＝スミスは言った。「ハイトの自宅に決まってる」考えるまでもなくわかることをいちいち説明するのにはうんざりだった。

ハイトの住居の様子に何の変化もないまま時間が過ぎていく。やがてオズボーン＝スミスのアシスタントが最新情報を告げた――武装した捜査官を含めた逮捕チームの招集が完了した。「指示を求めてきてます」

オズボーン＝スミスはしばし考えを巡らせた。「とりあえず待機しろと言え。ハイトの自宅に誰か来るかどうか、様子を見よう。どうせなら、役者も裏方もひとまとめにしょっぴきたいからな」

コンピューター技術者が言った。「副部長、動きがありました」

オズボーン＝スミスはモニターのほうに身を乗り出した。黒いスーツを着た大男――おそらくボディガードだろう――がハイトの自宅から現われた。スーツケースを引いてガレージのほうへ歩いていく。

「ボンドがカニングタウンに到着したようです」技術者がジョイスティックを傾ける。画像が拡大された。「あれですね」そう言って指さす。「あの車。ベントレーです」落ち着いた灰色をした車が速度を落とし、縁石に寄って停まった。

アシスタントが口笛を低く鳴らした。「コンチネンタルGTだ。すごいな、超高級車ですよ。たしか『トップギア』でレビューをやってたっけ。あの番組、見てます、パーシー？」

「あいにく、私はだいたいいつも仕事をしてるものでね」オズボーン＝スミスは憂いを含んだ視線をぼさぼさ頭のデピュティ・デピュティに向け、謙遜と尊敬というものを学ばないかぎり、この若者にはインシデント20より先の未来は――むろんキャリアという意味で――なさそうだと考えた。

ボンドの車は、ハイトの住居から五十メートルほど離れて設置された大型ごみ集積器の陰に隠れ、目立たないように停まっている。とはいえ、カニングタウン界隈で十二万五千ポンドの車が目立たないなどということはない。

アシスタント――「逮捕チームがヘリに搭乗しました」

オズボーン＝スミスは指示した。「離陸させろ。〝ガーキン〟の上空あたりで旋回させておけ」

ロンドンを見下ろすスイス再保険会社の四十階建てのビルは――オズボーン＝スミスの目には、ニックネームのキュウリ《ガーキン》より、一九五〇年代のUFOに似て見える――都心に位置しており、狩りのスタート地点としてはうってつけだった。「周辺の空港の警備にも連絡だ。ヒースロー、ガトウィック、ルートン、スタンステッド、ロンドンシティ、サウスエンド、ビギンヒル」

「了解」

「ほかにも人が見えます」コンピューター技術者が言った。

モニターを見ると、ハイトの自宅から人影が三つ、現われたところだった。ごま塩の髪と顎髭を生やしたスーツ姿の長身の男、その横に、爪先をやけに開いた歩きかたをする痩せぎすの金髪の男。その後ろを黒いスーツを着た白髪の華奢《きやしや》な女が歩いている。

「あれがハイトです」技術者が言う。「顎髭のあるほうの男」

「女の素性は？」

「わかりません」

「あのキリンはいったい何なんだ？」オズボーン＝スミスは悪意に満ちた口調で訊いた。銃の携帯許可申請書を渡したのに、あっさり無視したボンドに猛烈に腹が立つ。「あれが噂のアイリッシュマンなのか？　画像をキャプチャーして検索にかけろ。ほら、急げ」

三人はガレージに入っていく。まもなく、黒いアウディA8が正面ゲートを抜け、速度を上げながら通りに出た。

「人数を確認しました――三人とも乗ってます。先に出たボディガードもです」デピュティ・デピュティが声を張り上げる。

「しっかり追跡しろよ。MASINTだ。ついでにレーザーでも追いかけろ」

「やってみます」技術者が応じる。

「やってみるんじゃない。やるんだ」

ボンドのベントレーが静かに発進し、速度を上げながらアウディの後を追った。

「頼むぞ、連中を逃がすな」オズボーン＝スミスはいつもの舌足らずな発音で指示した。どうにか直そうと子供のころから努力は続けているが、その話しかたの癖は、まるで切っても切っても新しい頭が生えてくる伝説のヒドラのようにしぶとかった。

カメラがアウディに焦点を合わせた。「よし、いい子だ」技術者がつぶやく。

アウディが速度を上げる。ボンドは目立たないよう少し距離をおいて尾行しているものの、アウディの動きに的確についていっている。ドイツ車のドライバーの腕前もなかなかのものだったが、ボンドはさらに上を行っていた。アウディがウィンカーを出しておいて曲がるのをふいにやめたり、理由もなく車線を変更したりといった小細工をしても、ボンドはそれを予期して抜かりなく対応している。二台の車は、青、黄、赤の色の区別なく信号を突っ切っていく。

「北に向かってます。いま、プリンスリージェント・レーンを走ってます」

「となると、ロンドンシティ空港の可能性は消えたな」

アウディがニューアム・ウェイに入る。

「いいぞ」デピュティ・デピュティが爆発を起こしたような髪を引っ張りながら、熱を帯びた口調で言った。「スタンステッドかルートンですね」

「A四〇六を北に向かってます」別のコンピューター技術者がどこからともなく現われて追跡に加わっていた。小太りのブロンドの女性職員だ。

それからしばらく、なかなか見応えのある追いかけっこが続いた。やがて、キツネと猟犬——アウディとベントレーは、M25道路を反時計回りに走りだした。

「ルートンで決まりだ!」アシスタントが叫ぶ。

オズボーン＝スミスは部下よりは冷静な声で指示を出した。「ヘリを向かわせろ」

「了解」

全員が息を殺してアウディの行方を見つめた。思ったとおり、アウディはルートン空港の短期駐車場に乗り入れた。ボンドも後に続き、ハイトの車から見えにくい位置に車を停めた。

「ヘリは空港の対テロ班専用ポートに着陸予定。そこから逮捕チームが駐車場に向かいます」

アウディから人が降りてくる気配はなかった。オズボーン＝スミスはにやりと笑った。「やっぱりだ! 協力者が合流するのを待ってるんだろう。よし、ハイト以下、全員まとめてしょっぴくぞ。逮捕チームに、連中に気づかれない位置で待機しながら指示を待てと伝えろ。それから、ルートンの全監視カメラをオンラインで接続しておけ」

地上の監視カメラなら、D3の逮捕チームがタカのごとく急降下してハイトとアイリッシュマンをさらっていくのを目の当たりにしたボンドの驚愕の表情までとらえられるかもしれない。全画像をここから一括で見られるようにせよという指示の目的はそれではないとはいえ……うれしいボーナスにはなる。

21

ハンス・グローレは、セヴェラン・ハイトの黒い優雅なアウディA8の運転席に座っていた。がっしりとした体格に金髪のグローレは元オランダ陸軍の兵士で、若いころにモトクロスをはじめとしたモータースポーツの経験があった。光栄なことに、今朝、ミスター・ハイトからそのドライビングの腕前を発揮してもらえないかと頼まれた。これを受けてカニングタウンからルートン空港まできわどい運転で飛ばしながら、バックシートの男女と助手席の男の会話を聞くともなく聞いていた。

三人は車同士の追いかけっこをおもしろがって笑っていた。ベントレーのドライバーの運転のスキルはずば抜けていた。だがそれ以上に感嘆させられたのは、勘の鋭さだった。こちらの目的地を知っているはずがないのに、次にどの角を左右どちらに曲がるか――グローレは行き当たりばったりで道を選んでいた――的確に予想した。まるで第六感か何かを備えていて、グローレがどこで曲がるか、いつ減速するか、加速するか、透視しているかのようだった。

天性のドライバー。

それにしても、あれはいったい誰なのだろう。

その答えはまもなくわかる。ベントレーのドライバーは抜け目がなく、アウディの四人からは顔は一度も見えなかったが、ナンバーだけはどうにか全桁読み取った。グローレはグリーンウェイの同僚にそのナンバーを連絡した。その同僚は、そのナンバーをもとに、スワンジーの運転免許証交付局の知人にベントレーの所有者の調査を依頼した。そろそろその返事が返ってくるころだ。

敵が誰であれ、戦う準備はできている。左脇に差した四五口径のコルト１９１１が自信を与えてくれていた。

ちらりと見えているベントレーの灰色のウィングを一瞥する。それからバックシートの男に声をかけた。「うまくいったな、ハリー。やつはまんまと引っかかった。ミスター・ハイトに連絡してくれ」

　バックシートの二人と、グローレの隣、助手席に座った男は、三人ともゲヘナ計画に関わるグリーンウェイの従業員だった。それぞれミスター・ハイト、ミズ・バーンズ、ナイアル・ダンに背格好が似ている。本物の三人はまったく別の空港――ガトウィックに向かっており、そこからプライベートジェットで出国することになっていた。

　今回の替え玉作戦は、言うまでもなく、ダンの発案だった。血管に氷水が流れていそうな男だが、そのせいで頭脳の働きが鈍るということはないらしい。マーチの病院跡ではトラブルが起きた。グローレの警備課の同僚エリック・ヤンセンが何者かに殺された。その何者かも死んだが、ダンはそいつにはほかに仲間がいるかもしれないと考えた。いれば、ハイトの会社と自宅を――おそらくは両方を――監視していることだろう。そこで従業員のなかから外見の似ている者を三人選び出し、今朝早く、カニングタウンに招集した。グローレはスーツケースを引いてガレージに向かった。その後ろから、本物のミスター・ハイト、ミズ・バーンズ、それにナイアル・ダンが続いた。グローレと、先にアウディで待機していたおとりの三人は、ルートン空港に向けて派手に走った。本物の三人は、その十分後、ロゴも何も入っていないグリーンウェイ・インターナショナル所有のトラックで、ガトウィック空港へと出発した。

　あとは替え玉三人とこのアウディにできるだけ長くとどまって、ベントレーのドライバーの注意を引きつけておき、ミスター・ハイトとほかの二人がイギリスの領空を離れる時間を稼ぐだけでいい。

　グローレは言った。「もうしばらくここで我慢だ」同僚三人の顔を見やりながら、ラジオを指さす。「さて、何が聴きたい？」

　多数決の結果、ＢＢＣラジオ２に決まった。

「ちくしょうめ、やられた。おとりだったか、くそ」オズボーン＝スミスは言った。ふだんどおりの落ち着き払った口調ではあったが、やたらに連発された悪態が、はらわたは煮えくり返っていることを物語っていた。

　Ｄ３の大型モニターに、ルートン空港の駐車場の監視カメラから送られてきた画像が映し出されている。その生中継のリアリティショーは、お世辞にも楽しいものとは言えなかった。アウディを斜めからとらえた映像は鮮明とはほど遠いが、バックシートにおさまった二人がセヴェラン・ハイトと女の連れではないことははっきり見て取れる。アイリッシュマンと思われた助手席の男も、ついさっきガレージに歩いていくのを見た、ひょろりとした金髪の男とは別人だった。

替え玉だ。

「本物はロンドンの空港のどれかにかならず向かってるはずです」デピュティ・デピュティが言った。「逮捕チームをいくつかに分けましょう」

「車でマンチェスターとかリーズ・ブラッドフォードとか、地方の国際空港に行くことにしたかもしれないだろうが」

「あ、そうか」

「A課の〝ウォッチャーズ〟全員にハイトの顔写真を送れ。大至急だ」

「了解」

オズボーン＝スミスは目を細めて監視カメラの映像を凝視した。アウディから二十五メートルほど離れた位置に停まったジェームズ・ボンドのベントレーの、ウィングだけがちらりと映りこんでいる。

今回の失態に少しでも慰めを見いだすとするなら、ボンドも罠に落ちたということだろう。非協力的なやり口、大いに疑問の余地のあるフランスの情報機関への要請、あの他人を見下すような尊大な態度。それらとこの失策を合わせれば、あの男の今後のキャリアの可能性は大幅に縮小されることだろう。

22

リース名義はグリーンウェイ・インターナショナルだが、社名はどこにも書かれていない全長四・五メートルのトラックは、ガトウィック空港のプライベートジェット利用客専用ターミナル前の縁石際《ぎわ》にすべりこむようにして停まった。スライドドアが開き、セヴェラン・ハイト、ハイトより年長と見える女、アイリッシュマンの三人が降りて、それぞれスーツケースを持った。

そこから十メートルほど離れた駐車場に、黒と赤のミニ・クーパーがちょこんと停まっている。カップホルダーに固定されたプラスチックの花瓶には黄色いバラが飾られていた。運転席にはジェームズ・ボンドがいて、舗装路に降り立つトラックの乗客三人にじっと目を注いでいた。アイリッシュマンは、いつもどおり、用心深い視線を周囲に巡らせている。あの男にはどうやら、気を抜く瞬間というものがまったくないらしい。

「ご感想は?」ボンドは携帯電話につないだハンズフリーのマイクに向かって言った。

「何の?」

「それ。ベントレーだよ」

「〝それ〟? ねえ、ジェームズ。この車には何かちゃんとした名前をつけてあげなくちゃだめよ」フィリー・メイデンストーンがたしなめるように言う。フィリーはボンドのベントレー・コンチネンタルGTの運転席にいる。ハイトのアウディを追って、カニングタウンからルートンに到着したところだ。

「俺は車に名前をつけるタイプじゃないものでね」銃に性別を与えないのと同じさ――ボンドはそう心のなかでつぶやきながら、すぐそこの三人組を目で追った。


セルビアとマーチでの小事件二つのあとでは、ハイト――あるいは、こちらのほうが可能性が高いだろうが、アイリッシュマン――は、ロンドンでも尾行されるかもしれないと警戒しているはずだとボンドは考えた。また、オズボーン＝スミスが自分に監視をつけたことも間違いないと思った。そこで、レネ・マティスとの電話のあとフラットを出たボンドは、シティの内側にある、外からはなかの様子が確認できない駐車場に一直線に向かい、そこでフィリーと車を交換した。フィリーはハイトのアウディを追いかける(ボンドはこちらには替え玉が乗ると確信していた)。ボンドはフィリーのミニに乗って、本物のハイトが自宅を出るのを待った。ボンドの読みは的中した。カニングタウンのハイトの自宅からアウディが猛スピードで走り去った十分後、ハイトが別の車で出発した。

ハイトはいま、顔をうつむけて電話で話している。その後ろに女が立っていた。六十代初めかなかばらしい。魅力的な顔立ちをしているが、黒いコートのせいで、肌色が悪くてやつれた印象がいっそう際立っていた。きっと睡眠不足だろう。

あの女はハイトの恋人なのか？　昔なじみのパーソナルアシスタントとか？　いや、ハイトを見やる女の表情からすると、前者らしい。

もう一人は、アイリッシュマンだった。セルビアでは顔ははっきり見られなかったが、間違いない。爪先を開いたぎこちない歩きかた、丸まった背中、中途半端な長さの金色の前髪。

マーチでブルドーザーを運転していたのも——そう、あの警備員を無慈悲に踏みつぶして殺したのも、おそらくアイリッシュマンだ。ボンドの脳裏に、セルビアで死んだ者たちの顔も思い浮かんだ。二人のエージェント、列車の運転士、大型トラックのドライバー。それに、アイリッシュマンの協力者。沸き立った怒りが胸に広がり、やがて溶けていった。

フィリーの声——「さっきの質問に答えると、ジェームズ、この車はとても気に入った。いまどき、大馬力のエンジンはほかにもいくらでもあるわよね。AMG仕様のベンツのステーションワゴンで子供を学校に送り迎えするような時代だもの。でも、このベントレーは……最大トルクはいったい何キロあるの？　こんなパワーは初めて」

「七十ちょっと」

「嘘でしょ」フィリーは、感嘆しているのか、うらやんでいるのか——きっと両方だろう——ささやくように言った。「それに、この四駆もすごくバランスがいい。配分は？」

「後輪六、前輪四」

「最高」

「きみの車だってなかなかのものだよ」ミニのことだ。

「ええ」

「どこの？」

「スーパーチャージャーを載せたんだな」

「オートローター。スウェーデンのメーカーなの。馬力が倍近く出るようになった。いまは三百くらいかしら」

「やっぱり。三百はあるだろうと思ったよ」ボンドも感心していた。「きみが頼んでるメカニックの名前を知りたいな。じつはもう一台、古いジャガーがあってね。手を入れたいんだ」

「ジャガー？　ねえ、お願い、Eタイプだって言って。ジャガーEタイプは、歴史上一番セクシーな車だもの」

　またしても共通点が見つかった。ボンドはその考えをあわてて梱包すると、心の棚の奥にしまいこんだ。「それについては、ご想像におまかせするとしよう。おっと。ハイトが動きだした」ボンドはミニから降り、フィリーから預かったキーをホイールのくぼみに隠した。ノートパソコンの入ったバッグとスーツケースを取り、新調したばかりのセルロイドフレームのサングラスをかけて、人の流れにまぎれて尾行を開始した。ハイトとアイリッシュマン、それに女は、プライベートジェット利用客専用のターミナルに入っていく。

「聞こえるか?」ハンズフリーのマイクに向かってささやく。

「聞こえる」

「そっちのおとりはどうしてる?」

「アウディに乗ったきり」

「ハイトの飛行機が離陸してイギリスの領空を離れるまで、そのままでいるだろう。そのあとそこを出て、きみと、おそらくミスター・オズボーン＝スミスをまたロンドンに誘導する」

「〝オジー〟が監視してると思うのね?」

　ボンドはにやりとせずにはいられなかった。「きみの真上、高度十キロのところに、無人飛行物体がぷかりと浮かんでるだろうな。ハイトたちはターミナルに入ろうとしてる。そろそろ切るよ、フィリー」

「ふだんはオフィスにこもりきりで退屈なの。今日はF1ごっこに誘ってくれてありがとう、ジェームズ」

　衝動的に、ボンドは言った。「どうだろう。今度、それでどこか田舎を走りにいかないか」

「ジェームズ!」フィリーが怒ったような口調で応じた。ボンドはちょっと調子に乗りすぎたかと思った。「あのね、こんなすばらしい車を〝それ〟呼ばわりしないの。まあいいわ、私が知恵を絞って彼女にふさわしい名前を考えるから。そうね、走りにいくっていうのには大賛成。ただし、条件がある。きっちり半分の時間、私に運転させること。そうだ、もう一つ。事前に不検挙申請を出しておいて。もう免許に何点かついちゃってるから」

　電話を切り、ボンドは目立たないようにターゲットを追った。三人は金網のフェンスに設けられたゲートの前で立ち止まり、警備員にパスポートを見せている。女のパスポートの表紙は青だった。アメリカ人か。制服姿の警備員はクリップボードにメモを取ったあと、三人を通した。フェンスに近づいてみると、白いプライベートジェットのタラップを上る三人の姿がちらりと見えた。大型機だった。機体の両側に丸窓が七つずつ並んでいる。航空灯はすでにともされていた。三人がなかに消え、ドアが閉まる。

ボンドは短縮ダイヤルのボタンを選んで押した。

「フラナガンだ。ジェームズか?」

「モーリス」モーリス・フラナガンは、ODG内で乗り物に関する事柄を一手に引き受けるT課の課長だ。「プライベートジェットの行き先を知りたい。ちょうどいま、ガトウィックから離陸しようとしてる」エンジンに書かれた五文字の登録番号を読み上げた。

「このままちょっと待ってくれ」

飛行機が動き出した。くそ——ボンドは腹立たしい思いで念を送った。頼むよ、ちょっと待ってったら。レネ・マティスの情報が正しければ、ハイトの行き先は、今夜、少なくとも九十人の命が奪われる殺戮の現場なのだ。

モーリス・フラナガンが電話口に戻ってきた。「見つけたよ。いい飛行機だな。ガルフストリーム550。最新鋭機だよ。目の玉が飛び出そうな価格がついてる。所有名義はオランダの会社。廃棄物回収再生関連企業のようだ」

ハイトの会社に決まっている。

「フライトプランによれば、行き先はドバイ」

ドバイ? そこで殺戮が行なわれるのか? 「どこで燃料補給する?」

フラナガンが笑った。「ジェームズ。この機の航続距離は一万キロ以上ある。巡航速度はマッハ〇・八八だ」

ボンドは誘導路を移動していく飛行機を見つめた。ドバイまではざっと五千五百キロ。時差を考慮すると、午後三時か四時に着陸することになる。

「モーリス。あの機より先にドバイに行きたい。なんとかならないかな。パスポート、クレジットカードは持ってる。現金も三千ポンド。やれるだけやってみてくれないか。ああ、そうだ、銃を持ってた——そのことも勘定に入れてくれ」

ボンドは翼の先がぴんと持ち上がったなめらかな白い機体から目を離さずにいた。鳥というより、竜に似ているような気がする。とはいえ、そう思うのは、乗客が誰なのか、そして彼らが何を計画しているか、知っているからかもしれない。

九十の人命……

張りつめた何秒かが過ぎた。ジェット機は滑走路にじりじりと近づいている。

フラナガンの声が聞こえた。「あいにくだな、ジェームズ。こっちで押さえられる一番早い便は、二時間後にヒースローを発つ民間航空便だ。ドバイ着は午後六時二十分」

「それじゃ間に合わない。軍の機は？　政府のは？」

「一機もない。まったく空いてないんだ」

ちくしょう。フィリーかビル・タナーに頼んで、MI6のUAE支局の誰かをドバイ空港に行かせるしかない。そこからハイトとダンを目的地まで尾行してもらう。

ボンドはため息をついた。「わかった。その民間航空便を押さえてくれ」

「わかった。役に立てなくて申し訳ない」

ボンドは腕時計に目を落とした。

殺戮まであと九時間……

いまはハイトを乗せた機の離陸が遅れることを祈るだけだ。

しかしちょうどそのとき、ガルフストリーム機は向きを変えて主滑走路に入ると、そのまま加速を始め、楽々と地上から飛び立って、ボンドから一直線に離れていきながら、空にぽつんと浮かぶ白い点になった。まるで空のかなたへと消える竜のように。

パーシー・オズボーン＝スミスは大型液晶モニターのほうに身を乗り出すようにしていた。画面は六分割され、それぞれに別の画像が映し出されている。二十分ほど前、A23道路のレッドヒル・アンド・レイゲート出口の監視カメラが、ナンバーを手がかりに、セヴェラン・ハイトが経営する会社名義で登録されたトラックの通過を知らせてきた。そこからガトウィック空港の可能性が浮上した。オズボーン＝スミスと部下はいま、空港内と周辺のすべてのカメラの映像を確認して、問題のトラックを探している。

あとから追跡に参加したコンピューター技術者が、金色の髪をゴムで一つに結い終えたあと、ぽっちゃりした指で一台のモニターを指さした。「見つけた。そこのトラック」

タイムスタンプによればいまから十五分前、トラックはプライベートジェット利用客専用ターミナルの入口に一時停車した。そこで何人かが降りた。ああ、やっぱり。三人組だ。

「来た時点で、ハイトの顔をシステムが認識しなかったのはどうしてだ？　リオから到着したフーリガンを、オールドトラフォード・スタジアムにたどりつきもしないうちに発見できるシステムのはずだろう？　なのに、大量殺人者を見つけられないとは、どういうことだ？　しかも真っ昼間だろう。やれやれ、これで国防省が何を優先に考えてるかがよく理解できるな。おっと、いま言ったことは、ここだけの話だ。さて、誘導路を確認しようか」

技術者がコントローラーを操作する。プライベートジェットに向かって歩いていくハイトとほかの二人の映像が見つかった。

「登録番号を拡大してくれ。急いで照会だ」

あっぱれなことに、デピュティ・デピュティがすでに照会をすませていた。「オランダのリサイクル会社の登録になってます。あ、いいぞ、フライトプランも来た。目的地はドバイ。もう離陸したみたいですね」

「いまどこにいる？　いまどこだ？」

「確認中です……」ため息。「たったいま、イギリスの領空を出たところです」

オズボーン＝スミスは歯を食いしばり、飛行機の静止画像をにらみつけた。それからひとりごとのようにつぶやいた。「どういう口実があったら、ハリアーを緊急発進させて、そのプライベートジェットを緊急着陸させられるかな」ふと目を上げ、その場の全員の視線が自分に集まっていることに気づいた。「いや、冗談だよ、いまのはほんの冗談だ」

口ではそう弁解したものの、本気も入っていた――少しだけ。

「あ、あそこ。見てください」男性の技術者がふいに言った。

「何を見ろって？」

デピュティ・デピュティがつぶやく。「あれ？　ほかにも監視してる人物がいる」

モニターには、ガトウィック空港のプライベートジェット用ターミナルの入口が映っていた。金網のフェンスの前に立って、ハイトの飛行機を見つめている男がいる。

信じられない――ボンドだ。

くそ、あの小賢《こざか》しいODGの若造め。高級車を乗り回しているくせに。それでもちゃっかりハイトを尾行していたのだ。とすると、ベントレーを運転していたのはいったい誰だ？　だが、その疑問がオズボーン＝スミスの思考を占領したのは、ほんの一瞬だけのことだった。ちくしょう、ボンドが仕掛けたこの罠は、ハイトだけでなく、D3をだますためでもあったということになる。

まもなくボンドがフェンスから向き直り、下を向いて携帯電話で話しながら駐車場に戻っていくのを見て、オズボーン＝スミスは大いに満足を覚えた。あれはきっと、キツネにまんまと逃げられた不始末を責めるボスの声に、返す言葉もなく聞き入っているのだろう。

23

ふいに目が覚めたとき、そのきっかけになった音は意識に残っていないのがふつうだ。いや、残っている場合もあるかもしれない。その音が何度も繰り返し聞こえているなら。たとえば、目覚まし時計の音。切迫した人の声。しかし、一度だけしか聞こえなかった音が、意識に刻まれることはない。

ジェームズ・ボンドは、夢さえ見ないくらい深い眠りの底からいきなり引き揚げられた。しかしそのきっかけが何だったのか、とっさにわからずにいた。腕時計を確かめる。

午後一時を回ったところだ。

そのとき、魅惑的な香りが鼻腔をくすぐった。香水の香り――ジャスミンだろう――と、ビンテージのシャンパンの甘くふくよかな香り。目を上げると、美しい中東の女性の天女のような姿があった。ワイン色のほっそりとしたスカートと黄金色の長袖のブラウスに包まれた、豊満な体。喉元には真珠の輝き。ブラウスの一番上のボタンだけが、ほかとは違って真珠でできていた。その小さなクリーム色の点が、ボンドの目にはひどく魅惑的に映った。カラスの羽を思わせる青みがかった黒い髪は夜会巻きに結《ゆ》ってある。後《おく》れ毛が一筋、まるで誘うように顔の片側に垂れているが、それ以外は品よくきっちりとまとめられていた。

ボンドはアラビア語の挨拶を口にした。「あなたが平和でありますように《サラーム・アレイクム》」

「あなたも平和でありますように《ワ・サラーム・アレイクム》」女性が応じる。それからクリスタルガラスのフルートグラスをボンドの前のトレーテーブルに置き、その隣にモエ・エ・シャンドンのシャンパンのなかでも王と呼ぶにふさわしい逸品、ドンペリニヨンの優美なボトルを並べた。「失礼しました、ミスター・ボンド。起こしてしまいましたね。コルクを抜くときに、思っていたより大きな音がして。お邪魔せずにグラスを置いておこうと思いましたのに」

「シュクラン」ボンドはそう礼を言ってグラスを取った。「謝ることはありませんよ。シャンパンの栓を抜く音で起こされるのは、この世で二番めに好きな目覚めかたですから」

すると女性は上品な笑みを浮かべて応じた。「よろしければ、昼食もご用意できますが」

「ああ、ぜひお願いしたいな。お手数でなければ」

女性はギャレーのほうに戻っていった。

ボンドはシャンパンのグラスを傾け、プライベートジェットの大きな窓から外をのぞいた。ロールスロイス社製のツインエンジンは、なめらかに鼓動しながら、高度一万三千メートルを時速千キロで巡航してドバイに向かっている。偶然にも、セヴェラン・ハイトの飛行機と同じガルフストリームだが、こちらはさらに上級機のG650だった。世界一リッチなくず屋の機よりも速く、航続距離も長い。

ボンドが競走を開始したのは一時間前のことだった。まるで、刑事がタクシーに飛び乗り、「あのタクシーを追ってくれ」と運転手に告げる、アメリカの古い映画のワンシーンのようだった。ボンドは民間航空機でドバイに向かっていては殺戮を未然に防げないと判断し、コモドア・クラブの友人、フーアド・カラーズに電話をかけた。カラーズは即座にプライベートジェットを貸し出してくれた。「友よ、きみには借りがあるからね」アラブ人の友人はボンドを安心させるようにそう言った。

一年前、カラーズはおそるおそるボンドに助けを求めてきた。ボンドが政府の情報機関に関係した仕事をしているのではないかと推測してのことだった。カラーズの十代の息子が学校からの帰り道、十九歳から二十歳くらいのフードをかぶったチンピラに因縁をつけられたのだという。悪ガキどもは、裁判所から出された反社会的行動禁止令を、まるで軍の階級章か何かのようにちらつかせた。カラーズが警察に相談したところ、同情こそされたものの、そんなことにかまっている暇はないと暗《あん》に告げられた。心配でいたたまれなくなったカラーズは、ボンドにアドバイスを求めた。魔が差したとでも言おうか、ボンドのなかの騎士道精神が良識を打倒し、ある日、ODGが平穏だったのをいいことに、ボンドはオフィスを抜け出して、カラーズの息子を学校から尾行した。そして悪ガキグループが行動に出た瞬間、ボンドもアクションを起こした。

マーシャルアーツの技を二つ三つ、手加減しつつ繰り出しただけで、二人はアスファルトの上に伸び、残る一人、リーダー格の少年はボンドの手で塀に押しつけられていた。ボンドは三人の運転免許証を出させて名前を控えたあと、カラーズの息子にまたちょっかいを出してみろ、次は容赦しないぞと冷たい声でささやいた。三人は傲慢な目でボンドをにらみつけながら立ち去ったが、カラーズの息子がいじめに遭うことはそれきり二度となかった。学校内でのステータスも急上昇したらしい。

そんなわけで、ボンドはフーアド・カラーズの〝親友のなかの親友〟に昇格した。そして今日、ボンドは貸しを返してもらうならいまだとばかりにカラーズに電話をかけ、彼が何機も所有しているプライベートジェットの一つを借り受けた。

隔壁に表示された対気速度と高度の数字の下のデジタルマップによれば、この機はいま、イラン上空を飛行中だ。ドバイ着陸予定時刻は二時間後となっている。

この飛行機が離陸した直後、ボンドはビル・タナーに連絡して行き先を伝えた。加えて、今夜七時、アラブ首長国連邦（ＵＡＥ）のどこか――おそらくはドバイで、九十を超える死者が出るような何かが計画されていると説明した。

「動機は？　ハイトがそれだけの人数を殺す理由はいったい何だろう？」

「実際に手を下すのがハイトかどうかはわかりません。ただ、それだけの死者が出ること、ハイトがその場に立ち会うことは確かです」

「外交ルートをひととおり当たろう。具体的な情報はまだないが、何らかの攻撃が行なわれるおそれがあることは、各国の大使館に警告しておくよ。それでドバイの情報機関にも伝わるはずだ。闇のルートを通じて」

「ハイトの名前は出さずにおいてください。すんなり入国させたほうが得策でしょう。警戒されたらだいなしです。何を企んでるか、なんとしても探り出す必要がある」

「私も同じ意見だ。隠密に進めよう」

ボンドは、ゴールデン・ワイヤを検索して、ハイトがUAEに子会社や取引先を持っていないか調べてもらえないかと頼んだ。うまくいけば、その情報を手がかりにハイトの目的地がわかるかもしれない。やがて、うたた寝から目覚めたところでちょうど、幕僚主任から折り返しの電話がかかってきた。「UAE周辺にはオフィスも住居も取引先もないようだ。ハイト名義のホテルの予約も一つもない」

みた。ハイト名義のホテルの予約も一つもない」


喜ばしい知らせではなかった。飛行機が着陸すると同時に、ハイトは人口二百五十万のドバイ首長国のどこかに消えるということだ。今夜の攻撃の前に見つけ出すのはまず不可能だろう。

電話を切るなり、客室乗務員が現われた。「お食事は何種類もございますが、先ほどドンペリニヨンのボトルをごらんになっている様子を見て、美味しいものをよくご存じなんだろうと思いました。それで、お料理も、今日ご用意してあるなかで一番いいものをお持ちしました。ミスター・カラーズからも、王様に仕《つか》えるつもりでおもてなしするようにと言われておりますし」テーブルのフルートグラスの傍らに銀のトレーを置き、シャンパンのお代わりをつぐ。「こちらはイラン産のキャビア。もちろんベルーガのものです。ブリヌイではなく、トーストをお持ちしました。生クリームにはケーパーを添えてあります」ケーパーは一口で食べるには大きすぎるくらいの大粒で、スライスしてあった。「こちらのすり下ろし玉ねぎは、アメリカ産のヴィダリア種、世界一甘い種類のものを使っています」そう説明したあと、こう付け加えた。「息が臭くなる心配もありません。私たちは〝恋人たちのタマネギ〟と呼んでいるんですよ。このあと、鴨のゼリー寄せにミント風味のヨーグルトとデーツを添えたものをお持ちしましょうか。ステーキもご所望でしたら、ご用意いたします」

ボンドは笑い声を立てた。「いやいや、これだけでもう充分ですよ」

客室乗務員が立ち去り、ボンドは料理を口に運んだ。食後には、カルダモンを入れたアラブコーヒーを小さなカップで二杯頼み、それを飲みながら、ハイトとグリーンウェイに関してフィリー・メイデンストーンから送られてきた報告書に目を通した。ボンドの目を引いた情報は二つあった。ハイトは組織犯罪との関わりを徹底的に避けていること。グリーンウェイを世界企業に育て上げるための、狂信的と形容できそうなくらいの取り組み。フィリーは、韓国、中国、インド、アルゼンチンと、比較的経済規模の小さな六か国に提出された、支社開設の申請書を探し出していた。しかし、アイリッシュマンの身元につながるような手がかりはどこにもなかった。フィリーはまた、アイリッシュマンと年配の女性の顔写真を各種データベースと照会したらしいが、空振りに終わっている。また、ビル・タナーからは、ガトウィック空港に派遣されたＭＩ５のエージェント、そしてＳＯＣＡと特殊犯罪班の捜査官は、ガルフストリーム機の乗客に関する記録は〝消えてしまったようだ〟と言われて手ぶらで戻ったらしいと伝えてきていた。

なおもありがたくないニュースが届いたのは、そのときだった。フィリーからの暗号化されたメールだ。何者かが非公式にＭＩ６に接触し、ボンドの所在や旅程を探ろうとしているらしいという。

〝何者か〟は、まず間違いなく、親愛なる友人パーシー・オズボーン＝スミスだろう。制度上、ドバイはＤ３の管轄外ではあるが、だからといって、ボンドの任務の邪魔をしたり、最悪の場合にはボンドの素性を暴くようなことをしたりがいっさいできないということにはならない。

ＭＩ６のドバイ支局のエージェントのなかにボンドの知り合いはいなかった。しかし、オズボーン＝スミスはコネを持っている可能性があると思って行動したほうが無難だろう。ふむ。となると、MI6のエージェントや現地の協力者に、ハイトを空港で出迎えてくれと頼むのは危険だということにもなる。いや、それどころか、イギリス政府関連組織に協力を依頼することがいっさいできない。じつに不運な事態だった。在ドバイの総領事は、頭の切れる、すばらしい手腕の持ち主だからだ。ボンドの友人でもある。ボンドはビル・タナーにメールを送り、MI6との協力体制を敷くのは少し待ってくれと伝えた。

次に、インターコムを介してパイロットを呼び出し、追跡中のガルフストリーム機の現在地を尋ねた。ボンドを乗せた機は、航空管制の指示に従って飛行速度を落としているが、ハイトの機はそのような指示は受けていないらしい。いまの調子では、追い越すことはできそうにないという。ハイトの機から、少なくとも三十分遅れでドバイに着陸すると予想される。

くそ。その三十分の差は、最低でも九十の人々にとって、生と死の差を生みかねない。ボンドは窓の下に広がるペルシャ湾を見つめた。それから、携帯電話を取り出し、ある電話番号を探して、膨大な数の登録があるアドレス帳をスクロールしながら、またしても頭のなかで職務上の貸借対照表を広げてみた。やれやれ。リーマン・ブラザーズみたいな気分になってきたぞ。負債が資産を大幅に上回り始めている。

それから、ある番号を選んでダイヤルした。

24

セヴェラン・ハイト、ジェシカ・バーンズ、ナイアル・ダンの三人を乗せたリムジンは、ゆったりと静かに流れるドバイ・クリークを見下ろすインターコンチネンタル・ホテルの車寄せに停まった。運転手は、以前にも雇ったことのある体格のよい男だ。イギリスのハンス・グローレと同様、運転手とボディガードの一人二役を頼んでいる(場合によっては、それ以上の役割を演じることもある)。

ダンが文書なのかメールなのかを読み終えるまでのあいだ、ほかの二人も車から降りずに待った。まもなくダンはｉＰｈｏｎｅの画面をロックし、ハイトに言った。「ハンスがベントレーの運転手の身元を報告してきた。なかなか興味深いぞ」

ハンス・グローレはグリーンウェイの従業員にベントレーのナンバーを伝えて調べさせていた。ハイトは長い爪の先をかちかちと鳴らした。

ダンはその爪には視線を向けようとしない。「マーチにも関連がありそうだ」

「本当か？」ハイトはダンの目の奥を探るように見た。いつもどおり、そこから感情を読み取ることはできない。ダンはそれ以上のことは話そうとしなかった。ジェシカがいるからだ。ハイトはうなずいた。「先にチェックインをすませよう」

ハイトは上品なスーツの袖を少し持ち上げて腕時計を確かめた。あと二時間半。

死者の数は九十には届きそうです……

ダンが最初に車を降りた。何一つ見逃さない目が危険を探す。「大丈夫だ」かすかに訛のある声が外から聞こえた。「危険はない」

ハイトとジェシカは車を降りた。思わず体をのけぞらせたくなるような熱気が待ち構えていた。三人は涼しそうなホテルのロビーに足早に向かった。ロビーには、珍しい花々を使った高さ三メートルほどのみごとなフラワーアレンジメントが飾られている。そのそばの壁にはアラブ首長国連邦を統治する肖像画が並び、いかめしく自信にあふれた目がこちらを見下ろしていた。

ジェシカがチェックインのサインをすませた。部屋はジェシカの名前で予約してあった——それもダンの発案だった。ドバイには長く滞在する予定ではないが——今夜のうちに次の目的地に発つ——荷物を置いたり、一休みしたりできる場所があれば楽でいい。荷物をベルキャプテンに預け、部屋に運ばせた。

ハイトはダンに身振りで合図し、ジェシカを花の塔の傍らに残して、二人だけで少し離れたところに移動した。

「ベントレーのドライバーは誰だった？」

「所有名義はマンチェスターの会社だった。ミッドランズ・ディスポーザルと同じ住所だ」

ミッドランズ・ディスポーザルは、マンチェスター南部を本拠とする比較的大きな犯罪組織に関連した会社だった。アメリカでは昔から、廃棄物処理はマフィアのしのぎとされている。また犯罪組織カモッラが支配するナポリでは、ごみ回収業は犯罪の王《イル・レ・デル・クリミネ》と呼ばれていた。イギリスにはこの業界に関心を寄せる犯罪組織は少ないが、ガイ・リッチー監督映画の悪党のように、小都市の暗黒街のボスが市場に食いこもうとすることがないわけではない。

「もう一つ」ダンが続けた。「今朝、旧陸軍基地の解体現場に警察が来て、昨日、周辺で目撃された男の写真を見せて回ったらしい。重傷害の容疑でその男に逮捕状が出ている。そいつはミッドランズで働いてた。警察は、その男は行方不明になっていると話していたそうだ」

解体された病院の何千トンもの瓦礫の下で死体になって腐り始めているのだから、行方不明も当然だ。「あそこで何をしてたんだろうな」ハイトは訊いた。

ダンはしばし考えてから言った。「おそらく解体作業を妨害するつもりだったんだろう。何か不手際があれば、マスコミがこぞって書き立てる。ミッドランズはその機に乗じて仕事をかっさらう」

「とすると、あのベントレーに乗っていた人物は、昨日、同僚の身に何が起きたのか知りたかっただけということか」

「そういうことのようだな」

ハイトは心の底から安堵した。昨日の一件は、ゲヘナ計画とはまったく関係がないのだ。それに、病院に侵入した男は警察や情報機関の人間ではない。あれは廃棄物処理ビジネスの暗黒の側面を映す事件の一つにすぎなかったのだ。「安心したよ。ミッドランズの対処は、またあとで考えよう」

ハイトとともにジェシカのところに戻った。「ナイアルとちょっと用事をすませてくる。夕食までには戻るよ」

「じゃあ、私は散歩にでも行ってようかしら」ジェシカが応じた。

ハイトは眉をひそめた。「この暑いのに？　体に障るかもしれないぞ」あまりその辺をうろうろしてもらいたくない。と言っても、うっかり口をすべらせることが心配なのではなかった。ゲヘナ計画のことは何一つ話していない。ジェシカは彼の生活の暗黒面についてはいくらかは知っているものの、それを漏らされたところで、世間体は悪いだろうが、違法性のあることは何もないから、実害はない。ジェシカにホテルでおとなしくしていてもらいたいのは、彼女がほしくなったときはすぐに手に入れたいからだった。万物はいつかかならず衰えるという信念は、人生は短すぎ、不安定すぎるということをセヴェラン・ハイトに教えた。欲求を否定している時間はない。

「そのくらい、自分で判断できる」ジェシカは言ったが、その声はおずおずとしていた。

「もちろん、それはわかってるさ。ただ……女の一人歩きというのはどうかな」ハイトは言った。「男というのは危険な生き物だからね」

「アラブの男性のことを言ってるの?」ジェシカが訊く。「ねえ、テヘランやジッダとは違うのよ。ドバイでは、いやらしい目で見られたことさえ一度もない。ここの男性は、パリの男性よりよほど紳士だわ」

ハイトは小さな笑みを作った。驚いたな——だが、真実だ。「しかし……万が一ってこともあるだろう?　それに、このホテルにはすばらしいスパがある。きみにちょうどいいんじゃないか。それに、プールは一部分がプレクシグラスでできてる。透明だから、十二メートル下に地面が見えるよ。ブルジュ・ハリーファの眺めもすごい」

「そうね、きっとすごいでしょうね」

ジェシカがそびえ立つフラワーアレンジメントを何気なく見上げたとき、ハイトはジェシカの目の周りに新しい皺ができかけていることに気づいた。

それと同時に、昨日、グリーンウェイの大型金属容器で見つかった女の死体を思い出した。墓に控えめな目印をつけておいたと現場監督のジャック・デニソンから報告が届いていた。内臓がほどけていくような、ぜんまいがゆるんでいくような、かすかな感覚が下腹部に走った。

「きみが幸せなら私はそれでいいんだよ」ハイトはジェシカにそうささやき、長い爪の一本で新しい皺の辺りをそっとなでた。そうされてもジェシカはもう、顔をそむけたりはしなくなっている。といっても、彼女がどんな反応を示そうと、ハイトは何とも思わない。

そのとき、ふいにダンの青い水晶のような目が自分に向けられているのを感じた。ダンはかすかに身をこわばらせたが、気を取り直したようにすぐに目をそらした。

ハイトはいらだちを感じた。自分がどんなものにそられようと、ダンには何の関係もないはずだろう。それから、いつものように考えた――ダンがあれほど嫌悪するのは、ハイトの欲望の対象が特殊だからではなく、ダンが性に関するあらゆる側面を毛嫌いしているせいではないだろうか。数か月前に知り合って以来、相手が女であれ男であれ、ダンがそういった目を向けるところは一度も見たことがない。

ハイトは手を下ろし、もう一度ジェシカを見つめた。あきらめの浮かんだ目から放射状に走っているような皺。それを見つめながら、タイミングを考えた。今夜のうちにドバイを発つ予定だが、飛行機に密室はない。ダンがいるところでジェシカとセックスをするなど、考えたくもなかった。たとえダンが眠りこんでいたとしてもだ。

迷った。いま、その時間はあるだろうか。部屋に上がり、ジェシカをベッドに横たえ、カーテンを大きく開け、沈みかけた太陽の光が張りの失われた皮膚と彼女の体の等高線を照らし出すなかで……

……この爪で肌をゆっくりとなぞる。その時間はあるだろうか。

いま感じているこの感覚。ジェシカに見とれ、そこから今夜七時のスペクタクルを連想する。その二つはあっという間に結びついた。

「セヴェラン」ダンのそっけない声。「アルフランのところでどれだけ時間をとられるか予想がつかない。そろそろ行ったほうがいい」

ハイトはその言葉を反芻《はんすう》しているような表情を作ったが、真剣に考えたわけではなかった。やがてこう言った。「長いフライトだった。着替えをしたいな」ジェシカの疲れた目を見下ろす。「きみも一眠りするといい」そして彼女の腕をしっかりとつかんでエレベーターのほうへ歩きだした。

25

火曜日の午後四時四十五分ごろ、フーアド・カラーズのプライベートジェットは静かに停止した。ジェームズ・ボンドはシートベルトを外し、荷物を持った。パイロットと客室乗務員に礼を言う。ついでに彼女の手を握ったが、頬に口づけをしたい衝動は押さえつけた。ここは中東だ。

入国審査官は面倒くさそうにスタンプを押したあと、パスポートをカウンターにすべらせて返し、身振りで入国を許可した。ボンドは物騒な密輸品の入ったスーツケースを引いて税関の〝申告する物品なし〟のレーンを堂々と抜けた。まもなく、空港から外に出て、肌がぴりぴりするような熱気の出迎えを受けていた。巨大な荷物を肩から下ろしたような気分だった。

水を得た魚はきっと、こんな気分なのだろう。彼の、彼だけのミッション。ここはイギリスではない国だ。灰色だった委任状は、もとどおり白に塗り替えられた。

空港からフェスティバルシティ内の目的地に向かうタクシーは、ドバイの地味な一角を走った。空港と市街地を往復する旅は、世界のどこの都市でもだいたい似たようなものだ。ドバイのこのルートの左右に広がる風景も、ロンドンのすぐ西を通るA4道路、あるいはワシントンDCのダレス空港に向かう有料道路から見る景色とさして変わらない。違いと言えば、砂や塵による装飾がはるかに多いことくらいだろう。それともう一つ、ほかの首長国にも共通することだが、文句のつけようのないくらい清潔な点だ。

ボンドは無秩序に領地を広げつつある街を眺め、ペルシャ湾のある方角、北に目を凝らした。夕方の陽射しと陽炎の向こうで、世界一の高さを誇るブルジュ・ハリーファが輝きを放っている。そのふもとでは、シェイクザイード・ロード沿いのビル群が空に複雑な幾何学模様を描いていた。ビル群の輪郭は毎月のように変わっているように思えるが、世界一の称号はこの先まだしばらくはあの輝くタワーのものであり続けるに違いない。

ドバイの街のあちこちで目にする特徴は、この界隈でもやはり見受けられた。白、黄、オレンジ色の、建設用のクレーン。以前と同じように無数にあって、どれも忙しそうに動いている。前回この街を訪れたとき、クレーンの数はいまと同じくらいだったが、ほとんどはじっと動かずにいた。まるで子供に飽きられて放り出された玩具のようだった。ドバイ首長国は、近年の世界的不景気から甚大な打撃をこうむった。表向きの身分を維持するために、ボンドはつねに世界の経済の最新情報を仕入れておく必要がある。そういったなかで、しばしばロンドンやニューヨークといった市場からドバイのような地域を狙って浴びせられる批判に、納得のいかないものを感じていた。今回の世界的不景気の主犯は、ほかの誰でもない、シティやウォール街ではないのか？

　たしかに、中東はちょっとやりすぎたかもしれない。完成にこぎつけられるかどうかさえわからない、欲張った大型プロジェクトが乱立したのは事実だ――たとえば、沖合に建設中の、世界地図を模した砂の人工諸島。しかし、そういった贅沢品をむやみやたらに増産しているという見方は、ドバイのほんの一部にしか当てはまらない。実際、シンガポールやカリフォルニア、モナコといった、裕福な人々が働き遊ぶ地域を見れば、かならず似たようなものが見つかるではないか。いずれにせよ、ボンドにとってドバイは、束縛を受けずに事業や不動産に投資できるマーケットではなく、異国情緒にあふれた国――新しいものと古いものが混在する街、多種多様な文化と宗教が互いに敬意を払いながら共存する地域だった。なかでも、赤い砂の砂漠がどこまでも続く風景がボンドを惹きつけた。そこに棲息するのは、ラクダとレンジローバーだけ。ボンドが少年時代を過ごしたケント州とは、同じ惑星上にあるとは思えないくらい違っていた。今日の任務では、〝何もないところ《エンプティ・クオーター》〟、ルブアルハーリ砂漠に行くことになるだろうか。

　タクシーは茶や白や黄の平屋建ての小さな建物が並んだ一角を走っている。店名や業種は、緑色のアラビア文字で控えめに示されていた。けばけばしい大型看板は一つもない。ネオンライトも、イベントを予告するものがいくつか見えるだけだ。低層の住居や商店の上空に、モスクの尖塔《ミナレット》がそびえていた。熱気が生むもやのあちこちにそそり立つ、信仰のあかし。神出鬼没の砂漠がそこらじゅうで存在を誇示し、デーツやニーム、ユーカリの木が勇敢にも前哨基地を作って、じわじわと迫りくる無限の砂と戦っている。

　タクシーは、事前の指示どおり、あるショッピングセンターの前で停まった。ボンドは十ディルハム札を何枚か渡して降りた。ショッピングセンターは地元の買い物客でにぎわっていた。ちょうどアスルとマグリブの礼拝のあいだの時間帯だからだろう。外国人観光客の数もそれに負けていなかった。一様にキャリーバッグを引いて、買い物に忙しそうだった。どこの店も繁盛している。そういえば、ドバイのニックネームの一つは〝どんどん《ドゥ・》買おう《バイ》〟だ。

ボンドは人込みにまぎれ、待ち合わせの相手を探しているような表情を作って周囲を見回した。誰かを探しているのは事実だ——おそらくは敵意を持って、空港からずっとボンドを尾けてきた男。サングラスをかけて、青いシャツかジャケットを着たその男を、すでに二度見かけていた。最初は空港で。次はボンドを乗せたタクシーにずっとついてきていた、埃をかぶった黒いトヨタ車を運転しているところ。車内では黒い無地の帽子をかぶっていたが、頭と肩のバランスやサングラスの形から、空港で見かけたのと同じ男だとわかった。そのトヨタ車がいま、ショッピングセンターの前をゆっくりと通り過ぎ——速度を落とす理由はとくに見当たらない——隣接するホテルの裏に消えた。

決して偶然ではない。

タクシーの運転手に頼んで、トヨタ車がしっぽを出さざるをえないようなルートを通ってもらおうかとも考えた。しかし、単に尾行を振り切るのはどうかと思い直した。尾けてきた人物を罠にかけて捕まえ、目的を聞き出したほうが得策である場合が多い。

あれはいったい誰なのだろう。ドバイでボンドを待ち伏せしていたのか。それとも、どうやってなのかはわからないが、ロンドンからずっとついてきたのだろうか。あるいは、ボンドの正体も知らないまま、街に降り立った見慣れぬ人物に目を光らせているだけのことなのか。

ボンドは新聞を買い、カフェの一軒に入った。今日は暑い。まさに焼けつくような暑さだ。それでもエアコンのきいた店内は避けて、屋外の席に座った。そこからなら、近くの出入り口のすべてを見張ることができた。ときどき周囲に視線を走らせて不審な人物を探したが、とくに目を引くものはなかった。

携帯電話でメールをやり取りしていると、ウェイターがやってきた。テーブルにあった文字のかすれたメニューを眺め、トルココーヒーとガス入りのミネラルウォーターを注文した。ウェイターが立ち去ると、ボンドは腕時計を確かめた。午後五時。

いまから二時間後に、この砂と灼熱の優雅な街のどこかで、九十を超える命が消えようとしている。

ショッピングセンターから半ブロック先で、青いジャケットを着た胸板の厚い男がドバイの駐車違反取締官に数百ディルハムを手渡し、すぐに戻るからと英語で説明していた。日没の礼拝を終えた人々が通りに戻ってくる前に、かならず車を移動させる。

取締官は、歩道際に違法駐車した埃っぽいトヨタ車に関する会話など初めからなかったかのように、ぶらぶらとその場を離れていった。

ニックと呼ばれる男は煙草に火をつけ、バックパックを肩にかけると、ショッピングセンターが落としている日陰の奥に隠れた。そのショッピングセンターでは、ターゲットが天下太平といった風情で新聞を読みながら、エスプレッソだかトルココーヒーだかをのんきにすすっていた。

その男のことは、頭のなかでそう呼んでいた――ターゲットと。〝くそ野郎〟でも〝敵〟でもなく。こういった作戦では、それがどれほど困難なことであろうと、個人的な感情は完全に排除しなくてはならない。あの男は、人間ではない。的《まと》の中心に描かれた黒い点だ。

ターゲット。

きっと有能な人間なのだろう。だが、空港を出るときはおそろしく不注意だった。おかげで尾行は楽なものだった。そう考えると、これからすることにも自信が持てそうだ。

長いつばのついた野球帽とサングラスで顔を隠し、ニックは日陰から日陰へとすばやく移動しながらターゲットに近づいた。変装のせいで人目を引くということはない。ドバイでは誰もが帽子とサングラスを着けている。

一つだけ周囲と違うのは、ニックが長袖の青いジャケットを着ていることだった。この暑さだ。地元の住民はめったに長袖の上着を着ない。しかし、パンツのウェストに差した拳銃を隠す方法は、それしかなかった。

ニックの金色のイヤリングにも、本来なら好奇の視線を向けられているところかもしれない。しかしショッピングセンターやアミューズメントパークが集まったドバイ・クリークのこの界隈は、観光客でいっぱいだ。酒を口にしたり、公共の場でキスをかわしたりしないかぎり、珍しい服装くらいは許容される。

煙草の煙を大きく吸いこんだ。それから煙草を捨てて靴の底でもみ消し、ターゲットにまた少し近づいた。

ふいに目の前に行商人が現われ、絨毯を買わないかと英語で話しかけてきた。「とても安い、とっても安いよ。織り目、細かい。何千も何千も結び目ある！」ニックがひとにらみすると、行商人はあわてて口を閉じて姿を消した。

ニックは計画を練った。運搬の問題は何か解決策を考えなくてはならないだろう。この国では、誰もが他人を見ているのだから。人の数が少なくなる礼拝の時間を狙い、ターゲットを人目につかない場所——駐車場、あるいはショッピングセンターの地下ならなおいい——に連れていく必要がある。単純な作戦でいくのが一番だろう。ターゲットの背後に忍び寄り、銃を背中につきつけて、地下にエスコートする。

そのあとは、ナイフの登場だ。

ナイフの刃が皮膚の上を時間をかけて移動し始めたら、ターゲット——そうだな、〝あの野郎〟と言い換えることにしてもかまわない——は、訊いてもいないことまで自分からべらべらしゃべりだすだろう。

ニックは日陰から日陰へと移動しながら、ジャケットの内側に手を差し入れ、拳銃の安全レバーを押し上げた。

26

ジェームズ・ボンドはコーヒーと水を前に、アブダビで発行されている英字紙『ナショナル』を広げていた。中東でもっとも内容の充実した新聞の一つだ。ムンバイの消防士の制服がいかに非効率かといった話題が取り上げられていたかと思えば、アラブ世界での女性の権利を論じていたり、キプロスのギャングが前大統領の墓から遺体を盗み出した事件の暴露記事に半ページを割いていたりもする。

Ｆ１の取材も抜かりない。それはボンドにとって重要なポイントだった。

しかし、いまにかぎっては、紙面には関心がなかった。単に小道具として利用しているだけだからだ。といっても、ドバイのルル・ハイパーマーケットの広告とローカルニュースにはさまれた余白にのぞき穴をあけるといった、古典的手法を使っているわけではない。新聞は目の前のテーブルに平らに置いてあり、ボンドはそれに読みふけっているかのように顔を伏せている。しかし目だけは上を向いて、周囲を油断なく観察していた。

そのとき、靴の革底がアスファルトをこするかすかな音が背後から聞こえた。何者かが急ぎ足で近づいてきている。

ボンドは身じろぎをせずにいた。

次の瞬間、大きな手——青白い肌に小さなシミの浮いた手がボンドの隣の椅子の背をつかみ、ぐいと引いた。

そして重たげな音とともに男が一人、そこにどさりと腰を下ろした。

「よう、ジェームズ」強烈なテキサス訛の声。「ドゥ、バ、ーイ、へようこそ」

ドゥバーイ……

ボンドは友人に笑顔を向け、相手の手を力強く握った。

ボンドよりいくつか年上のフェリックス・ライターは、背が高く、痩せてひょろりとしている。ライターがスーツを着ると、まるでハンガーにかけてあるように見えた。青白い肌と麦わら色の髪が、中東での潜入捜査の可能性をほぼ完全に否定している。もちろん、本人役を演じるなら、話は別だ。アメリカ南部出身の横柄で抜け目ない男、ドバイへは表向きは仕事で来たことになっているが、観光も少なからず旅程に組みこまれているビジネスマン。おおらかな物腰やのんびりとした話しかたにだまされてはいけない。この男は、いざとなれば飛び出しナイフのように反応する敏捷さを備えている……ボンドも自分の目で見たことがあるのだから間違いない。

フーアド・カラーズのプライベートジェットのパイロットから、ハイトの機より先にドバイに到着するのは無理だと告げられたとき、ボンドは過去に貸しのあるフェリックス・ライターに電話をかけた。オズボーン＝スミスがボンドの所在を突き止めようとしたことを考えると、MI6のドバイ支局に協力を要請するのはためらわれたが、CIAについては、そういった制約はなかった。もともとCIAは、アラブ首長国連邦の全域で幅広い活動を展開している。ただ、CIAの国家秘密本部（NCS）の上級エージェントであるライターに協力を頼むことには、政治的なリスクがあった。上層部の承認なく姉妹機関を巻きこんだりすれば、外交に深刻な余波が及びかねない。しかもボンドは、すでに独断でフランスのレネ・マティスの力を借りている。復活したばかりの白紙委任状をまたしても危機にさらすような行為であることは間違いなかった。

しかしフェリックス・ライターは二つ返事で引き受け、空港でハイトの機の到着を待ち、三人組を尾行して行き先を突き止めた。インターコンチネンタル・ホテルだった。いまライターとボンドがいるショッピングセンターは、そのホテルと隣り合っている。

ハイトとアイリッシュマンに関する基本情報は、電話の時点で伝えてあった。いまから十分ほど前には、メールでトヨタ車の男についても伝えた。そこでライターは、すぐにはボンドと合流せず、ショッピングセンター内の監視ポジションにしばらくとどまって、文字どおりボンドの背後に目を光らせていた。

「で、どうだった？　俺には新しい友人ができてたか？」

「あんたに近づこうとしてた男なら、見つけたよ。南に四十メートルのところにいた」ライターは、対監視活動のことなどすっかり忘れていたとでもいうような笑みを浮かべて言った。「あそこ、あのエントランスのそばにいた。だが、あっという間に消えちまってな」

「誰だか知らないが、なかなか目端《めはし》がきくらしい」

「ああ、そうらしいな」周囲を見回してから、ライターは訊いた。「な、ここ、すごいだろう？」大勢の買い物客を手で指し示す。「イギリスにもショッピングセンターはあるのか、ジェームズ？」

「あるよ。テレビもある。水道もある。そのうちコンピューターも手に入れられるようになるといいんだが」

「ふん。まあ、そのうち遊びに行かせてもらうとするかな。イギリス人がビールを冷やすってことを覚えたら」

ライターはウェイターに合図をし、コーヒーを頼んだ。それからボンドにささやいた。「〝アメリカン〟って注文したいところだが、それだと国籍がすぐにわかっちまいそうだろう？　そうなると、正体までばれちまう」

それから耳たぶを軽く引っ張った。どうやらその仕草は合図だったらしい。地元の住民と同じような服装をした小柄なアラブ人の男が現われた。いままでいったいどこで待機していたのだろう。ドバイ・クリークを渡る水上タクシー、アブラの操舵輪を握っていたとしてもおかしくない格好をしていた。

「ユーサフ・ナサドだ」ライターが紹介する。「こちらはミスター・スミス」

ナサドというのも、このアラブ人の本当の名前ではないのだろう。地元の協力者で、しかもライターの下で働いているということは、きわめて優秀な人材だと期待していいはずだ。フェリックス・ライターは、現地要員を教育する達人だった。ナサドは空港からハイトを尾行する手伝いをしてくれたのだとライターは説明した。

ナサドが腰を下ろすと、ライターが尋ねた。「さっきの怪しいやつはどうした？」

「消えました。あなたに気づいたんじゃないかと思う」

「そうか、まあ、俺はやたらに目立っちまうからな」ライターは笑った。「俺をこんなとこに飛ばすなんて、ラングレーのお偉方どもはいったい何を考えてるんだか。これがアラバマ州あたりなら、どんな潜入捜査もまかしとけって言うんだがな」

ボンドは言った。「尾行してきた男をほとんど見てないんだ。黒っぽい髪に青いシャツを着てたことくらいしかわからない」

「タフな野郎ですよ」ナサドが言った。ボンドはその言い回しを聞いて、アメリカのテレビの英語を思い出した。「体はたくましい。髪はとても短く切ってある。金のイヤリングを片耳だけしてました。髭はない。写真を撮ろうとしたんですが、逃げ足が速くて」

「だいたい」ライターが脱線する。「写真を撮ろうにも、ろくな機材がないしな。おい、使いでのあるおもちゃを作るあの男はまだいるんだろう？　あー、何て言ったっけ？　Qから始まる名前だったな。クエンティン？　クイグリー？」

「Qは課の名前だ。人じゃない。クォーターマスター――需品課の略だよ」

「それから、シャツじゃなくジャケットでした。野郎が着てたのは」ナサドが先を続けた。「ウィンドブレーカーみたいなジャケット」

「この暑いのに？」ボンドは訊き返した。「銃を持ってるってことか。どんな銃だった？」

「そこまでは見えませんでした」

「どこのどいつか、見当はつくか？」

「アラブ人じゃないのは確かですよ。カッツァってことはあるかもしれませんが」

「カッツァ？　モサドのエージェントが、どうして俺に関心を持つ？」

ライターが言った。「その答えを知ってるやつがいるとしたら、このなかではあんただけだろうな、ジェームズ」

ボンドは知らないと首を振った。「ドバイの秘密警察に雇われたとか」

「いや、それはないだろう。アムンアッダウラ――国家治安警察は、尾行なんて面倒なことはしない。用があるときは、デイラ地区にあるやつらの四つ星ホテルに招待して、洗いざらい吐かせるだけだ。文字どおり、洗いざらいな」

ナサドのすばしこい目がカフェとその周辺を一周した。危険の兆候は見つからなかったらしい。テーブルについた瞬間からずっと、そうやって何度も周囲を確かめていた。

ライターがボンドに訊く。「ハイトの手下だと思うか？」

「ありえない話じゃないな。しかし、もしそうだとしても、向こうが俺の正体を知ってるとは考えにくい」セルビアの騒ぎのあとということもあって、ハイトとアイリッシュマンがボンドに尾行されているのではないかと疑った場合に備え、ロンドンを発つ前にT課に連絡し、自分のベントレーの記録を書き換えてもらった。ナンバーから照会すれば、犯罪組織とつながりがあるのではないかとされているマンチェスターの廃棄物処理会社にたどりつくはずだ。加えて、ビル・タナーが何人かのエージェントをマーチに派遣した。彼らはスコットランドヤードの捜査官のふりをしてマーチの解体現場を訪れ、ミッドランズ・ディスポーザルの警備員がその地域で行方不明になったと説明させた。

「ハイトとアイリッシュマンは、少なくともあと数日は、その間違った情報を信じていてくれるだろう」ボンドは言った。「ところで、こっちでは何か噂話は耳に入ってきてるか？」

ふだんは陽気なライターが珍しく険しい表情をした。「関連のありそうなＥＬＩＮＴやＳＩＧＩＮＴはない。まあ、どのみち俺は電子ものを使った盗み聞きは好きじゃないんだがな」

元海兵隊員のフェリックス・ライターとは、海軍時代に知り合った。ライターはＨＵＭＩＮＴ——人を介した情報収集に重点を置くタイプのスパイだ。ユーサフ・ナサドのような現地の情報提供者や諜報要員を教育・監督する〝ハンドラー〟の役割をとりわけ好む。「いろんなやつに探りを入れてもらったし、俺の下にいる全員と話をした。ハイトとドバイの協力者が何を企んでいるにせよ、情報の入った容器の蓋をよほどきっちり閉めてるらしいな。手がかりらしきものは何一つ出てこなかった。誰かがドバイにやばそうなブツをこっそり運び入れた形跡はないし、知り合いや家族に、今夜七時ごろにはあのモスクには近づくなとか、どこそこのショッピングセンターには行くなとか、そういった話をしたやつもいない。有害化学物質が密輸されるって情報もない」

「アイリッシュマンらしい話だな——あらゆることを秘密にしておく。ハイトのところでどういう役割を果たしてるのかはわからないが、とんでもなく頭がいいことは確かだ。どんなときもセキュリティに手を抜かない。こっちが何をするか、いつも先を読んでて、しかもかならずその対策をひねり出す。そんな印象だよ」

しばらく沈黙が続いた。三人が三人とも、ショッピングセンターにそれとなく目を配っていた。青いジャケットの男はどこにもいない。ハイトやアイリッシュマンの姿も見えない。

ボンドはライターに尋ねた。「いまもやっぱり物書きなのか？」

「そうさ」ライターはうなずいた。

ライターの表向きの身分は、フリーランスのジャーナリスト兼ブロガーだ。専門は音楽、なかでもブルースやR&B、アフロ・カリビアンということになっている。ジャーナリストを名乗る情報機関のエージェントは少なくない。頻繁に、それも紛争地域や治安のよくない地域ばかりに出かけていても、疑われにくいからだ。数週間、ときには何か月もかかるミッションのあいだ、ずっとその仮面をつけっぱなしでいなくてはならないことを考えると、エージェントがもともと関心を抱いている分野に関係する職業が、表向きの身分として一番向いている。その意味ではライターは幸運と言えるだろう。映画監督のアレクサンダー・コーダ——イギリスのスパイの親玉として名を馳せたサー・クロード・ダンジーに採用されたエージェント——は、第二次世界大戦直前の時期、ロケハンと称して、本来は立入が制限されている地域の写真を撮っていた。海外開発グループのセキュリティ・アナリストという、お世辞にも華やかとは言いがたい表向きの身分のおかげで、ボンドはしばしば、叫びだしたくなるくらい退屈な仕事をさせられるはめになった。とりわけ堪えがたい日には、スキーやスキューバダイビングのインストラクターという肩書きだったらと恨めしく思った。

ボンドは身を乗り出した。ライターがボンドの視線の先を見る。インターコンチネンタル・ホテルの正面エントランスから男が二人現われ、黒いリンカーン・タウンカーのほうに歩いていく。

「ハイトだ。もう一人はアイリッシュマン」

ライターが急いで車を取りにいけとナサドに言った。それから、近くの駐車場に停まった薄汚れたおんぼろアルファロメオを指さしながら、ボンドにささやいた。

「あれが俺の車だ。さ、行くぞ」

27

セヴェラン・ハイトとナイアル・ダンを乗せたリンカーンは、もやと熱気のなか、ドバイ郊外へエネルギーを届ける送電線を追いかけるようにして東へ向かっていた。すぐそこにペルシャ湾が見えている。空気中を漂う塵のせいで、薄茶色のベールがかかったように見える深い藍色の海。地平線に落ちていきながらもなお、容赦なく照りつけてくる太陽。

車は複雑なルートをたどっていた。屋内スキー場を過ぎ、船の帆の形を模した、エッフェル塔ほども高さのある美しいブルジュ・アル・アラブ・ホテルを過ぎ、贅沢なパーム・ジュメイラ——名前のとおりヤシの木を模してペルシャ湾に大きく張り出す形で建設された、ショッピングセンターや住宅、ホテルなどを擁する贅沢な人工島——を過ぎた。そういった光り輝く美しさ、新しくてあらの一つも見つからない景色は、セヴェラン・ハイトの心を乱した。車が旧市街サトワ地区に入るころになって、ようやく落ち着いた。サトワ地区は労働者階級の人口密集地域で、その大部分が移民だ。

時刻はまもなく五時三十分になろうとしている。今日のメインイベントまで、あと一時間半。皮肉なことに、日没までもちょうど一時間半だった。

興味深い偶然だとハイトは思った。幸先《さいさき》がいい。彼の先祖――精神の先祖、かならずしも遺伝子的な結びつきはない――は前兆や先触れといったものを信じていた。だからハイトも信じている。もちろん、彼は現実的で抜け目のないビジネスマンだ……しかし、もう一つ別の顔も持ち合わせていた。

今夜のことをまた考えた。

車はあいかわらず複雑なルートを選びながら悠然と走っていく。このめまいを起こしそうなドライブの目的は、観光ではない。目的地はインターコンチネンタル・ホテルから十キロと離れていないのに、こうやって回り道をしているのは、そのほうがセキュリティの上で安全だとナイアル・ダンが判断したからだ。

しかしそれでも、アフガニスタンやシリアで戦った経験のある民間軍事会社所属の運転手は、こう報告した。

「尾行がついていたようですね。アルファロメオと、もしかしたらもう一台、フォードです。でも、どうやらうまくまきました」

ダンが後ろの様子を確かめてから言った。「よし。工場に向かってくれ」

車は円を描くようにしながら市内に戻った。十分後、デイラ地区の工業団地に到着した。ドバイ・クリークとペルシャ湾に寄り添って広がる街のなかでも、デイラ地区は、ごちゃごちゃと忙しくてカラフルな一角だ。ハイトにとっては、ここも落ち着ける場所の一つだった。この界隈に来ると、一時代さかのぼったような感覚にとらわれる。高さも大きさもまちまちな民家、昔ながらの市場や商店、クリーク沿いの素朴な船着き場、ダウなどの小型船がひしめき合う桟橋。まるで一九三〇年代を舞台にしたアドベンチャー映画のセットのようだ。ありえないくらい高々と貨物を積み上げた船がひっきりなしに着岸している。まもなく車は目的地を見つけた。工場兼倉庫にオフィスが付属した平屋建ての大きな建物だ。外壁に塗られた安っぽいベージュ色をしたペンキは、あちこちが剝がれかけていた。敷地を囲む金網のフェンスのてっぺんには、犯罪発生率の低いドバイではあまり見かけない有刺鉄線が張られていた。車はインターホンの前でいったん停止し、運転手がアラビア語でやりとりをした。ゲートがゆっくりと開いた。リンカーンはゆっくりと駐車場に乗り入れて停まった。

ハイトとダンは車を降りた。日没までまだ一時間十五分あり、地面からは日中にためこまれた熱が放出され続けているとはいえ、空気はいくらかひんやりとし始めていた。

ちょうどそのとき、埃っぽい風に乗って人の声が聞こえた。「どうぞ！　遠慮なく入ってください！」首長国ごとに独特の趣を持つアラブの伝統的外衣、ディッシュダッシャーを着た男が手を振っていた。頭には何もかぶっていない。年齢は五十代なかばのはずだが、アラビア人男性の例に漏れず、それより若く見える。実直そうな顔に粋な眼鏡をかけ、西洋風の靴を履いていた。長めに伸ばした髪は、額から後ろに梳かしつけてある。

マフディ・アルフランは、うっすらと積もった赤い砂を踏んで大股に歩いてきた。砂はアスファルトや縁石に向けて下るスロープや通路にはもちろん、建物の外壁にまで張りついている。アルフランの瞳は、内緒で作っていたものを自慢しようとしている子供のようにきらめいていた。とはいえ、それはあながち的外れとは言えない。大きな笑みの周囲は黒々とした髭が取り巻いていた。男性も女性も頭を覆うのがふつうとされるこの国では、染髪剤の売れ行きはよくないが、髭の染料は飛ぶように売れるというから不思議なものだ。

握手が交わされた。「会えてうれしいよ」ハイトはアラビア語で挨拶しようとは思わなかった。外国語のセンスがないことは自覚している。弱点を知られたくなければ、苦手なことには挑戦せずにおくほうがいい。

ナイアル・ダンが進み出て――ぎこちない歩きかたのせいで、肩が大きく上下した――挨拶をしたが、薄い色をした目はアラブ人を通り越した先を見ていた。ただ、今回は危険がないか確かめようとしてのことではない。開いたままの倉庫の扉の奥に見えている宝物に目を奪われているのだ。五十はあるだろうか。この世に存在するあらゆる形、世の幾何学者が知るかぎりの形をした機械が並んでいる。無塗装の、あるいは塗装を施された鋼、鉄、アルミ、カーボンファイバー……これもまたあらゆる素材がそろっている。突き出したパイプ、ワイヤ、操作パネル、ランプ、スイッチ、降ろし樋《シュート》、ベルト。ロボットが楽しい夢を見るとすれば、その夢の舞台はきっとあそこだろう。

　三人は倉庫に入った。作業員の姿はない。ダンは何度も立ち止まっては機械をしげしげと眺めていた。ときには愛撫するような手つきでなでてみたりもしている。

　マフディ・アルフランは、インダストリアルデザイナーだ。マサチューセッツ工科大学に留学した経験もあるが、起業して注目を集め、ビジネス誌の表紙を飾るような――そしてしばしば、のちに破産裁判所に出頭するはめになるような――道はあえて選ばず、安定した市場が存在する産業機械やコントロールシステムの設計を専門にしている。アルフランはハイトの重要な取引先の一人だった。リサイクル機器の展示会で知り合ったのがきっかけだ。その後、アルフランが定期的に旅行をし、自分が設計した機器を物騒な輩に販売していることを知って、懇意につきあうようになった。アルフランは頭の切れる科学者であり、革新的なエンジニアであり、そしてゲヘナ計画に欠かせないアイデアと発明品を抱えた男でもあった。

　しかも、さまざまな方面にコネを持っている。

九十の人命……

　そう考えたとき、ハイトは無意識のうちに腕時計を確かめていた。そろそろ六時になる。

「こっちへどうぞ、セヴェラン、ナイアル」ハイトが時計を見たことに気づいて、アルフランが促した。薄暗くて静かな部屋をいくつも抜け、奥へと進む。ダンはたびたび歩く速度をゆるめては機械やら操作パネルやらに見入った。なるほどというようにうなずいたり、眉をひそめたりしている。おそらく機械の仕組みを理解しようとしているのだろう。

　油と塗料の匂い、それに高出力の電気システムのどこか金属的な血液を思わせる独特の匂いを漂わせる機械の列をあとにして、事務室が並ぶ一角に入った。薄暗い廊下の突き当たりに来ると、アルフランがコンピューターキーを使って何も書いていないドアの鍵を開けた。その奥は作業室だった。広々として、ものであふれている。設計図、文章やグラフや概略図が書かれた紙などが何千枚とあった。その大部分はハイトには解読不能だった。

室内には、控えめに言っても、不気味な雰囲気が満ちていた。薄暗いうえに散らかっているせいだけではない。壁を埋め尽くしているもののせいもある。

目の写真だ。

ありとあらゆる種類の目――人間、魚、イヌ、ネコ、昆虫――の写真やコンピューターで作った三次元画像、十九世紀の医学書の挿絵。なかでも気味が悪いのは、奇想をこらしたヒトの目の青写真だった。まるで現代のドクター・フランケンシュタインが最新のエンジニアリング技術を使って怪物を作ろうとしているかのようだ。

何十台も並んだ大型液晶モニターの一つの前に、ブルネットの魅力的な女が座っている。二十代後半くらいだろうか。女は立ち上がると、まっすぐハイトに歩み寄り、彼の手を力強く握った。「ステラ・カークパトリックです。マフディの研究助手をしています」ダンとも握手を交わす。

ハイトはこれまでに何度かドバイに来ているが、この助手と顔を合わせるのは初めてだった。アクセントから察するに、アメリカ人だろう。きっと優秀な頭脳と抜け目なさを備え持っているのに違いない。さらに、地球上のこの界隈では、それこそ何世紀も前から珍しくなくなっている現象の体現者でもあるのだろう――アラビア文化に恋をした西欧人。

アルフランが言う。「アルゴリズムのほとんどはステラが作ったんですよ」

「へえ、そうでしたか」ハイトは微笑みかけた。

ステラが頬を赤らめた。頬を染める理由は、師と仰ぐ人物だろう。ステラが賞賛の言葉を期待するようにアルフランをちらりと見やった。アルフランはそれに誘惑的な笑みで応えた。ふむ――ハイトはこのやりとりの参加者の一人には勘定されていないらしい。

壁の装飾品が物語るとおり、アルフランの得意分野は光学だ。彼の人生における最大のゴールは、目の見えない人々のために〝アッラーが我らに与えたもうたもの〟に引けを取らない人工眼球を発明することだった。その実現のためには、産業機械の設計で一財産築く必要がある。グリーンウェイが使っているごみ分別機や文書破棄機に搭載されている安全・管理・検査システムの大部分は、アルフランが開発したものだ。

少し前、ハイトは別の装置の開発をアルフランに発注していた。今日ダンとここに来たのは、そのプロトタイプを見るためだった。

「さっそくデモをお見せしましょうか」アルフランが尋ねた。

「ああ、お願いしたいな」ハイトは答えた。

全員で機械の庭園に取って返した。アルフランは、積み降ろし場の大型の廃棄物圧縮装置二機のあいだに設置された、重さ数トンはありそうな複雑な装置のところへハイトたちを案内した。

ボタンをいくつか押す。低いうなりが響き、装置がゆっくりと起動した。奥行き六メートル、高さ二メートル、幅二メートルほどの装置だ。手前側には金属のコンベアベルトがあって、縦横一メートルほどの口の奥へ続いていた。装置の内部は真っ暗だが、コンバイン収穫機のような無数のとげのついた水平な筒が何本か並んでいるのがかろうじて見える。反対側の端からは六本のシュートが伸び、大型収集容器につながっていた。容器の内側には灰色のビニールが敷いてあり、上の開いた口が装置が吐き出すものを受け止めるようになっている。

ハイトは装置を丹念に観察した。ハイトとグリーンウェイは、文書を安全に破棄するサービスから多額の利益を得てきた。しかし、世界は変わりつつある。いまとなっては、破棄すべきデータの大部分はコンピューターやフラッシュドライブに入っている。その傾向は今後いっそう強まっていくに違いない。そこでハイトは、コンピューターの記憶装置を破壊する新しい方法を提供することによって帝国の領土を拡大しようと考えた。

グリーンウェイと同種のサービスを提供している企業はいくらでもある。しかし新しい手法は、アルフランの発明のおかげで、これまでとは全く違ったものになるはずだ。現状では、データを確実に破棄するためには、人間の手でコンピューターからハードドライブを取り外し、消磁装置を使ってデータを消去したあと、物理的に破壊するしかない。さらに、廃棄するコンピューターのほかの部品――ほとんどは電気電子機器廃棄物に該当する――を解体するステップも必要だ。

しかしこの機械は、そのすべての手順を自動で行なう。人間は、廃棄したいコンピューターをコンベアベルトに載せるだけでいい。アルフランが開発した光学システムが各パーツを認識して、適切な収集容器に送りこむ。グリーンウェイの営業マンは、この装置なら、ハードドライブに保存された機密情報を消去するだけではなく、自動的にほかの部品を分別して、自治体の環境規制に沿った処理まで行なってくれると売りこめる。

　アルフランの合図で、ステラが古いノートパソコンをでこぼこしたベルトコンベアに置いた。パソコンは機械の暗い腹部に呑みこまれた。

　甲高い破裂音や低い衝撃音がいくつか聞こえたあと、何かを粉々に砕くような音が続いた。アルフランは顧客を機械の向こう側に案内した。五分から六分が経過したころ、分別したスクラップがそれぞれの容器に吐き出された。金属、プラスチック、回路基板。〝メディアストレージ〟と書かれたビニール袋には、金属とシリコンの細かな粉が落ちた。ハードドライブの成れの果てだ。電池や重金属といった危険な電気電子機器廃棄物は警告ラベルの貼られた容器に、環境に優しいパーツはリサイクル用の容器に投げこまれた。

　次にアルフランは、ハイトとダンをモニターの前に連れていった。モニター上をいまの処理のレポートが流れている。

　ダンの氷のような表情がふいに溶けた。興奮しているようにさえ見えた。

　ハイトも感心していた。しごく満足していた。口を開いて質問をしかけた。しかし代わりに壁の時計を見上げた。六時三十分。とたんに、新しい装置にもう集中できなくなった。

28

　ジェームズ・ボンドとフェリックス・ライター、ユーサフ・ナサドは、工場兼倉庫から十五メートルほど離れて置かれた大きなごみ収集容器の陰にかがみこんでいた。工場の積み降ろし場の窓の奥に、ハイトとアイリッシュマン、中東の伝統的な白いローブに身を包んだアラブ人、それに黒っぽい髪をした魅力的な女が見えている。

　インターコンチネンタル・ホテルを出発点に、ボンドとライターはライターのアルファロメオで、ナサドは自分のフォードでその後ろを追うようにして、リンカーン・タウンカーの尾行を開始した。しかしまもなく、リンカーンを運転するアラブ系の男が尾行をまくためのさまざまなテクニックを駆使し始めた。そのままでは気づかれると懸念したボンドは、携帯電話のアプリを使い、リンカーンの特徴と現在の緯度経度をＧＣＨＱの追跡センターに送信した。ライターは車の速度を落とし、そこからは人工衛星に尾行をまかせた。結果は衛星から逐次ボンドの携帯電話に送信されてきた。

「ちくしょうめ」ボンドの携帯電話を横目で見ながら、ライターがテキサス訛でつぶやいた。「俺もそいつがほしいな」

ボンドは地図アプリに表示されるリンカーンの位置を確かめながら、ハイトが向かっているおおよその方角をライターに伝えた。ナサドの車もすぐ後ろからついてきていた。リンカーンはおそろしく遠回りなルートをたどった。しかし、しばらくすると、旧市街デイラ地区に戻る道を走り始めた。まもなくボンドとライターとナサドはこの工場に着き、うっすらと砂をかぶった倉庫二軒にはさまれた路地に車を停めたあと、金網のフェンス沿いを慎重に移動しながら、ハイトとアイリッシュマンの様子を観察できる場所を探した。リンカーンの運転手は車に残っていた。

ボンドはイヤピースを耳に入れ、電話のカメラレンズを窓の向こうの四人に向けて、サヌ・ヒラーニが開発した盗聴アプリを使って四人の会話に耳を澄ました。電話に搭載されたビブラ・マイクは、ガラスなど表面のなめらかな物体の振動を読み取ることで、窓や透明なドアの奥で交わされている会話を再現する。加えて、唇や頬の動き、目の形の変化、ボディランゲージといった視覚的インプットと、探知した音声を組み合わせることができた。いまのような条件なら、おおよそ八十五パーセントの精度で会話を音声として聞くことができる。

しばらく聴き入ったあと、ボンドは言った。「連中はハイトの合法な会社、グリーンウェイの施設で使う装置の話をしてるらしいな。くそ」

「あの男の顔」ライターが小声で言う。「あと三十分で九十人が死ぬって知ってるわけだよな。なのに見ろよ、店員から大型テレビの解像度の説明でも聞いてるみたいな顔してやがる」

ナサドの携帯電話が小さく鳴った。電話に出たナサドは、早口のアラビア語で話している。ボンドも一部は聞き取れた。この工場に関する情報が届いたようだ。ナサドはまもなく電話を切ると、工場の所有者はドバイ在住のマフディ・アルフランという人物だと言った。送られてきた顔写真で、ハイトとアイリッシュマンと一緒にいるのはアルフラン本人であることが確認できた。テロ組織とのつながりを疑われているといった情報はない。アフガニスタンに入国したこともなかった。ただのエンジニア兼経営者らしい。ただ、製品の納入先のなかに、軍事政権や武器商人などが挙っていた。最近では、地雷に搭載する光学スキャナーを開発している。そのスキャナーは、自軍と敵軍の制服や記章などを見分けることができるという。

ボンドはマーチで見つけた紙片のことを思い出した。

《爆風範囲は……》

工場のなかの会話が再開し、ボンドはふたたび首をかしげて聴き入った。ハイトがアイリッシュマンに言っている。「そろそろ……現地に行きたいな。マフディと私で行ってるよ」それから薄気味の悪い、飢えたような目でアラブ人のエンジニアに尋ねた。「ここからそう遠くないんだろう？」

「ええ、歩いていけますよ」

ハイトはまたアイリッシュマンに向き直った。「きみはステラと技術面の詳細を詰めていてもらえないか」

ハイトとアラブ人が建物の奥に消え、アイリッシュマンが女のほうを向いた。

ボンドはアプリを閉じ、ライターにちらりと目をやった。「ハイトとアルフランは今夜の攻撃が行なわれる現場に移動するようだ。徒歩で行くらしいな。俺はそっちを追う。きみはここでもう少し情報を集めてもらえないか。女とアイリッシュマンは残るらしいから。近づけるようなら、そうしてくれ。何かわかりしだい電話する」

「はいよ《ユー・ベット》」ライターが応じる。

べーアト……テキサス訛では〝ベット〟がそう聞こえた。

ナサドも了解というようにうなずいた。

ボンドはワルサーの弾を確認し、ホルスターに戻した。

「ちょっと待った、ジェームズ」ライターが呼び止めた。

「被害者を、その、九十だかの人命を救おうとすれば、こっちの手の内を悟られるおそれがある。あんたに追跡されてると気づいたら、ハイトはずらかるだろうしな。きっとそのまま消え失せちまうぞ。そうなったら二度と探し出せない。見つかるのは、仕切り直したインシデント20が起きたときだ。次はいまより用心して秘密を守ろうとするだろう。だが、いまここでやりたいようにやらせておけば、あんたの存在は気づかれずにすむ」

「今夜の九十人は必要な犠牲だと思ってあきらめろってことか？」

ライターはボンドの目をまっすぐに見た。「わかってる、むずかしい判断だよな。俺ならそうするとは言いきれないよ。しかし、その可能性も考慮に入れるべきだ」

「すでに考慮した。見殺しにはできない」

ハイトとアルフランが敷地から出ていこうとしているのが見えた。

ライターは中腰で走って建物に近づくと、小さな窓の枠を飛び越え、音もなく反対側に消えた。すぐにまた顔をのぞかせて手招きをする。ナサドがあとに続いた。

ボンドは来たときと同じフェンスの破れ目をすり抜けて外に出ると、ターゲット二人の尾行を始めた。二人は工業地域の細い道を縫うように数ブロック歩き、デイラ・カバード・スークに入った。昔ながらの商店に加えて、何百もの屋台が集まった市場《スーク》だ。黄金、香辛料、靴、テレビ、ＣＤ、ビデオ、チョコレート菓子、土産物、おもちゃ、中東の服、西欧の服……文字どおり、どんなものでも売っている。店を出している商人のうち、ＵＡＥ生まれと見えるのはほんの一部だ。タミール語、マレーシア語、ウルドゥー語、タガログ語などが断片的にボンドの耳に入ったが、アラビア語はほとんど聞こえない。どちらを向いても何百人もの買い物客が視界を埋めている。どの屋台でも、どの商店でも、真剣勝負の値引き交渉が行なわれていた。手がさかんに振り回され、額には皺が寄り、早口の言葉が飛び交っている。

ドゥ・バイ……

ボンドは少し距離をあけて尾行しながら、二人が標的にしそうなもの——二十五分後に死ぬ運命にある人々が集まっている場所——を探した。

世界一リッチなくず屋の目的はいったい何だ？　これは金曜日の殺戮の、何十分の一かの規模のリハーサルということだろうか。それとも、金曜の計画とはまったく関係がないのか。もしかしたらハイトは、世界中で事業を展開するビジネスマンという役割を隠れ蓑《みの》にしているだけのことか？　ハイトとアイリッシュマンは、誰かに雇われた殺し屋にすぎないのか？　時代の最先端を行くヒットマンだということか？

商人や買い物客、観光客、それにダウ船に荷物を積みこむ労働者などをかき分けるようにして進む。日没の礼拝、マグリブ直前とあって、市場は大混雑していた。攻撃のターゲットはどこかの市場なのだろうか。

まもなくハイトとアルフランは市場を離れ、さらに半ブロックほど歩いた。そこで立ち止まり、ドバイ・クリークに面したモダンな建物を見上げた。三階建てで、大きなガラスの窓が並んでいる。公共の建物らしい。男が、女が、子供たちが大勢見えた。ボンドは建物に近づき、アラビア語と英語で書かれた看板を見つめた――《アラブ首長国連邦歴史博物館》。

ここがターゲットか。いいところに目をつけたものだ。ボンドは博物館のなかをのぞきこんだ。一階だけでも見学者が百人はいる。二階や三階にももっといるだろう。博物館とドバイ・クリークのあいだには細い路地が一本あるだけだ。駆けつけた緊急車両は殺戮の現場に近づくのに苦労することだろう。

アルフランは落ち着かない様子で周囲を見回しているが、ハイトは迷うことなくドアを押し開けた。二人がなかに消える。

この人々を死なせてなるものか。ボンドはイヤピースを耳に押しこみ、盗聴アプリを起動した。二人を追って博物館に入り、入館料を支払った。それから西欧人の観光客グループにまぎれてターゲットに近づいた。

フェリックス・ライターが言っていたことを思い出さずにはいられなかった。この人々を救おうとすれば、ハイトは何者かが自分を追っていることに気づくかもしれない。

こういうとき、Mならどうするだろう？

おそらく、数千人を救うために、九十人を犠牲にするだろう。Mは海軍の提督として数々の戦いをくぐり抜けている。提督という高い階級にあれば、毎日のようにこういった困難な決断を迫られるはずだ。

しかし――ボンドは考えた。何もしないわけにはいかない。子供たちがはしゃいでいる。大人たちは、展示物を見ながら興奮した様子で話している。誰もが笑い、ツアーガイドの解説に熱心に聴き入ってはうなずいている。

ハイトとアルフランは博物館の奥へと進んでいく。どういうことだろう。爆破装置はすでに仕掛けてあるからか？　ひょっとしたら、マーチの病院の地下室で作っていたのはその装置だったのかもしれない。

あるいは……工業デザイナーのアルフランが、ハイトの依頼を受けて特別な何かを製作した可能性も考えられる。

ボンドは広々とした大理石張りのロビーを大回りした。ロビーにはたくさんのアラビアの美術品や骨董品が展示されていた。天井からは黄金でできた巨大なシャンデリアがこちらを見下ろしている。ボンドはさりげなく二人組のほうにマイクを向けた。ほかの人々の会話の断片は数十も聞こえたが、ハイトとアルフランの会話は入らない。自分自身に怒りを感じながら、一段と慎重に狙いを定めた。ようやくハイトの声が聞こえた。「ずっと楽しみにしてた。実現してくれてありがとう」

アルフランの声。「こちらこそ、お役に立ててうれしいですよ。おたくと取引できて本当によかった」

上《うわ》の空《そら》といった調子でハイトがささやく。「死体の写真を撮りたいんだが」

「ええ、もちろんかまいませんよ。何でもお好きなようにどうぞ」

死体にはどのくらい近づける？……

ふたたびハイトの声。「そろそろ七時だ。準備はいいか？」

さあ、どうする？　ボンドは焦りとともに自分に尋ねた。大勢の市民がいまにも殺されようとしているんだぞ。

敵の目的がこちらの対応を決める……

壁の火災報知器が目に入った。あのレバーを引いて、人々を避難させるのも一つの手だ。しかし同時に、監視カメラや警備員の姿も見えていた。レバーを引いたのは彼だということは、すぐに特定されるだろう。逃げようとしても、警備員や警察に引き止められ、銃も見つかってしまうかもしれない。ハイトにも顔を見られるおそれがある。何が起きたのか、たちどころに察するだろう。その時点でボンドのミッションは挫折する。

もっといい対応はないか？

何も思い浮かばない。ボンドはじりじりと火災報知器に近づいた。

時刻は六時五十五分。

ハイトとアルフランはロビーの奥のドアのほうへと急ぎ足で向かっていた。ボンドは火災報知器の目の前に来ていた。監視カメラが三基、彼の全身をとらえている。

しかも、警備員が一人、ほんの五メートルほどの位置に立っていた。すでにボンドに気づき、ボンドの挙動はこの種のマニアックな博物館にぶらりと立ち寄った西欧人観光客のそれとは違うと察して警戒していた。警備員は首を片側にかたむけ、肩につけた小さなマイクに向かって何か言った。

ボンドの目の前には、家族連れが一組。ラクダレースのジオラマを眺めている。コミカルな人形を見て、幼い男の子と父親が笑い声をあげていた。

六時五十六分。

体格のいい警備員がボンドのほうを向いた。拳銃のホルスターが下がっている。フラップのボタンは外されていた。

六時五十七分。

警備員がこちらに歩きだした。片手を銃の近くに置いている。

それでも、そしてハイトとアルフランはほんの五、六メートルのところにいるにもかかわらず、ボンドは火災報知器のレバーに手を伸ばした。

29

まさにその瞬間、アラビア語の館内放送がスピーカーから流れた。

ボンドは身動きを止めた。放送内容の大部分は理解できた。一瞬遅れて、英語で同じアナウンスが聞こえ、ボンドのアラビア語の解釈が間違っていないことを裏づけた。

「お知らせいたします。七時から開催の特別展の切符をお持ちのお客様は、ノース・ウィング入口にお越しください」

ハイトとアルフランがいま向かっているドア、ロビーの奥にあるドアが、そのノース・ウィングの入口のようだ。つまり二人は博物館から出ていこうとしているのではないということになる。大勢が死ぬのがこの場所だとするなら、ぐずぐずしているのはなぜだろう？

ボンドは火災報知器の前を離れ、ドアに近づいた。警備員はもう一度だけボンドをじろりと見たあと、向きを変え、ホルスターのフラップを閉じた。

ハイトとアルフランは、博物館主催の特別展の入口に立っていた。ようやく状況を理解したボンドは、そろそろと息を吐き出した。入口に案内が掲げられている。それによれば、昨年の秋、ペルシャ湾から百キロほど内陸に入った地域、アブダビのリワ・オアシス近くで、考古学者のグループが千年前に作られた自然の墓を発見したという。アラブ系遊牧民の部族が別の部族に襲撃され、皆殺しにされたらしい。死者の数は九十二名に上った。戦闘の直後に砂嵐が発生し、死体はそのまま砂に埋もれた。昨年、失われた集落が発見されるまで、死体は熱く乾いた砂によって完璧な状態で保存されていた。

特別展は、ひからびた死体を発見時のまま、集落ごと再現したもののようだ。ただ、一般客に向けては、死体を布で覆った状態で公開している。しかし、今夜七時の男性限定の特別展は、科学者や医師、大学教授を対象にしたもので、死体は覆われていない。アルフランはハイトのためにその切符を手に入れたということらしい。

ボンドは声を立てて笑いそうになった。安堵が全身に広がっていく。誤解は——単純なミスも——曖昧さに満ちあふれた諜報界においては、決して珍しいものではない。工作員は手元に集まった断片的な情報だけを頼りに計画を立案し、実行しなくてはならないからだ。また、そこから生まれたミスが大惨事を招くことも珍しくない。その反対の例——今回のように、すぐ目の前まで迫っていた悲劇が、土壇場になって、じつは無害な文化イベントだったと判明するといった例は、ボンドが思い出せるかぎり一つもなかった。ボンドの心に最初に浮かんだのは、すぐにでもこの話をフィリー・メイデンストーンに聞かせて、二人で笑いたいということだった。

しかし、その愉快な気分は長続きしなかった。千年以上も前に死んでいた人々を助けるつもりで、あやうくミッションのほうを殺してしまうところだった——そのことを思い出したからだ。

大きな展示室をそっとのぞく。死のパノラマがちらりと見えて、いっそう気が重くなった。たくさんの死体。なめし革のように変化した皮膚の大部分がそのまま残っている死体もあれば、ほとんど骨だけになっているものもあった。差し伸べられた手。死を目前にして、慈悲を請うたのだろうか。黒い眼窩、小枝のように細った指。歳月と乾燥によってねじ曲げられて、ぞっとするような笑みを浮かべている口。

ハイトは死者をじっと見下ろしている。ボンドは世界一リッチなくず屋の表情を観察した。恍惚としている。その目は、性的な欲望にも似たものを浮かべてきらめいていた。アルフランでさえ、ハイトのうっとりとした様子に当惑した様子でいる。

ふう、時間を無駄にしただけだったか――ボンドは思った。ドバイまで来てわかったことと言えば、ハイトはリサイクル事業で使うための何やら手の込んだ新しい機械を手に入れたらしいことと、死体を見ると病的な興奮を覚えるらしいことだけだ。インシデント20も、やはり似たような情報の誤読なのだろうか。ボンドは最初に傍受されたメールの文面を思い起こした。そして、金曜日に計画されているのは、今度こそ本当に警戒すべき脅威であると結論した。

……当日の死傷者は数千に上る見込み。イギリスの国益にも打撃が予想される。送金については合意のとおり。

これはどう考えても、何らかの攻撃について書かれたものだ。

ハイトとアルフランは展示室の奥へと移動していく。切符を持っていないボンドはそれ以上追いかけていくことはできない。しかしハイトがまた何か話していた。ボンドは携帯電話を持ち上げた。

「あの若い女性の件。どうか悪く思わないでくれ。名前はなんと言ったっけ？」

「ステラ」アルフランが答える。「気にしないでください。そうするしかありませんからね。どのみち、妻と離婚する気はないと知れた時点で、口をふさぐしかなくなるでしょうから。彼女は知りすぎてる。それに正直言って、このところちょっとうっとうしいと思い始めてた」

「あとは私の友人が面倒を見てくれる。彼女を砂漠に連れ出して、そのまま行方不明にする。どういう手段を使うにしろ、苦しませることはない。彼は計画立案にかけては……いや、何をするにしても、驚くほど腕が立つんだ」

そうか、アイリッシュマンが倉庫に残った理由はそれだったか。

ステラを消すということは、このドバイ行きにはまっとうなビジネス以外の目的がまだ別にあるということだ。それとインシデント20とには関わりがあるという前提で動くべきだろう。ボンドは急ぎ足で博物館の出口に向かいながら、フェリックス・ライターに電話をかけた。あの若い女性を救い出し、知っていることを聞き出さなくてはならない。

ところが、呼び出し音が四つ聞こえたあと、ライターは出ないまま、留守電サービスに転送された。ボンドはもう一度かけ直した。ライターはどうして電話に出ない？　ちょうどいま、ナサドと二人でステラを救おうとしていて、アイリッシュマンか運転手と格闘しているとか？　もしかしたら、その両方と揉み合っているところなのかもしれない。

またかけ直す。ふたたび留守電サービス。ボンドは市場の人々のあいだを縫うようにして走りだした。夕暮れの空に礼拝の声が厳《おごそ》かに響いている。

五分後、アルフランの工場に戻ったときには、汗みずくになり、肩で息をしていた。ハイトが乗ってきたリンカーンは消えていた。ボンドはフェンスに開けておいた破れ目から敷地内に忍びこんだ。さっきライターが乗り越えた窓は、いまは閉まっている。建物に駆け寄り、ピッキングの道具を使って脇のドアの鍵を開けた。ワルサーを抜いてなかに入る。

倉庫は無人のようだった。しかし、どこか近くから機械の大きな作動音が聞こえている。

ステラはいない。

ライターとナサドはどこだ？

まもなく、ボンドはその疑問の答えを知ることになった——少なくとも答えの一部を。ライターが忍びこんだ部屋の床に、真新しい血の跡が残っていた。格闘の痕跡もあった。工具がいくつか散らばっている……ライターの拳銃と携帯電話も一緒だった。

ボンドは考えうるシナリオを頭に描いた。ライターとナサドは二手に分かれた。この部屋に隠れてアイリッシュマンとステラの様子をうかがっていたライターの背後に運転手が忍び寄り、スパナか鉄パイプで殴りつけた。そのあとリンカーンのトランクに放りこまれ、ステラと一緒に砂漠に連れていかれたのだろうか。

銃を手に、ボンドは機械の音が聞こえている部屋の入口へと向かった。

そこに見えたものに、思わず凍りついた。

青いジャケットを着た男――ボンドを空港から尾行した男が、朦朧《もうろう》とした状態のフェリックス・ライターを巨大な廃棄物圧縮装置にかけようとしていた。ライターは手足を無様に投げ出し、足を進行方向に向けて、コンベアベルトの上に伸びている。コンベアベルトは動いていないが、機械そのものは作動中だった。ベルトのちょうど真ん中あたりの両側に大きな金属プレートが設けられている。二枚が左右から勢いよく迫ってきて廃棄物を圧縮したあと、すぐに開いて次の廃棄物を受け入れる仕組みらしい。

ライターの足は、そのプレートからわずか二メートルのところにあった。

男がふと顔を上げ、侵入者に気づいて眉をひそめた。

ボンドは銃の狙いを男に定めた。「両手を横に上げろ！」

男はいったんは従ったものの、ふいに右に飛ぶと、機械のボタンを掌で叩くようにして押した。そしてそのまま走ってどこかへ消えた。

コンベアベルトが粛々と前進を始め、ライターも分厚い金属のプレートの谷間に向かって動きだした。プレートの隙間は、最小で十五センチまでせばまるようになっている。そのあとまた大きく開いて、次の廃棄物を待つ。

ボンドは操作パネルに飛びついて《ＯＦＦ》ボタンを押し、青いジャケットの男のあとを追いかけようとした。

ところが、産業用の大型モーターはすぐには停止しなかった。ベルトはライターを死の谷へ運び続けていた。二枚のプレートは、脈打つようなリズムで容赦なく前後を繰り返している。

まずい！……ボンドはワルサーをホルスターにおさめて振り向いた。ライターの腕をつかみ、機械から引きずり下ろそうと試みる。しかし、コンベアベルトの表面に並んだ滑り止めの歯が、ライターの服にしっかりと食いこんでいた。

ライターの体は圧縮プレートに向けてじりじりと進み続けている。頭はぐらぐらと力なく揺れ、血の小川が目に流れこんでいた。

あと五十センチ。四十センチ……三十センチ。

ボンドはベルトの上に飛び乗り、ライターのジャケットを両手に巻きつけると、片足をフレームに踏ん張りながら、あらんかぎりの力で引っ張った。速度は少し落ちたものの、大型モーターはあきらめることなくベルトを動かしている。そのベルトは猛烈な勢いで前後しているプレートに向かっていた。

ライターの足首から先をぺしゃんこにしてやろうと口を開けている二枚のプレートまで、残り二十センチ。十五センチ。

ボンドはなおも力を入れて引っ張った。思わずうめき声が漏れた。腕や脚の筋肉も苦悶の悲鳴をあげている。

あと十センチ……

そのとき、ひゅうんと気が抜けるような音がして、ようやくベルトが止まった……プレートも。

息を整えながら、ボンドは手を伸ばしてライターのパンツをベルトの歯から引きはがした。ライターの体をベルトから下ろし、床にそっと横たえた。それから銃を抜いて積み降ろし場へと走った。しかし、青いジャケットの男の姿はすでになかった。ほかに敵がいないことを確かめたあと、ボンドはライターのところに戻った。ライターはボンドの手を借りてゆっくりと体を起こし、あたりに視線をさまよわせた。

「まったく、世話の焼けるやつだな。五分も一人にしておくと、たちまちこれか」ボンドはたったいま友人が目の前で殺されかけた恐怖を隠してそう軽口を叩き、ライターの頭の傷を調べ、そばにあった端切れを取って血を拭った。

ライターは機械をじっと見つめていた。やがて首を振った。それから、細面にいつもの笑みを浮かべた。「あんたたちイギリス人は、いつだって最悪のタイミングで乗りこんできやがる。せっかくあの野郎をやっつけようとしてたのに」

「病院で診てもらうか?」ボンドは尋ねた。奮闘したせいで、そしてその結果、安堵したせいで、心臓が早鐘のように打っていた。

「いや、いいよ」ライターは端切れをしげしげと見ている。端切れは血だらけだったが、傷のことより、怒りが先に立ったらしい。「おい、ジェームズ、時間を過ぎてるぞ！　九十人はどうした？」

ボンドは特別展のことを説明した。

ライターは苦々しげに笑った。「やられたな！　くそ、勘違いにもほどがあるよ。で、何だ、ハイトは死体に欲情する？　しかも写真まで撮りたがるって？　そいつはなかなか斬新なポルノじゃないか」

ボンドはライターの携帯電話と銃を拾ってきて返した。

「何があった、フェリックス？」

ライターの目が動きを止めた。「あんたが行っちまったあと、リンカーンの運転手が倉庫に入ってきて、あの女の子をちらちら見ながらアイリッシュマンと話し始めた。何か企んでるなと思った。つまり、あの女の子は何か知ってるってことだろう。連中の裏をかいて、女の子を助けようとした。ところがその前に、やつらは女の子を捕まえてテープで縛って、事務室のほうに引きずっていった。ユーサフを裏に回らせておいて、俺はこっちから連中を追いかけようとしたんだが、三メートルも行かないうちにあいつにやられた――ショッピングセンターで見たあの男だよ。あんたを尾けてたやつ」

「ああ。さっき見た」

「あの野郎、むちゃくちゃ強いんだよ、何か武道の修業をしたことがあるんだろうな。いい勢いでぶん殴られて、あっさりKOだ」

「何か言ってたか？」

「うなり声ならうるさいほど出してたな。俺を殴ったときに」

「アイリッシュマンの仲間か？　それともアルフランのか？」

「わからない。連中と一緒にいるところは見なかった」

「ステラは？　できれば探し出したい」

「いまごろ砂漠に遠足だろうよ。運がよければ、ユーサフが追跡してる。俺がひっくり返ってるあいだに電話をかけて応援を頼んでくれたかもしれないしな」ライターはボンドの手を借りて、よろめきながら立ち上がると、携帯電話の短縮ダイヤルボタンを押した。

次の瞬間、すぐ近くのどこかで着信音が鳴り響いた。

陽気な電子音。だが、くぐもっている。

二人は周囲を見回した。

やがてライターがボンドのほうを向いた。「なんてこった」そうささやくように言って、つかの間、目を閉じた。二人は圧縮装置の反対側へと急いだ。電子音は、ぱんぱんにふくらんだ大きなビニール袋のなかから聞こえていた。装置が自動的に針金を巻いて口を閉じ、積み降ろし場のプラットフォームに落としたようだ。そこから収集車が回収していくのだろう。

ビニール袋を見て、ボンドも何が起きたかを悟った。

「俺が確かめよう」

「だめだ」ライターが断固とした口調で言った。「それは俺の仕事だ」針金をほどき、一つ深呼吸をしたあと、袋のなかをのぞいた。ボンドも身を乗り出した。

ジグソーパズル。尖った金属片やワイヤ、ナット、ボルト、ねじ。それらが肉の破片や血の染みた布、人間の臓器や骨とからみ合ったジグソーパズルがそこにあった。

ユーサフ・ナサドのつぶされてひしゃげた顔も。そこから、生気のない目がボンドとライターの間のどこかをうつろに見つめていた。


無言のままアルファロメオに戻り、人工衛星追跡システムを確認した。ハイトのリムジンはインターコンチネンタル・ホテルに戻っていたが、途中で二回、停車していた。おそらく、砂漠へ向かう人生最後の旅に連れ出すためにステラを別の車に乗せ替えたときと、博物館でハイトを乗せたときだろう。

十五分後、ボンドが運転するアルファロメオはホテルのエントランス前を通って駐車場に乗り入れた。

「部屋を取ろうか」ボンドは尋ねた。「手当をしてやろう」ライターの頭を指さす。

「いや、いま必要なのは酒だな。手と顔だけ洗えば大丈夫だ。バーで落ち合おう」

車を停めたあと、ボンドはトランクを開けた。ノートパソコンが入ったバッグだけを取り出し、スーツケースはそのままにした。ライターも小ぶりなバッグを肩にかけ、帽子を取り出した。ブランドものと言えば言えないこともない。テキサス大学のアメリカンフットボールチームのワッペンがついている。その帽子をおそるおそる頭に載せて傷を隠し、はみ出した麦わら色の髪を押しこんだ。それから二人は、正面ではなく脇のエントランスからホテルに入った。

　ライターは洗面所に向かい、ボンドはハイトの手下がいないことを確認したあと、ロビーを突っ切って外に出た。リムジンの運転手が何人か立ち話をしていた。そのなかに、ハイトの運転手はいなかった。ボンドは一番小柄な一人に手招きした。運転手は目を輝かせて近づいてきた。

「名刺はあるかな」ボンドは尋ねた。

「ええ、もちろんありますよ」運転手が一枚差し出す。ボンドはちらりと目を落としたあと、ポケットにしまった。「どこに行きましょう、旦那？　砂漠を突っ走りますか？　いや、違うな、旦那の行きたいのは黄金の市場だ。奥さんに何か買ってあげるといいですよ。ドバイのお土産をあげたら、旦那はヒーローだ」

「あのリムジンを雇った客だが」ボンドはハイトが乗っていたリンカーンに素早く視線を投げた。

　運転手の目がたちまち曇った。だが、ボンドは気にしなかった。金で買える相手を見分ける観察眼には自信がある。もう一度尋ねた。「知ってるんだろう？」

「さあ、どうでしょうね、旦那」

「運転手同士でいつも噂話をしてるだろう。このホテルの客がいつどこに出かけたか、きみたちは全部知ってるはずだ。ミスター・ハイトみたいな変わった客なら、なおさらじゃないかな」

　さりげなく五百ディルハムを手渡す。

「そうだ、旦那。そうだった。誰かが何か言ってたな……ちょっと待ってくださいよ。うん、やっぱり聞いた」

「何を聞いた？」

「そのお客さんと友達なら、このホテルのレストランにいます。たぶん、二時間くらいはかかる。とても高級なレストランだから。食事に時間がかかる」

「ドバイから次にどこに行くかは聞いたか」

　運転手はうなずいた。だが、それきり何も言わない。次の五百ディルハムが最初の五百ディルハムと合流した。

　運転手は低い皮肉めいた笑いを漏らした。「お客ってのは、私ら運転手の前では本当に不用心でしてね。私らを自分をあちこち運んでくだけの動物みたいに思ってる。

ラクダとかね。荷物を運ぶ家畜みたいに思ってるんでしょうよ。だからみんな、私らの存在を忘れちまう。私らの前で何か言っても、私らは何も聞いてないと勘違いしてる。どんなに秘密の話でも。どんなに価値のある話でも」

　ボンドは次の現金を持ち上げてみせたあと、またポケットにしまった。

　運転手の視線が落ち着きなくその辺を飛び回った。

「今夜のうちに飛行機で南アフリカのケープタウンに行きます。プライベートジェットで。出発は三時間後です。さっきも言いましたけどね、ここのレストランは、〝ゆっくり時間をかけた豪華なディナー〟を売りにしてるんですよ」わざとらしく不満顔を作る。「でも、旦那の質問を聞いてると、私のコネを使って、旦那とさっきの友達の分の予約をなんとか取ってくれって話じゃないらしいな。まあ、それはしかたない。今度またドバイに来たら、そのときはぜひ」

　ボンドは現金の残りを渡した。それから、もらったばかりの名刺を取り出し、親指で弾いて言った。「さっきの友達？　俺と一緒に来た男のことか。見たんだな？」

「そう、タフそうな人」

「あいつはものすごくタフな男だよ。俺は今夜にもドバイから消えるが、あいつはこの先もまだだいる。ミスター・ハイトに関するきみの情報に間違いがないといいんだがな。あいつをがっかりさせるとたいへんなことになるから」

　運転手の顔に張りついていた笑みが砂粒のように吹き飛んだ。「大丈夫、大丈夫ですってば、旦那。間違いないから、絶対。アッラーに誓ってもいい。アッラーを讃《たた》えよ」

30

　ボンドはバーに入り、ドバイ・クリークを見晴らす屋外テラスのテーブルについた。穏やかな川面はまるで鏡のようだ。そこに映りこんだ色とりどりの灯りが揺らめいている。その美しさは、アルフランの工場で目撃した恐怖とは対照的だった。

ウェイターがやってきて、ご注文はと尋ねた。ボンドはアメリカ産のバーボンを何より愛しているが、舌が痺《しび》れそうなくらいよく冷やしたウォッカには、薬と同じとは言わないまでも、癒す力があると信じている。そこで、ストリチナヤを使ったマティーニをダブルで頼んだ。そして、よくシェークしてくれと付け加えた。ステアするよりもウォッカがよく冷えるだけでなく、細かな気泡が入るおかげで風味が格段によくなるからだ。

「レモンピールだけ添えてくれないか」

カクテルが運ばれてきた。ほんのり濁っている。よくシェークされた証《あかし》だ。ボンドはすぐに半分を飲んだ。焼けるような冷たさという矛盾した感覚が喉から顔へ上がってくる。それがステラという若い女性とユーサフ・ナサドのどちらも救えなかった挫折感を和らげてくれた。それでも、石化した死体を欲望をたたえた目で見つめていたときの、ハイトのあの不気味な表情の記憶が遠ざかることはなかった。

また一口マティーニを飲む。カウンターの上のテレビを見るともなく見る。バーレーンの歌手アラムのミュージックビデオが流れていた。アラブ諸国やインドで流行している、あわただしくカットが切り替わるスタイルで編集されている。スピーカーからは、一度耳についたら離れなくなりそうな、さえずりに似た歌声が聞こえていた。

カクテルを飲み干し、ビル・タナーに電話をかけた。今夜七時に九十名以上の死者を出す攻撃が実行に移されるとされていた件は、実際には歴史博物館の特別展だったことを報告し、ハイトは今夜のうちにケープタウンに向けて発つと伝えた。T課に依頼して、ケープタウン行きの飛行機を押さえてもらえないだろうか。またもや友人の飛行機をヒッチハイクするわけにはいかなかった。カラーズのプライベートジェットはすでにロンドンへの帰途についていた。

「頼んではみるよ、ジェームズ。しかし、おそらく民間便になるだろうな。ハイトより先に到着できるかは保証できない」

「誰かを空港に派遣して、やつの行き先を突き止めてもらえれば充分です。MI6の向こうの人員はどうなってますか」

「ステーションZがケープタウンに潜入工作員を一人常

駐させてる。グレゴリー・ラムだ。ちょっと待ってくれ、どこにいるか確認するから」キーがかたかたと鳴る音。「おっと、いまはエリトリアらしい。スーダン国境の紛争が激化してるからだな。しかし、ジェームズ、ラムが不在なのは幸運かもしれないぞ。非の打ちどころのない経歴の持ち主とはお世辞にも言えないからね。すっかり現地に染まっちまってるらしい。グレアム・グリーンの小説の登場人物みたいに。MI6も前々から戦力外通告をするつもりでいるはずだが、まだそれには手が回らないようだな。ラムの代わりに、地元の人間を手配しよう。国家情報庁よりは南アフリカ警察がお勧めだ。国家情報庁は、つい最近、新聞紙面をにぎわせてた——いいニュースじゃなく、悪いほうで。手配ができたら、また連絡するよ」

「ありがとう、ビル。すみませんが、この電話をQ課に回してもらえますか」

「わかった。じゃ、がんばれよ」

まもなく思慮深い声が聞こえた。「はい、Q課。ヒラーニです」

「007だ、サヌ。いまドバイに来てる。至急手に入れたいものがあるんだが」

ボンドの説明を聞いて、ヒラーニはがっかりしたらしい。依頼があまりに簡単だからだろう。「ドバイのどこにいる?」

「フェスティバルシティのインターコンチネンタル・ホテル」

キーボードを叩く音が聞こえた。

「よし。三十分後に届ける。忘れるな——花だ」

電話を切ったところにちょうどライターが現われ、ジム・ビームをストレートで注文した。「水なし、水なし、フルーツサラダもつけるな、よけいなものはみんななしって意味だぞ。ただし、ダブルで頼む。トリプルでもいいくらいだ」

ボンドはマティーニのお代わりを頼んだ。ウェイターが立ち去るのを待って、ライターに尋ねる。「頭の傷はどうだ?」

「こんなの何でもないさ」ライターはぼそりと答えた。たしかに、大した傷ではなさそうだ。ふさいだ様子でいるのは、ナサドを失った痛手のせいだろう。「ハイトのことは何かわかったか」

「今夜のうちにドバイを発つらしい。あと二時間くらいだな。行き先はケープタウン」

「目的は？」

「わからない。俺はそれを突き止めにいく」

三日以内に突き止めなくてはならない——数千の人々の命を救いたいなら。

しばらく沈黙が続いた。ウェイターが酒を運んでくる。二人は広いテラスのあちこちに視線を投げるようにしながら酒を飲んだ。金のイヤリングをつけた黒っぽい髪の男はいない。店の片隅のテーブルの二人組に過剰な関心を示している——あるいは過剰なほど無関心な——人物も見当たらなかった。

今日、命を落とした協力者を悼《いた》んで乾杯することはなかった。この世界では、どれだけそうしたいと思っても、そういうことをする者はいない。

「ナサドのことだが」ボンドは言った。「遺体は？」身内があのような屈辱的な墓に葬られたままになるなどとは考えたくもない。

ライターは唇を引き結んだ。「ハイトとアイリッシュマンがからんでるんだとしたら、回収チームを派遣すれば、俺たちが追ってることを連中に気づかれるだろう。いまはまだ、こっちの存在は隠しておきたい。それに、ユーサフは自分の仕事の性質をちゃんと理解してた」

ボンドはうなずいた。それが最良の判断だろう。そう納得したからといって、心の重しが少しでも軽くなるわけではないが。

ライターはウィスキーの香気を深々と吸いこみ、また少し口に含んだ。「なあ、この業界で何が難しいって、そういう選択だよ。銃を抜いてブッチ・キャシディばりに撃って撃って撃ちまくりたくても、そこをぐっとこらえて我慢するって選択だ。撃ちまくりたいときは、考えるより先に撃ちまくってるものだからな」

ボンドの携帯電話が控えめな音を鳴らした。T課からの、ケープタウン行きのエミレーツ航空便を押さえたという連絡だった。三時間後に出発する夜行便だ。エミレーツ航空なら文句はない。彼らは薄利多売の航空会社の一つに加わることをかたくなに拒否し、ボンドが想像する五十年、六十年前の飛行機旅行黄金時代そのままの心のこもった接客を誇りにしている。ボンドは言った。

「何か食おうか」

ライターが片手を上げてウェイターに合図し、メッセ――前菜の盛り合わせを注文した。「そのあと、ハタのグリルを頼もうかな。骨は取ってもらえるとありがたい」

「かしこまりました」

ボンドはシャブリのプルミエクリュをボトルで頼んだ。ワインはすぐに運ばれてきた。冷やしたグラスに注がれたワインを無言で飲む。やがて前菜が運ばれてきた。コフタ、オリーブ、ホムス、チーズ、ナス、ナッツ、それに食べたことがないほど美味いフラットブレッド。二人は食事を始めた。ウェイターが空いた前菜の皿を下げ、メインの料理を運んできた。レンズ豆のベッドの上で、あっさりとした白身魚が湯気を立ち上らせていた。これも美味かった。繊細だが、かすかに野性的な味がした。

二口ほど口に運んだところで、ボンドの携帯電話がまた音を鳴らした。通知された番号は、英国政府の機関であることを示すコードだけだった。フィリーが別のオフィスからかけてきたのだろうかと思いながら、ボンドは電話に出た。

そして、電話に出たことを即座に後悔した。

31

「ジェームズ！　ジェームズ！　ジェームズ！　当ててみろよ、私はだーれだ？　ははは、パーシーだよ。久しぶりだな、おい」

ボンドの心が一気に腹の底まで沈んだ。

浮かない表情に気づいて、ライターが不審そうに眉をひそめている。

「パーシー……どうも」

D3のオズボーン＝スミスが訊く。「元気にしてるか？　まあ、何かあったとしても、あんたのことだ、せいぜいギプスをする程度ですんでるんだろうよ」

「至って元気です」

「そうか、それはよかった、安心したよ。さて、こっちでは急速に事態が進展していてね。おたくのボスからゲヘナ計画に関する説明があった。きみはきっと、イギリスの管轄圏外に逃げるのに忙しくて、連絡一つできなかったんだろうな」オズボーン＝スミスはそこでわざとらしく間を置いてから続けた。「あははー。ちょっとからかっただけだよ、ジェームズ。電話した理由は二つ三つあるが、まずは謝らせてくれ」

「は？　謝る？」ボンドは信じがたい思いで訊き返した。

オズボーン＝スミスの声はふいに真剣味を帯びた。

「実を言うと、今朝、ロンドンの空港に戦術チームを配置して、ハイトを取っ捕まえようとしたんだよ。お茶とおしゃべりに招待しようかと思ってね。しかし、どうやらあんたが正しかったようだな。A課が電話のやり取りの一部を拾って解読した。あー、ちょっと待ってくれよ。報告書どおりきっちり読み上げるから。ああ、ここだ、ここだ。よく聞き取れない部分があったあと――〝セヴェランには主要なパートナーが三人いる……万が一、セヴェランがいなくても、その三人なら誰でもボタンを押せる〟。な、ジェームズ。ハイトのやつを逮捕してたら、それこそ大惨事になってたってことだよ。あんたの言ってたとおりにな。ほかの三人は、大あわてでウサギ穴に飛びこんで隠れちまってただろう。そうなったら、ゲヘナ計画の詳細を暴いて阻止するチャンスはそれきり失われてた」息つぎ。「昨日あんたと会ったときの男らしくない態度。それも謝りたい。あんたと協力してこの糞な事件を解決したいんだよ、ジェームズ。許してもらえるか？　ハーマイオニーの魔法の杖の一振りで、どうだ、過去は水に流れそうかな？」

ボンドはこれまでの経験から学んでいた。この世界では、敵が境界線を踏み越えてくるのと同じくらい頻繁に、味方も境界線を踏み越える。オズボーン＝スミスがこうして過ちを悔いる陰には、フィールドにとどまって勝利の栄誉に与《あずか》りたいという動機もあるだろう。しかし、そんなつまらないことはどうでもよかった。ゲヘナ計画の全貌を暴き、数千の命を救うことができるなら、ほかのことはどうだっていい。

「ええ、どうやら」

「ふう、よかった。さて、おたくのボスからシグナルが届いてね。マーチであんたが発見した物品の詳細が書いてあった。こっちでもそれをもとに調べを進めてるところだ。〝爆風範囲〟。この意味はわかりきってるな。爆破装置だ。というわけで、爆薬の迷子届けをいま、端から洗ってる。それから、取引の〝条件〟の一つは、五百万ポンドの報酬だってこともうわかってるよな。で、これに関してはイングランド銀行にSFTがないか確認してもらうことにした」

　ボンドもすでに同じことを考えた。イングランド銀行に連絡して、不審な送金《SFT》があったら連絡をくれるよう要請すべきかどうか、検討した。しかし、いまどき、五百万ポンド程度はほんの小銭だ。銀行から大量の情報が押し寄せてくるのは目に見えている。そのすべてをふるいにかけるのはとうてい無理だろう。ただし、オズボーン＝スミスが代わりにやってくれるのなら、やってもらって損はない。

　オズボーン＝スミスは付け加えた。「〝コース〟については、いますぐできることは一つも思いつかない。追跡しようにも、追跡するべき飛行機や船がないわけだからね。それでも念のため、航空局や港湾局の連中には連絡を入れておいた。何かあったらすぐに動けるようにな」

「それはいい」ボンドは言った。ボンドもすでにビル・タナーに同じことを頼んだことは黙っていた。「ついさっきわかったことなんですが、ハイトと女友達とアイリッシュマンは、今夜ケープタウンに向かうようです」

「ケープタウンだって？　ふむ、そいつはちょっとかき回してみる価値がありそうだな。今日はずっと、ハイトの肥だめをのぞき見してたんだがね」

　その表現は、おそらく、パーシー・オズボーン＝スミスなりに親愛の情を込めたジョークなのだろう。

「南アフリカは、グリーンウェイの最大の市場の一つらしいな。ハイトのもう一つのホームグラウンドだよ。うん、間違いないな、ゲヘナ計画と何か関連があるんだ――考えてもみろよ、南アフリカにはイギリスの国益ってやつが山と存在してるわけだろう」

　ボンドは、アルフランのことや、ステラという助手が殺されたことなどを説明した。「現時点で具体的にわかってるのは、ハイトは死体の写真を見て興奮するらしいことくらいです。それから、アルフランの会社も十中八九、ゲヘナ計画に関わってるということですね。これまでにも武器商人や軍事政権に機器を納入しています」

「ほんとか？　そいつはまた興味深い話だな。ああ、それで思い出した。いまから写真を送るから、ちょっと見てもらえないか。よし、送ったぞ」

　ボンドは携帯電話の通話画面を最小化し、暗号化された添付ファイルを開いた。アイリッシュマンの写真だった。「こいつで間違いありません」オズボーン＝スミスに言う。

「やっぱりか。きっとそうだろうと思ってた。名前はナイアル・ダンだとさ」スペルを伝えてくる。

「よく見つけましたね」

「ガトウィック空港の監視カメラの録画から抜き出した。この男はどこのデータベースにも登録されてないんだがね、うちの根気だけは底なしの職員に、その写真とロンドンの街頭カメラの画像とを照合させてみたんだよ。そのおかしな前髪をぶら下げたのとそっくりな男が、テムズ・エンバンクメント近くにあるグリーンウェイの施設の地下道を調べてる画像がいくつか見つかった。最新の設備だとかでね。地下道からごみを搬出して回収するんだと。通りからごみが一掃されて、観光客もハッピーって寸法だ。で、うちの者が何人か清掃局の職員に変装して、そいつの写真を見せて回った。それで本名がわかったわけだ。ＭＩ５とスコットランドヤード、それにおたくの幕僚主任に、やつの資料を送っておいたよ」

「ダンの経歴は？」ボンドは訊いた。せっかくの魚料理が目の前で冷めていっていたが、すでに料理には関心を失っていた。

「これがまた奇妙でね。生まれはベルファストだ。大学で建築と工学を専攻してる。トップの成績で卒業したあと、陸軍の工兵になった」

工兵は、戦闘を支援するエンジニアだ。橋や飛行場、防空壕などを建設したり、地雷を敷設したり、逆に撤去したりといった作業を主な任務としている。即席でものを作り上げる能力が求められる仕事でもある。手に入った物資だけで、しかも決して理想的とは言えない環境で、防衛用、攻撃用の装置や砦を作ったりしなければならない。

ＯＤＧのビル・タナー中佐も元工兵だ。穏やかな人柄でゴルフを愛する幕僚主任は、ボンドが知るなかでももっとも頭が切れ、もっとも危険な人物の一人だった。

オズボーン＝スミスが続けた。「退役したあと、フリーランスの工学調査官とやらになった。私はそんな職業があることも知らなかったが、ビルや船や飛行機を造る過程で、何度も検査が入るんだってな。ダンはその検査を請け負って、合格、不合格のスタンプを押すってわけだ。業界ではトップクラスの調査官だったらしい。ほかの誰にも見つけられない欠陥も、やつだけは見逃さなかったそうでね。なのに、ある日突然辞めて——内国歳入庁の記録によれば——コンサルタントになった。ここでもまたトップに上り詰めてる。驚くなよ、年にざっと二十万ポンドも稼いでるらしい……それでもやつの会社にはいまだにロゴさえない。むろん、かわいらしいマスコットだってないぞ。ロンドンオリンピックとは違って、ウェンロックとマンデヴィルがにこにこ愛嬌を振りまいたりはしないってことだな」

ボンドはここに来てふと気づいた。昨日はあれだけ鼻についてしかたがなかったオズボーン＝スミスの〝ウィットト〟が、さきほどの謝罪を境に、まったく気にならなくなっていた。「それで知り合ったんですね。ダンはグリーンウェイの何かを調査して、それをきっかけにハイトがやつを雇った」

オズボーン＝スミスは話を続けた。「データマイニングでわかったことなんだがね、ダンは四年くらい前からケープタウンに何度も行ってるんだよ。ケープタウンとロンドンにそれぞれフラットを所有してる。ちなみに、ロンドンのほうは捜索したが、これといっておもしろいものは出てこなかった。出入国記録によれば、インド、インドネシア、カリブ諸島あたりの、面倒が起きそうな国にもあちこち行ってる。ハイトの代理で、新しい事業所の開設の地ならしをしてるってとこだろうな、おそらく」一呼吸置いて、付け加える。「国防省はいまだにアフガニスタン説にこだわってるみたいだ。だが、そんな理屈は糞くらえだよ。私はあんたが正しい臭跡を追ってると信じてるからな、ジェームズ」

「ありがとう、パーシー。とても参考になりましたよ」

「いやいや、こっちこそお役に立てて光栄だ」昨日なら、この言葉も恩着せがましいと感じていただろう。しかしいまは本心からそう言っているように聞こえた。

電話を切り、フェリックス・ライターにいまの話を伝えた。

「へえ、あのかかしみたいな男はエンジニアなのか。アメリカじゃ〝オタク〟って呼ばれてる人種だな」

行商人がバーに入ってきて、テーブルからテーブルへと回りながら、バラの花を売り始めた。

ライターがボンドの視線を追って言った。「なあ、ジェームズ。あんたと飯が食えて楽しかったよ。ほんとだ。だが、デザート代わりに花束を贈って俺を落とそうって目論んでるんだとしたら、やるだけ無駄だから考え直せ」

ボンドはにやりと笑った。

行商人が隣のテーブルに近づき、そこに座っていた若い夫婦に花を一本差し出した。「どうぞ」妻に向かって言う。「美しい奥様からお代はちょうだいいたしません。これはわたくしめからの贈り物です」それからまたテーブルの間を歩いていった。

一瞬待ってから、ボンドはナプキンを持ち上げ、行商人のポケットからさりげなく抜き取った封筒を開いた。いまのブラッシュパス——通り過ぎざまの受け渡しは、完璧だった。

忘れるな——花だ……

目立たないように書類を広げた。南アフリカの銃器携帯許可証だった。ただし、偽造だ。もっともらしいスタンプと署名がある。「そろそろ行こう」腕時計を見て、ボンドは言った。ホテルを出るとき、ハイトやダンや女とニアミスを起こしたくない。

「ここはアメリカ政府《アンクル・サム》のおごりとしよう」ライターが請求書を取って支払いを済ませた。二人はバーを出て、脇のエントランスから駐車場に向かった。

三十分後には空港に着いていた。

ボンドとライターは固い握手を交わした。ライターがささやくように言った。「ユーサフは有能な協力者だったよ。しかし、それだけのつきあいじゃなかった。あいつとは友人だったんだ。あの青いジャケットの男とまた行き合うことがあったら——チャンスが巡ってくることがあったら、ジェームズ、そのチャンスを絶対に逃さないでくれよな」

水曜日　キリング・フィールド

32

エミレーツ航空のボーイング機は、ケープタウン国際空港の誘導路をゲートに向けてすべるように進んでいた。ジェームズ・ボンドは一つ大きく伸びをしたあと、脱いでいた靴を元どおりに履いた。飛行機がドバイを離陸してすぐ、ほんの少しだけミネラルウォーターを加えたジム・ビームを二杯飲んだ。ナイトキャップは絶大な効果をもたらし、ボンドは、ありがたいことに、それから七時間近く一度も目を覚ますことなく熟睡した。意識がしゃっきりしてきたところで、ビル・タナーからのメールに目を通した。

現地連絡員——南アフリカ警察（ＳＡＰＳ）犯罪対策捜査課のジョルダーン警部。空港の到着ゲートで待っている。ハイトの監視は手配済み。

二通め。

Ｍ１６のグレゴリー・ラムはまだエリトリアにいるらしい。事情を知る全員の意見が一致している——やつとは関わらないのが無難。

そしてもう一通。

オズボーン＝スミスと仲直りのキスをしたと聞いた。安心したよ。独身さよならパーティはいつだ？

ボンドは口元をゆるめた。

飛行機はゲート前に静かに停止し、パーサーが着陸の儀式を取り仕切った。ボンドも一緒に暗唱できそうなくらい聞き慣れたアナウンスが聞こえた。「業務連絡、すべてのドアをマニュアルモードに切り替え、クロスチェックしてください。お客様にお知らせいたします。頭上の荷物入れの扉を開ける際、落下物にはくれぐれもご注意ください。飛行中になかの荷物が移動している場合がございます」

幸福を喜びなさい、我が子よ、運命はあなたを無事に地上に戻すと決めたのだから……少なくとも、もうしばらくのあいだは。

ボンドはノートパソコンを入れたバッグを下ろし――銃の入ったスーツケースは預けてあった――混雑のなか、入国審査カウンターに向かった。審査官はパスポートをろくに確かめもせずにスタンプを押した。次は税関だ。体格のいい無愛想な職員に銃の携帯許可証を提示する。これが認められなくては預け入れ荷物を受け取れない。職員はボンドの顔をじっと見つめた。ボンドは身構えた。何かまずいところがあるのだろうか。

「なるほど、なるほどね」職員は、幅の広い、汗でてかてか光っている顔に、ささやかな権力を笠に着た高圧的な表情を浮かべた。「さて、本当のことを聞かせてもらいましょうか」

「本当のこと――?」ボンドは落ち着いた声で訊き返した。

「そう……あなたがお持ちの銃はハンドガンと書いてある。クーズーやスプリングボックといった動物を撃つのに、どうやって射程距離まで近づきますか」

「近づくのはむずかしそうですね」ボンドは答えた。

「むずかしいでしょうな」

ボンドは顔をしかめた。「俺なら、たとえ狩りに出ることがあっても、スプリングボックは撃たないな」

「へえ？　スプリングボックの切り干し肉はあんなに美味いのに？」

「たしかに、美味いかもしれない。しかし、スプリングボックを殺したりしたら、ラグビーの代表戦でイングランドチームに災いが及びそうでしょう（スプリングボックはレイヨウの一種。南アフリカの国の動物でもある）」

税関職員は肩を揺らして大笑いした。それからボンドに握手を求め、出口のほうにうなずいた。

到着ロビーはごった返していた。大部分は西欧風の身なりをしているが、なかにはアフリカの伝統的な衣服を着ている人々も見えた。男性のダーシーキやブロケードセット。女性はケンテを着てターバンを巻いている。どれも鮮やかな色合いだ。イスラムのローブやインドのサリもちらほら見えた。

到着ロビーを歩いていると、多種多様な言語や方言の会話が耳に飛びこんできた。ボンドがいつも思わず興味深く耳を澄ますのは、あの独特のクリック音、舌打ちをするようにして発音する子音だ。もっとも頻繁に使うのは、アフリカのこの地域の先住民が話すコイサン語だが、ズールー語やコサ語にも同じ音がある。ボンドも前に練習してみたことがあるが、うまく真似をするのはとても無理だった。

連絡員のジョルダーン警部はすぐには現われなかった。そこでボンドはカフェに入り、カウンターの端のスツールに座ってエスプレッソのダブルを頼んだ。コーヒーを飲み終え、支払いを済ませて、美しいビジネスウーマンを横目で見ながら店の出口に向かった。女性の年ごろは、三十代なかばくらいだろうか。高い頬骨がひときわ目を引いた。ウェーブした豊かな黒い髪のところどころに、年齢に似合わない灰色のものが何筋かまじっている。その若白髪がいっそう色気を醸し出していた。深紅のスーツとその下の黒いシャツはどちらもタイトなデザインで、豊満だが引き締まった筋肉質の体の線を強調していた。

ふむ、南アフリカはなかなか楽しめそうなところらしいな——ボンドはそんなことを考えながら、同じく店を出ようとしていた女性に微笑みかけて、道を譲った。空港に代表される一瞬の出会いと別れの世界ですれ違う魅力的な女性の例に漏れず、彼女もボンドを完全に無視して歩み去った。

ボンドはしばらく到着ロビーの中央あたりに立って待った。もしかしたらジョルダーン警部は、こちらが声をかけるのを待っているのかもしれない。そこで警部の写真を送ってくれるようタナーにメールした。しかし、送信ボタンを押すと同時に、警察官の姿が目に入った。明るい茶色のスーツ姿の、髭を生やした大柄な赤毛の男——ボンドはクマを連想した——がこちらをちらりと見た。目の表情にわずかな変化があったが、男はすぐに目をそらし、売店に行って煙草を買った。

スパイの世界は、暗黙のメッセージの集合体だ。偽りの肩書きは、その人物の本当の身分を隠す。退屈な会話には、衝撃的な事実を伝えるキーワードが詰めこまれている。ありふれた物品が何か別のものを隠していたり、武器として使われたりもする。

ジョルダーンがふいに向きを変えて煙草を買ったことにも、メッセージが含まれているはずだ。ボンドに接近しなかったのは、敵が近くにいるからなのだろう。

背後に視線を走らせた。しかし、差し迫った危険の兆候はなかった。ボンドは反射的に、これもまた暗黙の了解とされている対応を取った。別のエージェントに追い払われたら、できるだけ目立たないように、さりげないそぶりでその場を離れ、第三者に連絡して、より安全な場所でのランデブーを改めて設定してもらう。その仲介役はこの場合、ビル・タナーだ。

ボンドは出口に向かいかけた。

が、遅かった。

ジョルダーンが、おそらく吸うために買ったのではないであろう煙草をポケットにしまいながら紳士用トイレに消えた瞬間、不吉な低い声がボンドの耳もとでこうささやいた。「そのまま。振り向かないで」アフリカ系の話し手特有の訛でごく薄くコーティングされた英語。気配から、背後に立った男は瘦せていて背が高いとわかった。視界の隅で、男の仲間が少なくとも一人、確認できる。背後の男より背は低いがたくましい。その男は素早く近づいてきたかと思うと、ボンドの手からパソコンバッグと、肝心なときに役に立たないワルサーの入ったスーツケースを取った。

最初の一人が言う。「まっすぐ歩いてロビーを出て——急いで」

従うしかない。ボンドは出口に歩き、そのまま人のいない通路を進んだ。

ボンドは状況を分析した。足音の響きかたから察するに、長身の男の仲間は、かなり距離をあけてついてきている。一度に無力化できるのは、二人のうちどちらか一人だけだということだ。背の低いほうの男は、何をするにしてもまず、ボンドのスーツケースとパソコンバッグを下ろさなくてはならない。そのわずかな隙に距離を詰めることはできるだろう。ボンドが飛びかかったとしても、それでも男が銃を抜く時間は充分あるだろうが、ボンドが飛びかかったとしても、その前に何発か発砲できるはずだ。

だめだ。無関係の市民を巻きこみかねない。空港の外に出るまで待つべきだろう。

「左手のドアを抜ける。こっちは振り返らずに」

目のくらむような陽射しの下に出た。南アフリカ共和国の季節は秋だ。空気はさわやかで、空は驚くほど美しい青色をしている。無人の建設現場のなかの歩道を横切って縁石に近づくと、へこみだらけの黒いレンジローバーが猛スピードで現われ、急ブレーキをかけてすぐ前に停まった。

倒す相手が増えた。だが、車からは誰も降りてこない。目的……対応。

彼らの目的は、ボンドを拉致することだ。とすると、こちらが取るべき対応は、こういった場合に決まりきったもの——相手を混乱させておいて、攻撃することだろう。ボンドは何気なくロレックスの腕時計を手首から指の中までずらしてブラスナックル代わりにすると、ふいに振り返って不敵な笑みを浮かべた。二人組は若かった。どちらも生真面目そうな顔をしている。糊のきいた輝くばかりに白いシャツと肌の色が、まぶしいくらいの対照をなしていた。二人ともスーツを着て——一人は茶、もう一人は紺——濃い色をした幅の細いネクタイを締めている。銃は持っているのだろうが、過信からか、ホルスターから抜いてさえいない。

レンジローバーのドアが勢いよく開く気配がした。ボンドは背後から襲われないようとっさに一歩脇によけながら、敵との位置関係を見きわめた。最初に背の高い男の顎を殴りつけ、そいつの体を盾に使って背の低いほうの男にぶつかっていこう。ボンドは落ち着き払った態度で長身の男の目を見つめて笑った。「観光局に苦情を申し入れるとしよう。南アフリカの人々は親切だとさんざん聞かされて来た。もう少し歓迎してもらえるかと思ってたんだがな」

いざ飛びかかろうとしたとき、背後の車のなかから女の冷ややかな声が聞こえた。「こっちだってもう少し歓迎する予定でいたわよ。空港を敵方の人間がうろうろしてるのに、〝ほらここにいるよ〟みたいな顔で平然とコーヒーなんかお楽しみじゃなければ」

ボンドは固めた拳をゆるめて振り返り、車のなかをのぞいた。驚愕を表情に出すまいとしたが、隠しきれなかった。さっき到着ロビーで見かけたあの美女がレンジローバーのバックシートに座っていた。

「SAPS犯罪対策捜査課のベッカ・ジョルダーン警部よ」

「ああ」ボンドは、彼女のふっくらとした唇——口紅は塗っていない——と黒っぽい瞳を見つめた。その唇と目は笑みを作ってはいなかった。

ボンドの携帯電話が着信を知らせた。ディスプレイを確かめると、ビル・タナーからメールが届いていた――言うまでもなく、いま目の前にいる女の顔写真を添付したメールだった。

「ボンド中佐。私はＳＡＰＳのクワレニ・ンコシ巡査長です」長身の〝誘拐犯〟がそう言って手を差し出した。二人は南アフリカ式の握手を交わした。まずふつうに手を握り、掌を合わせたまま手を垂直に立てたあと、もう一度ふつうに握る。すぐに手を引っこめようとするのは無礼と見なされるという。どうやらボンドの握手の長さは適切だったらしい。ンコシはにっこりと笑うと、ボンドのスーツケースとパソコンバッグをレンジローバーの荷台に積みこもうとしている背の低いほうの男にうなずいた。「あれはムバルラ巡査」

ずんぐりした男は無表情にうなずいた。ボンドの荷物を積み終えると、急ぎ足でどこかへ消えた。おそらく自分の車を取りにいったのだろう。

「無愛想ですみませんでした、中佐」ンコシが言う。「説明に時間をかけるより、できるだけ早く空港から出たほうがいいと思ったので」

「社交辞令にかける時間もないわよ、巡査長」ベッカ・ジョルダーンがいらだった様子でぼそりと言った。

ボンドはバックシートのジョルダーンの隣に乗りこんだ。ンコシは助手席に乗った。まもなくムバルラが運転する黒いセダンが後ろにつけた。この車にもやはり警察のものとわかる目印はない。

「出して」ジョルダーンが怒鳴りつけるように命令した。「急ぎなさい」

レンジローバーは発進し、車の流れに強引に割りこんだ。背後から威勢のいいクラクションや気怠《けだる》そうな悪態が浴びせられた。運転手がアクセルペダルをぐいと踏みこむ。車は時速四十キロ制限の通りを九十キロで走りだした。

ボンドはベルトから携帯電話を取った。キーパッドを叩く。返ってきたメッセージを確認する。

「巡査長？」ジョルダーンがンコシに聞いた。「どうなの？　報告して」

サイドミラーをにらみつけていたンコシが、ズールー語かコサ語らしき言葉で答えた。ボンドはどちらの言語もわからないが、ンコシの口調とジョルダーンの反応からすると、尾行はないと答えたのだろう。空港の敷地を出ると、車は少し速度を落とし、遠くに見えている、そう高くはないが雄大な山脈の方角へ走った。

　ジョルダーンが手を差し出す。ボンドは微笑みながら握手に応じようとしたが、差し出しかけた手をふと止めた。ジョルダーンの手には携帯電話があった。「申し訳ないけど」険しい声だった。「このディスプレイに指を当てて」

　温かな歓迎は、やはり期待できないらしい。

　ボンドは電話を受け取り、親指をディスプレイの真ん中に押し当てたあと、電話を返した。ジョルダーンは表示されたメッセージを読み上げた。「ジェームズ・ボンド。外務連邦省海外開発グループ。私の身元も確認したいなら、どうぞ」指を大きく広げて手を差し出す。「私の指紋を採るアプリがあるんでしょう」

「その必要はありません」

「どうして？」冷ややかな声。「私がいわゆる美人に分類されるから？　だから、それ以上の確認は必要ないってこと？　でも、殺し屋かもしれないわよ。爆弾ベストを着たアルカーイダのテロリストかもしれない」

　空港のカフェで体のラインをとくと眺めさせてもらったから、服の下に爆弾を隠していたりしないことはもう知っていると応じるのは、やめておくことにした。代わりに、こう答えた——少しばかり軽薄な調子で。「あなたの指紋を採る必要がないのは、少し前に上司から送られてきた写真で確認できたおかげもありますが、ついさっきこの携帯電話であなたの虹彩を撮影して本国に照会したからですよ。あなたは間違いなくSAPSの犯罪対策捜査課のベッカ・ジョルダーン警部だ。SAPSに入局して八年。自宅はケープタウンのロイウェン・ストリートにある。去年、勇敢な行為を讃えてゴールドクロス勲章を授与された。おめでとう」

　ついでに、三十二歳という年齢も知っていた。給与の額も、離婚したことも。

　ンコシ巡査長が助手席から振り返り、ボンドの携帯電話を見やって大きな笑みを浮かべた。「ボンド中佐。いいおもちゃを持ってますね。うん、間違いない」

　ジョルダーンがぴしゃりと言った。「クワレニ！」

　青年の顔から笑みがかき消えた。前に向き直り、サイドミラー監視の任務に戻る。

ジョルダーンはボンドの電話に軽蔑の視線を投げた。「私の本部に行きましょう。そこでセヴェラン・ハイトの件にどうアプローチするか考える。そちらのタナー中佐がＭＩ６にいたころ、一緒に仕事をしたことがあるの。だから今回の協力要請に応じた。タナー中佐はとても頭がよくて、仕事熱心な人ね。とても紳士だし」

つまり、ボンドは紳士ではないと言いたいのだろう。空港のカフェでボンドが向けた無害な笑み——下心とはだいたいにおいて無縁だった笑み——をそこまで悪意に受け止めていることに、憤りさえ感じた。彼女は魅力的だ。そういった目で見られるのは、何もボンドが初めてということはないだろう。「ハイトはいま、自分の会社に?」

「そうです」ンコシが答えた。「ハイトとナイアル・ダンは二人ともケープタウンにいます。ムバルラ巡査と私で空港から尾行しました。女も一緒でした」

「監視はついてるのかな」

「ついてます」長身の青年が言う。「ロンドンにならって、ここにも街頭カメラが設置してあります。ダウンタウンはカメラだらけですよ。ハイトは会社にいて、本部がカメラを通じて監視してます。会社を出たとしても、ずっと追いかけられます。ケープタウンにも、おもちゃがまったくないわけじゃないんですよ、中佐」

ボンドはンコシに笑顔を見せ、それからジョルダーンに言った。「空港に敵方の人間がいたと言ったね」

「入国管理局から連絡があったの。あなたと同時くらいにアブダビから到着した男がいたって。イギリスの偽造パスポートを使ってた。でも、連絡を受けたときにはもう、その男は税関を抜けてどこかへ消えていた」

ボンドがジョルダーンと勘違いした髭の男だろうか。それとも、ドバイ・クリークのショッピングセンターにいた青いジャケットの男か。ボンドはその二人の人相を説明した。

「わからない」ジョルダーンはそっけなく言った。「私たちが受け取った情報は文書だけだったから。ただ、その男の所在が確認できなかったから、到着ロビーで私があなたに接触するのは避けたほうがいいと判断して、代理で部下を行かせた」ふいにフロントシートのほうに身を乗り出し、ンコシに訊く。「あれから不審な車は?」

「いいえ、警部。尾行はされてません」

ボンドはジョルダーンに言った。「ずいぶんと尾行を気にするんだな」

「南アフリカはロシアみたいなところ」ジョルダーンが答える。「旧体制は崩壊して、すっかり新しい国になった。おかげで、一儲けして、政治や何かに影響力を持ちたいって人が世界中から集まってくるようになった。合法に来る人もいれば、そうじゃない人もいる」

助手席からンコシが言った。「いつも言ってるんです。〝チャンスの多いところ、スパイも多い〟。SAPSの人間はいつもそれを忘れずに、背後を確かめるようにしてます。あなたも同じようにしたほうがいいですよ、ボンド中佐。うん、間違いない」

33

ケープタウン中心部のビューテンカン・ストリートに面した警察本部は、役所というより、こぢんまりとしたホテルのようだった。二階建てで、外壁は赤いすだれ煉瓦、屋根は赤いタイル張りだ。すぐ前の大通りは広くて清潔で、ヤシやジャカランダが点々と植えられている。

運転手は本部前でいったん車を停めて三人を降ろした。ジョルダーンとンコシは歩道で立ち止まって周囲に視線を走らせた。尾行や脅威がないことを確認したあと、ンコシがボンドを手招きした。ボンドは車の後ろに回ってパソコンバッグとスーツケースを取り、ほかの二人に従って本部に入った。

建物に足を踏み入れるなり、ボンドは驚いて目をしばたたかせた。《Servamus et Servimus》――おそらくSAPSのモットーだろう――と書かれた飾り板が掲げられている。《我らは守り、仕える》。

しかし、ボンドをどきりとさせたのは、飾り板そのものではなく、そこに書かれた二つの単語が、不気味にも、そして皮肉にも、セヴェラン・ハイトのファーストネーム――Severan――に似ていたからだ。

ジョルダーンはエレベーターを待たずに階段を上った。質素なオフィスの壁は、たくさんの書物や専門誌で埋め尽くされていた。ケープタウンと西ケープ州の最新地図と、額に入った百二十年前の南アフリカ東部海岸線の地図もあった。後者には旧ナタール州のダーバン港やレディスミスの街が描かれている。何の意味があるのか、街の周囲は古びて色褪せたインクでぐるりと囲まれていた。北のほうにズールーランドやスワジランドも見える。

ジョルダーンのデスクには額入りの写真が並んでいた。金髪の男性と黒い肌をした女性が手をつないでいる写真が一枚。この二人が写った写真はほかにも何枚かあった。女性はどこかジョルダーンに似ている。おそらく彼女の両親なのだろう。アフリカの伝統的な衣装を着けた年配の女性の写真や、大勢の子供たちが写った写真もあった。見たところ、ジョルダーンの子供たちというわけではなさそうだ。彼女がパートナーと一緒の写真は一枚もない。

そうだ。離婚しているんだった。

デスクの上には五十冊ほどの捜査資料ファイルが積み上げられている。警察の仕事では、スパイの場合と同じく、銃やガジェットが活躍している時間より、書類と向き合っている時間のほうが長い。

南アフリカの秋は終わりかけているが、気候は過ごしやすく、ジョルダーンのオフィスも暖かかった。ジョルダーンはほんの一瞬、迷っているようなそぶりを見せたあと、赤いジャケットを脱いでハンガーにかけた。黒いブラウスは半袖で、右腕の内側のかなりの面積にファンデーションが塗ってあるのが見えた。タトゥを入れるようなタイプには見えないが、もしかしたらあの下にはタトゥが隠れているのかもしれない。だが、すぐにボンドは思い直した。ファンデーションで隠されているのは、長くて幅の広い傷痕だ。

勇敢な行為を讃えてゴールドクロス勲章を……

ボンドはジョルダーンと向かい合う椅子に腰を下ろした。ンコシはその隣に座り、ジャケットのボタンは外したものの、背筋をぴんと伸ばしたまま""しゃちほこばっている。ボンドは二人に尋ねた。「タナー中佐から、俺のこちらでのミッションについて詳しい話は——?」

「国家安全保障に関してセヴェラン・ハイトを捜査してるってことだけ」

ボンドはインシデント20——またの名をゲヘナ計画——と金曜に大量殺戮が行なわれるおそれについて、これまでに判明していることをかいつまんで説明した。

ンコシは広い額に皺を寄せた。ジョルダーンの目はあいかわらず無表情だった。それから両手を合わせて——

どちらの中指にも慎ましやかな指輪がある――言った。

「なるほどね。証拠は信頼できるものなの？」

「確かだ。意外な話だったかな」

　ジョルダーンはあいかわらず無表情なまま言った。

「セヴェラン・ハイトは悪人には思えない。もちろん、名前はもともと知ってたわ。二年前にグリーンウェイ・インターナショナルの支社を開設してる。南アフリカの主要都市のほとんどが廃棄物収集とリサイクルを委託してるの。プレトリア、ダーバン、ポートエリザベス、ヨハネスブルク。もちろん、ここ――西ケープ州もね。彼のしてることは、この国の利益になることばかりよ。あなたも知ってるでしょうけど、私たちの国はいま、移行期のまっただ中にある。過去の歴史はたくさんの環境問題を生んだ。金鉱、ダイヤモンド鉱、貧困、不十分なインフラ整備。そういったものが、たくさんの負の遺産を残した。廃棄物収集は旧非白人居住区《タウンシップ》やスクワッターキャンプ――スラム街のようなものね――では深刻な問題だったの。アパルトヘイト時代に居住区法によって追い出されて、みすぼらしい小屋で暮らしてた人たちへの補償代わりに、政府は団地を建設した。〝ロケーシー〟――ロケーションって名前の団地。でも、そこも人口密度が高くて、ごみの収集が追いつかなかった。まったく収集されてないこともあった。伝染病がはやったりもした。でも、セヴェラン・ハイトが来て、そういった問題はほとんど解決された。彼はエイズや貧困救済の慈善団体に寄付もしてる」

　現代の犯罪組織はたいがい、広報のスペシャリストを抱えているものだ。傍《はた》から見て〝悪人とは思えない〟からというだけで、入念な捜査の対象から外していいことにはならない。

　ジョルダーンはボンドの懐疑的な表情に気づいたらしい。「私が言いたいのは、テロリストや犯罪組織の大ボスといったイメージには当てはまらないってこと。でも、もしそういう人物なんだとしたら、私の部は協力を惜しまない」

「ありがとう。ハイトの相棒、ナイアル・ダンについて何か情報は？」

「その名前は今朝初めて聞いたわ。調べてみた。数年前から、正規のイギリスのパスポートで何度か入国してる。だけど、トラブルを起こしたことは一度もない。要注意人物のリストには載ってなかった」

「一緒にいる女については？」

ンコシが資料を確認した。「アメリカのパスポート。ジェシカ・バーンズ。この人は謎です。記録は一つもありません。前科もない。何にもないんですよ。写真が何枚か見つかっただけで」

「その女性は違うな」ボンドはンコシがこちらに向けた、若いブロンドの古典的美人の写真を見て言った。

「あ、すみません。先に言えばよかった。これは古い写真なんです。ネットからダウンロードしました」ンコシは写真を裏返した。「これは七〇年代のですね。ミス・マサチューセッツに選ばれて、ミス・アメリカのコンテストに出場した。いまは六十四歳です」

そう思ってもう一度写真を見直すと、たしかに面影があった。「グリーンウェイのオフィスはどこにあるんだろう」

「オフィスは二つ」ンコシが答えた。「一つはこの近くで、もう一つはここから三十キロくらい北にあります。遠いほうは、グリーンウェイの一番大きなごみ処理兼リサイクル施設です」

「その二か所を調べたいな。やつが何を企んでるのか突き止めないと」

「当然ね」ベッカ・ジョルダーンが言った。長い沈黙が続いた。「でも、あなたが言ってるのは法的措置のこと。そうよね？」

「〝法的措置〟？」

「ハイトを通りで尾行するのはかまわないし、公共の場でなら好きなだけじろじろ見てくれてかまわない。でも、自宅やオフィスに盗聴器を仕掛けるための令状を取るのは無理だから。さっき話したでしょう。セヴェラン・ハイトは、この国では何一つ罪を犯してないの」

ボンドは思わずにやりと笑いかけた。「職業柄、ふだんから令状は取らないんだ」

「私はそうはいかない。当然ね」

「ジョルダーン警部。ハイトにはもう二度も殺されかけてる。最初はセルビアで、次はイギリスで。それに、あの男は昨日、若い女性の殺害を指示した。ＣＩＡのドバイの協力者も一人死んでる」

ジョルダーンは眉間に皺を寄せた。同情を感じているのが見て取れる。「それはとても残念なことだと思う。

だけど、その犯罪は南アフリカで起きたわけじゃない。殺人が起きた国が発行した引き渡し請求書があって、しかも南アフリカの判事の承認も取れてるなら、もちろん、喜んで執行するわ。でも、そうじゃないなら……」そう言って掌をこちらへ向けて両手を持ち上げた。

「いいか、逮捕してくれと言ってるわけじゃない」ボンドはいらだちを隠そうとせずに言った。「法廷に提出する証拠がほしいわけでもない。俺がこの国に来たのは、ハイトが金曜に何をするつもりなのかを突き止めて、計画を阻止するためだ。かならず阻止してみせるさ」

「そうね、阻止できるかもしれないわね――合法にやれば。でももしハイトの自宅やオフィスに押し入ろうって考えてるとしたら、それは不法侵入よ。あなたが罪に問われることになるってこと」ジョルダーンは御影石《みかげいし》のような瞳をまっすぐにボンドに向けた。その黒い目を見て、ボンドは確信した。この女は、彼に手錠をかける瞬間、心の底から愉快に思うことだろう。

34

「死んでもらうしかないな」

セヴェラン・ハイトはケープタウン中心部にあるグリーンウェイ・インターナショナルのオフィスで電話機を握り締め、ナイアル・ダンの寒気のするような言葉に耳を澄ました。いや、いまの表現は適切ではない――ハイトは心のなかで訂正した。冷たくも熱くもない。ダンの声には温度というものがなかった。

それ自体が背筋の凍るようなことではあるが。

「どういうことだ？」ハイトは黄ばみかけた長い爪の先で、デスクの上にぼんやりと三角形を描きながら言った。

ダンの説明によれば、グリーンウェイの従業員の一人がゲヘナ計画の一部を知ってしまったらしい。ケープタウンの北にあるプラントの合法な雇用者で、これまではハイトの裏の活動についてはいっさい知らずにいた。ところが、プラントの事務棟の立入制限エリアに偶然に入ったらしく、計画に関するメールを目にしたおそれがあるという。「いまの段階では意味がわからないだろうが、金曜にテレビや新聞で大々的に報じられたら——大騒ぎになるのは間違いない——私たちが関わっていたことに気づいて、警察に通報するかもしれない」

「で、どうする？」

「いま手だてを考えている」

「しかし、殺したら、それこそ警察に嗅ぎ回られるんじゃないか？　うちの従業員なわけだから」

「自宅で始末するよ。幸い、そいつはタウンシップに住んでる。警察はろくに見回ってないはずだ。まったく、かもしれないな。ミニバスの運行会社は調べるかもしれない。しかし、調べたとしても何も言ってこないだろう」

タウンシップやスクワッターキャンプでは——それに新しいロケーシーでも——ミニバスの運行会社は、単に交通手段を提供しているだけではない。いつしか自警団の役割をもになうようになっていた。何か事件が起きれば、犯人を突き止め、自ら制裁を加える。

「そうか。ただ、やるなら早く片づけてしまおう」

「今夜だな。そいつが家に帰ったところで」

電話を切り、ハイトは仕事に戻った。今朝、ケープタウンに到着して以来ずっと、マフディ・アルフランが開発したハードドライブ破壊装置の製造を開始する手はずを整えたり、グリーンウェイとしての売り込み戦略を練ったりしている。

しかし心は落ち着かなかった。いまはドバイの南に広がるルブアルハーリ砂漠の、片時もじっとしていることのない砂の下で眠っている若い女——ステラの死体のイメージが頭から離れない。生前の美貌に欲望をかきたてられることはないが、あと数か月、あるいは数年後の姿を想像すると、ああ、たまらない。千年たつころには、昨夜、博物館で見学したあの無数の死体のようになっているのだろう。

立ち上がり、スーツのジャケットをハンガーにかけて、またデスクに戻った。何本か電話をかけた。いずれもグリーンウェイの合法なビジネスに関する用件だった。とくに心浮き立つような話はなかった……このすぐ下の階にオフィスを構える南アフリカ支社の営業部長から電話がかかってくるまでは。

「セヴェラン。ダーバンのアフリカーナーだという人物から電話がかかっています。廃棄物処理のプロジェクトについてお話ししたいとのことですが」

「私は今週は手が空かないと言って、うちの会社案内でも送っておいてくれ」目下の最優先事項はゲヘナ計画だ。新規顧客の獲得に興味はない。

「それが、ごみ処理を依頼したいのではないそうで。グリーンウェイと提携したい案件があると言っています」

「共同事業？」ハイトは鼻で笑った。好きな分野で成功を収め、世間に名が知れ始めると、起業家を名乗る連中がわらわら群がってくる。「いまはそれどころではないし、興味もない。失礼のないようにそう伝えてくれないか」

「わかりました。ああ、でも、これはお話ししておいたほうがいいのかな。意味がよくわからないんですがね。相談したいのは、一八七〇年代のイサンドルワナと同じ問題の処理だと言ってました」

　ハイトはデスクに広げていた書類から顔を上げた。気づくと、受話器をきつく握り締めていた。「間違いないか？　本当にいまのとおりのことを言ったんだな？」

「ええ。〝イサンドルワナと同じ問題〟。私にはまるで意味不明ですが」

「ダーバンからかけてるって？」

「いえ、本社はダーバンにあるそうですが、今日はケープタウン支社に来てるとか」

「こちらに来る時間があるか、訊いてくれ」

「何時に？」

　一瞬の間。それからハイトは言った。「いますぐ」


　一八七九年、大英帝国とズールー王国のあいだで勃発した戦争で、大英帝国は大敗を喫することになった。イサンドルワナの戦いで、戦力のあまりの違い（二万のズールー軍に対し、英国軍はヨーロッパ兵とアフリカ兵を合わせても二千人に満たなかった）と戦術判断の誤りから、英国軍は完敗した。〝ブリティッシュ・スクウェア〟と呼ばれる有名な防御隊形をズールー軍が打ち破ったのは、この戦いでのことだ。この隊形では、先頭の一列が射撃をしているあいだに、控えの一列が弾を込め直して準備を整え、すばやく前後を入れ替わって、敵に間断なく銃弾を浴びせ続ける。このとき使われたのは、後装式ライフル、マティーニ・ヘンリー銃だった。

ところが、ズールー戦争ではこの戦法は通用しなかった。計千三百名のヨーロッパ兵と、英国軍についたアフリカ兵が戦死した。

電話をかけてきたという南アフリカ生まれの白人《アフリカーナー》が言っている〝処理〟が意味するものは、一つしか考えられない。イサンドルワナの戦いが現在のクワズール・ナタールと呼ばれる地域で起きたのは一月、夏の暑い盛りだった。死体を即座に片づける必要があった……が、運搬の問題が壁となって立ちはだかった。

死体の処理は、ゲヘナ計画の今後のプロジェクトでも大きな問題になるだろう。ハイトとダンは、一月《ひとつき》以上も前から議論を重ねていた。

ダーバンの起業家とやらは、ハイトの協力が必要になるような、どんな問題を抱えているというのだ?

じりじりしながら待つこと十分、ハイトの秘書がようやく戸口に顔をのぞかせた。「ダーバンのミスター・セロンとおっしゃる方がいらしてます」

「待ってたよ。お通ししてくれ」

秘書はいったん消え、すぐに来客を案内してきた。たくましい体つきをした油断のなさそうな男が入ってきて、用心深く、だがどこか挑むような態度でハイトのオフィスを見回した。南アフリカのビジネスマンには一般的な服装をしている。スーツに、きちんとアイロンのかかったシャツ。ネクタイはしていない。どんな業界の人間であるにしろ、羽振りはよさそうだ。右の手首には太い金のブレスレット。腕時計は派手なブライトリングだった。イニシャルの入った金の指輪もしていた。そこまで金ぴかだと、さすがに品が悪くはないか――ハイトは心のなかでつぶやいた。

「おはようございます」男がハイトの手を握った。黄ばんだ長い爪に目を留めたものの――たまにあからさまにそうする相手もいるが――この男はあわてて手を引っこめたりはしなかった。「ジーン・セロンと言います」

「セヴェラン・ハイトです」

名刺を交換した。

EJTサービス有限会社
代表取締役　ユージーン・J・セロン
本社　ダーバン

支社　ケープタウン　キンシャサ

ハイトは考えた——コンゴの首都に支社を持っている。アフリカ大陸でもっとも危険な都市の一つだ。これは興味深い。

セロンが戸口を一瞥した。ドアは開いたままだった。ハイトは立ち上がってドアを閉め、またデスクに戻った。

「ダーバンからいらしたとうかがいましたが、ミスター・セロン」

「ええ、本社はダーバンにあります。出張ばかりで、本社にいることはあまりありませんが。あなたはいかがです?」かすかな訛が耳に優しく聞こえる。

「ロンドン、オランダ、それにここですね。東アジアやインドにも行きますよ。仕事とあらば、どこへでも行きます。ところで——〝セロン〟。フランス系の姓ですね」

「ええ」

「アフリカーナーの全員がオランダ系というわけではないのに、ついそのことを忘れてしまう」

セロンは片方の眉を吊り上げた。子供のころから似たようなことを言われ続けて、うんざりしているとでもいうように。

ハイトの電話が鳴った。ディスプレイを確かめる。ナイアル・ダンからだった。「ちょっと失礼」ハイトはセロンに断った。セロンがうなずく。「どうした?」ハイトは電話を耳にぴたりと押しつけて訊いた。

「セロンという男はちゃんと実在してる。南アフリカのパスポートを見つけた。現住所はダーバン。軍事会社を経営してる。本社はダーバン、ケープタウンとキンシャサに支社があるようだな。父親がアフリカーナー、母親はイギリス人。成人するまで、ほとんどずっとケニアで暮らしてる」

ダンがさらに続けた。「アフリカや東南アジア、それにパキスタンの紛争地域に戦闘要員や武器を供給しているという噂があるが、具体的な捜査は一度も行なわれていない。シャンやミャンマーでの人身売買と非合法戦闘員雇用の容疑で、カンボジア警察に一時拘束されたが、起訴されないまま釈放されている。インターポールには記録はない。調べたかぎりでは、会社はかなり成功してるようだな」

そのことは、見ればわかる。あのブライトリングの腕時計の価格はざっと五千ポンドだ。

「たったいまメールで写真を送った」ダンが付け加えた。携帯電話のディスプレイに表示された写真は、いま目の前にいる男のものだった。ダンが続ける。「しかし……そいつがどんな話を持ってきたのか知らないが、いまここで考えるべきことか？」

ハイトはダンの声に嫉妬を聞き取ったような気がした――もしかしたらダンは、自分が立案したゲヘナ計画からハイトの注意を引きはがすようなプロジェクトをセロンが提案しようとしているのではと恐れているのかもしれない。「思ったより売り上げが伸びているようだな。がんばりに感謝するよ」ハイトはそう言って電話を一方的に切った。それからセロンに言った。「私のことはどこで？」

オフィスには二人きりだというのに、セロンは声をひそめ、意味ありげな目でハイトをじっと見つめた。「カンボジアで。向こうで仕事をしたときに。数人の知り合いからあなたのことを聞きました」

そういうことか。事情が呑みこめたとたん、背筋がぞくりとするような興奮を覚えた。去年、仕事で東アジアに出かけたとき、一九七〇年代にポルポト率いる共産主義勢力クメールルージュが何百万人ものカンボジア人を虐殺したキリング・フィールドの埋葬地を訪れた。九千近くの遺体が集団埋葬されたチュンエクの慰霊塔で、ハイトは数人の元軍人から虐殺の話を聞き、コレクションに加える写真を数百枚から撮った。あのときの誰かがセロンに彼の名前を教えたのだろう。

「向こうで事業を？」ハイトはついさっきダンから聞いたことを思い出しながら訊いた。

「ええ、まあ、あの一帯で」セロンは逃げ道を残すようにそう言った。

猛烈に興味をそそられていた。しかし、何よりもまずビジネスマンであるハイトは、熱意をあまりむき出しにしないように用心した。「で、イサンドルワナとカンボジアが私とどう関係があるとおっしゃるんでしょう」

「どちらも大勢が死んだ場所です。戦場跡にたくさんの遺体が埋葬された」

チュンエクは大量殺戮が行なわれた場所で、戦場跡ではない。しかしその誤りは指摘せずにおいた。

「どちらも聖地になっている。それはそれでいいと思いますよ、個人的には。ただ……」アフリカーナーは気を持たせるように間を置いてから、続けた。「私が気づいた問題点と、私なりに考えた解決法をまずお話ししましょう。そのあと、私の解決法が実現可能かどうか、そうであれば協力するだけの関心がおありかどうか、聞かせていただきたい」

「いいでしょう」

セロンが続けた。「私はアフリカ各国の政府や企業に多くのコネを持っています」そこでまた一呼吸置く。「たとえばダルフール、コンゴ、中央アフリカ共和国、モザンビーク、ジンバブエ」

いずれも紛争地域だ。

「みな頭を抱えています。大規模な自然災害、たとえば干魃《かんばつ》や飢饉や嵐のあとに残された問題――いや、もっとはっきり言いましょう。大勢の死者が出て、その遺体が埋葬された土地をどうすべきか。カンボジアやイサンドルワナと同じです」

ハイトは素知らぬ顔で言った。「そういったケースでは、健康への影響が心配ですね。飲料水の汚染、伝染病」

「そうではない」セロンがぞんざいに言った。「私が指摘しているのは別の問題です。迷信ですよ」

「迷信？」

「例を挙げれば、資金や人手の不足もあって、遺体は集団埋葬されている。悲しいことですが、それが現実です」

「たしかに」

「そこに自治体や慈善団体が市民のためになる何かを建設しようと考えたとしましょう。病院、公営住宅、その地域の幹線道路。しかし、なかなか思いきることができない。立地は申し分ないし、資金も作業員も確保できている。しかし、幽霊やたたりを信じている住民は少なくありません。その人々は、新しい病院に行ったり、せっかくの住宅に引っ越したりするのを怖がるでしょう。滑稽なことだと私は思いますよ。あなたもそうでしょう？　しかし、現にそういう人々は多い」セロンは肩をすくめた。「そんな馬鹿げた思いこみのために、健康や安全が脅かされる。その人たちにとっては悲劇です」

ハイトは話に引きこまれていた。気がつくと、爪の先でリズミカルにデスクを叩いていた。やめろと自分に言い聞かせる。

「それで、考えたわけです。そういった問題を解決するサービスを提供してはどうかとね。つまり、そういった地域の自治体に、人間の死体を引き取るサービスを提供するわけです」セロンは目を輝かせた。「そうすれば、工場や病院、道路、農場、学校などをもっと建設することができる。貧しい人々、恵まれない人々に手を差し伸べられる」

「なるほど」ハイトは言った。「遺体をどこか別の場所に埋葬し直すわけけか」

セロンが両手をデスクに置いた。イニシャル入りの金の指輪が陽射しを受けてきらめいた。「それも一つの可能性ですね。しかし、多額の費用がかかる。それに、次の埋葬地でまた同じ問題が持ち上がるでしょう」

「それもそうだ。しかし、ほかに方法があるのかな」

「あなたの会社がお持ちです」

「具体的には？」

ささやくような声で、セロンが言った。「たとえば……リサイクル」

その瞬間、全体像が頭のなかに描かれた。ジーン・セロンはこれまで、民間軍事会社の経営者として、アフリカ各地の軍事政権や戦争商人に戦闘要員や武器を提供してきた——数百の、あるいは数千の市民をひそかに殺害し、集団墓地に埋めてきた連中に。ところがいま、彼の顧客は、民主的に成立した新しい政権や平和維持軍、マスコミ、人権団体などに死体を発見されることを恐れ始めている。

セロンは、破壊の手段を提供することによって財産を築いた。今度は、それらが使用された証拠を取り除くことによって、また一財産築こうというわけだ。

「革新的な解決法だと私には思えるんですがね」セロンが続けた。「ただ、ノウハウがない。あなたはカンボジアに……興味を示された。しかも、ここでリサイクル事業を展開している。それでふと思いついたわけです。あなたも同じことを考えたことがあるのではないかと。あるいは今後、検討してもいいとお考えではないかと」冷たい瞳がハイトを見つめている。「コンクリートか漆喰はどうでしょうね。それとも、肥料のほうがいいかな」

死体を原料にして、まさか人間の死体が原料だとは誰も思わないような製品を作る！　もう自分を抑えきれなかった。ああ、なんとすばらしい。世界中を探せば、金脈はそれこそ百単位で見つかるだろう。ソマリア、旧ユーゴスラビア、南米……それに、アフリカにもキリング・フィールドはたっぷりある——千単位で。胸が高鳴った。

「以上が私の提案です。私は廃棄物を用意し、あなたはそれをリサイクルする事業。フィフティ・フィフティの共同事業」セロンはおもしろがっているような口調で言った。

「どうやらあなたとはいい仕事ができそうだ」ハイトはアフリカーナーに手を差し出した。

35

ジーン・セロンというNOC——政府組織とは無関係の身分——を装うジェームズ・ボンドにとって、考えうる最大のリスクは、ナイアル・ダンがセルビアかマーチで彼の顔を見て記憶している可能性だった。あるいは、ドバイでボンドを尾行していた青いジャケットの男がハイトに雇われているのだとしたら、あの男から人相特徴を聞いているおそれも否定できない。

その場合、ケープタウンのグリーンウェイのオフィスにボンドが真正面から乗りこんでいき、アフリカ各地の秘密の埋葬地に隠された死体のリサイクルをハイトに依頼すれば、ダンはその場でボンドを殺すか、彼らのキリング・フィールドにさらっていって、そこで非情に、かつ手際よく仕事を片づけるかするだろう。

しかし、すっかり魅入られた様子のセヴェラン・ハイトと握手を交わした時点で、ボンドは、自分の素性は彼らに知られていないと確信した。とりあえずいまはまだ大丈夫だ。ハイトは、当然のことだろうが、最初は疑っていた。しかしどうやら、セロンには〝疑わしきは罰せず〟の原則を適用することにしたらしい。なぜか。ボンドが餌を目の前にぶら下げて誘惑したからだ。ハイトが食らいつかずにはいられない餌——死と衰亡という餌をゆらゆらぶら下げて。

その朝、ＳＡＰＳの本部から、ボンドはフィリー・メイデンストーンと新しい味方のオズボーン＝スミスに連絡し、ハイトとグリーンウェイのクレジットカードの利用履歴のデータマイニングを依頼した。その結果、ハイトがカンボジアのキリング・フィールドに加え、ポーランドのクラクフにも旅行していることがわかった。クラクフでは数度にわたってアウシュヴィッツを見学している。また、現地で購入したもののなかに、単三電池やデジタルカメラ用のフラッシュドライブが含まれていた。

なかなか斬新なポルノじゃないか……

ハイトの懐にもぐりこむには、その抑えがたい欲求を満たすチャンス――アフリカ各地に点在する未公表のキリング・フィールドを訪問する機会と、人間の死体のリサイクル事業の提案――をちらつかせるのが手っ取り早いに違いない。ボンドはそう考えた。

ボンドはベッカ・ジョルダーンの三時間にわたる猛特訓を経て、ダーバン在住のアフリカーナーの民間軍事会社社長に化けた。ジーン・セロンは、いくぶん変わった経歴を与えられた。祖先はオランダ系ではなくフランス系で、家庭では英語とフランス語で会話するのを好む両親のもとで育った。アフリカーンス語をほとんど知らない理由は、それで説明できる。また、イギリス風の英語を話すのは、ケニアで英国式の教育を受けたからだ。それでもジョルダーンは、ボンドにアフリカーンスのアクセントだけは叩きこんだ。レオナルド・ディカプリオやマット・デイモンがアフリカを舞台にした映画に主演したとき、あの独特のイントネーションをみごとに習得したことを考えたら――しかもあの二人はもともとはアメリカ英語を話すのだ――ボンドにできない理由がない。

南アフリカ人の民間軍事会社経営者なら当然知っているであろう事実に関するジョルダーンの講義が続いているあいだに、ムバルラ巡査は証拠物件保管室を略奪し、服役中の麻薬密売人の派手なブライトリングの腕時計を掘り出してきて、ボンドの上品なロレックスと取り替えた。やはり保管室から発掘された金のブレスレットも、ボンド＝セロンの右手首に巻きつけられた。巡査は次に、ミル・ストリートのガーデンズ・ショッピングセンターの宝石店へ一走り出かけ、金のシグネットリングを購入して、《ＥＪＴ》というイニシャルを大急ぎで彫らせた。

一方で、巡査長クワレニ・ンコシは、ロンドンのＯＤＧのＩ課とさかんに連絡を取り合いながら、タフな軍事会社社長の経歴や、フォトショップを使って加工した写真、架空の会社の詳細などをインターネットにアップロードして、架空の人物ジーン・セロンを作り上げた。

　フォートモンクトンでの研修で、偽の身分に関する講義は何度も行なわれたが、そこで学んだことは、第一回の講義のしょっぱなに教官が発した一言に集約されている――〝インターネット上に存在していなければ、その人物は実在しない〟。

　ンコシは《EJTサービス有限会社》の名刺も印刷した。同時に、MI6のプレトリア支局がコネを活かして、記録的短時間でセロンの会社を登記した。もちろん、日付はすべて実際より前の日付を使った。ジョルダーンは渋い顔をした。彼女にしてみれば、それは神聖な法に対する裏切りだ。しかし、SAPSが直接には関与していないからだろう、目をつぶることにしたらしい。I課はこれらに加え、セロンのミャンマーでのいかがわしい取引に関してカンボジアで捜査が行なわれたという記録をでっち上げた。その記録は、ミャンマー以外の国々での不審な取引にもさりげなく言及していた。

　偽のアフリカーナーを作り上げることは、第一のハードルだった。その次のハードル――それにつまずけば命取りになりかねないハードルは、いま、ボンドの目の前に近づいていた。ハイトはナイアル・ダンに電話をかけ、〝ダーバンのビジネスマン〟を紹介したいから、すぐに来てくれないかと言っていた。

　電話を切ると、ハイトは軽い口調で尋ねた。「一つ訊いていいかな。現場の写真はお持ちですか。集団埋葬地の」

「手配してお見せしましょう」ボンドは答えた。

「ありがたい」ハイトは少年のように微笑み、手の甲で顎髭をこすった。

　背後でドアが開く音がした。「ああ、来たね。ミスター・セロン、私の同僚のナイアル・ダンです……ナイアル、こちらはミスター・ジーン・セロン。ダーバンからいらした」

　さあ、運命の瞬間だ。ここで射殺されるのだろうか。

ボンドは立ち上がり、向きを変え、アイリッシュマンに歩み寄り、目をまっすぐに見据えて、初めての相手を紹介されたビジネスマンらしい、いくらかこわばった笑みを浮かべた。握手を交わしているあいだ、ダンもこちらをじっと見つめた。冷たい青い瞳から照射される視線は、ナイフの刃のように鋭かった。

しかし、その目に疑惑の色はなかった。ボンドはふたたび確信した。正体はばれていない。

アイリッシュマンはオフィスのドアを閉めたあと、問いかけるようにハイトを見た。ハイトがボンドから渡されたEJTサービスの名刺を差し出す。三人はそれぞれ椅子に座った。「ミスター・セロンから共同事業の提案があった」ハイトが熱を帯びた口調で言った。専門用語を使わずに計画を説明する。

ダンも興味をそそられているのがわかった。「なるほど。それはものになるかもしれない。もちろん、ロジスティクスの問題はあるだろうが」

ハイトが言う。「ミスター・セロンが写真を手配してくれるそうだ。それでだいたいの感触をつかめるだろう」

ダンが不安げにハイトを見やった。疑っているわけではなく、困惑しているらしい。ハイトにこう指摘した。「十五時半までにプラントに行く予定だぞ。例の会議がある」ふたたびボンドに視線を戻す。「オフィスはすぐそこでしたね」名刺を一目見ただけで、番地まで記憶したらしい。「いま取ってきてもらえませんか。その写真とやらを」

「そうですね……ええ、かまいませんが」ボンドは言葉尻を濁した。

ダンはまっすぐにボンドを見つめた。「善は急げだ」ボンドを送り出そうとドアを開けたとき、ダンのジャケットの前が開いて、ベルトに下がったベレッタの拳銃が見えた。セルビアで何人もを殺した銃だろう。

何らかのメッセージだろうか。警告なのだろうか。

ボンドは銃が見えなかったふりをして、二人にうなずいた。「三十分ほどで戻りますよ」


しかし、ジーン・セロンが出て行って五分もすると、ダンが言った。「行くぞ」

「どこへ？」ハイトは眉をひそめた。

「セロンのオフィスだ。いますぐ行こう」

ハイトはダンが*あの*表情を浮かべていることに気づいた。挑むような、だだっ子のような表情。

さっきと同じ奇妙な嫉妬か。いったい何が気に入らないのだろう。

「どうして？　セロンを信用してないということか？」

「いや、提案自体は悪くない話だと思う」ダンは即座に言った。「こっちも死体処理の方法を模索してたところでもあるしな。しかし、どのみち金曜には間に合わない。ただ、あまりにも唐突だから、気になるだけだ。なんとなく不安じゃないか」

この氷みたいな元工兵にも、不安を感じることがあるらしい。

ハイトの胸に寛大な気持ちが芽生えた。ハイトの足をしっかり地につけておいてくれる人物は必要だ。それに、セロンの提案にすっかり舞い上がっていたことも確かだった。「それもそうだな」

それぞれジャケットを取ってオフィスを出た。

ダンが先に立ち、セロンの名刺にあった番地へと歩いていく。

ナイアル・ダンの主張には納得できる。それでも、セヴェラン・ハイトはセロンが本人の申告どおりの人物であってほしいと願った。多数の死体、何エーカーもの土地を埋め尽くす骨。是が非でも見てみたい。そこに漂う空気をこの胸に吸いこんでみたい。写真も撮りたい。

セロンの支社が入っているオフィスビルに着いた。ケープタウンのオフィス街にはよくあるビルの一つだった。鋼鉄と石でできた機能本位の建物。ただ、このビルは閑散としていた。ロビーに警備員がいない。珍しいことだった。二人はエレベーターで四階に上り、四〇三号室を探した。

「会社名が出てない」ハイトは言った。「部屋番号だけとは、ちょっと奇妙だ」

「怪しいな」ダンは耳を澄ました。「人がいる気配もない」

「ドアは開くか？」

ダンがノブを回してみた。「鍵がかかってる」

ハイトは失意のどん底に突き落とされた。セロンにうっかり何か話してしまっただろうか。犯罪の証拠になるようなことを言ってしまっていないだろうか。いや、大丈夫だろう。

ダンが言った。「うちの警備の人間を何人か張りつけておいたほうがよさそうだ。セロンが戻ってきたら――戻ってくることがあったら、地下室に連れてこさせる。かならず口を割らせるよ」

いったんは立ち去ろうとしたものの、セロンが本物だとどうしても信じたくてたまらないハイトは、こう言った。「ノックしてみよう――誰かいるかもしれない」

ダンは少しためらったあと、ジャケットの前を開け、ベレッタの握りが見えるようにした。それから大きな拳で木のドアをこつこつと叩いた。

応答なし。

二人はエレベーターホールに戻りかけた。

そのとき、ドアが勢いよく開いた。

ジーン・セロンが驚いたように目をしばたたかせた。

「ハイト……ダン。どうしてここへ？」

36

セロンは一瞬ためらったあと、ぞんざいな仕草で二人を招き入れた。表には表札一つなかったが、入ってすぐの壁に、控えめな飾り板があった――《ＥＪＴサービス有限会社　ダーバン　ケープタウン　キンシャサ》。

オフィスはせまく、従業員は三人しかいなかった。デスクにはファイルや書類が山積みにされている。主力のサービスや製品が高潔なものであれ、邪悪なものであれ、また世界中どこでも、こういった小さな会社の支柱となっているのは、積み上がったファイルや書類の山だ。

ダンが言った。「また来てもらうのは申し訳ないと思ったものだから」

「ああ、なるほど」セロンが応じる。

ハイトは、セロンは察しているのだと思った――二人がこうして突然やってきたのは、自分を完全には信用していないからだということを。とはいえ、セロンのいる業界は、そもそもが不安定な爆薬のように物騒だ。だから、多少は不愉快に思っているとしても、それだけのことだろう。第一、セロンも似たようなことをしているはずだ。ハイトに取引を持ちかける前に、信頼できる人物かどうか、カンボジアだけでなく、あちこちに問い合わせたに違いない。ビジネスというのはそういうものだ。

オフィスの壁には傷が目立ち、窓からは殺風景な中庭しか見えなかった。映画やニュース番組では、裏の世界では簡単に莫大な金を稼げるかのように演出されているとはいえ、現実には、かならずしも実入りのいい仕事ばかりではない。セロンのオフィスは奥の一番広い部屋だったが、そこでさえ質素なものだった。

社員の一人、背の高い若いアフリカ人は、マシンガンのオンラインカタログをスクロールしていた。いくつかのモデルには、十パーセントの割引対象製品であることを示す大きな星印がついている。別の一人は両手の人差し指だけを使ってキーボードを忙しく叩いていた。二人ともジャケットは着ておらず、白いシャツにネクタイという服装だ。

セロンのオフィスの前には秘書のデスクがあった。秘書は美人だが、若い。ハイトの守備範囲外だ。

セロンが秘書にちらりと目をやって言った。「例の写真の一部をいまプリントアウトしてます」まもなく、カラープリンターが集団埋葬地の写真をそろそろと吐き出し始めた。

ああ、これはいい――ハイトは写真を見つめた。とてもいい。最初の何枚かは殺戮直後に撮影されたもののようだ。銃殺された、あるいはめった斬りにされた、男、女、子供。虐殺の前に体の一部を切断されている死体も見えた。手のない死体、肘のすぐ上から先が失われた死体。アフリカの軍事政権や独裁者が見せしめと支配のためによく使う手段だ。溝に四十人ほどの死体が転がっている。サハラ砂漠以南のどこからしいが、場所を特定するのは不可能だった。シエラレオネ、リベリア、コートジボワール、中央アフリカ共和国。この暴れる大陸には、候補地が多すぎる。

死後の変化のさまざまな段階を写した写真が次々と印刷されていく。ハイトは食い入るようにしてそれらを見た。

「ＬＲＡかな」ダンが冷静な目で見て言った。

これに答えたのは、背の高い痩せた従業員だった。

「ミスター・セロンは神の抵抗軍とは取引していません」

ウガンダ、中央アフリカ共和国、それにコンゴやスーダンの一部で活動している反政府組織〝神の抵抗軍（ＬＲＡ）〟の哲学――と呼んでいいものかわからないが――は、宗教的過激主義に基づいている。言ってみれば、キリスト教原理主義を掲げた武装集団だ。これまでに数えきれないほどの残虐行為を繰り返しており、なかでも子供を拉致して戦闘員として使っていることは、世界的に知られている。

「取引先はほかにいくらでも選べますから」セロンが言う。

ふむ、独特の道徳観を持った男らしい——ハイトは思った。

さらに六枚ほどの写真がプリンターから吐き出された。最後の二、三枚は広い野原を写したもので、骨や、ひからびた皮膚がついたままの死体の一部が地表から突き出している。

ハイトはダンに写真を見せた。「どう思う?」それからセロンのほうに向き直った。「ナイアルはエンジニアでね」

ダンはしばらく写真に見入っていた。「墓は浅いようだ。死体を掘り出すのは簡単だろう。問題は、そもそも死体があったことをどうやって隠すかだな。どれくらいの期間、埋められていたかにもよるが、死体を取り除くと、ちゃんと計測されたら、地中温度が周囲と違うことがわかってしまう。その状態が何か月も続く。機器さえそろっていれば検知が可能だ」

「何か月も?」セロンは額に皺を寄せて訊き返した。

「それは知らなかったな」ダンのほうを一瞥したあと、ハイトに言う。「優秀な人ですね」

「私は〝あらゆる可能性を考慮できる男〟と呼んでるんだ」

ダンが考えこむようにしながら言った。「成長の早い作物を作ればごまかせるかもしれないな。DNAの痕跡を消すスプレーもある。考えに入れるべきことはたくさんあるが、解決不可能なものは、とりあえず思い当たらない」

技術的な議論はそれまでと見て、ハイトはふたたび写真に注意を戻した。「これはいただいても?」

「どうぞどうぞ。データをコピーしましょうか。そのほうが鮮明だから」

ハイトはセロンに微笑んだ。「ありがとう」

セロンはフラッシュドライブにデータをコピーして差し出した。ハイトは腕時計を確かめた。「この件はもう少し話を詰めたいな。今夜の予定は空いてますか」

「ええ」

しかし、ダンが額に皺を寄せた。「午後は会議だし、夜は資金調達のパーティだろう」

ハイトはしかめ面をした。「私が寄付をしている慈善団体の一つの催しがあって。欠席するわけにはいかない。だが……もし時間が空いてるようなら、どうです、あなたもいらっしゃいませんか」

「行ったら寄付しなくちゃなりませんかね」セロンが訊く。

冗談のつもりなのかどうか、セロンの表情からはわからなかった。「いやいや、強制ではありません。スピーチとワインからは逃げられませんが」

「それでしたら。会場は？」

ハイトはダンのほうに顔を向けた。ダンが代わりに答える。「ロッジ・クラブ。一九〇〇時から」

ハイトは付け加えた。「ジャケットは着てきてください。でも、ネクタイは必要ありませんよ」

「わかりました。では、また今夜」セロンは二人と握手を交わした。

ハイトとダンは辞去し、ビルの外に出た。

「やっぱりちゃんとした人物だった」ハイトはなかばひとりごとのように言った。


グリーンウェイのオフィスに戻る途中で、ダンに電話がかかってきた。まもなく通話を終えて、ダンが言った。

「ステファン・ドラミニの件だ」

「誰だって？」

「メンテナンス部の社員。消さなくちゃならない男だ。ほら、金曜の件が書かれたメールを見たかもしれない男だよ」

「ああ、その件か」

「住んでいるところがわかった。街の東側にあるプリムローズガーデンズというタウンシップだ」

「どうやって片づける？」

「十代の娘がいるんだが、そのあたりをシマにしてる麻薬の売人がいると警察に通報した記録がある。その男がドラミニを殺したように見せかけよう。以前にも火炎瓶で放火したことがあるようだから」

「ドラミニには家族がいるというわけだ」

「妻、それに子供が五人」ダンが説明する。「全員片づけたほうが無難だろう。妻にメールのことを話してるかもしれない。それにタウンシップにあるような家なら、部屋はせいぜい一つか二つだろう。ほかの家族の耳にも入ってるかもしれない。火炎瓶を投げこむまえに、手榴弾を使う。夕食時が狙いめだな。一つの部屋に全員そろってるだろう」ダンは横目でハイトをちらりと見た。「一瞬で終わるさ」

「苦しんで死んだら気の毒だと心配してるわけじゃない」ハイトは言った。

「俺もそういうつもりで言ったんじゃない。短時間で全員を片づけるには一番いい方法だと言いたかっただけだ。効率的に片づけるには、それが一番だ」


ハイトとダンが出ていくなり、クワレニ・ンコシ巡査長はマシンガンのプライスリストをスクロールするのをやめ、デスクから立ち上がった。「いいや、驚いたな。いまはネットで何だって買えるんですね、ボンド中佐」

「そのようだね」

「どうだ、マシンガンを九丁買うと、一丁ただでもらえるぞ」二本指打法でキーボードを叩いていたムバルラ巡査に冗談を言う。

「さっきは機転をきかせてくれて助かったよ。LRAの件」ボンドは言った。LRAが神の抵抗軍の略称だととっさにぴんとこなかったが、アフリカで民間軍事会社を経営していれば、かならず知っているはずのことだった。あのときうっかりしたことを口走っていたら、今回の作戦はそこで失敗に終わっていたかもしれない。

窓から外の様子をうかがっていたボンドの〝秘書〟、ベッカ・ジョルダーンが振り返っていった。「帰っていった。見張りは置いていかなかったみたい」

「しっかりだまされてくれたってわけですね」ムバルラ巡査が言った。

たしかに、どうやらうまくいったようだ。ボンドは、二人のうちいずれかが——十中八九、頭の切れるダンが、セロンのケープタウン支社を自分たちの目で確かめようと言いだすだろうと確信していた。セロンという男は、処理すべき大量の死体を抱えたアフリカーナーのトラブルシューターであるとハイトに信じこませるには、説得力のある舞台装置、偽の事務所が必要だった。

ボンドがハイトに電話をかけてグリーンウェイにもぐりこむ算段を整えているあいだに、文化省が賃貸しているものの、今日の時点では使っていない小さなオフィスをジョルダーンが見つけた。ンコシがその住所を書いた名刺を印刷した。ボンドがハイトとダンとの顔合わせに出かける前に、ＳＡＰＳの三人は〝引越〟を完了していた。

「きみを共同経営者にしよう」ボンドは笑みを浮かべてジョルダーンに言った。「有能で、しかも魅力的なパートナーがいれば、信憑性が高まるだろうから」

　するとジョルダーンは嚙みつくように言った。「信憑性を高めたいなら、こういう事務所には秘書が必要ね。しかも女の秘書」

「秘書役がお望みなら、どうぞ」

「念を押しておくけど、決して〝お望み〟なわけじゃないから」ジョルダーンは硬い声で言った。「そうするしかないというだけのこと」

　二人が来ることはわかりきっていたが、ハイトが集団埋葬地の写真を見たがったのは想定外だった。だが、いまになって思えば、当然のことだろう。ハイトの会社を出るなり、ボンドはジョルダーンに電話をかけ、軍や警察のアーカイブを検索して、アフリカの虐殺の現場の写真を手に入れておいてくれと頼んだ。悲しいことに、簡単すぎるほど簡単に見つかった。ボンドが偽のオフィスに戻ったときには、ジョルダーンは十枚以上をダウンロードして待っていた。

「明日いっぱいくらい、何人かここに待機させておけるかな」ボンドは尋ねた。「ダンがまた来ないともかぎらない」

「一人なら手配できる」ジョルダーンは答えた。「ムバルラ巡査、とりあえずここで留守番してて」

「わかりました、警部」

「警邏《けいら》課の一人に状況を説明して、あとで交替させるから」それからまたボンドに向き直った。「ダンはまた来ると思う？」

「いや。だが、絶対にないとは言いきれない。ボスはハイトだが、あの男は気が散りやすい。ダンは一つのことに集中するタイプで、しかも疑い深い。俺の考えでは、ダンのほうが危険だろうな」

「ボンド中佐」ンコシが傷だらけのブリーフケースを開けた。「これが本部から届きました」そう言って分厚く膨らんだ封筒を差し出す。ボンドは封を切った。一万ランド分の使用済み紙幣、南アフリカ共和国の偽造パスポート、クレジットカード数枚にデビットカード。すべてユージーン・J・セロン名義になっている。I課がまたしても記録的短時間で用意したものだ。

一緒にメモが入っている——《テーブルマウンテン・ホテルのオーシャンビューの部屋を予約済み。チェックアウト期日はオープン》。

ボンドはまとめてポケットにしまった。「さてと。今夜、ハイトと待ち合わせをしてるロッジ・クラブについて知りたい。どんなところかな」

「あんな高級なところ、私には無縁です」ンコシが言った。

「イベントも開けるレストランってところ」ジョルダーンが言った。「私も行ったことはないけど。昔は会員制の狩猟クラブだった。白人男性専用のね。一九九四年の選挙でアフリカ民族会議が政権を取ると、オーナーは入会基準をゆるめる代わり、クラブを解散して建物を売却するほうを選んだ。理事会は、黒人や有色人《カラード》種の男性ならともかく、女は会員にしたくなかったってこと。イギリスにはそんなクラブはないでしょうね、ジェームズ？」

実際には存在するが、ボンドは答えをはぐらかした。

「俺がロンドンでよく行くクラブは、社会的平等のお手本みたいな場所だよ。希望すれば、誰でも会員になれる……ついでに、ゲームテーブルでいくらすろうと個人の自由だ。俺もその自由を謳歌してるよ。それも悲しいくらい頻繁にね」

ンコシが笑った。

「いつかロンドンに来ることがあったら、喜んでそのクラブに案内するよ」ボンドはジョルダーンに言った。

ジョルダーンはまたしても下心から出たおふざけと受け取ったらしく、ボンドの言葉を冷ややかに無視した。

「ホテルまでお送りします」ンコシがまじめな表情を作って言った。「よし、決めたぞ、SAPSは辞めて、イギリスで働くことにしよう。そのときはぜひ仕事を紹介してください、ボンド中佐」

ODGやMI6で働くには、イギリスに居住しているか、少なくとも一人の居住者、またはイギリスと実質的なつながりのある人物の子でなくてはならない。さらに、本人が国内に居住していることという要件も付されている。

「今日のスパイ大作戦は成功だった」ンコシは腕を伸ばして偽のオフィスを示した。「おかげで、自分がとてもいい役者だってことがよくわかりました。ロンドンに行って、ウェストエンドに行こう。有名な劇場が並んでるのは、ウェストエンドでしたよね？」

「そうだ」とはいえ、ボンドは仕事以外ではもう何年も足を運んだことがない。

青年巡査長が続けた。「僕はきっと大スターになれる。シェイクスピアが大好きなんです。デヴィッド・マメットもいい。うん、間違いない」

ベッカ・ジョルダーンのような人物が上司であることを考えると、ンコシ巡査長は今日まで、持ち前のユーモアのセンスを発揮するチャンスにほとんど恵まれずにきたのだろう。ボンドはそう考えて納得することにした。

37

Ｉ課が予約を入れたホテルは、テーブル湾のそば、ケープタウンのなかでもファッショナブルな界隈として注目を集めるグリーンポイント地区にあった。六階建ての古びた建物は典型的なケープ・スタイルで、植民地時代の面影を隠しきれていなかった。といっても、とくに隠そうと努力しているようにも見えなかった。大勢の庭師がいままさに丹念に手入れをしている植栽。ダイニングルームのドレスコードを、控えめにではあるが、毅然と宣言している張り紙。視界に一人もいなくなるという瞬間が決してない、慎み深くて有能な従業員。湾に向けて大きく弧を描いたベランダに並んだ籐のテーブルや椅子。そういったものに、植民地時代の雰囲気が色濃く残されていた。

もう一つの名残は、ミスター・セロンはお部屋専属の執事をご希望でしょうかというフロント係の問いだった。ボンドは丁重に辞退した。

テーブルマウンテン・ホテル——大理石の床からエンボス加工が施された紙ナプキンに至るまで、あらゆるものに《ＴＭ》の二文字が優美な髭つきの字体で並んでいる——は、コンピューターのセールスマンであれ、一万の人間の死体を隠す必要に迫られた軍事会社の経営者であれ、ダーバン在住の裕福なアフリカーナーが滞在先に選ぶのにいかにもふさわしい宿だった。

チェックインをすませてエレベーターのほうに歩きだしたとき、エントランスの外で何かがさっと動いたような気がした。ボンドはとっさに売店に立ち寄り、必要もないのにシェービングフォームを買った。それからいったんフロントの近くに戻って、紫色のジャカランダや紅白のバラを使ったアレンジメントの陰に置かれた大きなガラスタンクから無料のフルーツジュースをグラスに注いだ。

はっきりとは言えないが、何者かが彼を監視しているのかもしれない。いま、ジュースサーバーのほうに急に向きを変えたとき、それまで視界の隅に映っていた人影が一つ、それに負けないくらい唐突に消えた。

チャンスの多いところ、スパイも多い……

ボンドはしばらく様子をうかがったが、人影はそれきり現われなかった。

もちろん、スパイという職業はパラノイアの種を蒔《ま》きがちなものだ。通行人はただの通行人にすぎないこともある。詮索するような視線は、好奇心の表れでしかないこともある。そのうえ、この世界では、すべてのリスクから身を守るのは不可能だ。本気で殺したいと思っている相手に狙われれば、命を落とすことだってある。ボンドは尾行のことは頭から追い払い、エレベーターで二階に上がった。吹き抜けになったロビーを見下ろす内廊下を歩き、自分の部屋を探し当てると、なかに入ってドアにチェーンをかけた。

スーツケースをベッドの一方の上に置き、窓に近づいてカーテンを閉めた。ジェームズ・ボンドという人間であることを示す持ち物のいっさいをカーボンファイバーの大型封筒に入れ、蓋の電子ロックをセットして封をした。チェストを肩で押して傾け、床とのあいだにできた隙間に封筒を隠す。見つかって盗まれるおそれがないとは言いきれない。しかし、電子ロックを解錠するにはボンドの親指の指紋を小さなスキャナーに読みこませる必要がある。無理に開けようとすれば、暗号化されたメッセージが自動的にODGのC課に送られ、ビル・タナーから《急速潜航》という件名のメールがボンドに届いて、正体が暴かれたことを警告する。

ルームサービスに電話をかけ、クラブサンドイッチとギルロイのダークエールを注文した。それからシャワーを浴びた。バトルシップグレーのパンツと黒いポロシャツで身支度を済ませたとき、ちょうどルームサービスが届いた。湿った髪を櫛で梳き、ドアののぞき穴で外を確認してから、ウェイターをなかに入れた。

食事のトレーを小さなテーブルに置いてもらい、伝票にE・J・セロンとサインをした——ふだんどおりの筆跡で。筆跡は、どんなに危険な潜入捜査をしているときであろうと、ごまかそうとするだけ無駄だからだ。ウェイターは大げさな感謝の言葉とともにチップをポケットに滑りこませた。ウェイターを送り出してドアにチェーンをかける前に、ボンドは無意識のうちに内廊下やその向こうのロビーを観察していた。

目を細め、ロビーを見下ろして、素早くドアを閉める。くそ。

恨めしげな目をサンドイッチに——そしてそれ以上に恨めしげな視線をビールに向けたあと、靴を履き、スーツケースを開けた。ジェムテックのサイレンサーをワルサーの銃口にねじこみ、ついさっきSAPSの本部でも確認したばかりだが、念のためスライドを数ミリだけ引いて、弾がチェンバーに入っていることを確かめた。今日の『ケープ・タイムズ』を何折りかして隙間に銃を忍びこませ、新聞をトレーのサンドイッチとビールの間に置いた。それからトレーごと肩にかつぎ、顔を隠しながら部屋を出た。ウェイターの制服を着ているわけではないが、顔をうつむけて早足で歩いていれば、ぱっと見には急いで食事を客室に届けようとしている従業員と映るだろう。

廊下の突き当たりの防火扉を抜けて階段室に出ると、トレーを床に置き、銃を隠した新聞を拾い上げた。階段を静かに下りてロビー階に向かう。

スウィングドアに設けられたのぞき窓からロビーの様子に目を凝らす。ターゲットがいた。ロビーの向こう側の隅、目立たない位置に置かれた肘掛け椅子に座っている。こちらに背を向けて、新聞を読むふりしながらさりげなく二階の廊下をうかがっていた。ボンドがそこを通ったことには気づかなかったらしい。

距離と角度を計り、大勢の客や従業員や警備員の位置を確かめる。スーツケースを積んだカートを押したポーターや、銀のコーヒーポットを載せたトレーを手にロビーの向こう端の別の客のほうへ向かっているウェイター、ぞろぞろとエントランスから表へ出て行こうとしている日本人観光客の一団。ターゲットの注意がそちらにそれた。

ボンドは客観的に判断を下した。いまだ。

ドアを押し開けてロビーに出ると、背もたれからのぞいているターゲットの頭頂部を見ながら、早足で肘掛け椅子の背後に回った。それからふいにターゲットの前に出て、まるで思いがけず旧友と再会したかのような笑みを浮かべ、向かいの椅子に腰を下ろした。人差し指はワルサーの引き金から外してある。引き金は、ODGのメンジーズ伍長の手で、ほんのわずかに力をかけただけで発砲できるよう調整されていた。

そばかすの散った赤ら顔がはっとこちらを見上げた。まんまと欺かれたことに気づいて、目を見開く。その反応は、ボンドを知っていることも示していた。やはり偶然ではない。この男はボンドを監視していたのだ。

その朝、空港で見かけた男、ボンドがジョルダーン警部かと勘違いした男だった。

「驚いたな、こんなところで会うなんて！」ボンドは、二人をたまたま見ている傍観者がいても不審に思われないよう、朗らかな声で言った。折り畳んだ新聞紙を軽く持ち上げ、サイレンサーの銃口を男の分厚い胸にまっすぐに向けた。

しかし、奇妙なことに、驚愕に見開かれていた臆病そうな緑色の瞳は、恐怖ではなく、愉快そうな表情を浮かべた。「あー、ミスター……セロンだったか？　いまはたしかミスター・セロンって呼ぶことになってるんだったな？」マンチェスターの訛のある英語だった。男は掌をこちらに向けて、肉づきのよい両手を持ち上げた。

ボンドは首を傾げた。「これに入ってるのは亜音速弾だ。サイレンサーを併用すれば、本当に何の音もしない。俺がとっくに姿を消したころになって、ようやく誰かがあんたが死んでることに気づくかどうかだろう」

「しかし、私を殺せば、きみのためにならない。どちらかと言えば、まずい立場に追いこまれる」

銃口を向けられて絶体絶命となったとたん、ぺらぺらしゃべりだす敵は珍しくない。たいがいは最後の抵抗の機会をうかがう時間稼ぎが目当てだ。こういったときはおしゃべりの内容は聞き流し、両手の動きやボディランゲージに注意を集中することが肝心だった。

とはいえ、男の締まりのない口から次に出てきた言葉をあっさり聞き流すことはできなかった。「だってそうだろう。きみが女王陛下のエーススパイを射殺したと知ったら、Mは何と言うだろうな。それもこれほど美しい舞台で」

38

男の名前はグレゴリー・ラム。ビル・タナーからできれば関わるなと忠告された、ケープタウンに常駐するMI6のエージェントだ。虹彩と指紋をスキャンして照会するアプリが身元を保証した。

二人はいまボンドの部屋にいる。ただし、ビールとサンドイッチはない。驚いたことに、ボンドとラムが階段で二階に上がったときには、放置したトレーはホテルの有能な従業員の手で早くも片づけられていた。

「あやうく死んでたかもしれないんだぞ」ボンドは低い声で言った。

「いや、そんなことにはなってなかったと思うね。おたくの組織は、銃を持たせたとたんに引き金を引きまくるような愚か者に〝00〟のコードネームを与えたりはしない……ところで、そうかっかしないでもらえないか、友よ。海外開発グループとやらが実際には何をする組織か、誰も知らないわけじゃないんだから」

「俺がケープタウンに来たことはどこから知った？」

「一と一を足しただけさ。どこかの組織が動きだしてるって噂を聞いた。それで本部の知り合いに問い合わせた」

情報収集のためにMI6や国防省の力を利用するデメリットの一つは、こちらの事情を意図した以上に大勢に知られてしまうということだ。「安全なルートから接触しようと思えばできただろうに」

「そのつもりだったよ。しかし、ケープタウンに来るなり、あんたに尾行がついてることに気がついたものでね」

ボンドは身を乗り出した。「青いジャケットを着た痩せ形の男か？　金のイヤリングをしてる？」

「悪いが、イヤリングまでは見えなかったな。この歳になると、目が悪くなっていけない。しかし、あんたの言ってるほかの特徴は当たってる。しばらくうろうろしてたが、太陽が顔を出した瞬間のテーブルクロスみたいに消えちまった。知ってるだろう？　テーブルマウンテンにかかる霧。ここじゃ〝テーブルクロス〟って呼んでる」

そんな旅の土産話を仕入れている気分ではなかった。ユーサフ・ナサドを殺し、フェリックス・ライターにも同じ運命をたどらせようとした男に、ボンドがこの街に来ていることをやはり知られているとわかったのだから。ジョルダーンが話していた、その朝、アブダビから到着し、イギリスの偽造パスポートを使って入国したという不審な人物は、やはりあの男なのだろう。

いったい何者なのか。

「写真はあるか」ボンドは訊いた。

「まさか。ゴキブリみたいにすばしっこい野郎だったよ」

「ほかに気づいたことは？　携帯電話や銃や車のメーカーとか」

「ないな。あっという間に消えた。それこそゴキブリみたいに」ラムはそう言って広い肩をすくめた。きっとその両肩も、顔と同じように肌が赤らんでいてそばかすが浮いているのだろう。

「俺が到着したとき、空港にいたろう。どうして目をそらした？」

「ジョルダーン警部がいたからさ。昔から嫌われててね。どうしてだかは知らないよ。強欲な白人の狩り好きな植民地開拓者だとでも思われてるのかな。自分の国をまた盗られるんじゃないかって警戒してるのかもしれない。二、三か月前にも、ものすごい勢いで突っかかってきたよ」

「うちの幕僚主任は、あんたはいまエリトリアにいると言ってた」ボンドは言った。

「ああ、いたよ。この一週間ずっと、エリトリアやスーダンにいた。どっちも戦争をおっ始める気満々のようだな。いざ戦争になっても私の素性がばれたりしないよう、あれこれ準備してたんだ。それがちょうど片づいたところで、おたくの作戦の噂を小耳にはさんだってわけさ」ラムの瞳が曇った。「誰も私に電話一つよこさないなんて、驚きだね」

「もっと重大な作戦で忙しいと思ったんだろう。もっと手のかかる作戦で」ボンドは如才なく言った。

「そうかな」ラムは真に受けたらしい。「ともかく、急いで戻って協力しようと考えた。ほら、ケープタウンはむずかしい土地だろう。表面上は、こぎれいで清潔で観光向きに見える。だが、それはあくまでも表面だけのことだ。思い上がったことを言うようだが、裏でこそこそ動き回るには、私のような人間が必要だよ。実情をよくわかっている人間がね。私にはコネがある。現地の自治体開発基金から金をちょろまかしたうえに、それを表向きの身分を維持するのに充ててるようなＭＩ６のエージェントがほかにいるか？　去年だけでも経費をずいぶん浮かせた」

「その浮いた分は、ちゃんと全部国庫に入ったんだろうな」

ラムは肩をすくめた。「与えられた役柄はきちんと演じないと。そうだろう？　私は成功を収めた経営者ということになっている。とことん役になりきらないと、そう、砂粒が少しずつ入りこんでくる。気がついたときにはそれがどでかい真珠に育って、こう叫んでいたりしかねない――〝私はスパイだ！〟……ところで、そこのミニバーから何かもらってもいいかな」

ボンドはどうぞと手を振った。「ご自由に」ラムはボンベイサファイアのミニチュアボトルを一つ取り、ついでにもう一つ取って、グラスに注いだ。「氷はないのか？　ふむ、そいつは残念だな。まあ、しかたない」そう言ってジンにトニックを加える。

「表向きの仕事は何だ？」

「貨物船のチャーターを仲介してる。天才的な思いつきだったよ。手前味噌だがね。ほら、波止場のワルとも親しく話せるから。たまに金とアルミニウムの探査や、道路やインフラ整備なんかもやってる」

「それでもまだ、諜報活動を維持する時間があるのか」

「これはこれは、痛いところを突かれたな！」ラムは何を思ったか、ボンド相手に身の上話を語り始めた。本人は英国籍だ。母親もしかり。だが、父親は南アフリカ共和国籍だという。両親がここへ移住したとき、ラムも一緒に来た。マンチェスターでの暮らしより、こちらのほうが性に合っている。フォートモンクトンでの訓練後も、ケープタウン駐在を自ら希望した。ステーションＺ以外で勤務した経験はなく、ほかの支局には興味もない。ほとんどずっと西ケープ州にいるが、任務の上で必要があれば、アフリカ各地に出かけていく。

ボンドがまともに聞いていないことに気づき、ラムはジンをあおって言った。「で、今回のミッションはいったい何なんだ？　セヴェラン・ハイトというのはいったい何者だ？　一度聞いたら忘れられない珍しい名前だな。そのうえ《インシデント20》ときた。しびれるね。《DI55》みたいじゃないか——ほら、ミッドランズでUFOを調べてる連中だよ」

いらだちを抑え、ボンドは言った。「俺は国防省情報本部にいたことがある。第五十五課は、領空に侵入したミサイルや航空機を調べる部署だ。UFOじゃない」

「そうだろう、そうだろう。誰もUFOなんか調べてない……国防省は国民に向けてはそう言い張るに決まってる」

ボンドはこの男を部屋から放り出したい衝動に駆られた。しかし、どうせ放り出すなら、知っていることをもう少し聞き出してからのほうがいいだろう。「インシデント20のあらましは知ってるわけだ。南アフリカとどうつながるのか、何か思い当たることは？」

「シグナルには目を通した」ラムはしぶしぶといったふうに認めた。「ただ、真剣に読んだわけじゃない。傍受されたメールは、攻撃は英国本土で行なわれるって内容だったろう」

ボンドはそうは書いていなかったことを指摘した。傍受されたメールは、場所については触れていない。イギリスの国益に〝打撃が予想される〟と書いているだけだ。

「どこが狙われてもおかしくないってことか。知らなかったな」

より正確には〝きちんと読んでいなかった〟だろう。

「つまり、私の裏庭にサイクロンが上陸したってわけだ。運命ってのはいつどこから襲ってくるか、わからないものだね」

ラムの身元を確認したボンドの携帯電話のアプリは、ラムの機密情報へのアクセス権限が思っていたよりずっと高いことも知らせてきていた。その情報がなければ、ゲヘナ計画やハイトやダンの話をすることにもっと慎重になっているところだろう。「で、南アフリカとどうつながるのか、思い当たることは？　数千の人命が懸かってる。イギリスの国益も脅かされてる。計画は、セヴェラン・ハイトのオフィスで立案された」

酒のグラスに目を注いだまま、ラムは考えこんでいるような表情で言った。「正直なところ、その条件にぴたりと当てはまる攻撃がどういう性質のものなのか、私にはわからない。こっちに永住してるイギリス人は大勢いるし、観光客だってそれ以上にいる。ロンドンに関わりのある企業も多い。しかし、数千の死者が一時に出るとなると……暴動くらいしか思いつかないな。だが、南アフリカで暴動が起きるとはとても考えられないね。もちろん、問題はいろいろあるよ。それは否定しない。ジンバブエの難民問題、労働組合のスト、汚職、ＡＩＤＳ……そういうことを考えに入れても、南アフリカ共和国は、やっぱりアフリカ大陸じゅうでもっとも安定した国家だ」

このとき、ボンドはラムから洞察らしい洞察を初めて得た——ごく小さなものではあったが。いまの見解は、計画始動のボタンが押される場所は南アフリカ共和国であるかもしれないが、金曜に大勢の死者が出る場所はまた別だろうというボンドの推測を補強している。

ラムのグラスはほとんど空になっていた。「そっちは飲まないのか？」ボンドが答えずにいると、ラムは続けた。「友よ、昔がなつかしいな、え？」

〝昔〟がどんな時代だったのかわからないが、知っていたとしても、自分がそれをなつかしむとは思えなかった。加えて、〝友よ〟という呼びかけはどうにも気に食わない。「さっき、ベッカ・ジョルダーンとは気が合わないと言ったな」

ラムはうめくような声を出した。「彼女はおそろしく優秀だ。それは認めるよ。ＮＩＡ——南アフリカ国家情報庁が自国の政治家を違法に監視してた事件で、捜査の指揮を執ったのは彼女だった」そう言って陰気な含み笑いを漏らす。「まあ、私たちの国では誰一人そんな違法行為はしてないとはいいきれないがね」

ビル・タナーも今回、ＮＩＡではなく、あえてＳＡＰＳの協力を要請した。

ラムが続ける。「上層部がその事件を彼女に任せたのは、彼女がしくじるのを期待してのことだった。だが、天下のジョルダーン警部だぞ。しくじるわけがない。絶対にありえない」瞳に意地の悪い輝きが宿った。「捜査が進展を見せ始めると、上層部は震え上がった。ついにはSAPSの直属の上司が、不利な証拠を隠滅しろとNIAのエージェントに命じた」

「で、ジョルダーンは上司を逮捕したんだな」

「そうさ、そのまた上司もまとめて逮捕したんだよ！」

ラムは笑いながらそう叫ぶと、酒の残りを飲み干した。

「彼女は何やらごたいそうな賞をもらった」

　ゴールドクロス勲章のことか？「捜査の過程で派手な立ち回りでも演じたのか」

「立ち回り？」

　ジョルダーンの腕の傷痕のことを話した。

「ああ、あれか、まあ、立ち回りともいうかな。NIAの捜査のあと、彼女は昇進した。昇進させないわけにいかない――政治的観点からもな。あんたにもそのへんのことはわかるだろう？　しかし、いきなり飛び越えられたSAPSの男たちは、快く思わなかった。でもって、彼女に脅迫状が届き始めたってわけさ。女が男の仕事をするんじゃねえ、とかな。そのうち、ある日誰かが彼女の車の下に火炎瓶を放りこんだ。彼女はそのときにはもう車を降りて署に入ってた。しかし、バックシートに逮捕者がいたんだよ。酔っぱらって眠りこけてたらしい。火炎瓶を投げこんだ連中は、その男がまだ乗ってることに気づいていなかった。彼女は署から飛び出してそいつを救出したが、そのときひどい火傷を負った。犯人は最後までわからなかった。スキーマスクをかぶってたんだ。しかし、同僚の誰かだろうってことは全員が知ってたよ。ひょっとしたら、いまも素知らぬ顔で彼女と一緒に仕事をしてるのかもしれない」

「ひどい話だ」だが、ラムの話を聞いて、ジョルダーンがボンドになぜあのような態度を取るのか、理解できたような気がした。空港で浮ついた視線をよこしたのは、ボンドもやはり女の警察官を一段下に見ているからだと思いこんでいるのだろう。

　ラムに次の予定を話した――今夜、ハイトと会う約束になっている。

「ああ、ロッジ・クラブね。あそこはいい。昔は会員を厳選してたものだが、いまじゃ相手かまわず門戸開放だ……おっと、いまのその目つき。そういう意味で言ったんじゃないぞ。私は単に世間を高く買ってないというだけのことだ。ほかの白人に比べて、私は黒人やカラードの取引先をたくさん……あ、またさっきと同じ目をしたな！」

「〝カラード〟？」ボンドは辛辣に訊き返した。

「〝複数の民族の血を引いてる〟ってだけの意味だ。この国じゃふつうに使われてる。そう呼ばれて傷つくやつはいない」

しかし、ボンドの経験では、そういった言葉を使う輩にかぎって、自分が言われる側に置かれると怒りだす。とはいえ、グレゴリー・ラムと政治論争を闘わせるつもりはなかった。ボンドはブライトリングの腕時計を確かめた。「参考になった。ありがとう」熱意のこもらない礼を言う。「ハイトと会う前に、予習をしておきたい」ジョルダーンから、アフリカーナーや南アフリカの文化、ジーン・セロンが関わっていそうな紛争地域などに関する資料が届いていた。

ラムは立ち上がったものの、名残惜しげな様子でたたずんでいる。「いつでも手伝えるように待機してる。何かあったら呼んでくれ。どんな小さなことでもかまわない」聞いているほうが居心地が悪くなるような、真剣な口調だった。

「ありがとう」ボンドは、馬鹿げたことに、二十ランドほど握らせてやりたくなった。

帰り際、ラムはミニバーに取って返し、ウォッカのミニチュアボトルを二つ取った。「かまわないだろう？Mの予算は底なしだ。みんなそう言ってる」

ボンドはラムを送り出した。

やれやれ、ようやく帰ってくれたか――ドアが閉まるなり、ほっと一息ついた。あの男に比べたら、パーシー・オズボーン＝スミスなど、まだまだかわいいものだ。

39

ボンドはホテルのスイートの広々としたデスクの前に腰を下ろし、コンピューターを起動して、虹彩認証と指紋認証でログオンした。ベッカ・ジョルダーンから送られてきた資料をスクロールしながら読む。やがて暗号化されたメールが届いた。

ジェームズ

以下はフォー・ユア・アイズ・オンリーで。

〝スティール・カートリッジ〟というのはKGB／SVRが長期にわたって進めていた、MI6とCIAのエージェントや協力者を暗殺する大規模オペレーションらしい。ソ連の崩壊期に、デタントを進めて西欧との関係を改善するために、MI6やCIAにKGB／SVRの影響力が広く深く浸透していたことを隠そうとして行なわれたもの。

スティール・カートリッジの最後のミッションは、八〇年代の終わりか九〇年代初めにかけて展開されている。これまでのところ、突き止められたのはそのなかの一件だけ。犠牲者は、MI6に雇われてた協力者。その人物は家族にもMI6との関わりは完全に隠してた。いまの時点でわかってるのは、事故に見せかけて殺害されたということ。一連のミッションでは、ほかのエージェントに対する口止めの警告として、鋼鉄のカートリッジが現場に残されることもあったみたい。

調査は続行します。

あなたのもう一組の目
フィリーより

ボンドは力なく背もたれに寄りかかり、天井を見つめた。さて、この情報をどうしたらいい？

もう一度メールを読み返したあと、フィリーに宛てて短い礼のメールを書いて送信した。椅子を後ろに傾ける。向かいの壁に張られた鏡に映る自分と目が合った。まるで肉食獣のように鋭くこちらをにらみつけている。

考えを巡らせる――八〇年代末か九〇年代初めに、KGBのエージェントが秘密の指令を受けてMI6の協力者を殺した……

ジェームズ・ボンドの父親は、ちょうどそのころに亡くなっている。

ボンドが十一歳になってすぐの十二月のことだった。アンドルー・ボンドと妻モニークは、ケント州ペットボトムに住むおばのシャーミアンの家に幼いジェームズを送り届け、クリスマスのお祝いには余裕で間に合うように帰ってくるからと約束して旅行に出かけた。飛行機でスイスに飛び、車でモンブランまで行って、そこで五日間、スキーやロッククライミング、アイスクライミングを楽しむ予定だった。

　しかし両親の約束は果たされずじまいになった。二日後、シャモニー近くのエギュイーユルージュの驚くばかりに美しい岩壁から転落して死んだ。

　美しい岩壁。それは間違いない。一度見たら忘れられない美しさ……ただ、とくに危険な場所ではなかった。両親が登っていたあたりは、さほどの難所ではない。成人したあと、ボンドは両親の転落事故を調べた。転落したとき登っていたのは、高度なテクニックを要求するような岩壁ではなかった。難所どころか、死者はもちろん、怪我人さえ出たことのない場所だった。しかし、山は気まぐれなものだ。ボンドは警察がおばに聞かせた説明をそのまま受け入れた――大きな落石があり、それに巻きこまれてロープが切れ、父と母は転落した。

「マドモワゼル、お悔やみ申し上げます《ジュ・スィ・デゾレ・ド・ヴ・ディール》……」

　子供のころ、ジェームズ・ボンドは父アンドルーの出張に母と同行して、さまざまな国に出かけた。ホテルのスイートに泊まるのが楽しみだった。イングランドやスコットランドのパブやレストランで出されるのとはまったく違う、その土地の料理を試すのも楽しかった。異国の文化に魅了された――衣服、音楽、言葉。

　父と二人で過ごす時間も楽しかった。フリーランスのフォトジャーナリストだった母は、仕事で家を空けるときは幼いジェームズをベビーシッターや友人に預けたが、父はレストランやホテルのロビーで取引先の誰かと会うときなど、しばしばジェームズを連れていった。少年はトールキンのファンタジーやアメリカの探偵小説などを読みながら、父がサムとかマイカとかファンといった名前のいかめしい顔をした相手との打ち合わせを終えるのを待った。

　ジェームズはそうやって仲間に入れてもらえるのがうれしかった。父親にくっついて歩くのをいやがる息子がどこにいる？　ただ、不思議に思っていたことが一つある。父がどうしても一緒に来なさいと言うときと、今日は来るなとかたくなに言うときがあった。なぜだろう？

　それきりそのことは深く考えたことがなかった……フォートモンクトンで研修を受けるまでは。

　スパイ養成研修の講義の一つのなかで、ある教官が口にしたことが、ボンドの注意をがっちりと惹きつけた。太って眼鏡をかけたＭＩ６の教育セクションの教官は、研修生を前にこう話した。「機密保持が何より重要なオペレーションに従事しているあいだ、エージェントや協力者は結婚したり、子供をもうけたりするのは控えるべきだろう。たまたますでにいるような場合には、生活のなかのオペレーションに関する部分と家族とが接点を持たないように心がけたほうがいい。しかし、いわゆる〝ふつうの〟生活を維持することにも一つ利点がある。情報機関とのつながりを完全に隠したうえで情報収集が最大の目的であるようなきわめてリスクの高い任務についているとき、家族の存在が、工作員ではないかという敵の疑念を払拭する例も少なくない。そのような任務では、エージェントは表向き、敵の工作員に利益をもたらす企業や機関に勤務している場合が多い。たとえばインフラ、情報、軍事、宇宙航空といった分野の企業や官庁だ。エージェントは数年ごとに転勤になり、家族も一緒に新しい勤務地に引越をする」

ジェームズ・ボンドの父親は、イギリスの大手銃器メーカーに勤めていた。さまざまな国に出張や転勤を命じられた。妻と息子はそれに同行した。

教官は先を続けた。「状況によっては、すれ違いざまの受け渡しや顔を合わせての打ち合わせといった危険を伴う任務の際、子供を同伴するといい。幼い子供を連れていれば、それだけで無害な人間だと宣言しているようなものだからだ。敵はまず間違いなく、子供を連れたエージェントの表向きの身分を〝本物〟だと考えて信用する。我が子をわざわざ危険にさらす親はいないだろう」

そう言って、教室に集まった新米エージェントを見回した。新人たちの表情は、教官の非情なメッセージに対する多様な反応を示していた。「悪との戦いでは、一般に受け入れられている価値観を一時的に放棄することを求められる場面もある」

父はスパイだった――？　いや、ありえない。そんな馬鹿なことがあるはずがない。

頭ではそう否定したものの、どうしても気になって、フォートモンクトンの研修を終えたあと、父の過去を調べた。父がスパイだったという証拠は見つからなかった。証拠らしい証拠と言えそうなのは、たった一つだけ――総計で両親の死亡保険金を超える金額が、何度かに分けておばとボンドの生活費として振り込まれていたという事実だ。ボンドが十八歳になるまで、年に一度の送金は続いていた。振込名義は、父アンドルーの勤務していた企業の系列会社らしきものだった。しかし、その会社がどこにあるのか、どんな名目で送られてきていた金なのか、最後まで正確なところはわからないままだった。

結局、父親はスパイだったのかもしれないと疑うほうがどうかしていると自分に言い聞かせた。そのことはそれきり忘れていた。

――ロシア支局のシグナルのなかに、〝スティール・カートリッジ〟というフレーズを見つけるまでは。

あのシグナルを読んだとき、父と母の死に関してほぼ完全に無視されてきた事実をふいに思い出した。

スイス警察が作成した事故調査報告書には、父の遺体のそばで口径七・六二ミリの鋼鉄製のライフルのカートリッジが発見されたという記述があった。

幼いジェームズは、両親の所持品とともにそのカートリッジを受け取った。父アンドルーは火器メーカーの重役だったことから、そのカートリッジは顧客にサンプルとして見せるために持ち歩いていたものと推測された。

しかし二日前の月曜日、ロシア支局のシグナルを読んだあと、ボンドはインターネットで父が勤めていた会社について調べた。その会社は、弾薬は製造していなかった。七・六二ミリの弾を使う火器の販売実績も見つからなかった。

ロンドンのフラットのマントルピースの上の目立つ場所に置かれているのは、事故後に警察から渡されたカートリッジだった。

無関係なハンターがうっかり落としただけのことなのか。それとも、警告として故意に残されたものなのか。

スティール・カートリッジと呼ばれたオペレーションにKGBが関与していた。そのことを知って、父は本当にスパイだったのかどうかをきちんと確かめたいというボンドの欲求はいっそう強固なものになっていた。どうしても知らずにはいられなかった。父は嘘をつき通したのだという疑いをただ黙って受け入れることはない。むろん、子供に嘘をつかない親はいないだろう。だが、ほとんどの嘘は、ご都合主義から出たもの、あるいは怠惰や思慮不足の結果だ。しかし、もしボンドの父が嘘をついていたとするなら、公職守秘法に縛られていたからということになる。

ただ、真実を知りたいのは——テレビの精神科医が言うように——子供時代に失ったものを再認識し、今度は逃避せずに真正面から嘆くためではない。そんなのはただのナンセンスだ。

違う。真実を知りたいのは、もっと単純な理由から、まるでサヴィル・ローであつらえたスーツのように、ぴったりとボンドに合う理由からだ。父と母を殺した人間はいまも捕まらないまま、世界のどこかでのうのうと暮らしているのかもしれない。日光浴を楽しみ、美味い料理を堪能しているのかもしれない。もしかしたら、また別の命を奪おうと企んでいるかもしれない。もしそうなら、犯人には彼の両親と同じ運命をたどらせる。手際よく、彼の白紙委任状に記載されているとおりに——そう、いかなる手段を使ってでも。

40

午後五時少し前、ボンドの携帯電話が緊急連絡用に設定してある着信音を鳴らした。ちょうどシャワーを浴び終えたところだったボンドは、バスルームから急いで出ると、暗号化されたメールを確かめた。差出人はGCHQ。セヴェラン・ハイトの盗聴は、そこそこの成功を収めているという報告だった。ボンドは、ベッカ・ジョルダーン警部には伏せたまま、ハイトに渡したアフリカの集団埋葬地の写真データを入れたフラッシュドライブに小さなマイクと送信機を仕込んでおいた。音声の解像度や電池の寿命はいまひとつだが、送信機の性能がその分を補っていた。送信機が発する信号は、人工衛星まで届く。衛星はその信号を増幅して、ヨークシャーの美しい田園地帯にあるメンウィズヒル空軍基地の巨大受信アンテナに送り返す。

フラッシュドライブの盗聴器は、ケープタウンの中心部にあるEJTサービスの事務所を出た直後のハイトとダンの会話を断片的に拾っていた。そして解読処理の待ち行列に並んでいたそのデータに、ついに順番が回ってきた。それを読んだアナリストは《重要》のフラグをつけた。それを受けて、ボンドにメールが送信された。

ボンドはCX——未加工の情報——と解析後のレポートの両方に目を通した。どうやらダンは、ハイトの会社の従業員、ステファン・ドラミニとその家族を殺そうとしているらしい。その理由は、ドラミニという男がグリーンウェイの立入制限エリアで見てはならないものを見てしまったからだ。ゲヘナ計画に関係する情報だろうか。ボンドに課せられたゴールは明白だった——万難を排してその従業員を救え。

目的……対処。

ドラミニはケープタウン郊外に住んでいる。ギャングの襲撃に見せかけて殺す。使うのは手榴弾と火炎瓶。夕飯時を狙う。

残念ながらそこで電池が尽き、盗聴器からの信号は途切れた。

夕飯時か——時間がない。

ドバイのステラという女性は救えなかった。この一家は絶対に死なせない。それに、ドラミニが何を見たのか、それも知りたい。

とはいえ、ベッカ・ジョルダーンに連絡して、非合法な監視活動から得た情報を伝えるわけにはいかなかった。ボンドは受話器を取り、ホテルのコンシェルジュに電話をかけた。

「はい、どのようなご用件でしょう」

「一つ教えてもらえないかな」ボンドは無邪気に言った。「今日、車がトラブルを起こしたんだ。そのとき、地元の人が修理を手伝ってくれた。そのときはあいにく現金をあまり持っていなかったんだが、いまからでも何かお礼がしたいと思ってね。どうやったら住所を調べられるだろう。名前と、住んでいる町はわかってる。でも、それだけだ」

「町の名前は？」

「プリムローズガーデンズ」

短い沈黙。やがてコンシェルジュは言った。「そこはタウンシップです」

タウンシップというのは、旧非白人居住区のことだったな――たしかベッカ・ジョルダーンから送られてきた資料にそう書いてあった。粗末な家々には、通常の番地が割り当てられていないことが多い。「そこへ行って、近所の人に訊けばわかるものかな」

また沈黙があった。「あまり安全ではないかもしれません」

「その点は心配してない」

「それに、あまり現実的ではないようにも思います」

「どうして？」

「プリムローズガーデンズの人口は、五万人と言われているからです」


一七三〇時、秋の夕暮れが迫ったころ、ナイアル・ダンは、グリーンウェイのケープタウン支社を出てリムジンに乗りこむセヴェラン・ハイトを目で追った。背の高いハイトの身のこなしは優美だった。

歩くとき、ハイトの爪先は妙な具合に開いたりはしない。背中は丸まっていないし、腕が横向きに揺れたりもしない（〝おい、見ろよ、ナイアルのあの歩きかた！まるでキリンだな！〟）。

ハイトは帰宅するところだ。家で着替えをすませたら、ジェシカを伴ってロッジ・クラブの資金集めのパーティに出かける。

ダンはグリーンウェイのロビーに立って、窓の外を凝視していた。グリーンウェイの警備員に付き添われたセヴェラン・ハイトの姿が通りの先に遠ざかって消えるまで、ずっと目で追った。

ハイトは行ってしまった。自宅と、そこで待つパートナーのもとへ帰っていった。ダンの胸に鈍い痛みが走った。

おい、馬鹿なことを考えるな――自分を叱りつけた。仕事に集中しろ。決戦は金曜に迫っている。計画の歯車がたった一つでも狂ったり、ギアに不具合が見つかったりしたら、おまえの責任だぞ。

集中しろ。

ダンは気持ちを切り替えた。

グリーンウェイを後にして車に乗りこみ、ケープタウンの中心街からプリムローズガーデンズに向かった。現地でグリーンウェイの警備員の一人と落ち合い、計画を実行する予定だった。ダンは頭のなかで作戦を確認した。タイミング、接近のしかた、使用する手榴弾や火炎瓶の数、逃走ルート。

青写真を隅々まで点検する――几帳面に、忍耐強く。すべての物事に対してそうするように。

こちらはナイアル。青写真を描く天才です……

しかし、今夜のパーティでのボスの姿を思い浮かべたとたん、また別の考えが頭に侵入してきて、ただでさえ丸い背中がいっそう丸くなった。胸にまたしても鈍い痛みを感じた。

周囲の人々は、おそらく、ダンはなぜ一人なのだろう、なぜパートナーを持たないのだろうといぶかしんでいるに違いない。そうやって不思議がったあげく、最後にこう結論を出すのだろう。ダンという男の心には、感じるという能力が備わっていないからだ。あの男は機械みたいだからだ。しかし、彼らにはわかっていない。古くからある機械工学の概念では、機械には、ねじやレバーやプーリーといった単純な構造のものと、エネルギーを動力に変換するエンジンのような複雑な構造のものが存在する。

ダンはこう考えている。人が摂取するカロリーはエネルギーに変換され、そのエネルギーが人の体を動かす。つまり、彼が機械だというのは事実だ。しかし、そのことはあらゆる人間に、いや、人間ばかりでなく地上のあらゆる生物に当てはまることではないか。機械だからといって、他者を愛する能力とは無縁だということにはならない。

違うのだ。彼が一人でいる理由は、彼が欲する相手が彼を欲してくれないからだ。

恥ずかしくなるほどありふれた理由だ。平凡すぎる理由だ。

いまいましいくらい不公平でもある。そうだ、不公平ではないか。どんなエンジニアも、調和しながら動作することがどうしても必要なパーツが二つあれば、その二つが完璧に調和するように設計する。互いに相手を必要とし、互いを補い合うように作るはずだ。ところがダンは、そのようには設計されていない機械のなかにいる。彼とボスは、うまく嚙み合わないパーツだ。

しかも、引き寄せの法則は、力学の法則よりずっと危なっかしい。人間関係には秩序がなく、危険で、そこらじゅうに無駄があふれている。エンジンなら、何十万時間でも快調に回しておくことができるのに、人と人の愛は、火を入れた直後に回転数ががくりと落ち、そのまま停まってしまうことさえある。

　裏切ったりもする。愛は、機械よりもはるかに頻繁に人を裏切る。

　おい、何を考えてるんだ――ナイアル・ダンは、彼のなかでは〝怒り〟と見なされている感情とともに自分を叱りつけた。そんな戯言《ざれごと》、頭からきれいに追い払っておくことだ。今夜は片づけなくてはならない仕事があるんだぞ。ダンは頭のなかの青写真にもう一度目を凝らした。さらにもう一度、点検する。

　中心街を離れるにしたがって、車の数がだんだん少なくなった。ダンの車は、川べりの船着き場のように砂利だらけでぬかるんだ暗い道沿いに広がるタウンシップを目指し、東へ向けて快調に走った。

　ショッピングセンターの駐車場に車を停めてエンジンを切る。まもなく、傷だらけのバンが一台、すぐ後ろに停まった。ダンは車を降りてそのバンに乗りこみ、運転席の男にうなずいた。男はグリーンウェイの警備員だ。大きな体を軍服で包んでいる。二人とも無言のまま、バンはすぐに走りだした。十分後には、プリムローズガーデンズの名前も番地もない小道を走っていた。ダンはバンの荷台に移動した。荷台にはウィンドウはついていない。この界隈では、ダンはどうしたって目立つ。彼の長身や髪型は記憶されやすい。いや、それ以前に、ダンのような白人が、日が落ちたあとの南アフリカのタウンシップをうろうろしていたら、それだけで好奇の目を惹きつけてしまう。ドラミニの娘を脅迫しているという麻薬の売人が白人だったり、白人を雇って商売をさせていたりという可能性はないわけではないが、それを考慮に入れても、ダンは姿を隠していたほうが無難だろう。少なくとも、いざ小屋の窓から手榴弾や火炎瓶を投げ入れるその瞬間までは。

　みすぼらしいこの町では〝道路〟ということになっている、終わりのない細い砂利道を行く。走り回って遊んでいる子供たち。痩せた犬。家の戸口に座った男たち。

「GPSは使えない」巨漢の警備員が言った。口をきくのはそれが初めてだ。顔は笑っていない。冗談のつもりなのか何なのか、ダンには判断がつかなかった。警備員は今日の午後、二時間かけてようやくドラミニの粗末な家を見つけ出していた。「あれです」

道の向かいにバンを停める。小さな平屋だった。プリムローズガーデンズのどの家もそうだが、壁はベニヤ板やトタン板を組み合わせて造ってあり、薄汚れた印象を吹き飛ばそうとするかのように、赤や青や黄の原色のペンキが塗られていた。家の横に張られた物干し綱には、五、六歳から成人まで、さまざまな年齢の住人の洗濯物が満開の花のようにぶら下がっていた。

殺しにはうってつけの条件が揃っている。小屋の隣は広い空き地だ。大勢に目撃される気遣いはない。といっても、目撃されたところで痛くもかゆくもなかった。バンにはナンバープレートがついていないし、西ケープ州には、白いバンなど、グリーンウェイの処理場の上空を飛んでいるカモメの数ほどあるはずだ。

十分ほど無言で様子をうかがった。これ以上ぐずぐずしていると、住民に不審に思われるだろう。と、そのとき、警備員が言った。「あ、あいつです」

ステファン・ドラミニが砂利道を歩いてくる。背が高く、痩せていて、髪に白いものが混じり始めていた。色褪せたジャケットにオレンジ色のTシャツ、茶色のジーンズという服装だ。息子の一人が一緒だった。十歳くらいと思しき少年は、泥だらけのサッカーボールを抱え、スプリングボックの絵が描かれたラグビー南アフリカ代表チームのユニフォームを着ている。秋のこの時間はもう肌寒いが、ジャケットは羽織っていなかった。

ドラミニと少年は家に入る前に、しばらくボールを蹴って遊んだ。やがてようやく家に入っていった。ダンは警備員にうなずいた。二人はスキー帽をかぶった。ダンは小屋を観察した。周辺のほかの家より大きい。それでも、用意してきた手榴弾と火炎瓶だけで用は足りそうだ。窓のカーテンは閉ざされている。室内の明かりが安手の生地を明るく輝かせていた。

どういうわけか、気づくとまた今夜のパーティに出席しているハイトの姿を思い浮かべていた。ダンはあわててそのイメージを払いのけた。

五分ほどそのまま待った。ドラミニが小用をすませ——屋内にバスルームがあるならだが——家族が食卓に勢揃いするころあいを見計らう。

「よし、行こう」ダンは言った。警備員がうなずく。それぞれ強力な手榴弾を一つずつ持ってバンから降りた。手榴弾には、飛散すれば大きなダメージを与える銅の粒が詰まっている。近くに人影はなかった。

家族は七人か――ダンはふと思った。「いまだ」そう警備員にささやく。二人は手榴弾のピンを抜いて、二つある窓に一つずつ投げつけた。五秒の静寂。その間《かん》にダンは火炎瓶を用意した。小型の発火装置を仕込んだガソリンの缶。耳を覆いたくなるような爆発音が地面を揺るがし、窓枠に残ったガラスをきれいに吹き飛ばした瞬間、火炎瓶を窓から投げ入れた。それから警備員とともにバンに飛び乗った。警備員がエンジンをかけ、バンは急発進した。

きっかり五秒後、窓から炎の舌がひらりと伸び、台所の小さな煙突から炎の柱が六メートルの高さまでまっすぐに噴き上った。ダンはベルファストで過ごした少年時代に見た花火を思い出した。

41

「ヘイー！　ヘイー！」

女性の泣き声が夜空に響いていた。涙をいっぱいにためた目は、激しく燃える小さな家を、いまのいままで我が家だったはずのものを、見つめている。

女性と五人の子供たちは、燃え盛る小屋の裏手に集まっていた。裏口のドアは開いたままで、その奥には痛ましい光景があった――凶暴な炎が家族の財産の一切合切を呑みこもうとしている。女性は思い出の品を一つでも救おうと考えたのか、家のなかに駆け戻ろうとした。しかし夫のステファン・ドラミニがその手をつかんで引き止め、ジェームズ・ボンドにはコサ語だろうということくらいしかわからない言葉で、何事かささやいた。

近所の住人が次々と集まってくる。にわか消防団が結成され、無益なバケツリレーが始まった。

「ぐずぐずしてると危険だ」ボンドは、ＳＡＰＳの覆面のバンの傍らに立っている長身の男に言った。

「危険です。うん、間違いない」クワレニ・ンコシが応じた。

ボンドは、ドラミニ一家が無事に生きていることをダンに気づかれる前に、タウンシップからどこかへ連れ出したほうがいいという意味で言ったつもりだった。

ところが、ンコシが心配しているのは別のことらしい。続々と集まってくる住人の様子をじっと観察している。人々の目は、ただ一人の白人の男に集中していた。その視線は、お世辞にも好意的とは言えなかった。

「警察のバッジを見せれば安心するだろう」ボンドは提案した。

ンコシが驚いたように目を見開いた。「だめ、だめです、中佐。それはかえってだめですよ。とにかく行きましょう。急いで」

ドラミニ一家を追い立てるようにしてバンに乗せ、ボンドも続いて乗りこんだ。運転席におさまったンコシの運転で、バンは夜の通りを走りだした。

怒り、混乱した人々と荒れ狂う炎が遠ざかっていく。幸い、怪我人は一人もいなかった。

一家の救出は、文字どおり、時間との競走だった。

ドラミニがダンに狙われていること、一家が番地すら振られていない巨大なタウンシップに暮らしていることを知るやいなや、ボンドはドラミニを一刻も早く探し出そうと、あらゆる手を尽くした。まずはＧＣＨＱやＭＩ６に調査を依頼したが、ドラミニ名義の携帯電話番号は登録されておらず、南アフリカ共和国の国勢調査にも、労働組合の記録にも、ドラミニに関するデータは存在していなかった。観念したボンドは、覚悟を決めてクワレニ・ンコシに電話した。「一つ相談がある、巡査長。ただ、この話はきみだけの胸におさめておいてほしい。誰にも話さないでくれ」

一瞬の沈黙があって、青年巡査長は警戒するような口調で応じた。「とりあえず聞かせてください」

ボンドは事情を説明した。盗聴が非合法に行なわれたこともごまかさずに伝えた。

「電波の状況がよくないみたいです、中佐。最後の部分はよく聞こえませんでした」

ボンドは笑った。「このステファン・ドラミニという従業員の住所を突き止める必要がある。それも大急ぎで」

ンコシのため息が聞こえた。「簡単にはいきませんね。プリムローズガーデンズはほんとに広いですから。でも、一つ方法があるかもしれない」現地でミニバスを走らせている会社は、地元の役所などよりタウンシップやロケーシーの事情によほど詳しいという。ンコシはさっそくミニバス運行会社に問い合わせてみようと言った。ボンドは即座にンコシと合流し、車を飛ばしてプリムローズガーデンズに向かった。ンコシはその車中でも携帯電話で問い合わせを続けた。午後六時少し前、バンでタウンシップをうろうろしているところに、ドラミニの家を知っているというミニバスの運転手から連絡が入った。その道案内に従って車を走らせると、一家の粗末な家が見つかった。

しかし、表側には白いバンがすでに停まっていた。ウィンドウから外をうかがっている白人の顔もちらりと見えた。

「ダンだ」ンコシが言った。

二人は進路を変え、家の裏手に回って車を停めた。裏口からいきなり押し入ってきた二人に気づいた一家はパニックに陥りかけたが、ンコシが彼らの言葉で話しかけて落ち着かせ、自分たちは一家を助けにきた、すぐにここから避難しなくてはならないと説明した。ステファン・ドラミニは留守だったが、そろそろ帰ってくるころだという。

数分後、ドラミニが幼い息子を連れて玄関から入ってきた。それを合図に、ダンがアクションを起こすことは確実だった。事情を話している時間はないと判断したボンドは、しかたなくドラミニに銃を突きつけ、親子を裏口から外へ連れ出した。危険が迫っていることをンコシが説明し終えると同時に手榴弾が炸裂し、続いて火炎瓶が投げこまれた。

いま、バンはN1号線を西に向けて走っている。ドラミニはボンドの手をつかんで痛いほど握り締めた。それだけでは気が済まないのか、助手席に乗り出してボンドを抱き締めた。目に涙をいっぱいにためていた。ボンドは彼らの家に火をつけたのが誰なのかきちんと説明したが、妻はバックシートで子供たちと一緒に体を縮こまらせ、疑うような目でボンドをじっと見つめていた。

ボンドの話を聞き終えたドラミニは、当惑した顔で尋ねた。「ミスター・ハイトが？　そんなはずありません。あの人はすごくいいボスですから。私たちみんなによくしてくれてる。とてもよくしてくれてますよ。どうしてこんなことをするのか、さっぱりわかりません」

ボンドはさらに詳しく説明した――ハイトとダンが計画している違法行為に関する何かを、ドラミニが見てしまったからだ。

　すると、ドラミニの目に小さな光がともった。「ああ、それでわかりました」何度もうなずきながら、そう言った。ドラミニは、ケープタウンの北にあるグリーンウェイのプラントに保守清掃員として勤務している。今日の朝、オフィスを回りながらごみを集めていると、何かの配達を待っていたのか、研究開発室のドアが開きっぱなしになっていた。奥の部屋に研究員が二人いた。ドラミニは、室内のくず入れがあふれかけていることに目を留めた。研究開発室は自分の担当範囲ではなかったが、気づいてしまったからにはついでに回収していこうと考えた。「いいことをしようとしただけです。それだけなんです」ドラミニは首を振った。「なかに入ってごみを集めていたら、研究員の一人が気づいて、怒鳴り始めました。何を見た？　そう訊かれました。何を見てる？　私は何も見てないと答えました。すると、さっさと出ていけと追い出されました」

「で、本当のところはどうなんだ？　研究員がそこまで激高するようなものを本当に見たのか？」

「見てません。くず入れのすぐそばのコンピューターに、電子メールみたいなものが表示されてました。それだけです。〝セルビア〟――英語でそう書いてあったのは覚えてます。でも、読もうと思って見たわけじゃないから」

「じゃあ、ほかには何も？」

「はい、何も見てません」

　つまり、ゲヘナ計画の秘密の一部は、開発研究室のドアの奥に隠されているということになりそうだ。

　ボンドはンコシに言った。「一家をどこかにかくまっておきたい。現金を渡したら、今週いっぱい、ホテルかどこかに泊まれるかな」

「私がちょうどいい部屋を探しますよ」

　ボンドはドラミニに千五百ランドを渡した。ドラミニは多額の現金を見て目をしばたたかせた。ンコシが説明を加えた。ほんの何日か、どこかに隠れていたほうが安全だ。

「ほかの家族や親しい友人に連絡するように言ってくれ。家族全員、無事でいるが、これから数日は死んだふりを続けなくてはならないと周囲に伝えてくれと。どうかな、マスコミを巻きこんで、世間に向けては一家全員火事で死んだことにできるか？」

「できると思います」ンコシ巡査長はためらっている。「ただ……」あとは尻切れになった。

「二人だけの秘密にしよう。ジョルダーン警部に報告する必要はない」

「ああ、それがいいですね。うん、間違いない」

彼方の地平線をケープタウンの灯が輝かせている。美しい光景だった。ボンドは腕時計を確かめた。今夜二つめの任務の時刻が迫っていた。次の任務に求められるのは、手榴弾や火炎瓶から身をかわすスキルとはまるで別種のものだろう。しかし、たったいま完了した任務と同じくらい困難な仕事になるのは間違いない。

42

ロッジ・クラブは期待していたのとはまるで違っていた。

ジョッパーズを穿き、五大野生動物を狩るライフルの弾を大量に持ち歩くためのループがついたジャケットを着込んだハンターを相手にする高級紳士クラブだった時代には、きっといまよりずっと上品で豪華な空気を漂わせていたのだろう。しかし現状では、いくつもの結婚披露宴を同時進行させるような安手の宴会場としか思えない。正面玄関を入ってすぐの壁から怒りに満ちた目でこちらを見下ろしているアフリカバッファローの首さえ、たとえ本物なのだとしても、ひょっとしたら中国製の作り物なのではと疑いたくなる。

ボンドは、入口に控えていた魅惑的な女性に、ジーン・セロンという名を告げた。その女性は金髪で、曲線の美しい体にぴたりと張りつくような、胸元の大きく開いた深紅のドレスをまとっていた。ほかの女性たちはズールー族かコサ族出身と見えたが、最初の一人に負けない豊満な体を挑発的なドレスに包んでいる。今夜の資金集めのパーティの主催者がどんな団体であれ、大部分を男性が占める資金提供者の財布の紐をゆるめさせるには何をすべきか、的確に理解しているようだ。ボンドは名乗ったあと、こう付け加えた。「ミスター・ハイトのお招きでうかがいました」

「はい、承っております」金色の髪をした女性はそう言うと、ほのかな明かりがともされた会場にボンドを案内した。会場にはすでに五十人ほどが集まっていた。ワイン、シャンパン、ソフトドリンクが振る舞われている。ボンドはシャンパンを選んで受け取った。

　ボンドはハイトに言われたとおりの服装で来ていた。明るい灰色のパンツ、黒いスポーツジャケット、水色のシャツ。ネクタイはしていない。

　フルートグラスを手に、華やかにしつらえられた会場を見回す。今夜の催しの主催者は、ケープタウンに本部を置く国際飢餓対策機構《インターナショナル・オーガニゼーション・アゲンスト・ハンガー》という団体らしい。イーゼルがいくつも置かれていて、そこにうれしそうな顔をした人々——ほとんどは女性だ——に団体の職員らしき人物が大きな袋を渡している写真が飾られていた。輸送機ハーキュリーズから物資を下ろしている写真、米や小麦など穀物の袋を満載した船の写真などもある。骨と皮ばかりの子供の写真は一枚もない。そこに主催者のバランス感覚が端的に現われていた。寄付する人々の同情心を控えめにつつくのは有効だろうが、過度に刺激すれば逆効果になるだけだ。慈善の世界でも、うまく渡っていくには慎重な舵取りが必須なのだろう。その点では国防省の政治と何ら変わりがない。

　天井のスピーカーからは、アカペラグループのレディスミス・ブラック・マンバーゾの美しいハーモニーや、ケープタウン出身のコーラスグループ、ヴェリティのソウルフルな歌声が流れていた。

　パーティのメインイベントは、入札式のオークションのようだった。何台かのテーブルの上に、団体の支援者が出品したさまざまなものが並んでいる。南アフリカ代表チーム〝バファーナ・バファーナ〟のサイン入りサッカーボール。ホエールウォッチング・クルーズのチケット。ステレンボスで過ごす週末旅行。ズールー族の彫刻。ダイヤモンドのイヤリング。ゲストは品物を見て回りながら、入札額を用紙に書きこんでいく。締切時点で最高額を提示していたゲストに、その品物をその金額で買い取る権利が与えられる。セヴェラン・ハイトは、八千ランド相当——ボンドの換算ではおよそ七百ポンド——の四人分の食事券を寄付していた。

　ワインが惜しみなく振る舞われ、手の込んだカナッペを並べた銀のトレーを持ったウェイターが会場を忙しく歩き回っている。

十分ほどしたころ、セヴェラン・ハイトがあの年配の女性と腕を組んで会場に姿を現わした。ナイアル・ダンの姿はない。ボンドはハイトに軽く会釈をした。ハイトは仕立てのよさそうな紺色のスーツ姿だった。肩のラインの傾斜具合を見ると、おそらくアメリカであつらえたものだろう。女性——たしかジェシカ・バーンズという名前だ——は、飾り気のない黒いドレスを着ていたが、宝石はふんだんにつけていた。どれもダイヤモンドとプラチナを使ったものだ。ストッキングは純白。色らしい色はどこにもなく口紅さえつけていない。初めて見たときと印象は変わらなかった。スタイルがよく、きれいな顔立ちをしているのに、ひどくやつれた雰囲気だ。禁欲的とも言えそうな装いのせいで、実際の年齢よりずっと老けて見え、どこか幽霊のようでもあった。ボンドは内心で首をかしげた。このパーティに集まったジェシカと同年代のほかの女性たちは、身支度にいったい何時間かけたのかと思いたくなるくらい、みな着飾っている。

「ああ、セロン」ハイトは轟くような低い声でそう言うと、ジェシカの手を振り払うようにしてまっすぐボンドのほうに歩いてきた。ジェシカがあとからついてくる。

ボンドとハイトは握手を交わした。ジェシカは当たり障りのない笑顔をボンドに向けていた。ボンドはジェシカのほうを見やった。スパイたるもの、一瞬たりとも気を抜けない。ときにはそのために気力を消耗し尽くすこともある。監視を通じてしか知らない相手と向き合ったら、初対面らしく、わずかに好奇心を含んだ表情を作ってみせなくてはならない。この世界では、小さな油断から——たとえば、じかに顔を合わせるのは初めてなのに、うっかり〝お久しぶりですね〟と口走るなど——命を落とすはめになることは珍しくなかった。

ハイトがジェシカをボンドに紹介した。ボンドは意識して中立的な視線をジェシカに注いだ。「こちらはジェシカ」ハイトが彼女に向き直る。「ジーン・セロンだよ。今度、一緒に仕事をすることになってね」

ジェシカはうなずいた。ボンドの目をまっすぐに見つめながらも、おずおずといったふうに彼の手を握る。自信のなさの表れだろう。バッグの持ちかたにも、同じ気配が見て取れた。ショルダーバッグを腕と脇腹でしっかりと押さえるようにしている。

雑談が続いた。ボンドはこの国についてのジョルダーンの講義の断片を正確に引用することに神経を尖らせた。ジェシカがボンドとのやりとりをあとでハイトに話すかもしれないからだ。あるときは声をひそめて、南アフリカ政府にはプレトリアをツワネと改名するより先にやるべきことがあるはずだと論じてみせもした。また、労働争議が収束に向かい始めてほっとしているとも口にした。ジェシカに問われて、東部の海岸沿いの暮らしは快適だと答えたりもした。ダーバンの自宅のそばのビーチで過ごすのがとりわけ楽しみだ。サメよけの網が設置されたおかげもある。ホオジロザメに人が襲われる事件がたまに起きるようだが、自分は恐怖を感じたことはない。そこから話は野生動物のことに移った。ジェシカは最近になって有名なクルーガー動物保護区を再訪したらしい。そこで二頭の若いゾウが樹木や茂みをずたずたにするのを見て、ボストンのすぐ北にある街、マサチューセッツ州サマーヴィルのギャング、十代の若者が公園を破壊している姿を連想したわ。ああ、やっぱり、あなたのアクセントから、きっとアメリカのご出身だろうと思いましたよ。

「アメリカにいらしたことは、ミスター・セロン？」

「ジーンと呼んでください」ボンドはそう言って時間を稼いでおいて、ベッカ・ジョルダーンとＩ課が書き上げたジーン・セロンの伝記のページを頭のなかで大急ぎでめくった。「いいえ、まだ一度も。しかし、いつかは行ってみたいと思っています」

ボンドはハイトの様子をうかがった。少し前までとはボディランゲージががらりと変わっていた。いらだっている。ハイトの目がジェシカをちらりと見た。どうやらジェシカを追い払いたがっているらしい。ボンドは、同僚たちにいらだちながらも、態度には表すまいとしているベッカ・ジョルダーンを連想した。程度の差こそあれ、本質的には同じことではないか。まもなく、ジェシカが「お化粧を直してくるわね」と言い置いて立ち去った。その古くさい決まり文句を耳にするのは何年ぶりだろう。加えて、皮肉なものだとも思った。ジェシカはそもそも化粧をしていないのだ。本当に化粧直しをしにいったわけではないだろう。

ジェシカがいなくなるなり、ハイトが切り出した。

「きみが提案した事業のことだがね。あれからいろいろ考えてみた。ぜひ進めたいと思っている」

「そいつはよかった」ちょうど通りかかったアフリカーナーの若い女性から新しいシャンパンを受け取った。思わず「ダンキー」――アフリカーンス語で〝ありがとう〟――と言ってから、演技過剰になりすぎないように気をつけろと自分を戒めた。

ハイトとともに部屋の片隅に移動した。その途中で、ハイトは知り合いらしき人々と軽く手を振り合ったり、握手を交わしたりした。壁のガゼルだかアンテロープだかの首の下で二人きりになると、ハイトはボンドに矢継ぎ早に質問を浴びせた。集団埋葬地はいくつくらいあるのか。広さはどのくらいか。どの国にあるのか。各地の当局に埋葬地の存在を嗅ぎつけられるまでに、どの程度の時間的猶予がありそうか。ボンドはアドリブで答えながら、ハイトの熱心さに感嘆せずにはいられなかった。この男はおそらく、午後じゅうずっと、このプロジェクトのことを考えていたに違いない。ハイトの質問に何と答えたか、ボンドは正確に記憶に刻みつけた。のちのち矛盾したことを言ってしまわないよう、あとで紙に書き出しておいたほうがよさそうだ。

十五分ほどしたころ、ボンドは言った。「今度はこちらからいくつか質問してもかまいませんか。まずはあなたの南アフリカでの事業。実際に見学してみたい」

「こちらとしても、ぜひ見ていただきたいね」

ハイトはそう言ったものの、具体的な日時は指定しなかった。そこでボンドは言った。「明日では？」

「明日は無理かもしれない。金曜に大きなプロジェクトを抱えているものだから」

ボンドはうなずいた。「一日でも早く始めたいと少々焦っているクライアントがいるんです。今回のプロジェクトはできればあなたと進めたいところですが、もしほかの仕事でお忙しいようなら……」

「いやいや、ほかを当たる必要はない。わかった、明日、時間を作ろう」

ボンドはさらに質問を重ねようとしたが、ちょうどそのとき、会場の照明が落ちて、ハイトとボンドが立っているすぐ近くのささやかなステージに一人の女性が現われた。「みなさん、こんばんは」大きな声で会場に呼びかける。その低めの落ち着いた声には、南アフリカの訛が感じられた。「ようこそいらっしゃいました。私たちのパーティに足を運んでくださってありがとうございます」

主催者団体の代表者らしい。女性の名前を聞いて、ボンドは思わず口元をゆるめた。フェリシティ・ウィリング――意欲《ウィリング》に満ちた、か。

フェリシティは、ボンドの分類では、たとえば雑誌のカバーガールのような典型的美人には入らない。その点ではフィリー・メイデンストーンと一緒だ。しかし、その印象は鮮烈だった。念入りに化粧を施された顔は、ネコ科の動物を思わせる。瞳は陽射しを受けた夏の木の葉のような深い緑色をしていた。暗めの色合いの金髪は夜会巻きにしてあった。その髪型が鼻や顎の鋭角的なラインを引き立てている。タイトなシルエットの紺色のカクテルドレスの襟ぐりは深いが、背中の開きはもっと深かった。銀色の靴のストラップは細く、ヒールは危なっかしいほど高い。ほのかにピンク色を帯びた真珠のネックレスが首回りを彩っている。右の人差し指にだけ指輪をしていた。これもやはり真珠だった。短めに切りそろえた爪にマニキュアは塗っていない。

射抜くような、そしてどこか挑むような目で会場を見回すと、フェリシティ・ウィリングは続けた。「まず初めに警告を……」会場の空気がぴんと張りつめた。「私は大学時代、フェリシティ・ウィルフル――〝鋼の意思の〟フェリシティと呼ばれていました。のちほど会場を回って寄付を募ります。そのとき、みなさんもそのニックネームの意味を身をもって痛感していただけることと存じます。どうかみなさん、ご自分の身がかわいければ、小切手帳とペンをあらかじめ用意してお待ちください」

険しかった顔に笑みが浮かんだ。

聴衆の笑い声が一段落するのを待って、フェリシティは食糧危機について語り始めた。「アフリカは食糧供給の二十五パーセントを輸入に頼っています……人口は爆発的に増加する一方、農産物の生産量は一九八〇年とほぼ同じ水準のまま推移しています……たとえば中央アフリカ共和国のような地域では、全世帯のほぼ三分の一が、安定した食糧の供給を受けられていません……アフリカでは、脳障害の原因の第一位はヨウ素欠乏症、失明の原因の第一位はビタミンA欠乏症とされています……三億の人々が慢性的な栄養不足の状態にあって――その数は、アメリカ合衆国の全人口に相当し……」

もちろん、食糧支援を必要としているのはアフリカ大陸だけではない。フェリシティが代表を務める団体は、あらゆる側面から改善の努力を続けている。これまでは南アフリカ共和国内だけで活動を続けてきたが、今夜ここに集まった人々を含め、大勢の支援者の寄付のおかげで、活動範囲は国境を越え、最近になってジャカルタ、ポルトープランス、ムンバイに国外事務所を開いた。今後も活動拠点を増やす予定でいる。

さらに、アフリカに届く支援物資としては過去最大量のトウモロコシ、サトウモロコシ、粉乳など栄養価の高い食料品がまもなくケープタウンに到着し、大陸各地に分配されることになっている。

フェリシティは拍手にうなずいて応えた。しかし、その顔に浮かんでいた笑みはすぐに消えた。そしてふたたび射抜くような鋭い視線を会場に巡らせながら、低い、脅すようなと言ってもいいような力強い声で、貧しい国々をなんとしても西欧の〝農業帝国主義《アグロポリー》〟から解放しなくてはならないと訴えた。それから、アメリカやヨーロッパが採用している食糧危機解決法を舌鋒《ぜっぽう》鋭く批判した——外国資本のメガファームが第三世界諸国に乗りこんできて、現地の農民を搾取している。その土地にどんな農作物が適しているか一番よく知っているのは現地の農民のはずなのに、そういったメガファームはアフリカをはじめとした国々を、新しい栽培法や化学肥料、遺伝子操作を施した種子の実験研究室として利用しているにすぎない。

「国際規模のアグリビジネス企業の目的は経済的利益だけです。食糧難に苦しんでいる人々を救おうとは考えていない。そのような利己的な行為は、とても受け入れられるものではありません」

現状をひとしきり非難したあと、フェリシティはふいに微笑みを浮かべ、多額の貢献をした支援者の名前を挙げていった。ハイトもそのなかの一人だった。ハイトは会場の拍手に手を振って応えた。顔はにこやかだったが、ボンドにだけ聞こえる声で、その笑顔とは裏腹なことをささやいた。「ちやほやされたければ、金を出すことだ。相手が金に困っていれば、それだけちやほやされる」ハイトが心から望んでこの場にいるのではないことは明らかだった。

フェリシティがステージを下り、会場を回り始めた。

ゲストは入札を続けている。

ボンドはハイトに言った。「もしこのあととくに予定がなければ、夕食をご馳走させてください」

「お誘いはありがたいが、セロン、さっきちょっと話した金曜のプロジェクトの件で、ある人物と会うことになっていてね」

ゲヘナ計画か……できることならその〝ある人物〟と顔を合わせておきたい。「だったらその方も一緒に」

「いや、申し訳ないが、今夜はだめだ」ハイトは上の空といった様子でそう答え、iPhoneを取り出すと、メールや着信履歴を確認し始めた。やがてふと顔を上げた。オークションに出された品物が並んだテーブルの前でジェシカが所在なさげにしている。ジェシカがこちらを向くのを待って、ハイトはもどかしげに手招きした。

ボンドはハイトを誘い出す方法がほかにないものかと知恵を絞ったものの、しつこくして不審に思われる前に今夜はあきらめることにした。この業界での駆け引きは、恋愛のそれに似ている。相手が自分を追いかけるように仕向けるのが何より効果的だ。こちらから追い回せば、それまでの努力はあっというまに水の泡になる。

「では、また明日」ボンドは自分の携帯電話に気を取られているふりをして言った。

「ああ――ちょっと待ってくれ」ハイトが顔を上げた。「フェリシティ！」

フェリシティ・ウィリングはぱっと笑みを浮かべると、渡りに船とばかり、冴えないディナージャケットを着た髪の薄くなりかけた肥満体の男の手を振り払った。その男は、礼儀の範疇をはるかに超えた長い時間、フェリシティの手を握っていた。フェリシティはハイトとジェシカとボンドに加わった。

「セヴェラン。いらっしゃい、ジェシカ」互いの頬に軽くキスをする。

「こちらはジーン・セロン。ダーバンから、数日の予定でケープタウンに来てる」

握手を交わす。それからボンドは、彼女の慈善団体やまもなく到着するという支援物資について、わざわざ訊かなくてもいいようなことをあれこれ尋ねながら、ハイトの気が変わって、今夜食事に行こうと言い出すのを待った。

しかしハイトは、またiPhoneのディスプレイを確かめて言った。「そろそろ失礼しよう」

「セヴェラン」フェリシティが言った。「スピーチのなかでお礼を述べた程度じゃ私たちの感謝の気持ちを伝えきれない。あなたは大勢の大切な支援者を紹介してくださった。どれだけ感謝しても足りないわ」

ボンドはこの情報も記憶に刻みつけた。この女性は、ハイトの知り合いの名前を少なからず知っているということだ。その知識を疑われることなく引き出すには、どうしたらいいだろう。

ハイトが言った。「役に立ててよかった。私は運に恵まれてきたからね。その幸運を少しでもお裾分けできたならうれしいよ」それからボンドのほうを向いた。「じゃあ、また明日会おう、セロン。昼ごろでどうかな。汚れても惜しくない服と靴で来てくれよ」そう言って、もじゃもじゃした顎髭を人差し指でそっとなでた。長い爪が明かりを受けて黄みがかった色にきらめいた。「地獄旅行に出る覚悟で」

ハイトとジェシカが行ってしまうと、ボンドはフェリシティ・ウィリングのほうを向いた。「先ほどのスピーチで統計値を紹介されてましたね。あれを聞いて、危機感を抱きました。私も何かしなくてはという気になった」そうやってすぐ近くに立っていると、彼女の香水の香りが鼻腔をくすぐった。ムスクが強く香ってくる。

「何かしなくてはという気になった？」フェリシティが訊く。

ボンドはうなずいた。

フェリシティの口元にはあいかわらず笑みが浮かんでいたが、目は笑っていなかった。「ミスター・セロン。三人のゲストがいるとするわね。その三人のうち、実際に小切手を切ってくださるのはたいがい一人だけ。ほかの二人は、〝何かしたい〟と言っておしまい。それならいっそ、お金を出すつもりはないとはっきり言ってもらったほうがみんなのためよ。それ以上その人にかまう必要がなくなるでしょう。その分、時間を有効に使える。ごめんなさいね、あけすけな言いかたをして。でも、私たちの活動はお遊びじゃなくて戦争なの」

「捕虜にするくらいなら、一思いに殺すということか」

「そうね」今度は本物の笑みだった。「そうとも言えるわね」

鋼の意思のフェリシティ……

「だったら、私は実際に小切手を切る一人になりたいな」ボンドは言った。経費の領収書の束のなかに慈善団体への寄付分を見つけたら、ロンドンのA課は何と言うだろう。「セヴェランほど貢献できるかどうかはわかりませんが」

「一ランドの寄付があれば、一ランド分、問題の解決が近づくわ」

ボンドは適当な間をおいて言った。「そうだ、こういう貢献はだめかな。セヴェランとジェシカを夕食に誘ったんですが、今夜は約束があるとかで。ほかに食事に誘える知り合いがいないんです。オークションが終わったら、おつきあい願えませんか」

フェリシティはしばらく考えこむような顔をしていたあと、こう答えた。「お断りする理由はなさそうね。あなた、体力がありそうだし」それだけ言うと、くるりと向きを変えて行ってしまった。その後ろ姿は、ガゼルの群れにいざ襲いかかろうとしているメスライオンを思わせた。

43

パーティが三万ポンド相当の寄付を集めてお開きになると——その額には、ジーン・セロンがクレジットカードを使って支払ったささやかな金額も含まれている——ボンドとフェリシティ・ウィリングは連れ立ってロッジ・クラブの裏手の駐車場に向かった。

大型のバンの横に、大きな段ボール箱が何十個も積んである。フェリシティはドレスの裾をたくし上げると、船着き場の労働者のように腰を屈め、重量のありそうな箱を一つ持ち上げてバンのサイドドアからなかへ押しこんだ。

体力がありそうだという意味はこれだったか。「私がやりますよ」

「いいえ、二人でやりましょう」

協力して段ボール箱を車に積みこんだ。箱からは食べ物の匂いがしている。「パーティの残り物かな」ボンドは言った。

「食糧難を解決する寄付金集めのイベントでグルメ向きのフィンガーフードを並べるなんて、ちょっと皮肉だとは思わなかった？」

「ええ、たしかに」

「もし缶入りのビスケットやプロセスチーズを出していたら、集まった人たちはきれいに平らげてたでしょうね。でも、こういう高級料理だと——三ツ星レストランに掛け合って提供してもらったの——どこかうしろめたいんだと思うの。みんな一口二口食べるだけでやめるのよ。たくさん残してくれるように、あえてこういう食事を用意したってわけ」

「で、この届け先は？」

「すぐそこのフードバンク。ふだんから食料の配給をお願いしてるところの一つ」

箱をすべて積み終えると、二人はバンに乗りこんだ。フェリシティは靴を脱いで、裸足でペダルを操作した。車は路面のでこぼこを強引に乗り越えながら、夜の街を走りだした。フェリシティはクラッチやギアボックスに容赦なく鞭をくれた。

十五分後、ケープタウン超宗派フードバンク・センターに到着した。フェリシティは靴を履き直してサイドドアを開け、ボンドとともにエビのフライやカニのコロッケ、鶏肉のジャマイカ風フライなどが詰まった箱を下ろした。フードバンクの職員が受け取り、屋内へ運びこむ。

バンが空になると、フェリシティはカーキのスラックスとTシャツを着た大柄な男を手招きした。五月の夜ともなれば屋外は肌寒いが、男は平然としている。フェリシティに呼ばれて一瞬ためらったものの、すぐにこちらに来て、ボンドに好奇の目を向けた。それから言った。

「こんばんは、ミス・ウィリング。今夜はみんなに美味いものを食べさせてやれそうだ。食料をありがとうございます、ミス・ウィリング。なかをごらんになりましたか。超満員ですよ」

フェリシティは男の質問には答えなかった。ボンドにも、男の話はフェリシティに本題を切り出させないための無駄なおしゃべりと聞こえた。

「ジョソ。先週届いた荷物が行方不明なの。五十キロ分よ。くすねたのは誰？」

「俺は何も聞いてな——」

「あなたの耳に何か噂が入ってるかどうかなんて訊いてない。誰が盗んだのかって訊いてるの」

ジョソと呼ばれた男は無表情を保ったが、やがて両の口角が力なく下を向いた。「どうして俺に訊くんですか、ミス・ウィリング？　俺は何もしてません」

「ジョソ、お米が五十キロあったら、何人に分けられる？」

「俺は――」

「いいから答えなさい。何人？」

ジョソは見上げるような大男だ。それでもフェリシティはひるむ様子さえ見せなかった。ボンドはふと思った――体力がありそうだという一言は、ひょっとして、この対決を想定してのものだったか。ボディガード代わりになりそうな人物についてきてもらいたかったのかもしれない。しかし、フェリシティの目を見て思い直した。いまの彼女の意識には、ボンドは存在すらしていない。これはフェリシティと、かならず守り抜こうと彼女が自分に誓った人々から食料を盗み取った、許しがたい人間とのあいだの問題なのだ。そしてフェリシティには、その人間と一対一で対峙してもひるまない強さがある。その目は、敵と向き合うときのボンド自身の目を思い起こさせた。

「答えなさい。何人？」フェリシティが繰り返す。

男はズールー語かコサ語で力なく答えた。

「そんなわけないでしょう」フェリシティが言う。「もっと大勢に分けられるはず」

「うっかりしただけだ」男が弁解する。「ドアを閉めとくのを忘れたんです。もう遅かったから。俺はそのとき――」

「そうじゃないと思うわよ。あなたが帰り際にわざわざ鍵を開けてるのを見てた人がいるの。あのお米はいま、誰のところにあるの？」

「違う。違います。俺を信じてください」

「盗んだのは誰？」フェリシティは冷ややかに繰り返した。

ジョソの肩ががくりと落ちた。「フラッツの――ギャングの一人です。お願いです、ミス・ウィリング。SAPSに通報しないでください。俺がしゃべったってわかっちまう。俺があなたに告げ口したってばれちまいます。そうしたら俺だけじゃなく、家族まで殺される」

フェリシティが顎を食いしばった。ボンドの頭に、さっきと同じイメージが浮かんだ——獲物に襲いかかろうと身構えるネコ科の動物。フェリシティは同情のかけらも感じられない声で言った。「警察には訴えないわ。今回だけはね。その代わり、自分がしたことを正直に理事長に話しなさい。あなたの処分は理事長に任せるわ」

「ほかに仕事なんかありません」ジョソがすがりつくように言う。「家族がいるんです。ほかに仕事なんか見つからない」

「その大事な大事な仕事を失うようなリスクを冒したのは、あなた自身よ。さあ、ヴァン・グルート師のところに行きなさい。正直に打ち明けるの。この先もここで働けることになったとしても、また同じような窃盗事件が起きたら、次は警察に訴えるからそのつもりでね」

「もう二度としませんから、ミス・ウィリング」ジョソは向きを変えて屋内に消えた。

フェリシティの冷静で的確な対処に感心せずにはいられなかった。いまの彼女がいっそう魅力的に思えることも、否定できない。

フェリシティはボンドの視線に気づき、表情を和らげた。「この活動は戦争だってさっき話したわよね。でも、ときどき、敵は誰なのかよくわからなくなることがある。敵は身内のなかにいたりするものだから」

その現実なら、ボンドは知りすぎるくらい知っている。

バンに戻った。フェリシティは腰をかがめてまた靴を脱ごうとしたが、ボンドは急いで言った。「運転をかわろう」

フェリシティは笑った。二人は車に乗りこんだ。「さてと、食事にする？」

ボンドは後ろめたいような気持ちになった。なんといっても、世界の食糧難の話を聞いたばかりだ。「あなたにまだその気があれば」

「大ありよ」

車を走らせながら、ボンドは訊いた。「あなたが警察に通報してたら、さっきの男は本当に殺されてたと思いますか」

「お米を五十キロ分盗まれたから犯人を捜してくれなんて言ったら、SAPSに笑い飛ばされるでしょうね。だけど、ケープ・フラッツが物騒な集団だというのは事実よ。ジョソが裏切ったと知れたら、おそらく殺されるでしょう。ジョソが今回で懲りてくれたことを祈るしかない」フェリシティはふたたび冷ややかな声に戻って言った。「寛大な心は味方を増やす。でも、コブラのように毒を持つこともあるのよ」

フェリシティの道案内で、バンはグリーンポイント地区に戻った。彼女が選んだレストランはテーブルマウンテン・ホテルのすぐ近くにあるとわかり、ボンドは、それならバンをホテルの駐車場に置いて歩こうと提案した。道すがら、フェリシティが何度か背後に目を走らせたことにボンドは気づいた。表情は硬く、肩には力が入っている。しかし、通りに人影は見当たらなかった。いったい何を恐れているのだろう。

レストランのロビーに入るなり、フェリシティがリラックスしたのがわかった。ロビーにはタペストリーが飾られ、建具にはダークウッドと真鍮が使われていた。大きな窓から海が見える。波の上で光が揺らめいていた。店内の主な明かりはクリーム色をした蠟燭の炎だった。テーブルに案内された。フェリシティの体に張りつくようなドレスがきらめき、一歩歩くごとに色を変えた。濃紺から淡い青へ、淡い青から緑がかった青へ。肌は内側からほのかな光を放っているかのように見えた。

ウェイターはフェリシティの名を呼んで挨拶をしたあと、ボンドに微笑みかけた。フェリシティはコスモポリタンを食前酒に選んだ。ボンドもカクテルを飲みたい気分になって、フィリー・メイデンストーンと食事をしたときに注文したのと同じものを頼んだ。「クラウンロイヤルのダブル。ロックで頼む。そこにトリプルセックをハーフメジャーと、アンゴスチュラビターズを二ダッシュ加える。最後にオレンジのピールをツイストして添えてくれ。スライスではなく、ピールだ」

ウェイターが立ち去ると、フェリシティが言った。

「そんなカクテル、初めて聞いたわ」

「自分で考えたものでね」

「名前はあるの？」

ボンドは一人微笑んだ。ロンドンのレストラン、アントワーヌのウェイターも、まったく同じことを尋ねた。「まだ」数日前にMと交わした会話がふと記憶に蘇り、そこから閃いた。「ああ、いい名前を思いついた。〝カルト・ブランシュ〟。あなたに敬意を表して」

「私に？　どうして？」ほっそりとした眉を寄せて、フェリシティが訊く。

「あなたの賛同者にこのカクテルをたっぷり飲ませたら、あなたの一存でいくらでも金を持っていっていいという内容のカルト・ブランシュをその場で書いてよこすだろうから」

フェリシティは笑い、彼の腕に手を置いてそっと力を込めた。それから料理のメニューを取った。

こうしてすぐそばに座っていると、フェリシティが隅々まで計算し尽くして化粧を施していることがわかる。ネコを思わせる目や、頬骨や顎のシャープなラインがみごとに強調されていた。それを見て、ボンドはふと思った。古典的な美という意味では、フィリー・メイデンストーンのほうがいくらかそれに近いかもしれない。しかし、フィリーの美しさはけっして声高に主張したりはしない。それに対してフェリシティの美は、自信にあふれた、押しつけがましいくらいの強さを持っていた。

ボンドは二人を比較するような真似をした自分を叱りつけ、メニューを取った。くどくどしい説明に適当に目を走らせる。このセルシウス（摂氏）というレストランの自慢は、摂氏九百五十度という高熱に達する特殊なグリルらしい。

フェリシティが言った。「私の分も注文してもらえないかしら。前菜は何でもいいわ。でも、メインにはステーキが食べたい。セルシウスの肉のグリルは世界一だから。ねえ、ジーン、まさかヴィーガンじゃないわよね？」

「まさか、菜食主義とは対極にいるような人間ですよ」

ウェイターが注文を聞きにきた。ボンドは前菜に新鮮なイワシのグリルを選び、メインには大きなリブアイステーキを二人分頼んだ。そして、骨を取らずにグリルしてくれとリクエストした。アメリカでは〝カウボーイカット〟と呼ばれる焼きかただ。

ウェイターは、ステーキ用のソースには何種類か用意があると説明した。アルゼンチンのチミチュリー、インドネシアのコーヒー、マダガスカルのこしょう、スペインのマデイラ、ペルーのアンティクチョ。だが、ボンドはソースはいらないと断った。ステーキ肉には、味付けなどしなくても充分なうまみがあるものだ。塩こしょうさえあれば、それで足りる。

フェリシティはそのとおりというようにうなずいた。

ボンドは次にワインを選んだ。南アフリカ産の赤ワイン、ラステンバーグ・ピーター・バーロー・カベルネの二〇〇五年。

ワインは期待どおりの上質なものだった。グラスを軽く打ち合わせ、ワインを味わう。

ウェイターが前菜を並べた。グレゴリー・ラムのおかげで昼食を食べそこねていたボンドは、猛然と料理を口に運んだ。

「どんなお仕事をなさってるの、ジーン?」

「セキュリティ関連です」

「そうなの」二人のあいだの空気がわずかに温度を失った。ビジネスの世界でもまれてきたフェリシティには、〝セキュリティ関連〟が実際には何を指しているか、ぴんときたはずだ。ジーン・セロンがアフリカで起きている紛争に何らかの形で関わっていることも察しただろう。さっきのパーティのスピーチで、戦争は食糧難の主たる原因の一つだと述べてもいた。

ボンドは言った。「セキュリティシステムを導入したり、警備員を派遣したりする会社を経営している」

それは完全な嘘ではないと解釈したらしく、フェリシティはこう応じた。「私は南アフリカ生まれだし、ケープタウンで暮らし始めてもう四年か五年になるわ。この国の変化をずっと見てきてる。犯罪は、以前ほど大きな問題ではないけれど、警備員はやはり必要ね。うちでも何人も雇ってる。やはり必要だから。慈善活動をしてるからといって、危険がよけて通ってくれるという保証はない」それから、陰鬱な調子で付け加えた。「食料を無料で配ることにはまったく抵抗は感じないわ。でも、盗まれるのは許せないの」

自分のことをそれ以上訊かれないよう、ボンドはフェリシティの身の上を尋ねた。

生まれ育ったのは西ケープ州の田舎町だという。イギリス出身の両親のあいだに生まれた一人っ子だ。父親は鉱業会社の重役だった。フェリシティが十三歳のとき、一家は両親の故郷であるロンドンに移住した。寄宿学校時代は誰からも相手にされなかったとフェリシティは言った。「ガゼルの内臓の抜きかたをとうとうと説明したりしなければ——とりわけ学食でね——もう少し馴染めてたのかもしれないけど」

ロンドン・ビジネス・スクールを出て、シティの大きな投資銀行に就職した。そこでは〝まあまあ〟の実績を残した。そのいかにも大したことではないという言いかたが、ずば抜けて優秀だったのであろうことを示唆していた。

　しかしやがて投資銀行での仕事に物足りなさを感じ始めたという。「楽勝すぎたのよ、ジーン。挑戦しがいのある難題なんて、一つも見つからないんだもの。どうせならもっと険しい山に登りたいと思った。それで、四、五年前に、人生をいったんリセットしようと考えたの。一月《ひとつき》休暇を取って、この国に戻ってきた。そのとき目の当たりにしたのよ。食糧難がものすごい勢いで広がってる現実をね。誰かがなんとかしなくちゃと思った。周囲は言ったわ。手を出さないほうがいいって。何をしたってどうせ無駄だからって。でも、私にそういうことを言うのは、闘牛に赤い布を振ってみせるようなもの」

「鋼の意思のフェリシティ」

　フェリシティが微笑む。「そんなこんなで、いまこうして支援者をいじめてお金を出させて、アメリカやヨーロッパのメガファームと戦ってるわけ」

「〝農業帝国主義《アグロポリー》〟。うまい言いかただ」

「私の造語よ」そう言ってから、怒りを吐き出すように続けた。「彼らはこの大陸を破壊しようとしてる。そんなこと絶対に許せない」

　ウェイターがじゅうじゅうと音を立てているステーキをのせた鉄板を運んできて、真剣な議論はそこで中断された。肉は外側はかりっと香ばしく、なかは柔らかくてジューシーだった。しばらく無言でステーキを口に運んだ。途中でボンドは、肉を一口大に切り分けたものの、すぐには食べずに、ワインを一口飲んだ。グラスを置いて、いざ肉をフォークで拾おうとすると、切り分けたかけらは消えていた。フェリシティがいたずらっぽい表情でこちらを見ながら口を動かしていた。「ごめんなさい。魅力的なものが目に入ると、どうしても手に入れなくちゃ気が済まない性格なの」

　ボンドは笑った。「油断ならないな。セキュリティの専門家の目の前で盗みを働くなんて」ボンドはソムリエに合図した。カベルネの新しいボトルが運ばれてきた。ボンドは会話をセヴェラン・ハイトへとさりげなく誘導した。

　しかし残念ながらフェリシティは、ハイトに関して、ボンドのミッションに役立ちそうなことはほとんど知らないようだった。それでも、彼女の慈善団体に寄付をしているハイトの取引先の名をいくつか挙げた。ボンドはその名前を記憶した。フェリシティは、ナイアル・ダンに会ったことはないが、ハイトにはひじょうに有能な右腕がおり、その人物が技術的な問題をすべて解決していることは知っているらしい。フェリシティは眉を片方だけ吊り上げて言った。「いま気づいたんだけど――あなたも彼が雇ってる人ってことよね」

「え？」

「ケープタウンの北にあるグリーンウェイのプラントのセキュリティ。私は一度も行ったことがないんだけど、アシスタントの一人が寄付金を受け取りにいったことがあるの。金属探知機や全身スキャナーだらけで面倒くさいって文句を言ってた。携帯電話はもちろん、ペーパークリップ一つ持ちこめないそうよ。入口で預けなくちゃならないらしいの。アメリカの古い西部劇映画みたい。ほら、酒場には銃を持ちこめないでしょ」

「そこの警備の契約の相手には、私ではない誰かが選ばれたらしいな。私がしてるのはほかの仕事だから」いまのセキュリティに関する情報はボンドを当惑させた。ベッカ・ジョルダーンは違法な監視を嫌っているが、それでも、グリーンウェイには携帯電話とペーパークリップ以上のものを持ちこむ心づもりでいた。だが、それについては考え直す必要がありそうだ。

食事がすみ、ワインのボトルも空になった。見回すと、ボンドたちが最後の客になっている。ボンドは会計を頼み、支払いを済ませた。「これで寄付は二度しましたからね」ボンドは冗談を言った。

レストランの出口に向かう。フェリシティの黒いカシミアのコートを受け取って、彼女の肩にそっと着せかけた。並んで歩道を歩きだす。フェリシティの靴の細いヒールがアスファルトを叩いて小気味よい音を立てた。このときもまた、通りを油断なく見回した。それから肩の力を抜くと、ボンドの腕に自分の腕をからめた。彼女の香水の香り、ときおり腕に押しつけられる乳房の弾力。ボンドはそれらを痛烈に意識した。

ホテルが近づいた。ボンドはポケットからバンのキーを取り出した。フェリシティが歩をゆるめる。頭上に広がる澄み渡った夜空には、数えきれないほどの星が輝いていた。

「とても気持ちのいい夜ね」フェリシティが言った。「残り物をフードバンクに届けるのを手伝ってくださってありがとう。体力がありそうな人だと思ったけれど、期待以上だった」

ボンドは考える間もなくこう誘っていた。「ワインをもう少しどうかな」

緑色の瞳がボンドの目をまっすぐに見上げていた。

「あなたはどう、飲みたい気分?」

「ああ」ボンドは即座に答えた。

十分後、二人はテーブルマウンテン・ホテルのボンドの部屋にいた。ソファを窓のすぐ前に移動して、そこに並んで腰を下ろした。それぞれの手には、ステレンボッシュ地区産のピノタージュのグラスがあった。

湾上で瞬く光を見つめる。ぼんやりとにじんだ黄色、白。何かを期待して宙を舞っている無害な虫のような光。

フェリシティがこちらを向いた。何か言おうとしたのかもしれない。そうではなかったかもしれない。いずれにせよ、ボンドはその機をとらえて身を乗り出すと、唇をそっと重ねた。いったん退却して彼女の反応を確かめたあと、ふたたび前進してキスをした。前よりも強く。そしてその感触に、味わいに、熱に、我を忘れた。彼女の息が頬に吹きかかった。腕はヘビのように彼の肩にからみついた。唇と唇がむさぼり合う。それから、彼女の唇は彼のうなじに移動すると、たくましい肩との境目を軽く咬んだ。肩から上腕にかけて弧を描く傷痕を、彼女の舌がそっとなぞっていく。

ボンドは彼女のうなじに手をすべらせて指先を髪のなかへもぐりこませると、彼女を抱き寄せた。ムスクの挑発的な香りが彼の世界を占領していた。

これに匹敵する瞬間はスキーくらいしかない。見た目には美しいが危険に満ちた斜面を、そのてっぺんから見下ろす瞬間。行くか、やめるか。それを決めるのは自分だ。スキー板を外して、徒歩で山を下りる選択肢もあるだろう。しかし、ボンドにとってそれは選択肢ですらなかった。斜面のてっぺんに立ったら最後、重力とスピードの誘惑に身を委ねるしかない。彼に選ぶことができるのは、増す一方のスピードをどうやってコントロールするか、それだけだ。

それはいまこの瞬間も同じだった。

彼女のドレスを手際よく脱がせる。透けるような青い生地がするりと床に落ちた。フェリシティがボンドを引き寄せた。二人は彼女を下にしてソファに横たわった。フェリシティの歯がボンドの下唇をはさんでそっと引っ張る。ボンドは彼女のうなじにふたたび手を当てて頭を抱き寄せた。フェリシティの両手は彼の腰のあたりを強くもむようにしている。フェリシティは体を震わせながら一つ鋭く息を吸いこんだ。なぜなのかわからないが、そうやって腰に触れるのがいいらしい。彼にも同じように腰を強くつかんでほしいと思っているのもわかる。愛を交わす者はそうやって意思をやりとりする。ボンドはその場所を、彼女の繊細な背骨の感触を指先に覚えこませた。

ボンドのほうは、彼女の全身に悦びを見いだした。貪欲な唇、傷一つない引き締まったもも、ぴんと張りつめた黒いシルクに包まれた乳房、くぐもったうめき声を漏らしている華奢な首や喉、顔を縁取る豊かな髪、そこから迷い出た幾筋もの髪。

永遠とも思えるあいだ、口づけを交わしていた。やがて彼女のほうから唇を離すと、彼の熱を帯びた目をまっすぐに見つめた。緑色の輝きに彩られたまぶたは、なかば閉じられている。双方が降伏を認め、双方が勝利を収めた。

ボンドは彼女の体を軽々と抱き上げた。唇がふたたび重ね合わされた——ほんの一瞬だけ。それからボンドは彼女を抱いたままベッドに向かった。

木曜日　失踪通り

44

ぎくりとして目が覚めた。悪夢を見ていたのはわかるが、どんな夢だったのかは思い出せない。ジェームズ・ボンドの頭になぜか最初に浮かんだのは、フィリー・メイデンストーンの顔だった。滑稽なことに、彼女を裏切ったような気分でいた。一緒に食事をした夜、別れ際にほんの〇・五秒ほど頬と頬を軽く寄せ合っただけの仲なのに。

寝返りを打つ。ベッドのそちら側は空っぽだった。時計を見る。七時三十分。シーツや枕にフェリシティの香水の香りがかすかに残っていた。

敵について、また敵の目的について知ろうとして始まった夜は、それ以上のものに変貌して終わった。ボンドはフェリシティ・ウィリングに強い共感を抱いた。ロンドンの金融街を征服したタフな女。いまはその知性と気概をより気高い戦いに捧げようとしている。そう考えると、ボンドと彼女は、行く道は違っても、ドンキホーテ的騎士という点では同じなのだという気がした。

そして、彼女にまた会いたいと思った。

だが、その前に済ませておかなくてはならないことがある。ボンドはベッドから下り、タオル地のドレッシングガウンを羽織った。一瞬ためらってから、自分に言い聞かせた——やらずにすませることはできないだろう。

スイートのリビングエリアに置いたノートパソコンに近づく。Q課が改造を施したもので、モーション起動式の高感度カメラが内蔵されている。ボンドはパソコンを起ち上げ、カメラがとらえた映像を再生した。画角に収まっているのは、部屋のドアと、ボンドがジャケットやパンツをかけておいた椅子だけだ。服には財布とパスポートと携帯電話が入っている。タイムスタンプによれば午前五時三十分ごろ、服を着たフェリシティが椅子の前を通り過ぎた——携帯電話にも、服のポケットにも、ノートパソコンにも関心を示さないまま。そのあと、ドアの前で足を止めて、ベッドのほうを振り返った。その顔に浮かんでいるのは——笑みだろうか。はっきりとはわからないが、ボンドはそう解釈することにした。フェリシティはドアの脇のテーブルに何か置いて出て行った。

ボンドは立ち上がってテーブルに近づいた。ランプの隣に名刺が置いてある。慈善団体の代表番号の下に、手書きで携帯電話の番号が添えられていた。ボンドは名刺を財布にしまった。

歯を磨き、シャワーを浴びて髭を剃り、ジーンズを穿いて、ゆったりしたシルエットのラコステの黒いシャツを着た。そのシャツを選んだのは、ワルサーを隠すためだ。あまりの滑稽さに一人笑いながら、派手なブレスレットと腕時計を着け、ＥＪＴというイニシャルが刻まれた指輪をはめた。

携帯電話とパソコンのメールを確認する。パーシー・オズボーン＝スミスから一通届いていた。オズボーン＝スミスは改心の誓いを守り、イギリス国内での捜査の進捗を簡潔に伝えてきていた。ただし、進展らしい進展はない。

国防省の我らが友人たちは、いまもアフガニスタンにご執心らしい。まあ、私たちにとっては好都合というべきだろうね、ジェームズ。ハイトのやつに手錠をかけて、きみと一緒にジョージ・クロス勲章授与式に出席するのがいまから楽しみだよ。

部屋で朝食をとりながら、目前に迫ったグリーンウェイのプラント見学のことを考える。昨夜目にしたこと、耳にしたことを一つずつ思い返して検討した。なかでも気がかりは、超がつくほど厳しいらしいセキュリティだった。朝食がすむと、Ｑ課に電話をかけ、サヌ・ヒラーニを呼び出してもらった。背景で子供たちの声が聞こえている。おそらくこの電話はヒラーニの携帯電話に転送され、ヒラーニは自宅にいるのだろう。サヌ・ヒラーニは六人の子だくさんだ。全員がクリケットをプレーする。なかでも一番上の娘は強打者だった。

ボンドは通信手段と武器が至急必要だと説明した。ヒラーニは、いくつかアイデアはあるが、短時間のうちに解決策をひねり出せるかどうかはわからないと言った。

「時間はどのくらいある？」

「二時間」

電話の向こうから――一万キロの彼方から、考えこむような沈黙と長い溜め息が聞こえた。それから——「ケープタウンで私の代わりに動いてくれる人間が必要だな。街の事情に通じていて、最高機密にアクセスする権限を与えられている誰か。ああ、それに、盤石のNOCも必要だ。いま挙げた条件に当てはまる人物に心当たりは？」

「きわめて遺憾ながら、ある」


午前十時三十分、ボンドは灰色のウィンドブレーカーを羽織ってSAPS本部に出かけた。すぐに犯罪対策捜査課に案内された。

「おはようございます、ボンド中佐」クワレニ・ンコシが微笑んだ。

「おはよう」ボンドはうなずいた。二人は共犯者のような視線を交わした。

「今朝の新聞、読みましたか」ンコシが『ケープ・タイムズ』を軽く叩いてみせた。「悲しい事件が載ってます。ゆうべ、プリムローズガーデンズのタウンシップの民家に火炎瓶が投げこまれて、一家全員が焼死したそうです」そう言ってわざとらしく眉間に皺を寄せる。

「そいつはまさに悲劇だな」ボンドはそう応じながら、内心で考えていた——ウェストエンド進出に野心を燃やしているわりに、その芝居は見られたものじゃないぞ。

「悲劇です。うん、間違いない」

ボンドはベッカ・ジョルダーンのオフィスをのぞいた。ジョルダーンが手招きしていた。「おはよう」オフィスの片隅にくたびれたスニーカーがある。昨日は気づかなかった。「よく走るのか？」

「ときどきね。仕事柄、体調管理は大事だから」

ボンドもロンドンにいるときは、毎日最低一時間をODGのジムでのエクササイズとリージェントパークでのランニングに費やす。「俺もランニングは好きだ。時間があったら、ランニング向きのルートを案内してくれないか。ここなら景色を楽しみながら走れるところがありそうだ」

「ホテルに地図の用意があるんじゃない？」ジョルダーンはそっけなく言った。「ロッジ・クラブで何か収穫はあった？」

ボンドはパーティでの出来事を詳しく話した。

ジョルダーンが訊く。「そのあとは？　ミズ・ウィリング個人からは……収穫はあった？」

ボンドは眉を吊り上げた。「きみは法的根拠のない監視には反対なんじゃなかったか？」

「公道を歩いてる人物の安全を確認するのは法律違反でも何でもないわ。それに、ンコシ巡査長から聞いたでしょう。市の中心部には街頭カメラが設置されてるの」

「まあいい、きみの質問に答えると、ミズ・ウィリングからも収穫があったよ。グリーンウェイの警備は相当に厳格だという情報をくれた」それから冷ややかな口調で付け加えた。「彼女のおかげで助かったよ。ほかには誰もそのことを知らなかったらしいからね。そのままのこのこ行ってたら、ひどい目に遭うところだった」

「じゃ、彼女が教えてくれたことにせいぜい感謝したら」ジョルダーンが言った。

ボンドはフェリシティから聞いた三人の大口寄付者――ハイトが彼女に紹介したという人物の名を挙げた。

そのうちの二人は、ジョルダーンも知っていた。合法な事業で成功を収めているビジネスマンだ。さっそくンコシが照会をかけたが、その二人も残る一人も、前科はなかった。いずれにせよ、三人ともいまはケープタウンを留守にしている。この三人がすぐに役に立ってくれることはなさそうだ。

ボンドはジョルダーンを見やって言った。「フェリシティ・ウィリングは嫌いか？」

「嫉妬してるとでも思ってるの？」その顔はこう言っていた――男が考えそうなことよね。

ンコシが顔をそむける。ボンドはンコシにちらりと目をやったが、この国をまたいだ議論において、イギリスの味方につくつもりはないらしい。

「そんなことはまったく考えてない。ただ、きみの目つきを見て、彼女をよく思ってないらしいと感じただけのことさ。どうしてだ？」

「本人に会ったことは一度もない。もしかしたら文句のつけようのないすてきな人なのかもしれないわね。でも、あの人が象徴してるものが気に入らない」

「象徴してるもの？」

「この国に来て、私たちの頭をなでて施し物をする外国人。二十一世紀版の帝国主義だわ。外国人がアフリカに来るのは、昔はダイヤモンドや奴隷が目的だった。いまは裕福な西欧人の罪悪感を拭い去るのに利用されてる」

「俺が思うに」ボンドは穏やかに言った。「腹を空かしたままじゃ、前に進むことはできない。食べ物がどこから来たかなんて関係ないだろう」

「大いに関係があるわよ。抑圧と搾取から解放されたければ、自分の足で立ち上がる必要がある。私たちにはその力があるのよ。時間はかかるかもしれないけど、いつか自分の足で立ち上がる日が来る」

「イギリスやアメリカが軍事国家に対する武器の輸出を禁止したところで、きみたちはいっさい文句を言わない。飢えはロケット弾や地雷と同じくらい危険なものだろう。俺たちがそれを食い止める努力をするのは間違いだと言うのか？」

「それとこれとは別問題よ。わかりきったことを言わないで」

「俺には別問題とは思えない」ボンドは突き放すように言った。「それに、フェリシティは、きみが考えている以上にきみたちの味方なのかもしれないぞ。あの活動を通じて、ヨーロッパやアメリカ、アジアの巨大企業を敵に回してるんだからね。そういう企業が、本来ならアフリカの人々が自分たちで解決すべき問題に下手に首を突っこんできたせいで、かえってややこしいことになったと主張してる」昨夜、レストランまでの短い道のりを歩くあいだも不安げにしていたことを思い出した。「そう声高に主張したせいで、脅迫か何かを受けたことがあるのかもしれない。きみの知ったことじゃないかもしれないが」

ジョルダーンはそれにもまるで関心を示さなかった。まったく、どこまで意固地な女なのか。

ボンドは巨大なブライトリングの腕時計を確かめた。「そろそろグリーンウェイに行く。車が必要だ。セロン名義でレンタカーを手配できるかな」

ンコシが顔を輝かせてうなずいた。「できます。うん、間違いない。あなたは運転が好きなんでしょう、ボンド中佐」

「ああ、好きだが」ボンドは答えた。「どうしてわかる？」

「昨日、空港からここに来るとき、マセラティやモトグッツィ、アメリカ製の左ハンドルのマスタングなんかをじっと見てたから」

「観察眼が鋭いな、ンコシ巡査長」

「ええ、いろんなことを注意して見ておくように心がけてます。ムスタング——いい車だな。でも、いつか買うなら、ジャガーにします。それが夢なんです」

そのとき、廊下のほうから大きな声が聞こえた。「やあ、どうもどうも、お邪魔するよ！」

思ったとおり、グレゴリー・ラムの声だった。MI6のエージェントはその場の全員に手を振りながら、どかどかとオフィスに入ってきた。ラム本人が昨日認めていたとおり、ベッカ・ジョルダーンにラムが嫌われているのは確かなようだ。しかしンコシとは気が合うらしく、つい先日行なわれたらしいサッカーの試合の感想を述べ合っている。

ジョルダーンに警戒の目を向けたあと、大柄な赤ら顔のエージェントはボンドのほうを向いた。「私をお呼びだろう、友よ。MI6から、あんたに協力するようにと連絡を受けた」

今朝、ヒラーニに問われて、ボンドが協力者としてしぶしぶ候補に挙げた人物が、ラムだった。すぐに対応できそうな人物はほかに思い浮かばなかったし、ラムならば、あらためて身元を確かめる必要がない。

「大急ぎで来た。ちなみに朝飯さえすっ飛ばしたよ。おたくのQ課の何とかいうやつから話は聞いた。あの男はいつも朝早くからあんなに上機嫌なのか？」

「そうだな、いつもあんな調子だ」

「ついでにこっちも話を聞いてもらったよ。私の会社が仲介してるチャーター船の計器に不調があってね。海賊が信号を引っかき回してるせいだ。ところで、いまどきの海賊は眼帯もしてなけりゃ、水兵ズボンも穿いてないらしいな。ともかく、ヒラーニの話によれば、混信させる機械を混信させる機械ってのがあるそうだ。だからって送ってはもらえないらしいがね。そうだ、あんたからかけあってもらえないか」

「うちの組織は公式には存在してないことになってるんだ、ラム」

「そうはいっても、身内じゃないか」ラムはむっとしたように言った。「今日明日にも大型のチャーター船が入港する。巨大な船なんだ」

いまのボンドには、どうやら繁盛しているらしいラムの表向きの仕事に助け舟を出すつもりなどまったくなかった。「で、今日の任務は？」

「ああ、そうだった」ラムは、王冠でも入っているかのように大事に抱えていた黒い袋をボンドに差し出した。「控えめに言っても、今朝の私はよく働いたよ。我ながらほれぼれするような働きぶりだった。街じゅうを走り回った。多額の謝礼も支払った。その分はもちろん、あとで払い戻してもらえるんだろうな」

「その点はご心配なく」ボンドは袋を開けて中身を確かめた。そのうち一つをよくよく観察した。小さなプラスチックのチューブで、《リリーフ　喘息で息苦しいときに》と書いたラベルが張ってある。

ふう、ヒラーニはまさしく天才だ。

「吸入器ですね。肺が悪いんですか」ンコシが訊いた。

「うちの兄貴もですよ。金鉱で働いてるから」

「そういうわけじゃないさ」ボンドはチューブをほかのものと一緒にポケットにしまった。

ンコシの電話が鳴った。通話を終えて言う。「いい車が用意できましたよ、ボンド中佐。スバルの四駆です」

スバルか。どうせ退屈なステーションワゴンか何かだろう。しかしンコシはうれしそうに笑っている。そこでボンドは感謝を込めて言った。「ありがとう、ンコシ巡査長。楽しみだ」

「ものすごく燃費がいい車です」ンコシが弾んだ声で言う。

「だろうね」ボンドは出口に向かった。

が、グレゴリー・ラムに引き止められた。「ボンド、ちょっと待ってくれ」低い声で言う。「ときどき、ロンドンのお偉方は私をちゃんと評価してくれてないんじゃないかと気になることがあってね。それで、昨日は少しばかり話を大げさにしてしまった――その、ケープタウンの実情に関して。本当は、ここじゃ問題らしい問題なんかめったに起きない。せいぜいがコンゴの軍部が慰安旅行にやって来たりするくらいのものだ。それか、ハマスの幹部が乗り継ぎでここの空港に降りるとか。私を推薦してくれてありがとう、友よ。それだけでだいぶ――」

ボンドはさえぎった。「どういたしまして、ラム。ところで、一つ提案がある。俺があんたの友達だってことは、事実として確定しようじゃないか。そうすれば、そうやっていちいち念を押さなくてすむだろう。どうだ？」

「そうだな、とも……ああ、いや、わかった」太った顔に笑みが広がった。

ボンドはSAPSのオフィスを出た。心のなかでこう自虐的につぶやきながら──次は地獄、地獄に停車いたします。

45

クワレニ・ンコシのささやかなジョークは、ジェームズ・ボンドを大いに喜ばせた。

巡査長がボンドのために調達したのは、たしかに、日本の小型車だった。ただし、退屈なファミリー向けステーションワゴンなどではなく、メタリックブルーのスバル・インプレッサWRX STIだった。エンジンは三百五馬力のターボチャージャー付き。六速MTで、大型リアスポイラーを備えている。スーパーマーケットの駐車場に停まっているより、WRCに出場しているほうがずっと似合いそうな元気のいい車だ。運転席におさまるなり、ボンドの自制心はたちまち吹き飛んだ。SAPS本部前のビューテンカン・ストリートに二本の平行なタイヤ痕を長々と残して発進し、自動車専用道路を目指して猛然と加速した。

ナビの案内に従ってケープタウン北部の市街地を三十分ほど気持ちよく飛ばし、スバルの足回りのよさをいいことに、横滑りしながらN7号線に合流した。東に進むにつれ、周囲の景色はしだいにわびしくなっていった。底なしかと思うような採石場を過ぎると、やがて低い丘が連なる殺風景な風景が見えてきた。緑の丘、秋の色に染まった茶色の丘。ところどころに見える木立が単調な景色にリズムを与えている。

五月の空は雲に覆われ、空気は湿り気を帯びていたが、それでも周囲には、廃棄物を満載してボンドのスバルと同じ方角に走るグリーンウェイのトラックのタイヤが巻き上げる土埃が立ちこめていた。通常のごみ収集車も走っているが、グリーンウェイの社名とあの特徴的な緑色の葉──じつは短剣なのかもしれない──のロゴをつけた巨大なトラックも混じっている。車体の脇に書かれた地名は、そのトラックが南アフリカ各地のどの支社に属しているかを示しているようだ。一台はプレトリア支社の車らしい。南アフリカ共和国の行政機能を担うプレトリアは、何百キロも離れている。必要に応じて各地にリサイクル拠点を設置すればいいものを、ハイトはなぜ多額の費用をかけて廃棄物をケープタウンに運ばせているのだろう。

　ボンドはアクセルペダルを踏みこみ、スピードを上げながらトラックを何台か追い抜いた。この車は生きがよくてなかなか楽しかった。フィリー・メイデンストーンに話して、二人で盛り上がりたい。

　そっけない白黒の大型の標識が近づいてきたかと思うと、つぎの瞬間には後ろに飛び去っていた。

ゲファール!!!

危険!!!

プリファート・アイエンスカップ

私有地

N7号線を下りて数キロ走ると、分かれ道にぶつかった。トラックはみな右の道に入って行く。ボンドは矢印のついた標識のあるほう、左にそれた。

コーポラティーヴェ・カントール

メイン・オフィス

　鬱蒼とした林――木々は大きいが、見たところ、最近になって移植されたものらしい――を抜ける道を猛スピードで進むと、上り坂があった。ボンドは《制限速度四十キロ》という警告を無視してぐいとアクセルペダルを踏みこんだ。が、すぐにグリーンウェイ・インターナショナルの建物が見えて、ブレーキをかけた。急ブレーキの理由は障害物があったからでも、道が鋭いカーブを描いていたからでもなく、目の前に広がった不気味な風景のせいだった。

　ボンドの視界を埋め尽くした廃棄物集積場は、どこまでもどこまでも続いて、はるかかなたの地平を覆う煙と土埃のもやの奥に消えていた。草木を焼き払って土地を開いてでもいるのか、二キロほど先にオレンジ色の炎が見えていた。

まさに地獄だ。

すぐ目の前、車がびっしりと停まった駐車場の向こう側に、事務棟がある。その建物は、集積場とはまた違った不気味さを漂わせていた。決して大きな建物ではなく、装飾らしい装飾もない。質素でありながら、それでも異様な迫力を醸し出していた。コンクリート打ちっぱなしの大きな直方体のような建造物。一階建てで、ほんのいくつかある窓は小さく、どうやらはめ殺しのようだった。敷地は高さ三メートルの金網のフェンスで二重に囲まれている。いずれのてっぺんにも残忍そうな有刺鉄線が張り巡らされており、曇り空の下でも鈍い輝きを放っていた。内側と外側の塀の間隔は、ざっと十メートル。似たような光景を別の場所で見たことを思い出した。昨年、MI6の地元協力者の救出に成功したときに目にした、北朝鮮の強制収容所を取り囲む〝発見次第射殺〟ゾーンだ。

ボンドはその二重の塀を見て顔をしかめた。計画の一つがいきなり挫折したからだ。フェリシティからの情報で、金属探知機や全身スキャナーがあることは知っていた。また、しっかりしたフェンスで守られているだろうことも予想していた。しかし、フェンスが二重になっているとは、想定外だった。ヒラーニから届いた機器――耐候性ミニチュア通信装置と武器――をフェンスの隙間から差し入れて内側の草や茂みに隠しておき、敷地内に入ってから回収するつもりでいた。しかし、フェンスが二重になっていて、しかもそのあいだにかなりの距離があるとなっては、その手は使えない。

ふたたび車を前に進めた。入口は分厚い鋼鉄のゲートで守られている。ゲートの上に、文字が並んでいた。

REDUCE REUSE RECYCLE
(減量、再利用、再生)

グリーンウェイの聖歌。背筋が寒くなった。文言のせいではない。文字の並びかたに、どこかまがまがしいものを感じたからだ。黒い練鉄の文字は三日月型に並んでいる。そのシルエットが、ナチの強制収容所アウシュヴィッツの入口の標語を連想させた。働けば自由になれるという標語――《ARBEIT MACHT FREI》。

車を停め、ワルサーと携帯電話を持って降りた。セキュリティがどこまで厳格か、確かめようと思ってのことだ。ポケットには、ヒラーニが用意した喘息患者用の吸入器が入っている。朝、ラムから受け取ったほかの物品――武器と通信装置――はフロントシートの下に隠した。

外側のフェンスに設けられた最初の警衛所に向かう。制服姿の大柄な男が挨拶代わりに控えめにうなずいた。ボンドは偽名を告げた。警備員は内線電話をかけた。まもなく、同じくらい大柄で、同じくらいいかめしい顔つきをした、ダークスーツ姿の男が現われた。「ミスター・セロン。ご案内します」

ダークスーツの警備員とともにフェンスとフェンスのあいだの緩衝地帯を横切った。案内された先の部屋では、三人の武装した警備員が座ってサッカー中継を眺めていたが、あわてた様子で立ち上がった。

警備員がボンドのほうを向く。「ミスター・セロン。このプラントは厳格な規則のもとで運営されています。ミスター・ハイトは、会社の研究開発のほぼすべてをこのプラントで行なっているからです。機密がこのプラントの外に持ち出されることがあってはなりません。携帯電話や無線などの持ち込みはいっさい禁止されています。カメラやポケットベルもです。お持ちでしたら、こちらでお預かりさせていただきます」

部屋には大きな整理棚があった。旧式なホテルのフロントの奥にある、部屋の鍵を整理しておく棚に似ている。数百の仕切りの大部分には携帯電話が置いてあった。警備員はボンドが棚を見ていることに気づき、説明を加えた。「従業員にも、いまご説明した規則が適用されます」

グリーンウェイのロンドンの施設について、レネ・マティスが話していたことを思い出した――施設を出入りするSIGINTはいっさいない。ゼロだ。「さすがに一般電話は使えるんでしょう？　あとで留守電のメッセージをチェックしたい」

「ええ、固定電話はあります。ただし、外線を使うには、警備室の中央交換機を通す必要がある。警備の者におっしゃっていただければ、電話はかけられますが、通話内容はモニターされます。いらっしゃる方のほとんどは、ここを出てから電話をかけているようです。メールやインターネットへのアクセスについても同じです。金属製品を持ちこむ場合は、事前にX線検査をさせていただきます」

「となると、銃を持ってることを正直に申告したほうがよさそうだね」

「ええ」警備員はこともなげに言った。グリーンウェイの訪問客の大部分が銃を携帯しているとでもいうみたいだった。「もちろん――」

「銃もここで預けることになる――？」

「お願いします」

ハイトのセキュリティ方針について情報をくれたフェリシティ・ウィリングに、ボンドは心のなかで礼を言った。あらかじめ聞いていなければ、Q課が全エージェントに標準支給している、ペンやジャケットのボタンに仕込まれたビデオカメラやスチルカメラを発見されていただろう。そうなれば、ジーン・セロンの信頼は一瞬にして粉々になっていたはずだ……しかも、下手をすれば、銃撃戦に発展していたかもしれない。

軍事会社を経営するタフな男らしく、面倒な手続きに不満顔をしてみせた。それでも銃や携帯電話はおとなしく預けた。携帯電話は、万が一、調べられたとしても、ジーン・セロンの情報しか表示しないようプログラムされている。それからベルトと腕時計を外し、車のキーと一緒にX線検査用のトレーに置いた。

ボンドは金属探知機をくぐり抜け、カメラや武器や録音機器が仕込まれていないかチェックを受けた腕時計とキーとベルトと再会を果たした。

「こちらで少しお待ちください」警備員が言った。ボンドは指示された椅子に座って待った。

吸入器はまだポケットに入っている。警備員が服の上から触って身体検査をしていたら、おそらく見つかっていただろう。そして見つかっていれば、分解され、じつはそれは吸入器などではなく、金属部品をたった一つしか使っていない高感度カメラであることが暴かれていたはずだ。サヌ・ヒラーニから連絡を受けたケープタウンの工作要員が、その朝、どこかで入手したか、自分の手で組み立てたかしたカメラ。シャッターはカーボンファイバーでできている。シャッターを支えるスプリングも同じだ。

画像データの保存媒体はきわめて興味深いものでできている。現在ではめったにお目にかかれないもの――冷戦時代のスパイが愛用していた旧式なマイクロフィルムだ。カメラは固定焦点式で、底部を押すと写真が撮れる。フィルムを巻き上げるには、本体をねじる。三十枚まで撮影が可能だ。このデジタル時代では、蜘蛛の巣が張ったような遺物がかえって重宝される場面は少なくない。

ボンドは研究開発室の位置を知る手がかりを探した。ステファン・ドラミニの証言から、そこにゲヘナ計画に関する情報が隠されていることは確実だ。しかし、案内板などはどこにもなかった。座って待つこと五分、ようやくセヴェラン・ハイトの姿が見えた。逆光だが、間違いない。長軀、巻き毛と顎髭に縁取られた大きな頭の輪郭、仕立てのよいスーツ。ハイトは戸口をふさぐようにして立ち止まった。「やあ、セロン」黒い瞳がボンドの目を射るように見つめた。

握手を交わした。ボンドはハイトの長い爪が掌や手首に触れるおぞましい感触を無視しようと努力した。

「こっちだ」ハイトは言い、建物の奥へと先に立って歩きだした。内部は外観から受ける印象ほど殺風景ではなかった。それどころか、かなり贅沢なしつらえがされている。高価そうな調度品や美術品、骨董品。職員のワークスペースも快適そうだ。ロビーには、どこの会社とも同じように、ソファや椅子、業界紙やケープタウンの新聞を並べたテーブルが並んでいた。壁には森やなだらかに起伏する砂丘や花畑、小川や海の写真が飾られている。そして、どちらを向いてもあの不気味なロゴがあった――短剣と見間違えそうな木の葉。

廊下を歩いているあいだも、ボンドは研究開発室を探していた。建物の裏口が近づいたころ、研究開発室の方角を示す矢印を見つけた。ボンドはその位置と方向を記憶した。

ハイトはそれとは正反対の方角に曲がった。「こっちだ。本当なら五十ランドの料金を取れそうなツアーに案内しよう」

建物の裏の出口の手前で、深緑色のヘルメットを渡された。ハイトも同じヘルメットをかぶった。裏口に向かう。そこにもまた警備室があった。奇妙なことに、集積場から建物に戻ろうとしている従業員が警備員のチェックを受けている。ハイトとボンドはパティオに立った。低層の建物が何列も並んでいるのが見える。トラックやフォークリフトが忙しく出入りしている。巣に出入りする働きバチのようだった。ヘルメットをかぶった作業員がそこらじゅうにいる。

低い建物が兵舎のように整然と並んだ様子は、まるで刑務所か強制収容所のようだった。

ARBEIT MACHT FREI……

「こっちだ」ハイトが大きな声で言い、土工機械や大型容器、ドラム缶、圧縮梱包した紙や段ボールを載せたパレットなどのあいだを縫うようにして歩いていく。重機の低い音が轟き、地面を震わせている。巨大なボイラーか機械が地中で作動しているかのようだった。対照的に、頭上ではカモメが甲高い声をあげていた。五百メートルほど東に設けられたゲートから入ってくるトラックの荷台から落ちるごみを狙って急降下を繰り返している。

「この業界について、簡単なレクチャーをしよう」ハイトが言った。

ボンドはうなずいた。「聞きましょう」

「廃物処理の方法は四つある。一つは、邪魔にならない場所に捨てることだ。主流は捨て場や埋め立て地だが、海はいまも人気の投棄先だよ。太平洋には、動物プランクトンの四倍量のビニールが漂ってるって話だ。世界最大の捨て場は、太平洋ごみベルト。日本とアメリカのあいだの海域だ。少なくとも、テキサス州の倍の面積がある。アメリカ合衆国と同じとも言われてる。実際のところは誰にもわからない。ただ、一つだけ確かなことがある。いまもじわじわと面積を広げているということだ。

二つめの方法は、焼却だ。これには相当な費用がかかるし、危険な灰も排出される。第三の方法は、リサイクルだね。グリーンウェイの専門はこれだ。そして最後の一つは、減量だ。処理が必要な素材の製造量や販売量を減らすことだよ。ペットボトルは知ってるだろう?」

「もちろん」

「以前よりずっと薄くなってる」

事実、そうなのだろう。

「〝ライトウェイティング〟と呼ばれる手法だ。薄くすれば、圧縮しやすくなる。一般的に言って、処分が必要になるまでは、製品そのものがごみを増やすことはない。量を増やす元凶は、包装だ。大量生産、大量消費の時代が到来するまでは、ごみ処理は簡単だった。しかしいま、製品を消費者の手に届けるにはどうする? スチロール樹脂で保護し、段ボール箱に入れたうえに、手提げつきのビニール袋に入れて持ち帰らせる。贈答品なら、色つきの包装紙でくるんで、リボンまでかける！　クリスマスは、ごみのハリケーンみたいなものだよ」

　背筋を伸ばして自分の帝国を見やりながら、ハイトは続けた。「廃棄物処理施設はどこもだいたい五十から七十五エーカーまで面積を広げた。うちのこのプラントは百エーカーある。南アフリカ国内に似たような施設がほかに三か所あるし、集積所は数十か所ある。通りで見かけるごみ収集車が集積所にごみを運びこむ。そこで圧縮した廃棄物を、今度は処理場に運ぶわけだ。南アフリカのスクワッターキャンプに初めて集積所を作ったのは私だよ。わずか半年で、田園地帯のごみは六十から七十パーセントも減った。ビニールの手提げ袋はかつて、〝南アフリカの国花〟と呼ばれてた。いまは違う。私が片づけたからだ」

「ここにはプレトリアやポートエリザベスからもごみが運びこまれてきてますね。さっきトラックを見かけましたよ。どうしてそんな遠くから？」

「特殊な廃棄物だからさ」ハイトはそっけなく答えた。

　その廃棄物は、とりわけ危険だということか？

　ハイトがレクチャーを再開した。「まずは正確な用語を覚えることからだな、セロン。業界では、水気を含んだ廃棄物を〝生ごみ〟と呼ぶ。たとえば残飯だね。〝生活ごみ〟は水気を含まないもの、段ボールや埃や缶だ。家庭や事務所から回収されるものは〝一般廃棄物〟。単に〝廃物〟とか〝廃棄物〟呼ぶことが多い。〝C＆D〟は建設現場や解体現場から出る建築廃材。公共施設廃物、商業廃棄物、工業廃棄物はまとめて〝ＩＣＩ〟だ。もっとも一般的な用語は〝ごみ〟だが、私は〝廃棄物〟をよく使う」

　ハイトは東の方角――プラントの奥のほうを指さした。「リサイクルできないものはすべてあそこに運ばれて、埋め立てられる。地中に細菌や汚染物質が漏れ出さないよう、ビニールシートで何重にもくるんでいる。埋め立て地の上空には鳥が飛んでるから、一目で見分けられるよ」

　ボンドはハイトの視線を追った。たしかに、カモメの群れが急降下を繰り返している。

「埋め立て地のことを、私たちは〝失踪通り〟と呼んでいる」

　ハイトは今度は細長い建物の入口にボンドを案内した。

ほかの作業施設とは違い、この建物には重厚なドアがあって密閉されている。ボンドは窓からなかをのぞいてみた。大勢の作業員がコンピューターやハードドライブ、テレビ、ラジオ、ポケットベル、携帯電話、プリンターなどを分解していた。たくさんのくず入れが並んでいるが、どれも電池や電球、ハードドライブ、プリント基板、ワイヤ、チップなどであふれんばかりだった。ここの作業員は、ほかの作業員より厳重な防護服を着ている。防毒マスク、分厚い手袋、ゴーグル、顔全体を覆う防護マスク。

「ここは電気電子機器廃棄物――Ｅ－ｗａｓｔｅ処理を専門にしてる。通称〝シリコン通り〟。Ｅ－ｗａｓｔｅは、地球上の毒性物質の十パーセント以上を含んでいる。重金属、バッテリーに使われるリチウム。コンピューターや携帯電話の平均耐用年数を考えてみてくれ。せいぜい二年か三年だろう？　人はそのサイクルでコンピューターや携帯電話を捨てる。ノートパソコンや携帯電話を買うとついてくる小冊子を読んだことがあるか？――《適切に廃棄しましょう》ってやつだが」

「ざっとめくるくらいかな」

「そうだろう。誰もまともに読まない。しかし、重量比で言えば、コンピューターと携帯電話は、地球上でもっとも毒性の高い廃棄物なんだ。中国では、そのまま土に埋めたり焼却したりしてるらしい。自国民を殺すも同然の行為だよ。この問題について、うちでは新しい取り組みを始めようとしてる。クライアントの社内でコンピューターの部品を分別して、適切に処分する」ハイトはそこで微笑んだ。「二、三年後には、うちの社でもっとも収益の高い事業に成長するだろう」

アルフランの工場でデモンストレーションをしていた機械がそれか。ユーサフ・ナサドの命を奪った圧縮装置のすぐそばに置かれていた新しい機械だ。

ハイトが黄ばんだ長い爪を伸ばして続けた。「この建物の奥には、危険物質再生利用部がある。いまもっとも利益を上げている事業の一つでね。塗料からエンジンオイル、ヒ素、ポロニウムまで、ありとあらゆるものを扱っている」

「ポロニウム？」ボンドは冷ややかな笑い声を漏らした。ポロニウムは、イギリスに亡命していた元ロシアのスパイ、アレクサンドル・リトヴィネンコの暗殺に使用された放射性物質だ。地球上でもっとも毒性の高い物質の一つとされている。「そんなものがただ捨てられてる？それは違法だろうに」

「そうだ。しかし、それが廃棄物というものさ、セロン。たとえば、人は一見無害な静電気除去装置を無造作に捨てる……ところが、そういった機器にポロニウムが使われていたりするんだよ。しかし、そのことはほとんど知られていない」

ハイトは次に駐車場へとボンドを案内した。長さ六メートルほどもあるトラックが何台か停まっていた。側面に会社名とロゴ、それに《セキュア・ドキュメント・デストラクション・サービス》という文字が並んでいた。

ハイトはボンドの視線を追って言った。「これもうちの得意分野の一つだ。企業や政府機関向けにシュレッダーのリースサービスも用意してる。しかし、規模の小さな会社では、文書廃棄サービスを利用するほうが安上がりだ。一九七〇年代にイランの学生がアメリカ大使館を占拠する事件があったろう。あのとき、学生たちはシュレッダーにかけられたＣＩＡの機密文書を復元して解読した。そのためにイランに潜入していた工作員の大部分の実名が暴かれることになった。復元作業には、現地の絨毯職人が活躍したらしいね」

それは諜報界に関わる誰もが知る話だったが、ボンドは驚いたような顔を装った。

「グリーンウェイでは、ドイツ工業規格のレベル6に認定されたシュレッダーを使っている。うちの機械を使えば文書は粉末になると考えてくれればいい。最高機密を扱う政府機関も顧客になってるよ」

次に案内されたのは、このプラントでもっとも大きな建物だった。三階建てで、幅は二百メートルほどもある。片側からトラックが次々と入っていき、反対側から出ていく。「ここはメインのリサイクル施設だ。通称〝復活通り〟」

屋内に入る。巨大な装置が三基あった。紙や段ボール、ペットボトル、発泡スチロール、屑鉄、木材など、何百という廃棄物から成る川が絶え間なく流れこんでいる。「分別装置だよ」ハイトが声を張り上げた。機械の音がやかましくて、何も聞こえない。装置の反対側から吐き出された分別済みの廃棄物がトラックに積みこまれ、運び出されていく。缶、ガラス、プラスチック、紙。

「リサイクルというのはおもしろいものだよ」ハイトが叫ぶ。「無限に再生できる物質はほんの一握りだ。大雑把に言えば、金属とガラスだね。それ以外の物質は、再生を繰り返すうちに壊れて、最後は焼却するか、埋め立てるしかなくなるんだ。リサイクルして利益が上がるのは、アルミニウムくらいのものだな。それ以外は、再生するより、原料から作るほうが安上がりだし、製造過程で廃棄物が出ることもなく、しかも簡単だ。再生資源を運搬するトラックや、リサイクルのプロセスそのものが、大気汚染を悪化させている。さらに、原料から製造するより、再生するほうが電力をよけいに食う。資源の無駄遣いなんだよ」ハイトは笑った。「しかし、リサイクルは政治的に正しい……だから人は私に頼る」

ボンドはツアーガイドに従って外に出た。そこへナイアル・ダンが近づいてきた。長い脚。不器用な歩きかた。大きく外に開いた爪先。金色の前髪。その下の青い瞳は、水晶の小さな球のように冷たかった。この男はセルビアで何人もの人々に残酷な仕打ちをし、ドバイではアルフランの助手を殺した。だが、そのことはいったん記憶の片隅に押しやった。ボンドは愛想よく微笑むと、ダンの大きな手を握った。

「やあ、セロン」ダンのほうは無愛想にうなずいた。ハイトを見る。「行こう」いらだったような声だ。

ハイトが近くのレンジローバーを身振りで指し示す。乗れと言っているらしい。ボンドは助手席に乗りこんだ。ハイトとダンからは、期待に胸を躍らせているような気配が伝わってきていた。まるで何か秘密の計画があって、いままさにそれを実行に移そうとしているかのように。ボンドの第六感は、ひょっとしたら何かしくじったのかもしれないと警告していた。正体がばれたのだろうか。何か手がかりを与えてしまっただろうか。

ほかの二人が車に乗りこむ。あいかわらず無愛想なダンが運転手役を務めた。ボンドは思った。死体をこっそり処分するのにうってつけの場所があるとしたら、ここはまさにそれではないか。

失踪通り……

46

レンジローバーはがたごとと車体を揺らしながら、広い砂利道を東へ向かった。廃棄物の梱《こり》やコンテナを積んだ巨大なリブホイールをつけた大型トラックの脇を過ぎ、深さ二十五メートルはありそうな大きな穴の脇を過ぎた。

ボンドは身を乗り出して穴の底をのぞいた。トラックが荷を下ろし、ブルドーザーがそれをならして穴の底に新たな地面を作る。底には黒っぽい色をした分厚いシートが何枚も敷かれていた。ハイトが話していたとおり、カモメがいた。どちらを見上げてもカモメだらけだ。数千羽はいるだろう。その数、甲高い鳴き声、狂乱ぶり。なんとも不気味だった。ボンドの背筋を寒気が駆け上がった。

車は敷地の奥へと進んでいく。やがてハイトが炎を指さした。さっき遠くから見た炎だ。こうして近くで見ると、巨大な火の玉のようだった。肌にその熱を感じた。

「埋め立て地ではメタンガスが発生する」ハイトが説明する。「ここではドリルで掘ってメタンを吸い上げ、発電施設に供給している。しかし、それだけでは消費が追いつかないから、一部はこうしてただ燃やしてしまうしかないんだ。放っておくと、ガスがたまって埋め立て地ごと爆発しかねない。少し前にアメリカで爆発事故が起きた。数百の負傷者が出たそうだ」

十五分ほど行ったころ、車は鬱蒼とした木立を抜け、やがて行く手に現われたゲートを通った。ボンドは思わず声を立てて笑った。不毛なごみの国はふいに視界から消えていた。いま彼らを取り囲んでいるのは、息を呑むほど美しい風景だ。樹木、花、岩、小道、池、森。丹念に設計された庭園が何キロも先まで続いている。

「通称エリジアン・フィールド——楽園だ。地獄を抜けた先に開ける楽園。だが、ここもやはり埋め立て地であることには変わりない。この下には厚さ三十メートル近い廃棄物の層がある。私たちは土地を再生させたということさ。あと一年ほどしたら、一般向けに公開するつもりでいる。南アフリカの人々への私からの贈り物としてね。朽ちたものは、復活して、美しいものに生まれ変わった」

ボンドは植物に詳しいほうではない。チェルシー・フラワーショーの開催期間中、ボンドが感じるのはいらだちだけだった。自宅周辺に大渋滞が起きて閉口させられるからだ。しかしハイトの庭園は文句なく美しかった。庭園を眺めているうちに、ボンドの目は木の根に引きつけられた。

ハイトがその視線に気づいて言った。「ちょっと妙だろう？」

それは木の根ではなかった。根に似せて色を塗った金属のパイプだ。

「地中で発生したメタンガスは、そのパイプを通って別の場所で燃やされるか、発電施設に送られるようになっている」

その仕組みはおそらく、ハイトご自慢のお抱えエンジニアが考案したものだろう。

車はさらに森の奥へと進んで停まった。南アフリカ共和国の国鳥ハゴロモヅルが一羽、近くの池に堂々たる風情で立っていた。片脚だけでみごとにバランスを保っている。

「さあ、ここだ、セロン。ビジネスの話をしようか」

どうしてここで？　ボンドは首をかしげながらハイトのあとについて小道を進んだ。ところどころに植物の名前を記した小さな札があった。ハイトとダンはボンドをどうにかしようと計画しているのだろうか。周囲に目を走らせて、武器に使えそうなものや脱出ルートを探したが、何一つ見つからない。

ハイトが立ち止まって振り返った。ボンドも同じように振り返って——ぎくりとした。ダンが近づいてこようとしている。その手にはライフルがあった。

動じていないふりを装った（〝分身が死ぬときは、自分も死ぬと覚悟せよ〟——フォートモンクトンの教官は研修生たちにそう教えた）。

「ライフルは扱えるか？」ダンが狩猟用ライフルを見せながら訊いた。銃床は黒いプラスチックかカーボンファイバー、尾筒と銃身はブラシ研磨をかけたスチールだった。

「扱える」フェテス・カレッジの射撃チームでは主将を務めていた。スモールボアでもフルボアでも、大会で優勝した経験がある。海軍予備軍時代には、優れた射撃手に与えられる女王勲章を受けている——この勲章は、射撃手に授与されるもののなかでは、唯一軍服に着けることを許されるものだ。ボンドはダンが持ってきたライフルをちらりと見やった。「ウィンチェスター270」

「いい銃だ。そう思うだろう？」

「ああ、いい銃だな。個人的には、30‐06弾より、二七〇口径のほうが好みだ。弾道の曲率がより少ない」

ハイトが訊いた。「ハンティングはするのか、セロン？」

「いや、ほとんどしたことがないな」

ハイトが笑う。「私も基本的に生き物は撃たない……特定の種は別として」笑みが消えた。「ナイアルと、きみについて話し合った」

「へえ、どんなことを？」ボンドは無頓着を装った。

「私たちがいま進めている別のプロジェクトに、きみが加わってくれたら有益なのではないかと話していた。しかし、仲間に迎え入れる前に、きみの誠意を確かめる必要がある」

「資金を提供するとか？」ボンドは時間稼ぎのつもりでそう言った。敵の目的はすでに明らかだ。対応をひねり出さなくてはならない——一秒を争って。

「金ではない」ハイトは大きな頭をボンドのほうにかたむけ、静かに言った。「私が求めている誠意は、金ではない」

ダンが進み出た。ウィンチェスターのライフルの銃床を腰に当て、銃口を空に向けている。「いいぞ。連れてこい」

ジャカランダの木の陰から警備員の制服を着た従業員が二人、現われた。Tシャツにくたびれたカーキのズボンを穿いた痩せた男を引きずるようにしている。男の顔には恐怖が張りついていた。

ハイトが蔑むような目を痩せた男に向けた。それからボンドに言った。「その男は、うちの施設に忍びこんで、E‐waste処理課から携帯電話を盗み出そうとした。そのうえ、警備員に見つかると、銃を抜いて発砲した。幸い、弾はそれてね。警備員に取り押さえられた。身元を洗うと、脱獄囚とわかった。強姦殺人の罪で服役中だった。当局に引き渡してもいいんだが、たまたま今日、こいつがここに現われたのは——きみが来たことも合わせて——何かの縁かと思ってね」

「いったい何の話だ？」

「ハンターとして初めての獲物を倒すチャンスを与えようという話だ。この男を撃てば——」

「撃たないでくれ！」痩せた男がわめく。

「この男を殺せば、それを、そう、着手金として受け取ろう。きみが提案したプロジェクトを進めると同時に、私のほかのプロジェクトにも参加してもらう。しかし、この男を殺すのを拒むなら——まあ、拒みたい気持ちは理解できるよ——ナイアルがこのまま車で正面ゲートまで送っていく。そこからは互いに別の道を行くとしようじゃないか。きみの提案、キリング・フィールドを浄化するというプロジェクトはじつに魅力的だが、お引き取りいただくしかない」

「冷酷に撃てというのか？　人間を？」

　ダンが言った。「あんた次第だ。いやなら撃つな。撃たずに帰れ」アイルランド訛がいつもよりきつく聞こえた。

　だが、これはセヴェラン・ハイトの〝奥の院〟に入りこむまたとないチャンスだ。ゲヘナ計画の全貌を知ることができるかもしれない。一つの命を守るか。それを犠牲にして、数千を救うか。

　もし金曜の攻撃が、同じような計画の最初の一つにすぎないのだとしたら、最終的にいったいいくつの人命が失われることになるのだろう。

　ボンドは服役囚の褐色の顔を見つめた。恐怖に見開かれた目。体の脇でぶるぶる震えている両手。

　ボンドはダンを見た。それから近づいて、ライフルを受け取った。

「撃たないで！　お願いだ！」男が叫ぶ。

　警備員が両側から肩を押して男をひざまずかせ、自分たちは少し離れたところに立った。男はボンドを見つめている。ボンドはこのとき初めて知った。目隠しは、銃殺隊の前に引き出された者のためにあるのではない。引き金を引く者たちのためにあるのだ。自分がいままさに命を奪おうとしている相手の目を見ずにすむように。

「お願いです。撃たないで！」

「もう薬室に弾が入ってる」ダンが大きな声で言った。「安全装置は外してない」

　彼を試すために、空砲を入れてあるのだろうか。それとも、弾はじつは一発も入っていないとか？　泥棒に入ったという男が薄っぺらなTシャツの下に防弾チョッキを着ていたりしないことは、見ればわかる。ボンドは銃を持ち上げた。テレスコープは備わってない。オープンサイトだけだ。十メートルほど先のこそ泥を見つめ、ライフルの狙いを定めた。男は両手で顔を覆った。「やめてください！　撃たないで！」

「もっと近くから狙うか？」ハイトが訊いた。

「ここでいい。ただ、苦しめたくない」ボンドは淡々と言った。「この距離だと、弾は上にそれがちなのかな。それとも下？」

「さあ、どっちだろうな」ダンが言う。

ボンドは銃口を右に向け、こそ泥と同じ距離にある木の葉に狙いを定めた。それから引き金を絞った。甲高い破裂音が響いて、木の葉の真ん中に穴があいた。ボンドの狙いどおりの場所だ。ボンドはボルトを操作し、空薬莢を排出して次の弾を薬室に送りこんだ。そこでまたためらった。

「さあ、どうする、セロン？」ハイトが耳元でささやく。

ボンドは銃口を持ち上げ、男にしっかりと狙いを定め直した。

一瞬の静寂。それから引き金を引いた。甲高い音がまた一つ響き、男が後ろざまに土の地面に倒れた。Tシャツの胸の真ん中に、真っ赤な点が一つ花開いていた。

47

「どうだ」ボンドはライフルのボルトを開き、ダンに放って渡した。「これで満足か？」

アイリッシュマンは大きな手で楽々とライフルを受け取った。無表情のまま、一言も発しない。

しかしハイトはうれしそうだった。「合格だ。さて、オフィスに戻って、私たちのパートナーシップに乾杯しよう……ついでに謝りたい」

「人を殺させたことをか」

「いやいや、きみに人を殺したと思いこませたことをだよ」

「何だって？」

「ウィリアム！」

たったいまボンドが撃った男は跳ねるように立ち上がると、大きな笑みを浮かべた。

ボンドは勢いよくハイトのほうを振り返った。「でも、いま——」

「ワックスブレットだった」ダンが言った。「警察が訓練に使う弾だ。映画のアクションシーンの撮影にも使う」

「俺を試したってことなのか、え?」

「我らがナイアルが考案したテストさ。よくできたテストだろう。きみはみごと合格した」

「おい、俺を子供か何かだと思ってるのか? 冗談じゃないぞ」ボンドは向きを変えると、庭園のゲートに向かって早足で歩きだした。

「待て——ちょっと待て」ハイトが顔をしかめてあとを追ってきた。「これは遊びじゃない、ビジネスだ。ビジネスとはこういうものだろう。信頼できる相手を選び抜かなくてはならない」

ボンドは悪態をつき、拳を握ったり開いたりしながら小道を歩き続けた。

ハイトの切迫した声が追いかけてきた。「いやならしかたがない。しかし、一つ言わせてくれ、セロン。きみは私に背を向けようとしてるだけじゃない。百万ドルに背を向けようとしてるんだぞ。私たちと残れば、明日にもきみのものになるはずの百万ドルに。その先にはもっと多額の金が待っている」

ボンドは立ち止まった。振り返る。

「オフィスに戻って話をしよう。プロ同士、話をしよう」

ボンドはついさっき撃った男を見やった。あいかわらず楽しげににこにこ笑っている。ボンドはハイトに尋ねた。「百万ドルだって?」

ハイトがうなずく。「明日にはきみのものになる」

ボンドはしばし身動きを止めた。庭園を見やる。じつに美しかった。それから、ナイアル・ダンに冷ややかな視線を投げながらハイトのそばに戻った。ダンはライフルの弾を抜き、金属のパーツを一つずつ愛撫するような手つきで丹念に掃除をしていた。

ボンドは不機嫌な顔を崩さず、気分を害している演技を続けた。

ただし、それは上辺《うわべ》だけのことだった。ライフルに込められているのがワックスブレットであることは百も承知だったからだ。火薬と鉛でできた実弾を撃ったことのない人間には違いはわからないだろうが、ワックスブレットは実弾に比べて反動が少ない（罪悪感を軽くするために銃殺隊に空砲を渡すのは無意味だ。自分の弾が実弾だったか空砲だったかは、引き金を引けばわかる）。ボンドが銃をかまえ、〝こそ泥〟が目を覆った瞬間、ボンドの胸に疑念が生じた。銃を向けられた人間はふつう、両手で体のどこかを守ろうとしたりはしないものだ。その姿を見てボンドは、この男は殺されることではなく、目を撃たれて失明することを恐れているのだと悟った。となると、ライフルに込められているのは、空砲かワックスブレットということになる。

その推測の正しさを確認しようと、木の葉を試し撃ちした。反動はごくわずかだった。込められているのは実弾ではない。

きっと〝こそ泥〟は危険手当を約束されているのだろう。ハイトは、ほかの面ではどんな人間であるにせよ、経営者として従業員を大切にしているらしい。いままさにそのことが裏づけられようとしていた。ハイトは札を何枚か取り出すと、〝こそ泥〟に渡した。〝こそ泥〟はボンドのところに来て手を握った。「旦那！　あなたは銃の名人だね。いいところを撃ってくれた。ここ！」そう言って自分の胸を指先で叩く。「前にもっと下のほうを撃たれたことがある。どこだかは言わなくてもわかるでしょう？　まったく、へたくそにもほどがある。あれは痛かった。何日も痛かった。それに、かみさんからさんざん文句を言われた」

レンジローバーにふたたび乗りこんだ三人は、無言のままプラントへと戻った。美しい庭園はまもなく背後に去り、車のウィンドウの向こうには地獄を思わせる失踪通りが広がった。狂乱するカモメ、立ちこめる煙。

ゲヘナ……

ダンはメインオフィス前に車をつけ、ボンドに一つうなずいたあとハイトに言った。「私はほかのメンバーを空港に迎えに行く。一九〇〇時ごろ到着する予定だ。宿泊先に送り届けたあと、また帰ってくる」

つまり、ダンとハイトは夜遅くまでここにいる予定だということだ。それは、のちのちグリーンウェイを偵察するチャンスがあることを意味するのか、それとも期待できないということか。いずれにせよ、いまの時点で一つだけ確かなのは、いますぐにでも研究開発室にもぐりこむ必要があるということだ。

ダンはどこかへ歩み去った。ハイトとボンドは事務棟に向かった。「次はここのツアーかな」ボンドは尋ねた。

「ここは暖かいし……向こうほどカモメがいない」

ハイトが笑う。「ここには見るようなものは何もないよ。まっすぐ私のオフィスに行こう」ボンドが試験に合格したからと言って、裏口の警備室での手続きが省略されることはなかった。とはいえ、警備員たちは今回も喘息の吸入器は見逃した。一番広い廊下を歩きだしたとき、さっきと同じ、研究開発室のありかを示す矢印が目に入った。ボンドは声をひそめた。「申し訳ないが、トイレのツアーをお願いしたい」

「そっちだ」ハイトはそう言って指をさしたあと、携帯電話を取り出して電話をかけ始めた。ボンドは急ぎ足で廊下を進んだ。無人の男子トイレに入り、大判のペーパータオルを一つかみ取ると、丸めて個室の便器に投げこんだ。水を流すと、ペーパータオルが配管を詰まらせた。ボンドは戸口から顔を出し、ハイトが待っている方角をうかがった。ハイトは下を向き、電話での会話に完全に気を取られている。監視カメラは見当たらない。ボンドはハイトがいるのとは反対方向に歩きながら、言い訳を考えた。

〝個室の一つは使用中で、もう一つは詰まっていた。だから別のトイレを探そうと思った。電話の邪魔をしたくなかったから……〟

言い逃れ……

最初の矢印をどこで見たかはちゃんと記憶していた。誰もいない廊下を急ぐ。

《研究開発室　立入禁止》

鉄扉の傍らに、暗証番号を入力するためのキーパッドとカードリーダーがついている。ボンドは吸入器を掌に隠し、キーパッドのクローズアップを含めて何枚か写真を撮った。
頼むよ——ボンドは室内で仕事をしているであろう何も知らない誰かに向けて念じた。そろそろトイレに行きたかったりしないか？　食堂にコーヒーを取りにいくのはどうだ？

　しかし、協力者は現われなかった。鉄扉が開く気配はない。ハイトのところに戻ったほうがよさそうだ。向きを変え、ふたたび急ぎ足で廊下を歩いた。よかった、ハイトはまだ携帯電話で話している。ボンドがトイレの前を通りかかったとき、ハイトが顔を上げた。きっとボンドはちょうど出てきたところなのだと思ったことだろう。

　ハイトが電話を切った。「こっちだ、セロン」

　廊下を奥へ進む。やがてオフィスと住居を兼ねているらしい広い部屋に来た。はめ殺しの窓に向けて大きなデスクが置いてある。そこからはハイトの不毛の帝国が見渡せた。片側に、なぜか寝室がある。ベッドは整えられていない。ハイトはボンドをその前からさりげなく追い払うと、ドアを閉めた。部屋の隅のソファとコーヒーテーブルのほうを指さす。

「飲み物は？」

「ウィスキーを頼む。スコッチがいい。できればシングルモルト」

「オーヘントッシャンでは？」

　グラスゴー郊外の歴史ある蒸留所だ。「いいね。水を一滴落としてもらえればなおいい」

　ハイトはウィスキーを気前よく注ぎ、ごく少量の水を加えてボンドに差し出した。自分には、南アフリカ初のワイナリー、コンスタンシアのデザートワインを注いだ。ボンドもその蜂蜜のように甘いワインを試したことがある。ナポレオンが愛したというワインを、最近になって復刻したものだ。国外追放された皇帝は、流刑生活最後の数年を過ごしたセントヘレナ島に、このお気に入りのワインを何百本も運ばせた。死の床でも呑み続けていたという。

　陰気な部屋には骨董品があふれていた。メアリー・グッドナイトはよく、ロンドンのポートベロー・ロード・マーケットで掘り出し物を見つけては自慢するが、ハイトのオフィスにあるものをマーケットに並べたところで、大した値はつかないだろう。傷がついていたり、へこみがあったり、傾いたりしているようなものばかりだった。壁には古びた写真や絵画、浅浮き彫りなどが並んでいる。ギリシャやローマの神や女神たちの色褪せた姿を写した石板も何枚もあるが、ボンドにはどれが誰を描いたものなのか、さっぱりわからなかった。

ハイトが腰を下ろす。二人は互いに向けてグラスを軽く傾けた。ハイトはいとおしげな目で壁を見つめた。

「大部分は、私の会社が解体したビルからもらってきたものだ。私にとっては聖遺物——聖人の亡骸《なきがら》の一部のような存在なんだよ。ちなみに、聖遺物にも興味がある。じつはいくつか持ってるんだ。ローマの誰もそのことは知らずにいるがね」そう言ってグラスをそっとなでる。

「古いもの、捨てられたもの。そういったものに囲まれていると落ち着く。なぜなのかは自分でもわからない。知りたいとも思わない。よく考えるんだがね、セロン。世の中のたいがいの人間は、自分を理解しようとすることに時間を無駄に使いすぎている。そのままの自分を受け入れればいいのに、欲求をただ満たせばいいだけなのにだ。私は朽ちたもの、衰えたものが好きだ……ほかの人間が敬遠するようなものを好む」そこで一呼吸置いて尋ねた。「私がこの業界に入ったきっかけを知りたいかね？　教えられるところの多い話だと思うよ」

「ぜひ」

「若いころは苦労した。まあ、誰だってそれなりに苦労はしてるものだろうな。しかし、私は人よりも早く社会に出ざるをえなかった。たまたま入社したのが、ごみ収集会社だった。ロンドンでごみの収集人をしていたんだよ。ある日の休憩時間に、同僚たちとお茶を飲んでいるとき、収集車の運転手が通りの向かいのフラットを指さして言った。〝クラーケンウェルの誰かがあそこに住んでるそうだ〟」

クラーケンウェル——おそらく、英国史上もっとも規模が大きく、もっとも成功した犯罪組織のことだろう。現在ではほぼ解体されているが、かつては二十年ほどにわたり、イズリントン周辺を暴力と恐怖をもって支配していた。この間《かん》に組織が関与した殺人は二十五件に上るとされている。

ハイトは暗い瞳をきらめかせながら続けた。「私は興味をそそられた。休憩のあと、収集作業を続けたが、私は仲間に気づかれないよう、問題のフラットのごみは収集せずに隠しておいた。夜を待って、隠したごみを回収し、なかを調べた。それが日課になった。何週間ものあいだ、手紙から請求書、コンドームの空き袋まで、何もかも調べたよ。ほとんどは何の役にも立たなかった。しかし、一つだけ、興味深いものを見つけた。イーストロンドンの住所を記したメモだ。〝ここ〟としか書いていなかった。それでも、そこに何があるか、察しがついた。そのころは安月給だったから、趣味と実益を兼ねて、金属探知機を使って宝探しをしていた。夕方、観光客が引き揚げたあと、ブライトンやイーストボーンあたりのビーチを歩き回って、砂に埋もれた硬貨や指輪を探して拾うんだ。そのための高性能な金属探知機を持っていた。そこで次の週末、メモに書かれていた住所に行ってみた。思ったとおり、空き地だった」ハイトの表情は生き生きとして楽しげだった。「十分とかからず、地中に埋められていた銃を見つけた。すぐに指紋検出キットを買った。専門家でも何でもなかったが、銃の指紋とメモの指紋が同一人物のものらしいことはわかった。銃が何に使われたものか、はっきり知っていたわけではないが――」

「人を殺すのに使ったのでもなければ、地中に埋めるわけがないと思った――？」

「そのとおり。私はクラーケンウェルの男に会いに出かけた。私は、銃とメモは弁護士に預けてあると言った。もちろん、弁護士などいなかったがね、私ははったりをかけるのはうまかったんだ。一時間以内に私から電話がなければ、銃とメモをスコットランドヤードに送るよう頼んであると嘘をついた。まさしく一世一代の大勝負だ。だが、計算し尽くしたうえでの賭けだった。相手はたちまち青ざめ、要求は何かと即座に尋ねた。私は金額を告げた。相手は現金で支払った。私はそれを元手に、小さなごみ収集会社を起ち上げた。のちのグリーンウェイ・インターナショナルだ」

「いまの話を聞くと、〝リサイクル〟という言葉にまったく新しい意味が加わるな」

「たしかに」ハイトはボンドの感想を愉快に思ったらしい。ワインのグラスを傾け、窓の外に目をやり、遠くで赤く輝く炎の玉を見つめた。「知ってたか？　宇宙から確認できる人工物は三つある。中国の万里の長城、ピラミッド……それにニュージャージー州のフレッシュキルズごみ埋め立て地だ」

それは知らなかった。

「私にとって、廃棄物はただの商売道具ではない」ハイトが続ける。「社会に向けて開かれた窓だ……人の魂をのぞく窓だ」そう言って身を乗り出す。「意図せず何かを手に入れることはよくあるね。プレゼントでもらったり、無関心、相続、運命、ミス、欲、怠慢を通じて、何かが手に入ることはある。しかし、何かを捨てるとき、そこにはかならず意思がある」

考えこむような表情をしながら、ワインを一口飲んだ。

「セロン、エントロピーが何か知ってるか?」

「いや」

「エントロピーは」ハイトは黄ばんだ長い爪を弾きながら言った。「自然の本質的な真理だ。腐敗や無秩序へと移行する傾向のことだよ——物理学において、社会において、アートにおいて、生き物において……あらゆるものにおいて。行き着く先は混乱と決まってる」にやりと笑う。「そう言うと、悲観的に聞こえるが、じつはそうでもない。それは世界で最もすばらしいものだ。真理を受け入れれば、道を誤ることはない。そして、エントロピーは真理だ」

ハイトの目は浅彫りの上で止まった。「私は名前を変えたんだ。きみなら知っているだろうが」

「いや、知らなかった」ボンドはそう応じたが、頭のなかではこう考えていた——元の名はマーテン・ホルト。

「変えたのは、姓は父のものそのままで、名は父がつけたものだったからだ。父との結びつきをいっさい断ちたかった」冷たい笑み。「さっき、子供のころの話をちらっとしたね。〝ハイト〟という姓を選んだのは、『ジキルとハイド』の主人公の悪の面を連想させるからだ。私はつねづねこう考えている。人間はかならず明るい建前と暗黒の本音を持っているものだとね。あの小説はそのことを明快に描いた」

「〝セヴェラン(Severan)〟は? 珍しい名前だ」

「紀元前二世紀から三世紀ごろのローマでは、珍しい名前ではなかったはずだ」

「へえ?」

「大学では歴史と考古学を専攻していた。古代ローマと聞いてたいがいの人間が連想するのは何だ? ユリウス・クラウディウス朝の皇帝たちだ。アウグストゥス、ティベリウス、カリグラ、クラウディウス、ネロ。少なくとも、『この私、クラウディウス』——ロバート・グレーヴスの小説でもいい、デレク・ジャコビ主演のBBCのドラマでもいい——を知っていれば、そういった名前を連想するだろうね。しかし、その王朝は情けないほど短期間しか続かなかった。百年をやっと超える程度だ。

もちろん、地中海《マーレ・ノストラム》、皇帝の近衛兵、ラッセル・クロウ主演の映画……何もかもが退廃的でドラマチックだな。〝信じられない、カリグラ、あの子はおまえの妹だろう！〟なんてね。しかし私に言わせれば、ローマの本質が目に見える形で表われるのはずっとあと、別の王朝の時代になってからだ。セウェルス（Severan）王朝だよ。ネロが自死して何年もすぎてから、セプティミウス・セウェルスが築いた王朝だ。セウェルス王朝は、ローマ帝国衰退のきっかけを造った。彼らの統治から、のちに歴史学者が〝無秩序の時代〟と呼んだものが始まっている」

「エントロピー」ボンドは言った。

「そのとおり」ハイトは微笑んだ。「セプティミウス・セウェルスの銅像を見たとき、自分の外見はどことなく彼に似ているという気がした。だから、姓をもらうことにした」ボンドをじっと見つめる。「不安になってきたかね、セロン？　心配はいらないよ。何もエイハブ船長と契約したわけじゃない。私は狂気に憑かれてなどいない」

ボンドは笑った。「頭がおかしいのかもしれないとなどは考えてなかった。本当だ。それより、さっき聞いた百万ドルが気になっていた」

「そうだろう、そうだろう」ハイトはボンドをまじまじと見た。「明日は、私が関わっているたくさんのプロジェクトのなかの一つがようやく実現にこぎつける。主だったパートナーがここに集まる予定だ。きみも来るといい。そうすれば、私たちが目指すものが一発で理解できる」

「百万ドルで、俺に何をしろと？」ボンドは眉間に皺を寄せた。「今度は実弾で誰かを撃つとか？」

ハイトはまた顎鬚をもてあそんだ。たしかに、ローマにこんな風貌の皇帝がいたとしてもおかしくなさそうだ。「明日は何もしなくていい。明日のプロジェクトの手配はすんでるからね。ここではその成果を見守るだけだ。そして祝杯を上げる——気持ちよく乾杯できることを願うよ。今回の百万ドルは、契約金ということにしようじゃないか。明日のプロジェクトが成功したあとは、きみも大忙しになるだろうからね」

ボンドは偽物の笑みを作った。「仲間に入れていただけて光栄だ」

そこでハイトの携帯電話が鳴った。ディスプレイを確かめ、立ち上がって、ボンドに背を向けた。何か問題が発生したらしい。怒りを露にしたりはしなかったが、身動きがぴたりと止まったことから察するに、腹を立てていることは確かだろう。やがて電話を切った。「申し訳ない。パリでトラブルが起きたらしい。立入検査。労働組合。グリーンウェイの件だ──明日のプロジェクトではなく」

ハイトに不審を抱かれたくない。ボンドはここはあっさり引き下がることにした。「わかった。明日は何時に来ればいい？」

「午前十時」

ＧＣＨＱが最初に傍受して解読したメールと、ボンドがマーチで見つけた攻撃の予定時刻をほのめかしている手がかりを元に計算すれば、ゲヘナ計画の目的を突き止めて阻止するのに、十二時間の猶予があることになる。

そのとき、戸口に人影が現われた。ジェシカ・バーンズだった。彼女の制服とも言えそうな出でたちだった──黒いスカートに、肌の露出の少ない白いシャツ。化粧の濃すぎる女性に好感を抱いたことはないが、それにしても、ジェシカが最低限の化粧すらしないのはなぜなのだろう。

「ジェシカ、こちらはジーン・セロンだ」ハイトが上の空といった様子で紹介した。ジェシカとボンドが昨夜のパーティで会っていることを完全に忘れている。

ジェシカも指摘しなかった。

ボンドは彼女の手を取った。ジェシカがおずおずとうなずく。それからハイトに言った。「広告の校正がまだ届かないの。明日になりそう」

「それなら、明日確認すればいいだろう」

「そうなんだけれど、その分、今日の予定がぽっかり空いてしまって。ケープタウンに帰りたいの」

「ちょっとトラブルが起きた。あと二、三時間はかかる。いや、それくらいではすまないかもしれないな。それまで……」ハイトの目が、ベッドのある部屋のドアのほうにさまよった。

ジェシカはためらっている。「わかった」溜め息。

ボンドは口をはさんだ。「私はいまから車でケープタウンに戻ります。よかったら乗っていきませんか」

「いいのかしら。ご迷惑じゃない？」ジェシカはそう訊き返したが、その言葉はボンドにではなく、ハイトに向けられていた。

　ハイトは携帯電話の画面をスクロールしていたが、顔を上げた。「親切にどうも、セロン。じゃ、また明日」

　二人は握手を交わした。

「トッィーンズ」ボンドはアフリカーンス語の別れの言葉を言った。ベッカ・ジョルダーン警部のアフリカーンス語学校で学んだ成果だ。

「あなたは何時ごろ帰る予定?」ジェシカがハイトに訊いた。

「帰れる時間になったらだ」ハイトはまた上の空といった調子で答え、携帯電話に番号を打ちこんだ。

　五分後、ジェシカとボンドは正面玄関側でセキュリティチェックを受けていた。今度も金属探知機を無事に通過した。しかし、銃や携帯電話を返してもらおうとしたとき、警備員の一人が近づいてきた。「それは何ですか?　ポケットに何か入ってますね」

　吸入器だ。ウィンドブレーカーのほんのわずかなふくらみによく気がついたものだ。「何でもない」

「見せていただけますか」

「ごみ置き場から何か盗んだりはしていない」ボンドはぴしゃりと言った。「どうせそう疑ってるんだろうが」

　警備員は忍耐強く言った。「当社の規則はきわめて明快です。見せていただけないなら、ミスター・ダンかミスター・ハイトに連絡します」

〝分身が死ぬときは、自分も死ぬと覚悟せよ〟……

　ボンドは黒いプラスチックの筒を取り出して見せた。手は震えていない。「薬だ」

「薬、ですか」警備員は吸入器を受け取ってじろじろ観察した。カメラのレンズはへこんだところに埋めこまれているが、ボンドの目には、いやというほど目立って見えた。警備員はボンドに返そうとしたところで、ふと思い直した。蝶番式の蓋を開ける。プランジャーがむき出しになった。警備員はそこに親指を当てた。

　ボンドは棚の仕切りにちょこんと収まっているワルサーを盗み見た。距離は三メートル。ボンドと銃のあいだには、ほかに二人の警備員がいた。どちらも銃を携帯している。

　警備員がプランジャーを押した……変性アルコールの細かな霧が警備員の顔のすぐ前に広がった。

　サヌ・ヒラーニは、当然のことながら、いつものように先を見越しておもちゃを製作していた。入っている薬品は偽物でも、スプレーのメカニズムは本物だった。一方、カメラの機構は本体の下部に収められている。アルコールのつんとする匂いがあたりに充満した。警備員は鼻に皺を寄せ、目に涙を浮かべながら、吸入器をボンドに返した。「お手数をおかけしました。その薬をあまり頻繁に使わずにすむことを祈りますよ。使うとかえって苦しそうだ」

ボンドは無言で吸入器をポケットにしまい、銃と携帯電話を受け取った。

正面玄関へと歩く。その向こう側、二つのフェンスのあいだには、無人地帯が広がっている。いざ外へ足を踏み出そうとしたとき、クラクションに似た警報がやかましく鳴り響き、ライトが点滅を始めた。

48

とっさに向きを変え、コンバットシューティング・スタンスを取って、最初に倒すべきターゲットに銃の狙いを定めようとした。

が、第六感がボンドを引き止めた。

それは正解だった。警備員たちは、ボンドのほうを見てもいなかった。全員がテレビのサッカー中継に目を戻していた。

ボンドはさりげなく周囲に視線を走らせた。警報を鳴らしたのはジェシカだった。本来ならセキュリティチェックを免除されているのに、ハンドバッグや宝石類と一緒に金属探知機を通り抜けたのだ。警備員の一人がスイッチを押して装置をリセットした。

一気に跳ね上がった心拍数は落ち着いていた。ボンドとジェシカは屋外に出て、二つめのセキュリティをクリアし、駐車場に向かった。地面は軽やかな風に運ばれてきた、端の丸まった茶色い木の葉で覆われている。ボンドはスバルの助手席のドアを開けてジェシカを乗せ、反対側に回って運転席に座ると、エンジンをかけた。グリーンウェイのトラックだらけの埃っぽい道をN7号線目指して走る。

しばらくのあいだ、ボンドは黙っていた。やがて慎重に仕事に取りかかった。まずは当たり障りのない質問から始めて、ジェシカの警戒心をほぐしていく。旅行は好きか。ケープタウンのお気に入りのレストランは？　グリーンウェイではどんな仕事をしているのか。

それから、ボンドは尋ねた。「これは単なる好奇心からお尋ねするんですが――彼とはどういうきっかけで知り合ったんですか」

「そんなこと、ほんとに知りたい？」

「ええ、ぜひ」

「若いころ、美人コンテストで優勝したの」

「ほんとに？　そんな人にお目にかかるのは初めてだ」

ボンドは微笑んだ。

「こう見えてもなかなかのものだったのよ。ミス・アメリカ・コンテストにも出場したし。でも、ほんとにうれしかったのは……」ジェシカは頰を染めた。「やめておくわ、つまらない話だもの」

「そう言わずに。ぜひ聞かせてください」

「ニューヨークのウォルドーフ・アストリア・ホテルで開かれたコンテストに出たことがあった。コンテストの前、ロビーに出場者が大勢集まってたの。そこにジャクリーン・ケネディが通りかかってね、私を見て言ったの――あなた、本当にきれいねって」ジェシカの顔が輝いた。それまで一度も見せたことのない誇らしげな表情だった。「私の人生のハイライトの一つよ。子供のころから、ジャクリーンは憧れの人だったから」笑みが力を失った。「こんな話、退屈よね」

「いやいや、本当に、ぜひ聞かせてください」

「美人コンテストに出られるのは、若い時期のほんのいっときのことよ。コンテストから引退したあと、コマーシャルに出演した。そのあとは愛用者を装って商品をほめるコマーシャルにも出たわ。でも、そういう依頼もついに来なくなった。母が亡くなったあとの何年かは、母とはとても仲がよかったこともあって、文字どおりのどん底だった。そのころは、ニューヨークのレストランでウェイトレスをしてた。セヴェランの会社はそのレストランの近くにあったの。だから、接待でよく来てたのね。そのうち話をするようになった。話していてとても楽しい人だった。歴史が大好きで、いろんなところに旅行をしてて。どんなに話しても、話題が尽きなかった。

私たちは強い絆で結ばれてる。それはとても……そう、私にとっては新鮮なことだった。コンテストに出ていたころ、よく冗談を言ったものよ。人生なんて、皮膚の厚みほどの深さもない、お化粧の厚みくらいしかないわって。他人が見るのはそれだけだもの。お化粧と服。でも、セヴェランは私にそれ以上の深さがあると思ってくれたみたい。とても気が合った。私は五十七歳で、天涯孤独で、貯金らしい貯金もなかった。なのに、ハンサムな男性が現われたのよ……生命力にあふれた男性が」

ボンドは、その言葉はボンドが想像しているとおりの意味なのだろうかと考えた。

ナビの指示に従って、次の出口でN7号線を下りた。混雑した通りを慎重に走る。ミニバスがあふれていた。交差点でレッカー車が待機している。事故が起きたら真っ先に現場に駆けつけられるようにだろう。トラックやバンの荷台を即席の屋台にして、道ばたで人々が飲み物を売っていた。なかには大繁盛している屋台もある。車のバッテリーを売ったり、オルタネーターを修理したりしている人々だ。その二種類の不具合は南アフリカ製の車だけに発生するらしいのが不思議だった。

雰囲気がいくらか和らいだところで、ボンドは明日の会議のことをさりげなく尋ねた。しかしジェシカは、そのことは何も知らないと言った。ボンドはその答えを信じた。ボンドにとっては腹立たしいことに、ハイトはゲヘナ計画はもちろん、ダンや会社が関わっているほかの違法行為に関して、ジェシカを完全に蚊帳《かや》の外に置いているらしい。

ナビが目的地まであと五分と告げたとき、ボンドは言った。「思ってることを正直に言っていいですか。奇妙ですよ」

「何が?」

「彼ですよ。あんなものにわざわざ囲まれてるなんて」

「あんなものって?」ジェシカはボンドをじっと見つめていた。

「腐敗。破壊」

「でも、それがあの人の仕事だから」

「いや、グリーンウェイの仕事のことを言ってるんじゃない。それは理解できますからね。私が言ってるのは、彼が個人的にこだわってることです。古びたもの、使い古されたもの……捨てられたものに」

ジェシカはすぐには何も答えなかった。威圧感のある石の塀で囲まれた大きな木造家屋を指さす。「そこ。あの家。あの前で――」

　そこでふいに声がくぐもったかと思うと、ジェシカは泣きだした。

　ボンドは車を縁石際に寄せて停めた。「ジェシカ。どうしたんです？」

「私……」しゃくり上げている。

「大丈夫ですか」ボンドは調節レバーを引いてシートを後ろに下げ、ジェシカのほうを向いた。

「何でもないの。何でもない。ごめんなさいね、みっともないところを見せて」

　ボンドはジェシカのハンドバッグを取り、ティッシュを探した。まもなく見つけてジェシカに差し出した。

「ありがとう」ジェシカはしゃべろうとしたが、嗚咽がこみあげて口を閉じた。少し落ち着くと、ルームミラーを自分のほうに向けた。「お化粧はさせてもらえないの。おかげで、マスカラがにじんでピエロみたいになったりはしてないって安心できる」

「化粧をさせてもらえない……どういうことです？」

　ジェシカは何かを打ち明けようとして、寸前でやめた。

「何でもない」ささやくような声だった。

「何か気に障るようなことを言ってしまいましたか？もし私のせいなら謝ります。ただの世間話のつもりだった」

「違うの。あなたのせいじゃないわ、ジーン」

「話してもらえませんか」ボンドはジェシカの目をまっすぐに見た。

　ジェシカは少しためらったあと、ようやく口を開いた。「さっきは嘘をついたの。うまくいってるみたいに話したけど、それは建前だけのこと。私たちのあいだに絆なんかない。そんなもの、初めからなかったのよ。彼が私をそばに置くのは……」そこで片手を持ち上げた。「いえ、こんな話、聞きたくないわよね」

　ボンドは彼女の腕にそっと手を置いた。「あれこれ尋ねた私にも責任がある。馬鹿なことをしました。自分にあきれちまう。とにかく話してください」

「あなたの言うとおり。彼は古びたものが好きなのよ……使い古されたもの、捨てられたもの。私」

「困ったな。そんなつもりで言ったわけじゃ――」

「わかってる。でもね、セヴェランが私をそばに置きたがるのは――私も下降線をたどっているからよ。私は彼の実験動物なの。衰え、年を取り、朽ちていくものを観察するための実験動物。

　彼にとって、私はそれだけの存在よ。ろくに話をすることもない。あの人が何を考えてるのか、私にはさっぱり理解できないし、あの人も私という人間にはまるで興味がないの。クレジットカードを渡してくれて、いろんなところに連れていってくれて、生活の面倒も見てくれる。それと引き換えにあの人は……私が年老いていくのを観察してるのよ。ときどき私をじっと見てることがある。新しい皺ができたとか、シミが増えたとか。だからお化粧をしてはいけないの。明かりだっていつもつけっぱなし……寝室のことよ。それがどれだけ屈辱的なことか、想像できる？　あの人はわかってる。屈辱も衰退の形式の一つだから」

　ジェシカは苦い笑いを漏らし、ティッシュで目元を押さえた。「皮肉なことだと思わない、ジーン？　ものすごい皮肉だわ。若いころの私は、美人コンテストで優勝するために生きてた。審査員も、一緒に出場してた女の子たちも、そう、誰一人、私の内面には目を向けなかった……母でさえそうだった。こうして年を取ったいまでも、セヴェランはやはり私の内面を見ようとしない。彼と一緒にいるのがたまらなくいやになる瞬間がある。でも、私に何ができる？　私は無力だわ」

　ボンドはジェシカの腕に置いた手にほんのわずかに力を込めた。「それは違う。あなたは無力なんかじゃない。年を取っていること、それは強みですよ。経験、判断力、洞察力です。自分のことをよく知っているということだ。若さとは、過ちと衝動です。嘘じゃない。私はそのせいでいろいろ痛い思いをしてますからね」

「でも、あの人がいなかったら、私は何もできないわ――そもそも、どこに行けばいいの？」

「どこへでも。あなたはどこでも好きなところに行けるんですよ。あなたはとても頭のいい人のようだ。それに、お金だって持ってるでしょう」

「いくらかはね。でも、お金の問題じゃないわ。この歳で新しい人を見つけなくちゃいけないってこと」

「どうして他人が必要なのかわからないな」

「若い人の言いそうなことね」

「お言葉ですが、あなたのは、自分の頭で考えるのではなく、他人に言われたことをそのまま信じる人の言いそうなことですよ」

ジェシカはかすかな笑みを浮かべた。「一本取られたわね、ジーン」そう言ってボンドの手をそっと叩いた。「あなたはとても親身になって話を聞いてくれた。知り合ったばかりの人の前で取り乱すなんて、自分でも信じられないわ。さて、もうなかに入らなくちゃ。きっとあの人から電話がかかってくる。ちゃんと家に戻ってるか、確かめるために」ジェシカは家を指さした。

ボンドは車を進め、ゲートの前につけた。ゲートでは警備員が油断なく目を光らせていた。ジェシカに家に上げてもらい、そこに隠された秘密を探り出そうという計画は立ち消えになった。

ジェシカは両手でボンドの手を包みこむようにしたあと、車を降りた。

「明日また会えますね?」ボンドは尋ねた。「プラントで」

小さな笑み。「ええ、私もいるはずよ。私の首についた革ひもはとっても短いの」ジェシカは向きを変え、開き始めたゲートのほうに足早に歩いていった。

ボンドはギアを一速に入れてアクセルペダルをぐいと踏みこんだ。次の瞬間、ジェシカ・バーンズはボンドの思考から完全に消えていた。いまは次の目的地のこと、そこで待ち受けているもののことしか頭になかった。

味方か。あるいは敵か。

しかし、自分から飛びこんだこの世界で経験を重ねるあいだに、ジェームズ・ボンドは学んでいた。その二つのカテゴリーは、かならずしも二者択一ではない。

49

木曜の午前中は、そして午後もずっと、脅威が議論の主役だった。

北朝鮮の脅威。タリバンの脅威。アルカーイダの脅威、チェチェンの脅威、ムスリム同胞団、東マレーシア、スーダン、インドネシアの脅威。一時、イランに関する議論も行なわれた。大統領宮殿から美辞麗句の並んだ超現実的な声明が出されたものの、まともに取り合う者はいなかった。Mはその凋落ぶりを嘆きたくさえなった。かつてペルシアはあれほど強大な帝国だったというのに。

脅威、脅威、脅威……

おっと、可能性としての脅威ではなく正真正銘の攻撃が、たったいま、目の前で行なわれようとしているぞ、安全保障会議が休憩に入ったこの隙を狙って——Mは皮肉混じりにそう考えた。Mはマニーペニーとの通話を終えて電話を切り、ホワイトホールとヴィクトリアエンバンクメントのあいだ、リッチモンドテラスに鎮座する建物の金ぴかの陳腐な喫茶室に戻って、しゃちほこばった姿勢で椅子に座った。攻撃の黒幕は、誰かが汗水たらして国を治めていたはるか遠い時代の遺物、いまとなってはもはや誰の目にも見えないくらい衰退しきった政治システムだ。

そして、黒幕の命を受けて進軍してきた歩兵は、合同情報委員会（JIC）の二人の委員だ。眼鏡をかけた二つの顔が仲よく並んで戸口に現われ、喫茶室に視線を巡らせてターゲットを探している。その様子を見て、Mは七〇年代のコメディ番組『二人のロニー』のおとぼけコンビを連想した。それきり、そのイメージを頭から追い払えなくなった。しかし、発見したターゲットに向かってまっすぐ突き進んでくる二人の表情は、コメディとは対極に位置していた。

「マイルズ」年配のほうがMに声をかけた。この男の名前には〝サー〟の称号がつく。〝サー・アンドルー〟。その響きは、威厳を感じさせる顔つきと豊かな銀色の髪に、文句なく調和していた。

もう一人、ビクストンが首を軽くかしげると、肉の球のような顔が埃をかぶったシャンデリアの光をてらりと跳ね返した。ビクストンは肩で息をしていた。いや、二人とも息を切らしていた。

Mは椅子を勧めなかったが、二人はお茶のトレーをはさんでエドワード七世時代風のソファに腰を下ろした。Mはアタッシェケースから両切りの葉巻を取り出して端を嚙みたい衝動に駆られたが、小道具に頼るのはやめておくことにした。

「前置きは省略する」サー・アンドルーが言った。

「きみがまもなく安全保障会議に戻らなくてはいけないことはわかっているからね」ビクストンが口をはさむ。

「外務大臣と話をしてきたところだ。大臣はいま議会にいる」

なるほど、息を弾ませている理由がそれでわかった。議事堂からここへは車では来られない。官庁街《ホワイトホール》は、ホースガーズ・アヴェニューからキング・チャールズ・ストリートの少し先まで完全に封鎖されている。まるでいざ潜航せんとしている潜水艦のように、水の一滴さえ入りこむ隙はない。文字どおり、安全保障会議の安全を保障するための措置だ。

「インシデント20、ですかな」Mは尋ねた。

「そうだ」ビクストンが言う。「MI6長官にも連絡を取ろうとはしているんだが、このくそったれな会議ときたら……」きっとJICの委員に任命されたばかりなのだろう。給料をくれる相手の尻に嚙みつくような言い草はまずいかもしれないとふいに思い当たったらしい。

「……くそったれなくらい、邪魔くさい」Mはビクストンに代わってそう締めくくった。相手が誰であろうと、何であろうと、くそったれと見なした相手に嚙みつくことに抵抗など感じない。

サー・アンドルーがあとを引き取った。「国防省情報本部とGCHQの報告によれば、この六時間ほどアフガニスタンからおびただしい量のSIGINTが発せられているそうでね」

「インシデント20に関連しているというのが大方の意見だ」

Mは尋ねた。「そのSIGINTにキーワードは含まれてるのかね。ハイト――〝ノア〟――とか、数千の死者とか。ナイアル・ダンは？　マーチの旧陸軍基地は？　爆破装置にドバイのエンジニア、ケープタウンの廃棄物収集再生施設は？」Mは自分のデスクに置かれたシグナルにはすべて目を通している。携帯電話のメールもだ。

「それはまだわからない」ビクストンが言った。「ドーナツの解読作業がまだ終わってないんだ」チェルトナムにあるGCHQの本部ビルは、太い輪の形をしている。

「使われてる暗号化パッケージはこれまでに見たこともないものだとかでね。そこで壁にぶち当たっている」

「アフガニスタンで周期的にSIGINTが増加するのはよくあることだ」Mはそっけなく言った。彼はMI6では古顔中の古顔だった。情報を集める手腕にかけて右に出る者はないと言われた。だが、さらに重要なのは、集めた情報から不純物を取り除いて使えるものだけを取り出す名人だったことだ。

「まあ、それはそうだ」サー・アンドルーがうなずく。「しかし、今日、インシデント20の決行前日になって、電話やメールが爆発的に増えるというのは、偶然にしてはできすぎのような気がする。そうは思わないかね？」

思わない。

サー・アンドルーが続けた。「それにだ、誰もハイトとインシデント20の接点を発見していない」

〝誰も〟とは、翻訳するなら、〝007〟だろう。

Mは腕時計を確かめた。王立フュージリアーズ連隊の兵士だった息子が愛用していたものだ。安全保障会議の再開予定時刻は三十分後だった。Mはそろそろうんざりし始めていた。しかも明日、金曜はさらに長時間拘束されることになる。会議終了後、内務大臣のスピーチを聞かされたうえに、退屈な食事会にも出席しなければならない。

サー・アンドルーは、Mが傷だらけの腕時計に、さりげなくと言うにはかなりあからさまに目をやったことに気づいて言った。「要するにだね、マイルズ。JICの見解は、南アフリカにいるセヴェラン・ハイトという男は、我々の目をそらすためのおとりではないかというものだ。関与はしているのかもしれない。しかし、インシデント20のキープレイヤーではない。MI5とMI6は、主役はアフガニスタンにいて、攻撃もアフガニスタンで行なわれるのではないかと考えている。狙いは軍か、国際救護隊か、民間の支援団体か」

もちろん、連中は口ではそう言うだろう――本音ではまるで違うことを考えているとしても。イギリスはカブールでの冒険にあまりにも多くの予算を費やし、あまりにも多くの人命を失った。アフガニスタン国内で悪党が見つかれば見つかるほど、あの侵略を正当化する理由も増えて、政府には好都合だ。Mは、今回のインシデント20を巡る作戦が始まった当初から、そのことに気づいていた。

「しかし、ボンドが――」

「あの男は優秀だ。そのことは承知している」ビクストンがさえぎった。チョコレートビスケットにちらちら目をやっている。Mが紅茶を頼んだとき、ビスケットはいらないと断ったのに、結局は運ばれてきたものだ。

サー・アンドルーがいかめしい顔を作った。

「しかし、これまでのところ、情報らしい情報を得られていない」ビクストンが続けた。「まだ私たちに伝えられていない情報があるというなら、話はまた別だが」

Mは無言のまま、冷たい視線を二人に等分に向けた。

サー・アンドルーが言った。「ボンドはスター工作員だ。だから――どう言えばきみにもわかってもらえるかな――だからこそ、ボンドを急いでカブール支局に向かわせるのが全員の利益になるだろうということだ。MI6の精鋭を二、三十人つけて、ボンドをホットゾーンに送りこもう。CIAからも人員を出させる。手柄を分かち合うことにやぶさかではない」

失敗に終わった場合は、責任も分かち合おうという魂胆だろうに――Mは心のなかで皮肉をつぶやいた。

ビクストンが言う。「それが妥当だろう。ボンドはアフガニスタンにいた経験があるわけだし」

Mは言った。「インシデント20が起きるのは、明日とされている。ボンドをカブールに行かせるとして、到着するのはどんなに早くても明日の朝になる。それでどうやって攻撃を阻止しろと？」

「いや、だから、どう言えばきみにも……」サー・アンドルーは口をつぐんだ。おそらく、さっきと同じ、人を小馬鹿にしたような言い回しがまた出そうになったことに自分で気づいたのだろう。「我々は、阻止は不可能かもしれないと覚悟している」

不愉快な沈黙が水のように流れこんできた。それも医療廃棄物だらけの波のように。

「ODGやそのほかの人員で事後処理チームを組織してもらうことになるだろう。黒幕を突き止め、今後の対策を報告書にまとめる。ボンドをその責任者に任命してもいい」

どういうからくりか、Mにはもちろんわかっていた。目の前の〝二人のロニー〟は、ODGのメンツを保つ逃げ道を用意してやろうと言っているのだ。九十五パーセント任務を成功させていたとしても、たった一度でも大きなミスを犯そうものなら、ある朝、いつもどおり出勤してみたら、自分のデスクがなくなっているということもありえる。下手をしたら、組織がまるごと消えていて、かつてのオフィスでまったく別の会社が営業を始めているかもしれない。

拒絶反応を示す人も少なくない00《ダブルオー》セクションを抱える海外開発グループは、もともとが薄氷の上に乗っているような組織だ。インシデント20に爪先を引っかけようものなら、組織ごと派手に転ぶことになるだろう。ボンドをただちにアフガニスタンに送れば、ODGはゲームにプレーヤーとして参加させることだけはできる――ボンドが試合場に到着するのが少々遅れたとしても。

Mは平たい声で言った。「ご意見は拝聴したよ、紳士諸君。何本か電話をかけさせてくれたまえ」

ビクストンはにこやかに微笑んだ。しかしサー・アンドルーはまだ気が済んでいないらしい。この如才なさに裏打ちされたしぶとい性格こそ、Mがこの男はいつかダウニング街十番地――首相官邸で記者の質問を受けることになるだろうと考える理由の一つだった。「ボンドは指示に無条件で従うだろうね？」

この質問には脅しが隠されていた。もし007がMの命令に逆らって南アフリカに残るようなことがあれば、ボンドとM、ODGはサー・アンドルーという庇護者を失うことになる。

007のようなエージェントに白紙委任状を渡すということは、ボンドが白紙委任状を行使し、彼自身が適切と判断した行動を取るよう期待されていることを意味する。つまり、白紙委任状が存在するがために、場合によっては〝指示に無条件で従〟わないおそれもあるということだ。二兎は追えない、だな――Mは胸のうちでつぶやいた。「とにかく、電話をかけさせてくれ」

「よし。私たちは行くよ」

二人が去ると、Mは立ち上がってフレンチドアからバルコニーに出た。マシンガンを抱えたスコットランドヤードの要人警護課の警察官がいた。縄張りに出現した新参者を観察し、一つうなずいたあと、十メートル下の通りを警戒する任務に戻った。

「異常はないか？」Mは尋ねた

「はい、ありません」

Mはバルコニーの端まで歩き、葉巻に火をつけて煙を深々と吸いこんだ。下の通りは不気味なほど静かだ。通りを封鎖しているバリケードは、議事堂の前などで見かけるような金属の柵ではなかった。猛スピードで突っこんでくる自動車も止められそうな、高さ一メートルのコンクリートブロックだ。銃で武装した警察官が通りを巡回している。近くのビルの屋上には、スナイパーの姿もあった。Mはリッチモンドテラスからヴィクトリア堤防公園に至る一帯をぼんやりと眺めた。

それから携帯電話を取り出して、マニーペニーにかけた。

呼び出し音が一つ聞こえただけで、すぐに彼女が出た。

「はい、マニーペニーです」

「幕僚主任につないでくれ」

「ちょうど昼食に出かけたところです。お待ちください、転送します」

電話がつながるのを待つ。やがてMは目を細め、苦々しげな笑いを漏らした。バリケードの近くの交差点に大型トラックが止まっている。作業員が何人か、ごみの袋を運んでいた。セヴェラン・ハイトの会社、グリーンウェイ・インターナショナルの従業員だ。何分か前からずっと視界に入っていたはずだろうに、いまになってようやく彼らの存在に気がついた。彼らは透明人間も同然だった。

「タナーです」

その瞬間、ごみの収集員はMの思考から消えた。くわえていた葉巻を指でつまみ、平板な声で言う。「ビル。007のことで相談がある」

50

ナビの案内に従い、ボンドは商店や住宅が並ぶケープタウンの中心街を走り抜けた。車はまもなく、シグナルヒルのふもと、鮮やかな色をした小さな民家が立ち並ぶ地域に入った。青、ピンク、赤、黄。細い道はほとんどが玉石敷きだ。カリブ諸島の村にどこか似ている。違いは、ここの家々にはたいがいアラビア風の装飾が施されていることだ。静まり返ったモスクの前を通り過ぎた。

木曜の午後六時三十分。夕暮れの空気は涼やかだ。ボンドの行き先は、ベッカ・ジョルダーンの自宅だった。

味方か。あるいは敵か……

路面の荒れた通りを走り、目的地の近くに車を停めた。玄関に出てきたジョルダーンは、笑顔一つ見せず、ただうなずいただけだった。仕事用の服から、ジーンズと、体にぴたりとフィットする深紅のカーディガンに着替えていた。艶やかな黒髪は下ろしてある。シャンプーしたてなのだろう。ライラックと思しき甘い香りがふわりと漂った。「独特の雰囲気のある町だ」ボンドは言った。

「気に入ったよ」

「ボーカープって言うの。昔はとても貧しい地域だったのよ。住人のほとんどがイスラム教徒、マレーシアからの移民だった。私がここに越してきたのは何年も前……ある人と一緒に来た。そのころはまだ貧しい町だったけど、あれからずいぶん洗練された。以前は家の前に停まってるのは自転車だけだった。いまはトヨタ車ね。そのうちメルセデスになるんでしょう。私はそういうのはいや。昔に戻りたいくらい。でも、ここが私の家だから。それにきょうだいで順番にウゴゴと同居してるの。みんなこの近くに住んでるから、私もここにいるほうが便利」

「ウゴゴ？」ボンドは訊き返した。

「おばあちゃんって意味。母方の祖母なの。父と母はクワズール・ナタール州のピーターマリッツバーグに住んでる。ここからかなり東に行ったところ」

ボンドはオフィスに飾ってあった古地図を思い出した。

「だから、私たちがウゴゴの世話をしてる。それがズールーの伝統」

ジョルダーンはボンドを家のなかに招き入れようとはしない。そこでポーチに立ったまま、グリーンウェイ見学ツアーの詳細を話した。「このフィルムを現像したい」そう言って吸入器を差し出す。「八ミリフィルムだ。ISOは一二〇〇。頼めるかな」

「どうして私に？　MI6のあの人がいるじゃない」ジョルダーンは辛辣な口調で言った。

グレゴリー・ラムを弁護する義理は感じなかった。「ラムを信頼してないわけじゃない。しかし、ホテルの俺の部屋のミニバーを略奪して、二百ランド分の酒を持っていった。こいつの現像は、頭がしゃんとしてる相手に頼みたい。フィルムの現像は注意を要する作業だからね」

「いいわ。手配する」

「今夜、ハイトの仲間がケープタウンに来るらしい。明日の朝、例の施設に集まるそうだ」ダンが何と言っていたか、正確に思い出す。「今夜七時に到着する。名前を割り出せるかな」

「航空会社はわかる？」

「わからない。だが、ダンが空港まで迎えにいくようだ」

「じゃあ、空港を見張らせましょう。クワレニに頼むわ。つまらない冗談ばかり言ってるけど、あれでもけっこう優秀なのよ」

優秀なのは間違いない。しかも口が堅い。

そのとき、家の奥から女性の声が聞こえた。

ジョルダーンが振り返って言った。「イゼ・バルーレキレ」

ひとしきりズールー語のやりとりがあった。

ジョルダーンは無表情に言った。「悪いけど、なかに入ってもらえる？　ウゴゴがギャングでも来てるんじゃないかって心配してる。誰でもないって言ったけど、納得しないの」

誰でもない？

ボンドは小さなフラットに入った。整理整頓が行き届き、趣味のよい家具が並んでいた。壁には版画やタペストリー、写真などが飾ってある。

さっきジョルダーンと話をした高齢の女性は、大きなダイニングテーブルについていた。テーブルには二人分の皿がある。食事はあらかた済んでいるようだった。女性はいまにも折れそうなくらい華奢な体つきをしていた。ジョルダーンのオフィスで見た写真のほとんどに写っていたのは、この女性だ。オレンジと茶色のゆったりとしたワンピースを着ている。足下は室内履きだ。灰色の髪はショートカットにしてある。女性が立ち上がりかけた。

「どうかそのままで」ボンドは言った。

それでも女性は立ち上がった。腰をかがめ、足を引きずるようにして近づいてくると、乾いた手でしっかりとボンドの手を握った。

「ベッカが話してたイギリスの人だね。あたしにはそんなに悪い人間には見えないけど」

ジョルダーンが女性をにらみつける。

女性は自己紹介した。「あたしはムバリ」

「ジェームズです」

「もう休むよ。ベッカ、何か食べさせてあげなさい。これじゃ痩せすぎだ」

「いやいや、もう失礼しますから」

「おなかが減ってるんだろう。さっき、そういう目でボボティを見てた。食べてごらん。見た目よりずっとおいしいから」

　ボンドは苦笑した。レンジの鍋をついじっと見つめたことは否定できない。

「この子は料理上手なんだ。きっと気に入るよ。よかったらズールーのビールもどうぞ。呑んだことは？」

「バーケンヘッドとギルロイなら試しました」

「だめだめ、一番おいしいのはズールーのビール」ムバリは孫娘を見て言った。「ビールと食事を出しなさい。ボボティをよそってやるんだよ。サンバルソースも」それから心配そうにボンドを見つめた。「スパイスは好き？」

「ええ、好きです」

「ならいい」

　ジョルダーンがいらだったように言った。「ウゴゴ、彼はもう帰らなくちゃって言ってるでしょ」

「あんたに気を使ってそう言ったんだよ。いいからビールと食事を出しなさい。見てごらん、こんなに痩せてる」

「やめてよ、ウゴゴ」

「この子はいつもこうだ。頑固でいけないよ」

　ムバリは陶器のビールカップを取ると、寝室に入った。ドアが閉まった。

「どこか悪いのか？」ボンドは訊いた。

「癌なの」

「それは気の毒に」

「でも、お医者さんに言われてたよりずっと元気にしてる。九十七歳なの」

　ボンドは驚いた。「せいぜい七十代にしか見えないな」

　ふいに沈黙が訪れて、何か話題を探さなくてはいけなくなったりしないようにだろう、ジョルダーンは使い古したCDプレイヤーにCDをセットした。スピーカーから、女性の低い声がヒップホップの軽快なリズムに乗って流れ出した。ボンドはCDのジャケットを見た――サンディスワ・マズワイ。

「座って」ジョルダーンがテーブルのほうに手を伸ばした。

「いや、本当にいいから」

「〝いや、本当にいいから〟って、どういう意味？」

「食事はけっこうって意味さ」

ジョルダーンはぶっきらぼうに言った。「ビールもボボティも出さなかったってわかったら、私がウゴゴに叱られる」籐の蓋が載った陶製のポットをテーブルに置き、グラスに泡の立つピンク色の液体を注いだ。

「これがズールーのビール？」

「そう」

「自家製？」

「ズールー・ビールはみんな自家製。三日かけて作る。まだ発酵が進んでるうちに呑む」

ボンドはグラスに口をつけた。酸味はあるが、甘い。アルコール度数は低そうだ。

ジョルダーンはボボティを皿によそい、赤いソースをかけた。見た目は、一番上の層をジャガイモから卵に変えたシェパーズパイのようだ。だが、イギリスでこれまでに食べたどんなパイよりも美味かった。濃厚なソースは香り高く、スパイスがたっぷり効いている。

「きみは食べないのか？」ボンドは空いた椅子にうなずいた。ジョルダーンは立ったまま流しに寄りかかり、豊満な胸の前で腕を組んでいる。

「もう食事は済ませたから」あいかわらずそっけない。椅子に座ろうともしなかった。

味方か、あるいは敵か……

ボンドは料理を食べ終えた。「きみはじつに多才な人だな。刑事としても優秀で、最高に美味いビールと」鍋のほうにうなずく。「ボボティとやらも作れる。ちゃんと発音できてるか、自信がないが」

反応はない。やれやれ、何か言うたびにいちいち侮辱と受け取らないでもらいたいな。

ボンドはいらだちを腹の底に押さえつけた。無意識のうちに、壁やマントルピースに飾られた家族の写真を眺めていた。「きみのおばあちゃんはきっと、波乱の歴史をライブで見てきたんだろうな」

愛情のこもった目で寝室を見やったあと、ジョルダーンは言った。「ウゴゴは南アフリカそのものよ。ウゴゴのおじは、カンブラでイギリス軍と戦って負傷した。昨日話したイサンドルワナの戦いの何か月かあとにあった戦いね。その後、ケープとナタールが統合されて南アフリカ連邦になった。ウゴゴはそれからまた何年かして生まれた。一九五〇年代に、アパルトヘイト政策下で居住区法が成立して、ウゴゴは新しい土地に強制的に移住させられた。一九六〇年のデモで怪我をしたの」

「デモ？」

「シャープビルの虐殺。ダンパス法——〝愚か者《ダム》の証明書〟って意味ね——に反対するデモが起きたの。ウゴゴはそのデモに参加してた。アパルトヘイト政策のもとでは、人は法律によって白人、黒人、カラード、インディアンに分類された」

ボンドはグレゴリー・ラムの持論を思い出した。

「黒人は、白人の居住区域への立入を許可する雇い主の署名が入った身分証明書を携帯しなくちゃいけなくなった。屈辱よ。ひどい話だわ。デモ隊は暴力には訴えなかった。でも、警察はデモ隊に向けて発砲した。七十人近くが殺された。ウゴゴは脚に銃弾を受けた。いまも足を引きずってるのはそのせい」

ジョルダーンはしばらく迷ったあと、自分の分のビールを注いで一口飲んだ。「私の名前はウゴゴからもらった。どんな名前がいいか、私の両親に意見を言ったってことね。ウゴゴの言うことには誰も逆らわない」

「〝ベッカ〟だね」

「ズールー語で〝民を守る者〟って意味」

「保護者か。きみは警察官になるよう運命づけられてたってわけだ」スピーカーから流れるＣＤの音楽が耳に心地よい。

「ウゴゴは古い南アフリカ。私は新しい南アフリカ。ズールー族とアフリカーナーのミックスだから。南アフリカはよく、レインボー・カントリーって呼ばれるわね。でも、虹をよく見ると、色の境目はちゃんとある。混じり合ってはいないのよ。この国はもっと私みたいにならなくちゃいけない。それには長い年月がかかるでしょうね。でも、いつかそうなるはず」冷ややかな視線をボンドに向ける。「そうなれば、相手の人柄を見て、その人を嫌うことができるようになる。肌の色を基準にして憎むのではなく」

ボンドはジョルダーンの目を穏やかに見つめ返した。

「料理とビールをごちそうさま。そろそろ失礼するよ」

ジョルダーンが玄関まで見送りに来た。ボンドは外に出た。

そのとき初めてはっきりと見えた。ちらりとだが、はっきり見えた。ドバイから追いかけてきた男。青いジャケットと金のイヤリングの男、ユーサフ・ナサドを殺し、フェリックス・ライターを殺しかけた男。

男は通りの向かい側にいた。アラビア風の渦巻きやモザイクで飾られた古い建物の影の奥に身をひそめている。

「どうかした?」ジョルダーンが訊く。

「敵方の人間がいる」

男は携帯電話を手にしているが、通話はしていない。ボンドとジョルダーンの写真を――ボンドが警察側の人間である証拠を撮影していた。

ボンドは早口に言った。「急いで銃を取ってこい。おばあちゃんと家のなかにいるんだぞ」

それから、全速力で走りだした。通りを渡ったときには、男はシグナルヒルに向かう細い路地に――迫り来る夕闇に飛びこんでいた。

51

追いかけっこが始まったとき、男との距離は十メートルほどあった。しかし、ボンドはその距離を少しずつ縮めていた。路地を猛然と駆けていく二人の男に、ネコは逆毛を立て、痩せこけたイヌは逃げていった。マレーシア系らしい丸顔の子供がふいに民家の戸口から出てきてボンドの行く手を横切りかけたが、親の手で勢いよく引き戻された。

あと五メートルほどで追いつくというときになって、秘密工作員としての直感が警告を発した。男は逃げる必要が生じる可能性を考えて、あらかじめ罠を用意しているかもしれない。ボンドはちらりと足下を見た。やっぱり! 地面から三十センチほどの高さに針金が渡してある。暗くて見過ごすところだった。男はもちろん、針金の位置を知っており――目印に壊れた瀬戸物が置いてあった――すんなりとまたいで走り続けた。ボンドは立ち止まろうにもすでに手遅れだったが、転倒に備える時間はあった。

一方の肩を前に突き出す。自分の走るスピードに足を払われた瞬間、なかば宙返りするようにして体を投げ出した。地面に激しく叩きつけられた。すぐには立ち上がれなかった。男を逃がした自分に悪態をついた。

が、男は逃げていなかった。

針金の目的は、追跡を邪魔することではなかった。ボンドを無力化するためだった。

次の瞬間には男に組み敷かれていた。ビールの匂い、煙草の匂い、汚れた皮膚の匂い。男はボンドのワルサーをホルスターから奪い取った。ボンドは勢いよく上半身を起こしながら男の右腕をつかみ、手首をねじりあげた。ワルサーが地面に落ちた。男がボンドの届かないところに銃を蹴る。ボンドはあえぎながらも男の右腕を離さないようにしながら、男が叩きつけてくる拳を必死にかわした。

いま来た道を素早く振り返る。ベッカ・ジョルダーンはボンドの忠告を無視し、銃を手に追いかけてきたりしてはいないだろうか。だが、背後には無人の路地が口を開けているだけだった。

男がわずかに体を引いた。男の拳がボンドの額に向かってくるのが見えた。しかし、それをよけようとボンドが体をねじった瞬間、男がふいに目の前から消えた――まるで体操選手のように、後ろ向きに宙返りをするような格好で。みごとなフェイントだった。ボンドはフェリックス・ライターの言葉を思い出した。

あの野郎、むちゃくちゃ強いんだよ、何か武道を修業したことがあるんだろうな……

次の瞬間、ボンドも立ち上がって、男と真正面から向き合っていた。男はボクサーのようなスタンスで立っている。手にはナイフがあった。刃先を下に、鋭い刃を外側に向けている。左手は開いて掌を下にしていた。その手は注意を引きつけようとするかのように中途半端な高さでゆっくりと動きながら、ボンドの服をつかんで引倒し、一息に刺し殺すチャンスをうかがっている。

ボンドはかかとを浮かせてステップをふみながら、円を描くように移動した。

エディンバラのフェテス・カレッジ在学中から、さまざまなスタイルの武術を学んできた。しかしODGでは、武器をいっさい使わない珍しい戦法を教えている。それはかつての（ひょっとしたら〝現在でも〟かもしれない）敵国、ロシアから拝借したもの、コサック族に古くから伝わる武術システマを、ロシアの参謀本部情報総局の特殊部隊スペツナズが改良した格闘術だった。

システマでは、拳を使うことはほとんどない。武器として使う部位は主に、掌、肘、それに膝だ。ただし、打撃の回数をできるかぎり少なくするよう心がける。相手を打ちのめすのではなく、体力を消耗させておいて、肩や手首、腕、足首などを一撃して倒すのだ。熟練したシステマの使い手は、敵の体にいっさい接触しない。触れるのは、最後の最後、疲れきった相手がほぼ無防備になった瞬間だけだ。敵を地面に倒しておいて、胸や喉に膝をめりこませる。

反射的にシステマのスタンスを取って、ボンドは男の攻撃をかわした。

かわす。かわす。かわす……敵のエネルギーを利用して、敵を消耗させる。

ボンドは攻撃をかわしつづけたが、二度、ナイフの刃が頬をかすめた。

男がすばやく踏みこんで大きな両手を振り回し、ボンドの反応を確かめる。ボンドは横に逃げながら、敵の強み（たくましい筋肉、豊富な格闘経験、命を奪う覚悟）と弱み（酒と煙草の悪影響の蓄積）を見きわめた。

攻撃をボンドにかわされ続けて、男は明らかにフラストレーションを感じ始めていた。そしてナイフを刃を前にして握りかえ、ほとんどやけといった風情で飛びかかってきた。悪魔のような笑みを浮かべている。空気は冷えきっているのに、額に汗が浮かんでいた。

腰——防御しにくい、敵にとっては格好の的——を男のほうに向けて、ボンドはワルサーのほうに足を踏み出しかけた。しかし、その動作はフェイントだった。男が地面を蹴って飛びかかってきた瞬間には、すでに一歩後ろにさがり、上腕でナイフを払いのけ、男の左耳を狙って掌を突き出していた。掌が耳に当たった瞬間、手を軽く丸めた。鼓膜が破れるまではいかなかったかもしれないが、かなりの圧力を掌に感じた。男は吠えるような悲鳴を上げ、怒りにまかせてむやみに突進してきた。ボンドは男のナイフを握ったほうの腕をやすやすとはね上げ、一歩踏みこみながら両手で手首をしっかりとつかむと、逆向きに曲げた。ナイフが地面に落ちた。ボンドは男の状態を冷静に観察した。どれだけ体力が残っているか。どれだけ本気でボンドを殺そうとしているか——冷静な判断力を失うほどか。そして、決断を下した……男の手首が折れるまでねじ上げた。

男は悲鳴を上げて地面に膝をつき、次に座りこんだ。顔は真っ青だ。男の頭が力なく片側に垂れた。ボンドはナイフを足で払って遠ざけた。男の体を隅々まで探る。ポケットに小型のオートマチック銃とダクトテープが入っていた。拳銃？　持っていたなら、さっさと撃てばよかったろうに。

銃を自分のポケットに入れ、ワルサーを拾った。男の携帯電話を取る。ボンドとジョルダーンの写真を誰に送った？　宛先がダンだけなら、ダンがハイトに伝える前に、口をふさげるだろうか。

発着信履歴とメールの送受信履歴をスクロールした。よかった、まだ何も報告していないらしい。ボンドをビデオ撮影しただけだ。

しかし、撮影する目的は何だ？

その答えはすぐにわかった。

「イェビ・ティ」男が吐き捨てるように言った。

そのセルボクロアチア語の悪態が、すべてを説明していた。

ボンドは男の身分証をあらためた。やはりＪＳＯ――セルビアの特殊部隊の一員だった。名前はニコラス・ラスコ。

男は腕を抱くようにしてうめいていた。「おまえは弟を見殺しにした！　置き去りにした！　あの任務ではパートナーだったのに。パートナーを見殺しにするなんて、最低の行為だ」

日曜の夜、ノヴィサド郊外の作戦で一緒だったＢＩＡ――セルビア保安情報局の若いほうのエージェント。この男はあの若者の兄ということらしい。

うちの兄貴はいつも任務中に煙草を吸ってる。セルビアじゃ、煙草を吸ってないより吸ってるほうが自然なんだ……

この男がドバイでボンドを難なく見つけられた理由も、いまならわかる。ＢＩＡに協力を要請した際、ＯＤＧとＭＩ6は、ＢＩＡの上層部にボンドの本名と任務の内容を伝えた。弟が死ぬと、ラスコはＪＳＯの同僚を巻きこみ、ＮＡＴＯやＭＩ6の伝手に頼りながら、ボンドの行方を探ったのだろう。そしてボンドがドバイに向かっていることを突き止めた。ああ、そうか――ＭＩ6にボンドの所在をさりげなく問い合わせた人物というのは、オズボーン＝スミスではなく、ラスコだったのだろう。ラスコが所持していた書類のなかに、ベオグラードからドバイまでの軍用機の使用許可もあった。ボンドより先にドバイに着いたのはそのおかげだろう。また、ドバイの民間軍事会社が、ラスコのためにナンバーからは所有者を割り出せない車――黒いトヨタ車――を手配したことを示す書類もある。

では、目的は？

逮捕してセルビア当局に引き渡すことではないだろう。ラスコの目的は十中八九、ボンドが罪を告白して謝罪する姿を撮影することだ。あるいは、ひょっとしたら、拷問の末に殺される姿をビデオに残そうとしていたのかもしれない。

「周囲には何と呼ばれてる？　ニコラスか？　それともニックか？」ボンドは男と目の高さを合わせて尋ねた。

「イェビエ・セ」〝くそくらえ〟――返事はそれだけだった。

「いいか。お前の弟が死んだことは遺憾に思ってる。しかし、あいつはＢＩＡのエージェントに向いていなかった。不注意だし、命令に従わない。あのときターゲットにまんまと逃げられた原因は、おまえの弟だ」

「まだ若かったからだ」

「そんなことは言い訳にはならない。俺にはそんな弁解は通用しない。おまえだって、アルカン・タイガーと戦ったとき、敵がそんな弁解をして命乞いをしたところで、鼻で笑っただろう」

「あいつはまだほんの子供だった」ラスコの目に涙が光った。折れた手首の痛みからか。弟の死を悲しんでのことか。

人の気配がして顔を上げると、ベッカ・ジョルダーンとＳＡＰＳの警察官がこちらに走ってくるところだった。ボンドはラスコのナイフを拾い、路地に渡された針金を切った。

それからラスコの傍らにしゃがんだ。「病院に連れていってやろう」

そのとき、女の鋭い声が響いた。「やめなさい！」

ボンドはベッカ・ジョルダーンを見やって言った。

「心配いらない。武器は取り上げた」

次の瞬間、ジョルダーンが銃を向けている相手はボンドだということに気づいた。ボンドは眉をひそめて立ち上がった。

「その男から離れなさい！」

ＳＡＰＳの警察官が二人、ボンドとラスコのあいだに割って入った。一人は一瞬ためらったあと、ボンドの手からナイフを取り上げた。

「こいつはセルビアの情報機関の工作員だ。俺を殺そうとしてたんだぞ。おととい、ドバイでCIAの協力者を殺したのもこいつだ」

「だからって、喉をかき切ってもいいことにはならない」ジョルダーンは怒りを露にし、黒い目を細めた。

「なあ、自分が何を言ってるかわかってるのか?」

「ここは私の国よ。法に従いなさい!」

ほかの二人もボンドをじっと見つめている。その視線からも怒りがかすかに感じ取れた。ボンドはジョルダーンをちらりと見やったあと、二人から離れ、ジョルダーンを手招きした。

ジョルダーンはボンドのほうに来ると、ほかの二人には聞こえないことを確かめてから、険しい口調でささやいた。「あなたは勝った。相手を倒した。危険は去ったのよ。なのにどうして殺すの?」

「殺そうとなどしていない」

「そんなわけない。私に言ったわよね。祖母と一緒にいろ、家から出るなって。応援を呼べとは言わなかった。拷問して殺すところを見られたくなかったからでしょう」

「言わなくても応援は呼んでくれるものと思ってた。あの男に仲間がいないともかぎらないだろう。だから、きみのおばあちゃんを一人にしたくなかった」

しかし、ジョルダーンは聞く耳を持たなかった。あいかわらず激しい口調で言う。「あなたはここに来た。私たちの国に来た。00《ダブルオー》とかいう番号を背負ってね。その番号は何をするためのものか、私はちゃんと知ってるのよ!」

このとき、ジョルダーンが何に対して怒りを感じているのか、ようやく理解できた。浮ついた態度が気に入らないのではない。ボンドが女を見下す男どもの代表だからではないのだ。彼女は法を無視する不道徳を軽蔑している。ボンドはODGからレベル1の作戦指令——殺しのライセンス——を与えられてここに来ているのだろうと考えて。

ボンドはジョルダーンのすぐ目の前まで近づき、低い声で言った。怒りを抑えようとしても無理だった。「祖国を守るには敵を殺すしかないという場面に遭遇することは少なくない。俺もそういう状況で人を殺したことがある。ただし、あらかじめ指令を受けているときにかぎってだ。殺したいから殺すんじゃない。人を殺すのは楽しくも何ともない。殺すのは、救うべき命を救うためだ。きみはそれを罪と呼ぶんだろう。だが、必要な罪なんだよ、それは」

「あの人を殺す必要はないでしょう」ジョルダーンが嚙みつくように言う。

「殺そうとなどしてなかった」

「でもナイフ……ナイフを持ってるのを見た――」

「あの男は罠を仕掛けてた。足下に針金を張ってた」ボンドは指さした。「ナイフはそれを切るのに使った。きみたちが引っかかって転んだりしないように。あいつには」そう言ってセルビア人の男のほうに顎をしゃくる。

「病院に連れていってやると言っていた。本人に訊いてみるといい。断っておくが、相手を殺す気でいるのに、その前にわざわざ病院に連れていくなんて、俺はそんな面倒なことはしない」それだけ言うと、向きを変え、行く手を邪魔している警察官二人をなかば押しのけるようにして路地を歩きだした。ボンドの目つきを見た二人は、引き止めようとしなかった。前を向いて歩き続けながら、大きな声で言う。「さっき預けたフィルムの現像を急いでくれ。明日、ハイトのプラントに集まる連中の身元を調べるのも忘れないでくれよ」

まもなくスバルに乗りこんだ。ボーカープのカラフルな家々のあいだを飛ぶように走った――絵葉書のように美しい、曲がりくねった道を行くには、いささか危険なくらいのスピードで。

52

郷土料理を売りにしたレストランがジェームズ・ボンドを誘惑している。ベッカ・ジョルダーンと口論したあと腹の虫がまだ収まっていなかったボンドは、何か強い酒が呑みたいと思った。

ジョルダーンの家で出された煮込み料理は本当に美味かった。しかし、量は控えめだった。さっさと食べて、さっさと帰れと言わんばかりだった。ボンドは誘惑に屈してレストランに入ると、メインには肉を串に刺してグリルした料理ソサティ、付け合わせにはイエローライスと、ほうれん草に似たマローグを選んだ（店のスペシャルティ、蛾の幼虫モパネワームの唐揚げも勧められたが、これは丁重に断った）。食事をしながらウォッカベースのマティーニを二杯呑み、テーブルマウンテン・ホテルに帰った。

シャワーを浴び、タオルで水気を拭って服を着た。そのとき、ノックの音が響いた。ポーターが大型の封筒を差し出した。ジョルダーンは、ボンドは冷酷非情なシリアルキラーであるという私的見解はいったん脇において、迅速に仕事を進めてくれたらしい。封筒を開けると、ボンドが吸入器に仕込まれたカメラで撮ったモノクロ写真が入っていた。ピンぼけのもの、何を撮ったつもりなのか自分でもよくわからないものもあったが、目当ての被写体が明瞭に撮れている写真も何枚かあった。グリーンウェイの研究開発室のドアと、侵入アラーム付きの錠。

また、写真をスキャンした画像ファイルを収めたフラッシュドライブも一緒に入っていた。ジョルダーンのそのプロらしい気遣いを見て、さっきまで猛り狂っていた怒りがまた一段階おとなしくなった。フラッシュドライブをノートパソコンに挿入し、画像ファイルに指示を添えてサヌ・ヒラーニに送った。

三十秒後、返信があった——《お互い、いつ眠るんだろうな》。

ボンドはにやりとして、同感だと返事を送った。

さらに数分後、ロンドンのビル・タナーから電話があった。

「ちょうどこちらからかけようとしてたところでした」ボンドは言った。

「ジェームズ……」タナーの声は重々しかった。いやな予感がした。

「どうかしましたか」

「ちょっとした騒ぎがあってね。国防省が、インシデント20は南アフリカ共和国とは関係ないんじゃないかと言い出してる」

「え？」

「ハイトはおとりだと考えてるらしい。インシデント20はアフガニスタンで起きる、ターゲットは現地で支援活動をしてる国際機関の民間企業の職員だろうと言ってるんだよ。合同情報委員会も、きみを南アフリカから引き揚げさせて、カブールに送るという案に賛成してる。その、率直に言って、これまでのところ、そっちでは何一つ確かな情報を入手できていないだろう、だから」

　ボンドの心臓はやかましく鳴っていた。「しかし、ビル、計画のキーパーソンは——」

「まあ、待ちなさい」タナーがさえぎった。「上のほうは、いま話したようなことを言ってきた。しかしMは譲らなかった。きみを南アフリカに残すと言い張った。まるでトラファルガー海戦みたいなバトルに発展したよ。外務大臣のところに押しかけて、こっちの考えを売りこんだ。ついには首相まで話が行ったって噂もあるが、実際のところは私も知らない。ともかく、最終的にはMが勝った。きみはそこから動かなくていい。ああ、そうだ。聞いて喜べよ。弁護側の証人がいた——きみに有利な証言をした人物がね」

「誰です？」

「きみの新しい親友だよ。パーシーだ」

「パーシー・オズボーン＝スミス？」ボンドは声を立てて笑いそうになった。

「きみが手がかりはそこにあると考えてるなら、その手がかりを最後まで追わせるべきだと主張した」

「ほんとに？　この件が片づいたら、ビールくらいはおごらなくちゃいけないな。あなたにもだ、ビル」

「しかし、事態は見た目ほどバラ色じゃないぞ」タナーは陰鬱な声で言った。「御大は、きみをそこに残すためにODGを質に入れたようなものだ。ついでにきみもな。ハイトが本当におとりだったとわかったら、相当に高くつくぞ。取り返しがつかないくらいに」

　ODGの存続が、ボンドの任務の正否にかかっているということか。

　政治ってやつは——ボンドは心のなかで冷ややかにつぶやいた。「ハイトが黒幕です。間違いない」

「Mはきみのその判断に賭けている」タナーはボンドの今後の戦略を尋ねた。

「明日の朝、ハイトのプラントに行きます。状況によっては、急いで動かなくてはならないこともあるかもしれない。ただ、外部との連絡が障害になりかねません。夕方になっても具体的な情報が手に入らないようなら、SAPSに強制捜査を頼むつもりです。ハイトとダンを締め上げて、明日の夜の計画を吐かせます」

「いいだろう、ジェームズ。まめに連絡をくれ。Mには私から報告する。明日も朝から晩まで例の会議だそうだから」

「ではまた明日、ビル。Mによろしく伝えてください」

電話を切ると、クリスタルのグラスにクラウンロイヤルを気前よく注ぎ、角氷を二つ落として、部屋の明かりを消した。カーテンを全開にしてソファに座り、雪片のように港に浮かぶ灯りを眺めた。巨大な英国船がゆっくりと接岸しようとしていた。

電話が鳴った。ボンドはディスプレイを確かめた。

「フィリー？」香り高いウィスキーをまた一口味わう。

「食事中だった？」

「いや、こっちはもう食前のカクテルどころか食後のカクテルを楽しむ時間だ」

「あなたって、まさに私の理想の男性よね」フィリーがそう言ったとき、ボンドはたまたまベッドに目を向けていた。昨夜、フェリシティ・ウィリングと過ごしたベッド。フィリーが先を続けた。「スティール・カートリッジの件、あれからまた新しいことがわかったんだけど、まだ興味があるか……」

ボンドは背筋を伸ばして座り直した。「いや、聞くよ。何がわかった？」

「たぶん、すごく重大なこと。どうやらね、西側のエージェントや協力者を手当たりしだい殺してたわけじゃなさそうなの。ＭＩ６やＣＩＡにもぐりこんでたロシア側のスパイがターゲットだったみたい」

ボンドの内側で何かが爆発した。ウィスキーのグラスをテーブルに置く。

「ソ連が崩壊したころ、クレムリンは西側との結びつきを強めようとしてた。そのタイミングで二重スパイの存在が明らかになったら、政治的にすごく気まずいじゃない？　そこでＫＧＢの現役エージェントが、ＭＩ６やＣＩＡの最前線にいる二重スパイを始末して回った。事故に見せかけてね。ただし、ほかの二重スパイへの警告として、鋼鉄のカートリッジを現場に残した。いまの時点でわかってるのはそこまで」

信じられない。父は……ボンドの父親は、二重スパイ──裏切り者だった？

「ねえ、聞いてる？」

「聞いてる。こっちの件で頭がいっぱいでね。でも、参考になったよ、フィリー。明日は連絡がつかない時間が多いかもしれないが、何かわかったらメールで知らせてもらえないか」

「わかった。気をつけてね、ジェームズ。心配してるのよ」

ボンドは電話を切った。

汗をかいた冷たいグラスを取って額に押し当てた。頭のなかで家族の歴史のページを手早くめくり、恐ろしい仮説を裏づける手がかりがどこかにひそんでいたりしないか、確かめていった。ボンドは父を慕っていた。父の趣味は切手と車の写真を集めることだった。車は何台か持っていたが、それらを速く走らせることより、修理をしたり、磨き上げたりすることに喜びを見いだしていた。成長してから、おばに父はどんな人だったかと尋ねたことがある。シャーミアンは少し考えたあと、こう答えた。

「もちろん、善良な人だったわよ。堅実で、頼りになる人だった。岩みたいな人ね。ただ、物静かだった。決して目立ちたがりではなかった」

どれもスパイに求められる要件だ。

父がロシアの二重スパイだったなどということがありうるだろうか。

また一つ、受け入れたくない考えが浮かんだ——仮説が事実だとして、父の欺瞞が、妻であり、ボンドの母親でもある女性の死を招いたのか。

もしそうなら、幼いボンドが孤児になった理由は、ロシアだけではなく、父の裏切りにもあるということになる。

そのとき、携帯メールの着信を知らせる音が鳴って、ボンドは飛び上がった。


食料の発送準備がやっと終わった。ちょうどオフィスを出たところ。人恋しくない？

フェリシティ

ジェームズ・ボンドはつかの間ためらった。それからこう打ちこんだ——《イエス》。

十分後、ワルサーをベッドの下に置いてタオルで隠したところで、軽いノックの音が聞こえた。ドアを開け、フェリシティ・ウィリングを招き入れる。フェリシティは部屋に入るなりボンドに両腕を回し、熱烈なキスをして、昨夜の続きは果たしてあるのだろうかというボンドの疑念をたちまち吹き飛ばした。彼女の耳の後ろからあの香水の香りがしていた。唇はミントの味がした。

「ひどい格好よね」フェリシティは笑った。ブランドもののジーンズに、青いコットンのシャツの裾をたくしこんでいる。シャツは皺だらけで汚れていた。

「そんなことはないよ」ボンドはそう言ってもう一度キスをした。

「真っ暗ななかに座ってたのね、ジーン」彼女が言った。〝ジーン〟――そう呼ばれた瞬間、軽い衝撃を覚えた。この任務に就いて初めて、身分を偽らなくてはならないことを不愉快に感じた。

「港の景色が気に入ってるんだ」

二人は腕をほどいた。ボンドは窓の外のほのかな灯りを頼りに、彼女の横顔を観察した。ふるいつきたくなるくらい官能的なことは昨夜と変わらないが、疲れがはっきりと見て取れる。過去最大量の支援物資を仕分けする作業は、気が遠くなりそうなほど手間暇がかかるに違いない。

「これ」フェリシティはショルダーバッグからワインのボトルを取り出した。喜望峰近くに位置するワイナリー、ワーウィックの赤のケープブレンド、スリー・ケープ・レディースのビンテージ。評判は聞いたことがあった。ボンドはコルクを抜いてグラスに注いだ。ソファに並んで腰を下ろし、ゆっくりと味わう。

「絶品だな」ボンドは言った。

フェリシティが足をブーツから解放した。ボンドは彼女の肩に腕を回し、父のことはいまは考えまいとした。

彼女がもたれかかり、ボンドの肩に頭を預けた。地平線には、昨夜よりなお多くの船のシルエットが浮かんでいる。「うちの食料を積んだ船よ。見て、あの数」フェリシティが言った。「人間なんて信用に値しないって言う人もいるわね。でも私は、捨てたものじゃないと思ってる。世の中には善意だってあふれてるもの。もちろん、善意を完全に信じることはできないわ。裏切られることだってある。でも、少なくとも――」

ボンドは先回りして言った。「少なくとも、一部には……進《ウィリング》んで他人のために尽くそうとする人間もいる」

フェリシティは笑った。「ワインをこぼしそうになったじゃないの、ジーン。シャツをもっと汚しちゃうところだった」
「それについてはいい解決法がある」
「ワインは飲まなければいいってこと？」フェリシティはすねたように唇を尖らせた。「それじゃつまらない」
「それも一つの手だね。だが、もっといい解決法があるんだ」ボンドはキスをしながら、シャツのボタンを一つずつゆっくりと外し始めた。

一時間後、二人はベッドに横たわっていた――ボンドが彼女を後ろから抱くようにして。ボンドの腕は彼女の体に優しく沿い、手は乳房を包みこんでいた。彼女はその手に指をからませている。

ただ、昨夜とは違い、余韻に浸りながらも、ボンドは眠らずにいた。

頭のなかをありとあらゆる考えが脈絡なく走り回っている。ODGの未来は、具体的にはどの程度、彼の双肩にかかっているのか。グリーンウェイの開発研究室にはどんな秘密が隠されているのか。ハイトのゲヘナ計画の最終ゴールは何なのか。ボンドがどんな対応を取れば、その目的が果たされるのを阻止できるのか。

目的……対応。

そして、父のこと……

「何かむずかしいことを考えてるでしょう」フェリシティが眠たげな声で言った。
「どうしてそう思う？」
「女にはわかるのよ」
「きみはなんて美しいんだろうと考えてたんだよ」

フェリシティは彼の手を自分の顔に持っていくと、指を軽く嚙んだ。「私に初めて嘘をついたわね」
「仕事のことを考えてた」
「だったら、許すわ。私と同じだから。埠頭の作業員のやりくり、水先案内人の報酬、船のチャーターにトラックのリース、労働組合」フェリシティの声に、ボンドにも聞き覚えのある強さが忍びこんだ。「それに、あなたが専門にしてること。埠頭でもう二度も泥棒に入られかけた。まだ船から荷を降ろしてもいないのに、よ。変だと思わない？」一瞬の間。それから――「ねえ、ジーン」

何か重大な転機が迫っている――ボンドはそう直感し

た。警戒すると同時に、覚悟も決めた。肉体のつながりを持てば、かならず心や魂も交わることになる。後者を拒絶するなら、前者を求めるべきではない。「何だ？」

フェリシティは穏やかに言った。「あなたの仕事には、私に話してくれた以上のことがあるような気がする。ああ、いいの、何も言わないで。あなたがどう思ってるかわからないけど、もしこれからもこうして会い続けるなら、もし……」そこで言葉が途切れた。

「もし——？」ボンドはささやいた。

「もしこれからもまた会うことになるなら、ほんの少しでいいの、いままでとは変わることはできないかしら。何か人には言えないことをしなくてはならないときがあるとしても、約束してほしいの。人として許されないことはしないって」フェリシティの体がこわばるのがわかった。「いやだ、私ったら何を言ってるのかしら。いまのは忘れてちょうだい、ジーン」

フェリシティが約束を求めている相手は、ダーバン出身のセキュリティの専門家で軍事会社を経営する男だ。しかし、ある意味では、本当の彼に、００《ダブルオー》セクションのエージェントのジェームズ・ボンドにじかに話をしているも同然だった。

しかも、皮肉なものだ。フェリシティは、セロンの暗黒の面をある程度なら受け入れられると認めたに等しい。それは、００７としてのボンドという人間をそのまま受け入れることもできるかもしれないということでもある。

ボンドはささやいた。「約束するよ」

彼女は彼の手に口づけをした。「それ以上、何も言わなくていい。もう聞きたいことは聞けたから。そうだ、いいことを思いついた。今週末のあなたの予定がどうなってるか知らないけれど……」

俺も知らないんだ——ボンドは心のなかでぼそりとつぶやいた。

「……明日の夜には、物資の発送が終わるの。フランシュフックに小さなホテルがあってね——フランシュフックには行ったことある？」

「ない」

「西ケープ州のどこよりもきれいなところよ。ワインの産地なの。ミシュランで一つ星を獲得してるレストランもあるし、丘陵を見晴らせる世界一ロマンチックな展望台もある。土曜日に一緒に行かない？」

「ぜひ行きたいな」ボンドはそう答えて彼女の髪にキスをした。

「ほんとに行きたいと思ってる？」世界のアグロポリーを相手にする勇敢な戦士は、ふいに弱々しく自信なさげな声で訊き返した。

「ああ、ほんとさ」

五分後、彼女は眠っていた。

だがボンドは眠らなかった。眠らずに、港の灯りを見つめていた。父の本当の姿を頭のなかで探していたわけではない。自分のもっとも暗い一面を変えるというフェリシティ・ウィリングとの約束について考えていたのでもなければ、この週末の小旅行に期待をふくらませていたわけでもない。違う。ジェームズ・ボンドの頭にあるのは、たった一つ——いまはまだ輪郭の曖昧な顔、世界のどこかで今日を生きている人々のことだった。国防省がどう考えていようと、ボンドは確信していた。その人々の命を救うことができるのは、彼だけ——ジェームズ・ボンド一人だけだ。

金曜日　ゲヘナに下るとき

53

　午前八時四十分、ボンドは埃と泥をかぶったスバルをSAPSケープタウン本部の駐車場に停めた。エンジンを切って降り、建物に入る。ベッカ・ジョルダーンのオフィスで、ジョルダーンとグレゴリー・ラム、クワレニ・ンコシが待っていた。

　ボンドは一同に軽くうなずいた。ラムは共謀者のような視線を返し、ンコシはやる気に満ちた笑みを返した。

　ジョルダーンが言った。「昨日、ケープタウンに到着したハイトの仲間のことだけど。全員の身元を突き止めた」ノートパソコンをこちらに向けてスライドショーを再生する。最初の何枚かは、黒檀のような肌をした丸顔の大柄な男の写真だった。金と銀の派手なシャツを着て、ブランドもののサングラスをかけ、ゆったりとしたデザインの茶のスラックスを穿いている。

「チャールズ・マテブラ。ヨハネスブルク出身の〝黒いダイヤモンド〟」

　ラムが解説した。「南アフリカのニューリッチ層のことだよ。まあ、あれだ、金の出所はよくわからないまま、一夜にして大金持ちになった連中のことだと思えば、だいたい当たってる」

「なかには一所懸命働いて財産を築いた人もいるわよ」ジョルダーンが氷のような声で補足した。「このマテブラは、ちゃんとした会社を経営してるようね――運送関係の会社。何年か前、武器商人と取引があるんじゃないかって疑われた時期があったけど、証拠は見つからなかった」キーを叩く。また別の写真が表示された。「これはデヴィッド・ホアン」ほっそりとした男がカメラをまっすぐに見て微笑んでいる。「娘がフェースブックに父親の写真をアップしてた。お馬鹿さんよね……そのお馬鹿さんのおかげで、こうして写真が手に入ったわけだけど」

「犯罪組織の一員か」

　ンコシが説明した。「その疑いはあります。シンガポールで。マネーロンダリング専門らしいですね。もしかしたら、人身売買にも手を染めてるのかもしれない」

また次の写真が表示された。ジョルダーンがモニターを指先で軽く叩く。「この男はドイツ人――ハンス・エーベルハルト。水曜のうちにケープタウンに来てた。鉱業権を持ってるの。主にダイヤモンドね。ほとんどが工業グレードだけど、ジュエリーグレードの採掘場もある」整った顔立ちをした金髪の男が、空港から街へ出ようとしているところをとらえた写真だ。薄手の夏用のスーツとシャツを着ているが、ネクタイはしていない。「いろんな犯罪に関わってるって噂はある。でも、法律の観点から言えば、完全に清廉潔白」

ボンドは三人の写真をじっと見つめた。

エーベルハルト。

ホアン。

マテブラ。

顔と名前をしっかりと記憶に刻みつける。

ジョルダーンが眉をひそめて言った。「どうしてこの三人が必要なのか、よくわからない。ハイトなら、ゲヘナ計画の資金くらい、一人でまかなえそう」

それについては、ボンドなりの仮説があった。「理由は二つあるんじゃないかな。ゲヘナ計画に莫大な金がかかることは間違いない。会計監査が入ったとき、多額の負債を指摘されると説明に困ることになる。だから外部から資金を調達しようと考えた。だがそれ以上に大きな理由は、ハイト本人には犯罪歴も、犯罪者とのネットワークもないことだろう。だから、ゲヘナ計画が何であれ、この三人が持ってる人脈を拝借する必要があった」

「そうね」ジョルダーンがうなずく。「そんなところかも」

ボンドはラムのほうを向いた。「Q課のサヌ・ヒラーニから今朝、メールが来た。何か預かってるだろう」

「おっと、そうだった。うっかりしてたよ」MI6のエージェントは封筒を差し出した。

ボンドはなかをちらりと確かめたあと、ポケットにしまった。「いまからグリーンウェイのプラントに行く。インシデント20が何なのか、どこで誰がターゲットにされるのか、何としても突き止める。新しいことがわかったらすぐに知らせるよ。ただ、代替プランを用意しておいたほうが無難だろうな」午後四時までにボンドから連絡がなかったら、ジョルダーンは戦術チームを組織してプラントに踏みこみ、ハイトとダン、それに三人の仲間を拘束したうえで、研究開発室にある全物品を押収する。

「それなら、俺たちには——ひょっとしたらきみたちにかもしれないな、俺はそのときにはもう退場処分を食らってるかもしれないから——連中を締め上げて、インシデント20の詳細を吐かせる猶予が五時間から六時間は残る計算になる」

「プラントに踏みこむ？」ジョルダーンが険しい表情で言った。「それはできないわ」

「どうして？」

「前にも言ったわよね。グリーンウェイで犯罪が行なわれてるって考える合理的な理由がないかぎり、または裁判所の命令がないかぎり、私は動けないの」

石頭め。「公平な裁判を受ける権利は万人に保障されてるとか、そんなことを言ってる場合じゃないだろう。最優先事項は、数千人の命を救うことだ。しかもその数千人は、南アフリカの市民かもしれないんだぞ」

「令状もない、令状を請求するだけの証拠もないんじゃ、どうすることもできない。正当な根拠が一つもないのよ」

「午後四時までに俺からの連絡がなければ、ハイトが俺を殺したという正当な根拠ができる」

「そんなことにならずにすめばいいと思うわよ、中佐。でもね、あなたと連絡がつかないというだけでは、令状は取れない」

「きみにももう話したよな。ハイトは虐殺の犠牲者の墓を掘り返して、遺体を建設資材にリサイクルするプロジェクトを進めようとしてる。それだけで充分じゃないか？」

「犯罪の証拠はプラントのどこかできっと見つかるはずよ」ジョルダーンは唇をきつく結んだ。目は黒い御影石のようだった。やれやれ、これ以上議論しても無駄だろう。

ボンドは辛辣な口調で言った。「そういうことなら、俺にどうか答えを与えてやってくださいと神に祈っててくれ。数千の罪のない人々のためにな」ボンドはンコシとラムにうなずき、ジョルダーンは無視して、オフィスを出た。憤然と階段を下りてスバルに乗りこみ、エンジンをかけた。

「ジェームズ、待って！」声の聞こえたほうを向くと、ベッカ・ジョルダーンが近づいてくるのが見えた。「お願い、待って」

そのまま走り去りたい衝動に駆られたが、思い直してウィンドウを下ろした。

「昨日の男」ジョルダーンがウィンドウのほうに身をかがめて言った。「昨日のセルビア人」

「あいつがどうした？」

「話をしてみた。あなたが何て言ったか聞いた――病院に連れていくって言ったのね」

ボンドはうなずいた。

一つ大きく息を吐いて、ジョルダーンは付け加えた。「私の勝手な思い込みだった。ときどき……ときどきそういう間違いをするの。すぐに批判的な見方をしてしまう。客観的でいようと努力はしてるけど、なかなかそうはなれない。だから、謝らせて」

「謝罪は受け入れよう」

「でも、グリーンウェイに踏みこむ件は――私たちの事情も理解して。旧警察SAPや、SAPの犯罪捜査部は、アパルトヘイト時代に横暴のかぎりを尽くしたの。組織替えしてSAPSが再始動したいまでも、世間の目はとても厳しい。旧警察と同じことをしないかどうか、見張ってるのよ。不法な手入れをしたり、根拠なく市民を逮捕して尋問したり……以前はそれが当然のことみたいに日常化してた。でも、私たちは同じ轍《てつ》を踏んではいけない。同じ過ちは犯せないの」ジョルダーンは決然とした表情で続けた。「法が許すなら、あなたと一緒に戦う。でも、合理的な根拠がなければ――令状がなければ、私には何もできないの。ごめんなさい」

ODGの00《ダブルオー》セクションの研修の大方は、メンタル面の鍛錬に費やされる。自分たちは特別であるという認識、自分たちは法の埒外で動くことを許されている――いや、それを要求されているという認識を、多くの時間を費やして新人エージェントに植えつけるのだ。殺人許可を含むレベル1の作戦指令は、ジェームズ・ボンドにとっては職務の側面の一つにすぎない。秘密施設の写真を撮影したり、マスコミに偽の情報を流したりするのと、何も変わらない。

Mが言っていたように、任務を完遂するには、白紙委任状が必要なのだ。

王国を守ること……どのような手段を使っても守り抜

くこと……

その意識は、ボンドという人間の一部に組みこまれている。それどころか、白紙委任状がなければ、職務は果たせない。どんな場面でも法と規則を守ろうと努力する、ベッカ・ジョルダーンのような世界中の真摯な警察官に、間違ったところなど一つもない。規格外なのはボンドのほうだ。

ボンドは非難めいたところのいっさいない口調で応じた。「きみの事情はちゃんと理解してるよ、ジョルダーン警部。このあとどうなるにせよ、きみと一緒に仕事ができて光栄だった」

ジョルダーンの顔に笑みが浮かんだ。ごく小さな、しかも一瞬で消え失せる笑み。それでもボンドは、その笑みは作り物ではないと直感した。彼の前でジョルダーンがその美しい顔に温かな表情を浮かべたのは、このときが初めてだった。

54

ボンドが運転するスバルは、横滑りしながらグリーンウェイ・インターナショナルの要塞前の駐車場に飛びこみ、急ブレーキをかけて停まった。ゲート前のスペースにリムジンが何台か並んでいる。

REDUCE　REUSE　RECYCLE

数人が立ち話している。そのなかに、ドイツ人起業家ハンス・エーベルハルトの顔が見えた。ベージュのスーツに白い靴を履いている。エーベルハルトはナイアル・ダンと話していた。ダンは、凶暴さを内に秘めた日本の闘魚を思わせた。軽やかな風が金色の前髪をそっと乱している。エーベルハルトはちびた煙草の火を消そうとしているところだ。ハイトは建物内を禁煙にしているのだろう。皮肉な話ではないか。建物から一歩外へ踏み出せば、そこには発電施設から排出される熱気や蒸気、埋め立て地で燃やされているメタンが吐き出す煙で汚れ放題の空気が待っているのだから。

ボンドはダンに片手を上げてみせた。ダンは無表情のまま一つうなずいただけで、ドイツ人との会話に戻った。まもなく、ベルトに下げていた携帯電話を取った。メールが届いたらしい。エーベルハルトに小声で何か言ったあと、少し離れたところに移動して電話をかけた。ボンドは自分も電話をかけるふりをして盗聴アプリを起ち上げ、電話を耳に当てると、助手席側のウィンドウを下ろして電話をダンの方角に向けた。マイクをそちらに向けていることをダンに気づかれないよう、まっすぐ前に視線を向けて適当に唇を動かす。

ダンは電話の相手にこう言っていた。「……ハンスと外にいる。一服したかったらしくて……わかってる」

相手はおそらくハイトだろう。

通話はまだ続いている。「スケジュールどおり進行してるようだな。たったいまメールが届いた。トラックはマーチを出発して、ヨークに向かってる。じきに着くだろう。装置の準備は整ってる。いつでも使えるよ」

インシデント20の話だ！　攻撃はヨークで行なわれる。

「ターゲットも確認した。爆破の時刻は、現地時間で十時三十分に設定してある」

予定時刻を耳にした瞬間、ボンドの鼓動が速くなった。これまでずっと、決行は夜の十時三十分という前提で動いてきた。だが、ダンは時刻を言うとき、かならず二十四時間制を使う。予定時刻が午後十時三十分なら、〝二十二時三十分〟と言っているはずだ。

ダンがボンドの車をちらりと見た。「セロンも来てる……わかった」電話を切り、エーベルハルトにそろそろミーティングが始まると告げた。それからボンドのほうを向いた。いらだった顔つきだった。

ボンドは急いで電話をかけた。頼む――心のなかでささやく。頼むから出てくれ。

祈りは通じた。「オズボーン＝スミスだ」

よかった。「パーシー。ジェームズ・ボンドだ。よく聞いてくれ。話してる時間はせいぜい六十秒しかない。インシデント20の答えを見つけた。急いでチームを組織してヨークに急行させてくれ。一刻を争う。ＳＯＣＡ、ＭＩ５、地元警察。誰でもいい。爆弾はヨークにある」

「ヨーク？」

「ハイトの手下がトラックでマーチからヨークに運搬中だ。今日の午前中のうちに爆破するようだ。仕掛ける先はまだわからない。競技場か何かかもしれない――紙切れに〝コース〟とあったろう。競馬場《レースコース》を当たってみてくれないか。とにかく、人が大勢集まる場所だ。マーチ市内外の街頭カメラを残らずチェックして、トラックのナンバーを集められるかぎり集めて、ちょうどいまごろヨークに到着したトラックのナンバーと照合する。それから――」

「ちょっと待てよ、ボンド」オズボーン＝スミスの声は冷ややかだった。「マーチもヨークシャーも関係ない」

オズボーン＝スミスはボンドをラストネームで呼んだ。しかも、先日とは違う横柄な口調だった。「関係ないって、どういうことだ？」

ダンが早く来いと手招きしている。ボンドはにこやかな笑みを作ってうなずいた。

「ハイトの会社が危険物の再生事業を展開してることは知ってたか？」

「知ってる。しかし――」

「なら、ロンドンの地下にトンネルを掘って、何やら優雅なごみ回収システムを作ろうとしてるらしいって話を聞かせたことは覚えてるか。ちなみに、官庁街周辺にもトンネルを掘ってる」オズボーン＝スミスの口調は、法廷で証人を尋問する弁護士のそれに似ていた。

ボンドの額に汗が浮いた。「違う、それこそインシデント20とは関係ない」

ダンが焦れている。ボンドをじっと睨み据えている。

「お言葉だが、私の意見は別だ」オズボーン＝スミスがよそよそしい声で言う。「そのトンネルの一つは、今日、安全保障会議が開かれる予定だったリッチモンドテラスのすぐ近くを通ってる。おたくの長官、うちのボス、CIAやMI6の高官、合同情報委員会――安全保障の世界の正真正銘のセレブリティが一堂に会するわけだな。ハイトは、やつの会社が危険物回収事業を通して再生した何かとんでもないものをそこで使うつもりだろう。セレブリティをひとまとめに殺そうって魂胆だな。この何日か、官庁街周辺でハイトの会社のごみ回収員がトンネルを出入りしてた。だが、誰もそいつらをチェックしようとは思いつかなかった」

ボンドはゆっくりと言った。「パーシー、インシデント20はそれじゃない。ハイトはグリーンウェイの従業員を直接関わらせたりはしないはずだ。明白すぎるだろう。一発でハイトと結びついてしまう」

「だったら、我々がトンネルで発見したささやかな証拠をどう説明する？　放射線が検出された」

「線量は？」ボンドはぶっきらぼうに訊いた。

沈黙があった。それから、オズボーン＝スミスはいつものすねたような舌足らずの口調で答えた。「およそ四ミリレム」

「そんなの、無視していい値だろう、パーシー」O課のエージェントは全員、放射線量統計には詳しい。「地球上の全員が、宇宙線だけを見ても、年に六十ミリレム被曝してるんだ。X線検査を一度でも二度でも受けたら、その数字はたちまち二百に跳ね上がる。核爆弾なら、四ミリレムどころじゃすまない」

ボンドの反論を無視して、オズボーン＝スミスは朗らかに言った。「ともかく、ヨークの件はあんたの聞き違いだろうな。ロンドンには、デューク・オブ・ヨークってパブや劇場がある。もしかしたら、作戦司令部をそこに置くって話なのかもしれない。まあ、調べてはみるよ。ちなみに、安全保障会議は中止にして、セレブリティには安全な施設に移ってもらった。ところで、ボンド。ずっと考えてたことがある。ハイトはカニングタウンに住んでるし、千年ものの死体に欲情したって話だろう。やつは死や、衰退してく町がお好きらしいな」

ダンがゆっくりと歩きだした——ボンドのスバルに向かって。

ボンドは言った。「それはもう知ってるよ、パーシー。でも——」

「イギリスとアメリカの安全保障機構の半分を吹き飛ばす。社会の衰退を促進するのに、それ以上の手があるか？」

「わかった、もういい。あんたはロンドンで好きなようにやっててくれ。ただ、ＳＯＣＡでもＭＩ５の人員でもいい、何人かはヨークの件に割り当ててもらえないか」

「この人手不足のご時世だ。いまは一人でも惜しい。午後になれば何人かは割けるかもしれないが、あいにくいますぐは無理だ。どのみち、何か起きるとしたら夜だろう」

ボンドは計画の実行時刻が前倒しされたらしいことを伝えた。

含み笑い。「あんたのアイリッシュマンは、二十四時間制をお好みか……しかし、それはちょっとうがちすぎじゃないか。私の計画は変更しないよ」

オズボーン＝スミスがMの味方につき、ボンドを南アフリカに残そうとした理由はこれだ。ボンドが正しい臭跡を追っているなどとは、これっぽっちも思っていない。ボンドを出し抜いて手柄を独り占めしたい、それだけのことだったのだ。ボンドは電話を切り、ビル・タナーにかけようとした。

しかしダンが車のすぐ外まで来ていた。いきなり車のドアを開ける。「ぐずぐずするな、セロン。新しいボスをいつまで待たせておく気だ？　ここの規則はもう知ってるだろう。電話と銃は車に置いてこい」

「おたくの愛想のいいコンシェルジュに預かってもらおうかと思ってたんだがな」

万が一の事態に備え、できるだけ近い場所に武器を置いておきたかった。外の世界と連絡を取る手段も。

しかし、ダンは譲らなかった。「今日はここに置いておけ」

しかたがない。携帯電話にロックをかけ、ワルサーをグローブボックスに入れる。車を降り、リモコンキーで車のドアもロックした。

警衛所で昨日と同じ手順を踏んでいるとき、たまたま壁の時計が目に入った。ヨークはいま、午前八時になろうとしている。爆弾はどこに仕掛けられているのか。残された時間は二時間三十分。

55

グリーンウェイのロビーは無人だった。ハイトは――というより、ダンが、だろう――会議とゲヘナ計画の処女航海に邪魔が入らないよう、今日は全社休業としたに違いない。

セヴェラン・ハイトがロビーの奥から現われ、にこやかにボンドを出迎えた。上機嫌を通り越して、浮き足立っている様子だ。黒っぽい瞳を輝かせている。「セロン！」

　ボンドはハイトと握手を交わした。

「今日集まっている私のパートナーたちに、例のキリング・フィールドのプロジェクトを説明してもらえないか。彼らにも資金を提供してもらうことになるだろうから。いや、形式張ったプレゼンなどは必要ないよ。概要を話してもらえれば充分だ。主だった集団埋葬地の位置を地図で示すとか、それぞれの死体のおおよその数やそこに埋められていた年数、きみのクライアントがどの程度の報酬を用意しているかとか、そんな話をしてくれればいい。ああ、ところで、きみと同業のパートナーもいる。ひょっとしたら、きみの知り合いがいるかもしれないぞ」

　ボンドの頭のなかでアラームが鳴り響いた。その同業者とやらは、正反対の疑問を抱くかもしれない——ダーバンで軍事会社を経営する金の亡者、アフリカの大地にそれだけの数の死体の種を蒔いたジーン・セロンの噂を、これまで一度も耳にしたことがないのはなぜなのか。

　廊下を奥へと歩きながら、ボンドはどこかでプレゼンテーションの準備をさせてもらいたいと掛けあった。信用試験に合格したパートナーだ。うまくいけば、開発研究室を使ってくれと言われるかもしれない。

「きみ専用のオフィスを用意してある」ハイトはそう言って、研究開発室を通り過ぎた先の、広々とした窓のない部屋にボンドを案内した。椅子がいくつかと作業台が一つ、それにデスクがあった。黄色いメモパッドやペン、数十枚のアフリカの詳細な地図、インターコムはあるが、電話はない。壁のコルクボードには、ボンドが渡した死体の写真のコピーがピンで留めてあった。オリジナルはどこにあるのだろう。

　ハイトの寝室か？

　世界一リッチなくず屋がにこやかに訊く。「ここでいいかな？」

「願ってもない。あとはコンピューターがあればありがたいんだが」

「手配しよう——ただし、文書作成と印刷にしか使えない。ネットには接続できないからそのつもりで」

「接続できない？」

「ハッキングや情報漏洩の不安があるだろう。それに、今日は正式な資料は必要ない。手書きのメモ程度で充分だ」

　ボンドは時計に目をやったが、平静を装った。ヨークの時刻で八時二十分。あと二時間ちょっとしかない。

「さっそくとりかかろう」

「この先の大会議室にいる。突き当たりを左だ。九〇〇号室。準備ができしだい来てくれ。ただし、十二時半までにはかならず頼むよ。テレビですごいものが見られるから。きみも楽しめるはずだ」

　ヨークの時刻で、十時三十分。

　ハイトが行ってしまうと、ボンドは地図の上にかがみこみ、ロッジ・クラブでハイトと話をしたとき適当に挙げた地域を思い出しながら、そこを円で囲んでいった。それぞれに数字――死体の数を、これもまた適当に書き加えたあと、地図とメモパッドとペンを持って廊下に出た。人の気配はない。頭のなかで方角を確かめながら、研究開発室まで戻った。

　スパイの世界では、作戦は単純であればあるほど成功率が高いものだ。情報収集のために不法侵入を試みる場合にも、その法則は当てはまる。

　というわけで、ボンドはドアをノックした。


〝ミスター・ハイトから資料を取ってくるよう頼まれて……仕事の邪魔をして申し訳ない。すぐにすむから……〟

　いざとなったら、ドアを開けた人物に飛びかかり、手首か腕をつかんでねじりあげ、抵抗を封じるつもりだった。銃を持った警備員と格闘する覚悟もできていた。それどころか、武装した警備員が出てきてくれたほうがありがたかった。武器を手に入れることができるからだ。

　しかし、応答はなかった。研究開発室のスタッフも今日は休暇を与えられているらしい。

　そこで第二のプランを試した。これは最初の計画よりいくらか複雑だ。昨夜、このドアを撮影したデジタル写真をサヌ・ヒラーニに送っておいた。ヒラーニからは、このドアはまず破れないという返事が来た――この電子ロックを開けるのには何時間もかかる、部下と知恵を出し合って別の方法を考えてみよう。

　ほどなく、ヒラーニからまたメールが届いた。グレゴリー・ラムに新しいツールを作る材料を集めてもらえるよう依頼しておいた、ツールは朝までに指示書と一緒に届くという内容だった。今朝、ベッカ・ジョルダーンのオフィスでラムから受け取ったのは、それだった。

念のためもう一度背後を確認してから、ボンドは作業にかかった。ジャケットの内ポケットから、渡されたツールを取り出す。強度二百ポンドテストの太い釣り糸。グリーンウェイの金属探知機には発見されないナイロン製だった。その釣り糸の片方の端を、ドアのてっぺんに開いたわずかな隙間に差し入れた。先端がドアの向こう側の床に届くまで、糸を送っていく。それから、メモパッドの厚紙でできた裏表紙を細く破り取り、Jの形に曲げた――原始的な釣り針だ。これを今度はドアの下の隙間から差し入れて、釣り糸を引き寄せた。

三重に外科結びをして、糸の両端をつなぐ。これでドアを上下に通る輪ができた。ペンを使い、巨大な止血帯を締めるようにして糸を巻き上げる。

頑丈なナイロンの糸がきりきりとドアを締め上げていく……反対側の押し下げ式のバーに力がかかった。やがて、ヒラーニが〝まず間違いなく〟と予言したとおり、かちりと音がして、ドアが開いた。室内にいた従業員がバーを押し下げてドアを開けたかのように。火事など緊急事態を考慮して、ドアを内側から開けるときは暗証番号を打ちこまなくてもいいようになっている。

ボンドは薄暗い部屋に足を踏み入れた。釣り糸を外し、侵入の証拠をポケットに隠す。ドアをしっかり閉めたあと、電灯のスイッチを入れ、室内に視線を走らせた。電話、無線機、武器はない。コンピューターは、デスクトップ型とノート型を合わせて十台ほどある。うち三台を起動してみたが、いずれもパスワード保護されていた。確かめるまでもなく、ほかも同じだろう。

ボンドのやる気をくじいてやろうとでもいうように、デスクや作業台には何千枚もの書類やファイルが積み上げられていた。《ゲヘナ》というラベルの付いたものが都合よく見つかったりはしなかった。

ボンドは根気よく書類をめくっていった。青写真、設計図、仕様表、配線図。兵器やセキュリティシステムと思しきもの、自動車に関連しているらしきもの。ヨークの誰が狙われているのか、ヨークのどこに爆弾が運ばれたのかという疑問の答えは、どこにもない。

やがて、ようやく希望の光が射した。《セルビア》と書かれたフォルダーだ。ボンドは紙が破れそうな勢いでフォルダーを開き、なかの文書に視線を走らせた。

そして凍りついた。目を疑った。

マーチの旧陸軍病院の安置所の作業台の写真だった。作業台の一つに、公には存在していないことになっている兵器が鎮座していた。非公式に〝カッター〟と呼ばれている爆発装置だ。MI6とCIAは、セルビア政府がこの装置を開発しているのではないかと疑っているが、現地の工作員はこれまでのところ、実際に製造されたという証拠を確認できていない。カッターは超高速対人兵器だ。固形ロケット燃料を混ぜて威力を増した爆薬が、チタンでできた数百の小さな刃を時速五百キロで四方八方に吹き飛ばす。

まさしく悪夢の兵器だ。開発の噂が流れたにすぎない段階で、国連や人権団体がすぐに非難声明を発表したほどだった。セルビア側は製造をきっぱりと否定した。また、誰一人として——広いコネを持つ武器商人でさえ——実物を見たことがなかった。

そんなものを、ハイトはいったいどうやって手に入れた？

ボンドは書類をめくり続けた。精密な設計図や青写真。爆発時に飛び散る刃の加工や自動起爆プログラムの仕様に関する指示。すべてセルビア語で書かれ、英語の翻訳が添付されていた。英語の翻訳がついている——ハイトは実際にこの兵器を作ったということだろう。どこからなのかはわからないが、この設計資料一式を手に入れ、自社のエンジニアにおぞましい兵器の製造を命じた。ボンドが旧陸軍病院で拾ったチタン合金の削りかすはおそらく、破壊的な力を持つちっぽけな刃のものだ。

セルビアの列車の件も——危険な化学薬品の謎も、これで説明がつく。ダンがあそこにいたこととは何の関係もなかったのだ。列車に劇物が積載されていることさえ、ダンは知らなかったに違いない。ダンがノヴィサドに行った目的は、あの列車が運んでいたチタンの一部を盗み、兵器に使うためだった。屑鉄を満載した貨車がたしか二両あった。ダンのターゲットはそれだったのだろう。リュックサックに入っていたのは、三両めに積んであった薬品のコンテナに穴をあけたり吹き飛ばしたりするための武器や爆弾ではない。ダンが到着したとき、あのリュックサックは空だった。そこに盗み出した特殊なチタンのくずの一部を詰め、マーチに持ち帰ってカッターに使った。

列車を脱線させたのは、事故に見せかけ、チタン合金が減っている事実から目をそらすためだ。
それにしても、ダンとハイトは設計図をどうやって手に入れたのだろう。セルビアは、設計図や仕様書が絶対に外部に漏れないよう厳重に管理していたはずだ。
その答えはまもなく見つかった。ドバイのエンジニア、マフディ・アルフランが書いたメモがある。日付は一年前のものだった。

セヴェラン
シュレッダーにかけられた機密書類を復元するシステムを作れるかどうか、ちょっと調べてみました。残念ながら、最近のシュレッダーで裁断されたものについては、答えはノーです。しかし、代案があります。シュレッダーに手を吸いこまれる事故を防ぐための電子監視システムをシュレッダーに搭載する方法です。ただし、その〝電子の目〟が超高速工学スキャナーを兼ねるようにしておきます。文書を裁断する直前にスキャナーが情報を読み取るというわけです。シュレッダーのどこかに3から4テラバイト程度のハードドライブを隠しておいて、読み取ったデータをそこに保存し、盗聴不可能な携帯電話や衛星電話を経由して送信するか、刃の交換や機械の清掃などの機会にメンテナンス要員が物理的に取り出せば情報を入手できます。
ついでに言えば、文書を文字どおり粉にしてしまうくらい高性能なシュレッダーだと強調して売り込みをかけるといいでしょう。そうすれば、リースしたクライアントは御社を信頼して、機密中の機密の破棄にも御社のシュレッダーを使うでしょうから。
もう一つ、ハードウェア向けに似たような装置の開発を考えています。ハードドライブを破壊する前にデータを抜き取る装置です。ノート型でもデスクトップ型でも、パソコンを分解したうえでハードドライブを探し出して分別し、装置内の別の区域に移して、一時的に装置のシステムに接続する。データを消去してドライブを粉砕する前に、機密情報を盗み出すわけです。

そういえば昨日、この施設を見学したとき、ハイトは興奮した口ぶりで、自動コンピューター破壊分別装置の話をしていた。
二、三年後には、うちの社でもっとも収益の高い事業

に成長するだろう……

ボンドはファイルの文書を読み進めた。文書シュレッダー兼スキャナーは、すでにグリーンウェイの全支社で稼働していた。セルビアの極秘軍事基地やベオグラード郊外にある兵器製造会社にもリースされていた。

また、ほかの社内文書には、最高機密とまではいかないが、価値のある文書を盗み出す計画の詳細が記されていた。ターゲットが出すごみをグリーンウェイの収集員が回収し、専用施設に運びこんで、個人情報や機密情報を選別する。

たしかに〝価値〟のある情報だった。たとえば、クレジットカードの控えのコピーだ。裁断されていないもの、単純なシュレッダーで裁断されたのを復元したもの。そのうちの一枚は、プレトリアのホテルが発行した控えで、名義人は〝閣下〟の肩書きを持つ要人だった。コピーには手紙のコピーも添付されていて、政敵の要求を呑まなければ、愛人の存在を公にすると書かれていた。ボンドが見かけた他都市のトラックがこのプラントに運びこんでいる〝特殊な廃棄物〟とは、こういった類のごみなのだろう。

電話番号と思しき数字が果てなく並んだ書類も見つかった。電話番号と一緒に、何桁もの数字やハンドル名、パスワード、PCメールや携帯メールの断片などが記されている。そうか、Ｅ－ｗａｓｔｅ処理課か。シリコン通りで作業していた従業員たちは、電話やコンピューターを調べて、携帯電話のＩＤ番号、パスワード、銀行口座情報、メール、ショートメールの履歴など、ありとあらゆる情報を抜き出していたのだ。

しかし、いますぐ解決したい疑問の答えはどこだ？　カッターはどこに仕掛けられている？

最初に戻ってもう一度文書を見直した。ここにある資料からは、あと一時間ほどで破裂するはずの爆弾が、ヨークのどこに運ばれたのかまではわからない。作業台に身を乗り出し、装置の設計図をにらみつけた。こめかみがずきずきと脈打った。

考えろ――自分を脅すようにそう言い聞かせる。

考えろ……

しばらくは何も思い浮かばなかった。やがて、あることに思い当たった。セヴェラン・ハイトは世間の目を盗んで何をしている？　断片の山から価値のある情報を発掘して復元している。

同じことを試してみよう。パズルのピースを組み合わせるのだ。

さて、いま手元にあるのはどんなピースだ?

・標的はヨークのどこか
・メッセージの一つに〝条件(term)〟と〝五百万ポンド〟という文言があった
・ハイトは、セルビアの列車脱線事故のように、目的の犯罪から注意をそらすためなら、大規模な破壊行為も辞さない
・カッターはマーチ近郊に隠されていて、今日になってヨークに運ばれた
・ハイトが今回の攻撃を実行するのは、イデオロギーではなく金のため
・爆破装置ならどんなものでもかまわないはずなのに、通常の武器市場では入手不可能な、セルビア軍開発のカッターをわざわざ作った
・数千の死者が出る
・爆風範囲は最低で三十メートル必要
・カッターは特定の時刻——午前十時三十分に爆発する
・道路あるいはルートなど、何らかの〝コース〟と関係している

これらのピースをあれこれ並べ替えてみたものの、どうにもうまく嚙み合わない。

あきらめるな——自分を叱りつける。ピースの一つひとつにもう一度意識を集中した。頭のなかで一つを選び、別の場所に置き直してみる。

可能性が一つ浮かび上がった。ハイトとダンがカッターを再現したというのが事実なら、事後の捜査で、軍が開発した爆破装置であることが判明するだろう。そして闇市場ではまだ入手できない装置であることから、セルビア政府かセルビア軍が疑われるだろう。つまり、ハイトがわざわざカッターを作ったのは、捜査チームの注意を真犯人からそらすためということになる。彼自身から、そして彼に五百万ポンドの報酬を支払った人物から。これも誤導だ——列車脱線事故と同じく。

となると、ターゲットは二重に存在することになる。

表面上のターゲットは、世間や警察が、その人物が狙われた理由はそれだとすんなり納得するような、何らかのつながりをセルビアとのあいだに持つ人物。だが、真のターゲットは、爆発にたまたま巻きこまれた不運な犠牲者のなかにいるだろう。ハイトや彼のクライアントがその死を願っていたとは永遠にわからないような人物……しかもその死によって、イギリスの国益が損なわれるような人物。

誰だ？　ヨークにいる政府高官か？　科学者か？　くそ、爆弾はいったいどこに仕掛けられている？

ボンドは紙吹雪のような情報の断片をまたしても並べ替えてみた。

絵は浮かび上がってこない……

しかし、次の瞬間、心のなかで轟音が響き渡った。

〝条件（term）〟と〝コース〟の二つの単語は、すぐ近くに書かれていなかったか。

〝term〟は契約の条件を指すのではなく、学校の学期を指すのだとしたら？　〝コース〟は講座という意味なのだとしたら？

ありえないことではない。大きな教育機関。数千人の学生。

どんな教育機関だ？

午前十時半からセルビアに関する講座や講演会、集会、展覧会が開かれる教育機関。筆頭候補は大学だ。

どうだろう、彼が復元した仮説は、あまりにも突拍子のないものだろうか。

熟考している時間はない。壁のデジタル時計を見やった。ちょうどまた一分、時刻が進んだ。

ヨークではいま、九時四十分になった。

56

キリング・フィールドの地図を抱え、ボンドはごく自然な足取りで廊下を歩いていた。

巨大な弾丸形の頭をした警備員が不審そうにじろりとこちらを見た。あいにく、この警備員は銃を携帯していなかった。しかし幸いなことに、無線機も持っていなかった。ボンドは、ハイトの言っていた会議室への道順を尋ねた。警備員がその方角を指さす。

　ボンドはいったん歩きだしたが、何かを思い出したような顔で振り返った。「そうだ、ミズ・バーンズに昼食のことを訊こうと思ってたんだ。いまどこにいらっしゃるかな」

　警備員は少しためらったあと、別の廊下を指さした。

「ミズ・バーンズのオフィスはそっちです。左側、両開きのドアがある。一〇八号室。入る前にかならずノックしてください」

　ボンドは教えられたほうに向かった。まもなく一〇八号室が見つかった。背後を確かめる。廊下には誰もいなかった。ドアをノックした。「ジェシカ。ジーンです。お話があります」

　返事はなかった。昨日はここに来ると言っていたが、体調を崩したか、疲れが出たかして、〝短い革紐〟を伸ばしてもらって家で休んでいるのかもしれない。

　だが、まもなく、錠が回るかちりという音がした。ドアが開く。ボンドはなかに入った。オフィスにいるのはジェシカ・バーンズ一人だった。驚いたように目をしばたたかせている。「ジーン。どうしたの、何かあったの？」

　ボンドはドアを閉め、デスクの上のジェシカの携帯電話に目をやった。

　ジェシカは即座に事情を察した。黒い目を見開き、デスクに近づいて携帯電話を取り、後ずさりした。「あなた……」首を振りながら言う。「警察の人なのね。狙いは彼？　ああ、どうして気づかなかったのかしら」

「いいから話を聞いてください」

「そういうことだったのね。昨日、車のなかで……あなたは――イギリスでは何て言うの？　甘い言葉をささやく？　優しくして、私を油断させた。そういうことでしょう」

「セヴェランは、いまから四十五分後に大勢を殺そうとしています」

「ありえない」

「事実です。数千の命が危険にさらされてる。イギリスのある大学を爆破する計画なんですよ」

「そんな話、信じるわけないでしょう！　あの人がそんなことするはずがないわ！」だが、その口調はどこか疑わしげだった。きっとハイトの写真のコレクションを彼女も目にしたことがあるだろう。だから、恋人が死や衰亡に異様な関心を抱いていることを完全には否定できないのだ。

ボンドは言った。「彼は回収したごみから情報を得て、他人の秘密を売ったり、人を脅迫したり、殺したりしているんです」ジェシカに一歩近づき、携帯電話のほうに手を差し出した。「渡してください」

ジェシカは首を振りながらさらに後ろに下がった。開け放たれた窓のすぐ外には、つい最近の嵐が残していった水たまりがあった。ジェシカは手を窓から突き出し、携帯電話を水たまりの真上にかざした。「来ないで！」

ボンドはまた近づいた。「時間がない。力を貸してください」

長い数秒が過ぎた。ジェシカの華奢な肩がふいに力を失った。「たしかに、あの人には暗い一面がある。前は写真だけのことだと思ってた……おぞましい写真を集めてるだけのこと、衰えていくものに異常な執着を持ってるだけのことだと思ってたの。でも、ずっとどこかで疑ってた。それだけじゃないかもしれないって。それではすまないんじゃないかって。やっぱり破壊の単なる目撃者でいるだけじゃ我慢できなくなった。自分の手で破壊したがってるのね」ジェシカは窓から離れ、携帯電話をボンドに差し出した。

ボンドは受け取った。「ありがとう」

ちょうどそのとき、ドアが勢いよく開いた。さっきの警備員が立っていた。「それは？　ビジターはここでは電話は使えないことになってる」

ボンドは言った。「家族と連絡を取ろうとしていた。重病人がいるんだ。様子を確かめたい。それでミズ・バーンズに電話を貸してもらえないかと頼んだら、快く貸してくれた」

「ほんとよ」ジェシカがうなずく。

「念のため、預からせてもらいます」

「渡さない」ボンドは答えた。

重たい沈黙が流れた。やがて警備員がボンドに向かってきた。ボンドは携帯電話をデスクに放っておいて、システマの防御スタンスを取った。格闘が始まった。

警備員は体重で二十キロ近くボンドを上回っていた。しかも優れた才能の持ち主だった――きわめて優れた才能の。キックボクシングか合気道の修業をしたことがあるのだろう。ボンドはかろうじて相手の攻撃をかわしたが、決して楽な闘いではなかった。しかも動きが制限されている。オフィスは広々としているものの、家具が多いからだ。警備員がとっさに飛びのいた拍子に、ジェシカにぶつかった。ジェシカは悲鳴を上げて床に倒れた。そのまま起き上がれずにいる。

まる一分ほど激しい攻防が続いた。ボンドはシステマの原則に従って攻撃をかわしているだけでは勝てないと悟った。相手が強すぎる。しかも疲れる気配がまったくない。

警備員は怒りに燃えた目で角度や距離を見きわめたあと、足を蹴り出そうとした——ように見えた。その動作はフェイントだった。しかし、ボンドはそれを予測していた。巨漢が体をひねって後ろに下がろうとした瞬間、ボンドは肘の先を相手の下腹にめりこませた。腎臓を打たれると、猛烈に痛いだけではなく、運が悪ければ臓器に恒久的なダメージを負う。

しかし、警備員のその動きもまたフェイントだった。ボンドがそのことに気づいたときには遅かった。ボンドにわざと打たせておいて横に動き、携帯電話が放り出されたデスクに近づくのが警備員の目的だった。警備員はノキアの携帯電話をつかみ、真っ二つに折ると、窓の外に投げ捨てた。半分は水面をかなり先まですべっていってから水たまりの底に沈んだ。

しかし、警備員がこちらに向き直ったときには、ボンドはすぐ目の前まで距離を詰めていた。システマの戦法は捨て、古典的なボクサーのスタンスを取って、左の拳を敵のみぞおちに叩きこんだ。警備員は腹を抱えて背を丸めた。ボンドは次に右の拳を警備員の耳のすぐ後ろに振り下ろした。狙いは完璧だった。警備員は一つ身を震わせたかと思うと、床に倒れこみ、そのまま気絶した。急所を強打したが、それでもしばらく時間がたてば意識を取り戻すだろう。ボンドはデスクスタンドのコードで手早く警備員の手足を縛り、朝食のトレーからナプキンを取って猿ぐつわを嚙ませた。

手を動かしながら、ジェシカのほうを振り返った。ジェシカはちょうど立ち上がろうとしていた。「大丈夫でしたか」

「ええ、大丈夫」苦しげにささやく。それから窓に駆け寄った。「電話はもう使えない。どうする？　あれしかないの。ほかに携帯電話を持ってるのは、セヴェランとナイアルだけよ。しかも今日は固定電話も使えない。全社休業だから、交換台に誰もいないの」

「反対を向いて。あなたを縛ります。ちょっときつめに縛りますよ――あなたがちゃんと抵抗したように見せなくちゃなりませんから」

　ジェシカは両手を後ろに回した。ボンドは手首を縛った。ジェシカが言った。「ごめんなさいね。努力はしたつもりなんだけれど」

「謝らないで」ボンドは言った。「わかってますから。もし誰か来て訊かれたら、俺がどこに行ったかはわからないと言ってください。怖がってる芝居をしていれば大丈夫です」

「お芝居の必要はなさそう」ジェシカが言った。それから、ためらいがちに続けた。「ジーン……」

　ボンドは振り返った。

「美人コンテストの前日の晩は、いつも母と一緒にお祈りをしたの。そうやってたくさんのコンテストで優勝した。きっと私たちのお祈りが上手だったのね。いまからあなたのために祈りを捧げるわ」

57

　ボンドは薄暗い廊下を急ぎ足で歩いていた。廊下の壁にはグリーンウェイの従業員が再生した土地――この東側に広がる埋め立て地の上に作られた美しい楽園の写真が並んでいた。

　ヨークはいま九時五十五分。あと三十五分で爆弾が炸裂する。

　すぐにでもこのプラントから外へ出なければならない。武器庫のようなものがどこかにあるはずだ。あるとすれば、正面玄関の警備室の近くだろう。目指す先はそこだ。地図の束と黄色いメモパッドを抱え、顔を伏せ、一定の速度で歩き続けた。正面玄関まで五十メートル。戦術を考える。行く手のチェックポイントには警備員が三人いた。裏口にも警備員はいるのだろうか。おそらく配置されているだろう。今日は出勤している事務職員は一人もいないが、屋外で作業している人影はいくつも見えた。

昨日は裏口にも警備員が三人いた。ほかに何人いるのだろう。来客の誰かが警備室に銃を預けているだろうか。それとも、全員、車に置いてくるように指示されただろうか。ひょっとしたら――

「ああ、ここだったか！」

ボンドはぎくりとした。たくましい警備員が二人、目の前に現われて廊下を塞いだ。二人の顔には何の表情も浮かんでいない。ジェシカと、ボンドが縛り上げて転がしておいた警備員が見つかったということだろうか。いや、どうやら違うらしい。「ミスター・セロン、ミスター・ハイトが探してらっしゃいます。オフィスにいらっしゃらなかったので、探して会議室にお連れするようにと言われました」

二人のうち少し小柄なほうが、鋭い目つきでボンドをじっと見つめている。その目はゴキブリの甲殻を連想させた。

この二人と一緒に行くしかない。まもなく会議室に着いた。大柄なほうがノックした。ダンがドアを開け、無表情にボンドを見やったあと、三人を招き入れた。ハイトの三人の仲間がテーブルを囲んで座っている。昨日、ボンドを正面ゲートから建物まで案内したダークスーツの巨漢が腕組みをしてドアの脇に控えていた。

ハイトがさっきと同じ弾んだ声で言った。「セロン！どうだ、調子は？」

「悪くはない。ただ、まだ準備が完全には終わってなくて。あと十五分か二十分ほしい」ボンドはドアを一瞥した。

しかし、ハイトはまるで子供のようだった。「ああ、ああ、それはかまわないよ。ただ、その前に、これからきみの同僚になる三人を紹介させてくれ。きみの話は聞かせてある。三人ともきみに早く会いたくてうずうずしてるんだよ。出資者は全部で十人くらいいるんだがね、中心になってるのはこの三人だ」

ボンドは初対面の挨拶を交わしながら、この三人はジーン・セロンという名を一度も耳にしたことがないことを果たして不審に思っているだろうかと考えた。しかし、ハイトの説明とは裏腹に、マテブラもエーベルハルトもホアンも今日のイベントのほうに気を取られている様子で、ボンドを紹介されても軽くうなずいたきり、話しかけようともしなかった。

ヨークでは十時を五分回ったところだ。

ボンドは会議室を出ようとした。ところがハイトに引き止められた。「いや、いてくれよ」そう言ってテレビのほうに顎をしゃくった。ダンがロンドンのスカイニュースにチャンネルを合わせていた。音量を低くする。

「これを見逃す手はない。我々の最初のプロジェクトだ。どういうことか、私から説明しよう」ハイトは椅子に座り、ボンドがすでに知っていることを説明した。ゲヘナ計画では、機密文書を復元した、あるいはスキャンした情報を売ったり、それをネタに恐喝したりしている。

ボンドは感心したように一方の眉をつり上げてみせた。また出口を見やる。ドアに飛びついても無駄だ。あのダークスーツの巨漢がドアを守るように立っている。

「悪いな、セロン。昨日だったか、グリーンウェイの文書廃棄事業の説明をしたとき、肝心な部分は伏せていた。そのことは謝るよ。ただ、あれはまだきみがウィンチェスター・ライフルの試験に合格する前だったから」

ボンドは肩をすくめた。ドアまでの距離を目測し、敵の強さを推し量る。そこから導き出された結論は、決して好ましいものではなかった。

ハイトは長い黄ばんだ爪で顎髭を梳いている。「今日、何が起きるのか、興味津々でいるだろうな。ゲヘナ計画は、開始当初は単に機密情報を盗んで売るためのものだった。しかし、すぐに気づいた。生き返らせた秘密には、もっと金になる……しかも私にとってはもっと満足度の高い使い道があるということにね。武器として使えるんだ。殺すために。破壊するために。

いまから数か月前、ある製薬会社の社長と会った。業界の機密情報を買ってくれてる顧客でね――ノースカロライナ州のR&K薬品だ。うちのサービスに満足してくれていたが、新たに依頼したいことがあるというんだな。いくぶん過激な内容だったよ。イギリスのヨークの大学に優秀な教授がいて、癌治療の新薬を研究開発している。それが商品化されて市場に出れば、私のノースカロライナのクライアントは倒産する。その教授を死なせ、研究室を破壊すれば、数百万ドル支払うと言ってきた。ゲヘナ計画が大輪の花を咲かせたのは、その瞬間だ」

ハイトのその先の話は、ボンドの推測を裏づけていた。ベオグラードの子会社が復元した仕様書や設計図に従って製作した特殊な爆弾のプロトタイプを使う。爆弾を開発したのはセルビア軍だから、捜査当局は、狙われたのはヨークの大学の別の教授――旧ユーゴスラビア国際戦犯法廷で証言をした男だと推測するだろう。その教授はバルカン諸国史の講義の真っ最中だ。そしてそのすぐ隣の講堂では、癌治療薬を研究している教授が講義を行なっている。だが、誰もが真のターゲットはスラブ人の歴史学の教授だと考えるはずだ。

ボンドはテレビの画面の隅に表示されている時刻を見やった。イギリスはいま、十時十五分だ。

いますぐここを出なくては。「すばらしい。天才的な計画だ」ボンドは言った。「申し訳ないが、メモを作る作業に戻らせてもらう。こちらの計画もきちんと説明したい」

「いやいや、ここで一緒にお祭りを見物しよう」ハイトはテレビのほうにうなずいた。ダンが音量を上げる。ハイトはボンドに言った。「計画では、イギリス時間の十時三十分に起爆する予定だったが、どっちの講義もすでに始まっているという報告が入った。つまり、いますぐ実行しても結果は変わらないということだ。それに」ハイトは秘密を打ち明けるように続けた。「あの装置の威力を一秒でも早く確かめたい」

ボンドが反応するより先に、ハイトは携帯電話のキーパッドに番号を打ちこんだ。ディスプレイを見つめる。

「よし、信号が送られた。さあ、祭りの開始だ」

静寂。全員がテレビの画面を見つめた。英国王室のビデオが流れている。数分後、画面が暗くなり、次の瞬間、赤と黒の派手なロゴが映し出された。

臨時ニュース

画面が報道センターに切り替わる。堅めの装いをした東南アジア系の女性アナウンサーがデスクについていた。ニュース原稿を読み上げる声は、かすかに震えていた。

「ここでいったん番組を中断して、たったいま入ってきましたニュースをお伝えいたします。ヨークで爆弾テロが発生した模様です。自動車爆弾によるものとの情報……当局によりますと、自動車爆弾が爆発し、大学の施設にかなりのダメージが出ているとのことです……あ、いま最新の情報が……やはり破壊されたのはヨークシャー＝ブラッドフォード大学の校舎のようです……爆発があったとき、大学では講義が行なわれており、爆弾からもっとも近い位置にある講堂は満員だったとのことです……現在までに、犯行声明は出されていません」

ボンドは画面を見つめながら歯嚙みしていた。しかし、ハイトの瞳は得意げに輝いていた。会議室にいるほかの全員が、まるでお気に入りのストライカーがワールドカップでゴールを決めたかのような歓声をあげていた。

58

五分後、ヨークの放送局の取材クルーが現場に到着し、惨劇の映像を世界に向けて放送し始めた。無惨にえぐられた建物、煙、ガラス、敷地内に散らばった破片。救急隊が駆け回り、数十台の警察車両や消防車が次々と到着する。画面下にテロップが流れていた――《ヨークの大学で大規模爆発》。

いまの時代、大衆はテレビが映し出す凄惨な映像をすっかり見慣れている。むろん、現場に立って自分の目で見ればまた印象は違うのだろう。だが、『ドクター・フー』といった子供向け番組や、フォード・モンデオのCMや百貨店マークス＆スペンサーのファッションCMを流しているのと同じ二次元の媒体を介して目撃する悲劇は、なぜかさほど恐ろしいものには思えない。

それでも、今回の悲劇の映像――一部が崩れ落ちた大学の校舎、それを取り巻く煙と粉塵、ただただ当惑して呆然とするばかりの人々――は、言葉には太刀打ちできない迫真力を持っていた。爆弾の近くの教室に居合わせた人々が爆発を生き延びたとはとうてい考えられない。

ボンドは無言で見つめることしかできなかった。

ハイトも無言で画面を見つめている――ただし、恍惚としたような表情で。ハイトのパートナー三人は、まるで一瞬にして数百万ポンドの利益を手に入れでもしたかのように、はしゃいだ様子でやかましくしゃべっていた。

アナウンサーが新たな情報を伝えている。爆弾には剃刀状の金属片が詰められていたらしく、それが時速数百キロのスピードで飛散した。爆発によって、校舎の一階と二階にあった講堂や教職員のオフィスの大部分が崩壊した。

また、ハンガリーの新聞社が、社屋ロビーに置かれていた手紙をたったいま発見したという。セルビアの軍幹部による犯行声明だった。爆破された大学を、〝セルビア国民と同胞を裏切った〟教授を〝匿い、支援している〟として非難する内容だった。

ハイトが言った。「声明も私たちの計画のうちだ。収集した廃棄物のなかから、セルビア軍のレターヘッド入り便箋を手に入れた。声明はその便箋に印刷されている」そういってダンのほうをちらりと見やった。その小細工も、アイリッシュマンがマスタープランに組みこんだものだということだろう。

あらゆる可能性を考慮できる男……

ハイトが続ける。「さてと、祝賀の昼食会を手配しなくてはな」

ボンドはテレビ画面を最後にもう一度だけ見やってから、出口に向かおうとした。

が、ちょうどそのとき、アナウンサーが耳を澄ますように軽く首をかしげたあと、こう言った。「ヨークの大学爆破事件に新たな展開がありました」困惑している様子だ。イヤピースに指を当てて聴き入っている。「ヨークシャー州警察のフィル・ペラム警視正の会見が始まるようです。現場から生中継でお伝えいたします」

画面が切り替わり、消防車の前に立つ、弱り果てたような表情をした中年の男が映し出された。警察の制服姿だが、制帽はなく、ジャケットも着ていない。十数本のマイクが突きつけられていた。警視正は一つ咳払いをしてから口を開いた。「本日、午前十時十五分頃、ヨークシャー＝ブラッドフォード大学構内で爆発がありました。建物への被害は甚大でしたが、幸いにも軽傷者が六人出たのみで、死者はいません」

三人のプロジェクトメンバーが口をつぐんだ。ナイアル・ダンの青い目が、珍しく感情を露にして、落ち着かなげにあちこちに動いている。

ハイトが大きく息を吸いこむざらついた音が聞こえた。眉間に深い皺を寄せている。

「爆発の十分ほど前、当局に宛てて、ヨーク市内の大学構内または周辺に爆弾が仕掛けられているという通報がありました。そのほかの事実を考え合わせた結果、標的はヨークシャー＝ブラッドフォード大学であろうと推測されましたが、念のため、二〇〇五年七月七日のロンドン同時爆破テロ後に定められた手順に従い、市内の全教育機関に対して緊急の避難命令を発しました。

負傷者――先ほども言いましたように、全員軽傷です――は、学生が避難したあと、確認のためまだ構内に残っていた大学職員です。ほかに、爆弾から一番近い講堂で講義中だった薬学科の教授が、爆発直前に研究室から資料を持ち出そうとして軽い怪我を負いました。

現在、セルビアのグループから犯行声明が出されたとの報告を受けています。ヨークシャー州警察はスコットランドヤードや政府情報機関と連携して、この事件の捜査に全力を注ぐ所存で――」

ハイトがリモコンのボタンを静かに押し、テレビを消した。

「あんたのとこの誰かじゃないのか？」ホアンが嚙みつくように言った。「直前になって怖じけづいて、警察にチクったんじゃないのか？」

「信頼の置ける連中ばかりだと言ってたろうに」エーベルハルトがハイトをにらみつけ、冷ややかな声で言った。

チームの団結に亀裂が入り始めている。

ハイトはダンを見やった。ダンの顔につかのま浮かんでいた感情はすでに消えていた。全神経を集中している。機械の不具合の原因を冷静に分析しているエンジニアの顔。ほかのメンバーが激しい議論を闘わせている隙に、ボンドはそっと出口に向かった。

しかし、自由への道のりのなかばまで来たところで、会議室のドアが勢いよく開いた。「そいつだ。そいつです」

「何だと？」ハイトが訊き返す。

「チェンジーラとミス・バーンズがオフィスで縛られているのを見つけました。チェンジーラは気絶してたようですが、意識が戻りかけたとき、そいつがミス・バーンズのバッグから何かを取り出すところを見たそうです。小型の無線機のようだと言ってました。それを使って、誰かとしゃべってたと」

ハイトが眉をひそめた。どういうことか、頭のなかで整理しようとしているのだろう。しかしダンの顔には、ジーン・セロンの裏切りを予想していたかのような表情が浮かんでいた。ダンの目配せ一つで、ダークスーツの警備員が銃を抜き、ボンドの胸にまっすぐに狙いを定めた。

59

ジェシカのオフィスで倒した警備員は、ボンドの予想よりも早く目を覚ましたということか……そしてボンドがジェシカを縛ったあとにしたこと——昨日の朝、グレゴリー・ラムから吸入器と一緒に渡されたものをジェシカのハンドバッグから回収しているところを目撃したらしい。

昨日、送っていって車を停めたあと、ジェシカに無神経な質問を浴びせたのは、ジェシカを動揺させ、注意をそらして、できることなら泣かせるためだった。ハンドバッグからティッシュを探す口実を作るために……ついでに、サヌ・ヒラーニからラムを介して渡された品物をバッグのサイドポケットに忍びこませるために。そのなかに、太いペンの形をした超小型の衛星電話もあった。グリーンウェイの施設はフェンスで二重に守られており、敷地のすぐ内側の草むらや茂みに機器を隠すという手法は使えない。だが、ボンドはジェシカが今日もこのプラントに来ることを知っていた。そこで必要なものをジェシカのバッグに隠した。ジェシカなら、たとえ金属探知機のアラームを鳴らしてしまっても、持ち物を調べられることはない。

「その無線機とやらをよこせ」ハイトが言った。

ボンドはポケットから取り出して渡した。ハイトは衛星電話をためつすがめつしたあと、床に落として靴のかかとで踏みつけた。「おまえは何者だ？　どこかの組織の人間か？」

ボンドは黙って首を振った。

ハイトは激高した様子でプロジェクトメンバーの憤然とした顔を見回した。三人は怒りに満ちた口調で、自分たちの身元はきちんと守られているのかと訊き、携帯電話をいますぐ返せと詰め寄った。マテブラは銃も返せと言っている。

ダンは、どうしても点火しないエンジンでも見るような目でボンドを観察していた。それから、低い声でまるでひとりごとのように言った。「セルビアにいたのはおまえか。マーチの旧陸軍基地に忍びこんだのも」金色の前髪の下で額に皺が寄った。「どうやって逃げた？……どうやって？」答えを求めているわけではなさそうだ。他人に話しているのではなく、頭に浮かんだことをそのまま口に出している。「そうか、ミッドランズ・ディスポーザルは関係なかったわけだ。基地に忍びこんだのはおまえだということを隠すための小細工だったんだな。そのあとここに来て、キリング・フィールドの話を……」そこで尻切れになった。敬服と言ってもいいようなものがダンの顔に浮かぶ。ボンドも有能なエンジニアなのだということに思い至ったのかもしれない。種類は違っても、自分と同じように、隅々まで計算の尽くされた青写真を描くことのできる人間だと。

ダンはハイトに言った。「こいつはイギリスに何らかのコネを持っている。大学が爆破前に学生を避難させられた理由は、それしか考えられないからな。イギリスの情報機関の工作員だろう。だが、ケープタウンにも協力者がいるはずだ。ただ、イギリス政府が何をするにしても、まずプレトリアの大使館を通さなくてはならないだろう。しかしこっちにも、時間稼ぎに協力してくれる知り合いが南アフリカ政府に大勢いる」ダンは警備員の一人に言った。「まだ残ってる従業員を敷地から追い払え。警備の者だけを残すんだ。毒物流出アラームを鳴らせ。全員を駐車場に誘導しろ。万が一、ＳＡＰＳやＮＩＡが来ても、駐車場の混雑がさらに時間を稼いでくれるはずだ」

警備員はインターコムを使って指示を出した。まもなく警報が鳴り響き、館内のスピーカーからさまざまな言語で同じ警告が流れた。

「そいつは？」ホアンがボンドのほうに顎をしゃくった。

「こいつか」ダンはそんなことは決まりきっているとでもいうように言った。それから、ダークスーツの警備員のほうを向いた。「殺せ。死体は焼却炉にでも放りこんでおけ」

警備員もダンに負けないくらい無表情なまま一歩ボンドのほうに踏み出し、グロックの狙いを慎重に定めた。

「よせ、撃たないでくれ！」ボンドは叫び、懇願するように片手を持ち上げた。

この状況では、それはごく自然な動作だった。

だからだろう、警備員は黒い折りたたみ式ナイフが回転しながら自分の顔に向かって飛んでくるのを見た瞬間、心底驚いたような顔をした。それはジェシカのバッグに隠してあったヒラーニの〝支援物資〟の最後の一つだった。

ナイフで狙うのにちょうどいい距離を取っているゆとりはなかった。それに、ナイフ投げはそもそもボンドの得意技ではない。しかし、主な目的は相手に傷を負わせることではなく、単に注意をそらすことだった。しかし警備員は、回転しながら飛んでくるナイフをとっさに手で払いのけた。研ぎすまされた刃がその手に深い切り傷をつけた。警備員が体勢を立て直す前に——突然のことにその場の全員が凍りついた一瞬に、ボンドは警備員のほうに踏みこみ、警備員の手首をねじ上げるようにしながら銃を奪い取った。その銃を使って警備員のたくましい脚に一発撃ちこむ。弾が薬室に入っていることを確認するついでに、警備員の動きをいっそう鈍らせるのが狙いだった。このときには、ダンやほかの武装した警備員も銃を抜き、ボンドに向けて銃撃を始めていた。ボンドは床を転がるようにしてドアから飛び出した。

廊下は無人だった。叩きつけるようにドアを閉め、二十メートルほど走ったところで——皮肉なことに——緑色のリサイクルごみ専用のくず入れを見つけて陰に身をひそめた。

会議室のドアがそろそろと開く。銃を持った警備員が目を細めてあたりをうかがいながら、慎重に廊下に足を踏み出した。この若者を殺す理由はない。そこでボンドは肘のあたりを撃った。警備員は悲鳴とともに崩れるように床に倒れた。

彼らが応援を呼んだことは間違いないだろう。そこでボンドは立ち上がると、ふたたび廊下を走りだした。走りながら銃のマガジンをいったん取り出し、弾数を確かめた。あと十発残っている。九ミリ、１１０グレイン、フルメタルジャケット。重量が軽く、銅で覆われた弾は、ストッピングパワーではホローポイント弾に劣るが、水平を維持して速く飛ぶという利点がある。

マガジンを装塡し直した。

十発か。

数えるのを忘れないこと……

しかし、会議室からさほど離れないうちに、頭の近くで何かがはじけるような大きな音がした。ほぼ同時に、横手の通路からライフルの発射音が聞こえた。警備員のカーキ色の制服を着た男が二人、こちらに向かってくる。それぞれブッシュマスターのアサルトライフルを持っていた。ボンドは二発撃った。どちらも外れたが、すぐ横のドアを蹴破るわずかな時間は稼げた。散らかったオフィスに飛びこむ。誰もいない。二二三口径の弾が次々と飛んできて、ドアノブや壁やドアをずたずたに破壊した。

残りは八発。

ライフルを持った二人は戦闘法を心得ているらしい。おそらく元は軍人なのだろう。銃声で耳をやられて、話し声は聞き取れない。しかし廊下で動いている影の数を見るかぎり、ほかの警備員も合流したようだ。おそらくダンもそのなかにいるだろう。加えて、影の動きから、ダイナミックエントリーの打ち合わせをしているらしい。一斉に突入し、散開する戦法だ。高い位置と低い位置、右と左、あらゆる方角からターゲットを狙う。その戦術で来られたら、生き延びるチャンスはない。

影が近づいてくる。

残された対処は一つだけ、しかもあまり賢明とも巧妙とも言えない手法だった。ボンドは椅子を窓に投げつけ、それを追いかけるようにして外へ飛び出した。二メートル下の地面に激しく叩きつけられた。それでも、怪我はなくて済んだ。立ち上がり、グリーンウェイの敷地を走りだした。いまは従業員の姿はきれいに消えていた。

またしても追っ手のほうに向き直り、本体から取り外されて復活通りのそばに放置されたブルドーザーのブレードの陰に身を伏せた。いま飛び出してきた窓と、すぐそこに見えているドアに銃を向ける。

残りは八発。八発だ。八発……

軽い引き金にほんの少しだけ力をかけて、待つ。じっと待つ。一定の速度で呼吸を繰り返すよう心がける。

しかし、敵は罠にかかってくれそうにない。破れた窓に人影がのぞくことはなかった。別の出口から外に出ようとしているということか。その意図は、もちろん、挟み撃ちにするためだ。ああ、思ったとおりだ――しかも、きわめて効率的な戦術で襲ってきた。まず、建物の南端からダンと二人の警備員が飛び出し、停まっていたトラックの陰に駆けこんだ。

ボンドはとっさに反対側に目を向けた。廊下で撃ってきた二人が建物の北側から出てきた。そのまま黄色と緑色に塗られた掘削機の陰に隠れた。

ブルドーザーのブレードが防いでくれるのは、西からの攻撃だけだ。しかし敵は西からではなく、南北から撃ってこようとしている。北に陣取った一人が口火を切った瞬間——ブッシュマスターは銃身こそ短いが、恐ろしいほど狙いの正確なライフルだ——ボンドは地面に身を投げ出して転がった。飛んできた弾の何発かは地面にめりこみ、何発かは大きな音を立ててブルドーザーのヨークにぶつかった。弾丸が砕け、鉛や銅のかけらがボンドの上に降り注ぐ。

北側の二人がボンドをその場から動けないようにしているあいだに、ダンがほかの警備員を従えて南から接近してきていた。ボンドは地面に伏せたまま、ほんの少し頭を持ち上げてターゲットを探した。しかし、ボンドが敵の位置を確認する前に、彼らはごみの山やドラム缶や重機を盾にしながらさらに移動したらしい。ボンドはまた頭を持ち上げたが、敵の姿はやはり確認できなかった。

まもなく、ボンドの周囲の地面がふいに爆発した。南北から十字砲火が始まったのだ。弾は次々と地面にめりこみながら、ボンドが身を伏せているくぼみにじりじりと迫ってくる。やがて北の二人が低い丘の陰に消えた。向こう側から登ろうというのだろう。丘の上からなら、確実にボンドを狙うことができる。

いますぐ移動しなければならない。ボンドは向きを変え、敵から見た自分の無防備な姿を想像して背筋の凍る思いをしながら、草むらを這って東へ——埋め立て地の奥へと進み始めた。丘は左斜め後方にある。あの二人はまもなく頂上まで登り、ライフルの狙いをボンドに定めるだろう。

二人のいまの位置を想像する。てっぺんまであと五メートルか？ 三メートルか？ それとも一メートルか？ ゆっくりと丘を登る二人の姿、銃を構える姿が頭に浮かぶ。

いまだ——ボンドは心のなかでつぶやいた。

だが、念のために、歯を食いしばってあと五秒だけ待った。その五秒は何時間にも感じられた。それから仰向けになって、銃口を爪先より上に持ち上げた。

思ったとおり、丘のてっぺんに警備員の一人が立ってライフルを構えようとしていた。相棒は隣でしゃがんでいる。

ボンドは引き金を絞って一発撃った。次に狙いを右にずらしてもう一発。

　立っていたほうの男が胸を押さえて倒れ、そのまま斜面を転がり落ちた。ライフルがそのあとを追いかけた。もう一人は地面を転がって身を隠した。ボンドの二発めははずれたようだ。

　あと六発。残りは六発だ。

　敵は四人。

　ダンとほかの二人がボンドを狙って銃弾を浴びせてきた。ボンドは丈のある草むらに置かれたドラム缶のあいだに転がりこみ、周囲を観察した。唯一の脱出ルートは正面ゲートだ。距離は三十メートルほどある。歩行者用のゲートは開いていた。しかしゲートとのあいだには、身を隠すものが何一つない地面が横たわっている。ダンと二人の警備員からは狙い放題に違いない。北の丘にまだ残っている警備員からも。ならば――

　またしても一連の銃声が響いた。ボンドは土の地面に顔を押しつけるようにして、銃撃がやむのを待った。あたりの様子と敵の位置を確認すると、ボンドは素早く立ち上がって、いまにも枯れそうな木を目指して駆けだした――その根元には、どうにか盾になってくれそうなものがある。ドラム缶がいくつかと、エンジンやトランスミッションの残骸だ。ボンドは全力で走った。だが、目的地まで半分の距離を残してふいに立ち止まると、勢いよく振り返った。ダンに率いられた警備員の一人が全身をさらして立っていた。ボンドが木まで一気に走るものと考え、ライフルの銃口をボンドの速度に合わせて水平に動かしながら、時間差を計算に入れて彼の少し先に狙いを定めていた。ボンドが走りだした理由が、敵を誘い出すためだとは夢にも思わずにいたらしい。ボンドは引き金を軽く引いた。九ミリの弾丸二発が警備員を倒した。ほかの二人が物陰に引っこむと、ボンドは木まで走り、廃棄物の小さな山の向こう側に飛びこんだ。ゲートまであと十五メートル。ダンが何発か撃ってきた。ボンドは低い草むらのさらに奥へと追いこまれた。

　弾の残りは四発。

　敵は三人。

　十秒あればゲートまで行けるだろう。しかし、その十秒のうち五秒は完全に無防備になる。

　しかし、ほかに方法はない。ぐずぐずしていれば、すぐにまた挟み撃ちにされる。敵の姿を探して視線を巡らせたとき、建築廃材の大きな山二つの隙間の向こうで何かが動くのがちらりと見えた。地面ぎりぎりに人の頭が三つ、草むらを透かしてかろうじて見えている。北の丘にいた一人がダンともう一人に合流したらしい。ボンドから自分たちが見えていることにまだ気づいていないらしく、小声であわただしくやりとりしていた。戦術を練っているのだろう。

三人とも、ここから拳銃で狙える距離にいる。撃って撃てないことはない。ただ、軽量弾と初めて使う銃の組み合わせでは、分が悪かった。

とはいえ、このチャンスをみすみす逃すのはあまりにも惜しい。やるならいまだ。三人はじきにボンドから見えていることに気づいて物陰に伏せてしまうだろう。

地面に腹這いになり、角張った銃の狙いを定めた。射撃の競技会では、引き金は意識して引くものではない。正確に的を撃ち抜くには、一定のリズムで呼吸を繰り返し、腕と体を完全に静止させ、銃の照星を的に固定することが必要だ。それから、引き金にかけた指にゆっくりと力を込めていく。やがて弾が発射される――弾が意思を持って自ら飛び出したかのように。才能ある射撃手ほど、自分の銃から弾丸が放たれた瞬間、驚きに似た感覚を抱くものだ。

もちろん、いまのように銃撃戦のさなかでは、二発め、三発めにそこまで時間をかけている余裕はない。しかし、ボンドは一発めでダンを倒すつもりだった。絶対に外すことはできない。

そして、みごとに命中させた。

ゴルフでも、クラブをスイングした瞬間、ボールが狙ったところに落ちるかどうか、打った本人にはわかる。猛スピードで飛ぶ艶やかな弾丸は、引き金を引いた瞬間にボンドが確信したとおり、狙った場所に当たった。

ただし、今回は狙いの正確さは問題ではなかった。ボンドはそのことに気づいて愕然とした。ボンドが放った弾は的に命中することはしたが、その的は、三人組の敵とは違った。陽射しを受けて輝く大きなクロムメッキの板だった。三人のうち誰かが――アイリッシュマンに決まっている――手近な金属容器をのぞいて探し出し、三人の姿がちょうど映る角度に置いて、わざとボンドに撃たせたのだ。鏡を思わせる板が地面に倒れてゆらゆらと踊るのが見えた。

しまった……

あらゆる可能性を考慮できる男……

ボンドは親切にも自分の居場所を正確に教えてやったことになる。ボンドが発砲した瞬間、おそらくダンがあらかじめ指示していたのだろう、三人は即座に散開してそれぞれの持ち場についた。

二人はボンドの右手に走り、ゲートへの道筋をふさいだ。ダンは左に走った。

残りの弾は一発だ。一発しかない。

ボンドの弾が尽きかけていることを敵はまだ知らないはずだ。だが、知られるのは時間の問題だろう。

逃げ場はない。ボンドを守ってくれそうなのは、段ボールと書籍の山一つだけだった。三人はボンドを取り巻くように移動している。ダンは一方に、ほかの二人は別の方角に。まもなくまたしても十字砲火を浴びることになるだろう。しかも完全に無防備と言ってもいい状態で。

助かる道は一つ。ボンドを殺さない理由を相手に与えることだ。罪を免れるための情報を教えるか、多額の金を提示するか。時間を稼げるなら、何だっていい。ボンドは声を張り上げた。「弾切れだ！」それから立ち上がり、銃を投げ捨てて両手を挙げた。

右手に回った警備員二人が物陰からこちらをうかがった。ボンドが銃を捨てたことを確認すると、中腰で銃を構えながらそろそろと近づいてきた。「そのまま動くな！」一人が大声で言った。「両手を挙げておけ」二つの銃口がまっすぐボンドを狙っている。

だがそのとき、どこかすぐ近くから声が聞こえた。「おい、何してる？　捕虜などいらない。さっさと殺せ」その話しかたには独特の訛があった。言うまでもなく、アイルランド訛だ。

60

警備員二人は顔を見合わせたが、ゲヘナ計画を無に帰したうえに同僚の命を奪った男を殺す栄誉を仲よく分かち合うことにしたらしい。

二人同時に黒い銃を肩の高さに持ち上げた。

しかし、弾をよけられる万に一つの可能性に賭けてボンドが地面に身を投げ出そうとしたちょうどその瞬間、背後で金属同士が衝突する大きな音が響いた。白いバンがゲートを突き破った音だった。金網のフェンスや有刺鉄線が跳ね飛ばされた。バンは横滑りしながら停まり、ドアが一斉に開いた。スーツのなかに防弾チョッキを着けた背の高い男が飛び降り、二人の警備員に向けて発砲した。

クワレニ・ンコシだ。緊張した面持ちではあるが、その立ち姿に迷いはない。

警備員が応戦する。だが、それは東へ――グリーンウェイのプラントの奥へと退却する時間を稼ぐためだけの行為だった。二人は茂みの陰に消えた。ボンドの視界の隅にダンがちらりと見えた。冷静に状況を見きわめようとしている。しかしすぐ向きを変えると、先の二人と同じ方角に走りだした。

ボンドはさっき放り出した銃を拾い上げると、バンに駆け寄った。ベッカ・ジョルダーンが車を降り、ターゲットを探して視線をあちこちに巡らせているンコシの傍らに立った。グレゴリー・ラムはちょっと顔をのぞかせて安全を確かめたあと、おそるおそる足を地面に下ろした。四五口径の大型自動拳銃コルトM１９１１を握っている。

「やっぱりパーティに参加せずにはいられなかったようだな」ボンドはジョルダーンに言った。

「応援を連れて、とにかくこの近くまで来ておくのも悪くないだろうと思った。その道のちょっと先で待機してたら、銃声が聞こえた。ほら、密猟者が不法侵入したのかもしれないでしょう？　それは立派な犯罪だわ。ここに踏みこむ合理的な理由ができたってわけ」

冗談を言っている顔ではなかった。上司に説明するために用意した台詞なのだろうか。そうだとしたら、もう少し自然な台詞回しを練習しておいたほうがいい。

ジョルダーンが続ける。「少人数のチームを組織して同行した。ムバルラ巡査とそのチームがいま、事務棟の安全を確認してる」

「ハイトがいる――またはいた。例のトリオも一緒だ。いまは銃を手に入れてるんじゃないかと思う。ほかにもまだ警備員がいる」本部ビルの間取りを簡単に説明し、敵を最後に確認した場所を教える。ジェシカのオフィスの位置も伝えた。ジェシカが彼に協力してくれたことも付け加えた。彼女が抵抗することはまず考えられない。

ジョルダーンがンコシにうなずく。ンコシは身を低くしながら建物に向かった。

それから、ジョルダーンは溜め息をついた。「応援を頼むのは無理そう。ハイトは政府に強力なコネを持ってるみたいね。でも、〝レキーズ〟――南ア軍特殊部隊の知り合いに連絡しておいた。いま一チームこっちに向かってる。レキーズは政府の圧力なんか気にしない。戦う口実をいつも探してるような人たち。ただ、到着までにあと二十分か三十分はかかりそう」

そのとき、グレゴリー・ラムがぎくりとして身構えた。それから中腰になり、南に見えている木立のほうに歩きだした。「私は側面から攻撃する」

側面から攻撃する？　誰を？

「待て」ボンドは大きな声で引き止めた。「そっちには誰もいない。クワレニと一緒に行ってくれ！　ハイトを拘束しろ」

しかしラムにはボンドの声は届かなかったらしい。年老いたアフリカバッファローのように大儀そうに歩いて木立の奥に消えた。いったい何をしているつもりなのだろう？

そのとき、すぐ先の地面に数発の銃弾がめりこんだ。ボンドとジョルダーンは同時に伏せた。ラムのことは忘れて敵の姿を探す。

数百メートル先にダンがいた。警備員二人と合流して退却する途中で立ち止まり、追っ手を足止めしようと撃ってきたらしい。弾はバンのすぐそばにも飛んできたが、車にも人にも被害はなかった。まもなく三人は失踪通りの始まりのごみの山の向こうに消えた。銃声に驚いて散ったのだろう、昨日よりもカモメの数は少なかった。

ボンドはバンの運転席に飛び乗った。荷台を見ると、うれしいことに、弾丸の詰まった箱が五つか六つ並んでいた。エンジンを始動する。ジョルダーンが走って助手席側に回った。「一緒に行く」

「いや、俺一人のほうがいい」キプリングの詩を暗唱するフィリー・メイデンストーンの声がふと耳に蘇った。いざ突撃する自分を奮い立たせるスローガンとして、悪くない気がした。

ゲヘナに下るときも　王座に昇るときも　一人で行く者が誰より速い……

しかしジョルダーンは助手席に飛び乗ってドアを閉めた。「合理的な根拠さえあれば、一緒に戦う覚悟だって言ったでしょう。だから戦うわ。ほら、早く車を出して！　逃げられちゃう！」

ボンドはほんの一瞬迷ったあと、ギアを一速に叩きこんだ。バンは車体を大きく揺らしながら、広大な敷地を縦横に貫く砂利道を走りだした。シリコン通り、復活通り、発電施設が背後に飛び去っていく。

それにもちろん、どこまでも続くごみの山も。何百万トンもの廃棄物。紙、レジ袋、鈍く光る金属片、まぶしく光る金属片、陶器のかけら、食品の包装紙。ふたたび集まってきたカモメの群れが、そのうえで気味の悪い狂乱の叫びをあげている。

重機や大型のごみ容器、埋め立てを待っている廃棄物の梱。そういったものをよけながらのドライブは、一筋縄では行かなかった。しかし、くねくねと曲がりくねったルートを走っているおかげで、ダンと警備員二人にしてみれば狙いにくいらしい。三人はときおり振り返っては発砲したが、攻撃より逃げることのほうを優先していた。

ジョルダーンは無線機を取り、現在地と、誰を追跡しているかを本部に報告している。特殊部隊の到着は一番順調にいって三十分後だと伝える通信員の声がボンドにも聞こえた。

ダンとほかの二人が不潔な埋め立て地と再生された美しい土地を分けるフェンスにたどりついた。警備員の一人が振り返り、弾が尽きるまでこちらに向けて発砲した。フロントグリルやタイヤに弾が当たった。バンはふいに向きを変え、そのまま操縦不能になって、紙を固めた梱の山に鼻先から突っこんだ。エアバッグが爆発するような勢いでふくらむ。衝撃をまともに食らったボンドとジョルダーンは、すぐには動けなかった。

敵が動けなくなったと見るや、ダンとほかの二人は一斉射撃を開始した。

金属のボディに弾丸の雨が浴びせられるなか、ボンドとジョルダーンは揺れる車から転がり落ちるように降り、そばの溝に飛びこんだ。「怪我は？」

「平気……ものすごい音！」ジョルダーンの声は震えている。だが彼女の目は、胸のなかで渦巻く恐怖をどうにかコントロールできていることを示していた。

開いたままのバンのドアの下から向こうを確かめる。敵の一人を狙えそうだ。ボンドは地面に伏せ、グロックの狙いを定めた。

残りは一発。

引き金を引いた――が、撃鉄が雷管を叩いたちょうどその瞬間、警備員が身を伏せた。弾が届いたとき、ターゲットはもうそこにはいなかった。

ボンドは荷台から弾丸の箱を取ってふたを開けた。しかし、入っているのは二二三口径――ライフル用の弾だけだ。二つめの箱も同じだった。全部がそうだった。九ミリ弾は一発もない。溜め息をついてバンのなかに視線を走らせる。「この弾を使える銃はないのか？」使い道のない宝の山を指さして訊く。

「アサルトライフルはない。持ってるのはこれだけ」ジョルダーンは自分の銃を抜いた。「これを使って」

コルト・パイソンだった。使用弾薬は三五七口径のマグナム弾。遊びの少ないシリンダーロックアップとスムーズなトリガープルが自慢の強力な拳銃だ。頼りになる。だが、リボルバーだ。弾は六発しか込められない。

いや、六発ではない、五発だ――弾倉をチェックしたボンドは心のなかで訂正した。ジョルダーンは銃のオーナーとしては保守的なタイプらしい。暴発を防ぐため、撃針直下の薬室は空だった。「スピードローダーは？予備の弾は？」

「ない」

ということは、セミオートマチック銃を持った敵三人に対して、弾は五発しかないということだ。「この国の人間はグロックを知らないのか？」ボンドはつぶやき、弾の尽きた拳銃を腰にはさみ、コルトの重みを確かめるように握りしめた。

「私の仕事は犯罪の捜査」ジョルダーンが冷ややかに答える。「人を撃つことなんかめったにない」

そうは言っても、めったにないそういう場面にいざ直面したら、せめてそれ向きのツールくらいはそろえておいてくれよ――ボンドは心のなかで腹立たしげにそう言い返した。「きみは戻ってろ。しっかり伏せてるんだぞ」

ジョルダーンはボンドの目をじっと見つめている。ウェーブした艶やかな髪が落ちかかったこめかみに、汗の粒が浮いていた。「あの三人を追いかけるつもりなら、私も行く」

「銃もないのに？　来たってしかたがないだろう」

　ジョルダーンはダンとほかの二人が消えた方角に目をやった。「向こうは銃をたくさん持ってる。私たちはたったの一丁よ。それって不公平でしょう。一丁くらい譲ってもらわなくちゃ」

　ふむ。ベッカ・ジョルダーン警部には、ちゃんとユーモアのセンスが備わっているらしい。

　二人は笑みを交わした。決意を宿した彼女の瞳を、メタンガスの炎がオレンジ色に輝かせている。それは鮮烈なイメージがボンドの脳裏に焼きついた。

　身を低くしてエリジアン・フィールドにすべりこんだ。尖った葉を茂らせたさまざまな灌木、ヒオウギズイセン、雑草、ジャカランダ、キングプロテアなどの鬱蒼とした茂みに隠れながら進む。ソーセージの木やまだ背の低いバオバブの木も見える。晩秋だというのに、西ケープ州の気候が温暖なおかげだろう、樹々の葉はまだ青々としていた。ホロホロチョウが一羽、不器用に歩いていく二人をどこか不機嫌そうな目で追っている。まるでナイアル・ダンのあのぎこちない歩きかたみたいだなとボンドは思った。

　庭園に入って七、八十メートルほど進んだころ、ふたたび銃撃が始まった。三人組も奥へ進んではいたが、どうやらそれはボンドとジョルダーンを罠へと誘いこむためだったらしい。敵は三方向に散っていた。警備員の一人が柔らかな緑色の草で覆われた塚のてっぺんに腹這いになり、そこから銃弾を浴びせて二人を足止めしていた。別の一人は――加えて、姿は確認できないが、ダンもだろう――丈の高い草をかき分けてこちらに近づいてきている。

　ボンドは姿を確認できた一人に狙いを定めて発砲した。しかし、ボンドが引き金を引いた瞬間に、警備員は物陰に隠れた。また弾を無駄遣いしてしまった。慌てるな、落ち着け――ボンドは自分に言い聞かせた。

　残りは四発。四発だぞ。

　ジョルダーンとボンドは、灌木をかき分け、小さな野原の近くのくぼみに隠れた。野原にはたくさんのサボテンが植えられている。池もあった。春が来たら、おそらく大きなコイの住処になるのだろう。敵を探そうと草の上に顔を出した。と、その瞬間、千発もの銃弾が――現実には四十発か五十発だろう——雨のように降り注いだ。すぐ近くの岩が砕け、池の水が噴水のように跳ね散った。

カーキ色の制服を着た警備員二人は、焦りを感じ、なかなか逃げきれないことにいらだち始めているのだろう、無謀な攻撃を仕掛けてきた。まったく別々の方向からボンドとジョルダーン目指して突進してこようとしている。ボンドは左手に見えた男に向けて二発打った。一発はライフルに、もう一発は警備員の左腕に命中した。警備員は悲鳴を上げてライフルを取り落とした。ライフルは斜面の下まで転がった。しかし、左腕を負傷しているにもかかわらず、警備員は右手で拳銃を抜いていた。腕の傷は軽いらしい。もう一人の警備員は物陰に隠れようとしている。ボンドは素早くそちらに向けて撃った。弾は男のものあたりに当たったが、こちらもかすり傷のようだ。警備員はそのまま低木の茂みのなかに消えた。

あと一発。あと一発しかない。

ダンはどこだ？

背後から忍び寄ろうとしているのか？

ふたたび静寂が訪れた。ただしその静寂は、耳の奥でこだましている銃声の残響と、リズムを刻むベースギターを思わせる心臓の音で満たされていた。ジョルダーンは体を震わせている。ボンドは左腕を負傷した警備員が取り落としたブッシュマスターのライフルを見やった。十メートルほど先に転がっている。

周囲を慎重に観察する。地形、植物、樹木。

そのとき、五、六十メートル離れたあたりの背の高い草が揺れていることに気づいた。草が深くて姿は見えないが、警備員二人が互いに距離を保ちながらこちらに近づいてきている。二分とかからず、ボンドとジョルダーンを楽に倒せる位置まで来るだろう。リボルバーに残った最後の一発で一人は倒せたとしても、もう一人にやられることになる。

「ジェームズ」ジョルダーンがボンドの腕をつかんでささやいた。「私が二人を引きつける——あそこに行く」

ジョルダーンは背の低い草に覆われた平地を指さした。

「あなたが撃てば、一人は確実に倒せる。もう一人は銃声を聞いて物陰に隠れるでしょう。その隙にライフルを拾って」

「おい、死にたいのか」ボンドは小声で言い返した。

「あそこじゃ丸裸も同然だぞ」

「そういうセクハラめいた発言はいいかげんにやめてったら、ジェームズ」

ボンドはにやりとした。「いいか。誰かがヒーローにならなきゃいけないとしたら、それは俺だ。俺が連中のほうに近づく。タイミングを見て合図をするから、きみがライフルを拾ってくれ」ボンドは砂になかば埋もれた黒いライフルを指さした。「扱いは知ってるだろう？」

ジョルダーンがうなずく。

警備員が近づいてくる。あと三十メートルほどだ。

ボンドは小声で言った。「俺が行けと言うまではちゃんと伏せてろよ。さあ、行くぞ」

警備員は丈のある草を慎重にかき分けながら進んでくる。ボンドはもう一度あたりの様子を確かめたあと、一つ深呼吸をした。それから静かに立ち上がると、リボルバーを銃口を下に向けて持ち、警備員たちがいる方角へ歩きだした。左手を高々と持ち上げる。

「ジェームズ、よして！」ジョルダーンがささやく。

彼女には答えず、代わりに警備員たちに怒鳴った。

「取引がしたい。計画に関わってるほかの連中の名前を突き止めるのに協力してくれたら、謝礼をやる。きみたちが罪に問われることはない。どうだ、俺の言ってることがわかるか？」

警備員は、互いに十歩くらいの距離を置いて立ち止まった。困惑している。ボンドが一人を倒せばもう一人がボンドを撃つだろう。それなのに、ボンドは落ち着き払った様子で、銃を持ち上げることもせず、ゆっくりと二人のほうに近づいてきている。

「言ってる意味はわかるだろう？　五万ランドでどうだ？」

二人が顔を見合わせてうなずいた。が、少々演技過剰だった。ボンドにはわかっていた。ボンドの提案した取引に応じるかどうか、真剣に検討しているわけではない。もう少しボンドを引き寄せておいてから撃とうと考えているのだ。二人がこちらに向き直った。

その瞬間、ボンドが握った強力な銃が、たった一度だけ短く吠えた。銃口は下を向いたままだった。最後の銃弾は地面にめりこんだ。警備員が驚いてとっさにしゃがむ。同時にボンドは左に走り、木立に身を隠した。

二人は顔を見合わせたあと、ボンドの姿を確認しようとあとを追ってきた。ボンドは塚の陰に飛びこんだ。それを見た警備員がブッシュマスターのライフルを連射し始めた。

そのときだ――世界が爆発したのは。

警備員のライフルの銃口から散った火花が、偽物の木の根から漏れたガスに引火したのだ。木の根を模したパイプは、彼らの足の下、地中にたまったメタンガスを、グリーンウェイの発電施設に送っている。ボンドの最後の銃弾は、そのパイプを撃ち抜いていた。

警備員の姿は、津波のように押し寄せる炎――渦を巻きながら空へ伸びていく炎の入道雲に呑みこまれた。警備員とその下の地面は、まるで初めから存在していなかったかのように消え去った。火はまたたく間に燃え広がり、怯えた鳥たちが空へ一斉に飛び立つ。樹々や茂みは、燃焼剤でも染みていたかのようにたちまち炎の柱に姿を変えた。

六メートルほど先で、ジョルダーンがふらつきながら立ち上がり、ライフルを拾いにいこうとしていた。ボンドはそちらに駆け寄った。「おい、計画変更だ！　ライフルはいい、放っておけ！」

「でも、私たちはどうすれば――？」

そう遠くないところでまた一つオレンジ色のキノコ雲が噴き上がって、二人は地面に投げ出された。炎の轟音がすべての音をかき消している。互いの声もまともに聞こえなかった。ボンドはジョルダーンの美しい髪に唇を押しつけるようにして言った。「思うに、大急ぎで逃げるのが一番だ」

61

「こんなことをして、ただですむと思うなよ！」

セヴェラン・ハイトの低い声には脅しが含まれている。しかし、顎髭に覆われた細い顔には、それとは裏腹な内心が表われていた――彼の帝国が崩壊していく痛み。彼方で赤く燃え立っている炎による物理的な崩壊、処理施設と事務棟を征服した特殊部隊と警察による法的な崩壊。

いつもの横柄な態度は完全になりをひそめていた。

手錠をかけられたハイトとジョルダーン、ンコシ、それにボンドは、事務棟と復活通りのあいだの空き地に立っていた。周囲には何台ものブルドーザーやトラックが停まっている。そこはついさっきボンドが殺されかけた場所――ベッカ・ジョルダーンが〝密猟者〟を逮捕せんとドラマチックに登場していなければ殺されていたであろう場所のすぐそばだった。

ムバルラ巡査がスバルから回収したボンドのワルサーと予備の弾、携帯電話を差し出す。

「ありがとう、巡査」

SAPSと南アフリカ軍特殊部隊がいま、施設を徹底的に探索して、ほかにもまだいるかもしれない容疑者を探すとともに、証拠を収集していた。はるか遠くでは、消防隊が燃えるメタンガスとの闘いを繰り広げている。それは文字どおりの〝闘い〟だった。エリジアン・フィールドの西側の一角は、地獄の新しい植民地に姿を変えようとしていた。

汚職まみれのプレトリアの役人――ハイトが金を渡していた政治家のなかに、さほどの影響力を持つ人物はいなかったらしい。政府高官が即座に介入し、ハイト一味の逮捕を命じるとともに、ケープタウンでのジョルダーンの作戦を全面的に支援したうえ、南アフリカ各都市のグリーンウェイの支社にも捜査チームを派遣した。

救急隊は怪我人の手当に忙しい。とはいえ、グリーンウェイの警備員以外には負傷者は出ていなかった。

ハイトの三人のパートナー――ホアン、エーベルハルト、マテブラ――も拘束されていた。容疑はまだ確定していないが、時間の問題だろう。少なくとも、彼らが武器を密輸入していたことは事実だ。それは逮捕の正当な理由になる。

生き残った警備員四人も拘束され、また駐車場に集まっていた百名ほどのグリーンウェイの従業員も、事情聴取のために足止めされていた。

ダンは逃走中だ。特殊部隊がオートバイが発進した痕跡を見つけていた。ビニールシートをかけた上に藁を載せて隠してあったものらしい。当然だろう。アイリッシュマンが自分のための救命ボートを用意していないはずがない。

セヴェラン・ハイトはあいかわらず強弁している。

「私は無実だ！　私がイギリス人だから差別する気か？　しかも白人だから？　それは偏見だぞ」

これにはジョルダーンは反論せずにはいられなかった

らしい。「偏見？　いいこと、私はこれまでに黒人六人、白人四人、アジア系一人を逮捕してる。それが虹《レインボー》じゃないって言うなら、いったい何がそうなのか、教えてもらいたいわね」

ハイトは痛手の深さをようやく実感しつつあるらしい。燃えさかる炎ばかり見つめていたが、いまは敷地のあちこちに目を向けていた。おそらくダンの姿を探しているのだろう。あのエンジニアがいなくては、この男は何もできないのだ。

ハイトがボンドを見た。それからジョルダーンに向かって追い詰められたような声で言った。「どうにかして折り合いをつけられないか。金ならいくらでもある」

「それなら安心ね」ジョルダーンが応じる。「弁護士費用は相当高くつくでしょうし」

「きみを買収しようと考えたわけじゃない」

「その言葉を信じたいわ。贈賄はとても重い罪だから」それからジョルダーンは何気ない口調で続けた。「ナイアル・ダンの行き先を突き止めたい。教えてくれたら、あなたがダンの捜索に協力してくれたって検察側に伝えてもいいけど」

「彼のケープタウンのフラットの住所なら――」

「そこにはもう部下を行かせた。ほかにダンが行きそうなところを教えて」

「そうか……ちょっと考えさせてくれ、何か思い出せるかもしれない」

そのとき、グレゴリー・ラムが誰もいない一角からこちらに歩いてくるのが見えた。銃など一度も扱ったことがないような手つきで大型の拳銃をぶら下げている。ボンドは空のドラム缶を並べたパレットの列のあいだにジョルダーンとハイトを残し、大型金属容器のそばでラムと合流した。

「ああ、ボンド」ＭＩ６のエージェントは息を切らし、秋の空気は肌寒いくらいなのに、汗をかいていた。顔は土で汚れ、ジャケットの袖には破れ目がある。

「当たったのか？」ボンドはその破れ目に顎をしゃくって訊いた。銃弾がかすめた跡と見えた。すぐそばから狙われたのだろう。破れ目の縁に火薬の焦げ跡がある。

「いや、かすめただけだ。このギャバジンのジャケットは気に入りだったんだが」

幸運としか言いようがない。当たったのがあと二センチ左だったら、上腕が砕けていただろう。

「誰かを追っていったんだろう？　そいつらはどうした？」ボンドは訊いた。「俺には誰も見えなかった」

「残念ながら、逃げられちまった。やつらは二手に分かれてね。私の背後に回ろうって魂胆だとわかってはいたが、とにかく片割れを追いかけた。おかげでこの大怪我を負った」ラムはそう言ってジャケットの袖に触れた。

「しかし、連中にはいわば〝土地勘〟があった。私にはない。それでも、片方に弾を当ててやったよ」

「血痕を追ってみるか」

ラムは不意を突かれたように目をしばたたかせた。

「血痕か。もう追ってみたよ。だが途中で消えた」

ボンドはその時点で森の冒険譚に興味を失い、ロンドンに連絡しようとラムのそばを離れた。番号を入力しているところに、甲高い音が続けざまに響いた。その音を聞いてすぐにわかった。強力な銃弾がターゲットに命中する音だ。一瞬遅れて、彼方からライフルの甲高い銃声が響いた。

ボンドはワルサーに手をかけながら勢いよく振り向き、周囲に素早く視線を巡らせた。狙撃者の姿は確認できない。見えたのは、犠牲者だけだった。ベッカ・ジョルダーンだ。胸と顔が血だらけだった。まるでつかまるものを探すように空《くう》を手でかきながら後ろによろめくと、そのまま泥の溜まった溝に倒れこんだ。

62

「嘘だ！」ボンドは叫んだ。

彼女に駆け寄って手当をしたい。しかし、あれだけの出血や砕けた骨——とても生きているとは思えない。

ああ、嘘だと言ってくれ……

ウゴゴの顔が思い浮かぶ。エリジアン・フィールドで二人の警備員に立ち向かおうとしたとき、ジョルダーンの瞳に宿っていた燃えるような輝き。かすかな笑み。

向こうは銃をたくさん持ってる。私たちはたったの一丁よ。それって不公平でしょう。一丁くらい譲ってもらわなくちゃ……

「警部！」ンコシがそばの大型金属容器の陰から叫んだ。

ほかのＳＡＰＳの警察官がターゲットも確認できないまま闇雲に発砲し始めた。

「やめろ！」ボンドは怒鳴った。「いいかげんに撃つな！　周辺の安全を確認しろ。物陰に身をひそめて安全を確保したうえで、ターゲットを探している。

特殊部隊は冷静だった。物陰に身をひそめて安全を確保したうえで、ターゲットを探している。

アイリッシュマンは、敬愛するボスのためにちゃんと脱出計画を用意していたのだ。さっきハイトが探していたのはそれだろう。ダンが警察や特殊部隊を足止めし、ハイトはその隙に逃げる。近くの木立の奥でほかの警備員が車を用意して待っているに違いない。ひょっとしたら、敷地のどこかでヘリコプターが待機しているのかもしれない。しかし、ハイトが全速力で走っていく姿はどこにも見えなかった。ジョルダーンと一緒にさっきまでいたパレットの列のあいだに隠れているようだ。おそらく、ダンの次の掩護射撃を待っているのだ。

ボンドは中腰で走りだした。いつダンやほかの忠実な警備員の掩護射撃が始まるかわからない。始まれば、ハイトは即座にパレットのあいだから飛び出して、近くの林に逃げこもうとするだろう。

ハイトを逃がすわけにはいかない。絶対に。

グレゴリー・ラムのかすれた声が聞こえた――「もう安全か？」――が、姿は見えなかった。金属容器のどれかに隠れているらしい。

だが、ボンドは隠れてなどいられなかった。ダンの射撃の腕前は抜群だが、たとえその射程内に自ら飛びこむことになっても、ハイトの逃走を許すことはできない。ベッカ・ジョルダーンの死を無駄にしたくない。

ドラム缶を載せた背の高いパレットのあいだの薄暗い空間に飛びこみ、ハイトの逃走を封じようと、銃を持ち上げる。

と同時に、凍りついた。セヴェラン・ハイトは、逃げようとはしていなかった。世界一リッチなくず屋、衰亡の帝国の幻の王、エントロピーを司る者は、あおむけに倒れていた。胸に銃創が二つ、額に一つ。後頭部の大部分が吹き飛んでいた。

ボンドは銃をホルスターにおさめた。周囲で特殊部隊の隊員たちが立ち上がり始めた。そのうちの一人が、狙撃犯は発砲した場所を離れて林の奥に消えたと報告した。

そのとき、大きな声が背後から聞こえた。女の声だ。

「シラマー！」

　ボンドは振り返った。ベッカ・ジョルダーンが溝から這い出てきた。手で顔を拭い、口から血を吐き出している。怪我はないらしい。

　ダンは的を外したのか。それとも初めからボスを狙ったのか。ジョルダーンが浴びた血はハイトのものだ――血は、すぐ隣に立っていたジョルダーンにシャワーのように降り注いだ。

　ボンドはジョルダーンをドラム缶の陰の安全な場所に連れていった。銅に似た、血液独特のあのいやな匂いがした。「ダンはまだどこかにその辺にいる」

　ンコシの大きな声が聞こえた。「無事ですか、ジョルダーン警部？」

「無事よ、無事」ジョルダーンはそっけなく答えた。

「ハイトは？」

「死んだ」ボンドは言った。

「マサンデ！」ジョルダーンが吐き捨てるように言う。

　ンコシが楽しげににやりとした。

　ジョルダーンはシャツを脱ぎ――黒いコットンのタンクトップの上に防弾チョッキを着けていた――それで顔や首筋や髪を拭った。

　丘の上から周辺を偵察していたチームが周辺の安全を確認したと大声で報告した。ダンがいつまでも近くをうろうろしているわけがない。ここでやるべきことはもう済んだのだから。

　ボンドはハイトの死体をもう一度よく観察した。弾はみごとに急所をとらえている。つまり、ダンの狙いはハイトだったということだろう。もちろん、それならそれで筋は通る。ダンは警察に自分の情報が伝わらないよう、ハイトの口をふさいだのだ。ボンドは、ダンがハイトを見るときの目つきを思い出した。何か……暗いものを感じさせる視線。あれはいったい何だったのだろう。苛立ちか？　怒りか？　ボンドの目には、嫉妬に近いものと見えた。ハイトを撃った背景にはもう一つ何か理由があるに違いない。何かきわめて個人的な動機が。

　何が動機だったにせよ、ナイアル・ダンはいつもどおり手際よく仕事を片づけた。

　ジョルダーンが急ぎ足で事務棟に入っていった。十分後に戻ってきた。シャワー室か洗面所を見つけたらしい。顔と髪は濡れていたが、血はあらかた洗い流されていた。

自分に猛烈に腹を立てている。「これから本格的に尋問するところだったのに。もっとちゃんと警護してなくちゃいけなかった。まさかこんな――」

そのとき、悲鳴に似た甲高い声が聞こえてジョルダーンは口をつぐんだ。人影が猛然と近づいてくる。「そんな、そんな……」

ジェシカ・バーンズだった。ハイトの死体に駆け寄り、地面に体を投げ出すようにすると、おぞましい傷口には目もくれずに恋人の体を抱き寄せた。

ボンドはジェシカに近づき、震えているか細い肩に手を置いて立ち上がらせた。「ここは危険です、ジェシカ。さあ、こっちへ」肩を抱くようにしてブルドーザーの陰に連れていく。ベッカ・ジョルダーンも加わった。

「あの人が死んだ。あの人が……」ジェシカはボンドの肩に額を押し当てた。

ジョルダーンがホルスターから手錠を抜いた。「この人は協力してくれたんだ」ボンドはジョルダーンに言った。「ハイトの悪事については何も知らなかった。何一つ知らなかった」

ジョルダーンは手錠をしまった。「署で事情聴取はさせてもらう。でも、それ以上の追及はしない」

ボンドはジェシカをそっと押しやり、両肩に手を置いた。「協力してくださってありがとう。辛かったでしょう」

ジェシカは一つ深々と息を吸った。それから、いくらか落ち着いた口調で尋ねた。「誰がこんなことを？　彼を撃ったのは誰？」

「ダンです」

驚いた様子はなかった。「あの人のことは初めから好きになれなかった。セヴェランは熱しやすくて衝動的な人だったわ。物事を順序立てて考えるのは苦手だったの。ナイアルはそのことを見抜いて、綿密な計画や知性を武器にセヴェランの心に入りこんだ。私はあの人を信用しちゃいけないと思ってた。でも、勇気がなくて、セヴェランには忠告できなかったの」ジェシカはそう言って目を閉じた。

「ところで、あなたの祈りは今回も通じたようですよ」ボンドは言った。

「効きすぎたようだけれど」ジェシカはささやくように応じた。

ジェシカの青白い頬や首にハイトの血がついていた。ボンドはふと思った。この女性が色をまとっているのを見るのは初めてだ。ジェシカの目をのぞきこむ。「知り合いに頼んで、ロンドンに帰る手配を整えてもらいましょう。彼らからあなたに連絡させます。かならず」

「ありがとう」ジェシカがつぶやく。

女性の警察官が来て、ジェシカを連れていった。

そのとき、すぐ近くから男の声がして、ボンドはぎくりとした。「もう安全か?」

ボンドは眉をひそめた。声の主はどこにも見えない。次の瞬間、思い当たった。グレゴリー・ラムだ。まだ金属容器に隠れているらしい。「安全だ」

ラムが隠れ場所から這い出してきた。

「血を踏まないように気をつけろ」ボンドはラムに言った。

「うわああ」ラムは足下を見るなり、卒倒しそうな顔をした。

ラムは放っておくことにして、ボンドはジョルダーンに言った。「ゲヘナ計画がどれくらいの規模のものなのか知りたい。開発研究室のファイルとコンピューターを残らず押収してくれ。コンピューターにはパスワードロックがかかってる。SAPSのコンピューター犯罪課で解除できるかな」

「もちろん。うちのオフィスに運ばせるから、そこでゆっくり調べて」

ンコシが言った。「押収は私にまかせてください、ボンド中佐」

ボンドは礼を言った。ンコシの丸顔にいつも見て取れた茶目っ気や熱意が、いくらかなりをひそめたような気がした。きっと初めての銃撃戦だったのだ。その経験は、ンコシという人間を永遠に変えてしまうことだろう。しかしボンドが見るかぎり、その変化がこの若者を萎縮させるようなことはなさそうだった。それどころか、一段と成長させるに違いない。ンコシはSAPSの鑑識チームに合図すると、先頭に立って事務棟に入っていった。

ボンドはジョルダーンを見やった。「一つ訊いていいか」

ジョルダーンがこちらを向く。

「さっき、何て言ったんだ? 溝から出てきたあと、何か言ってたろう?」

独特の肌色に隠されてよくわからなかったが、ジョルダーンが頬を赤らめたように見えなくもなかった。「ウゴゴには内緒にしてくれる？」

「ああ」

「最初のはズールー語で……英語で言う〝クソ〟」

「なるほど、それなら俺の辞書にもいろんなバリエーションが載ってるよ。で、もう一つは？」

ジョルダーンは横目でボンドを見た。「もう一つは、あなたには教えないでおくわ、ジェームズ」

「どうして？」

「男性の体の特定の部分を指す言葉だから……その方面であなたを刺激するのは賢明じゃないと思うのよね」

63

その日の夕刻、太陽が北西に沈みかけたころ、ジェームズ・ボンドはシャワーを浴びて着替えをすませ、テーブルマウンテン・ホテルを車で出て、ＳＡＰＳのケープタウン本部に向かった。

建物に入り、ジョルダーンのオフィスに歩く。何組かの目がこちらをじっと見つめている。二日前、初めてここに来たときとは違い、それはもう好奇の目ではなかった。敬服を込めた視線だった。ボンドの活躍でハイトの計画が阻止されたことがすでに伝わっているのかもしれない。あるいは、敵を二人倒し、たった一発の弾丸で埋め立て地を一つ焼き払った偉業がすでに伝説になりかけているのかもしれない（火災はほぼ終息したという報告が届いていた。ボンドはそれを聞いて心の底から安堵した。ケープタウンのかなりの面積を焼き払って砂岩の大地に返した男としてこの国の歴史に名を残したくはない）。

廊下でベッカ・ジョルダーンが待っていた。セヴェラン・ハイトの痕跡はきれいに消えていた。きちんとシャワーを浴び直したらしい。黒っぽいパンツに黄色いシャツに着替えている。鮮やかで陽気な色を選んだのは、グリーンウェイで経験した戦慄を相殺するためだろうか。

ジョルダーンはボンドをオフィスに招き入れた。デスクの椅子に腰を下ろす。「ダンはモザンビークにいる。

現地の情報機関から連絡があった。でも、ダンはマプートのあまり治安のよくない地域に逃げこんだそうよ――ちなみに、はっきり言って、マプートの大部分が〝治安のよくない地域〟に該当しちゃうんだけど。プレトリアの金融情報部、特別捜査部、取引リスク情報センターに連絡して、ダンの口座を調べてもらった。もちろん令状を取ったわよ。昨日の午後、ダンがスイスに持ってる銀行に二十万ポンドの送金があった。いまから三十分前、ダンはオンライン銀行にそのお金を移してる。数十の匿名口座に分けてね。世界中どこにいても引き出せるわけだから、このあとどこに行こうとしてるのか、その線からはわからない」

ボンドは顔をしかめた。ジョルダーンも似たような表情を浮かべていた。

「モザンビークでまた見つかったり、出国したりしたら、連絡をもらえることになってる。でもそれまでは、私たちには手の出しようがない」

そのとき、ンコシが大きな台車を押して入ってきた。たくさんの箱が積んである。グリーンウェイの研究開発室から押収した資料やノートパソコンだ。

ジョルダーンの案内で、ンコシとボンドは空いているオフィスに移動した。ンコシが台車から箱を下ろしてデスク回りの床に積み上げた。ボンドは箱の蓋を開けようとしたが、ジョルダーンが早口に言った。「ちょっと待って。あなたに証拠を見せるわけにはいかない」それから青いラテックスの手袋を差し出した。

ボンドは苦笑しながら手袋を受け取った。ジョルダーンとンコシはボンド一人を残して出ていった。ボンドは箱を開ける前に、ビル・タナーに電話をかけた。

「ジェームズ。シグナルは受け取った」幕僚主任が言った。「地獄を見たらしいな」

ボンドはタナーの言葉の選択に思わず笑った。それから一部始終を詳しく報告した。グリーンウェイのプラントでの銃撃戦、ハイトの死、ダンの逃走。ハイトが製薬会社の社長の依頼で今回の事件を起こしたことも説明した。タナーは、自分からＦＢＩワシントンＤＣ支局に連絡しておくと言った。正式に捜査を開始して、その社長を逮捕してもらう。

ボンドは言った。「ダンを捕えるのに人手がいる――ダンの足取りがつかめたら、ですが。この地域周辺に

00《ダブルオー》エージェントはいますか？」

タナーは溜め息をついた。「手は尽くすよ、ジェームズ。ただ、あまり人員は割けそうにない。東スーダンの件で忙しいからね。外務連邦省と海兵隊の情報収集に協力してる。特殊部隊なら手配できるかもしれない。陸軍か海兵隊の特殊部隊。それでどうだ？」

「お願いします。いまから、ハイトの会社から押収してきた資料を徹底的に調べます。それがすんだらMに電話して報告しますよ」

電話を切り、ボンドはジョルダーンが用意してくれたオフィスの大きなデスクにゲヘナ計画の資料を並べる作業に取りかかろうとして、一瞬ためらった。それから、馬鹿みたいだと思いながらも、青い手袋をはめた。少なくとも、スコットランドヤードの友人ロニー・ヴァランスに聞かせるのにちょうどいい土産話にはなるだろう。ヴァランスにはいつもからかわれているのだ——証拠を積み上げて悪党を刑務所に放りこむんでなく、叩きのめしたり撃ったりするほうが手っ取り早いと考えてるようでは、刑事としては使いものになりそうにないなと。

一時間ほど資料に読みふけった。何を訊かれてもとりあえず答えられる自信がついたところで、ふたたびロンドンに電話をかけた。

Mは不機嫌そうだった。「こっちは悪夢だ、007。D3のあの考えなしが馬鹿でかいボタンを押しやがったおかげでな。あの男は全官庁を閉鎖したんだ。首相官邸もだぞ。タブロイド紙の格好の餌食にされることだろう。安全を保障できないからという理由で国際安全保障会議が中止になったのだからね」

「で、杞憂に終わったというわけですか」ボンドは攻撃のターゲットはヨークだという確信はあったが、だからといってロンドンでは絶対に何も起きないということにはならない。ジェシカ・バーンズのオフィスから衛星電話経由で話したとき、ビル・タナーにもその考えは伝えた。

「そうさ。グリーンウェイにはちゃんと合法な事業もあるからな。グリーンウェイのエンジニアは、警察と協力して、官庁街周辺のごみ回収用トンネルの安全を確認していただけだった。危険な放射性物質などなかった。爆弾もなかった。ガイ・フォークスは幻だったというわけだな（フォークスは、一六〇五年に議事堂を爆破して国王と議員を殺そうとした人物）。アフガニスタンの

ＳＩＧＩＮＴが急激に増加していたのは事実だ。しかし、それは今週の月曜日に我々とＣＩＡがアフガニスタンに乗りこんでいったせいだ。いったい何をやっているんだと周囲に白い目で見られながらな」

「オズボーン＝スミスは？」

「議論する価値もない」

Ｍはオズボーン＝スミス自身を指してそう言っているのか、それとも、オズボーン＝スミスの処遇について言っているのか。

「さて、そっちはどうなってる、００７？　詳しく報告してくれ」

ボンドはまず、ハイトは死に、パートナー三名は逮捕されたことを伝えた。続けて、ダンは逃走中であること、日曜に発せられ、いまも有効なレベル２の作戦指令を完遂する予定であること――すなわちアイリッシュマンを捕えてイギリスに移送するつもりでいることを話した。

さらに、ゲヘナ計画の詳細――ハイトは廃棄された機密文書を盗んで復元し、その情報をネタに恐喝して多額の金を手に入れていたこと――を説明した。「この裏の事業を展開していたのは、おもにロンドン、モスクワ、パリ、東京、ニューヨーク、ムンバイです。ほかに、規模は小さいですが、ベオグラード、ワシントンＤＣ、台北、シドニーでも」

短い沈黙があった。ボンドは、Ｍはいつものように葉巻の端を噛みながら考えを整理しているのだろうと思った。やがてＭが言った。「おそろしく利口なやりかただな。塵芥《ちりあくた》からそれだけの情報を集めるとは」

「誰もごみ収集人など見ていないとハイトは言ってました。そのとおりだと思いますよ。透明人間と変わらない。彼らはどこでもいるのに、誰の目にも映らない」

Ｍが珍しく含み笑いを漏らした。「昨日、まったく同じことを私も考えたよ」それから重々しい声に戻って言った。「で、きみならどうするね、００７」

「私なら、大使館とＭＩ６の人員を総動員して、ゲヘナ計画に関係している人間が消える前にグリーンウェイの各支社を押さえます。資産を凍結して、口座に入ってくる金の出所をすべて調べる。それでゲヘナ計画のほかのクライアントを知る手がかりが得られるはずです」

「ふむ」その声はＭらしくなく楽しげだった。「そういう手もあるだろうな」

そういう手もある？　老提督はいったい何を考えているのだろう？

「しかし、あまりことを急ぐのはどうかと思うね。各支社のキーパーソンを逮捕するのは、まあいいだろう。しかし、00《ダブルオー》エージェントを潜入させたうえで、いくつかの支社でゲヘナ計画とやらをもうしばらく生かしておくというのはどうかな——きみの意見はどうだ、007？　たとえばだ、モスクワのGRSエアロスペース社が出すごみをのぞき見してみたくはないか。ほかには、ムンバイのパキスタン領事館がシュレッダーにかけた文書とか。あちこちの糸をちょいと引っ張って、マスコミの口にチャックをしておいたほうがいいな。ハイトの真の犯罪については しばらく伏せておきたいだろう？　MI6の〝誤情報課〟に頼んで、ハイトは犯罪組織と通じていたとか何とか、適当な情報をリークしてもらうとしようか。しばらくは曖昧にしておく。遅かれ早かれ噂が広まるだろうが、そのころにはごみの山からけっこうな量の宝が見つかっていることだろう」

まったく、この古狸め。ボンドは一人笑った。つまり、ODGはリサイクル事業に乗り出すというわけか。「異論はありません」

「詳細な報告書をまとめて、ビル・タナーに送っておいてくれ。それを元に作戦を進めるとしよう」一瞬の間。次にMは吠えるように言った。「まったく、オズボーン＝スミスのくそったれめが。ロンドンの交通を完全に停めやがった。この分では、家にたどり着くのはいったい何時になることやら。いや、M4道路を作った連中には前々から文句を言ってやりたいと思っていたんだよ。どうしてアールズコートまでつなげておかなかったのかとね」

電話はそこでふつりと切れた。

64

ジェームズ・ボンドはフェリシティ・ウィリングの名刺を取り出し、事務所の番号に電話をかけた。大口寄付者の一人が犯罪者だったこと……そして逮捕作戦のさなかに死んだことを自分の口から伝えるつもりだった。

しかし、フェリシティはすでに知っていた。早くもマスコミ各社から電話が殺到しているという。グリーンウェイ・インターナショナルがマフィアやカモッラと深い関わりを持っていたことについて、彼女のコメントを取ろうとしているらしい（それを聞いて、〝ＭＩ６の誤情報課〟の仕事の速さには定評があることをボンドは思い出した）。

記者のなかには、ハイトがいかがわしいビジネスに手を染めていることを知っていて寄付を受け取っていたのではないかとほのめかす者もいるらしく、フェリシティは激怒していた。「そんなこと訊ける神経が理解できないわよ。だってそうでしょう、ハイトの寄付額は、だいたい年に五万から六万ポンドよ。もちろん、太っ腹な額だとは思うけど、それとは比べものにならない額の寄付をしてくれてる人はほかにもたくさんいるわけ。支援者の誰かが違法なことに関わってるかもしれないとわかったら、どんなに多額の寄付をしてくれてる人でも、私は迷わず手を切るわ」そこでふいに穏やかな口調に変わった。「ねえ、あなたは無事なのよね」

「グリーンウェイのプラントに捜索が入ったとき、俺はあそこにはいなかったからね。警察から電話があって、いくつか確認の質問はされた。それだけだ。ただ、聞いたときは仰天したよ」

「ええ、ほんとびっくりよね」

ボンドは支援物資の発送は順調かと尋ねた。フェリシティは、予定されていた以上の物資が届いて嬉しい悲鳴をあげている、すでにサハラ砂漠以南の十か国に向けて運搬中だと答えた。数十万人が数か月食べていけそうな量だという。

ボンドは尽力をねぎらい、それから訊いた。「忙しすぎてフランシュフックには行けないということはないだろうね？」

「ねえ、週末の旅行を私から断らせようと企んでるんだとしたら、ジーン、考えを改めたほうがいいわよ」

翌朝の待ち合わせ場所と時刻を決めた。どこかでスバルを洗ってワックスをかけてもらわなくてはとボンドは思った。ボディカラーは派手すぎるし、リアスポイラーはただの飾りで効果はほとんどない。それでも、あのスバルに愛着を感じ始めていた。

電話を切ったあと、ボンドは椅子の背にもたれ、たったいま聞いたフェリシティの朗らかな声を思い返して微笑んだ。一緒に過ごした夜を思い、未来を思って、また微笑む。

何か人には言えないことをしなくてはならないときがあるとしても、約束してほしいの……人として許されないことはしないって。

あいかわらず微笑みながら、彼女の名刺を指で軽く弾き、財布にしまった。それからふたたびラテックスの手袋をはめ、書類やコンピューターを調べる作業を再開した。Mやビル・タナーに訊かれたらすぐに答えられるよう、グリーンウェイの支社や事業所、ゲヘナ計画について、詳細なメモを取っていく。一時間ほどその作業に没頭したあと、いったん休憩にすることにした。

思いきり伸びをする。

それからふと身動きを止めた。上に伸ばしていた両腕をそろそろと下ろす。胸の奥で何かが身をよじらせた。

この感覚は知っている。それは、見た目どおりのものなどないに等しく、何かの裏にはつねに別の意味が隠されているスパイの世界にいると、ときおり経験するものだった。その胃が宙返りをするような感覚の源は、基本的な前提がそもそも間違っていたかもしれない、それも天地がひっくり返るほど大きく間違っていたかもしれないという直感であることが少なくない。

いま取ったばかりのメモを見る。息遣いが速くなるのがわかった。唇が乾く。心臓は早鐘のように打っている。

数百枚の文書をもう一度めくった。それから携帯電話を取ると、フィリー・メイデンストーンに調査依頼のメールを打ち、《大至急》のマークをつけて送った。返事を待つあいだ、立ち上がって、小さなオフィスをうろうろと歩いた。頭のなかを無数の思考が飛び回っている——グリーンウェイの失踪通りの上空をやかましい声をあげながら旋回するカモメのように。

フィリーからの返信が届いた。ボンドは携帯電話をデスクからひったくるようにして取り、メールに目を通した。それから座り心地のよくない椅子にゆっくりと沈みこんだ。

そのとき、デスクに影が落ちた。顔を上げると、目の前にベッカ・ジョルダーンが立っていた。「ジェームズ、コーヒーを淹れたわ。いまのあなたにぴったりのマグも見つけた」マグにはサッカーの南ア代表チーム〝バファーナ・バファーナ〟の選手たちの笑顔がプリントされていた。

ボンドが黙りこみ、コーヒーも受け取ろうとせずにいるのを見て、ジョルダーンはマグをデスクに置いた。

「どうかした?」

胸の内側で燃えさかっているこのパニックが顔にも表われているに違いない。一瞬あってから、ささやくように言った。「俺は間違ってた」

「え、何を?」

「何もかも徹底的に間違っていた。ゲヘナ、インシデント20」

「どういうこと?」

ボンドはデスクに身を乗り出した。「今回の作戦のきっかけになった情報は、〝ノア〟という名の人物が、今日、何らかの攻撃を計画している、その攻撃で大勢の死者が出るという内容のメールだった」

「そうね」ジョルダーンはボンドの隣の椅子に腰を下ろした。「で、その〝ノア〟はセヴェラン・ハイトを指していた」

ボンドは首を振り、グリーンウェイから運ばれてきた書類の箱を手で指し示した。「ところがだ。書類は一枚残らず目を通したし、携帯電話やコンピューターもほとんど全部調べてみた。なのに、〝ノア〟という名前はどこにも、一度も出てこない。思えば、ハイトやダンと会ったときも、その名前は一度も聞かなかった。〝ノア〟が本当にハイトのニックネームだったんなら、不自然じゃないか? そう考えた瞬間、ある疑問がわいて、MI6の同僚に調査を依頼した。その同僚はコンピューターにかなり詳しい人でね。メタデータ——何だかわかるかい?」

「コンピューターのファイルに埋めこまれる情報でしょう。うちでもそのメタデータを証拠に、ある大臣の有罪を立証したことがある」

ボンドは携帯電話のほうに顎をしゃくった。「ハイトは〝ノア〟と呼ばれていたと書いたサイトが六つほど見つかってる。MI6の同僚に頼んで、そのページのメタデータを調べてもらった。どのページも、今週になってからアップロードされていた」

「ジーン・セロンが実在してるように見せかけるために、私たちが偽のデータをアップロードしたみたいに」

「そう。本物のノアは、俺たちの目をハイトに向けさせようとしてそのページを急いで作ったということだ。つまり、インシデント20は——数千人の死者が出るとされる攻撃は——ヨークの爆破事件を指してるんじゃない。ゲヘナとインシデント20は、まったく別の計画だ。新たな攻撃がこれから行なわれるということだよ。しかもまもなく——今夜十時に。最初に傍受されたメールにはそう書いてあった。いまもまだ数千の人々が危険にさらされていることになる」

グリーンウェイでの作戦を完了したいまになって、ボンドはふたたび振り出しに戻されていた——敵は誰なのか、その目的は何か。

その疑問の答えが得られないかぎり、対処のしようがない。

だが、ぼんやりしているわけにはいかなかった。時間はもうほんのわずかしか残されていない。

二十日金曜夜の計画を確認。当日の死傷者は数千に上る見込み……

「ジェームズ？」

事実や記憶や仮説の断片が頭のなかで渦を巻いていた。グリーンウェイの事務棟の深部にもぐりこんだあのときと同じように、手持ちのピースをすべて組み合わせ、インシデント20の細かく裁断された設計図を復元しようと試みた。立ち上がり、両手を背中で組み、デスクに身を乗り出して、そこにびっしりと並んだ書類やメモを見渡す。

ジョルダーンは無言で見守っていた。

やがて、ボンドはささやくように言った。「グレゴリー・ラム」

ジョルダーンが眉をひそめた。「ラム？　ラムがどうしたの？」

ボンドはすぐには答えなかった。また椅子に腰を下ろす。「力を貸してもらえるかな」

「もちろん。どんなことでも言って」

65

「どうしたの、ジーン？　急ぎの用って何？」

　ボンドはフェリシティ・ウィリングの慈善団体のオフィスにいる。オフィスはケープタウンの中心街にあった。二人が知り合った水曜のパーティが開かれたロッジ・クラブの近くだ。ボンドは、支援物資の分配を支援している国際機関の職員を十人ほど集めて打ち合わせの最中だったフェリシティを呼び出し、二人だけで話したいことがあると言って彼女のオフィスに誘った。「力を貸してくれないか。ケープタウンには、信頼できる知り合いはほかにはほとんどいないんだ」

「かまわないけど」二人は安っぽいソファに腰を下ろした。黒いジーンズに白いシャツという出で立ちのフェリシティが、体を寄り添わせてくる。膝と膝が触れ合った。フェリシティは昨日よりさらに疲れた顔をしていた。そういえば、今朝も夜明け前には彼の部屋から帰っていった。

「まず一つ、打ち明けておかなくちゃならないことがある。フランシュフック行きは取りやめになるかもしれない──いろんな計画に影響が出る話かもしれない」

　フェリシティは眉間に皺を寄せてうなずいた。

「いまから話すことは、きみの胸にだけおさめておいてほしい。約束してくれるか」

　フェリシティが疑うような目でボンドの表情を探った。

「誰にも言わないと約束するわ。とにかく話してちょうだい。不安になってきた」

「俺はきみが思っているとおりの人間じゃないんだ。ときどき、イギリス政府の依頼を受けて仕事をしている」

　ささやくような声──「それって……スパイってこと？」

　ボンドは笑った。「いや、そんなたいそうなものじゃないよ。肩書きはセキュリティ・アナリストだ。ふだんは退屈そのものの仕事をしている」

「でも、善玉の一員ってことよね？」

「そういうことになるかな」

　フェリシティはボンドの肩に頭を預けた。「セキュリティ関連のコンサルタントをしてるって聞いたとき……アフリカではね、ふつうは民間軍事会社のことを指すのよ。あなたはそれとは違うって言ったけど、私はやっぱりどこかで疑ってた」

「それは偽の身分だ。俺はハイトを調べてたんだよ」

　フェリシティは心の底から安堵したような顔をした。

「なのに、私ったら、あなたにほんの少しでいいから変わってほしいなんて言ったわけね。あなたは……完全に変わった。私が思っていたのとはまったく違う人になった。百八十度の変化だわ」

　ボンドは皮肉めいた口調で言った。「男の態度が百八十度変わるなんて、そう珍しいことじゃないだろう？」

　フェリシティは小さく微笑んだ。「ということは……あなたはジーンではないのね？　ダーバンから来たのでもない」

「違う。ロンドンに住んでる」アフリカーンスの訛を完全に消し、片手を差し出して言った。「ジェームズです。お目にかかれて光栄です、ミス・ウィリング。いかがでしょう、私を事務所から放り出したい気分になりましたか？」

　フェリシティは一瞬、迷っているような表情を浮かべた。しかし、次の瞬間、笑いながら両腕を彼の体に回した。それからまっすぐに座り直した。「私の力を借りたいって話は？」

「できることならきみを巻きこみたくはないが、もう時間がない。数千の人命が懸かってる」

「人の命が？　私に助けられるの？」

「グレゴリー・ラムのことを何か知らないか？」

「ラム？」フェリシティは細い眉を寄せた。「あの人なら、羽振りがよさそうだから、寄付してもらえないかって何度かお願いしたことがある。そのたびに寄付するって言ってくれるんだけど、いつもそれきり。変わり者よね。田舎者って感じ」そう言って笑った。「田舎者《Boor》よ。白人野郎《Boer》じゃなく」

「実を言うと、それだけじゃない」

「スパイじゃないかって噂なら聞いたことがあるわ。でも、あんな人をスパイとして雇う組織があるとはとても思えない」

「あれは芝居なんだと思う。馬鹿なふりをして相手を油断させる。荒っぽい世界にいるとは誰も疑わない。ところで、ここ数日、きみは夜はいつも埠頭にいたんだろう?」

「いたわ。ほとんどずっと」

「ラムが今夜、大型船を誰かに融通するって話を聞いてないか?」

「聞いたわ。でも詳しいことは知らない」

ボンドはしばらく黙りこんだ。それから尋ねた。「誰かがラムを〝ノア〟と呼んだようなことは?」

フェリシティは少し考えてから答えた。「記憶にないけど……あ、待って。聞いたことがあるような気がする。誰かがあの人のことをそういうニックネームで呼んでた。船に関わる仕事をしてるからかしら。だけど、どういうこと? さっき数千の人命が懸かってるって言ったわよね」

「あいつが何を企んでるのか、まだはっきりとはわからない。これは俺の推測だが、貨物船を衝突させて、イギリス籍の客船を沈没させようとしてるんじゃないかな」

「そんな! でも、どうして? そんなことをする動機は何?」

「ラムのことだ。どうせ金だろう。イスラム原理主義者に雇われたか、軍事政権か、海賊か。じきにもう少し詳しいことがわかるはずだ。電話に盗聴器を仕掛けた。一時間後に、ケープタウンの南にあるホテルで誰かと会うらしい。すでに廃業したホテルでね、シックスアポスル・インというところだ。俺もそこに行って、やつが何をする気でいるのか突き止めようと思う」

「でも……ジェームズ。どうしてあなたが行くの? 警察に通報して、逮捕してもらえば済むことでしょう?」

ボンドはためらいがちに言った。「この件では、警察には頼れない」

「あなたの仕事のせい?」フェリシティは平板な声で訊いた。「〝セキュリティ・アナリスト〟だから?」

一瞬の間。「そうだ」

「なるほどね」フェリシティ・ウィリングはうなずいた。それから素早く身を乗り出すと、ボンドの唇にキスをした。「あなたがさっき心配してたことだけど。ジェームズ、あなたが何をしようと、これから何をするつもりでいようと、フランシュフック行きは中止にはならないわ。そのほかの計画にもいっさい影響はないはずよ」

66

五月のケープタウンでは、五時三十分ごろには日が沈む。ボンドはヴィクトリア・ロードを猛スピードで走りながら、美しい夕陽を浴びて幻想的な趣を帯びていく風景を楽しんだ。やがて夕闇が迫ると、波荒い大西洋を覆う雲を紫色の縞模様が彩った。

テーブルマウンテンは背後に消えた。ライオンズヘッドも。いまは壮麗な岩壁トゥエルヴアポスルが左手にそびえている。麓には草や灌木やプロテアなどの緑がまばらにのぞいていた。まるで潮風に挑んでいるかのようなマツの木立も見えた。

フェリシティ・ウィリングのオフィスを出てから一時間半がたっていた。ボンドはシックスアポスル・インの案内板を見つけ、左――東に向かう小道に入った。ホテルの私道の入口には看板が二枚あった。ホテルの名を書いたペンキの剝げかけたものが一枚。その下に、より鮮やかで新しいものがもう一枚。こちらは改築計画と侵入禁止の警告だ。

ボンドはスバルを横滑りさせながら私道の入口に飛びこむと、ヘッドライトを消し、タイヤが砂利を踏む音を聞きながら、長く曲がりくねった小道をそろそろと進んだ。真正面から堂々たる岩山がこちらを見下ろしている。ホテルの背後にそびえる岩の壁は、高さ三十メートルはありそうだ。

すぐそこに見えてきた建物は、いかにもみすぼらしかった。改築計画が進んでいるようだが、たしかに、いますぐにでも改築が必要だろう。それでも、全盛期には、休暇をゆったり過ごす場所として、あるいはロンドンや香港から愛人とお忍び旅行をする先として、人気があったに違いない。どこまでも続いているかのような平屋の建物は、広々とした庭園の真ん中に位置している。ただ、その庭園もいまは雑草に占領されて見る影もない。

ボンドは建物の裏手に回った。やはり雑草に占領された駐車場があった。低木と背の高い草の陰にスバルを隠すように停め、車を降りて、建設会社が設置した事務所代わりのトレーラーハウスを眺めた。明かりは灯っていない。懐中電灯の光を向ける。人のいる気配はなかった。ワルサーを抜き、足音を立てないよう慎重にホテルの建物に近づいた。

正面のエントランスには鍵がかかっていなかった。なかに入る。カビの匂い、新しいコンクリートやペンキの匂い。ロビーの突き当たりにフロントがあるが、カウンターはなかった。右手に客室がいくつかと図書室、左手に大きなダイニング兼ラウンジ。ラウンジの北向きのフレンチドアからは、ホテルの庭園と、その向こうにそびえ立つトゥエルヴアポスルの岩山が見晴らせた。外はすでに薄暗くなっているが、岩山の輪郭はぼんやりとわかる。ラウンジには、建設作業員がボール盤やテーブルソーなどの工具を置いていた。いずれにも盗難防止の鎖と南京錠がついていた。さらに奥に進むと、厨房に通じる廊下があった。作業用のスポットライトと天井灯のスイッチがあるが、明かりはつけずにおいた。

床下や壁の向う側から小動物が走り回るかすかな音がした。

ボンドはダイニングの片隅に置かれた工具箱に腰を下ろした。あとは敵が現われるのを待つだけだ。

ビル・タナー中佐の言葉を思い出す。ボンドがODGに入局してまもなく、こんなことを言っていた――「いいか、007。ここでの主な仕事は待つことだ。きみが忍耐強い人間であることを願うよ」

ボンドは忍耐強い人間ではない。しかし、ミッションを成功させるために待つことが必要なら、いつまででも待つ。

予想より早く、一条の光が壁を横切った。ボンドは立ち上がり、正面側の窓から外の様子をうかがった。車が一台、こちらに向かってくる。やがて正面エントランス前の草むらを踏むようにして停まった。

誰かが下りてきた。ボンドは薄闇に目をこらした。フェリシティ・ウィリングだ。腹を手で押さえている。

銃をホルスターに収め、ボンドはエントランスから飛び出して駆け寄った。「フェリシティ！」

彼女はふらつきながらも歩こうとしたが、すぐに砂利の上に倒れこんだ。「ジェームズ、助けて！　私……助けて。怪我をしてるの」

近づくにつれ、シャツの前に赤い染みが広がっているのがわかった。手も血だらけだ。ボンドは地面に膝をついてフェリシティを抱き寄せた。「どうした、何があった？」

「埠頭に……埠頭に荷物を確認しにいったの。そうしたら男が待ち伏せしてて」苦しげな息。「いきなり私を撃ったの！　黙ったまま――ただ撃って逃げた。私は車に戻って、それからここに来た。お願い、助けて！」

「警察には？　どうして――」

「その男が警察の人間だからよ、ジェームズ」

「何だって？」

「ベルトにバッジを下げてた」

ボンドは彼女を抱き上げてダイニングに運び、壁際に積まれた埃よけの布の上にそっと横たえた。「包帯に使えるものを探してくる」つぶやくように言う。それから、腹立たしげに叫んだ。「俺の責任だ。どうして気づかなかったんだろう！　インシデント20のターゲットはきみだ。ラムの狙いは客船なんかじゃない。支援の食糧を積んだ船だよ。きみが話してたアメリカやヨーロッパのアグリビジネス企業に雇われたんだろう。きみを殺して、支援物資をだめにしようって魂胆だ。おそらく警察の誰かに金を渡して仲間に引きこんだんだな」

「助けて、死にたくない！」

「心配するな。包帯になりそうなものを探す。ベッカに連絡しよう。彼女なら信用しても大丈夫だ」

ボンドは厨房に向かいかけた。

「待って」フェリシティが引き止めた。その声は不気味なほど落ち着き払っていた。

ボンドは立ち止まり、振り返った。

「携帯電話を捨てて、ジェームズ」

ボンドは彼女の鋭い光をたたえた緑色の瞳を見つめた。獲物を狙う肉食獣の目。手には彼の銃、ワルサーＰＰＳがあった。

ボンドは反射的にホルスターに手をやった。さっき彼女を運び入れたとき、抜き取られたのだ。

「電話を捨てて」フェリシティが繰り返す。「ディスプレイには触らないことよ。両側から持って、部屋の隅っこに投げて」

ボンドは言われたとおりにした。

「ごめんなさいね」フェリシティが言う。「こんなことになって本当に残念」

ジェームズ・ボンドはその言葉を信じた。心のどこか片隅で、彼女は本当に残念に思っている。

67

「それは？」ジェームズ・ボンドが彼女のシャツを指さして訊いた。

血だ。決まっている。本物の血だ。彼女の血。手の甲にまだ痛みが残っていた。安全ピンで血管を破った傷痕がうずいている。その傷からは、シャツに染みを作って銃で撃たれたように見せかけるのに充分な量の出血があった。

フェリシティは黙っていた。しかし、ボンドの視線が青く腫れた彼女の手をとらえ、質問の答えをそこに見つけたのがわかった。「埠頭で刑事が待ち伏せしていたりはしなかったというわけだ」

「あんな嘘を信じたわけ？　座って。そこの床に」

ボンドが座ると、フェリシティはワルサーのスライドを引いて弾を一つ抜き取った。同時に、薬室に一発入っていることを確かめた。これならすぐ撃てる。「あなたは相手を説得して武器を捨てさせる訓練を受けてるんでしょうね。でも、私は前にも人を殺したことがあるの。だから説得しようとしても無駄よ。あなたを生かしておく理由はとくに思いつかない。だから、ちょっとでも動いてみなさい、迷わず撃つから」

そうすらすらと言ったものの、〝迷わず〟のところでわずかに迷いを感じた。ちょっと、いったいどうしたの？――自分に腹が立った。「これをかけて」ボンドの膝に手錠を放った。

ボンドは膝に落ちる前に受け止めた。反射神経がいい。フェリシティは一メートルほど後ろに下がった。

さっきボンドが手を触れたところからふわりとよい香りが漂った。きっとホテルの石鹸かシャンプーの残り香だろう。彼はアフターシェーブローションを使うタイプではない。

ふたたび怒りが湧き上がった。いいかげんにしなさいったら！

「手錠をかけて」そう繰り返した。

ボンドは一瞬ためらったあと、手錠を自分の手首にかけた。「で？　説明を聞きたいね」

「もっときつく」

　彼が手錠をきつくする。あれならいいだろう。

「あなたはどこの組織のスパイなの？」

「ロンドンに本部のある組織だ。それ以上は言えない。きみはラムと手を組んでるのか」

　これには思わず笑ってしまった。「あの太った不潔なのろまと？　よしてよ。いったい何の用があってこのホテルに来るつもりなのか知らないけど、今夜の私のプロジェクトとあの男は何の関係もない。また何か馬鹿げた新事業でも起ち上げる気でいるんじゃない？　ひょっとしたら、このホテルを買う気でいるのかもね。誰かがあいつをノアって呼んでるのを聞いたことがあるって言ったけど、あれは嘘」

「だったら、どうしてここに来た？」

「あなたならもう、ロンドンの上司に報告してると思ったから。ラムが第一の容疑者だって」

　ボンドの目をよぎった表情が、そのことを認めていた。

「ジョルダーン警部と、そこそこ有能な部下たちは、明日の朝、ここで銃撃戦があって死者が出たことを知ることになるでしょうね。あなたと、客船を爆破しようとしてた裏切り者のグレゴリー・ラム、それにラムがここで落ち合う予定の誰かさんが、そろって死体で発見されるってわけ。あなたはラムともう一人が銃で撃ち合ってるところに来合わせた。いろいろあって、全員が死んだ。説明のつかないことも出てくるでしょうけど、三人とも死んでるんだもの、細かいことは誰も気にしないわ。少なくとも、私が疑われることはないでしょうね」

「そしてきみは予定どおり計画を実行する、か。しかしわからないな。ノアはいったい誰なんだ？」

「質問が間違ってるわ、ジェームズ。〝誰〟じゃなくて〝何〟と訊くべきよ」

　ボンドの整った顔に困惑が浮かんだ。やがて困惑は理解に変わった。「そういうことか……きみの慈善団体は国際飢餓対策機構《インターナショナル・オーガニゼーション・アゲンスト・ハンガー》だ。略称は《ＩＯＡＨ》。しかし、あのパーティのスピーチで、国際的な活動を始めたのは最近のことだと言っていた。つまり、以前の団体名はおそらく全国飢餓対策機構《ナショナル・オーガニゼーション・アゲンスト・ハンガー》だったということになる。《ＮＯＡＨ》――ノアだ」

　フェリシティはうなずいた。

彼は眉をひそめて続けた。「この前の週末に傍受したメールでは、ノアは〝ｎｏａｈ〟と全部小文字で綴られてた。それ以外の単語もすべて小文字だった。だから、ノアは人の名前だろうと思いこんでいた」

「私たちが不注意だった。ＮＯＡＨじゃなくなってしばらくたつのに、設立以来ずっとその略称を使ってたから、いまだにそう呼んでしまうの」

「〝私たち〟？　あのメールを送信したのは誰だ？」

「ナイアル・ダン。あの人は私のパートナーなのよ。ハイトじゃなくてね。しばらく貸し出してただけ」

「きみのパートナー？」

「そうね、もう二、三年になるかしら」

「どうしてハイトと関わることになった？」

「ナイアルと私は、サハラ砂漠以南のアフリカ諸国の軍事政権や独裁政権と取引してる。いまから九か月か十か月くらい前、ナイアルが取引先の誰かからハイトの計画の話を聞いてきた。ゲヘナ計画。ほんとに実現するか怪しいものだと思ったけど、投資する価値はありそうだと思ったの。そこでダンに一千万ドル渡して、出資したいとハイトに持ちかけさせた。ハイトには、匿名の企業家からの出資だと説明してね。ただし、条件をつけたわ。ダンを計画に直接参加させて、出資金の管理をまかせること」

「たしかに、ほかにもまだ出資者はいると言ってたな」ボンドが言った。「とすると、ハイトはきみがからんでることはまったく知らなかったのか？」

「ええ、まったく。しかもセヴェランは、ダンをプランナーとしても利用できて喜んでた。ダンがいなかったら、ゲヘナ計画がここまで進行することはなかったでしょうね」

「あらゆる可能性を考慮できる男」

「そうね、ダンはハイトにそう呼ばれてることを誇りに思ってた」

ボンドが言った。「ダンがつねにハイトの周辺にいた理由はほかにもある。違うか？　ハイトはきみの脱出ルートだった——いざとなったら使うつもりで確保していた」

「誰かに疑われたら——あなたが疑ったみたいにね——ハイトをスケープゴートにする予定でいたわ。一切合切をハイトに押しつける。そうすれば、誰もそれ以上調べようとしないでしょう。ダンがヨークの爆破計画の実行日を今日にするようにハイトを説得したのは、そのため」

「一千万ドルをふいにするつもりだったのか?」

「保障の手厚い保険の掛け金は高いものよ」

「ずっと疑問に思ってた。ハイトはどうして計画をごり押ししたのか。セルビアやマーチで、俺という邪魔が入ったのに、中断しないのが不思議だった。もちろん、俺の正体がばれないように手は打ったよ。しかし、ケープタウンでは、ジーン・セロンという男を何の疑いもなく受け入れた。俺がハイトなら、少しは疑ったろう。だが、ハイトが疑問を持たなかった理由がやっとわかったよ。ダンが俺を信用しても大丈夫と言い続けたからだ」

フェリシティはうなずいた。「セヴェランはナイアル・ダンの言うことなら何だって信じたから」

「とすると、ハイトのニックネームはノアだという情報をネット上に書きこんだのはダンだということか。ブリストル大学時代に自分で船を造ってたというエピソードも作り話」

「そうよ」またしても怒りと失望が胸に湧き上がった。「まったく! どうしてまた首を突っこんできたわけ? ハイトは死んだんだから、それで終わりにしたっていいでしょう? なのにどうしてまた?」

ボンドは冷たい視線を彼女に注いでいた。「首を突っこまなければどうしてた? 俺がきみの隣で眠りこむのを待って……俺の首を掻き切ったか?」

フェリシティは噛みつくように言い返した。「私はね、あなたが自分で申告してるとおりの人でありますようにって祈ってた。本当にダーバンで民間軍事会社を経営してる人でありますようにって。ゆうべ、あんなことを言ったのはそのせい。あなたに変わってほしいなんて言ったのは——本当は人殺しなんだとしたら、そう告白するチャンスをあげたのよ。だって、もしかしたら……」最後まで言えないまま、黙りこんだ。

「俺たちはうまくいくかもしれない?」ボンドの顎に力がこもるのがわかった。「参考までに言えば、俺もそう思ってたよ」

じつに皮肉な話だ。彼が善玉の一人だとわかったとき、彼女は失望の底に突き落とされた。それは彼も同じだったろう——彼女が自分の思っていたのとはまったくちががう人間だと知って、絶望したに違いない。

「で、今夜、何をするつもりだ？　俺たちがインシデント20と命名したプロジェクトの正体は何なんだ？」ボンドが床の上で身動きをしながら訊いた。手錠が音を立てた。

銃口をまっすぐ彼に向けたまま、フェリシティは言った。「世界の紛争には詳しい？」

「BBCラジオくらいは聞いてるよ」ボンドが冷ややかに答える。

「ロンドンのシティの銀行に勤めてたころ、世界の紛争地域の企業に投資するクライアントが何人かいた。おかげでそういう地域の情勢にとても詳しくなったわ。どこにでも共通することが一つあった。紛争地域では、決まって食糧問題がキーファクターの一つになるってこと。人はお腹が空けば必死になる。食べるものをあげると約束すれば、どんなことだってさせられるのよ。支持政党を変える、戦う、民間人を殺す。独裁政権を倒す、民主主義政権を倒す。何だってさせられるの。それで思いついた。食糧不足は武器に使えるんじゃないかって。だから、それを商売にした——一種の武器商人になった」

「飢饉のブローカーってわけか」

それはうまい言い回しね——フェリシティは心のなかでつぶやいた。

冷ややかな笑みを浮かべて、先を続けた。「IOAHは、南アフリカに届く支援物資の三十二パーセントをコントロールしてる。まもなく、南米諸国やインド、東南アジアも掌握できるはずよ。たとえば、中央アフリカ共和国軍の将校が政権を取りたいと考えたとするわね。私が要求したとおりの額を支払えば、私はその将校の部下や支持層にだけ支援物資が届くように手を回す。敵対する陣営には何一つ届かない」

ボンドは驚いたように目をしばたたかせた。「スーダンか。今夜起きるのはそれだ——スーダンで戦争が起きる」

「当たりよ。私はね、ずっとハルツームの中央政権と取引してるの。大統領は東部同盟の独立を望んでいない。東部同盟は、イギリスとの結びつきを強めて、原油取引の重点を中国からイギリスに移そうとしてる。でも、中央政権には単独でその動きを封じるだけの力はない。そこで私を雇って、エリトリアやウガンダ、エチオピアに物資を供給させてるってわけ。その三か国は、中央政権と連動して、今夜一斉に東部に攻めこむ。東部同盟に勝ち目はない」

「俺たちが傍受したメッセージにあった数千の死者というのは——今夜起きる最初の戦闘の死者を指すんだな」

「そうよ。東部同盟の兵士に一定数以上の死者が出るようにする必要があったから。戦死者が二千人を越えれば、ボーナスをもらえる約束なの」

「イギリスの国益への打撃というのは？　イギリスに来るはずだった原油が北京に行くということか？」

フェリシティはうなずいた。「政権から私に支払われてる手数料の一部は、中国から提供されてるのよ」

「戦いは何時から始まる？」

「いまから一時間半後ってとこかしら。支援物資を積んだ飛行機が離陸して、船が公海に出たことが確認できた時点で、スーダン東部への侵略が始まる」フェリシティはボーム&メルシエの上品な腕時計にちらりと目を落とした。そろそろグレゴリー・ラムが来るころだと考えているのだろう。「さてと、また別の種類のブローカー役も演じなくちゃならないようね。あなたの協力を取りつける役」

ボンドは嘲るように笑った。

「あなたが協力しないと、お友達のベッカ・ジョルダーンが死ぬことになる。簡単な話よ。私にはね、アフリカ全土に大勢の友人がいるの。人殺しが得意で、しかも私が頼めばその才能を喜んで発揮してくれる友人が」

ボンドは激しく動揺している。フェリシティは満足を覚えた。他人の弱点を見つけることほど楽しいものはない。

「要求は何だ？」ボンドが訊く。

「ロンドンの上司にメールを送って。グレゴリー・ラムが客船爆破計画の首謀者であることを確認したって内容のメール。計画は阻止した、このあとすぐラムと会うって書くのも忘れないで」

「わかってるだろう。そんなことはできない」

「いいこと、お友達の命が懸かってるのよ。どうせ死ぬなら、ジェームズ、ヒーローとして死にたくない？」

ボンドがフェリシティをまっすぐに見て言った。「俺たちはうまくいくんじゃないかって本気で思ってたよ」

フェリシティ・ウィリングの背筋が震えた。

しかし次の瞬間、ボンドの目は石のように冷たい表情を浮かべた。「よし、これくらいで充分だろう。急げ。時間がない」

フェリシティは眉をひそめた。何の話だ？　彼は何を言っている？

ボンドが先を続ける。「彼女は殺さないように頼む……できるかぎり」

「まさか。まさか」フェリシティはかすれた声でつぶやいた。

光の洪水が押し寄せた——天井の電灯が灯ったのだ。走ってくる足音が聞こえ、そちらを振り返ろうとしたとき、フェリシティの手からワルサーがひったくられた。次の瞬間、二人の人間の手で床にうつぶせに倒されていた。一人が腰に膝をめりこませるようにしながら、慣れた手つきで彼女の両手を背中に回して素早く手錠をかけた。

歯切れのよい声が聞こえた——女の声だ。「一九九六年施行の南アフリカ共和国憲法第二十五節の定めるところにより、あなたには黙秘権があります。また、あなたの供述は、法廷であなたに不利な証拠として用いられることがあります」

68

「どうして！」フェリシティ・ウィリングは信じられないといった表情であえぐように言った。それから、同じ言葉を怒りを込めて繰り返した。それは悲鳴にも似ていた。

ジェームズ・ボンドは、ほんの数秒前まで彼が座っていた場所にうずくまっている小柄な女を見下ろした。フェリシティが叫ぶ。「知ってたのね！　なんて人なの、知ってたんだわ！　ラムを疑ってるなんて、真っ赤な嘘だった」

「あんな嘘を信じたわけか？」ボンドはさっきフェリシティが言ったのと同じ言葉を冷たく返した。

ベッカ・ジョルダーンも、無感情な目で、ただ値踏みするようにフェリシティを見下ろしていた。

ボンドは手錠から解放された手首をさすっていた。グレゴリー・ラムはすぐそばで携帯電話を耳に当てている。ラムとジョルダーンはボンドよりも先にこのホテルに来て小型マイクを仕掛け、フェリシティが罠に食いつく可能性に賭けてボンドとの会話に耳を澄ましていた。その間《かん》、二人は建設作業員のトレーラーハウスに隠れていた。ボンドが懐中電灯の光を向けたのは、二人の姿が外からは見えないことを確認するためと、自分がこれからホテルに入ることを知らせるためだった。無線機は使わずにすませたかった。

ジョルダーンの電話が鳴った。しばらく相手の声に聴き入りながらメモを取っていたが、やがて言った。「うちのチームがミズ・ウィリングのオフィスの家宅捜索を済ませた。物資を積んだ飛行機の着陸地点と船のルートがわかったわ」

グレゴリー・ラムは携帯電話を耳に当てたまま、ジョルダーンのメモ帳に書きつけられた情報を読み上げた。スパイとしては信頼されていないにせよ、人脈を持っていることは確からしい。そしてその資産をいま、活用している。

「こんなこと許されない！」フェリシティが甲高い声で言う。「あんたたちに何がわかるの！」

ボンドとジョルダーンは彼女を無視してラムを見つめた。ラムがようやく電話を切った。「ケープタウン沖にアメリカの空母がいた。戦闘機が出撃したよ。いま、食糧を積んだ飛行機を追跡してる。船のほうは、イギリス空軍と南アフリカの攻撃ヘリが追ってるそうだ」

ボンドは汗みずくの巨漢に礼を言った。グレゴリー・ラムのことは、一瞬たりとも疑っていなかった。この男の行動はたしかに奇妙ではあるが、それはだいたいにおいて臆病な性格のせいだ。グリーンウェイの施設での銃撃戦のあいだ、低木の茂みに隠れて震えていたことは認めたが、ジャケットの袖を自分で撃ったことまでは打ち明けようとしなかった。それでもボンドは、容疑者――フェリシティ・ウィリングの前にぶら下げる餌として、ラムはうってつけだと考えた。

ベッカ・ジョルダーンにまた電話がかかってきた。「応援の到着が少し遅れるって――ヴィクトリア・ロードで大きな事故があったらしくて。でも、二十分から三十分くらいで来られそうだってクワレニは言ってる」

ボンドはフェリシティを見下ろした。みすぼらしい建設現場の汚れた床に座らされていても、傲慢なくらいの強さを発散していた。檻に閉じこめられた、怒れる雌ライオン。

「どうして……どうしてわかったの？」フェリシティが訊いた。

岩にぶつかって砕ける大西洋の波の、心を慰めるような、しかし力強い音。鳥の声。彼方で鳴り響くクラクションの音。このホテルは、ケープタウンの中心街からさほど遠くないというのに、まるで別の宇宙に存在しているかのように静かだった。

「疑問を抱くきっかけはいろいろあった」ボンドは言った。「最初はナイアル・ダンだ。昨日のうちに――ゲヘナ計画が実行される前に、謎の送金があった。不思議だろう？　そのことは、ダンにはもう一人パートナーがいることを示唆していた。例の傍受したメールもある。たとえハイトが何らかの理由でいなくなっても、ほかのパートナーだけでプロジェクトを続行できると書かれたメールだ。そのメールの受信者は誰だ？　可能性の一つは、ゲヘナ計画にはまったく関与していない人物だろう。

そこまで考えたとき、ダンがインドやインドネシア、西インド諸島に出かけていたことを思い出した。水曜のパーティで、きみはこう言っていた。きみの慈善団体は、ムンバイ、ジャカルタ、ポルトープランスに支部を新設したとね。偶然にしては、ずいぶんな偶然だ。それに、きみとダンは二人ともロンドンとケープタウンにつながりがあって、しかもハイトがグリーンウェイの支社を南アフリカに置く前にケープタウンにいた。

ＮＯＡＨの件は、さっききみに言われるまでもなく気づいていたよ」ＳＡＰＳの本部でフェリシティの名刺をぼんやり眺めているときのことだった。ＩＯＡＨ。ふいに気づいた――たった一文字の違いではないか。「プレトリアの登記書類を調べると、設立当初の団体名がわかった。だから、誰かがラムをノアと呼ぶのを聞いたことがあるときみが言った瞬間、嘘だとわかった。それがきみの有罪を裏づけた。それでもまだ、きみを罠にかけて、きみが知っていることや、インシデント20が実は何を指しているのか、きみ自身にしゃべらせる必要があった」ボンドは氷のような目でフェリシティを見つめた。「いわゆる攻撃的尋問をしている時間はなかったからね」

目的……対応。

フェリシティの目的が不明な状態では、こうして罠にかけることがボンドに考えられる最良の対処だった。

そうやって説明してるあいだにも、フェリシティはじりじりと壁に向けて移動していた。ときおり窓のほうに視線を向けている。

ふいにいくつかの事実がボンドの頭のなかで結びついて一つになった。フェリシティの視線、ヴィクトリア・ロードの事故渋滞、計画立案の天才ナイアル・ダン、三分ほど前に聞こえた車のクラクション。あれは合図だったのだ。フェリシティは、かなたで響いたクラクションの音を聞いた瞬間から、カウントダウンを始めていたのだろう。

「危ない！」ボンドは叫び、ベッカ・ジョルダーンに突進した。

二人とラムが床に転がると同時に、銃弾の雨が窓ガラスを砕いた。ガラスのかけらが、まるで光り輝く紙吹雪のように室内に散らばった。

69

ボンドとラムとジョルダーンは物陰に身を隠そうとした。しかしそれは容易なことではなかった。部屋の北側の壁の大部分を占めていたフレンチウィンドウがいまはきれいになくなっているからだ。テーブルソーなどの建設工具がいくらかは役に立っていたが、それでも無防備であることに変わりはない。作業用のスポットライトと天井灯が狙撃手の味方をして、部屋の隅々まで煌々《こうこう》と照らして見せている。

フェリシティが膝を引き寄せて体を低くした。

「ダンは何人連れてる？」ボンドは鋭い声で訊いた。

答えはない。

ボンドは彼女の脚のすぐ近くを狙って撃った。耳を聾《ろう》する轟音が響き、飛び散った木片がフェリシティの顔や胸に降り注いだ。フェリシティが悲鳴をあげる。「いまは彼一人だけ」早口でささやく。「でも、ほかにもこっちに向かわせてるはず。ねえ、お願い、私を解放すれば――」

「黙れ！」

つまり、ダンは手に入れた金の一部を使ってモザンビークの情報機関のエージェントを買収し、自分はモザンビークにいると嘘をつかせたのだ。だが実際には、フェリシティを支援するためにケープタウンにとどまっていた。傭兵を雇い、万が一の場合には彼らの力を借りて脱出する手はずも整えた。

ボンドはダイニングとその隣のロビーに視線を走らせた。盾として使えそうなものは何一つない。作業用のスポットライトに銃を向け、慎重に狙いを定めて破壊した。しかし天井灯は数が多すぎた。ダンからはこちらの姿は丸見えだろう。ボンドは立ち上がろうとした。すかさず二発、銃弾が飛んできた。ダンの姿は確認できなかった。ほのかな月明かりはあるが、室内が明るすぎて、外は黒一色にしか見えない。それでも、ダンがどこか高い位置から撃ってきていることはわかる。岩山からだろう。しかしアイリッシュマンがそのどこに陣取っているのかはまったくわからない。

短い静寂があったあと、またしても銃弾が降り注いだ。今度狙われたのは漆喰の袋だ。白い粉がもうもうと立ちこめ、ボンドとジョルダーンは咳きこんだ。ボンドはさっきまでとは銃弾の飛んでくる角度が違っていることに気づいた。ダンは三人を狙いやすい場所へと移動している。

「天井の明かり」ラムが声を張り上げた。「消さないと」

しかしスイッチは、厨房に続く廊下の途中にある。そこに行くには、ガラスのドアや窓の前を走り抜けなくてはならない。その間《かん》、ダンからは狙い放題になる。

ボンドは廊下に出ようとしたが、彼は三人のなかでもっとも狙われやすい位置にいた。立ち上がりかけた瞬間、すぐそばの柱や工具に銃弾がめりこんだ。また床に伏せるしかなかった。

「私が行く」ベッカ・ジョルダーンが言った。スイッチまでの距離を目で測っている。「私が一番近いわ。大丈夫、行ける。ねえ、ジェームズ。話したかしら？　大学時代はラグビー部のスター選手だったのよ。すごく足が速いんだから」

「だめだ」ボンドは断固とした口調で言った。「自殺行為だよ。きみのところの応援が到着するのを待とう」

「間に合わないわ。あと二、三分もしたら、ダンは私たち全員を狙える位置を見つけるでしょう。ジェームズ、ラグビーってものすごくおもしろいスポーツよ。やってみたことある？」ジョルダーンは笑った。「あるわけないわね。あなたはチームスポーツには向いてない」

ボンドもつられて笑った。

「きみは掩護射撃に適した位置にいる」ボンドは言った。「その馬鹿でかいコルトをぶっ放せば、さすがのダンも怖じ気づくだろう。カウント3で俺が行く。いいか？

1……2――」

そのとき、大きな声が聞こえた。「おいおい、頼むよ！」

ボンドはラムのほうを向いた。ラムが続けた。「たしかに、映画を見てると、よくそうやってカウントダウンしてるよな。だが、陳腐にもほどがある。ナンセンスもいいところだ。現実には、誰もカウントダウンなんかしない。黙って立ち上がって走るんだよ！」

そしてラムは言ったとおりのことをした。肉のたっぷりついた脚で立ち上がると、大きな体を揺すりながらスイッチのほうへ走った。ボンドとジョルダーンは外の暗闇に銃を向け、掩護射撃をした。ダンの位置はあいかわらずわからない。二人の放った弾はダンをかすめもしなかっただろう。いずれにせよ、アイリッシュマンはひるむことなくラムを狙撃した。ラムがスイッチまであと三メートルのところまで迫ったとき、弾丸が窓ガラスを砕き、ターゲットを探し当てた。ラムの血しぶきが床や壁をぬらした。ラムはよろめき、前のめりに倒れて動かなくなった。

「そんな」ジョルダーンが叫ぶ。「そんな！」

一人倒したことで自信をつけたのだろう、ダンが次に放った弾丸の狙いは、それまで以上に正確だった。ついにボンドはいまいる場所にとどまっていられなくなった。床を這って退却し、テーブルソーの陰にしゃがみこんでいるジョルダーンのそばに移った。テーブルソーの刃には、ダンの二二三口径の弾が開けた穴がいくつもあいている。

ボンドとジョルダーンは、ぴたりと体を寄せ合っていた。ガラスをなくしてただの黒い空間になった窓がこちらをじっと見つめている。ほかに身を隠す場所はない。ボンドの頭を銃弾がかすめた。耳のすぐそばに衝撃波を感じた。

姿は見えないが、感じることはできた。ダンはとどめを刺そうとじりじり近づいてきている。

フェリシティが言った。「私ならやめさせられる。私を解放すればね。彼に連絡する。電話を貸して」

発射炎が闇に閃いた。ボンドはジョルダーンの頭を下に向けて荒っぽく押した。すぐそばの壁が破裂した。弾はジョルダーンの耳のあたりの髪をなでていったらしい。ジョルダーンがひっと小さくあえぎ、ボンドにぴたりと体を寄せた。震えている。髪の焦げる匂いが漂った。

フェリシティが言った。「私を逃がしたとしても、誰にもわからないわよ。電話を貸して。ダンに電話するから」

「黙れ、このアマ！　地獄に堕ちろ！」部屋の向こう側から声がした。ラムが血だらけの胸をつかむようにしてよろめきながら立ち上がり、奥の壁に飛びついた。掌でスイッチをこするようにして、ふたたび床に倒れこむ。ホテルは真っ暗になった。

その瞬間、ボンドは立ち上がり、脇のドアを蹴破った。そのまま低木の茂みに飛びこむと、獲物の追跡を開始した。

残りは四発、予備のマガジンは一つ。

茂みをかき分けながら全力で走り、ほぼ垂直に切り立った岩山、トゥエルヴアポスルのふもとに向かった。ダンが銃弾を浴びせてくる。ボンドはSの字を描くように走った。今夜は満月ではないが、それを頼りに的を狙えるくらいの明るさはある。それでも、弾がボンドから二メートル以内に届くことは一度もなかった。

やがてアイリッシュマンはボンドを狙うのをやめた。ボンドが倒れたか、助けを呼びにいったと判断したのだろう。ダンの当面の目的は、言うまでもない。かならずしもボンドたちを殺すことではなく、雇った傭兵が到着するまでここに足止めすることだ。傭兵はあとどのくらいで来るだろう？

ボンドは大きな岩に張りつくようにして立った。夜の空気は凍りつきそうに冷たい。風も出ていた。ダンはおそらく、この真上、三十メートルくらいの高さにいるだろう。岩が棚のように突き出しているところがある。そこからならホテル全体が見渡せそうだ。ホテル前の私道も見えるだろう。そして、ダンが岩棚から下をちょっとのぞけば、月明かりに照らされたボンドの姿も見えるはずだ。

そのとき、頭上の岩のあいだから、強力な懐中電灯の光が閃いた。ボンドは明かりが向けられた先を見た。沖合に一隻の船。ビーチに向かっている。ダンの傭兵だろう。

いったい何人乗っているのか。どんな武器を携えているのか。あと十分もあれば船は浜に着く。その時点で、ボンドとベッカ・ジョルダーンは人数で圧倒的に不利な立場に置かれる。ダンは船が着くより前にヴィクトリア・ロードの渋滞が解消したりしないよう、念には念を入れたはずだ。それでもボンドは携帯電話を取り出し、クワレニ・ンコシにメールを送って、傭兵を乗せた船がまもなくビーチに到着することを伝えた。

それから、ふたたび岩山を見上げた。

ダンがいる岩棚に登るルートは二つしかない。右手、南側に、傾斜は急だが凹凸の少ない小道がある。シックスアポスル・インの裏からダンのいる岩棚を越えて伸びるハイキングコースだ。しかしその道を行けば、登っているあいだ、ほぼずっとダンの銃撃にさらされることになる。途中に隠れられそうな場所は見当たらない。

もう一つの選択肢は、城にじかにアタックすること——ほぼ垂直に切り立ったごつごつした岩壁を三十メートル、まっすぐに登ることだ。

ボンドは岩壁を観察してルートを検討した。

両親の四度めの命日が迫ったころ、十五歳のジェームズ・ボンドは、山や岩の壁を目にするたびに忍び寄ってくる悪夢や恐怖にきっぱり別れを告げようと決意した。それまでは、キャッスルテラスの駐車場から、エディンバラ城を頂く、荘厳ではあるが危険とは無縁の岩山を見上げただけで震え上がっていた。そこでフェテス・カレッジの学長の許可を得て、ロッククライミング部を創設した。部員たちは定期的にハイランド地方に遠征してスキルを磨いた。

二週間という時間はかかったが、悪夢のドラゴンはついに退治された。以降、ボンドの得意なアウトドアスポーツのリストには、ロッククライミングが加わることになった。ボンドはワルサーをホルスターに収め、岩山を見上げると、ロッククライミングの基本ルールを復習した。グリップに必要充分なだけの力を使い、体力を温存すること。体重を支えるのは脚にまかせ、腕はバランスの維持と重心の移動にのみ使うこと。岩の表面に体をできるだけ寄せておくこと。デッドポイントでは勢いを利用すること。

命綱もグローブもなく、滑り止めのチョークもないまま、しかも革靴——なかなかスタイリッシュだが、こんな滑りやすいところではとんでもなく場違いな靴——で、ボンドは岩の壁を登り始めた。

70

ナイアル・ダンはハイキングコース伝いにトゥエルヴアポスルを下り、ホテルに向かっていた。愛用のベレッタを手に、ジーン・セロンという架空の人物に巧妙に化けていた男に見つからないよう、用心しながら歩く。フェリシティから一時間ほど前に聞いたところによれば、あの男はイギリスの諜報部員らしい。ファーストネームはジェームズだ。

いまはもう姿を確認できないが、ほんの数分前、あの男が岩壁を登っているのを見た。ジェームズは餌に食いつき、城砦をじかに攻撃することにしたらしい。しかしダンは、言わば裏口からそっと抜けだして、ハイキングコースを慎重に下っていた。五分もあればホテルに着くだろう。そのころイギリスのスパイはまだ、岩に張りつくほうに忙しいはずだ。

すべては青写真どおりに……もとい、改訂版の青写真をなぞるように進行している。

あとはこの国とおさらばするだけだ。急いで。永久に。ただし、一人きりで行くわけではない。彼が世界でもっとも敬愛する人物、彼が愛を捧げる相手、彼の夢想の原動力と一緒だ。

彼のボス、フェリシティ・ウィリングだ。

こちらはナイアル。青写真を描く天才です……

何年か前、フェリシティは誰かに彼をそう紹介した。その言葉を聞いたとき、喜びで頬がかっと熱くなった。

いまもその言葉をお守りのように胸にいつも抱いている。彼女の髪の一筋を愛《いつく》しむように。初めて一緒にした仕事の思い出を大切に記憶にとどめているように。あのとき、彼女はまだシティの投資銀行に勤めていて、クライアントの一人が出資して建設していた工場の検査官として彼を雇った。ダンは手抜き工事を見抜いて不合格のスタンプを押し、彼女とクライアントを数百万ポンドの損害から救った。彼女はお礼にと彼を食事に誘った。ワインを飲みすぎた彼は、戦闘でもビジネスでも――とにかくどんなことにおいても、道徳などもはや時代遅れだという持論を披露した。美しい女は同意した。そのとき彼は思った――驚いたな、私の爪先がおかしな方向を向いていようと、スペアの部品を集めて作られたみたいな体をしていようと、ジョークの一つも言えず、愛想を振りまくことさえできなくても、まるで気にしない人間がこの世に存在するらしい。

フェリシティは彼と同じく、超然とした世界観の持ち主だった。金銭欲の強さは、彼の無駄のない機械を生み出す情熱の強さに負けなかった。

食事のあと、ナイツブリッジの彼女のフラットでベッドをともにした。それは間違いなく、彼の人生で最高の夜だった。

それ以降、頻繁に仕事で協力するようになった。仕事の内容は、ざっくばらんに言えば、回転信用方式の建設ローン契約を成立させて手数料を取るより、いくぶん利益は多いが、合法とはほど遠い性質のものに変わっていった。

より大胆で、より危険で、より儲けの多い仕事が増えた。同時に、二人のあいだの別の側面も変わってしまった……初めから予想していたことではあったが。フェリシティは、しばらくして本人も認めたように、彼をそういう目では見ていない。あの最初の夜はもちろんすばらしかったし、痛いほどの誘惑に駆られることもあるが、二人のきわめて知的な――違う、精神的な――結びつきがそれによってそこなわれてしまうのではないかと不安なのだと彼女は言った。それに、恋愛で深い傷を負った経験がある。言ってみれば、彼女は翼が折れたままの小鳥だ。だから――このまま仕事のパートナー兼友人でいることはできないかしら？　あなたには私の専属の設計士でいてほしい……

その言い訳は少なからず空虚に聞こえたが、ダンは彼女を信じることにした。愛する相手が、辛すぎる真実を語るより、耳に優しい作り話を聞かせるほうを選んだとき、誰もがそれを信じようとするように。

一方で、二人のビジネスは飛躍的に拡大した。こちらでは横領、あちらでは強請《ゆすり》。ダンはじっと待った。いつかフェリシティが振り向いてくれると信じていたからだ。彼のほうも、もはや彼女をそういう目で見ていないふりをした。彼の気持ちに負けない爆発力を持つＶＳ－５０の地雷を埋めるように、彼女に対する執着を心の奥底に埋めた。

しかしいま、すべてが変わった。二人はまもなく一緒になる。

ナイアル・ダンは心からそう信じていた。

彼女を救えば、彼女の愛を勝ち取れる。どんな困難を乗り越えてでも、かならず彼女を救い出してみせる。彼女をさらってマダガスカルの安住の地に連れていく。そこにはすでに、二人で快適に暮らせる場所を用意してあった。

ホテルに向けて歩きながら、ダンはジェームズという男が、イサンドルワナの話一つでハイトを陥れたことを思い出していた。一八〇〇年代にズールー族に大量の戦死者が出た戦闘だ。そしていま、ダンは同じ年、同じ月に起きた第二の戦闘、ロルクズドリフトの戦いのことを考えていた。四千のズールー軍が、英国軍兵百三十名が駐留していた小さな砦を襲撃した。圧倒的に不利だった英国軍は、しかし、少数の死者を出しただけで砦を守り抜いた。

ナイアル・ダンにとってこの戦いの何が重要かと言えば、英国軍の指揮官ジョン・チャード中尉の存在だ。彼はイギリス陸軍工兵隊の一員だった――ダンと同じく、工兵だったのだ。チャード中尉は圧倒的不利な状況のなか、防衛のための精密な青写真を描き、それを忠実に実行して砦を守った。その功績を称えられて、のちにヴィクトリアクロス勲章を授与されている。ナイアル・ダンにもまもなく勲章が与えられるはずだ――フェリシティ・ウィリングの心という勲章が。

秋の夜空の下、岩壁を登っているイギリス人スパイに気づかれないよう用心しながら、ゆっくりと歩いてホテルに近づいていた。

計画を頭のなかで点検する。あの太ったエージェントは死んだか、死にかけているはずだ。あの男がいまいましいことに電灯を消す前にライフルのスコープ越しに確認した、ダイニングだかラウンジだかの様子を思い描く。ホテルにいる警察官はほかには一人、あのＳＡＰＳの女刑事だけだ。あの女を始末するのは簡単だろう。窓から何か投げこみ、女刑事がそれに気を取られた隙に撃ち殺す。そしてフェリシティを救出する。

それから二人でビーチへと走り、迎えの船に乗ってヘリコプターのところにまっすぐ向かい、マダガスカルの自由の地へと飛ぶ。

二人で……

足音を忍ばせてシックスアポスル・インの窓の一つに近づいた。慎重に室内をのぞく。さっき撃ったイギリス人スパイが見えた。床に転がっている。見開かれた目はうつろだった。

フェリシティは手錠をかけられて近くの床にうずくまり、肩で息をしていた。

愛する者が粗末な扱いを受けているのを目の当たりにして、ダンは動揺した。怒りがぶり返した。今度は鎮まることはなかった。そのとき、女刑事の声が厨房から聞こえた。無線で応援はどうしたのかと問い合わせている。

「で、いつになったら来るわけ？」

まだしばらくかかるだろうよ――ダンは心のなかでつぶやいた。ダンの仲間は大型トラックを横転させて火を放った。ヴィクトリア・ロードはいまごろ完全に通行不能になっているはずだ。

ダンはホテルの裏に回り、雑草とがらくたに占拠された駐車場に入った。そこから厨房のドアに向かう。銃を構え、音を立てないようにしながらドアを開けた。無線がぱちぱちと雑音を立てている。消防車がどうとかという声が聞こえた。

いいぞ。ＳＡＰＳの女刑事は無線に意識を取られている。背後から撃とう。

ドアからなかへ足を踏み入れ、厨房に続く細い廊下を進む。この調子なら――

ところが、厨房には誰もいなかった。カウンターに無線機が置いてある。雑音交じりの声が延々としゃべり続けていた。聞こえていたのはＳＡＰＳ本部の緊急司令室のやりとりらしい。火災、強盗事件、騒音の苦情。

無線はスキャンモードに設定されていた――交信モードではなく。

どうしてこんなことを？

彼をホテル内に誘いこむための罠でないことは確かだ。彼が岩棚を離れてここに来ていることを、あのジェームズという男が知っているはずがないのだから。ダンは窓に近づき、岩山に目を凝らした。あの男が岩の壁をゆっくりと登っているのが見えた。

鼓動が速くなった。まさか……ぼんやりとしたその人影は、十分前に見たときからまったく動いていなかった。ひょっとしたら――あれはイギリス人スパイではなく、ジャケットなのかもしれない。岩にひっかけたジャケットが、風に揺れているだけのことかもしれない。

まずい。まずいぞ……

そのとき、男の声が聞こえた。なめらかなイギリスのアクセントでこう命じる。「銃を捨てろ。こっちを向くな。振り返ったら撃つ」

ダンは肩を落とした。そのままトゥエルヴアポスルの岩山を見つめた。それから短い笑い声を漏らした。「ロジックに従えば、おまえは岩棚を目指してあの山を登るはずだった。そう確信していた」

スパイが答えた。「ロジックに従えば、おまえははったりをかけてここに来るはずだ。しかし、念のために途中まで登って、ジャケットを置いてきた」

ダンは肩越しにちらりと振り返った。SAPSの女刑事がスパイと並んで立っていた。二人とも銃を構えている。男の冷たい瞳が見えた。女刑事の瞳も同じ決意を宿していた。戸口の向こう、ロビーに目を移す。フェリシティ・ウィリングが見えた。彼のボス。彼の恋人。フェリシティは首を伸ばして厨房の様子を確かめようとしている。「ねえ、何がどうなってるの？　誰か答えて！」

私の専属の設計士……

イギリス人スパイが無情な声で言った。「これが最後の警告だ。五秒以内に銃を捨てなければ、腕を撃つ」

この事態に備えた青写真の用意はなかった。今回にかぎっては、議論の余地のない工学のロジックも機械学の知識も、ナイアル・ダンの役には立たない。ふいにおかしくなった。これはもしかしたら、彼が生まれて初めて下す、とことん不合理な判断になるのかもしれない。しかし、だからといって成功しないとはかぎらない。そうだろう？

一途《いちず》に信じればかならずかなう――誰かがそんなことを言っていた。

長い脚で大きく横に飛び、重心を落とすと、勢いよく振り返って、まず女刑事を狙って銃口を持ち上げた。

静寂を砕いて、いくつかの銃が歌声をあげた。同時に、似たような、だが高さの異なる声がそこに重なって、ハーモニーを奏でた。

71

救急車やSAPSの車両が続々と到着した。ダンに雇われて彼とフェリシティを救出しにやってきた船の上空では、軍の特殊部隊のヘリコプターがホバリングしている。スポットライトが船をぎらぎらとねめつけていた。二十ミリ機関砲の銃身も真下に向けられている。その機関砲がほんの一、二秒のあいだ船首に集中射撃を浴びせただけで、乗員はあっさりと降伏した。

覆面車両が土埃の雲とともに滑りこんできてホテルの正面に急停止した。クワレニ・ンコシが飛び下り、ボンドに軽くうなずく。ほかの警察官も集まってきた。今日の午後、グリーンウェイのプラントの手入れにも参加していた顔もいくつか見えた。

ベッカ・ジョルダーンがフェリシティ・ウィリングの腕を引いて立ち上がらせた。フェリシティが訊く。「ダンは死んだの？」

死んだ。ボンドとジョルダーンは、ダンのベレッタの銃口が完全に持ち上がる前に、二人同時に発砲した。ダンはほぼ即死だった。青い目には、生きていたころと変わらず、何の感情も浮かんでいなかった。しかし、その目が最後に向けられた先は、自分を撃った二人ではなく、フェリシティがいるダイニングだった。

「死んだわ」ジョルダーンが答えた。「残念ね」二人がビジネスの上でだけのパートナーではなかったことを察したのだろう、ジョルダーンの口調には少なからず思いやりが含まれていた。

「勝手に残念に思ってたら」フェリシティは辛辣に言い返した。「死んだら何にもならないじゃないの」

この女にはパートナーの死を悼む気持ちなどないのだとボンドは思った。交渉の切り札を失ったことを嘆いている。

フェリシティ・ウィルフル……

「よく聞きなさいよ。あんたには状況がよく呑みこめてないみたいだから」フェリシティがジョルダーンに脅すような低い声で言った。「私は食糧援助の女王なのよ。餓死しかけた子供たちを救ってるのはこの私なの。私を逮捕したいならすれば？　ただし、そのバッジを失う覚悟でね。それでもまだ足りないなら、私のパートナーのことを考えるのね。あんたは今日、大勢の危険人物に何百万ドル、何千万ドルも損をさせたんだから。一つ提案しましょうか。私は今日限りでこの国での活動を切り上げる。どこかほかの国に移ることにするわ。そうすればあんたは安全よ。私が保証する。

断るなら、そうね、来月まで生きていられるかどうか。家族もよ。どこかの秘密の刑務所に私を隠そうなんて考えても無駄だから。ＳＡＰＳが容疑者を不法に扱ったなんて話がちょっとでも漏れたら――マスコミと裁判所が黙っていないでしょう」

「きみを逮捕することはない」ボンドは言った。

「そう、よかった」

「公表される内容はこうだ――きみはＩＯＡＨの基金から五百万ドル横領していた。そのことがばれる前に高飛びした。きみのパートナーとやらは、ジョルダーン警部への報復になど関心を示さないだろう。そんなことより、きみの行方を追うほうに……きみと金の行方を追うことに注力するだろうな」

現実には、フェリシティ・ウィリングは、より突っこんだ〝議論〟のため、秘密施設に移送されることになる。

「そんなの許さないわ！」フェリシティの緑色の瞳は怒りに燃えていた。

そのとき、黒塗りのバンがやってきて停まった。制服姿の男が二人降り、ボンドに近づいた。制服の袖章――一本の剣が描かれ、その下にボンドが昔から気に入っているモットー〝力と知恵を〟という文字が並んでいる――は、二人がＳＢＳの隊員であることを示していた。ビル・タナーが手配した、イギリスへの移送チームだ。

一人が敬礼をした。「ボンド中佐」

いまは民間人のボンドはうなずいただけだった。「これが荷物だ」そう言って、フェリシティ・ウィリングにちらりと目をやった。

「え？」雌ライオンが叫ぶ。「ちょっと、冗談じゃないわ！」

ボンドは特殊部隊の二人に言った。「日曜付でＯＤＧより発令されたレベル２の作戦指令の執行許可を与える」

「了解しました、サー。書類はそろっています。あとはおまかせください」

抵抗するフェリシティを二人が引き立てていく。フェリシティを乗せた黒いバンは、スピードを上げて砂利道を走りだした。

ボンドはベッカ・ジョルダーンに向き直った。しかし、ジョルダーンはすでに自分の車に戻ろうとしていた。一度もボンドのほうを振り返らないまま車に乗りこむ。エンジンが始動し、車は走り去った。

ボンドはクワレニ・ンコシに歩み寄り、ダンのベレッタを差し出した。「あの辺にライフルも一丁あるはずだ。誰か取りにいってくれ」ボンドはダンが狙撃していた岩棚のあたりを指さした。

「私が行きます——週末になると、家族とよくここにハイキングに来るんですよ。アポスルの様子はよく知ってます。私が回収します」

ボンドはジョルダーンの車を——遠ざかっていくテールライトを見つめた。「急に帰っちまった。イギリスに移送したのが気に入らなかったわけじゃないよな。こっちの大使館から南ア政府に連絡が行ってるはずだ。ブルームフォンテーンの裁判所の承認も取ってる」

「いやいや、違いますよ、ボンド中佐」ンコシは言った。「今夜はウゴゴをきょうだいの家に送っていかなくちゃならないって言ってました。ウゴゴのことになると、警部は絶対に遅刻しないんです」

ンコシは、ジョルダーンの車が消えたあともまだそちらを見つめているボンドの顔をじっと観察したあと、笑い声をあげた。「あの人、大した女性でしょう？」

「ああ、たしかに。さてと、お疲れさま、巡査長。ロンドンに来ることがあったら、忘れずに連絡をくれよ」

「はい、ボンド中佐。かならず。私はどうも、あまりいい俳優じゃなさそうだ。それでもやっぱり演劇は大好きなんです。そうだ、一緒にウェストエンドに行って芝居を観ましょう」

「楽しみにしておくよ」

南アフリカ伝統の握手を交わす。ボンドはンコシの手をしっかりと握った。三段階のしぐさをなめらかにこなし、そして何より重要なことに、手を離すのが早すぎて失礼に当たらないよう、タイミングを慎重に計った。

72

ジェームズ・ボンドは、テーブルマウンテン・ホテルの屋外レストランの片隅に座っていた。

頭上ではガスヒーターが赤々と輝き、温かな空気の滝を吹き下ろしている。ひんやりとした夜の空気のなかでは、プロパンガスの匂いが不思議と快く感じられた。

重厚なクリスタルのグラスには、ベイカーズ・バーボンのオンザロック。ベーシル・ヘイデンのバーボンと共通のDNAを持った酒だが、度数は高い。そこでボンドは、アルコールの刺激を和らげようと、グラスをゆっくり回転させて氷を溶かしている。そうしながらも、今夜はがつんと刺激のある酒のほうがそぐわしいような気もしていた。

ようやく一口大きくあおると、周囲のテーブルをさりげなく観察した。カップルばかりだ。手と手を握り合い、膝と膝を寄り添わせた男女。ワインの香りのする息が秘密や約束をささやいている。甘い言葉を聞き取ろうと女たちが首をかたむけ、絹のような髪のベールが柔らかに揺れた。

ボンドはフランシュックのことを考えた。フェリシティ・ウィリングのことを考えた。

土曜日には何が起きていたのだろう？　彼女は冷酷無情な金の亡者ジーン・セロンに、飢饉のブローカーであることを打ち明け、一緒に仕事をしないかと誘っていただろうか。

もし、彼が最初に信じたような女だったら——本気でアフリカを救おうとしている戦士だったなら、ボンドは打ち明けていただろうか。自分はイギリスのスパイなのだと、話していただろうか。

そんなことを考えている自分に腹が立った。時間の無駄だ。まもなく携帯電話が震えて着信を知らせたときにはほっとした。

「ビル？」

「現在の状況を大ざっぱに知らせておこうと思ってね、ジェームズ」ビル・タナーが言った。「スーダン東部と国境を接する各国軍は攻撃態勢を解除した。ハルツームの中央政府は声明を発表してる。西欧諸国がまたしても〝封建主義を広めようという意図を持って独立国家の民主化の動きに介入した〟そうだ」

「封建主義？」ボンドは含み笑いを漏らしながら訊き返した。

「〝帝国主義〟と書きたかったのに、間違ったんだろうな。ハルツームがまともなプレスエージェントを雇えない理由がわからないよ。この世の全員と同じようにグーグルを使うだけで見つかるだろうに」

「中国の反応は？　安価な原油の大量供給の当てがはずれたわけでしょう」

「まあ、文句を言える立場じゃないさ。お世辞にも気分がいいとは言いがたい戦争が本当に起きてたら、その責任の一端は中国にあったわけだからね。それにしても、東部同盟の自治政府はちょいとはしゃぎすぎかもしれないな。イギリス首相にうっかり口を滑らせたそうだ。来年にもハルツーム中央政府から独立するための住民投票をして、民主議会を設置するとね。将来を見越して、イギリスやアメリカと経済的関係を築いておこうって心づもりなんだろう」

「原油を売るほど持ってるわけですからね」

タナーが言った。「そのとおりだ、ジェームズ。掘ればいくらでも出てくる。ところで、フェリシティ・ウィリングが分配しようとしてた食糧だがね、ほぼ全部を回収できた。いまケープタウンに送り返してるところだ。あとは世界食糧計画が引き継ぐそうだよ。あれはまともな団体だ。支援を待っている地域に適切に分配してくれるだろう」一瞬の間があって、タナーは言った。「ラムの件は気の毒だった」

「命の恩人ですよ。自分から銃弾の雨のなかに突っこんでいった。死後表彰に値する勇敢な行為です」

「MI6に電話して進言しておこう。ところで、こんなことを言うのは心苦しいんだがね、ジェームズ。月曜までに帰ってきてもらえないか。マレーシアで何か起きそうだ。東京も関連してる」

「それはまた珍しい組み合わせだ」

「言えてる」

「九時にオフィスに行きますよ」

「十時でいい。この一週間の活躍に免じて」

電話を切り、バーボンを一口飲んだところで、また電話が震えた。ディスプレイを確認する。

電話が三度震えたところで、応答ボタンを押した。

「フィリー」

「ジェームズ。シグナルを読んだわ。たいへんだったわね——怪我はない？」

「ああ、無事でいるよ。少しばかり荒っぽい一日だったが、何とか切り抜けた」

「あなたは謙遜の達人だわね。ゲヘナ計画とインシデント20はまったく別物だったんですって？　そんなこと、考えもしなかった。よく気づいたわね」

「分析の相関作用の結果さ。それに、言うまでもなく、三次元的な思考も必要だな」ボンドはまじめくさった調子で言った。

沈黙があった。やがてフィリー・メイデンストーンは訊いた。「それ、からかってるつもりなのよね、ジェームズ？」

「ああ、たぶん」

控えめな笑い声。「ところで、きっとくたくたに疲れてすぐにでも休みたいところでしょうけど、スティール・カートリッジのパズルのピースをまた一つ見つけたの。まだ興味があるなら、だけど」

落ち着いて聞け——ボンドは自分に言い聞かせた。

だが、鼓動が速くなるのを止められなかった。父は祖国を裏切っていたのか？

「MI6にもぐりこんでたKGBのスパイの一人の名前がわかった。その人は殺されてる」

「なるほど」ボンドはゆっくりと息を吸いこんだ。「名前は？」

「ちょっと待って……あら、どこに行った？　ここに書いておいたはずなのに」

胸が苦しい。叫び出しそうになるのをかろうじて押さえつけた。

まもなくフィリーの声が聞こえた。「ああ、あった。使ってた偽名はロバート・ウィザースプーン。ケンブリッジ大学時代にKGBに勧誘されてる。一九八八年に、地下鉄のピカデリーサーカス駅で、KGBのオペレーションエージェントに線路に突き落とされて、列車に轢かれた」

ボンドは目を閉じた。アンドルー・ボンドはケンブリッジ大卒ではない。それに、父と母がフランスの山岳地帯で死んだのは一九九〇年だ。父は裏切り者ではなかった。スパイでもなかった。

フィリーが続けた。「でも、もう一人、MI6の外部工作員がスティール・カートリッジ作戦で殺されてることがわかった。この人は二重スパイじゃない。とても優秀な工作員だったみたいよ。対諜報活動に就いて――MI6やCIAの二重スパイを探ってた」

ボンドはその情報を頭のなかでゆっくりと回した。グラスのなかでウィスキーを回すように。「彼の死について何かわかってることは?」

「極秘中の極秘だったみたいね。でも、殺されたのは一九九〇年ごろ、フランスかイタリアのどこか。このときも事故に見せかけてる。ほかのエージェントに対する警告として、鋼鉄のカートリッジが現場に残されてた」

ボンドの唇が歪んだ笑みを造った。つまり、父はやはりスパイだったのかもしれないということだ――裏切り者ではなかったにしろ。少なくとも、祖国を裏切ってはいなかった。だが、家族や息子を裏切っていたのだろうか。アンドルー・ボンドは、罠にかけようとしていた敵方のエージェントとの密会の場に、幼いジェームズを連れていくような冷酷な男だったのか?

「一つだけ。いま、〝彼の死〟って言ったわね」

「え?」

「一九九〇年に殺されたMI6の対諜報活動工作員のこと――あなたは〝彼〟って言った。でも、アーカイブから見つけたシグナルを読むかぎり、その工作員は女性だったようよ」

何だって? まさか……母がスパイだった? モニーク・ドラクロワ・ボンドが? ありえない。しかし……母はフリーランスのフォトジャーナリストだった。工作員はしばしばジャーナリストを装う。父と母のどちらのほうがスリルを好んだかと訊かれれば、その答えは母だろう。父がロッククライミングやスキーを趣味にしていたのは、母の影響だ。それに、母は取材旅行に幼いボンドを連れていくことを、口調こそ優しかったとはいえ、かたくなに拒んだ。

女親は絶対に自分の子を危険にさらしたりはしないものだ。たとえ職務遂行のためにはそうするのが得策だとしても。

ＭＩ６の当時の採用条件がどんなものだったかボンドは知らない。母はスイス生まれだが、そのことはおそらく、外部工作員として仕事を受ける障害にはならなかったのだろう。

もちろん、もっと詳しく調査するまでは、母はスパイだったと決めつけることはできない。それに、本当にスパイだったのなら、母の殺害を命じた人物、その命令を実行した人物を何としても突き止めなくてはならない。しかし、ここからはボンド自身が一人で調べるべきだ。

「ありがとう、フィリー。知りたいことはこれで全部わかったと思う。きみは本当に優秀だよ。大英帝国勲章を授けたい」

「デパートの商品券で充分よ……セルフリッジ百貨店のフードホールでまたインド料理ウィークが開催されたら使わせてもらうわ」

おっと、また一つ共通点が見つかった。「だったら、こうしよう。ブリックレーンに美味いカレーを食べさせる店がある。ロンドン一だよ。そこで食事をおごらせてくれ。酒類販売免許は持ってない店なんだが、きみがこのあいだ試したいって言ってたボルドーワインを持ちこもう。来週の土曜。予定は空いてるかな」

しばしの沈黙があった。きっとスケジュール帳を確かめているのだろう。「ありがとう、ジェームズ。うれしいわ」

またしてもフィリーの姿を頭に思い描く。豊かな赤毛、きらきらと輝く金色を帯びた緑の瞳。脚を組むときのかすかな衣擦《きぬず》れの音。

それからフィリーが言った。「ダブルデートでいいわよね」

ボンドの唇に向けて移動中だったグラスがぴたりと静止した。「あー、もちろん」ボンドは反射的に答えた。「あなたと誰か、ティムと私。きっと楽しいわ」

「ティム。きみのフィアンセか」

「彼ともめてたって噂、あなたも聞いてるかもしれない。でも海外で大きな仕事をまかせてもらえるって話、彼は断ったのよ。いまのままロンドンにいるって」

「そいつはよかった。正気を取り戻したってわけだな」

「せっかくのチャンスだもの、迷うのは当然よ。私は一緒には暮らしにくい相手だし。だけど、とにかく努力してみようってことになった。長いつきあいだもの。土曜日はぜひ一緒に食事をしましょう。あなたとティムなら話が合いそう。車とか、オートバイとか。ティムはすごく詳しいの。私よりよほどよく知ってるくらい」

フィリーは一息にそう言った——あまりにも早口に。

オフィーリア・メイデンストーンは、仕事ができるだけではない。世事にも長けている。月曜の夜、あのレストランで、二人のあいだに何が起きたか、ちゃんと理解している。ボンドとのあいだに確かな絆が生まれかけていたことも察していたはずだ。いまこの瞬間も、あのままいけば——過去がいまさら邪魔をしなければ、さらなる発展があったかもしれないと考えていることだろう。

過去か——ボンドは苦々しい思いで考えた。セヴェラン・ハイトが執着していたもの。

そして、ボンドにとっては、はなから勝負にならない敵だった。

ボンドは心の底から言った。「よかったな。俺もうれしいよ、フィリー」

「ありがとう、ジェームズ」ボンドはフィリーの声にかすかに切ない響きを聞き取った。

「しかし、一つ言っておきたい。ベビーカーを押してクラッパムあたりをのんびり散歩しながら安穏と残りの人生を送れると思ったら大間違いだぞ。きみはＯＤＧ史上もっとも有能な連絡員だ。俺はこれからも何か起きるたびにきみに調査を押しつけるから、そのつもりで」

「わかった、ジェームズ。覚悟しておく。いつでもどこでも、あなたのお望みに応えるから」

状況を考えたら、いまの言葉の選択は最良とは言えないな——ボンドはそう考えて一人微笑んだ。「そろそろ切るよ、フィリー。週明けにでもまた連絡する。インシデント20の反省会の打ち合わせはそのときにまた」

電話を切った。

ボンドは酒のお代わりを頼んだ。グラスが運ばれてくると、港を眺めながら半分を飲んだ。美しい夜景だった。しかし、ボンドの目にはその景色はほとんど見えていなかった。といっても、彼の意識を占領していたのは、オフィーリア・メイデンストーンの婚約解消が解消されたというニュースではなかった——少なくとも、それだけではなかった。

彼の意識は、もっと重大なことに占められていた。

母がスパイだった……

そのとき、ふいに声が聞こえて、ボンドの頭のなかの暴風雨がふいにやんだ。「待たせちゃったわね。ごめんなさい」

ジェームズ・ボンドは顔を上げた。ベッカ・ジョルダーンが向かいの椅子に腰を下ろそうとしていた。「ウゴゴは元気かい？」

「ええ、元気よ。妹の家に送っていったんだけど、『スグーディ・スナージ』の再放送を全員で見なくちゃだめだって言いだしちゃって」

ボンドは片方の眉を吊り上げた。

「何年か前にヒットしたズールー語のコメディ番組」

テラス席のヒーターの下は暖かい。ジョルダーンは紺色のジャケットを脱いだ。その下の赤いシャツは半袖だった。腕にはファンデーションを塗っていない。かつての同僚たちがつけた火傷の痕がはっきりと見えていた。

今夜はどうして隠さずに来たのだろうか。

ジョルダーンがボンドの顔を探るように見た。「食事に誘っても断られるだろうと思ったから、意外だった。ちなみに、私がご馳走するから」

「いいよ、そんな必要はない」

ジョルダーンは眉間に皺を寄せた。「義務感から誘ったわけじゃないわよ」

ボンドは言った。「わかった。じゃあ、ありがたくご馳走になろう」

「あなたを誘っていいのかわからなかった。しばらく本気で迷ったくらい。私はめったに迷わない人間よ。たいがいのことは即座に決められる。前にも言ったと思うけど」そこで口をつぐみ、目をそらした。「フランシュフック行きが中止になってがっかりね」

「まあ、そうなんだが、いろいろなことを考え合わせると、フランシュフックでワインを試飲して回るより、きみとここで食事をするほうがずっといい」

「それは言えてるかもしれない。私は気むずかしい女だけど、大量殺人者じゃないから」それから、脅すように言った。「でも、セクハラ発言は許さない……ちょっと待って、否定しようとしてもだめ！　ケープタウンに来た日、空港で私をじろじろ見たあの目。忘れてないんだから」

「俺はきみが考えてるほど浮ついた人間じゃないよ。心理学にぴったりの用語があるな。投影だ。きみは自分の気持ちを俺に投影してるんだ」

「それがすでにセクハラ発言でしょう！」

　ボンドは笑い、手を挙げてソムリエに合図した。ソムリエは、ボンドが連れが来たら持ってきてくれとあらかじめ頼んでおいた南アフリカ産のスパークリングワインのボトルを恭《うやうや》しい手つきで見せた。それから栓を抜いた。

　ボンドはテイスティングをしてうなずいた。それからジョルダーンに言った。「きっと好みに合うよ。グラハム・ベック・キュヴェ・クライヴ。シャルドネとピノノワールのブレンドだ。二〇〇三年もの。西ケープ州のロバートソン地区のワイナリーだよ」

　ジョルダーンが珍しく声を立てて笑った。「あなたに南アフリカのことをさんざんレクチャーしたけど、あなたのほうがよほど詳しいのかも」

「このワインは、ランスのものに負けないくらい美味い」

「ランス？」

「フランスの地名だ――シャンパンの本場さ。パリの東にある。きれいなところだよ。いつか行ってみるといい」

「きっといいところなんでしょうけど、南アフリカのワインが同じくらい美味しいなら、わざわざ行く必要はないんじゃない？」

　確かに。反論のしようがない。二人はグラスを持ち上げて乾杯のしぐさをした。「コトソ」ジョルダーンが言った。「平和に」

「コトソ」

　グラスを傾ける。しばらく沈黙が続いた。意外なことに、この〝気むずかしい女〟と二人きりになっても、居心地の悪さはまるで感じなかった。

　ジョルダーンがグラスを置いた。「ねえ、一つ訊いていい？」

「どうぞ」

「シックスアポスル・インでグレゴリー・ラムと私がトレーラーハウスに隠れてたとき――あなたとフェリシテ

ィ・ウィリングの会話を録音してたときのこと。あなたはこう言ったわよね。彼女とうまくいけばいいと思ってたって。あれは本心？」

「本心だ」

「だとしたら、ついてなかったわね。私も恋愛で痛い目に遭ったことが何度かある。想いが裏切られたときの気持ちはわかるつもり。でも、人は立ち直りの早い生き物よね」

「それは言えてる。どんなことも乗り越えられてしまうものだ」

ジョルダーンは目をそらした。それからしばらく、港の夜景を見つめていた。

ボンドは言った。「とどめを刺したのは俺の撃った弾だよ――ナイアル・ダンのことだが」

ジョルダーンがぎくりとするのがわかった。「どうしてわかったの？　私が――」最後まで言い終えないうちに言葉が途切れた。

「人に向けて発砲したのは初めてだったんだろう？」

「そうよ。でも、どうしてあなたの弾だったってわかるの」

「距離を見て、ターゲットベクトルは頭だろうと判断して撃った。ダンの死体には、額に一つ、胴体に一つ、銃創があった。頭を撃ち抜いたのは俺の弾だ。それが致命傷になった。胴体の傷――きみの弾がつけたほうは、かすり傷だった」

「頭に当たったのはあなたの弾だっていうのは絶対？」

「絶対だ」

「どうしてそう言いきれるの？」

「俺があのシューティングシナリオで外すはずがないからさ」ボンドはこともなげに言った。

ジョルダーンはしばらく黙っていた。やがて言った。「信じるしかなさそうね。〝ターゲットベクトル〟とか〝シューティングシナリオ〟なんて言葉をすらすら使う人が、自分が撃った弾がどこに飛んでいったか知らないはずがないから」

昨日までなら、ジョルダーンはまったく同じことを言うのに、軽蔑を込めていただろう――ボンドは暴力的で、平然と法を無視する人間だと非難するように。しかしいまはただ、思ったことをそのまま言っているだけだ。

肩の力を抜き、しばらく他愛のない話をした。ジョルダーンの家族のこと。ボンドのロンドンでの暮らしぶり、旅の話。

夜の闇が街を包みこもうとしていた。南半球のこの地域を美しく飾る秋の夜。景色は地上の動かない灯りと、船の揺れ動く灯りに彩られている。頭上には満天の星。ただし、ケープタウンの岩の王と王子――テーブルマウンテンとライオンズヘッドが空をさえぎっているところだけは、ただ黒い色だけが広がっていた。

港のどこかから、哀愁を帯びた汽笛が低く響いた。食糧を運ぶ船の一つだろうか。

いや、ロッベン島の刑務所跡から旅行者を連れて戻った観光船かもしれない。アパルトヘイト時代にネルソン・マンデラやカレマ・モトランテ、ジェイコブ・ズマといった、のちに南アフリカ大統領になった人々が幽閉されていた島は、いまは観光名所になっている。

あるいは、次の寄港地に向けて出港しようとしているクルーズ船が鳴らした汽笛かもしれない。ラップでくるまれた切り干し肉やピノタージワインや黒と緑と黄色のアフリカ民族会議の旗の色が入ったキッチンタオルといった土産物が入った袋を提げ、この複雑きわまりない街の上っ面だけを見て帰ろうとしている、疲れきった乗客を呼び集める合図なのかもしれない。

ボンドはウェイターに合図をした。ウェイターが料理のメニューを二人に渡す。ジョルダーンが手を伸ばして受け取ったとき、火傷痕のあるほうの腕がボンドの肘を軽くかすめた。二人は顔を見合わせて微笑んだ――これまでより、ほんの少しだけ長い時間、二つの視線が絡み合った。

だが、いまこの瞬間は二人だけの真実和解委員会が開かれているにしても、ボンドにはわかっていた。食事が済んだら、彼は彼女をボーカープへ送り届けるタクシーに乗せるのだろう。そして彼は自分の部屋に戻り、明日の朝のフライトに備えて、荷物をまとめるのだろう。

確信があった。クワレニ・ンコシならきっとこう言うところだ――〝うん、間違いない〟。

もちろん、ジェームズ・ボンドのために生まれてきたような女、すべての秘密を打ち明けられる女――彼の人生を共有できる女――はこの世のどこかに存在していると思いたい。そう考えれば心が慰められる。明日への力がわく。しかし、いまあらためて痛感した。理想の女は、いや、どんな女であれ、彼が生きているこのふつうではない現実のなかの、ほんの小さな一角を占めることしかできないのだ。なぜなら、ボンドはつねに旅をし続ける運命にある男だからだ。一つところに長くとどまることはない。そして、生き延びたければ、心の平穏を保ちたければ、猛スピードで移動を続けなくてはならない。一瞬たりともスピードをゆるめることはない。獲物に追いつくために。追跡者を振りきるために。

フィリー・メイデンストーンが格調高く暗唱した詩。あの詩の一節はたしかこうだった――〝一人で行く者が誰より速い〟。

（了）

用語解説

＊印は、この用語解説内にその項目について独立した説明があることを示す。

ＡＩＶＤ　総合情報保安局　オランダの情報機関。国内の情報収集と非軍事的安全保障事項に対応する。

ＢＩＡ　保安情報局　セルビアの情報機関・保安機関

ＣＩＡ　中央情報局　アメリカの情報機関。国外での情報収集と特殊工作を担当。イアン・フレミングはＣＩＡ創設の立役者の一人と言われている。第二次世界大戦中、戦略事務局（ＯＳＳ）長官ウィリアム・〝ワイルド・ビル〟・ドノヴァンの意向を受け、諜報組織の創設と運営に関する事項を広範に記述した書簡を残した。ドノヴァンはＯＳＳの後継組織ＣＩＡ創設に重要な役割を果たした人物。

ＣＯＢＲＡ　有事対応会議　有事の際にイギリス政府高官によって開かれる会議。首相または閣僚が議長を務め、目下の安全保障事項に関連する省庁や政府機関の長官が招集される。一般的に——とくにマスコミ報道では——ホワイトホールの内閣府（Cabinet Office）内の会議室Ａ（Conference Room A）の頭文字を取った通称ＣＯＢＲＡが使われるが、かならずこの会議室Ａで開催されるというわけではない。

ＣＣＩＤ　犯罪対策捜査課　ＳＡＰＳ＊最大の捜査課。殺人、強姦、テロなどの重大犯罪を扱う。

ＤＩ　国防省情報本部　おもに軍事情報を扱うイギリスの情報機関。

Ｄ３　第3課　テムズハウスに本部を置く、架空のイギリス政府情報機関。情報局保安部＊とゆるやかなつながりを持ち、イギリス国内の安全保障事項の捜査と解決について戦術的役割を担う。

ＦＢＩ　連邦捜査局　アメリカ最大の国内情報機関。アメリカ国内で発生した犯罪、アメリカおよび海外在住のアメリカ市民に対する安全保障事項について捜査権を持つ。

ＦＯまたはＦＣＯ　外務連邦省　イギリスの外交に関する事項を任務とする機関。閣内相である外務大臣が長を務める。

ＦＳＢ　連邦保安庁　ロシアの国内情報機関。アメリカのＦＢＩ*やイギリスのＭＩ５*に相当。旧ソ連時代にはＫＧＢ*が同じ役割を担っていた。

ＧＣＨＱ　政府通信本部　国外のＳＩＧＩＮＴを収集・分析するイギリスの政府機関。アメリカのＮＳＡ*に相当。チェルトナムにある本部ビルの形状から、通称ドーナツ。

ＧＲＵ　ロシア連邦軍参謀本部情報総局　ロシア連邦軍の情報機関。

ＫＧＢ　ソ連国家保安委員会　旧ソ連時代の情報機関・秘密警察。一九九一年に諜報機能はＳＶＲ*に、国内諜報機能はＦＳＢ*に引き継がれた。

ＭＰＳ　首都警察　グレーターロンドン（固有の警察機関を持つシティ・オブ・ロンドンを除く）を管轄する警察。通称Ｍｅｔ、スコットランドヤード、あるいはヤード。

ＭＩ５　情報局保安部*の通称。

ＭＩ６　情報局秘密情報部*の通称。

ＭｏＤ　国防省　イギリス軍を指揮する政府機関。

ＮＩＡ　南アフリカ国家情報庁　南アフリカの国内情報機関。イギリスのＭＩ５*やアメリカのＦＢＩ*に相当。

ＮＳＡ　国家安全保障局　アメリカの政府機関で、国外で行なわれる通信（携帯電話やコンピューターなど、主として電子機器を経由するもの）とそれに関連する情報の分析を主な任務とする。イギリスのＧＣＨＱ＊に相当し、英米で施設を共用している。

ＯＤＧ　海外開発グループ　イギリスの情報機関の一つ。独立した組織だが、大枠ではＦＣＯ＊の傘下にある。イギリスに迫る脅威を特殊な手段を通じて特定し、排除するのが任務。この架空の組織の本部は、ロンドンのリージェントパーク近くにある。ジェームズ・ボンドは、ＯＤＧの０課００《ダブルオー》セクションに所属するエージェント。長官は〝Ｍ〟というイニシャルでのみ呼ばれている。

ＳＡＰＳ　南アフリカ警察　南アフリカの主たる警察組織。いわゆるパトロール業務から重大犯罪の捜査まで、広範な責務を負っている。

ＳＡＳ　陸軍特殊空挺部隊　イギリス陸軍の特殊部隊。第二次世界大戦中に設置された。

ＳＢＳ　海兵隊特殊舟艇部隊　イギリス海兵隊の特殊部隊。第二次世界大戦中に設置された。

Security Service　情報局保安部　イギリスの国内情報機関。国際テロの脅威と国内犯罪の両方に捜査権を持つ。アメリカのＦＢＩ＊に相当するが、ＦＢＩとは異なり、逮捕権は有さず、捜査と監視活動のみを行なう。通称ＭＩ５。

ＳＩＳ　情報局秘密情報部　イギリスの情報機関。国外での情報収集と特殊工作を任務とする。アメリカのＣＩＡに相当。通称ＭＩ６。

ＳＯＣＡ　英国組織犯罪対策本部　イギリスの法執行機関の一つ。国内の重大犯罪の捜査を行なう。ＳＯＣＡの捜査官には逮捕権が与えられている。

Spetznaz　特殊部隊　ロシアの情報コミュニティや軍における特殊部隊を指す一般語。通称スペツナズ。

ＳＶＲ　対外情報庁　ロシアの情報機関。国外情報収集と特殊工作を行なう。旧ソ連時代にはＫＧＢ*がこの任を負っていた。

謝辞

どんな小説も、共同作業なくして世に出ることはできない。この作品の執筆には、いつも以上に大勢の方々の力をお借りすることになった。今回のプロジェクトが無事にスタートし、期待をはるかに超える作品として実を結ぶことになったのは、以下にお名前を挙げるみなさんのおかげだ。この場を借りて、心からの感謝の意を表したい。ソフィー・ベイカー、フランチェスカ・ベスト、フェリシティ・ブラント、ジェシカ・クレイグ、サラ・フェアバーン、キャシー・グリーソン、ジョナサン・カープ、サラ・ナイト、ヴィクトリア・マリーニ、キャロリン・メイズ、ゾーイ・パグナメンタ、ベッツィ・ロビンズ、デボラ・シュナイダー、サイモン・トレウィン、コリーヌ・ターナー、そしてフレミング家の大切な友人たち。また、辣腕編集者のなかの辣腕編集者へイゼル・オーメと、すばらしいタイトルをつけてくれたヴィヴィエンヌ・シュースターには、特大の感謝を捧げる。

加えて、私専属の〝海外開発グループ〟のエージェントたちにも、ありがとうと伝えたい。ウィル・アンダーソン、ティナ・アンダーソン、ジェーン・デイヴィス、ジュリー・ディーヴァー、ジェンナ・ドーラン、そしていつものとおり、マデリン・ワーチョリック。

最後に、本書に登場するケープタウンのテーブルマウンテン・ホテルの描写にデジャヴを抱いた読者の方々へ。なんとなく知っている場所のように思えるのは、あなたの気のせいばかりではなく、実在するホテル、ケープ・グレースをモデルとしているからだ。ケープ・グレースはテーブルマウンテンに負けない、美しくて居心地のよいホテルだが、私の知るかぎり、スパイの常宿ではない。

訳者あとがき

ジェームズ・ボンド。年齢は三十代前半、身長百八十三センチ、体重七十八キロ、髪の色は黒、右頬に長さ八センチほどの傷痕がある。元海軍予備軍中佐。アフガニスタンでの軍功を称えてコンスピキュアス・ギャラントリー・クロス勲章を授与された。

現在の職業は、イギリス企業の海外進出や投資を支援する政府機関〝海外開発グループ（ＯＤＧ）〟のセキュリティ・アナリスト。

ただし、それはあくまでも表向きの肩書きにすぎない。ＯＤＧの実態は、９・11同時多発テロに象徴される〝戦争のルールが一変した〟新しい時代に対応するために創設された情報機関で、ＭＩ５やＭＩ６が収集した情報の提供を受け、戦闘部隊、実働部隊としてイギリス国外における特殊工作を行なっている。

そのＯＤＧの００《ダブルオー》セクションに所属する工作員ジェームズ・ボンド、コードネーム〝００７〟は、五月のある日曜日、重大なミッションを携えてセルビアに向かっていた。イギリス政府通信本部が傍受した一通の電子メールがすべての発端だった。

……二十日金曜夜の計画を確認。当日の死傷者は数千に上る見込み。イギリスの国益にも打撃が予想される……

数千の死傷者――五日後の二十日金曜日に、イギリス国内のどこかで大規模なテロが計画されているということだろうか。

唯一の手がかりは、続けて傍受された、同一人物から仲間の一人に発信されたと思しきもう一通のメールだった。送信者は、打ち合わせ場所として、セルビア共和国内のレストランを指定していた。

指令を受けたジェームズ・ボンドは、急遽セルビアに飛んだ。メールの送信者を捕らえることができれば、計画の詳細を突き止め、金曜のテロを未然に防ぐ手立てを講じられるかもしれない。

しかし、セルビアのレストランに現われた問題の男は、用心深く、冷静で、しかもボンドの出現という想定外であろう事態にも即座に対応できるきわめて優秀な頭脳の持ち主、まるでコンピューターのように緻密な計算を働かせることのできる人物だった。

ボンドの追跡を逃れてセルビアから脱出した男は、その後、イギリス国内に戻っていた。ODGはイギリス国内に管轄権を持たない。つまり、この地球上で唯一、ボンドがODGのエージェントとして活動する権限を持たない場所――ふだんならミッションと同時に与えられる〝白紙委任状〟が無効になる地域だった。

金曜の夜に、どこで、どんなテロ行為が計画されているのか。白紙委任状がない状態で、どうしたらそれを突き止められるだろう。

ジェームズ・ボンドは、テロの危険から数千の命を救うことができるのか？

残された時間はあと四日。見えない敵との短くも長い闘いが始まった――

いつものディーヴァー・ワールドに、ジェームズ・ボンドという古くて新しいヒーローが乗りこんできた。

「一九五三年にイアン・フレミングが生み出した世界一有名なキャラクターを、数百万の読者を失望させることなく現代に蘇らせること」――作者ジェフリー・ディーヴァーは、フレミング財団から与えられた、そのきわめて難度の高いミッションをみごとに成功させたと言えそうだ。

本書でデビューする新生ジェームズ・ボンドは、電子メールやスマートフォン、それに〝政治的に正しい〟言動を使いこなすことを求められる時代に合わせ、いくつかの点で大胆なアップデートを施されてはいるものの（新旧ボンドの違いを見つけるのも、本書を読む楽しみの一つになりそうだ）、本質的な印象は半世紀前のボンドと意外なほど変わらない。

お馴染みのボンド・ファミリーも、そろって二十一世紀にやってきた。長官のM、Mのアシスタントのマニーペニー、ボンドの直属の上司ビル・タナー、ボンドのアシスタントを務めるメアリー・グッドナイト、CIAのフェリックス・ライター、フランスの諜報員レネ・マティス。この面では、基本的にイアン・フレミングの構築した人間関係がほぼそのまま維持されている。

一方、悪役たちが作る世界は、どちらかと言えばジェフリー・ディーヴァーの領分に属している。常人の理解を越えるものであるとはいえ、その人物なりに一本筋の通った価値観とロジックを持った、どこか不気味な人物。自らに課した〝任務〟に対しては、よくも悪くもひたむきで真摯な姿勢を崩さない。

加えて、ジェットコースターのようなうねりとスピード感、幾重ものどんでん返しが終盤に待ち構えるストーリー展開には、ディーヴァーの持ち味が存分に発揮されている。最後の一ページを読み終えるまで、一瞬たりとも気が抜けない。

これまでの作品——とくにリンカーン・ライム・シリーズやキャサリン・ダンス・シリーズでは、ディーヴァー自身の料理好きの一面が反映されることはほとんどなかった。ライムはそもそも食べることにまるで興味がないし、ダンスは美味しいものは好きだが、料理は大の苦手だからだ。

しかしディーヴァー本人は、食を心から愛する人だ。二〇一〇年秋に初めて来日した際（ちなみに、今作の結末は日本滞在中に書き上げたらしい）のエピソードからもそのことがうかがえる。ガールフレンドと自分への日本土産は小出刃庖丁や塗りの箸だったと聞くし、訳者も同席した日本での夕食会でも、供される食材になみなみならぬ関心を示していた。ワインに関する知識の広さ、深さにも驚かされた。また、週に一度、親しい友人たちを自宅に招き、朝早くから一日がかりで用意したたくさんの手料理でもてなすのが日常の最大の楽しみなのだという。

今回の作品では、ボンドが美食家であることも手伝って、ディーヴァーの食へのこだわりを垣間見ることができる。イアン・フレミングは小説に登場させる衣服や食などに自らの美意識を貫いた作家として有名だが、今作でのディーヴァーのこだわりぶりも、それに負けていない。

アメリカでは、この『００７　白紙委任状』の前に、ライム・シリーズ最新作 *The Burning Wire* が二〇一〇年にベストセラーになっている。二〇一二年にはダンス・シリーズの新作が待機しているという。

邦訳版は、順に二〇一二年、二〇一三年の刊行になる予定。また、二〇一二年前半にはスタンドアローン作品 *The Bodies Left Behind* の邦訳刊行も控えており、ほかに、やはりスタンドアロ

ーン作品の *Edge*、短編集第二弾の *More Twisted* も出番を待っている。

さて、ジェフリー・ディーヴァーによる007シリーズの次作はあるのだろうか。いまの時点では何の発表もない。ただ、ボンドの両親の死をめぐる疑惑が今作では完全には解決していないことを考えると――もしかしたら、次もあるのかもしれない。いや、あると期待したい。

二〇一一年九月

007 白紙《はくし》委任状《いにんじょう》

二〇一一年十月十五日　第一刷

著　者　ジェフリー・ディーヴァー
訳　者　池田《いけだ》真紀子《まきこ》
発行者　飯窪成幸
発行所　株式会社文藝春秋
〒102—8008　東京都千代田区紀尾井町三—二三
電話＝〇三—三二六五—一二一一
印刷所　凸版印刷
製本所　大口製本

万一、落丁乱丁があれば送料当方負担でお取替えいたします。小社製作部宛お送りください。

定価はカバーに表示してあります。

ISBN978-4-16-380940-3

007